Perfecte dood

Van Helen Fields verscheen eveneens
bij Ambo|Anthos *uitgevers*

De schaduwman
De laatste die sterft

In de serie met Ava Turner en Luc Callanach:
1 *Perfecte resten*
2 *Perfecte prooi*
4 *Perfecte stilte*
5 *Perfecte misdaad*
6 *Perfecte moord*
7 *Perfecte wraak*

Helen Fields

Perfecte dood

Vertaald door Ernst de Boer
en Ankie Klootwijk

Ambo|Anthos
Amsterdam

MIX
Papier | Ondersteunt verantwoord bosbeheer
FSC® C014496

Eerste druk 2021
Twaalfde druk 2024

ISBN 978 90 263 6827 1

Oorspronkelijke titel *Perfect Death*
Oorspronkelijke uitgever Avon
Omslagontwerp Studio Jan de Boer
Omslagillustratie © Roy Bishop/Arcangel Images

Verspreiding voor België:
Veen Bosch & Keuning uitgevers nv, Antwerpen

Voor Sollie

Met elke brede glimlach verander je de wereld een beetje.
Onthoud, lieve schat, dat je alles kunt bereiken wat je wilt.
Ik kijk ademloos toe.

1

Lily's leven was bijna voorbij, alleen wist ze dat nog niet. Hij streelde haar foto, die hij de afgelopen maanden naast zijn bed had staan. Op de foto stond ze aan de rand van een vijver lachend de eenden te voeren, zich totaal onbewust van het feit dat haar toekomst wreed zou worden afgebroken.

Er moest vandaag nog veel gebeuren, maar hij stond zichzelf toe nog even te genieten van zijn schatkist. Hij trok de onderste lade van zijn nachtkastje eruit en stak zijn handen in de donkere ruimte eronder om het houten kistje te pakken. Hij had het op school gemaakt bij houtbewerken; een van de weinige triomfen in een verder grotendeels verspilde periode van zijn leven – maar hij was nu eenmaal vaak verhuisd, en leren was hem nooit makkelijk afgegaan.

Hij schoof het deksel eraf en hield zijn adem in bij de aanblik van de aandenkens aan de levens in de doos. Een broche in de vorm van een heidetakje, ingelegd met halfedelstenen. Hij herinnerde zich hoe hij daarvoor urenlang in de tuin had staan zwoegen zonder ook maar een moment te mogen schuilen voor de regen, maar uiteindelijk was het al die moeite dubbel en dwars waard geweest. Dan was er die kleine zilveren briefopener, zo vaak gebruikt en zo dierbaar dat een deel van de krulversiering op het heft was afgesleten. Een geluksmuntje, dat had de eigenaar ervan tenminste beweerd, dat altijd in een broekzak of portemonnee was bewaard. Dat maakte maar weer eens duidelijk dat zoiets als geluk niet bestond. En tot slot een kies. Of preciezer gezegd, een kroon die was losgekomen tijdens die martelende, dramatische laatste momenten, toen alles fout was gelopen. Hij vond het oppervlak heerlijk glad aanvoelen en genoot van de gedachte dat die kies integraal onderdeel was geweest van het leven waar hij een eind aan had gemaakt. Waar ging de energie van een lichaam naartoe nadat de dood was ingetreden? Hij dacht weer terug aan zijn schooltijd. Hij had toen gehoord dat energie van vorm veranderde, maar nooit verloren ging of zoiets. Hij wist er niet genoeg van om een natuurkunde-examen te halen, maar toch was hij blij met dit kleine pareltje van kennis. Hij vroeg zich af of het mogelijk was de energie van een overledene in te ademen.

Hij schoof de andere objecten opzij om ruimte te maken in het midden van het kistje en stelde zich daar een nieuwe trofee voor. Het had wat langer geduurd dan bij de anderen om de eigenares ervan in te palmen. Lily was tamelijk eenzelvig, was heel close met haar familie en werkte hard. Maar binnenkort zou hij een aandenken aan haar hebben en kon hij ervan genieten, samen met de andere waar hij zo hard voor had gewerkt.

Hij controleerde het piepkleine flaconnetje cannabisolie dat hem weken had gekost om te bereiden. Het was een tijdrovende klus geweest. Hij had steeds hier en daar kleine beetjes cannabis gekocht om te voorkomen dat hij de aandacht trok door in één keer een grote hoeveelheid aan te schaffen, maar voorzichtigheid ging voor alles. Daarna was het vrij simpel geweest om de olie te bereiden, met als enige kink in de kabel dat toen hij het op zichzelf uitprobeerde, hij zo diep in slaap was gevallen dat hij de volgende dag niet op zijn werk was verschenen. Niet goed. Hij had onkosten. Zijn bijzondere roeping vereiste een zorgvuldige financiële planning, en banen waarbij je handje contantje werd betaald lagen niet voor het oprapen.

Hij schoof het kistje terug in de ruimte onder de lade en nam de

details van zijn plan nog eens door. Zijn auto was klaar. De verlichting was in orde; hij wilde natuurlijk niet aangehouden worden om zoiets sufs als een kapotte koplamp. Tijdens alle voorbereidingen had hij handschoenen gedragen. Niets was onnadenkend aangeraakt. Hij had genoeg nagespeelde moordzaken op tv gezien om te weten dat het tegenwoordig niet meer om vingerafdrukken draaide. Achtergebleven huidcellen leverden genoeg DNA op om hem aan te klagen. Hij wilde niet gepakt worden. Er viel nog zoveel te doen. Er waren nog zoveel mensen die zijn aandacht nodig hadden.

Alles was gereed. Hij kon zelfs nog even een dutje doen. Hij kon maar beter uitgerust zijn met al dat werk voor de boeg. En het ging niet alleen om het fysieke aspect ervan. Iemand vermoorden was zwaar werk. Iedereen die dacht dat een menselijk wezen binnen een paar seconden stierf, zoals in tv-series, was een sukkel. De dood was in de meeste gevallen een langzame stripteaseshow. Het kon natuurlijk ook snel, met een pistoolschot, een explosie of zwaar hoofdletsel, maar met je blote handen duurde het langer, dat was onvermijdelijk. Met name verstikking en verdrinking waren tijdrovende activiteiten, en daarbij liep je ook nog kans zelf gewond te raken. Schrammen, een trap in je kruis, gebroken botten. Dat had hij al vaak genoeg meegemaakt.

Hij ging op zijn bed liggen en sloot zijn ogen. Het gevoel van opwinding dat eraan voorafging, hoorde erbij. Gehaast naar het einde toewerken was alsof je het laatste hoofdstuk van een boek als eerste las. Juist de opbouw, de tijd die je in de personages investeerde, maakte de beloning zo spannend. In het verleden kostte het hem altijd moeite om de ideale slachtoffers te vinden, en nu hadden zich er drie tegelijk aangediend. Hij lachte. Het was een harteloos stokkend lachje dat klonk als een ontploffend rotje. Een wreedaardig geluid, maar hij was geen wrede man. Niet onnodig, tenminste. Alleen wanneer het absoluut noodzakelijk was.

2

'Hé schatje, ik haal nog een rondje,' zei Joe glimlachend toen Lily terugkwam van het toilet. Lily wrong zich langs de vele doorzakkers op de vrijdagavond en had er geen erg in dat een van hen naar haar billen staarde terwijl ze zijdelings tussen hen door schuifelde. Begrijpelijk, vond Joe. Ze had nu eenmaal een geweldig lijf, en hij had geen zin om ruzie te zoeken om zoiets onbenulligs.

'Nee, Joe, het is mijn beurt. Ik wil niet dat jij alle rondjes betaalt,' zei ze terwijl ze naast hem ging zitten. Ze zaten dicht tegen elkaar aan in de krappe ruimte en moesten harder praten om boven de herrie van aangeschoten klanten, muziek en geschuifel op de houten vloer uit te komen.

'Je bent toch aan het sparen voor je studie?' zei hij, terwijl hij hun lege glazen pakte.

'Dat weet je best,' zei ze, 'maar dat betekent niet dat –'

'En je gaat je toch zeker uit de naad werken om de beste arts ooit te worden?' Joe boog zich voorover om haar te kussen. Het groepje meiden aan hun tafeltje sloeg demonstratief de ogen ten hemel, stikjaloers onder hun masker van misprijzen.

'Je bent gek,' zei Lily, en ze kuste hem terug.

'Dus ik bewijs de wereld gewoon een dienst door mevrouw Lily Eustis te helpen om in de toekomst levens te redden, zonder dat ze aan haar studie begint met een schuld van' – hij keek al rekenend naar het plafond – 'acht pond vierenzestig.'

'Dan geef ik me gewonnen,' lachte Lily, en ze kuste hem opnieuw en duwde haar blozende gezicht tegen zijn hals.

'Oké, je hebt me door, ik heb nou eenmaal iets met vrouwen in een witte jas met een stethoscoop om hun nek. Op deze manier financier ik stiekem mijn bizarre fetisj,' zei Joe. Lily stompte plagerig tegen zijn arm en hij liep naar de bar. Hij had geen oog voor de vrouw die hem nastaarde en zachtjes floot. Hij zag evenmin dat het meisje dat naast hen zat, Lily een vernietigende blik toewierp. Als verliefd stel hadden ze alleen maar oog voor elkaar.

Bij de bar komen was alsof je een berg moest beklimmen. Drank werd links en rechts op ruggen gemorst door mensen die met veel te veel glazen in hun handen terugliepen naar hun tafeltje. Plekken werd opgeëist en er werd luid geprotesteerd wanneer een klant voor zijn beurt werd geholpen. Mensen riepen om andere muziek en er werd geschreeuwd dat er iemand vastzat in een van de twee damestoiletten. Een biervat was leeg en moest vervangen worden. Joe stond geduldig te wachten, met een glimlach om zijn mond, bereid om al die mensen te vergeven die op zijn tenen trapten en hem met hun ellebogen porden. Hij had Lily, en met haar was zijn droom uitgekomen.

In zijn auto had hij alles wat ze nodig hadden voor een romantisch avondje. Hout, aanmaakblokjes, lucifers, een heupfles sterkedrank en een slaapzak om warm te blijven. Zelfs het weer werkte mee. Het was koud, maar het zou droog blijven. Een paar dagen geleden had hij zelfs de moeite genomen om eens te kijken waar ze die avond naartoe gingen. Ze hadden vandaar uitzicht op het majestueuze Edinburgh, en bij helder weer zouden de stadslichtjes weerspiegeld worden in de sterren. Eindelijk zou hij Lily voor zich alleen hebben en kon hij haar duidelijk maken wat ze werkelijk voor hem betekende.

Het was veel te koud om naakt buiten te liggen, dat was Mark McVeighs eerste gedachte – een belachelijke gedachte. Hij werd compleet overdonderd door het camerabeeld dat de drone naar zijn monitor zond. Hij had winterse rijp en kale rotsen verwacht. Een ongenaakbare, kleurloze hemel en een door mist omfloerste horizon. Maar een naakte vrouw, het ene been bij de knie gebogen, het andere been recht, een arm achter haar hoofd, de andere uitgestrekt op de grond... nee. Haar lange, rode, verwaaide haar hing als een wapperende sluier voor haar ogen. Aan haar voeten lag as; de overblijfselen van een vuur. Naast haar lag een doosje lucifers. Hij stuurde de drone dichterbij om zichzelf ervan te overtuigen dat hij haar borst op en neer zag gaan. Niks. Mark manoeuvreerde de drone naar haar gezicht, in de hoop dat hij niet beticht zou worden van een raar soort perversiteit, vurig wensend dat zijn onderbuikgevoel ernaast zat. In dit geval zou dat alleen maar goed zijn. De drone bevond zich buiten zijn gezichtsveld, achter een heuvelkam. Hij liet hem voorzichtig dalen en zorgde ervoor dat hij niet pal boven de vrouw kwam te hangen, voor het geval ze wakker werd, overeind kwam en ertegenaan botste. Maar nadere inspectie van dichtbij bracht geen opluchting. De drone had een redelijke lens, en de blauwtinten op het schermpje hadden niets te maken met de vorst of de winterdode hei. Het blauw was van haar lippen, haar opengesperde ogen, haar aderen en haar van zuurstof afgesneden huid.

Mark begon te rennen, hoewel hij besefte dat het zinloos was om zich zo in te spannen, maar hij vond het van weinig respect getuigen om rustig op de dode vrouw af te lopen. Hij klauterde op handen en voeten omhoog langs de helling, waarbij de gedachte om het langere, makkelijkere pad om de heuvel heen te nemen niet eens bij hem opkwam. Hij bloedde tegen de tijd dat hij haar recht onder zich kon zien liggen, een tableau op de grond, terwijl in de verte de brave, nietsvermoedende inwoners van Edinburgh langzaam wakker werden, met Arthur's Seat boven hen uittorenend. Zonder acht te slaan op zijn ontvelde knieën en de sneeën in zijn handen vloog Mark de puinhelling af, ondertussen naar haar roepend.

Zijn drone, een gonzende warboel van plastic en metaal, had hij een paar meter verderop aan de grond gezet. Hij had zich niet eens gerealiseerd dat hij zijn afstandsbediening had laten vallen. In een reflex ging zijn hand telkens naar zijn mobieltje in zijn broekzak. Het volgende ogenblik knielde hij naast haar op de bevroren grond en legde zijn vingers tegen haar hals, hoewel hij donders goed wist dat een lichaam met die kleur geen hartslag kon hebben. Desondanks trok hij snel zijn winterjas uit om haar naaktheid te bedekken. Daarna belde hij de politie en gaf een zo goed mogelijke beschrijving van hun locatie in het bergachtige landschap dat zich majestueus boven de hoofdstad van Schotland verhief.

Van dichtbij zag Mark dat ze jonger was dan hij aanvankelijk had gedacht, maar de vrieskou had haar beroofd van haar jeugdige blos. Net als hijzelf laveerde ze langs die peilloze diepte tussen tienerjaren en volwassenheid. Een diamantje in haar neusvleugel glinsterde in de eerste stralen van de winterse ochtendzon, die de kunstig aangebrachte blonde highlights in haar koperkleurige haar mooi liet uitkomen. Hij moest zich bedwingen om het haar niet uit haar gezicht te vegen, maar dan zou hij haar ogen beter zien, en dat wilde hij niet. Mark stond op en staarde over de heuvelrand om te zien of hij al auto's zag aankomen, maar vanaf hier was nergens een weg te zien. In de zomer, vooropgesteld dat er geen lijken lagen, zou dit een beschut, rustig, idyllisch plekje zijn geweest. Zijn oog viel op iets roods dat zo'n twintig meter verderop in het borstelige gras lag te wapperen.

'Ik ben zo terug,' zei hij. Het leek hem onbeleefd om weg te lopen zonder iets te zeggen, ook al was het tegen een dode. Zonder jas begon hij het al flink koud te krijgen. Hij dwong zichzelf een sprintje te trekken om warm te blijven en vroeg zich af hoelang het zou duren voordat de politie deze moeilijk toegankelijke plek had bereikt. Zijn eigen auto stond twee kilometer verderop aan de voet van de heuvels; de steile hellingen en rotsige paden waren alleen met een fourwheeldrive begaanbaar.

Het rode voorwerp bleek een overhemd te zijn, een warm, dik overhemd van zware katoen, perfect voor een avondje bij het vuur en een drankje in de pub. Hij raapte het op, keek achterom naar het meisje om in te schatten of het haar zou passen en dacht van wel. Hij liep nog verder de heuvel af en zag een paar minuten later een bh aan een rotspunt hangen, oogverblindend wit, waarvan de metalen sluiting ijskoud tegen zijn vingers aanvoelde.

Mark hoorde de helikopter al voor hij hem zag, het *wap-wap* van de rotors weergalmde tegen de rotsen en deed vogels en andere dieren opschrikken. De politie cirkelde even rond om de locatie van het lichaam te peilen en door te geven aan de eenheden beneden, waarvan de blauwe zwaailichten nu voor het eerst zichtbaar werden. Mark nam de kledingstukken die hij op de steile helling had gevonden mee naar boven toen hij terugliep naar het meisje.

Er verscheen een gezicht boven de heuvelrand, gevolgd door nog twee. Degene die vooropliep kwam met uitgestoken hand recht op Mark af.

'Goeiemorgen,' zei hij met een licht, maar toch duidelijk hoorbaar Frans accent. 'Ik ben inspecteur Luc Callanach. Ik neem aan dat jij degene bent die dit heeft gemeld?'

Mark knikte.

'We kunnen beter wat meer afstand houden tot het lichaam. Hoe is het met je?'

'Dat weet ik eigenlijk niet zo goed,' zei Mark. 'Beter dan met dat meisje in elk geval.'

Beter dan met het meisje, dat kon je wel zeggen, dacht Callanach, die hoopte dat ze door een ongeval om het leven was gekomen en zich afvroeg hoelang hij naar de foto's van haar gezicht zou moeten staren op het prikbord in de briefingruimte. Zouden er mensen zijn die 's ochtends bij het wakker worden voelden dat ze voorbestemd waren die dag te sterven, vroeg hij zich af. Keken ze nog eens goed in de spiegel voordat ze de deur uit renden naar hun werk of studie, omdat ze voelden dat er iets was gekanteld in het universum? Hij voelde plotseling woede opwellen en vervloekte de Schotse kou, met zijn vochtige, grauwe, grijze luchten. Het meisje was omgekomen in de vrieskou, terwijl ze haar laatste ademtocht in de lucht had zien kringelen. Een vreselijke manier om te overlijden. Een bittere, grimmige en eenzame dood. Hij kon alleen maar hopen dat ze zich niet bewust was geweest van wat haar te wachten stond.

3

Vijf maanden na haar promotie had hoofdinspecteur Ava Turner nog steeds last van een chronisch oplichterssyndroom. Dat kwam niet doordat ze nu zoveel mensen onder zich had of door de vele vergaderingen die ze geacht werd bij te wonen, of door haar nieuwe kamer. Het kwam gewoon doordat ze voor haar gevoel niet meer met de anderen kon rondhangen in de briefingruimte om koffie te drinken, de gebeurtenissen van de dag door te nemen of eens goed te lachen als de omstandigheden dat toelieten. Waar ze een nog veel grotere hekel aan had was de druk om een perfecte balans te vinden tussen het welzijn van de inwoners van Edinburgh en het wonderbaarlijk krimpende budget van de Schotse politie. Het leek wel of het woord 'nee' sinds kort haar standaardantwoord was. Konden ze zich een tweede deskundige voor een bepaalde zaak permitteren? Nee. Kon het team Zware Misdrijven een paar mensen van de uniformdienst inzetten om bij het onderzoek te helpen? Nee. Konden ze misschien een nieuw softwarepakket testen om beelden van bewakingscamera's te filteren? Nou, wat denk je zelf? Niet dat Ava spijt had van de promotie. Het was eerder zo dat bij elke stap die haar verder omhoogbracht op de carrièreladder haar dromen van goeddoen en misdaden oplossen steeds verder uit het zicht raakten.

Terwijl haar werkende leven zich in toenemende mate afspeelde in het publieke domein, was het met haar privéleven ronduit droevig gesteld. De collega's van het team Zware Misdrijven vonden de afstand tussen henzelf en hun hoofdinspecteur te groot geworden om haar nog mee te vragen naar de pub, en zelfs als ze dat wel hadden gedaan, dan had Ava zich verplicht gevoeld om een excuus te verzinnen. En haar gelijken in rang hadden het veel te druk met hun gezin om na het werk voor de gezelligheid af te spreken. Ava, met haar vijfendertig jaar de jongste hoofdinspecteur en nog steeds single, had geen last van dat soort afleidingen. Haar beste vriendin was verwikkeld in een tumultueuze nieuwe relatie die heter was dan een Carolina Reaper-chilipeper en zou niet beschikbaar zijn tot zij of haar nieuwe vlam zich herinnerde dat de wereld buiten hun slaapkamerdeur nog gewoon bestond. De prijs van succes bestond kennelijk uit eindeloos lange avonden. Ava staarde naar de telefoon op haar bureau, hoewel ze eigenlijk niet wilde dat die ging rinkelen omdat ze maar al te goed wist dat haar behoefte iets omhanden te hebben altijd ten koste ging van iemand anders.

Brigadier Lively, achter in de vijftig en onbekend met het begrip 'politieke correctheid', kwam zonder kloppen binnen. Ava overwoog even hem eraan te herinneren dat de meeste mensen het wel zo beleefd vinden als je van tevoren aankondigt dat je binnen wilt komen, maar ze was te blij met zijn bezoekje om hem op de vingers te tikken.

'Heb je inspecteur Callanach kunnen vinden?' vroeg Ava.

'Ja. We hebben eerst gekeken of hij in de herentoiletten was. Meestal is hij in de buurt van een spiegel te vinden. Maar in dit geval was hij tot onze verrassing op pad om opsporingswerk te verrichten, mevrouw.'

'Bedankt, brigadier. Als je klaar bent met je schimpscheuten kun je me misschien vertellen met welke zaak jouw directe meerdere bezig is,' zei Ava.

Lively grijnsde. Callanach en hij hadden van meet af aan geen beste verstandhouding gehad, al beperkten ze zich sinds kort tot het elkaar zo veel mogelijk mijden en af en toe een beledigende opmerking. 'Er is een lijk gevonden in de heuvels bij Arthur's Seat. We moeten nog onderzoek doen, maar de eerste indruk is dat er geen sprake is van een misdrijf. De patholoog is al op de plaats delict geweest. Er zijn geen duidelijke verwondingen of sporen van geweld aangetroffen. Het lichaam is meegenomen voor autopsie. Het enige wat nog openstaat is de identificatie. Zodra de naam van het slachtoffer is vastgesteld en de familie op de hoogte is gesteld, lijkt het me een simpele zaak. Vast niks om u mee lastig te vallen.'

'Vraag toch maar of hij me even op de hoogte brengt wanneer hij terug is,' zei Ava. Ze keek naar de mok die Lively in zijn hand had. 'Die is zeker niet voor mij?' zei ze glimlachend.

Lively nam een lange teug. 'Het spijt me, mevrouw, ik had er graag een voor u meegenomen, maar ik weet dat dat tegenwoordig niet meer kan. We willen toch niet dat de mensen denken dat u van het voetvolk verwacht dat ze koffie voor u halen. Dat past niet bij de moderne opvattingen over politiewerk, denk ik.' Hij liep de kamer uit.

Ava leunde achterover in haar stoel en vervloekte de adrenaline die ze door haar lijf voelde gieren bij het nieuws over een mogelijke nieuwe zaak. Het was een ongezonde, droevige stand van zaken wanneer politiemensen zich verveelden als ze niets te doen hadden in plaats van opgetogen te zijn, maar zo was het wel. Het was tragisch dat er iemand op Arthur's Seat om het leven was gekomen en Ava was blij dat niets op een misdrijf wees, maar ze had dringend iets nodig om bezig te blijven, behalve haar fiat geven aan het jaarlijkse afdelingsdiner.

Een grapjas had geregeld dat het evenement dit jaar zou plaatsvinden in een Frans restaurant, een sarcastisch eerbetoon aan Callanach, veronderstelde ze, die met zijn Frans-Schotse afkomst nog steeds net zo'n gewild mikpunt van flauwe grappen was als toen hij een jaar geleden vanuit Interpol bij de Schotse politie was komen werken. De moppen over zijn accent waren niets vergeleken bij wat hij had moeten doorstaan toen ze op het bureau hadden ontdekt dat hij vroeger fotomodel was geweest. Callanach had het soort gezicht waar je onwillekeurig naar staarde, en dat deden vrouwen dan ook regelmatig. Zijn donkere ogen, lange wimpers, sterke kaaklijn en olijfkleurige huid gingen nu eenmaal nooit op in de massa, wat Ava wel vermakelijk vond als ze samen uitgingen. Nou ja, vroeger dan, corrigeerde ze zichzelf. Sinds haar promotie draaiden ze angstvallig om elkaar heen en zeiden ze telkens dat ze snel weer eens moesten afspreken zonder daar ooit concrete invulling aan te geven.

Ze had haar hand al op de telefoon om Callanach te bellen toen hij begon te rinkelen. Ze bracht de hoorn naar haar oor en zei: 'Turner.'

'Godallemachtig, wil je de telefoon in het vervolg niet zo opnemen? Ik heb liever niet dat mensen die contact opnemen met de afdeling Zware Misdrijven de indruk krijgen dat je midden in een crisis zit voordat ze zich hebben kunnen voorstellen. Want we zitten niet midden in een crisis, toch?' vroeg commissaris Overbeck.

'Nee, mevrouw,' zei Ava. 'Excuses. Ik stond op het punt om –'

'Al goed. Ik heb een shortlist samengesteld van de sollicitanten voor de vrijgekomen positie van inspecteur. Ik wilde je de kans geven om er even naar te kijken voordat we de sollicitatiegesprekken gaan voeren, dus ik stuur je de lijst vanmiddag. Als je me in de loop van morgen wat kunt laten horen, zou dat mooi zijn. Je was vanavond uitgenodigd voor een netwerkborrel met de City Fellows, maar ik hoor dat je hebt afgezegd. Mag ik vragen waarom?'

'O, is dat vanavond? Ik heb een afspraak met mijn fysiotherapeut. Ik wilde niet onder werktijd gaan, dus heb ik geregeld dat ik 's avonds kan. Als ik die afspraak vanavond afzeg, duurt het algauw een maand voor ik weer een nieuwe afspraak heb,' zei Ava, en ze was blij dat ze de commissaris aan de telefoon had en niet tegenover zich. Ondanks haar jarenlange ervaring met andere mensen die tijdens een verhoor konden liegen alsof het gedrukt stond, had

Ava zelf die vaardigheid nog steeds niet onder de knie.

'Het moest er verdomme nog bij komen dat je vrij neemt voor een snelle massage. Nu is het waarschijnlijk te laat, maar in het vervolg moet je wel bedenken dat het spel zo wordt gespeeld. Zorg dat je er de volgende keer bij bent. En hou volgende maand de overuren weer binnen de perken. We blijven eindelijk eens een keer binnen het budget, wat betekent dat ik geen gelazer krijg met het bestuur. Dat wil ik graag zo houden,' zei ze kortaf.

'Ja mevrouw,' zei Ava, maar de commissaris had al opgehangen. Ze schreef de hoofdpatholoog van Edinburgh, dr. Ailsa Lambert, een mailtje met het verzoek haar op de hoogte te brengen van de sectie op het lijk van Arthur's Seat, en gunde zich daarna de guilty pleasure om even te kijken welke films er die avond in de bioscoop draaiden. Ze was vooral dol op reprises van oude klassiekers die zo nu en dan de nachtvoorstelling haalden, maar op dit moment zou ze ook genoegen nemen met iets stompzinnigs, als ze er maar een grote portie popcorn bij had. Ze had geluk. Om elf uur draaide *Once Upon a Time in The West* van Sergio Leone. Ava had dus een date met Charles Bronson, een hele verbetering ten opzichte van een zoveelste avond alleen thuiszitten, en bijna een lot uit de loterij vergeleken bij de netwerkborrel met een groepje Edinburghse notabelen. Het zou om te beginnen ongelooflijk saai zijn geweest, en bovendien zou ze met 'schatje' zijn aangesproken door bejaarde mannen die vonden dat ze het recht hadden je te vragen nog een drankje voor ze te halen omdat je toevallig van een ander geslacht was, en die het liefst over golfen en handicaps praatten terwijl jij er zwijgend bij stond en moest kijken alsof je diep onder de indruk was. Commissaris Overbeck was waarschijnlijk een kei in het spelen van die carrièrebevorderende spelletjes, maar Ava had er geen geduld voor en was ook minder ambitieus.

Haar deur ging open en brigadier Lively kwam weer binnen.

'Kun je me misschien even met rust laten?' zuchtte Ava. 'Als je komt zeuren over de koffie, raad ik je aan...' Ze zag de uitdrukking op zijn gezicht. De gebruikelijke zure, eeuwig verongelijkte grimas was verdwenen, hij had zijn schouders hoog opgetrokken en zijn keel maakte heftige slikbewegingen, zonder dat er geluid uit kwam. Ze realiseerde zich dat brigadier Lively zijn uiterste best deed om niet te huilen. 'Zeg het maar,' zei ze.

'Het is hoofdinspecteur Begbie,' zei Lively. 'Sorry.'

Ava stond op en wist meteen wat de blik op het gezicht van de brigadier betekende, maar ze wilde het hem toch horen zeggen. 'Hou op met excuses maken, Lively, en zeg het gewoon.'

'Ik weet niet zeker wat er is gebeurd, mevrouw. Zijn auto is gevonden. Te laat om nog iets te doen. De hoofdinspecteur is dood.'

Ava voelde een stekende pijn in haar borst. Ze kreeg geen lucht, alsof haar longen geplet werden, een opmerkelijk lichamelijke uitwerking van de emotie. Haar vroegere baas en oude vriend was er niet meer.

4

In recreatiegebied Gipsy Brae, ten noorden van de stad, stond een snijdende wind. Hij voerde stemmen mee, rukte notitieblokjes weg, geselde ieders haar en gaf het landschap een grimmige aanblik. Vlak voor de ingang van het park was de weg afgezet. Ava bleef in de auto zitten om de wandeling naar de verlichte plek in de verte waar Begbies auto stond nog even uit te stellen. De onlangs gepensioneerde hoofdinspecteur George Begbie was een politieman in hart en nieren geweest. Soms wrevelig, maar ook lankmoedig, rechtdoorzee, en iemand die altijd opkwam voor de slachtoffers. In al die jaren dat Ava met hem had samengewerkt had hij nooit uit het oog verloren waar het in wezen om ging: dat in iedere zaak iemand gekwetst was geraakt of een persoonlijk verlies had geleden. Voor die mensen had de chef zijn aanzienlijke gewicht in de strijd geworpen, had hij lak gehad aan druk van bovenaf en zich niets aangetrokken van de pers en de politiek. Hij was scherpzinnig en alert en verwachtte nooit dat zijn mensen meer uren maakten dan hijzelf.

Begbie had Ava behoed voor de vrouwonvriendelijkheid in het korps die haar carrière bij de recherche in de kiem had kunnen smoren, door haar een positie in het team Zware Misdrijven te geven en haar naar voren te schuiven ten koste van meer voor de hand liggende kandidaten. Onlangs had hij haar tijdelijk moeten schorsen in afwachting van een onderzoek dat haar moest vrijpleiten van een schending van het protocol. Maar ze wist dat hij dat met pijn in het hart had gedaan. Tijdens de vele late avonden op een plaats delict en de vroege ochtenden als er verder bijna niemand op het bureau was, waren ze van collega's goede vrienden geworden. Zelfs toen ze nog beginnend rechercheur was had Begbie haar nooit buitengesloten van vergaderingen, omdat hij zag wat ze in haar mars had. De rest van het korps mocht hem graag en bewonderde hem, maar Ava hield van hem als van een favoriete oom. Een oom die haar soms uitkafferde en van haar eiste dat ze drie dagen aan een stuk werkte zonder te slapen, maar al met al was het aan hem te danken dat ze had doorgezet en carrière bij de politie had gemaakt. Het ging er bij haar niet in dat hij er niet meer was.

Ava deed haar auto op slot en ging te voet verder, zich afvragend waarom George Begbie, die dol was op warme pubs en luie stoelen, zo'n desolate plek had gekozen om afscheid van de wereld te nemen. Uitkijkend over de Noordzee, met links Cramond Island en rechts Granton Harbour, en niets dan grijze lucht, weerspiegeld in ijskoud water, was het een vreselijk sombere plek voor zo'n indrukwekkende persoonlijkheid om aan zijn eind te komen.

Ava bleef stilstaan boven aan het weggetje dat naar zee liep, naar de parkeerplaats voor caravans en auto's van de plantsoenendienst, waar nu ook Begbies oude Land Rover stond. Hij had hem een eindje van de voetpaden neergezet, met de neus naar de golven. Geen mens zou uit vrije wil op een eenzame man in een auto zijn afgelopen, zeker niet op iemand met zo'n intimiderend postuur. Ava trok een wit pak, plastic overschoenen en handschoenen aan voor zover dat nog zin had. De patholoog had al vastgesteld dat het om zelfmoord ging, maar er moest nog autopsie worden verricht. Een stuk slang was al tussen het autoraam vandaan gehaald en lag roerloos in het gras, maar oogde nog steeds kwaadaardig. Er waren tenten opgezet om de plaats delict af te schermen, meer voor nieuwsgierige ogen dan om bewijs veilig te stellen, en daarachter waren de druk bewegende schaduwen van de technisch rechercheurs zichtbaar.

Ava liep met de handen in haar zakken over het zacht glooiende grasveld naar beneden en zag dat het daglicht bijna verdwenen was en dat er al snel lampen moesten komen om de plaats delict te onderzoeken. Een jonge brigadier in smetteloos uniform, met zijn gezicht in een medelevende plooi getrokken, kwam op haar af.

'Mag ik uw ID alstublieft even zien?' vroeg hij.

Ava reikte hem die aan en was te moe om te zeggen wie ze was.

'Afdeling Zware Misdrijven?' zei de man vragend. 'Ik denk eigenlijk niet dat dit uw terrein is.'

'Als u klaar bent met een hoofdinspecteur de les te lezen, brigadier, zou u dan misschien die man met zijn hond van het gras willen jagen. En spreek me aan met mevrouw of hoofdinspecteur. En nou wegwezen.'

'Ja mevrouw,' zei hij. Hij zette zijn kraag omhoog tegen de wind en liep weg.

Ava haalde diep adem. Ze had een hekel aan botheid, vooral het soort botheid dat gepaard ging met een hogere rang. Als ze iets van Begbie had geleerd, was het wel dat je als meerdere de verantwoordelijkheid had om vriendelijk te zijn en te luisteren. Ze probeerde haar emoties in bedwang te houden.

'Waar is dokter Lambert?' vroeg ze aan een voorbijlopende technisch rechercheur.

'Die is ergens anders bezig,' zei de rechercheur, en ze reikte langs Ava heen om een paar latex handschoenen uit een doos te pakken.

Ava legde haar hand op de arm van de vrouw.

'Ergens anders bezig? Dit slachtoffer is een voormalig hoofdinspecteur. Hij heeft twintig jaar op dit soort plaatsen delict rondgelopen en nu krijgt hij opeens geen prioriteit? Ik wil weten wat hier is gebeurd. Begbie kan onmogelijk zelfmoord hebben gepleegd.'

De rechercheur trok een strak gezicht, schudde Ava's hand af en deed een stap achteruit.

'Een halfuur geleden is er een busje met acht kinderen geslipt op een beijzeld wegdek en van de weg geraakt. Twee doden. Volgens dokter Lambert had dat prioriteit. Wilt u me nu excuseren?'

'Dat wist ik niet,' zei Ava. 'Het spijt me.'

'Hoofdinspecteur Turner?' zei iemand achter haar. Een man kwam met uitgestoken hand op haar af terwijl de technisch rechercheur wegliep. 'Ik ben hoofdinspecteur Dimitri. Ik heb nooit het genoegen gehad met George Begbie samen te werken, maar ik heb begrepen dat zijn mensen hem op handen droegen. Zullen we in mijn auto wachten tot het forensisch onderzoek is afgerond? Ik voel me altijd wat overbodig als zij bezig zijn.'

'Nee hoor, dank u. Maar ik waardeer het aanbod,' zei Ava. 'Ik wil het lichaam graag ter plaatse zien. Ik neem aan dat u hier de supervisie heeft?'

'Ik heb opdracht dit onderzoek af te handelen, maar het ziet er niet naar uit dat dit uitmondt in een politieonderzoek.' Hij zweeg en keek in de richting van Begbies auto. 'Ik heb ook mensen verloren met wie ik heb samengewerkt, en dat is zwaar. De truc is om er geen kruistocht van te maken. Als je er te veel over na gaat denken, zet je jezelf op het verkeerde spoor. Ik wil u niet afschepen, maar het is echt het beste om het aan ons over te laten. U kunt ervan op aan dat ik goed voor hem zorg, en als u wat wilt weten, hoeft u het maar te vragen.'

Ava wierp een blik op de hoofdinspecteur van wie ze wel had gehoord, maar die ze nooit persoonlijk had ontmoet. Hij sprak zo zacht dat ze naar voren moest buigen om hem te verstaan. Van dichtbij zag ze dat zijn ogen zo'n bleekblauwe kleur hadden dat je er bijna niet van kon wegkijken. Zijn haar was spierwit, maar dat had niets met zijn leeftijd te maken. Ze schatte hem halverwege de vijftig, hoewel zijn gezicht geboetseerd leek te zijn uit een of ander organisch materiaal dat nooit verouderde. Voordat ze iets kon terugzeggen, verscheen er een brancard met een lijkzak erop. Die werd naar een gereedstaand busje gedragen voor transport naar het mortuarium. Ook al was de voorlopige doodsoorzaak al op de plaats delict vastgesteld, er zou toch sectie op het lichaam moeten worden verricht.

'Ik loop wel even mee naar uw auto,' zei hoofdinspecteur Dimitri.

'Niet nodig, hoor.' Ava schudde haar hoofd. 'Ik wil Begbies vrouw graag zelf op de hoogte stellen, als u dat goed vindt. Ik snap dat uw mensen nog een verklaring van haar moeten opnemen. Maar vanavond... Ik ken haar goed. Hij zou het fijn hebben gevonden als ze het van een bekende zou horen.'

'Dat begrijp ik,' zei Dimitri. 'De weinige feiten die we tot nu toe kennen, is dat een echtpaar dat over het kustpad wandelde de motor hoorde draaien. Ze liepen langs de auto om vandaar verder over de weg te lopen en zagen toen de slang op de uitlaat zitten. Ze rukten een portier open, het portier rechtsachter zat kennelijk niet op slot, maar toen was het al te laat. Ze hebben een ambulance en de politie gebeld. De mensen van de hulpverlening vroegen of we het kenteken wilden natrekken, en zo hebben we hem kunnen identificeren. Ik ben bang dat het tragisch genoeg een standaardgeval lijkt te zijn, als je dat zo mag zeggen. Op de passagiersstoel ligt een lege fles whisky. De radio stond aan. Geen sporen van een worsteling, geen kapotte ruiten of geforceerde sloten.'

'Dank u,' mompelde Ava. 'Dank u voor uw vriendelijke woorden. De mensen in mijn team zullen er kapot van zijn. Wilt u me laten weten wat uw uiteindelijke conclusie is?'

'Natuurlijk. Hij is in goede handen, dat beloof ik u,' zei Dimitri.

Ava knikte, duwde haar handen diep in haar zakken en liep weg. Bij haar auto bleef ze even staan om naar de bulderende zee te kijken, een kracht die even destructief en wreed was als het nieuws dat ze Begbies vrouw zou moeten brengen.

Het huis van de Begbies lag aan de oostkant van de stad, bij Portobello, waar St Mark's Place en Argyle Crescent samenkwamen.

Het traditionele huis, waarvan de bakstenen in de loop der jaren door aanslag geleidelijk van bruin in zwart waren veranderd, onderscheidde zich van de andere huizen door een miniatuurtorentje aan de zijkant. Ava herinnerde zich dat de chef ooit schertsend had gezegd dat zijn *home* letterlijk zijn *castle* was, en het zag er inderdaad uit als een piepkleine replica van een kasteel. Hij en zijn vrouw waren verliefd geworden op het huis toen ze er tien jaar geleden introkken, en voor zover Ava wist waren ze van plan geweest daar voorlopig te blijven wonen. Maar door die plannen was nu ruw een streep getrokken. De keren dat Ava er op bezoek was geweest, was het een verwelkomend huis geweest waar veel gelachen werd. Dit bezoek zou dat hoofdstuk definitief afsluiten. Het zou nooit meer hetzelfde zijn. Niet voor haar, maar zeker niet voor Glynis Begbie, wanneer Ava haar het vreselijke nieuws had gebracht. Ze bleef nog even in haar auto zitten terwijl Mark Knopfler over jakhalzen en raven zong, half en half in de verwachting Begbies verweduwde vrouw naar buiten te zien komen, door een zesde zintuig de straat op gedreven, naar Ava toe. Maar dat gebeurde niet. Ava zette de radio uit, controleerde of haar kleren netjes zaten en liep de paar meter over het tuinpad naar de voordeur.

'Ava! Wat leuk je te zien, lieverd. George heeft niks gezegd, anders had ik wel iets gebakken. Echt, die man is de hele tijd zo verstrooid...'

'Glynis,' onderbrak Ava haar. Ze liet een kleine stilte vallen, dat televisiemoment, zoals Ava het altijd in gedachten noemde, waarin de onverwachte aanwezigheid van een politieagent op de stoep al volstond om te beseffen dat er iets mis was. Maar dat televisiemoment kwam niet.

'Kom snel binnen, anders bevries je daar nog. Misschien is het de leeftijd, maar ik heb het tegenwoordig altijd maar koud. Zal ik je jas aannemen? Ik bel George wel even om te zeggen dat hij naar huis moet komen. Hij zou het vreselijk vinden als hij je misliep.'

'Glynis,' zei Ava weer. 'Laten we even gaan zitten.' Daar was het.

Die minuscule hapering in haar glimlach, de verbaasde blik voordat ze reageerde.

'Natuurlijk. Loop even mee naar de zitkamer. Let niet op de rommel, ik was net bezig een paar kaarten te schrijven. Wil je misschien iets warms drinken?'

Ava ging op de bank zitten en wachtte tot Glynis in een leunstoel zat.

'Ik vind het heel erg dat ik je dit nieuws moet brengen, maar George is dood aangetroffen in zijn auto. De eerste bevindingen wijzen op zelfmoord.'

Glynis' mond verslapte, er verschenen rimpels in haar voorhoofd. Ze schudde lichtjes met haar hoofd. Ava had dat moment van ontkenning al heel vaak gezien, de weigering om het nieuws van een overlijden te aanvaarden. Ze wachtte tot Glynis iets zou zeggen. Ze kwamen altijd eerst met een vraag. Waar? Wanneer? Hoe? En bij een zelfmoord was het meestal: waarom?

'Er was iets aan de hand,' zei Glynis met een ijl, beverig stemmetje.

Ava staarde haar aan. 'Zijn hart weer? Had hij slecht nieuws van de dokter gekregen?'

Glynis schudde haar hoofd. 'Niet dat ik weet. Volgens mij ging het prima met zijn herstel. Maar de laatste paar weken was hij... ik weet het niet, nors. Helemaal niks voor hem.'

'Het spijt me dat ik het moet vragen, maar had je het vermoeden dat hij zichzelf iets zou kunnen aandoen? Heeft hij er iets over gezegd?' vroeg Ava.

'Nee. Nee, anders had ik er wel met iemand over gesproken. Waar is hij nu?'

'Onderweg naar het... hij gaat naar het kantoor van Ailsa Lambert. Ze zal goed voor hem zorgen,' zei Ava.

'Daar is het nu te laat voor, hè. Zijn eten staat in de oven. Veel groene groenten. Weinig vet en suiker. Hij had de pest aan het dieet dat hij na zijn hartaanval moest volgen. Maar hij at zijn bord altijd zonder mopperen leeg. Vroeger aten we elke vrijdag een stuk roomtaart als toetje, weet je. Dat heeft hij al een halfjaar niet meer gehad. Ik denk dat hij dat nog het meest miste.'

'Zal ik een paar telefoontjes voor je plegen, Glynis? Je moet je familie nu om je heen hebben.'

'Ik wil eerst George zien als je het niet erg vindt. Ze zullen wel een autopsie doen, toch?'

'Ja,' fluisterde Ava.

'Hoe heeft hij het gedaan?' vroeg Glynis. Haar lippen vormden een trillende, stevig op elkaar geperste streep in haar gezicht.

'Uitlaatgassen van de auto,' zei Ava.

Glynis probeerde uit haar stoel overeind te komen, wankelde, en ging weer zitten.

'Ik haal een glas water voor je. Blijf daar maar zitten.' Ze liep naar de keuken en trok kastjes open om een glas te vinden, toen ze schuifelende voetstappen achter zich hoorde.

'Heeft hij geleden? Ik wil de waarheid, Ava. Ik ben vijfendertig jaar met een politieman getrouwd geweest. Het heeft geen zin om tegen me te liegen.'

Ava liet de kraan even doorlopen zodat het water goed koud was en dacht ondertussen na hoe ze die vraag moest beantwoorden. Glynis Begbie was niet dom en wist ongetwijfeld een hoop details over de zaken waar het team Zware Misdrijven mee te maken kreeg. Zo ging dat nu eenmaal als je met een politieman of -vrouw was getrouwd.

'Hoofdpijn, misselijkheid. Hij zal zijn krachten hebben voelen afnemen. En waarschijnlijk voelde hij paniek opkomen toen zijn lichaam signalen gaf dat de zuurstoftoevoer werd afgesneden. Misschien heeft hij pijn op de borst gevoeld, gezien zijn medische voorgeschiedenis. Misschien een soort attaque op het laatst,' zei Ava. 'Ik vind het heel erg. Ik wou...'

'Laat maar,' zei Glynis. 'Nu wil ik dat glas water wel.'

Ava gaf haar het glas en leunde tegen de keukenkastjes terwijl ze over haar slapen wreef.

'Je zei dat er iets mis was. Kun je daar iets preciezer over zijn?'

'Hij werd een paar keer laat op de avond gebeld. Een paar keer op zijn mobiel, en in ieder geval één keer op de vaste lijn. Hij heeft me nooit verteld wie dat was. Hij maakte er een grap over om me af te leiden. Daarna lag er een keer een pakje op de stoep toen we thuiskwamen van het boodschappen doen. Geen adres, niks. Ik zei dat hij de politie moest bellen. Hij wist dat er nog steeds mensen waren die hem te grazen wilden nemen, want hij heeft er natuurlijk heel wat achter slot en grendel gezet. Hij nam het pakketje mee naar de schuur en zei dat het waardeloze proefmonsters waren. Ik wist altijd precies wanneer hij loog.'

'En denk je dat dat reden genoeg voor hem was om...'

'George vond zelfmoord verschrikkelijk. Hij zei altijd dat dat het ergste was wat je een ander kon aandoen. Als jij gelijk hebt en hij heeft het echt gedaan, dan weet ik niet wie de man was met wie ik meer dan de helft van mijn leven samen ben geweest. En nu wil ik hem graag zien.'

Een halfuur later arriveerden ze bij het gemeentelijk mortuarium. Dokter Ailsa Lambert wachtte hen op bij de deur en begroette Glynis met een omhelzing. Ailsa hield haar eigen tranen in terwijl ze hen naar de autopsieruimte bracht. Op een snijtafel lag een lichaam onder een laken.

'Het spijt me dat ik je geen passender omgeving kan aanbieden dan deze kamer. Alle andere ruimten zijn in gebruik. Weet je zeker dat je dit aankunt, Glynis? Ik kan hem ook formeel identificeren. Dit hoeft niet je laatste herinnering aan George te zijn,' zei Ailsa.

'Ik moet het doen,' antwoordde Glynis. Ze kneep hard in de zakdoek in haar hand en staarde naar het afgedekte kolossale lijf van de man van wie ze decennialang had gehouden.

Ailsa sloeg het laken terug zodat het hoofd en de schouders bloot kwamen te liggen. Glynis hapte even naar adem. Ava sloeg een arm om haar schouders en kwam in de verleiding om weg te kijken, maar lafhartigheid was niet op zijn plaats nu Glynis zich juist zo dapper moest tonen. Toch was het vreselijk om te zien. De dood was nooit zo definitief als wanneer je hem recht in het gezicht moest kijken. Ava gruwde van de slappe kaaklijn van de chef en de manier waarop de huid op zijn wangen naar achteren, in de richting van zijn oren was gezakt, alsof zijn lichaam geen moeite meer deed om de schijn van menselijkheid op te houden. Het leven had hem letterlijk verlaten.

'Waarom is hij zo rood?' vroeg Glynis.

'Dat gebeurt vaak na koolmonoxidevergiftiging,' zei Ailsa. 'Kun je bevestigen dat het George is?'

'Ja,' zei Glynis. 'O god, ja, hij is het echt.' Ze draaide zich om en liep de deur uit naar de gang. Ava liet haar gaan.

'Heb je al gelegenheid gehad om naar hem te kijken, Ailsa? Kun je me al wat informatie geven?' vroeg Ava.

'Ik heb maar een paar minuten tijd gehad. Het is een drukke dag,' zei Ailsa, terwijl ze Begbies gezicht en schouders weer met het laken toedekte.

'Dat heb ik gehoord,' zei Ava. 'Sorry. Er zijn vast een hoop nabestaanden die je willen spreken.'

'Dat is zo, maar George was een vriend. Ik werkte al met hem samen toen jij nog op school zat. Ik had nooit gedacht dat ik nog eens sectie op hem zou moeten verrichten. Maar de symptomen passen bij een klassieke zelfmoord door inademing van koolmonoxide. Die kersenrode kleur van zijn huid wil zeggen dat hij het gas heeft ingeademd. Als je me vraagt of iemand hem heeft vermoord en daar heeft neergelegd, dan moet ik dat ontkennen. Hij heeft geen verwondingen. Hij was niet vastgebonden. Hij heeft zich niet verdedigd.'

'Niks? Echt niet, Ailsa? Jij hebt hem beter gekend dan ik, en ik weet dat de chef nooit voor deze ontsnappingsroute zou hebben gekozen.'

'Daar weet je niets van, Ava. Mensen kunnen instorten. Ze krijgen slecht nieuws, ze raken iemand kwijt, ze stoppen met werken en opeens is hun leven leeg. Ze kijken op een dag in de spiegel en zien dat ze oud zijn geworden en dat jaagt ze de stuipen op het lijf.'

'Het is laf,' zei Ava. 'Daartoe zou hij zich nooit verlagen.'

'Suïcide is een bij uitstek menselijke en eenzame daad. Het is niet aan jou om over hem te oordelen,' zei Ailsa.

Ze zwegen. Ava stak haar hand uit naar de enorme man onder het laken, trok hem terug en draaide zich om naar de muur.

'Ik weet het. Het spijt me. Ik meende het niet zo, Ailsa. Maar ik heb het gevoel dat ik hem op een of andere manier in de steek heb gelaten. Ik had vaker bij hem langs moeten gaan na zijn hartaanval. Ik had moeten checken of hij het allemaal wel aankon. Ik ben gewoon doorgegaan en had het altijd te druk.'

'Bij zelfdoding hebben de nabestaanden de neiging om het op zichzelf te betrekken: wat ze hebben nagelaten te doen of te zeggen of op te merken. Maar het heeft niets met jou te maken, Ava, of met Glynis of met hun kinderen of met wie dan ook. Het heeft te maken met George zelf. Eerlijk gezegd verwacht ik niet dat de sectie nog iets aan het licht brengt, maar ik neem natuurlijk wel contact op met zijn huisarts om te horen of die onlangs nog een diagnose heeft gesteld. Er waren geen sporen op zijn lichaam te vinden, behalve dit.' Ailsa liep om de tafel heen om het laken aan de linkerkant van George Begbies lichaam op te tillen. 'Hier, aan de binnenkant van zijn pols. Je kunt het nu nauwelijks meer zien vanwege de rode verkleuring, maar het lijken een beetje onbeholpen aangebrachte letters. Een hoofdletter N en een kleine letter c. Ik denk dat die in zijn arm zijn gekrast.'

'Zegt me niks,' zei Ava. 'N c. Ik zal eens kijken. Ik breng Glynis naar huis. Ze blijft er wel erg stoïcijns onder, maar ze is natuurlijk in shock. Dat, gecombineerd met het feit dat ze getrouwd is geweest met iemand die al zijn hele leven bij de politie zit. Ze zit waarschijnlijk al jaren half en half te wachten op die klop op de deur. Het zal wel even duren voordat het besef indaalt. Ze moet ook de rest van de familie inlichten. Laat je me weten wanneer je de definitieve resultaten van de autopsie hebt?'

'Natuurlijk. Jij moet ook naar huis om wat rust te nemen. Als we iets van dit soort dagen kunnen leren, is het dat je nooit weet wat je te wachten staat. Elk moment telt.'

5

‘Ik w-wil me aanmelden als vrijw-williger,’ zei de man, wiens adamsappel een eigen leven leek te leiden, los van de rest van zijn lichaam.

‘Je weet toch dat je er niet voor betaald krijgt, hè? Er zijn op dit moment geen echte banen te vergeven,’ antwoordde de vrouw, die zo opvallend trendy gekleed was dat ze zo mee had kunnen lopen op de catwalk van de London Fashion Week.

‘W-weet ik. Ik doe het niet voor het geld. Ik w-wil alleen maar helpen. Jullie doen hier goed w-werk,’ zei hij.

‘Heb je dan andere inkomsten als je niet voor geld hoeft te werken?’ vroeg de vrouw, die hem sceptisch van top tot teen opnam.

‘Ik w-werk ook ergens anders,’ mompelde hij. ‘Ik dacht alleen dat ik een paar uur per w-week zou kunnen bijdragen. Maakt niet uit of ik alleen koffiezet of administratie moet w-wegwerken.’

Ze zuchtte, pakte een formulier uit een la en klikte haar balpen open en dicht terwijl ze wachtte tot hij zijn zin had afgemaakt.

‘Ik kan je naam noteren, maar ik weet niet of we iets voor je hebben.’

‘Zo is het goed, Sian, ik handel het verder wel af,’ zei een andere vrouw, en vriendelijk glimlachend legde ze haar hand lichtjes op de schouder van de mislukte mannequin. ‘Loopt u even mee naar mijn kantoor? Ik ben Cordelia Muir. En u bent?’

'Jeremy,' zei hij, en hij voelde een last van zich afvallen terwijl hij achter haar aan liep. Ze was ergens tussen de veertig en de vijftig, hoewel haar fraaie trekken, trouwe gebruik van vochtinbrengende crème en slanke postuur een precieze schatting bemoeilijkten. De media hadden verschillende leeftijden genoemd die je allemaal met een korreltje zout moest nemen, maar ze waren het erover eens dat haar liefdadigheidsinstelling goed werk verrichtte in een aantal Afrikaanse landen. Crystal was een initiatief voor schoon drinkwater dat zich ten doel stelde gemeenschappen voorlichting te geven over het slaan van waterputten en vervolgens geld beschikbaar stelde om de opgedane kennis over te dragen aan naburige dorpen, zodat er een netwerk van veilige, duurzame drinkwatervoorziening ontstond dat zich als een leven schenkend web zou uitbreiden, levens veranderde en mensen een toekomst gaf.

'Ik moet zeggen, Jeremy, dat het heel mooi is dat je je aanmeldt als vrijwilliger. Sian doet onze dagelijkse administratie en ze heeft een tamelijk starre kijk op de wereld, maar ze bedoelt het niet slecht. Ik hoop dat ze je niet heeft afgeschrikt, maar ze had wel gelijk toen ze zei dat we je niet kunnen betalen. Onze middelen zijn beperkt en ik zorg ervoor dat een zo groot mogelijk percentage van de donaties het beoogde doel ten goede komt. Ik hou niet van dure kantoren en een hele stoet medewerkers.'

'Daarom w-wil ik hier ook w-werken,' zei Jeremy met gebogen hoofd. 'Dat heb ik over u gelezen. Daarom w-wil ik graag helpen. U lijkt...' Hij knipperde een paar keer met zijn ogen en beet op zijn onderlip. 'U lijkt goed.'

'Dat is heel aardig van je,' zei ze. 'En als je echt wilt helpen wil ik je graag inzetten. Kun je me wat over jezelf vertellen?'

Jeremy bloosde, haalde diep adem en verzamelde moed om haar onder het spreken aan te kijken.

'Ik ben vijfentwintig jaar. Ik w-wil graag mensen helpen.' Hij sprak langzaam, nadrukkelijk, en woog elk woord op een goudschaaltje. 'Ik ben opgegroeid in een pleeggezin. Lieve mensen. Ik w-wil iets terugdoen. Ik doe ook hoveniersw-werk. Niet veel vraag naar in de w-winter,' stotterde hij.

'Nee, dat zal wel niet,' zei Cordelia zacht. 'Ik begrijp wat je bedoelt als je zegt dat je iets terug wilt doen. Ik heb geluk gehad. Mijn ouders kwamen allebei uit Kenia, maar uit rijke families. Toen ik vier jaar was zijn we hiernaartoe verhuisd, in een tijd dat de raciale tegenstellingen scherper waren dan nu. Mijn vader werkte in de financiële sector. Ik ging naar een goede school, we gingen op vakantie altijd naar het buitenland, en ik ben afgestudeerd zonder studieschuld. Daarna ben ik in het bedrijfsleven terechtgekomen, waar ik bergen geld verdiende voor mensen die al meer dan genoeg hadden. Uiteindelijk was ik het zat en wilde ik een duidelijker doel voor ogen hebben, en nu zit ik hier. Iets doen om het leven van mensen in Afrika te verbeteren maakte de cirkel rond voor me. Weet je, ik denk dat je hier echt iets kunt betekenen. Wat ik vooral belangrijk vind is samenwerken met positief ingestelde mensen die goed willen doen. Kom volgende week anders een paar uur langs, dan kun je zien wat we zoal doen en hoe jij daarin zou kunnen passen, en als het je bevalt kun je ons op regelmatige basis helpen. Ondertussen kun je je gegevens invullen op dit formulier, en kun je een referentie opgeven als je die hebt.'

'Die heb ik,' zei Jeremy met een glimlachje en een knikje.

'Zal ik een kop koffie maken voor je gaat? Dan kun je alvast zien hoe slecht me dat afgaat. Iedereen hier is vast blij als een ander straks koffiezet.'

Ze gaf Jeremy een pen en een formulier waarop hij zijn basisgegevens moest invullen: adres, bsn, telefoon, contactpersoon in geval van nood. Vervolgens verdween ze en ging bij een gootsteentje in de weer met kopjes en lepeltjes. Hij vulde de gegevens snel in en keek toen rond in Cordelia Muirs kantoor. Midden op haar bureau prijkte een familiefoto van haar met haar kinderen, een ouder meisje en een jongen. De foto was blijkbaar van een tijdje terug, want Cordelia zag er nu heel anders uit. Dankzij zijn speurwerk wist Jeremy dat haar dochter het huis uit was en aan de universiteit studeerde, en dat haar zoon in de zesde klas van de middelbare school in Edinburgh zat. Hij vroeg zich af of ze het vervelend zou vinden als hij de foto oppakte, terwijl hij haar door de glazen scheidingswand gadesloeg en zag hoe ze de ijskast opendeed om een pak melk terug te zetten.

'U heeft mooie kinderen,' zei hij toen ze met twee mokken binnenkwam.

'Dank je,' zei ze, en ze zette de dampende mok voor hem neer. Ze leek het niet erg te vinden dat hij die dierbare foto in zijn handen had. 'Mijn man is enkele jaren geleden overleden. Hij was al ongeneeslijk ziek toen we deze foto lieten maken. Mijn dochter heeft het beter verwerkt dan mijn zoon. Randall is pas zeventien. Ik denk dat jongens behoefte hebben aan een man in de buurt om ze door de puberteit heen te helpen.' Ze glimlachte.

'Mijn vader overleed toen ik twee w-was,' zei Jeremy. Hij zette de foto terug op het bureau. 'Mijn moeder en hij raakten betrokken bij een busongeluk. Mijn pleegouders hebben hun best gedaan, maar die tienerjaren zijn lastig. En ik w-was niet erg makkelijk.'

'Je was vast niet erger dan andere tienerjongens, en voor jou moet het nog lastiger geweest zijn dan voor de meeste anderen. Je ouders zouden nu trots op je zijn geweest,' zei ze glimlachend. 'Heb je het formulier al ingevuld? Fijn. Kom maandagochtend anders. Dan begin ik met een nieuw project waar ik best wat hulp bij kan gebruiken. Niets heel bijzonders, maar het zou fijn zijn als je kon komen.'

Jeremy straalde en nam met trillende handen een slokje koffie.

'Dat zou gew-weldig zijn,' zei hij. 'Dank u, mevrouw Muir.'

'Cordelia. We spreken elkaar hier bij de voornaam aan,' zei ze. 'Ik heb het gevoel dat het lot je hier heeft gebracht, Jeremy. Ik geloof sterk in het lot. Welkom bij het team.'

Op het bureau zat inspecteur Callanach in Ava's kamer op haar te wachten. Hij stond op toen ze binnenkwam.

'Luc,' zei ze. 'Wat voor nieuws heb je over het lijk bij Arthur's Seat?'

'Nog niet veel, mevrouw,' zei Callanach, die weer ging zitten nadat ze met een wuifgebaar had aangegeven dat hij kon plaatsnemen.

'Wil je me alsjeblieft niet met mevrouw aanspreken? Nou ja, wel als er anderen bij zijn, maar niet als we met z'n tweeën zijn. Je weet dat ik me daar ongemakkelijk bij voel.'

'En ik voel me ongemakkelijk wanneer ik dat níét doe,' kaatste hij terug. 'Ik heb gehoord wat er met de chef is gebeurd. Ik wilde even weten hoe het met je gaat en vragen of ik je ergens mee kan helpen.'

'Ja, wat dacht je ervan als we het vanavond samen op een zuipen zetten, en dat jij me veilig thuisbrengt, mijn haar uit mijn gezicht houdt terwijl ik overgeef en de hele nacht naast me blijft opletten of ik niet stik?' Ava legde haar hoofd op het bureau. 'O god, sorry. Ik weet niet waar dat opeens vandaan kwam. Weet iedereen het al?'

'Brigadier Lively weet het,' zei Luc, 'dus dan hadden we het evengoed aan de media kunnen melden. En ja hoor, dat wil ik best, als je dat nodig vindt.'

Ava keek hem niet-begrijpend aan.

'Je haar vasthouden en ervoor zorgen dat je niet stikt.'

'Je hebt vast wel wat beters te doen vanavond,' zei Ava, hoewel ze vermoedde dat dat waarschijnlijk niet het geval was. Callanach had de looks van een fotomodel, waardoor mensen hem op straat vaak aanstaarden, maar na een valse aanklacht wegens verkrachting door een collega in zijn Interpol-tijd was hij privé een soort kluizenaar geworden. 'Ik heb trouwens nog werk te doen. Vertel me over dat meisje bij Arthur's Seat.'

'Ze heet Lily Eustis. Negentien jaar. Had een tussenjaar genomen voordat ze naar de universiteit ging, vooral om te werken en het collegegeld bij elkaar te sparen. Ze zou komende september geneeskunde gaan studeren aan St Andrews. Haar familie is op de hoogte gebracht. Moeder, vader en een zus. Ik ben er na de melding op af gegaan, maar het lijkt me geen zaak voor het team Zware Misdrijven. De eerste bevindingen wijzen op onderkoeling als doodsoorzaak.'

'Hoe is ze daar helemaal boven op die berg terechtgekomen?' vroeg Ava.

'Dat weten we nog niet. Ze heeft geen auto en ze woont nog bij haar ouders. Ze is gisteravond naar de pub gegaan, waar ze met iemand had afgesproken, en ze is niet thuisgekomen. Dat is ongebruikelijk maar niet uitzonderlijk, hoewel haar ouders zeiden dat Lily altijd zou hebben gebeld om te laten weten waar ze logeerde.'

'Heb je al met die vriend of vriendin gesproken?' vroeg Ava, terwijl ze ondertussen aantekeningen maakte.

'Nee, niemand weet wie het was. De ouders denken dat het een jongen was, maar dat weten ze niet zeker. Haar zus heeft al Lily's vriendinnen gebeld, maar geen van hen kan ons verder helpen.'

'Hou de zaak voorlopig in ons team. Wil je Ailsa vragen Lily's autopsie boven aan de lijst te zetten? Hou me op de hoogte.'

Callanach stond op. 'Zal ik je straks naar huis brengen?' vroeg hij. 'Dan kun je je auto hier laten staan, en dan haal ik je morgenochtend weer op om naar het werk te gaan.'

'Denk je soms dat ik niet meer kan rijden? Ik ben verdrietig, Luc, niet dronken,' zei Ava. Ze zuchtte. 'God, sorry. Ik reageer helemaal verkeerd. Dank je voor het aanbod, maar het gaat echt wel. Ik moet het team nog vertellen dat de chef is overleden. Ze willen vast bijzonderheden weten. Zie jij kans om iedereen vanavond nog bij elkaar te roepen? En wat Lily Eustis betreft, kun jij ervoor zorgen dat het team morgen om drie uur naar de briefingruimte komt?'

'Natuurlijk,' zei Callanach. 'Dan zijn de filmbeelden van de drone ook beschikbaar. Ik zorg wel voor een kopie die je na de briefing kunt bekijken.'

'Goed, en dan gaan we vanavond samen naar Ailsa in het mortuarium.' Ava's telefoon ging, en Callanach wilde de kamer uit lopen. 'Wacht even, Luc,' riep ze hem na. 'Weet u het zeker?' vroeg ze aan de persoon aan de andere kant van de lijn. 'Hebt u haar ID gecontroleerd? Nee, breng haar nog niet naar boven. Ik wil het eerst met hem bespreken. Hij is op mijn kamer. Geef me vijf minuten. Ik bel u terug.'

Luc stond met zijn rug tegen de deur van Ava's kamer geleund, zijn handen in zijn zakken gestoken, en keek haar met een schuin hoofd aan.

'Is het Astrid?' vroeg hij. 'Ik wist dat ze me niet met rust zou laten, maar dat ze hier binnen durft te lopen na alles wat ze me heeft geflikt...'

'Zij is het niet,' zei Ava. Ze wist hoe moeilijk het voor Luc zou zijn geweest oog in oog te staan met Astrid, de vrouw die hem valselijk had aangeklaagd wegens verkrachting. Maar de confrontatie met de vrouw die beneden op hem stond te wachten, zou nog veel moeilijker worden. 'Luc, ik weet niet wat er allemaal is gebeurd, en ze heeft niet uitgelegd waarom ze hier is, maar je moeder staat beneden.'

Callanach haalde een hand door zijn haar terwijl hij tevergeefs naar woorden zocht.

'Ik wil haar niet zien,' zei hij uiteindelijk.

Ava liep om haar bureau heen en kwam naast hem staan.

'Dat begrijp ik,' zei ze. 'Je hebt het recht je zo te voelen. Ze heeft je in de steek gelaten toen je haar nodig had...'

'Het was niet alleen dat ze me in de steek liet. Jij kunt het onmogelijk begrijpen. Ik ben beschuldigd van een verkrachting die ik niet heb begaan. Ik ben er kapot van geweest. Ik wist niet eens of ik wel de kracht had om het proces te doorstaan. Mijn moeder was de enige die honderd procent zeker had moeten weten dat ik het niet gedaan kon hebben, dat ik niet zo'n monster was. Toen zij me in de aanloop naar het proces liet vallen, begon ik zelfs aan mezelf te twijfelen. Er zijn momenten geweest waarop ik dacht dat ik Astrid echt had verkracht en dat ik voor mezelf een andere realiteit had geconstrueerd. Hoe kon ik onschuldig zijn als mijn eigen moeder het niet kon opbrengen me tijdens het proces te steunen?'

'Luc, het spijt me dat dit zo'n schok voor je is. Maar ze is hier. Ze staat nu beneden. Er moet een reden zijn waarom ze hierheen is gekomen. Wil je niet van haar horen waarom?'

'Niet echt,' antwoordde hij.

'Wil je dat ik naar beneden ga om eerst even met haar te praten?' bood Ava aan.

'Ik heb haar gebeld, voicemails ingesproken en sms'jes gestuurd,' zei Luc. 'Maar ze heeft een ander mobiel nummer genomen. Ik heb haar e-mails en brieven geschreven. De stiltes die ik als reactie kreeg waren stuk voor stuk een nagel aan de doodskist van onze relatie. Maandenlang, Ava. Er zijn maanden verstreken tussen het moment dat ze haar handen van me aftrok en de rechtszaak werd geseponeerd en ik te horen kreeg dat ik vrij was om te gaan en staan waar ik wilde. Ook al zou ik kunnen begrijpen waarom ze me in de aanloop naar het proces niet kon steunen, ze heeft sinds de vrijspraak meer dan een jaar de tijd gehad om contact met me op te nemen. Geen enkel excuus, geen enkele verklaring kan rechtvaardigen waarom je je eigen kind zo zou behandelen.'

'Luc, alsjeblieft. Ik heb mijn moeder verloren. Toen ik eenmaal wist dat ze ongeneeslijk ziek was, was het te laat om al die jaren in te halen waarin ik het te druk had om haar te zien en te veel met mezelf bezig was. Ik heb nooit de kans gekregen haar te vergeven voor haar kritische commentaar, dat op mij overkwam als kleinerend. Ik wil niet dat jij dezelfde vergissing begaat,' zei Ava.

'Ava, dit is mijn leven, niet dat van jou. En in mijn geval gaat het niet om kleinerende opmerkingen, maar om messteken in de rug. En ik bega geen vergissing.'

'Goed, ik begrijp het. Echt. Maar ga naar beneden en ga de confrontatie aan. Al is het maar om haar te zeggen hoe je je voelt. Om het af te sluiten. Er komt een dag dat je daar behoefte aan hebt,' zei ze.

Callanach liep naar de deur.

'Dus je gaat met haar praten?'

'Ik behandel haar net zoals ze mij behandeld heeft,' zei hij. 'Ze kan haar hart uitstorten. Ze kan om vergeving smeken en me zeggen dat ze me nodig heeft of wat dan ook. En daarna verban ik haar voorgoed uit mijn leven.'

6

'Ik hou het hier geen seconde langer uit, Christian,' fluisterde Lily's zus Mina in haar telefoon. 'Ik smeer 'm zodra mijn ouders slapen. Kunnen we ergens afspreken?'

'Mina, je ouders hebben je nodig. Als ze wakker worden en zien dat je de deur uit bent, worden ze panisch,' zei hij. 'Je weet dat ik voor je klaarsta, maar ik weet niet of het wel een goed idee is als je midden in de nacht het huis uit gaat.'

'Ik stik hier bijna. Lily's kamer ligt pal naast de mijne. Mama wil pertinent dat we de deur wijd open laten staan, alsof we haar nog verder wegduwen als we hem dichtdoen. Maar ik moet er steeds langs, en dan zie ik iets van Lily, een sjaal, een pen of een stom elastiekje, en dan begint het weer van voren af aan. Soms lijkt het wel of ik nooit meer kan ophouden met huilen.'

'Goed, ik kom eraan. Wacht op me in het bushokje bij jullie in de straat. Doe me een lol en laat een briefje achter voor je ouders om te zeggen dat je er even tussenuit moest. Je wilt niet dat ze je kamer binnenkomen en zien dat die leeg is,' zei Christian.

'Je hebt gelijk. Zal ik doen. Maar kom alsjeblieft.' Ze hing op.

Christian ging douchen en trok andere kleren aan. Hij was eerder op de avond in een obscuur café geweest dat stand-upcomedians een podium bood. Er was achterin een rookhok en nu stonken zijn kleren naar sigarettenrook. Mina gruwde daarvan, en hij wilde haar de troost kunnen bieden die ze nu nodig had. Hij trok een denim shirt en een zwarte spijkerbroek aan, sloeg een sjaal om zijn nek en pakte zijn dikke montycoat. Op weg naar buiten griste hij een boek mee en gooide het nonchalant op de achterbank. *De legende van Slaperige Leegte* was een van de teksten die het komende semester behandeld zou worden in het college Meesters van de Amerikaanse literatuur aan de universiteit van Edinburgh, en Mina vond alles wat hij las altijd razend interessant.

Zijn auto was een typische studentenbrik. Hij was ternauwernood door de laatste apk gekomen, was alleen WA verzekerd en de stoelveren staken nog net niet door de bekleding heen, maar het ding deed wat het moest doen en liet hem bijna nooit in de steek. Voordat hij wegging, maakte hij warme chocolademelk, schonk die in twee herbruikbare to-gobekers (want Mina was milieubewust) en nam een zak marshmallows mee. Een glimlach op haar gezicht brengen was nu misschien onmogelijk, maar dit was het minste wat hij kon doen.

Ze stond in de regen op hem te wachten, alleen haar hoofd stak uit het bushokje, om te zien of hij er al aan kwam. Christian stopte, knipperde met zijn groot licht en veegde de condens van de binnenkant van de ruit, zodat ze kon zien dat hij het was.

'Hé daar,' zei hij toen ze naast hem neerplofte. 'Waar heb je zin in?'

'Kunnen we gewoon een stukje rijden?' vroeg Mina. 'Ik moet even het gevoel hebben dat ik beweeg, want alles lijkt tot stilstand te zijn gekomen.'

'Natuurlijk,' zei hij, 'we hoeven ook niet te praten, als je dat niet wilt. Waar wil je naartoe?'

'Breng me zo dicht mogelijk bij Arthur's Seat,' zei Mina. 'Ik moet het zien. Ik wil erachter komen waarom Lily dit in godsnaam heeft gedaan.'

Christian reikte haar een kop warme chocolademelk aan voordat hij wegreed.

'Mina, wil je wel echt naar Arthur's Seat? Ik weet zeker dat Lily het vreselijk had gevonden als je jezelf zo zou kwellen.'

'Je kent haar niet eens, dus ga me nou niet vertellen wat ze wel of niet had gewild. O god, Christian, sorry. Ik snap niet waarom ik dat zei.' Mina keek door de autoruit naar buiten. 'Shit, het lijkt wel of ik mezelf niet eens meer ken. Hé, zet me maar gewoon ergens af, hoor. Ik snap het best als je nu liever naar huis wilt. En dank je wel voor de chocolademelk. Dat verdien ik niet. En jou ook niet, trouwens.' Mina haalde een door de regen al nat geworden mouw over haar ogen.

Christian keek naar haar afhangende schouders, naar haar haar dat sinds de ontdekking van het lichaam van haar zus tweeënhalve dag geleden geen shampoo of borstel meer had gezien, en naar haar voeten die krampachtig naar elkaar toe waren gedraaid, alsof ze zich letterlijk zo klein mogelijk wilde maken en verdwijnen. Hij stak zijn hand in de bergruimte van het portier en trok de marshmallows tevoorschijn.

'Ik ga helemaal nergens naartoe,' zei hij. 'Maar ik sta erop dat je minstens tien van deze dingen opeet. Je hebt suiker nodig, en een vriend. Ik laat je echt niet meteen in de steek als je een keer bits tegen me doet.'

Mina draaide haar gezicht naar hem toe en probeerde een glimlach op haar gezicht te leggen.

'En als je echt naar Arthur's Seat wilt, dan doen we dat. Er bestaat niet zoiets als goed of fout als je een dierbare kwijtraakt. Dan moet je alleen de dag zien door te komen. Misschien voel je daar iets. Laten we maar gaan kijken.'

Ze reden er in een kwartier naartoe, er was bijna geen verkeer, maar de striemende regen was des te erger. Christian parkeerde op Queen's Drive, zo dicht mogelijk bij de plek waar Mina naartoe wilde. Het was pikkedonker, zelfs de lichtvervuiling van de stad durfde niet zo ver tegen de heuvel op te kruipen. Hij zette de motor uit en wachtte tot Mina iets zou zeggen.

'Wat deed Lily hier in vredesnaam?' fluisterde ze. 'Ze heeft het er nooit over gehad dat ze hierheen wilde. Toen we klein waren hebben we de heuvel weleens beklommen, en ik geloof dat ze er met een schoolreisje een keer naartoe is geweest. Maar 's avonds laat in december?'

'Zijn jullie nog iets van de politie te weten gekomen?' vroeg Christian.

'Nee, morgen krijgen we de eerste resultaten van de autopsie te horen, zeiden ze. Verder geen nieuws. Niemand heeft zich gemeld om te zeggen dat hij of zij die avond bij haar was. Geen van haar vriendinnen wist met wie ze had afgesproken.' Ze doopte een marshmallow in de chocolademelk, wachtte tot hij half gesmolten was en stopte hem in haar mond. 'Lekker,' zei ze. 'Dank je dat je bent gekomen.'

'Geen dank,' zei Christian. 'Ik wil je graag helpen, maar ik wist niet of je liever met rust gelaten wilde worden of met je familie wilde zijn.'

'Ik moet gewoon weten waarom ze me in de steek heeft gelaten!' riep Mina uit, waarbij er stukjes marshmallow uit haar mond vlogen. Ze verslikte zich en boog zich voorover, morste hete chocolademelk op haar spijkerbroek, en liet toen ook nog de beker in de beenruimte vallen.

'Mina,' zei Christian troostend.

'Het spijt me, ik maak het wel schoon,' snikte ze met haar armen om haar buik geslagen, haar gezicht verborgen achter een gordijn van haar.

'Je hoeft je niet te verontschuldigen. Kom maar gewoon hier,' zei hij, en hij legde zijn linkerarm over haar schouder en trok haar rechterarm naar zich toe. Hij nam haar in zijn armen en streelde haar haar. 'Je mag huilen,' fluisterde hij. 'Ik blijf bij je.'

Mina liet zich helemaal gaan, legde haar hoofd tegen zijn borst en gaf zich over aan haar verdriet. Christian wiegde haar terwijl ze huilde, hield haar stevig vast en drukte zijn gezicht tegen haar hoofd, vechtend tegen de vloedgolf van zijn eigen emoties. Ze was op dit moment zo breekbaar, moest zo hard haar best doen om deze ondraaglijk zware klap te verwerken. Minuten gingen voorbij. Mina's gesnik nam af, in plaats daarvan begon ze hortend adem te halen. Hoe meer ze haar best deed zich in te houden, hoe ellendiger ze zich voelde.

'Ik kan het niet aan,' fluisterde ze schor. 'Ik kan niet accepteren dat ze er niet meer is. Het lijkt wel of mama ook dood is. Ze is voor mijn ogen tien jaar ouder geworden. Het lijkt wel of haar gezicht door de zwaartekracht tot een grauw masker is verwrongen. Ik kan het niet eens omschrijven.'

Christian liet haar praten. Hij wist wel beter dan haar te vertellen dat het wel over zou gaan. Hij was ook iemand kwijtgeraakt die hij liefhad, en die ervaring had hem geleerd dat je ontroostbaar was wanneer het allemaal nog zo vers was. Mina ging iets van hem af zitten om hem recht aan te kunnen kijken, en trok haar knieën tegen haar borst. 'Ik vraag me steeds maar af of het erger of juist minder erg zou zijn geweest als ze ziek was geweest. Dan had ik afscheid kunnen nemen, haar hand kunnen vasthouden. Maar nu weet ik niet eens of... of ze bang was. Ik bedoel, god, stel dat ze daar *wilde* doodgaan? Denk je dat het mogelijk is dat ze daarom naar boven is gelopen? Hoe gaan mensen hiermee om? Het lijkt wel of we in een verhaal over onszelf terecht zijn gekomen.' Ze begon weer te snikken en haar gezicht was een gepijnigde versie van het zorgeloze meisje dat Christian kende. 'Ze snijden haar godverdomme open. Ze ligt nu ergens in stukken op zo'n roestvrijstalen tafel. Ik kan niks doen om haar te helpen. Ik kan haar niet zeggen hoeveel ik van haar hou, of dat ze niet zo verdomd egocentrisch had moeten zijn. Ik denk dat ik haar haat. Ik haat haar omdat ze me in de steek heeft gelaten. Maar hoe kan ik haar haten als ze dood is? Het voelt alsof ik vanbinnen helemaal wegrot.'

Mina gooide het portier open en stormde naar buiten, en wist een greppel te bereiken voordat ze overgaf. Christian rende achter haar aan en kon haar net op tijd vastgrijpen voordat ze door de krampachtige spasmen van haar middenrif voorover tuimelde. Ze kokhalsde nog twee keer voor haar lichaam weer enigszins ontspande en ze weer rechtop kon staan.

'Ik breng je naar huis,' zei hij. 'Dit doet je geen goed. Je zult van dag tot dag, of van uur tot uur moeten leven. Misschien helpt het je als de politie wat meer weet. Kom maar,' zei hij. Hij sloeg een arm om haar schouders en leidde haar terug naar de auto. 'Je kunt me dag en nacht bellen als je wilt praten.'

'Dank je,' zei Mina hees. 'Ik ben zo blij dat ik jou heb. Beloof me dat je niet bij me weggaat. Ik trek dit niet zonder jou.'

7

Callanach gooide zijn sleutels op tafel en liep naar de keuken, waar hij instinctief naar een koffiepot reikte en zich enorm moest beheersen om de fles single malt whisky niet open te maken die hij al maanden in de kast had staan. Doorgaans was hij geen liefhebber van sterkedrank, maar als er ooit een aanleiding was om daar verandering in te brengen, dan was die er nu wel.

Zijn moeder, Véronique, zat op de bank, haar jas tot haar kin dichtgeknoopt, handtas op schoot en de hengsels stevig in haar handen geklemd. Callanach staarde naar haar silhouet tegen het grote raam van zijn appartement aan Albany Street, op een paar minuten lopen van de drukke restaurants en bars van York Place, waar hij eigenlijk nooit naartoe ging. Sinds hij een dik jaar geleden in Edinburgh voor de Schotse politie was gaan werken had hij geprobeerd de flat een eigen touch te geven. Alles bij elkaar was het twee jaar geleden sinds zijn schorsing bij Interpol, nadat een collega hem beschuldigd had van verkrachting en zijn carrière abrupt tot stilstand was gekomen. Een paar vrienden hadden hem gesteund, maar zijn collega's hadden hem vrijwel allemaal laten vallen. Maar wat het meest pijn had gedaan, was dat zijn moeder zich van hem had afgekeerd. Toch hield hij nog van haar, en daarom kon hij haar niet meer in zijn leven toelaten. Het was al moeilijk genoeg om het verdriet te verwerken dat ze hem destijds had aangedaan. Dat wilde hij niet nog eens meemaken.

Hij roerde in zijn koffie en vroeg zich af of zijn moeder nog altijd melk in haar koffie gebruikte. Ze was akelig mager, dat was het eerste wat hem was opgevallen. De laatste keer dat ze elkaar hadden gezien was in Lyon, toen hij net op borgtocht was vrijgelaten, zij het onder strenge voorwaarden over wie hij wel en niet mocht zien en waar hij wel of niet mocht komen. Ze was bij hem langsgekomen met een weekendtas en had hem bezworen dat het allemaal goed zou komen en dat de beschuldigingen zouden verdwijnen als sneeuw voor de zon. Daar bleek ze zich in te hebben vergist. Zelfs nu stond zijn wereld nog op z'n kop. Zijn moeder had twee weken bij hem gelogeerd, in afwachting van het moment dat de Franse officier van justitie zou inzien dat de aanklacht een smerige leugen was, afkomstig van een vrouw die totaal door hem was geobsedeerd. Maar elke dag dat zijn moeder langer bij hem bleef, raakte ze meer gespannen. En geleidelijk aan had ze zich van hem afgekeerd.

Het begon ermee dat ze elke dag stiller werd, bijna zichtbaar alle hoop liet varen, en uiteindelijk was ze weggegaan en had hij niets meer van haar gehoord. Zelfs toen Astrid Borde had besloten niet te getuigen en hij onschuldig was verklaard, had zijn moeder niets van zich laten horen. Het was of hij niet meer voor haar bestond. Callanach had gerouwd omdat ze uit zijn leven was verdwenen. En nu was ze hier, een spookachtige schim van de vrouw die hij zich herinnerde, die hem nauwelijks durfde aan te kijken, zelfs haar fluisterende stem leek in de verste verte niet op die van de zelfverzekerde, lachende vrouw in zijn herinneringen.

'Melk, suiker?' vroeg Callanach haar in het Frans, terwijl hij het in gedachten terugvertaalde in het Engels alsof hij nooit in Frankrijk had gewoond.

'Zwart, dank je,' zei zijn moeder beleefd.

Hij zette twee mokken op de salontafel tussen hen in en koos ervoor tegenover haar te gaan zitten, met de tafel als barrière tussen hen in. Hij pakte zijn telefoon uit zijn zak en legde die op de armleuning van de stoel. Hij had het aan Ava overgelaten om het team in te lichten, maar had die avond om tien uur met haar afgesproken bij het mortuarium. Hij had dus nog een uur de tijd, maar daar zat hij niet over in. Wat zijn moeder hem na al die tijd te vertellen had kon in een uurtje worden afgehandeld. Het zou nu toch niets meer veranderen.

'Mooi appartement heb je.' Ze nipte van haar koffie en omklemde de mok alsof het een anker was. Callanach reageerde niet. Op het politiebureau was hij verdwaasd de trap af gelopen in de overtuiging dat het om een persoonsverwisseling ging of om een flauwe grap van zijn team, dat geen idee had van het mijnenveld dat ze daarmee betraden. Maar daar stond ze. In het zwart gekleed, haar donkere haar nog altijd lang, met hier en daar grijze strengen. Als jonge vrouw was ze beeldschoon geweest, maar nu had ze donkere wallen onder haar ogen en haar mondhoeken wezen omlaag alsof ze zo waren vastgepind. Ze staarde naar haar schoenpunten toen ze hem begroette.

'Luc,' had ze gezegd. 'Kunnen we praten?'

'Dat is goed, Véronique,' had hij geantwoord terwijl hij de deur naar buiten voor haar openhield. Hij wilde haar het bureau uit hebben. Ze mocht geen plek krijgen in zijn nieuwe leven. Hij wilde geen herinnering aan haar in zijn werkkamer en hij kon het niet opbrengen om 'moeder' te zeggen. Ze was zijn moeder niet meer, dat had ze hem duidelijk gemaakt door hem te laten barsten. Hij was met haar naar zijn auto gelopen en ze waren zwijgend naar zijn flat gereden. Nu zat ze hier en hij had geen idee wat hij tegen haar moest zeggen of wat ze van hem wilde.

'Logeer je in Edinburgh?' vroeg hij, uit het raam starend.

'In het Radisson,' zei ze. 'Ik heb voor een week geboekt.'

'Ben je hier dan op vakantie?'

'Nee,' zei ze, en eindelijk zette ze haar tas op de vloer. 'Ik ben hier om jou te zien, Luc. Ik ben blij dat je goed terecht bent gekomen. Bevalt het je hier in Schotland?'

'Ik mis Frankrijk,' zei hij. 'Maar nu ben ik eraan gewend. Het regent vaak en ik heb een jaar lang aan het accent moeten wennen.'

Véronique stond zichzelf een aarzelend glimlachje toe en pakte met haar rechterhand de trouwring aan haar linkerringvinger vast. Ze droeg hem nog steeds, hoewel zijn vader al tientallen jaren geleden was overleden. Callanach was toen pas vier, en hij herinnerde zich alleen maar een grote man met een zachte stem, altijd hartelijk, altijd lachend. Het was een waas.

'Wanneer je vader te snel sprak verstond ik hem net zomin, ook al waren we al jaren bij elkaar. Nu ik hier terug ben is het ook weer lastig.'

'Waarom ben je gekomen?' vroeg Callanach.

Véronique wreef in haar ogen. Hij wachtte. Dat kostte hem geen moeite. Hij wachtte al zo lang dat een paar minuten er wel bij konden.

'Ik heb dit nooit gewild,' zei ze. 'Als ik het allemaal terug kon draaien, zou ik het doen.'

'En dat is het?' vroeg Callanach met een zachte, kille stem. 'Ben je hierheen gekomen om me te vertellen dat je had gewild dat het anders was gelopen?'

'Het lag ingewikkeld,' zei zijn moeder, plukkend aan de zoom van haar rok. 'Je was zo gesloten, je wilde niet met me praten over wat er was gebeurd, en toen kwam het medische bewijs naar buiten. En je verweerde je niet toen ze je de eerste keer verhoorden.'

'Dat betekende niet dat ik schuldig was,' zei hij.

'Het ging niet alleen om jou,' zei ze, terwijl haar ogen vol tranen schoten en ze met trillende hand in haar tas naar een zakdoekje zocht.

'Om wie ging het dan nog meer? Om jou? Schaamde je je voor me? Wat was precies het moment waarop je me hebt berecht en me schuldig hebt bevonden? Was dat al voordat je naar Lyon kwam, of heb je gewacht tot je mijn versie van de gebeurtenissen had gehoord voor je me afschreef?' Hij was luider gaan praten, maar sprak langzaam om er zeker van te zijn dat de woorden zo hard mogelijk aankwamen. Hij had bijna twee jaar moeten wachten tot hij zijn zegje kon doen, en hij nam er de tijd voor.

'Astrid is me komen opzoeken. Dat heb ik je nooit kunnen vertellen,' zei zijn moeder. 'Toen leek je al niet meer met me te willen praten, en ik kon niet de juiste woorden vinden. Dus ben ik weggegaan. En toen kreeg ik die foto's van haar verwondingen te zien. Iemand had die naar me opgestuurd.'

'Je hebt met Astrid gepraat en dat heb je me nooit verteld? Heb jíj dat gesprek gearrangeerd?'

'Nee, nee, Luc, dat zou ik nooit hebben gedaan. Ze moet me een keer zijn gevolgd vanaf je appartement. Ik ging boodschappen doen toen een vrouw me op straat aanhield. Ze zei dat ze met me over de zaak wilde praten. Eerst dacht ik dat ze een journaliste was, of een assistente van de officier van justitie. Ik dacht dat ik een goed woordje voor je kon doen, ze op andere gedachten kon brengen, dus zijn we koffie gaan drinken. We zaten al toen ze vertelde wie ze was. Ik stond op om weg te gaan, maar ze zei dat ze het nog erger voor je zou maken als ik opstapte. Ik was zo bezorgd dat ik weer ging zitten en zei dat ik zou luisteren.'

'Ik denk niet dat ik dit wil aanhoren,' zei Callanach. 'Hoe kon je zo stom zijn?'

'Ze kwam heel rustig over. Ik kon jouw beschrijving van haar niet rijmen met de vrouw met wie ik zat te praten. Ze was stil, ingetogen gekleed, droeg haar haar in een paardenstaart, had geen make-up op. Ik weet nog dat ik dacht: dit kan haar niet zijn. Ze zei dat ze alleen maar de gebeurtenissen vanuit haar perspectief wilde vertellen, om haar hart te luchten. Ik dacht maar steeds dat ze de aanklacht misschien zou laten vallen als ik haar aanhoorde. Het leek me wel tien minuten van mijn tijd waard.'

'Nadat ik je had verteld hoe manipulatief ze was? Hoe geobsedeerd ze door mij was?' vroeg Callanach. Hij liep naar het raam, staarde in de zwarte leegte en probeerde niet naar de weerspiegeling van zijn moeder te kijken.

'Al het bewijs was tegen je. Je had je beste vriend verteld dat je die schrammen in je nek in de sportschool had opgelopen. Je had niemand verteld dat Astrid je had aangevallen. De buurman heeft gehoord dat je haar uitschold toen je haar flat uit liep. Beetje bij beetje stapelde het bewijs zich tegen je op en je eigen uitlatingen maakten de situatie er niet beter op. Ik wilde alleen maar helpen,' zei Véronique. Ze sloeg haar armen om zich heen en wiegde zachtjes van voren naar achteren.

'En wat gebeurde er daarna?' vroeg Callanach. 'Want hoe je het ook bedoeld had, ik ben er niets mee opgeschoten. Astrid heeft de aanklacht pas laten vallen op de dag dat de zaak zou voorkomen, en ze heeft nooit gezegd dat ze alles uit haar duim had gezogen. Ik ben daarna nog vier maanden lang beschouwd als een verkrachter.'

'Dat weet ik,' stamelde Véronique. 'Dat weet ik. En dat spijt me heel erg. Als ik het kon overdoen...'

'Weet je, ik kan dit niet aan,' zei Callanach. 'Ik dacht dat ik het wel aankon, maar ik vind het te moeilijk. Ik weet niet goed wat je dacht te bereiken door me dit te vertellen, maar ik heb er in elk geval niets aan. Als je hier helemaal naartoe bent gekomen om je geweten te zuiveren, dan heb je een inschattingsfout gemaakt.'

'Daar gaat het me niet om,' zei Véronique. Ze gooide haar handtas op de bank en stond op. 'Dat ik me dan iets minder bezwaard zou voelen, ja, dat wel. Ik weet dat je geen enkele reden hebt om me te vergeven. Ik denk niet dat ik dat ooit van je mag verwachten. Maar toen ik met haar sprak deed het me pijn, Luc. Ze klonk zo overtuigend. Ze leek op een dier dat door een auto was aangereden, verkreukeld, gebroken. Ik kon het niet verdragen daartussen te zitten. Je deed zo afstandelijk en boos.'

'Wat verwacht je dán van iemand die vals beschuldigd is?'

'Luc, ik probeer uit te leggen dat ik onder die omstandigheden niet zo'n geweldig beoordelingsvermogen had. Ik wist dat ik je niet kon vertellen dat ik met haar had gesproken. Daarna kwam dat medische rapport over haar inwendige verwondingen en de bloeduitstortingen. Jouw huid onder haar nagels. Ik wist niet meer wat ik moest denken. Dus ben ik gevlucht. Ik wist dat ik niet degene voor je kon zijn die je nodig had, en daarom ben ik weggegaan. Dat wil ik niet goedpraten. Ik weet niets te zeggen wat het leed kan verzachten. Maar het spijt me.'

'Het spijt je? Stel dat ik je spijt aanvaard. Dat ik begrijp wat een goede actrice Astrid is, en hoe gevaarlijk ze is. Maar daarna heb je me laten vallen terwijl je wist dat ik misschien wel jaren de gevangenis in zou moeten, je stuurde geen e-mails meer, je belde niet. Toen ik uiteindelijk te horen kreeg dat ik vrij was om te gaan, heb ik je geschreven. Zelfs mijn brieven kwamen ongeopend terug. Was een halfuurtje met Astrid alles wat nodig was om je eigen kind in de steek te laten?'

'Ik zat volledig in de knoop. Alsjeblieft, geloof me, ik wilde met je praten, ik wilde je het liefst zo snel mogelijk in mijn armen nemen en de moeder voor je zijn die je nodig had, maar ik schaamde me te erg. Ik was niet sterk genoeg geweest. Ik heb me door mijn eigen behoeften, mijn eigen gevoelens laten meeslepen. Ik had mezelf op de eerste plaats gezet en... hoe kun je je kind nog onder ogen komen als je dat hebt gedaan? Dat kon ik niet. Ik wist dat ik je niet waard was.'

'Dat klopt,' zei Callanach. 'En ik laat me niet meer meeslepen in dat zwarte gat. Ik heb de deur dichtgedaan. Voor Astrid, voor de nachtmerrie van de arrestatie, de trouweloosheid van mijn vrienden. Voor jou. Ik heb geen zin om dit allemaal opnieuw door te maken zodat jij van je schuldgevoel wordt verlost. Ik ben overeind gekrabbeld, hoewel dat het laatste was wat ik wilde. Ik ben naar een ander land verhuisd, heb me laten omscholen, mezelf gedwongen in de spiegel te kijken en ik ben een nieuw leven begonnen. Ik weet niet wat je nodig hebt of wat je dacht dat ik je kon geven, ik kan het niet opbrengen. We gaan. Ik kan je afzetten bij je hotel. Ik heb nog een laat overleg over een autopsie.'

'Luc, ik heb gewoon wat meer tijd nodig,' zei zijn moeder. Ze pakte haar tas, maar bleef tussen de salontafel en de bank staan. 'Dit is niet makkelijk.'

'Het spijt me, maar je hebt alle tijd van de wereld gehad,' zei Callanach. 'Ik moet er echt vandoor.' Hij hield de deur voor haar open, keek op zijn mobiel of hij nieuwe berichten had, en wachtte tot ze haar jas aanhad.

Véronique keek het appartement rond. 'Er hangen hier geen foto's,' zei ze.

'Ik moest mijn leven opnieuw opbouwen, zonder herinneringen. Het is zinloos om naar onwaarachtige beelden te staren,' zei hij. Hij liep de gang op en hield de deur van een afstandje voor haar open.

'Zelfs niet van je vader? Hij zou dit vreselijk hebben gevonden.'

'Bedoel je dat hij jouw gedrag vreselijk zou hebben gevonden?' vroeg Callanach.

Véronique draaide zich om, liet haar gebalde vuisten in haar jaszak glijden en trok haar schouders op. Ze liep gedecideerd langs Callanach heen en nam de trap. Op de stoep haalde hij haar in en hield het portier van zijn auto voor haar open.

'Nee, hoeft niet,' zei ze. 'Ik ga wel lopen. Dat is voor ons allebei beter.'

'Ja,' antwoordde Callanach. 'Dat is het zeker.' Hij klemde zijn tanden op elkaar en liet zijn moeder voor de laatste keer achter.

8

Ava trof Callanach op de parkeerplaats van het mortuarium. Geleund tegen haar auto wachtte ze tot hij die van hem had geparkeerd.

'Wil je erover praten?' vroeg ze toen hij was uitgestapt.

'Nee,' zei hij. 'Hoe ging de briefing van het team?'

'Iedereen is nog in shock. De meesten hebben op enig moment wel direct met de chef samengewerkt. Er wordt gefluisterd dat zijn pensionering na die hartaanval zijn einde heeft betekend. Na al die jaren aan het front eindigt hij met een lidmaatschap van een golfclub en een dieet waar hij de schurft aan had. Dat kan natuurlijk nooit een vervanging zijn voor de adrenaline en de single malt die hij gewend was. Zullen we naar binnen gaan? Ailsa is voor ons langer gebleven.'

Ze liepen het gebouw binnen en roken vlak voor de glazen buitendeuren al die typische klinische, chemische lucht, die een soort geursignaal leek af te geven: laat alle hoop varen. Dokter Ailsa Lambert zat in haar kantoor, haar assistent zag er afgepeigerd uit toen hij zijn jas aandeed en hun goedenavond wenste. Ava klopte op de deur.

'Heb je tijd voor ons, Ailsa?'

'Kom binnen,' zei ze. 'Ik zou jullie graag iets te drinken aanbieden, maar ik heb het gebruik van alcohol in dit gebouw verboden.

Maar als ik er ooit naar heb verlangd, dan is het nu...' Ze onderbrak zichzelf en pakte een map met het opschrift HOOFDINSPECTEUR GEORGE BEGBIE. 'Laten we hier maar mee beginnen. Ik ben er vast van overtuigd dat de doodsoorzaak koolmonoxidevergiftiging is. Er zijn geen verwondingen aangetroffen of bevindingen die daarmee in tegenspraak zijn, inwendig of uitwendig. De monsters voor de toxicologische tests worden hier morgen opgehaald voor analyse, maar ik heb al een alcoholtest op zijn bloed uitgevoerd. Hij was nuchter. En dan bedoel ik niet net onder de grens voor autorijden. Er zat geen druppel alcohol in zijn bloed. Hij heeft volledig bij bewustzijn een eind aan zijn leven gemaakt.'

'Er moet een aanleiding zijn geweest,' zei Ava. 'Heb je geen symptomen van andere ziekten ontdekt? Niks waardoor hij misschien alle hoop had opgegeven en mogelijk dacht dat zelfmoord de enige uitweg was?'

'Nee, er zijn geen tumoren aangetroffen en zijn organen zien er redelijk goed uit, in aanmerking genomen dat hij het aan zijn hart had. Ik heb zijn huisarts gebeld. Die zei dat George pasgeleden nog een algehele check-up had gehad, met bloedonderzoek en de hele rimram. Niks aan de hand. Uit de aantekeningen van de arts blijkt dat George opgewekt was, geen last had van depressiviteit of slaapproblemen, een goede eetlust had en dat zelfs zijn cholesterolgehalte was gedaald. Hij was van plan om zijn vrouw op hun trouwdag te verrassen met een vakantietripje. De huisarts kent ze allebei al jaren. Ze is net zo ontdaan als wij,' zei Ailsa.

'Dus hij is naar de kust gereden, heeft een stuk slang aan zijn uitlaat vastgemaakt en heeft vervolgens zijn dood afgewacht terwijl hij wist dat Glynis voor hem aan het koken was. Hij was broodnuchter, maar er lag wel een lege whiskyfles in zijn auto en hij had geen lichamelijke of psychische problemen. Jezus, Ailsa, dit slaat helemaal nergens op,' zei Ava.

'Dat begrijp ik,' zei Ailsa. 'En dan is er nog die kwestie met die tekens aan de binnenkant van zijn linkerpols.' Ze klikte met haar muis en er verscheen een uitvergroting van de plek op het computerscherm. 'Het is op deze foto duidelijker te zien dan met het blote oog, omdat we de kleur wat hebben kunnen wegfilteren. Je ziet hier dat de hoofdletter N bestaat uit drie afzonderlijke krassen. De krassen zijn diep en de opperhuid is daardoor behoorlijk beschadigd, en elke streep bestaat uit meerdere krassen. De kleine letter c bestaat uit een enkele kromme lijn die herhaaldelijk op dezelfde plek is gekrast.' Ze klikte nog een keer en er verscheen een uitvergroting van de c op het scherm. 'Hier zie je dat de kras in de bovenste boog van de c zo diep was dat de huid is gaan bloeden. Zonder gereedschap moet dat knap lastig zijn geweest.'

'Zonder gereedschap?' vroeg Callanach. 'Bedoel je dat hij...'

'Hij heeft het met zijn rechterwijsvinger gedaan. Onder zijn nagel zijn afgekrabde deeltjes huid gevonden, genoeg om zonder microscoop op te merken. We hebben dat natuurlijk opgestuurd voor een DNA-test, maar eigenlijk weten we wel zeker dat hij het bij zichzelf heeft gedaan.'

'Ik heb geen idee waar dat voor staat,' zei Ava. 'En ik heb wel vaker slachtoffers van koolmonoxidevergiftiging gezien, maar ik weet eigenlijk niet goed wat er gebeurt voor ze overlijden. In welke toestand verkeerde hij toen het gas eenmaal de auto in stroomde?'

'Hij is steeds meer versuft en gedesoriënteerd geraakt. Hij kon zich moeilijker concentreren en moet zich heel misselijk hebben gevoeld,' zei Ailsa.

'Dus misschien is het verschil in grootte van de letters te wijten aan zijn verwarde toestand,' opperde Ava. 'Misschien waren het allebei hoofdletters.'

'Denk je dat het initialen zijn?' vroeg Callanach. Ava knikte. 'En komt er een naam bij je op?'

'Nee, niet direct,' zei Ava. 'Morgenochtend vraag ik Tripp om dat uit te zoeken.'

'Ava,' zei Ailsa zachtjes. 'Er is geen enkel bewijs dat hier sprake is van een misdaad. We hebben met een tragedie te maken. Een vreselijke gebeurtenis voor de familie, maar in mijn rapport komt te staan dat er geen verdachte omstandigheden zijn.'

'Dat is belachelijk,' zei Ava. 'Dit past totaal niet bij hem en die letters op zijn arm...'

'Die kunnen er in de uren voor zijn dood in zijn gekrast en hoeven er niets mee te maken te hebben. Of ze kunnen een aanwijzing zijn dat hij op dat moment niet helemaal bij zijn volle verstand was. Het is geen bewijs dat er misdaad in het spel is.'

'Het is in elk geval de moeite waard het te onderzoeken,' zei Ava. 'Ik weiger te accepteren dat dit een niet-verdachte dood is.'

'Mij is gevraagd commissaris Overbeck een kopie van mijn rapport te sturen,' zei Ailsa. 'Ik heb geen keus. Afgezien van de uitslag van het toxicologisch onderzoek is er geen aanleiding om het lichaam niet vrij te geven voor de begrafenis of crematie. George' familie heeft al genoeg te verstouwen. Er is geen reden om ze te laten wachten.'

'Ailsa, je kunt deze zaak nog even openhouden, dat weet ik. Ik ben hoofdinspecteur, en als ik niet kan beslissen wat er wel en niet onderzocht moet worden, dan –'

'Ava,' zei Callanach, 'je kunt van dokter Lambert niet vragen om iets anders op te schrijven dan haar oprechte mening. Ze heeft gelijk wat de vrouw van de chef betreft. Glynis moet kunnen rouwen. Als we dingen in deze zaak zien die er niet zijn, maken we het haar alleen maar moeilijker.'

'Je hebt gelijk,' zei Ava. Ze ademde diep in en liet haar adem langzaam ontsnappen. 'Het spijt me, Ailsa, het was niet mijn bedoeling je onder druk te zetten. Ik moet dit allemaal even goed tot me door laten dringen.' Ze wendde haar blik af en zei: 'Luc, wat wilde jij hier nog bespreken?'

'Lily Eustis. De jonge vrouw die bij Arthur's Seat is gevonden. Ben je daar nog iets meer over te weten gekomen?' vroeg Callanach, die probeerde niet te laten merken dat hij zich zorgen maakte om Ava.

Ailsa Lambert maakte zich zoals gewoonlijk minder druk over hoe ze overkwam, en bleef Ava strak aankijken terwijl Callanach aan het praten was. 'Ja, Lily, arme meid. Ik heb haar ouders vanavond gesproken. Die hebben allerlei vragen die ik niet kan beantwoorden, maar in wezen is de doodsoorzaak algehele orgaanuitval als gevolg van onderkoeling. Eigenlijk niet zo verrassend. Als je in een decembernacht bij deze temperaturen op een heuvel gaat zitten is dat bijna onvermijdelijk. Ik ben ook op de plaats delict geweest. Iemand heeft daar een vuurtje gestookt. Dat moet haar een poosje warm hebben gehouden.'

'Ze is naakt gevonden,' zei Callanach. 'Er zou een groot vuur nodig zijn geweest om haar in die omstandigheden warm te houden.'

'Het feit dat ze naakt was kan een gevolg van de onderkoeling zijn,' zei Ailsa. 'Dat noemen ze "paradoxale ontkleding". Mensen raken gedesoriënteerd door de kou en trekken hun kleren uit omdat ze een warmtesensatie ervaren, waardoor ze nog sneller afkoelen.'

'Dus ze is daar niet tegen haar wil naartoe gesleurd?' vroeg Callanach.

'Ze is in elk geval niet aangerand en het lichaam vertoont geen lichamelijk letsel. Er zijn geen sporen die erop wijzen dat ze zich heeft verdedigd, geen wonden. Ze was een gezonde jonge vrouw, goede spiertonus, vrijwel geen vet op haar...' Ailsa's stem stierf weg.

'Het lijkt of je aarzelt,' zei Callanach. 'Hoe komt dat?'

'Het is misschien niets,' antwoordde Ailsa, al typend, 'maar laten we eens aannemen dat ik gematigde tot ernstige onderkoelingsverschijnselen vertoon, ernstig genoeg om mijn kleren uit te trekken en die van de heuvel te gooien. In welke toestand verkeer ik dan?'

'Onrustig. Waarschijnlijk angstig. Misschien zelfs in paniek,' vermoedde Callanach.

'Precies,' zei Ailsa, wijzend naar een foto op het scherm. Lily Eustis lag op de grond zoals Callanach haar had aangetroffen, op haar rug, helemaal naakt, de blauwtinten al neigend naar zwart, de armen langs haar zij alsof ze net in slaap was gevallen.

'Wat bedoel je, Ailsa?' vroeg Ava.

'Nou, ze ziet er hier niet angstig of paniekerig uit, vind je wel?' zei Ailsa. 'Eerder als iemand die een beetje moe is en een dutje wil doen. Ze ligt niet in de foetushouding, haar lichaam is niet opgevouwen, niet verkrampt, ze heeft niet om zich heen liggen klauwen. En er zijn zeker geen sporen te zien van wat men "terminaal ingraven" noemt, een syndroom dat zich voor kan doen als de dood nabij is, want dan zou ze zich hebben opgerold om zich zo klein mogelijk te maken en beschutting te zoeken. We hebben niets geks onder haar vingernagels gevonden. Geen aarde, geen huid. Er is eigenlijk maar één spoor op haar huid te vinden: een twee centimeter lange afdruk van een rits op haar buik.'

Callanach wierp een blik op zijn aantekeningen. 'In het verslag staat dat ze een spijkerbroek met ritssluiting droeg. Die hebben we in de kluis voor het bewijsmateriaal liggen.'

'Precies. Het lijkt of ze een hele tijd met die rits heeft geworsteld. Misschien zat ze in haar verwarde toestand met die rits te pielen en heeft ze het metaal in haar huid geduwd terwijl ze haar jeans probeerde uit te trekken. Maar verder ziet ze er opvallend schoon uit, alsof ze tijdens het proces van afkoelen en overlijden geen enkel trauma heeft ervaren.'

'Je zegt dat alsof dat iets slechts is,' zei Ava bits. 'Hadden we soms gewild dat ze getraumatiseerd was geweest?'

'Ja, natuurlijk,' zei Ailsa, zonder acht te slaan op Ava's geïrriteerde toon. 'Een mens verzet zich instinctief tegen de dood, en vlucht voor gevaar. Het terminaal ingraven wordt ook wel het "hide-or-die-syndroom" genoemd. Ik vind haar lichaamshouding en haar algehele toestand totaal onbegrijpelijk.' Ava zuchtte diep. 'Lily's toxicologiemonsters worden morgen samen met die van George Begbie opgestuurd. Voor die tijd waag ik me liever niet aan speculaties.'

'Als je ervan overtuigd bent dat Lily aan onderkoeling is gestorven, waarom laat je dan een toxicologisch onderzoek doen?' vroeg Callanach.

'Haar maaginhoud had een typische geur. Die kan ik niet precies thuisbrengen, en dat is al lastig genoeg met die enorme verscheidenheid aan eten en drinken die er te krijgen is, maar ik meende ook iets raars te ruiken toen ik haar lijkzak opendeed. Maar zoals gezegd, ik ga niet speculeren.'

'Oké,' zei Callanach. 'Toxicologisch onderzoek waarvan?'

'Haar, lever, gal, glasachtig lichaam en de maaginhoud natuurlijk. Bloed en urine zijn standaard. En voor de zekerheid een paar botweefselmonsters,' zei Ailsa. 'Dat is wat ik voorlopig in de zaak van Lily kan betekenen. Vragen?'

Ze schudden allebei hun hoofd. Ava had haar jas al aan voordat Ailsa haar scherm had uitgeschakeld. Callanach wenste haar een fijne avond, terwijl Ava al de gang in liep.

'Ava,' riep hij, en hij haalde haar in toen ze de buitendeur openduwde en naar de parkeerplaats liep. 'Je pakte Ailsa wel erg hard aan, daar binnen.'

'Ik probeerde me een oordeel te vormen over deze twee zaken,' zei ze.

'Dat weet ik, maar Ailsa heeft langer met de chef samengewerkt dan wie dan ook bij het team Zware Misdrijven. Als ze verdachte dingen was tegengekomen zou ze erbovenop zitten.'

'Ben je klaar?' vroeg Ava.

Callanach nam niet de moeite om te antwoorden.

'Fijn. Ik heb nog werk te doen en ik heb een rotdag gehad. Ik stel voor dat je naar huis gaat. Neem morgenochtend contact op met de ouders van Lily Eustis. Leg maar een update op mijn bureau.'

'Ja mevrouw,' antwoordde Callanach.

Dit keer nam Ava niet de moeite hem te corrigeren. Ze stapte in haar auto en scheurde weg.

9

Geleund tegen een stapel rekwisieten achter de coulissen wierp hij een taxerende blik op de groep wannabe's die hun haar schikten, hun nekspieren losmaakten en hun stem opwarmden. Eigenlijk was het meelijwekkend dat zoveel jonge mannen en vrouwen zich verdrongen om een carrière in list en bedrog op te bouwen. Want acteren was domweg beroepsmatig liegen. Hij stond zichzelf een flauw glimlachje toe en las vervolgens een niet-bestaand bericht op zijn telefoon om gesprekken uit de weg te gaan. Als het erop aankwam zou hij waarschijnlijk geknipt zijn voor de rol. Acteren was tenslotte de kunst die hij zich tot in de perfectie had eigen gemaakt. Hij wierp een blik op Sean O'Cahill, jong, overlopend van enthousiasme en stuiterend van de zenuwen, die straks aan de beurt was. Hij dwong zichzelf gefocust te blijven en te doen waarvoor hij was gekomen. Hij schatte Seans lengte op een meter vijfenzeventig, de acteur in de dop was slank en woog vast niet meer dan een kilo of zestig. Die maten lagen ruim binnen de grenzen van wat hij aankon.

Iemand van het leven beroven was ingewikkelder dan mensen dachten. Je kon er maar beter niet onvoorbereid aan beginnen. Hij moest zeker weten dat hij Sean kon dragen. Dat zou hem lukken dankzij de dagelijkse haltertrainingen, die als prettige bijkomstigheid hadden dat zijn lijf er strak en begeerlijk uitzag. Hij was niet ijdel, maar valse bescheidenheid was evenmin op z'n plaats. Een knap uiterlijk en een gespierd lijf maakten het leven een stuk eenvoudiger. Vechten of vluchten kon altijd nog. Het leven was onvoorspelbaar. Je kon potentiële conflicten maar beter voor zijn en erop voorbereid zijn. Toch hield hij wel van een goed gevecht. De dominantie. De inspanning. Maar hij wist ook wanneer hij moest maken dat hij wegkwam. Dat waren de eerste levenslessen uit zijn jeugd geweest – weten wanneer je moest wegwezen, je moest verstoppen, je stil moest houden. Als je in vorm bleef, verkleinde dat de kans dat je werd gepakt.

Kijkend naar Seans voorbereidingen op de auditie, zag hij een jonge man die zich graag joviaal opstelde. Voor iedereen die bij hem in de buurt stond, had hij een glimlach over, en niet zomaar een gratuite glimlach, maar een glimlach die uitstraalde 'wat is het leven toch mooi'. Sean wilde anderen graag aardig vinden en aardig gevonden worden. Dat maakte het veel makkelijker om hem te benaderen. Hem manipuleren zou een fluitje van een cent zijn. Eigenlijk wel jammer. Seans lengte en gewicht vormden de sleutel tot de hoeveelheid slaapmiddel die hij hem moest toedienen om hem tijdelijk uit te schakelen. Hij wilde hem niet te snel doden. Daar viel geen plezier aan te beleven. Verdriet moest heel langzaam worden geproefd, met kleine beetjes emotie tegelijk, en hij wilde erbij zijn om elke traan van het gezicht van Seans geliefde te likken. Maar er viel nog veel meer te doen. Vertrouwen winnen. Een vuurtje opstoken. Daardoor gleden zijn gedachten weer terug naar Lily. Hij sloot zijn ogen en dwong zichzelf zich niet door die herinnering te laten afleiden. In plaats daarvan observeerde hij Sean. Hij straalde levenslust uit, wat iets absoluut bedwelmends had. Zijn handen jeukten om hem vast te houden.

'Sean O'Cahill?' riep een jonge man.

Sean liep van de spiegel weg en stak zijn hand op.

'Je bent aan de beurt. Helemaal klaar?'

'Honderd procent,' zei Sean brallerig, en hij probeerde van dit moment te genieten. 'Audities zijn nooit verspilde moeite', luidde het mantra van zijn agent. Het was één lange, constante leercurve. Soms werd het een mislukking, zo nu en dan een succes, maar telkens wanneer je het podium betrad kwam je een stap dichter bij je uiteindelijke doel. Sean was er niet van overtuigd dat dat klopte. Hij had vaak genoeg meegemaakt dat de gang naar het podium linea recta tot een afwijzing leidde. Het leven van een acteur was zwaar. Niet zo zwaar als dat van een soldaat of een chirurg natuurlijk, maar de constante teleurstellingen werkten als een zalf waarvan je huid dunner werd, en hij had het gevoel dat die van hem helemaal was weggevreten.

'Sean, toch?' riep een vrouw vanaf de derde rij in het kleine theater. 'Vertel eens wat over jezelf.'

'Natuurlijk. Nou, ik kom uit Noord-Ierland en ik ben pasgeleden van Belfast naar Edinburgh verhuisd.' Hij vergat niet te glimlachen.

'Waarom Edinburgh?' onderbrak de vrouw hem. Hij veronderstelde dat ze de regisseur van het toneelgezelschap was.

'Omdat ik een ticket naar Los Angeles niet kon betalen, natuurlijk,' zei Sean. Uit het groepje mensen rond de vrouw, die aantekeningen maakten, ging onmiddellijk gelach op dat werd beantwoord vanuit de coulissen, waar een rij andere kandidaten stond te wachten. 'En omdat ik vorig jaar op het Fringe Festival ben geweest. Ik heb een voorstelling gezien van jullie gezelschap en toen wist ik dat ik hier wilde zijn. Bovendien staat een Schotse kilt me goed en kan ik hier in een rok gaan winkelen zonder dat ik raar word aangekeken.' Opnieuw gelach, luider dit keer, bereid zich te laten inpakken door zijn gevoel voor humor. Hij begon te ontspannen.

'Hoe oud ben je, Sean?'

'Wilt u de leeftijd in mijn paspoort of het antwoord dat ik van mijn agent moet geven?' vroeg hij met een grijns.

'Het dichtst bij de waarheid,' zei de regisseur lachend.

'Vijfendertig als ik Flaming Pig heb gedronken, achtentwintig als ik zonder kater wakker word en eerder zesentwintig als ik make-up op heb.'

'Oké, we hebben hier het nummer dat je hebt uitgekozen en een monoloog. Het zou fijn zijn als je begint met zingen en daarna meteen doorgaat met de monoloog,' zei de regisseur. De pianist begon te spelen.

'Dat was heel goed, Sean. Waar heb je je opleiding gehad?'

'Aan de universiteit van Ulster,' zei Sean.

'Nou, je deed het heel goed. Dit zijn open audities, dus we zien een hele hoop mensen. We beschikken vrijdag pas over een lijst van geselecteerden, en die krijgen een e-mail met het verzoek volgende week terug te komen. Dank je voor je tijd tot zover,' rondde ze af.

Ze hadden hem niet afgekapt. Dat was het enige waar hij aan dacht toen hij van het podium stapte. Hij had zijn lied helemaal kunnen zingen, ze goedkeurend zien knikken, en hij had zelfs plezier beleefd aan de monoloog – een welkome afwisseling met de gebruikelijke zenuwslopende marteling. Hij pakte zijn telefoon en begon al een berichtje aan Bradley te tikken voor hij zijn jas had gepakt, maar bedacht zich halverwege en verwijderde het bericht. Dat bracht vast ongeluk. Hij mocht zichzelf in dit stadium niet feliciteren. Hij moest het bagatelliseren. Sinds ze met elkaar samenwoonden, was hij de tel kwijtgeraakt van het aantal audities waaraan hij zijn tijd had verspild, maar over deze had hij een goed gevoel. Hij zou het Bradley pas vertellen als hij werd uitgenodigd voor de tweede ronde. Dan zou hij het maar tegen een handvol anderen hoeven opnemen. Het salaris stelde niet veel voor, maar deel uitmaken van een gezelschap en aan een voorstelling werken zou een concreet begin kunnen zijn.

Hij glimlachte naar de man in de deuropening, die waarschijnlijk op zijn beurt stond te wachten.

'Goed werk,' zei de man.

'Dank je.' Sean grijnsde en nam diens bruinblonde haar en open glimlach op. 'Ik heet Sean.' Hij stak zijn hand uit.

'Jackson,' zei de ander, zijn hand schuddend.

'Leuke naam. Sta je op je beurt te wachten?' vroeg Sean, terwijl hij zijn jas helemaal dichtknoopte tegen de vrieskou buiten.

'Ik weet niet of dat nog wel zin heeft,' zei de man goedmoedig. 'Het ziet ernaar uit dat jij die rol al te pakken hebt.'

'Nou, dat weet ik nog zo net niet,' zei Sean, hopend dat de onbekende gelijk had. 'Hoe dan ook, toi toi,' zei Sean, en hij liep haastig langs hem heen. De man glimlachte nog een keer en keek Sean na toen die het theater uit liep. Aardige kerel, dacht Sean.

Bradley stond te popelen om zijn vriendje Sean te bellen. Ze begonnen allebei zo langzamerhand de hoop op te geven dat Sean ooit werk zou vinden, maar geen van tweeën wilde de eerste zijn om die angst ook uit te spreken. Deze auditie was Sean echter op het lijf geschreven, want het theatergezelschap zocht een acteur die zowel kon zingen als dansen, en die 'een overtuigende komedie kan neerzetten', zoals in de advertentie stond, en dat was Sean wel toevertrouwd. Hij zag er niet uit als een filmster en zou nooit worden gecast als de held, de harde macho of de slechterik met de ijzige blik. Maar improviseren kon hij als de beste. Hij was goed in rake uitsmijters. En hij was ook nog eens gemakkelijk in de omgang. Als hij dat allemaal kon laten zien, zou hij het eindelijk tot de tweede ronde kunnen schoppen.

Bradley koos Seans nummer, maar brak de oproep af voordat hij verbinding had. Hij wilde hem niet te veel onder druk zetten. Hij moest ervoor zorgen dat Sean goed in zijn vel zat, hem laten weten dat als het dit keer niet lukte, zijn kans nog wel zou komen. Op weg naar huis zou hij een redelijke fles wijn scoren, wel binnen hun beperkte budget natuurlijk. Hij kon de auditie onder het eten terloops ter sprake brengen. Dat was beter.

Brad zette zijn computer uit, ordende zijn aantekeningen en trok zijn jas aan. Het leven als junior actuaris ontbeerde het drama en de spanning van het toneel, maar hij was dol op zijn werk. En het zorgde in elk geval voor een vast inkomen, wat niet onbelangrijk was. Sean luisterde serieus naar Bradleys verhalen over zijn werkdag, alsof er niets belangrijkers op de wereld bestond, en meestal wist hij overtuigend de indruk te wekken dat hij oprecht geïnteresseerd was. De keerzijde van hun uiteenlopende carrières was hooguit dat Seans wereld zoveel dynamischer was dat Brad zich af en toe een saaie droogkloot voelde. Seans danslessen en work-outsessies zaten stuk voor stuk volgepakt met heerlijke gespierde mannen die geregeld onder de zonnebank lagen. Het was niet zo dat Sean hem ooit opzettelijk het gevoel gaf dat hij er niet toe deed, maar als entertainer trok Sean van nature mensen aan. Iedereen die hen ontmoette, onthield onmiddellijk Seans naam, en hij ontving constant vriendschapsverzoeken via social media. Soms, heel soms dacht Brad dat het wel leuk zou zijn wanneer híj voor de verandering eens het middelpunt van alle aandacht zou zijn. Op weg naar buiten spoelde hij zijn koffiemok af in de gootsteen en sprak zichzelf streng toe omdat hij zo ondankbaar was. Het leven met Sean was fantastisch. Dus wat gaf het als hij soms overschaduwd werd door de sprankelende persoonlijkheid van zijn minnaar? Daartegenover stonden momenten van intimiteit en liefde. Zelfs als hij dat kon zou hij niets willen veranderen aan wat ze samen hadden – niet veel in elk geval – zei Brad tegen zichzelf, terwijl hij een sjaal om zijn hals sloeg en de kille avondlucht in stapte.

10

Er was een week verstreken sinds de dood van Lily Eustis, en Callanach was er nog steeds niet achter met wie ze de avond had doorgebracht, voor die noodlottige tocht naar Arthur's Seat. In de pubs waar ze gewoonlijk naartoe ging was ze niet gezien. De politie had contact gezocht met haar vrienden en vriendinnen, had beelden van bewakingscamera's bekeken en de gegevens van haar telefoon en social media nagetrokken, maar het had allemaal niets opgeleverd. Een paar nummers in haar contactenlijst waren niet meer in gebruik, maar dat was te verwachten.

Ailsa had nog een keer met de ouders van Lily gesproken om uit te leggen waarom het lichaam pas vrijgegeven kon worden nadat de uitslag van de toxicologische analyse bekend was, voor het geval die aanleiding gaf tot nader onderzoek. Ook Callanach was bij hen langs geweest om hen in hun diepe verdriet lastig te vallen met nog meer vragen en weinig antwoorden, zich bewust van de geest die zij nog steeds in hun huis zagen. De stoel waar Lily vaak in zat te lezen, de trap die ze altijd met twee treden tegelijk nam, de onverstaanbare liedjes die ze onder het tandenpoetsen zong. Dat waren van die kleine dingen die Lily's moeder hem had verteld. Hij had thee met haar gedronken, geknikt, en had de woorden laten komen. Die gesprekken hielpen hem misschien niet de vragen rond Lily's dood op te lossen, maar zolang haar moeder er iets aan had, zou hij luisteren.

Lily's zus Mina zat lusteloos op de bank op haar nagels te bijten en aan een paar haren te plukken die uit haar paardenstaart waren ontsnapt.

'Zelf zou ze nooit op het idee zijn gekomen om daarnaartoe te gaan,' zei Mina. 'Ze was daar met iemand.'

'Daar gaan we ook van uit,' was Callanachs antwoord, 'maar niemand heeft zich nog gemeld met informatie. Zoals de patholoog heeft uitgelegd is er geen sprake van letsel en wijst niets op een misdaad.'

'Dus dat is het?' blafte Lily's vader vanuit een leunstoel in een hoek van de kamer, waar het zo donker was dat Callanach hem nauwelijks zag zitten.

'Ja, tot er nieuwe forensische informatie is of zich getuigen hebben gemeld. Het kan zijn dat de officier van justitie een verklaring van onverwacht en onverklaard overlijden opvraagt, maar het team Zware Misdrijven speelt daar verder geen rol meer in. U wordt vandaag nog benaderd door een contactpersoon van de politie, zodat u weet waar u met uw vragen terechtkunt.'

Daarna zei niemand meer iets. Callanach had zich schrap gezet voor woede, of op z'n minst frustratie, maar de familie was murw van verdriet. Hij stond stilletjes op, nam afscheid en liep de kamer uit. Alleen Mina was achter hem aan gelopen naar de gang, waar hij zijn schoenen weer aantrok.

'Wanneer krijgen we haar spullen terug?' vroeg ze.

'Dat vraag ik wel even voor jullie na bij het mortuarium,' zei hij. 'Alles wat ze aanhad of in haar zakken had zitten is als bewijsmateriaal bewaard, maar als het niet van belang is kunnen we het jullie teruggeven.'

'Dank u,' fluisterde ze, en ze deed de deur voor hem open en weer dicht voor hij zich had kunnen omdraaien om haar gedag te zeggen.

Callanach had de hele dag al geprobeerd Ava vijf minuten te spreken te krijgen. Hij kon er maar niet aan wennen dat ze nu zo moeilijk te bereiken was. De dagen dat hij zomaar haar kamer binnen kon lopen en met haar kon sparren over een zaak of de laatste intriges bij de Schotse politie met haar kon bespreken, waren sinds haar promotie verleden tijd. Hij had twee berichten op haar voicemail ingesproken, en er daarna maar een e-mail achteraan gestuurd.

Uiteindelijk kwam ze die vrijdag laat in de middag zijn kamer binnenlopen.

'Heb je het druk?' vroeg ze.

'Welk antwoord wil je het liefst horen?' antwoordde hij, terwijl hij zijn laptop dichtklapte.

'Dimsum,' zei ze. 'Daar denk ik de hele dag al aan. Ik denk dat dimsum het enige is waardoor deze kloteweek iets minder beroerd kan eindigen.'

'Pak je jas,' zei Callanach.

'Ik weet niet of dat de manier is om een meerdere aan te spreken,' zei Ava over haar schouder terwijl ze wegliep.

Tien minuten later troffen ze elkaar op straat, en besloten allebei hun auto te laten staan zodat ze wat konden drinken. 'Ik heb een taxi geregeld en een tafel gereserveerd bij dat Kantonese restaurant op Abercromby Place,' zei ze.

'Heb je dat allemaal gedaan in de tijd dat ik mijn jas aantrok?' vroeg Callanach. De taxi kwam aangereden en stopte.

'Zou kunnen dat ik die tafel al had besproken voordat ik bij je langskwam,' zei ze, toen ze in de auto stapten.

'Lijkt wel of je wist dat ik geen plannen voor de vrijdagavond had,' mopperde Callanach, terwijl Ava de chauffeur het adres opgaf.

'Niet zo overgevoelig,' antwoordde ze. 'Ik had vijf kandidaten, en ik dacht dat er altijd wel één vrij zou zijn.'

'Had ik nou maar wat moeilijker gedaan,' zei Callanach lachend.

'Afspraakje vanavond?' mengde de chauffeur zich in het gesprek.

'Mijn vrouw en ik deden dat steevast elke vrijdag, tot ik dit werk ging doen. Maar op een dinsdagavond is het een stuk minder romantisch. Zijn jullie getrouwd?'

Ava keek Callanach aan, wilde iets terugzeggen, maar proestte het uit van de lach.

'Nou, om precies te zijn is deze dame mijn baas,' zei Callanach.

'Dat is praktisch hetzelfde als getrouwd zijn,' zei de taxichauffeur met een knipoog. Vijf minuten later zette hij de auto langs de stoep en stapten ze uit. 'Jullie zouden anders wel een knap stel zijn, misschien moet je er maar eens over nadenken. Fijne avond nog,' zei hij en hij reed weg.

Ava keek de taxi na met de handen in de zij. 'Kun jij ooit weleens ergens komen zonder dat je te horen krijgt hoe goed je eruitziet?' vroeg ze.

'Dat was anders ook aan jou gericht, hoor,' kaatste Callanach terug. 'Kunnen we nu alsjeblieft gaan eten?'

'Had ik hem nou maar geen fooi gegeven,' zei ze.

'Je kunt het echt niet gewoon als een compliment aanvaarden, hè?' zei Callanach grinnikend.

'Wat? Dat iemand denkt dat wij getrouwd zijn? Als ik al niet snakte naar een borrel, dan nu zeker. Jij trakteert trouwens, want ik weet nu al dat het komende halfuur pijnlijk voor me wordt omdat de serveerster voortdurend met je aan het flirten is.'

'Ik heb een manier om daarmee om te gaan,' zei Callanach. 'Kom, dan gaan we kijken of we je kunnen opvrolijken met wat onverzadigde vetten.'

'Ik wacht al mijn hele leven op een man die dat tegen me zegt,' zei Ava, terwijl ze langs hem heen het restaurant in liep en haar jas zonder te wachten aan een haakje hing en aan de beste tafel bij het raam ging zitten.

'Neem me niet kwalijk, mevrouw, deze tafel is gedekt voor vier personen. Vindt u het heel erg om aan die tafel achterin plaats te nemen?' vroeg een serveerster.

Callanach zag Ava's gezicht betrekken toen ze naar het kleinere tafeltje keek tussen de keukendeur en de gang naar de toiletten. Hoewel Ava doorgaans weinig noten op haar zang had, liet ze zich vanavond blijkbaar niet ringeloren.

Hij liep erheen en redde de situatie.

'Mag ik wat vragen?' zei hij met een oogverblindende glimlach.

De serveerster keek hem stralend aan en giechelde zonder dat daar enige reden voor was. 'Ja meneer. Kan ik u helpen?'

'Het is vandaag onze trouwdag,' zei hij, naar Ava gebarend. 'We wilden heel graag aan deze tafel zitten. Zou u dat voor ons kunnen regelen?'

'Ik had niet in de gaten dat u bij elkaar hoorde.' De serveerster stapte opzij en trok een stoel voor hem onder de tafel uit. 'En natuurlijk, omdat het een speciale gelegenheid is. Champagne dan maar?' vroeg ze.

'Vanzelfsprekend,' zei hij, en hij probeerde niet naar Ava te kijken, die haar handen voor haar gezicht had geslagen. De serveerster haastte zich weg om een fles en glazen te halen.

'Zie je? Niemand flirt hier nu nog met me, want ik ben hier met mijn vrouw om onze huwelijksdag te vieren. Hoeveel jaar is het ook alweer?' vroeg hij.

'Als het morgenochtend niet meteen in de krant zou staan, had ik je nog liever horen zeggen dat je door mij als escort was ingehuurd,' zei Ava terwijl ze een boze blik op het menu wierp. 'Het kan me niet schelen wat we eten. Het ziet er allemaal even lekker uit.' De serveerster zette de glazen op tafel en begon de champagne in te schenken. 'Mijn man bestelt wel voor me,' zei Ava met een gemaakt glimlachje. 'Daar is hij zó goed in!'

'We nemen een selectie van de dimsum,' zei Callanach. 'We laten de keuze aan de chef over.' Toen de serveerster weg was, hief hij zijn glas. 'Op het hernieuwen van de vriendschap,' zei hij zacht. 'Hoe gaat het met je? Ik kon je deze week niet te pakken krijgen. Ik maakte me al zorgen over je.'

Ava probeerde stoer te glimlachen, maar moest de strijd halverwege opgeven en staarde omlaag. ‘Niet geweldig. Ik vond het al moeilijk om mijn moeder afgelopen zomer kwijt te raken. Maar nu is de chef er ook niet meer en ik voel me een soort bedriegster achter zijn bureau, en in gedachten hoor ik hem zeggen dat ik in actie moet schieten en aan de bak moet. Ik heb in de loop der jaren heel veel tijd met hem doorgebracht. We beseffen het niet altijd, maar het korps is toch een soort familie. Je vindt niet iedereen even aardig en de helft zou je zelf niet uitkiezen, maar ze zijn er altijd, of ze nu goed of slecht zijn. Begbie was een van de goeien.’

Ze dronk haar glas leeg, en Callanach schonk haar nog eens in.

‘Hoe gaat het met zijn vrouw? Ik weet dat je hen allebei goed kende. Het was vast niet makkelijk om haar verdriet aan te moeten zien.’

‘Glynis is een bijzondere vrouw. Ze was met een politieman getrouwd, maar tegelijkertijd met het hele korps. Ze blijft er opvallend stoïcijns onder, maar ik maak me zorgen over hoe ze er op de lange termijn mee omgaat. Het klinkt als een cliché, maar ze vulden elkaar aan. De chef was haar alles.’

‘Wat een geluk dat ze elkaar hebben gevonden. Hoe zit het met de begrafenis? Op het bureau vraagt iedereen wanneer die is. Wat zijn de plannen?’ vroeg Callanach.

‘Een uitvaart met volledige korpseer, maar alleen voor naaste collega’s en vrienden,’ zei Ava. ‘En vandaag kreeg Glynis een nieuwe tegenslag te verwerken. Hun levensverzekering blijkt niet uit te keren omdat het een zelfmoord was zonder dat er sprake was van een psychische aandoening, een depressie of een kortdurende psychotische stoornis. Nu moet ze bij haar dochter intrekken omdat ze de hypotheek niet kan betalen. Ik moet er niet aan denken wat ze doormaakt.’

‘Ik had nog niet eens aan de financiële kant gedacht,’ bekende Callanach. ‘Dat ze dat ook nog moet verwerken, boven op de dood van haar man. Kunnen we niet op een of andere manier helpen?’

'Niet echt, tenzij we de komende twintig jaar een bron van inkomsten voor haar vinden,' zei Ava. 'Ze krijgt natuurlijk een deel van het pensioen van de chef, maar dat is niet genoeg voor de hypotheek en een comfortabel leven. Ze is altijd huisvrouw en moeder geweest en ze heeft nooit gewerkt, dus ze heeft geen eigen geld waar ze op terug kan vallen. Eten! Ik ben uitgehongerd.' Er werd een toren van dimsummandjes in het midden van de tafel neergezet. 'Ik weet niet of het aan mij ligt, maar als ik verdriet heb, wil ik de hele tijd eten. Ik heb de afgelopen week meer calorieën naar binnen... O, Luc, sorry. Ik ben helemaal vergeten ernaar te vragen. Hoe is het met je moeder afgelopen? Het lijkt wel of ik er met mijn hoofd helemaal niet bij ben.'

'Ja. Tot dusver ben je maar een behoorlijk onattente echtgenote,' zei hij, terwijl hij een plasje sojasaus op zijn bord goot. 'Je hoeft je echt niet te verontschuldigen, hoor. Eigenlijk valt er niet zoveel te vertellen. Ze heeft er spijt van dat ze me niet heeft gesteund. Astrid blijkt ook contact met haar te hebben gehad en schijnt de rol van slachtoffer bijzonder overtuigend te hebben gespeeld. Mijn moeder heeft zich in de luren laten leggen door het valse bewijs, en daarom heeft ze afstand van me genomen. Dat is alles. Zeg, deze garnalendingen zijn lekker. En drink je die hele fles champagne in je eentje op?'

'Niet doen,' zei Ava.

'Wat? Je hebt me mee uit eten gevraagd. Ik zit toch te eten?'

'Van onderwerp veranderen,' zei Ava. 'Ik weet hoe moeilijk dit voor je is. Heeft ze verder niks uitgelegd? Waarom ze niet heeft gereageerd toen je werd vrijgesproken? Al die keren dat je hebt geprobeerd contact op te nemen. Ze zal daar toch wel een reden voor hebben gegeven?'

'Niet echt. Ze zei steeds maar dat het moeilijk voor haar was, dat ze meer tijd nodig had, wat gezien de omstandigheden bizar is,' zei Callanach, die zijn glas bijvulde en naar de serveerster gebaarde dat hij nog een fles wilde bestellen.

'Dus dat is het?' vroeg Ava. 'Waarom is ze je dan na al die tijd komen opzoeken?' Ze nam de nieuwe fles van de serveerster aan, schonk beide glazen vol en dronk dat van haar meteen leeg.

'Ze zei dat ze het wilde uitleggen, maar dat heeft ze uiteindelijk niet gedaan. Niet op een begrijpelijke manier. Kunnen we het nu alsjeblieft ergens anders over hebben? Ik vond het net leuker, toen je me irritant vond.'

'Nee, dat kunnen we niet. Je moet nog een keer met haar praten. De onderste steen boven zien te krijgen. Als je dit niet uitpraat, zal het je nooit loslaten,' zei Ava.

'Ik weet niet wat er nog te zeggen valt. Ze logeert tot morgen in het Radisson en dan gaat ze weer terug naar Monaco, denk ik. Het heeft lang geduurd om eraan te wennen dat ze me heeft laten stikken. Ik weet niet zeker of ik de klok kan terugdraaien.'

'Of je de klok niet kúnt of niet wílt terugdraaien?' vroeg Ava, en ze schepte nog wat pakketjes met pikante garnalen op. 'Geloof me, er is niets rampzaliger dan een jarenlang misverstand proberen recht te zetten met een dierbaar iemand die je op het punt staat kwijt te raken. Ik kan het weten, want ik heb zelf echt de slechtste beslissing genomen toen mijn moeder terminaal ziek was. Ik wil je graag voor dezelfde fout behoeden.'

'Ik vind van mezelf dat ik rationeel blijf denken, zelfs als er emoties meespelen,' zei Callanach. 'En ik ben het met je eens, je hebt in het verleden inderdaad vreselijke beoordelingsfouten gemaakt.'

'Nou, bekijk het dan maar. Ik probeer je te helpen, hoor. Als je alleen maar vervelende dingen zegt, dan zwijg ik verder en eet ik tot ik uit elkaar plof. Dit is lekkere champagne.' Ava schonk zich nog eens bij.

'Je weet toch wel dat je in een uur tijd een hele fles champagne hebt opgedronken, hè?'

'Gebruik jij je speurneus maar om zaken op te lossen. Oké, het eten is op en de voorraad alcohol neemt af. Ik ga even naar het toilet terwijl jij afrekent, dan gaan we daarna ergens anders naartoe.'

Ava stond op, gooide haar servet op tafel en liep weg met haar telefoon in haar hand.

Tien minuten later stopte er een taxi voor het restaurant. Ava zuchtte.

'Jij weer?' zei ze, door het raampje kijkend.

'Lekker gegeten?' vroeg de chauffeur. 'Dat hebben jullie snel geflikt.'

Ava negeerde hem. 'Ik neem aan dat de centrale al heeft gezegd waar we naartoe gaan?'

'Aye, ik heb alle instructies meegekregen. Het verbaast me jullie weer zo snel te zien. Ik dacht dat jullie de tijd zouden nemen. Goed restaurant, hoor, dit. En heb je nog nagedacht over wat ik heb gezegd?' zei hij grijnzend tegen Callanach.

'Als je de rest van de rit je mond houdt, geef ik je straks weer een fooi,' zei Ava.

'Oké,' zei de chauffeur. 'Het is maar vijf minuten rijden. Het is niet druk vanavond.'

Ava en Callanach waren druk in gesprek over de begroting van de politie toen de taxi op de hoek van High Street en South Bridge stopte.

'Hé, hier woon ik niet,' zei Callanach.

'Weet ik. Hier logeert je moeder,' zei Ava.

'Dat gaat niet gebeuren,' antwoordde Callanach kalm maar vastberaden. 'Maar ik kan hiervandaan wel naar huis lopen, dus dit is prima.' Hij stapte uit en hield het portier open voor Ava. 'Ik waardeer heus wel wat je probeert te doen, maar er is geen snelle oplossing. Als het tussen mij en mijn moeder ooit goed komt, is er meer voor nodig dan een gesprekje. Je kunt nu eenmaal niet alles oplossen.'

'Maar dat wil ik juist wél,' zei ze. 'De chef heeft me niet verteld wat er met hem aan de hand was. Mijn eigen moeder was al maanden ongeneeslijk ziek zonder het tegen me te zeggen. Ik denk steeds maar dat als we closer met elkaar waren geweest, als ik een betere dochter was geweest, ze mij misschien in vertrouwen had genomen. Misschien was het dan niet te laat geweest om de kanker te behandelen.'

'Dat was niet jouw fout, en dit is heel wat anders. Ik bel wel een andere taxi voor je. Het is te ver om naar huis te lopen.'

'Ik heb het koud,' zei Ava. 'En ik heb een borrel nodig. Drink dan in ieder geval een single malt met me. Het is binnen warm en ze hebben hier een prettige bar. Je gaat heus niet dood als je hier naar binnen loopt. Ik wil nog niet naar huis.'

Callanach vroeg zich af of dit niet van meet af aan haar plan was geweest, al voor ze zijn kamer binnenliep om hem mee uit eten te vragen. Ava liet zich zelden verrassen omdat ze anderen meestal tien stappen voor was. Daarom was ze zo'n goeie politievrouw, maar nu bemoeide ze zich toch met een zeer persoonlijke kwestie. Aan de andere kant had hij geen zin om nu al de eenzaamheid van zijn appartement op te zoeken. Zijn moeder had gelukkig niets met pubs en bars, en ze dronk zelden, alleen wanneer ze met vrienden uit eten ging. Hij wist niet eens of ze nog wel in het hotel was. De kans was groot dat ze allang vertrokken was.

'Eén drankje dan,' zei hij. 'En dan breng ik je naar huis.'

'Deal,' zei Ava. Ze liep voor hem uit door de lobby en sloeg rechts af naar de bar van het hotel.

Ze gingen op een kruk zitten. Het was druk, maar niet bomvol, en de meeste gasten zaten al aan het dessert of de koffie. Hun gesprekken klonken als een kalm geroezemoes op de achtergrond.

'Twee Laphroaig alsjeblieft,' zei Ava tegen de barman. 'En bederf ze niet met water of ijs.'

'Weet je zeker dat je het niet liever rechtstreeks uit de fles drinkt?' vroeg Callanach.

'Als we in Frankrijk zijn, mag je me de les lezen over wijn. Maar probeer een Schot nooit de les te lezen over whisky. Dat eindigt meestal met een tocht naar de spoedeisende hulp voor een stel hechtingen.'

'Luc?' zei een zachte stem achter hen.

Callanach staarde Ava aan.

'Je hoeft me niet zo kwaad aan te kijken,' zei Ava. 'Je had kunnen weten dat ik me er niet bij neer zou leggen.'

Hij boog zich voorover en fluisterde in haar oor: 'Je had het recht niet om dit te doen.'

'Daar heb je gelijk in,' zei Ava. 'Maar ik weet ook dat als je echt het risico niet had willen lopen om je moeder tegen te komen, je niet met me mee naar binnen was gegaan. Dus neem afscheid van haar of luister wat ze te zeggen heeft, doe wat je wilt. Maar neem een besluit.' Ze draaide zich om, stak haar hand uit en zei: 'Madame Callanach. Ik ben Ava Turner, we hebben elkaar net gesproken. Ik laat jullie nu met rust. Ik ben bang dat ik al meer dan genoeg heb gedaan.'

'Dat kun je wel zeggen,' zei Callanach.

Ava glimlachte, pakte haar glas en sloeg de Laphroaig in één keer achterover. 'Doe rustig aan,' zei ze tegen Callanach. 'Prettig met u kennis te maken,' zei ze tegen Véronique, en ze schoot snel haar jas aan en liep naar buiten.

'Ik snap het. Je collega heeft je niet verteld dat ze me heeft gebeld,' zei Véronique. 'Het spijt me, ik was niet van plan je hier met een list naartoe te lokken.'

'Nou, ik ben er nu toch,' zei Callanach. 'Dus als er nog iets is wat je wilde zeggen, dan kan dat nu.'

'Zullen we naar mijn kamer gaan? Daar is het rustiger. Ik weet niet of dit nou zo'n geschikte...'

'Ik ga over een paar minuten weg, dus misschien wil je geen tijd verspillen. Hier is prima. Er is een tafeltje bij het raam.' Hij pakte zijn glas en liep naar het tafeltje, inwendig vloekend op Ava's niet-aflatende bemoeizucht. Ze gingen zitten. 'Wat wilde je zeggen?'

Zijn moeder staarde uit het raam. 'Ik weet niet goed hoe ik moet beginnen,' zei ze. 'Ik wil het graag goedmaken. Ik wil mijn zoon terug.'

'Wil je iets zeggen wat ik nog niet eerder heb gehoord?' vroeg hij. 'Want ik heb geen zin om het gesprek te herhalen dat we in mijn appartement hadden. Je zei dat je meer tijd nodig had, en ik ben bang dat ik die niet meer heb.' Hij schoof zijn drankje van zich af.

'Luc, alsjeblieft,' zei zijn moeder, en ze stak haar hand naar hem uit. 'Ik kan de gedachte niet aan dat ik je voorgoed kwijt zou zijn. Dan heb ik niets meer om voor te leven.'

'Dat gevoel had ik ook, toen je wegging. Dan hebben we toch iets gemeen. We verspillen hier allebei onze tijd.' Hij stond op. 'Het beste, Véronique. Een goede terugreis.'

'Nee, Luc. Het valt me niet makkelijk om je dit te vertellen. Het is lang geleden en ik heb er nooit met iemand over gepraat. Toen Astrid je beschuldigde, maakte haar verhaal van alles in me los, en ik kon het niet aan.' Ze zweeg, legde haar trillende hand tegen haar mond en ging zachter praten. 'Ik ben verkracht. Het is lang geleden, maar dat blijft je altijd bij. Ik had geen idee dat Astrids verhaal me zo diep zou raken. Het spijt me heel erg dat ik er niet was toen je me nodig had, maar het was me allemaal te veel. Ik weet dat ik je in de steek heb gelaten. Maar ik heb er alles voor over als je me kunt vergeven.'

11

'Turner,' zei Ava toen ze haar telefoon opnam.

'Met brigadier Lively, mevrouw. We hebben een verzoek gekregen om assistentie te verlenen bij een verkeersongeval. Uw auto staat nog bij het bureau, dus ik dacht dat u hier nog ergens was.'

'Ik loop op dit moment in de stad naar een taxi te zoeken. Wat moet Zware Misdrijven met een verkeersongeval, brigadier?'

'Het is een ernstig ongeval; bloed in en rond het voertuig, op de A702 waar de weg langs het Pentland Hills Regional Park loopt. Ik ben op weg daarnaartoe. Er staat maar één voertuig op de plaats van het ongeval, maar remsporen wijzen erop dat er een tweede voertuig bij betrokken was.'

'Ik hoor nog steeds geen aanleiding voor dit telefoontje...'

'Er is geen stoffelijk overschot, mevrouw. Helemaal niemand op de plaats van het ongeval.'

'Dus de bestuurder is gewond en is door het andere voertuig naar het ziekenhuis gebracht. Wie is de inspecteur van dienst? Je hebt me hier echt niet voor nodig. Ik ben vanavond uit geweest, ik kan nu onmogelijk achter het stuur kruipen.'

'Er moet een hoofdinspecteur bij zijn. Het betreffende voertuig staat op naam van ene Louis Jones. Hij is bekend bij de politie, maar zijn dossier mag op instructie van Begbie alleen worden ingezien door een functionaris met de rang van hoofdinspecteur of hoger,' zei Lively. 'Het kan waarschijnlijk wel wachten tot morgen, maar ik denk dat het onder uw verantwoordelijkheid valt.'

'Ik sta te wachten op de kruising van The Mile en New Street. Stuur daar maar een auto heen, maar schiet een beetje op, want het is steenkoud,' zei Ava.

Twintig minuten later zat Ava met een kop koffie in haar hand achter haar bureau en probeerde haar hoofd helder te maken. De dimsummaaltijd had het effect van de alcohol gedeeltelijk gedempt, maar ze voelde zich nog steeds draaierig worden als ze zich niet op één punt concentreerde. Ze staarde naar een verzegelde envelop waarvan de inhoud nog moest worden overgeheveld naar de digitale krochten van de cloud. Op de envelop stond Begbies instructie dat de inhoud vertrouwelijk was, plus een lijst namen en handtekeningen van mensen die het dossier de afgelopen jaren hadden ingezien. De laatste lezer was George Begbie zelf, een paar maanden geleden. Ava raakte het zegel aan en stelde zich de chef voor op de plek waar zij nu zat, klaar om hetzelfde dossier te lezen, met zijn pen op het bureau tikkend, wat hij altijd deed wanneer hij ongeduldig was.

De envelop bevatte een opvallend dunne bruine kartonnen map met de gegevens van Louis Jones erop: naam, geboortedatum, bekende woon- of verblijfplaats en beroep. Bij het openen van de map trof Ava aan wat ze al verwachtte: een vel papier met het opschrift: GEREGISTREERDE POLITIE-INFORMANT, GEÏNITIEERD NOVEMBER 1997. CONTACT: GEORGE BEGBIE. Dat was de enige reden die ze kon bedenken voor de vertrouwelijkheid van het dossier. Wat ze niet had verwacht was haar eigen naam in het dossier te zien staan. Dat document nam ze als eerste door.

> Louis Jones, eigenaar van autosloperij en bekend als verhuurder van auto's zonder geldige papieren. Maakte gebruik van voertuigen die aanvankelijk voor de sloop waren bestemd, en voorzag huurauto's

van valse kentekenplaten. Heeft bekend auto's te hebben verhuurd aan dr. Reginald King, maar ontkent te weten voor welk doel die werden gebruikt. Auto gehuurd van Louis Jones is gebruikt bij de ontvoering van inspecteur Ava Turner. Op Jones' aanwijzingen is de garagebox van King aan de Causewayside ontdekt. Verhoord door inspecteur Callanach onder supervisie van hoofdinspecteur Begbie. Geen vervolging ingesteld.

Ava sloot haar ogen. Een gevaarlijke psychopaat, Reginald King, had haar op een avond uit haar auto getrokken en haar meegenomen naar een verborgen kamer in zijn huis, waar hij voor haar ogen een tienermeisje vermoordde. Dat meisje was een van zijn drie slachtoffers. Tijdens zijn proces had de verdediging ontoerekeningsvatbaarheid aangevoerd en was hij voor onbepaalde tijd veroordeeld tot behandeling in een psychiatrische inrichting. Die uren van gevangenschap waren de ergste in Ava's leven geweest, en hoewel Louis Jones ervan had geprofiteerd door King een auto te verhuren, had Callanach noch Begbie haar de naam van de louche autosloper genoemd. Ze sloeg de bladzijde om en dwong zichzelf verder te lezen in plaats van weg te zinken in het duistere moeras van haar herinneringen aan dat verschrikkelijke avontuur. Jones' tips gedurende de tientallen jaren dat hij informant van Begbie was, moesten wel heel waardevol zijn geweest.

Op de overige pagina's was het typewerk al aan het verbleken. Ava deed haar bureaulamp aan en ging ervoor zitten. De eerste pagina bevatte een samenvatting van een zaak uit 1999. Volgens de openbaar aanklager hadden de verdachten, Dylan McGill en Ramon Trescoe, de leiders van een gangsterbende uit Glasgow, zich schuldig gemaakt aan een indrukwekkende lijst van misdrijven, variërend van diefstal en samenspanning tot fraude, afpersing en geweldpleging. Ze hadden het vrijwel uitsluitend op banken gemunt, en bedreigden daarbij werknemers met geweld om informatie over beveiligingssystemen te achterhalen en illegaal bedragen over te boeken. De paar bankemployés die de moed hadden hun medewerking te weigeren waren afgetuigd met zwaar gereedschap waarvan het gebruik maar beter tot de landbouw kon worden beperkt. De zaak had veel aandacht gekregen in de pers. Ava kon het zich nog herinneren, hoewel ze destijds nog maar zestien was. Als gevolg ervan was in Edinburgh een grote bende opgerold. De rechtszaak was drie maanden lang een Schots kijkspel geweest.

Het dossier bevatte getuigenverklaringen, bankdocumenten en de gebruikelijke eerdere veroordelingen, plus enkele foto's van de verdachten en hun slachtoffers. Dylan McGill was de langste van het stel, met een snor die een victoriaanse booswicht niet zou hebben misstaan. Op elke foto rookte hij een sigaret. Ramon Trescoe had een donkere huid, Midden-Oosterse trekken en opvallend donkere ogen. Niet iemand wiens gezicht je gauw zou vergeten, dacht Ava. Hij stond telkens met buitengewoon knappe vrouwen op de foto, alsof hij wist dat er een fotograaf in de buurt was. Er werd ook melding gemaakt van overlijdensgevallen – leden van rivaliserende bendes, overgelopen bendeleden, en minstens één politieman – die geen van alle aan natuurlijke oorzaken konden worden toegeschreven. Maar niet één daarvan leidde direct naar McGill of Trescoe. De officier van justitie had er genoegen mee genomen de twee voor minder ernstige misdrijven aan te klagen, maar het resultaat was bijna even bevredigend geweest. Ze waren voor heel lang achter de tralies verdwenen.

Het laatste document in het dossier was ondertekend door zowel Louis Jones als de officier van justitie. Jones, las Ava, in het milieu bekend als Louis de Klusjesman, had de bende voorzien van vervoermiddelen en wapens. Begbie, destijds nog maar brigadier, had genoeg informatie verzameld over Jones' activiteiten om hem minstens tien jaar te kunnen opbergen. Maar in plaats daarvan had hij Jones benaderd om informatie te verschaffen over de activiteiten, slachtoffers en bewegingen van Ramon Trescoe. Begbie en Jones hadden twee jaar lang nauw samengewerkt om de nodige inlichtingen te verzamelen. Dat moesten zenuwslopende tijden zijn geweest, dacht Ava, zowel voor Jones als voor Begbie. Trescoe en McGill waren geen gasten die je tegen de haren in moest strijken, en niemand leek zich aan hun greep te kunnen ontworstelen. Begbies samenwerking met Jones leidde tot de afspraak dat Jones onder geen enkele omstandigheid voor de rechtbank zou hoeven getuigen, en leverde Begbie kort nadat het hoger beroep van de verdachten op niets was uitgelopen, een promotie tot inspecteur op.

Nu werd er iemand vermist die in Jones' auto reed, hoewel nog niet duidelijk was of het Jones zelf was of iemand die het voertuig had gehuurd. Ava noteerde Jones' laatst bekende adres, deed de map dicht en stopte hem terug in de envelop, die ze weer verzegelde en tekende, zodat hij kon worden opgeborgen bij de andere vertrouwelijke documenten. Ze pakte de telefoon om Callanach te bellen, maar legde hem weer neer. Hopelijk zat hij nog met zijn moeder te praten, en als ze hen nu stoorde zou ze een eventuele toenadering misschien frustreren. Afgezien daarvan was ze er helemaal niet zo zeker van of hij haar telefoontje zou aannemen. Ze had een grens overschreden door hem voor het blok te zetten.

Ze belde Lively terug en gaf hem opdracht een speurhond naar de plaats van het ongeval te brengen voor het geval de bestuurder van de auto verdwaasd weg was gestrompeld. Misschien dwaalde hij nog ergens in het park rond. En als hij ernstig gewond was, zou de decemberkou weleens zijn dood kunnen betekenen. Al wist Ava niet zeker of het haar veel kon schelen als het inderdaad om Louis de Klusjesman bleek te gaan. De gedachte dat hij zijn laatste adem eenzaam in de vrieskou zou uitblazen stemde haar tamelijk tevreden. Indertijd had Begbie hem laten gaan na een kort gesprek waarin Jones het adres van Reginald Kings garagebox had prijsgegeven, terwijl hij wist dat Ava's lot aan een zijden draadje hing omdat er al twee vrouwen vermoord waren. Maar het een stond totaal niet in verhouding tot het ander: wat Jones twintig jaar geleden ook mocht hebben gedaan om de politie te helpen, Ava wist zeker dat de officier van justitie zou hebben aangevoerd dat dat jaren later nooit zou mogen meewegen als het ging om het faciliteren van een seriemoordenaar. Begbie zou zijn redenen wel hebben gehad, zoveel wist Ava wel; de chef had tenslotte vaak genoeg zijn loyaliteit aan haar bewezen. Toch stak het haar. Het had iets smoezeligs, zo'n deal achter gesloten deuren, bekrachtigd met een knikje en een handdruk. Ze onderdrukte haar verontwaardiging en opkomende woede door zichzelf voor te houden hoezeer ze op de chef gesteld was geweest, en dat dat geheel wederzijds was geweest. Hij kon haar onmogelijk hebben verloochend.

Ava belde rechercheur Tripp, die ze in de briefingruimte had zien rondhangen.

'Tripp, ik wil graag dat je me ergens naartoe rijdt. In een neutrale auto.'

'Goed, mevrouw,' antwoordde Tripp. 'Ik wacht buiten wel. Als u me het adres geeft, dan laat ik een notitie achter waar we zitten.'

'Dit keer niet,' zei Ava. 'Ik weet niet eens of het op dit moment wel relevant is voor een onderzoek, en het adres is vertrouwelijke info.'

'Goed,' zei Tripp. 'Zal ik voor koffie to go zorgen?'

'Nee. Hoewel? Ja graag. En je moet iets minder enthousiast doen, Tripp. Ik voel een kater opkomen van champagne en whisky, en iedereen die durft te glimlachen waagt zich in de vuurlinie.'

'In dat geval zal ik de koektrommel ook plunderen, mevrouw. Er gaat niks boven een paar volkorenbiscuitjes als remedie tegen onmatigheid.'

'Hierbij kondig ik een spreekverbod af in de auto,' zei Ava.

12

Cordelia's zoon, Randall Muir, zette zijn gitaar waar hij apetrots op was neer en nam een slok van het glas cider waar hij al een uur mee deed. Hij moest rustig aan doen met de drank als hij echt met de andere muzikanten in de bar wilde jammen. Vanavond had hij voor het eerst genoeg zelfvertrouwen om door te zetten. De vorige keer waren zijn zenuwen hem de baas geworden en had hij het afgeblazen. Hij had die avond veel meer gedronken dan hij van plan was, waardoor hij een recordsprint naar de plee moest inzetten om alles eruit te kotsen, en was daarna naar huis afgedropen met de smaak van rotte appels in zijn mond. Zijn moeder had net gedaan of ze het niet zag en hem alleen maar meelevend aangekeken zonder te vragen wat hij had uitgevreten.

De grote Cordelia Muir zou niet oordelen. Ze zou hem geen standje geven. Ze vroeg zelfs niet meer waar hij 's avonds naartoe ging om een zoveelste hooglopende ruzie te vermijden. Sinds de dood van zijn vader had zijn moeder goedbedoelde maar onhandige pogingen gedaan de leemte op te vullen, waarbij ze Randall al vaak zo in verlegenheid had gebracht dat het alle grenzen oversteeg van wat voor een tienerjongen acceptabel was. Ze stond joelend en applaudisserend langs de lijn bij voetbalwedstrijden terwijl alle andere moeders wel beter wisten. Ze belde de ouders van meisjes op school van wie hij zich had laten ontvallen dat hij ze leuk vond, om ze voor de zondagse lunch uit te nodigen. Cordelia had zelfs geprobeerd met hem over porno te praten, wat alleen maar resulteerde in een preek over respectvol met vrouwen omgaan. Ze had het zelfs in haar hoofd gehaald condooms voor hem te kopen toen hij een weekend met vrienden wegging. Aanvankelijk was ze vergeten hem die te geven, zodat ze ze onder het oog van iedereen op het laatste moment nog door een autoraampje moest duwen. Cordelia Muir betekende alles voor iedereen. Maar Randall wenste alleen maar dat ze tot haar hoogbegaafde brein zou laten doordringen dat ze nooit zijn vader zou kunnen zijn.

Zijn oudere zus had op de begrafenis van hun vader plichtmatig tranen vergoten, maar volgens hem dankte ze God dat hun dierbare moeder hun niet was ontvallen. Voor Randall zou het leven nooit meer zo mooi zijn als toen zijn vader nog leefde. Zijn vader en hij gingen samen kamperen. Van zijn vader mocht hij tot laat opblijven en films zien die zijn moeder nooit zou goedkeuren, met als bonus een paar naar binnen gesmokkelde flesjes bier, hoewel Randall toen nog lang geen achttien was. Zijn vader maakte geintjes over seks in plaats van te zaniken over integriteit en dat je je met iemand verbonden moest voelen. En hij maakte grappen. Wanneer hij ergens mee zat wist zijn vader dat hij alleen een stomp tegen zijn schouder nodig had en aan het lachen gemaakt wilde worden in plaats van zijn gevoelens onder woorden te moeten brengen in een serieus gesprek. Voor zijn vader stond Randall op de eerste plaats, vóór al die kinderen in Afrika om wie zijn moeder zich zo bekommerde. Crystal, de liefdadigheidsorganisatie die zijn moeder leidde, was meer haar baby dan Randall ooit was geweest.

Sinds de dood van zijn vader was Randalls gitaar zijn leven geworden. Toen hij net acht was had zijn vader hem op schoot genomen en hem de basisakkoorden geleerd door zijn vingers over die van Randall te leggen. Een jaar later had hij zijn zoon een gitaar voor zijn verjaardag gegeven. Vanaf dat moment was dat zijn waardevolste bezit. Nu droomde Randall ervan in een band te spelen, op tournee te gaan en zijn eerste plaat op de radio te horen. Maar de bandjes op school schreven navelstaarderige treurige liedjes over liefde en verlangen. Hun klaaglijke close harmony was niet het soort muziek waar Randall 's morgens voor uit bed kwam om akkoorden te oefenen tot het bloed op zijn vingers stond. Hij wilde exploderen in geluid, het als een beest door zijn lijf laten dreunen. The Fret was de eerste tent die hij ontdekte waar je het podium op kon lopen, je gitaar kon inpluggen en met de aanwezige muzikanten kon jammen.

The Fret was het soort bar dat de meiden op school drie keer niks zouden vinden: er waren zoveel tatoeages te zien dat je je in het honk van een motorclub waande. Maar Randall vond het er geweldig. Hij had geen tattoos, en dat zou ook nooit gebeuren zolang zijn moeder er iets over te zeggen had, maar zijn nieuwe vriend in The Fret had hem ingefluisterd dat hij een hennatatoeage kon laten zetten op een strategische plek waar zijn moeder die niet kon zien. Vanavond was hij zover dat hij ermee durfde te pronken. Hij was van huis gegaan in een praktische, bloedhete parka, een trui met V-hals en een overhemd. Bij de club om de hoek had hij zich snel omgekleed in een zwart T-shirt en een spijkerjack, en zijn nette kleren in zijn rugzak gepropt. Met zijn gitaar over zijn schouder was hij stoer The Fret binnengelopen, klaar om te spelen, en was hij voor het eerst beloond met een knikje van herkenning van de portier. Randall voelde zich groeien toen hij naar binnen ging.

Hij vond achterin een leeg tafeltje, het verst van het podium verwijderd, zette zijn rugzak en gitaar neer en liep naar de bar. Het meisje aan de bar leek hem niet te herkennen, maar Randall had haar sowieso nog nooit naar iemand zien glimlachen. Haar sterk verkleinde pupillen verraadden het gebruik van opiaten, waar Randall haar dolgraag naar wilde vragen. Hij wilde weten wat voor gevoel dat gaf. Niet door een voorlichtingsfolder te lezen of het van een leraar te horen, die er altijd zijn eigen vooringenomen draai aan gaf, maar van een echte gebruiker. Waarom zou hij zich de les laten lezen over de gevaren van drugs door iemand die ze nog nooit had gebruikt? Het barmeisje had een litteken dat van haar schouder naar haar elleboog liep, een lijn aan de achterkant van haar arm die Randall 's nachts wakker hield en waarover hij lag te fantaseren.

'Wat wil je?' vroeg ze.

'Eh, sorry, wat zei je?' vroeg Randall, die zich rood voelde worden en dankbaar was voor het gedempte licht.

'Ik zei: wat wil je? Biff, zet die muziek es wat zachter, mijn fokking trommelvliezen bloeden al!' riep ze.

'Wodka,' zei Randall. 'Een dubbele, puur.' Niemand had hem in The Fret ooit om een ID gevraagd. Als je kon spelen, werd je verondersteld ouder dan achttien te zijn. Het meisje zette met een klap een vol, maar vettig uitziend glas voor hem neer. Randall schoof zijn geld over de bar en probeerde te glimlachen, maar ze had zich al omgedraaid. Ze zou het wel zwaar hebben, dacht hij, met zo'n fysiek veeleisende baan. De club sloot pas om drie uur 's ochtends en ze moest de hele tijd staan. Ooit, besloot hij, zou hij tot sluitingstijd blijven en aanbieden haar naar huis te brengen. Ze had iemand nodig die zich om haar bekommerde. Randall liep met het glas naar zijn tafeltje, keek om zich heen of niemand op hem lette en haalde een flesje cola uit zijn rugzak om de wodka mee te mixen. Als hij het puur dronk, kreeg hij kotsneigingen, maar zo was het te doen. Hij ging nog liever dood dan aan de bar een wodka-cola te bestellen. Echte mannen dronken dat niet. Zijn vader dronk na het eten graag een glas port, een single malt als hij tv-keek, en een glas cider op zonnige middagen wanneer ze na een wandeling bij een pub aanlegden. Als gezin gingen ze vaak wandelen, en hoewel Randall de pest had aan het geouwehoer van zijn moeder over vogels en rotsformaties, had zijn vader het altijd leuk weten te maken met verhalen over zijn jeugdavonturen. Randall herinnerde zich hun laatste wandeling nog als de dag van gisteren. Als ze de rest van hun leven nog maar één toetje mochten eten, wat zouden ze dan kiezen, vroeg zijn vader hun een voor een. Ze hadden wel een uur lopen discussieren. Zijn vader koos voor citroen-meringuetaart, want dat waren drie toetjes ineen, betoogde hij. Licht, knapperig korstdeeg, warme lemon curd en op de tong smeltende meringue. Randall had gekozen voor pruimencrumble, en zijn vader had beaamd dat dat een goeie tweede was. Een week later was zijn vader gediagnosticeerd met lymfeklierkanker. Twee jaar later had de begrafenis plaatsgevonden die het begin van het einde van Randalls leven had ingeluid. Sindsdien had hij geen citroen-meringuetaart meer door zijn keel kunnen krijgen.

Een paar tafeltjes verderop zag Randall Christian zitten, degene die hem getipt had over de hennatatoeage, maar hij was diep in gesprek verwikkeld. Hij nam een fikse slok wodka-cola in de hoop dat Chris hem zou opmerken zonder dat hij iets sufs hoefde te doen, zoals zwaaien. Hij doodde de tijd met het stemmen van zijn gitaar en deed zijn best niet te kijken of Chris er nog was. Een paar minuten later werd zijn geduld beloond.

'Hé jongen, je bent er weer. Goed je te zien,' zei Christian, en hij gaf hem een boks. 'En je hebt die hennatatoeage laten zetten. Ziet er goed uit, Rand.' Randall grijnsde en moest zich bedwingen om het T-shirt niet helemaal van zijn schouder te laten glijden om de Keltische knoop nog beter te laten uitkomen. 'Helemaal goed. Ik durf te wedden dat een hoop gasten hier wensen dat er henna te krijgen was geweest toen zij hun tattoo lieten zetten. Sommige ontwerpen waar ze mee rondlopen zijn zo oud als de weg naar Rome, vind je niet?'

'Yeah,' zei Randall lachend. 'Hé, heb je een goeie week gehad?' vroeg hij. 'Heb je nog coole dingen gedaan?' Hij klonk te gretig en baalde ervan dat hij zich zo moest uitsloven om erbij te horen, maar Christian sloeg vriendschappelijk een arm om zijn schouder en leunde achterover op de plakkerige nepleren bank.

'Best een kloteweek, eigenlijk. Een meisje dat ik ken heeft haar zus verloren. Ze is overleden aan onderkoeling. Vreselijk om iemand zoveel verdriet te zien hebben. Daardoor besef ik wat een geluk ik heb dat ik elke dag kan doen wat ik het liefste doe, begrijp je?'

'Ja, echt wel,' zei Randall, maar hij kon zichzelf wel een schop geven omdat hij niet met iets zinnigers op de proppen kon komen. De coolste gast die hij ooit was tegengekomen had hem net een kijkje in zijn leven gegund, en zijn reactie kwam rechtstreeks uit een tienerdramaserie. Hij was een suffe oen, precies wat de andere jongens op school hadden gezegd. 'Ik heb mijn vader verloren,' stamelde hij. 'Een paar jaar geleden. In het begin wist ik niet hoe ik daarmee om moest gaan, maar nu wil ik mezelf uiten, snap je? Ik wil mijn gevoelens niet langer wegstoppen.'

'Tjee, wat rot voor je. Ik had geen idee. Goed dat je je droom najaagt, toch? Ga je vanavond meespelen?' vroeg Christian.

'Als ze een nummer spelen dat ik goed ken,' zei Randall. 'Wat doe jij nu de universiteit voor de kerstvakantie gesloten is?'

'Ik probeer wat in te halen met lezen. Er zijn zoveel boeken, en nooit genoeg tijd. Ik heb ook een tijdelijk baantje om de huur deze winter te kunnen betalen. Je hebt geluk, ik heb mijn salaris net gekregen. Wil je wat drinken?' vroeg Christian.

'Ach joh, laat mij betalen. Ik heb genoeg,' zei Randall.

'Geen sprake van, ik ben aan de beurt,' zei Christian. 'Wodka toch? Tenzij je nog een excuus zoekt om met Nikki te praten?'

Randall staarde naar het meisje dat glazen stond in te schenken, en besloot dat het makkelijker was van een afstandje te dromen. Ze was zo onbereikbaar voor hem dat het bijna pijn deed.

'Nee hoor, ga je gang. Wodka is prima. Dank je wel, man.'

Christian slenterde naar de bar op een manier die Randall vergeefs had proberen te imiteren. Het kon best zijn dat je gewoon de ene voet voor de andere zette, maar bij sommige mannen leek het of de wereld alleen maar als decor fungeerde. Randall pakte zijn gitaar en sloeg een paar akkoorden aan. De eerste band van vanavond was net bezig met inspelen, dus het werd tijd om zijn gitaar te stemmen. Het was Christian die hem had aangemoedigd om mee te jammen. Randall zat zoals altijd helemaal achteraan aan zijn vaste tafeltje toen Christian op hem af was gelopen en gevraagd had of hij erbij mocht komen zitten. Ze waren aan de praat geraakt en Randall merkte dat hij met Christian kon praten zonder dat hij het gevoel had dat hij zich anders moest voordoen. Dat was twee maanden geleden. Sindsdien was Christian elke donderdagavond in The Fret geweest, en Randall was niet te trots om toe te geven dat hij uitkeek naar die paar minuten waarin ze konden kletsen tot de muziek alles overstemde. Christian wist de dingen zo te zeggen dat het allemaal heel verstandig en logisch klonk. Wat was nou gênanter, hier met een gitaar te zitten of gewoon het podium op te gaan en zijn kans te wagen? En dat hij een tattoo wilde was logisch, maar misschien kon hij er eerst een van henna proberen voor het geval hij toch een ander ontwerp wilde? Dat hij een deel van zijn privéleven voor zijn familie verborgen hield, was niet trouweloos zolang hij maar voor ogen bleef houden wie hij was. En voor het eerst in zijn leven maakte Randall die bijzondere ervaring mee: zijn eerste volwassen vriendschap. Christian, vond hij, was precies het soort mens dat hij later wilde worden.

13

Zonder het hardop tegen elkaar te hoeven zeggen besloten Callanach en zijn moeder de hotelbar uit te lopen. Ze hadden privacy nodig, hoewel het nog maar de vraag was of Callanach iets kon uitbrengen. Zijn moeder was verkracht. Hij was er zeker van dat ze dat had gezegd, maar het had minuten geduurd voordat die paar woorden tot hem waren doorgedrongen. Hij had om zich heen gekeken. De man aan het tafeltje naast hem lachte te hard en sperde zijn mond onfatsoenlijk ver open. In de hoek zat een vrouw die vond dat de regels niet voor haar golden een e-sigaret te dampen. Een andere man liet zijn hand voorzichtig opzij glijden om de billen van een serveerster aan te raken. En toen had hij de eerste traan over zijn moeders wangen zien glijden en begon zijn wereld weer op volle snelheid te draaien. Hij had haar bij de arm genomen en met zachte hand meegevoerd naar de liften en naar haar kamer, waar hij haar alle vragen kon stellen die hij niet wilde stellen en alle antwoorden kon horen waarvan hij nu al wist dat ze hem zijn hele leven zouden blijven achtervolgen.

In haar kamer ging Véronique bij het raam staan en keek naar buiten. Vanaf de Royal Mile steeg gelach op en in het duister werd het gezicht van zijn moeder kleurig verlicht door de zacht knipperende kerstverlichting. Callanach nam plaats op een stoel in de hoek en wachtte. Hij had al honderden keren zo zitten wachten totdat een slachtoffer de juiste woorden vond om haar verhaal te vertellen. Het werkte averechts als je hen opjoeg. Hij wist dat zijn moeder deed wat elk slachtoffer van verkrachting moest doen voordat ze erover kon praten. Ze was bezig de muur af te breken die ze rond zichzelf had opgetrokken.

'Hoeveel wil je weten?' fluisterde ze.

'Alles,' zei hij. 'Zoveel als je aankunt.'

Véronique knikte en sloeg haar armen om zich heen. Haar knokkels waren wit. Ze ging met haar rug naar hem toe staan, zodat hij haar gezicht niet kon zien, en begon te praten.

'Ik was tweeëntwintig,' zei ze. 'En naïef, denk ik. Ik was een jaar met je vader getrouwd. Hij was altijd zo'n lieve, zachte man dat het nooit bij me was opgekomen dat ik niet veilig zou kunnen zijn als ik ergens met hem naartoe ging. Het was toen geen makkelijke tijd. Het was moeilijk om werk te vinden in Schotland. We konden met veel moeite de huur betalen. Niemand leek er happig op om een jonge Franse vrouw in dienst te nemen, dus hij onderhield ons allebei. Wat herinner je je nog van hem, Luc?'

Callanach moest even nadenken. De herinneringen van toen hij vier was, net voor het overlijden van zijn vader, waren vaag, maar het beeld dat hem was bijgebleven was dat zijn vader altijd zijn handen naar hem uitstak om hem op te tillen of hem te knuffelen. Warme, sterke handen.

'Warmte,' zei Callanach. 'Zijn gezicht zie ik minder duidelijk voor me nu ik ouder ben, maar zijn stem herinner ik me nog. En zijn lach. Ik denk dat hij in mijn herinnering altijd lacht.'

'Ja. Hij lachte altijd,' zei Véronique. 'Zo was hij. Ook wanneer het ons tegenzat verloor hij nooit zijn zin in het leven. Hij was een goede man die alleen het goede in anderen wilde zien. Ik was maagd toen ik trouwde. Dat gold toen voor een heleboel vrouwen. Je vader was de enige man met wie ik...'

Haar stem haperde en ze liet haar voorhoofd tegen het raam rusten. Haar tranen vermengden zich op het glas met de condens van haar adem.

'Je hoeft dit niet te doen,' zei Callanach.

'Jawel,' zei Véronique. 'Je hebt het recht dit te weten.' Ze ging in de vensterbank zitten. 'Je vader vond eindelijk werk bij Edinburgh Bespoke, een meubelfabriek. Omdat hij ervaring had en goed met de andere werknemers kon opschieten, werd hij al snel voorman. We hoefden niet langer te huren en konden eindelijk een appartement kopen. We hadden het niet breed, maar het was te doen. We waren jong en verliefd, en samen wisten we het te rooien. Je vader was trots op zichzelf. Hij was vijfentwintig, hij had een goeie baan en we begonnen plannen te maken om een gezin te stichten. Die baan was alles voor hem. Hij kwam elke dag thuis met leuke verhalen over zijn collega's, hun gezinnen, en kleine dingen die misgingen op het werk. Op zijn bureau had hij een foto van mij staan, genomen tijdens de openingsdans op ons huwelijksfeest. Hij vertelde altijd dat de andere mannen zeiden dat ik heel mooi was en dat hij geluk had. Het was stom en ijdel, maar ik dacht dat het geen kwaad kon.'

Ze begon te snikken, en legde een hand tegen haar keel. Callanach wilde zijn armen om haar heen slaan maar kon het niet. Slachtoffers van verkrachting hadden ruimte nodig, geen fysiek contact wanneer ze hun ervaringen herbeleefden. Dat wist hij omdat hij veel cursussen had gevolgd over de protocollen en procedures. Toch was hij hier niet op voorbereid.

'Het was op een kerstfeest van het werk,' zei Véronique, terwijl ze zich schrap zette en diep ademhaalde. 'Ik droeg een groene jurk. Je vader had die speciaal voor de gelegenheid voor me gekocht. Hij wilde dat ik er op m'n mooist uitzag. De jurk had een klokrok tot net boven de knie. Ik vond hem veel te duur, maar hij wilde dat ik hem kocht. Het feest werd in het magazijn gehouden. Alles was versierd, er stond een kerstboom, ze hadden muziek geregeld, en er was punch. Ik vond het leuk dat ik nu kon kennismaken met de mensen over wie ik al zoveel had gehoord. Ik had het gevoel dat ik ze al kende. Je vader en ik dansten met elkaar. Omdat hij nog moest rijden had hij geen punch gedronken, maar ik had wel een paar glazen op. Genoeg om me een tikje duizelig te voelen. Ik was geen sterkedrank gewend, en ik weet niet wat ze erin hadden gedaan, maar het was sterker dan ik had gedacht.'

Alsof ze weer op het feest was pakte Véronique een glas uit een kast, deed de minibar open en schonk mineraalwater in. Ze nam een paar grote slokken en ging weer in de vensterbank zitten, met haar knieën tegen haar borst.

'Toen kwam er een telefoontje. Een van de vrachtwagens van het bedrijf had pech gekregen en moest worden weggesleept. Hij zat vol meubels die de volgende dag moesten worden afgeleverd, en er moest iemand met een andere vrachtwagen naartoe om de spullen terug naar het magazijn te brengen. Je vader was een van de weinige mensen die nog nuchter was en kon rijden. Ik wilde niet dat hij ging, maar er was eigenlijk geen andere mogelijkheid. Ik weet nog dat ik naar huis wilde, maar me liet overhalen om te blijven. Meneer Jenson, een van de eigenaren, zei dat hij voor me zou zorgen, en ik wilde niet ongezellig doen.

Zodra je vader weg was bood meneer Jenson aan me een rondleiding door het magazijn te geven. Hij gaf me het gevoel dat ik belangrijk was, vertelde dat ze zoveel waardering hadden voor mijn man, en vroeg of ik zijn kantoor wilde zien. Nou ja, ik ging mee. Ik dacht geen moment... De muziek stond ondertussen hard, heel hard. Iedereen was aan het zingen en dansen en er werd heel veel gedronken. We gingen naar de bovenste verdieping, die volledig uitgestorven was. Ik herinner me nog dat ik me afvroeg waarom hij me daarheen bracht, want er viel niets te zien. De gangen waren donker en tussen de verschillende gedeelten van het gebouw waren zware branddeuren. We liepen helemaal naar de andere kant, zo ver van het feest als je maar kon komen, en meneer Jenson zei dat daar zijn kantoor was. Hij deed de deur open. En daar stond een andere man, met wie ik niet had gesproken, maar ik wist dat hij de mede-eigenaar van het bedrijf was, meneer Western. Hij stond op vanachter zijn bureau om me de hand te schudden, en maakte een compliment over mijn jurk. Hij zei niets verkeerds, maar ik weet nog goed dat ik het gevoel had dat ik daar niet had moeten zijn, alleen met twee mannen in een kleine kamer.'

Callanach zag het scherper voor zich dan hij wilde. Zijn moeder, jong, beeldschoon, te bang om de mannen tegen de haren in te strijken, om te zeggen dat ze terug wilde naar het feest. De bazen van zijn vader hadden door de alcohol meer lef gekregen en vonden dat ze in hun recht stonden. Bovendien wisten ze dat niemand kon horen wat ze op het punt stonden te doen. Het was iets van alle tijden, ongeacht sociale klasse of seksuele geaardheid. Het speelde tussen de machtigen en de machtelozen. Ze deden het omdat ze er ongestraft mee weg konden komen.

'Ik zei dat ik naar het toilet moest en dat ik weer naar beneden wilde. Ze moesten ergens om lachen, ik weet niet meer waarom, maar toen zag ik Western naar Jenson knikken. Ik denk dat ik op dat moment pas doorhad dat ik zwaar in de problemen zat. Vanwege dat ene knikje. Het feit dat ze met elkaar communiceerden en mij buitensloten. Ze deden een...' Ze viel stil.

'Maman, niet doen,' zei Callanach.

'Ik moet het vertellen,' zei ze. 'Ze deden een zak over mijn hoofd, van ruwe stof, en toen hield de een me vast terwijl de ander... het ging snel. Daar ben ik God dankbaar voor. En het bleef bij één. Toen ging de telefoon en leek het alsof ze weer wakker werden. Alsof ze waren vergeten waar ze waren of wie ze waren. Ik werd op de grond gegooid en Western trok de zak van mijn hoofd, smeet die naar me toe en zei dat ik mezelf moest opknappen. Ik had blauwe plekken op mijn armen, want ik had tegengesparteld en ze hadden me stevig vastgehouden. Mijn haar zat helemaal in de war door de zak en mijn mascara was uitgelopen. Ik trilde en stond te hannesen. Ik geloof dat het Jenson was die toen kwaad werd en zei dat ik moest opschieten.'

Véronique zweeg. Ze staarde naar het lege glas dat ze nog steeds krampachtig vasthield, en dwong zichzelf haar vingers te ontspannen zodat ze het kon neerzetten.

'En wat heeft papa toen gedaan?' vroeg Callanach. Hij wilde de rest van het verhaal horen. Enkel en alleen voor zichzelf, daar was hij zich van bewust. Zijn moeder had de moed opgebracht om het ergste moment uit haar leven opnieuw door te maken, maar het enige wat hij wilde was het beeld uit zijn hoofd bannen. Hij wenste dat hij de klok kon terugdraaien en het verhaal nooit had gehoord.

'Ik heb het hem niet verteld,' zei Véronique. 'Ik heb mijn schoenen gepakt. Die waren tijdens de worsteling door de kamer gevlogen... ik veegde de tranen van mijn gezicht en wilde weglopen. Net toen ik naar buiten wilde lopen, greep Western me vast. "Als je dit aan wie dan ook vertelt, ontslaan we je man. Dan vertellen we hem dat jíj hierop hebt aangestuurd. En we zeggen tegen iedereen die het horen wil dat hij geld heeft gestolen, dan komt hij nergens meer aan de bak. Nou zing je wel een toontje lager, hè, lekker Frans wijffie?" Jarenlang heb ik die woorden in mijn hoofd horen rondspoken. Zijn stem. De haat die ervan afdroop. Ik weet niet of die foto op het bureau van je vader hen ertoe heeft gebracht, of het feit dat ik Française was en een accent had. Maar ze hadden me uitgekozen. Ze wisten wat ze deden. Ze gokten erop dat ik het nooit aan je vader zou vertellen, en dat klopte. Dus ik heb mezelf in het toilet opgeknapt en heb daarna een uur lang buiten in de vrieskou op je vader staan wachten. Ik zei dat ik niet lekker was geworden en hij bracht me naar huis. Thuis heb ik overgegeven, waarschijnlijk dacht hij dat dat door de alcohol kwam, en ik heb hem in die waan gelaten.'

'Je kon het hem niet vertellen?'

'Dat hij zijn baan zou kwijtraken was nog het meest optimistische scenario, Luc. Je vader aanbad me. Hij zou ze allebei hebben vermoord. Dat we ons huis zouden kwijtraken kon me niet schelen, zelfs op straat zouden we gelukkig zijn geweest, of we hadden naar Frankrijk kunnen verhuizen om daar werk te vinden en bij mijn ouders kunnen wonen. Maar denk je dat je vader zomaar was weggelopen? Nooit. Hij zou in de gevangenis terecht zijn gekomen, enkel en alleen omdat ik hem zo nodig deelgenoot wilde maken van mijn pijn. Ik hield te veel van hem om het hem te vertellen. Er overkomen vrouwen wel ergere dingen, Luc. Dat hield ik mezelf voor. Het was makkelijker om mijn mond te houden. Makkelijker om mijn schaamte alleen te dragen. Beter dan alles op het spel te zetten.'

'Dus niemand is het ooit te weten gekomen?' vroeg Callanach. 'Heb je dit allemaal in je eentje verwerkt?'

'Ik heb het mijn moeder verteld na het overlijden van je vader, toen we naar Frankrijk waren verhuisd. Ik was kapot van de dood van je vader, maar het betekende ook dat ik niet langer in dit land hoefde te blijven, in de nabijheid van die beesten. Ik kon je gewoon meenemen en ergens anders opnieuw beginnen, en ik hoefde niet meer te liegen tegen de man van wie ik hield. Sorry dat je dit allemaal moet aanhoren.'

'Er zijn therapeuten, maman. Zelfs nu zou je daar nog iets aan kunnen hebben,' zei Callanach.

'Ik wil er niet over praten,' zei Véronique met een lieve glimlach. 'Ik wil niet dat het deel uitmaakt van mijn huidige leven. Het hoort bij het verleden. Het spijt me dat ik nooit de kracht heb opgebracht om het je eerder te vertellen. In plaats daarvan ben ik gevlucht. Niet voor jou, maar voor de herinneringen.'

'Ik begrijp dat het een traumatische ervaring was,' zei Callanach. 'Maar je kent me. Je had moeten weten dat ik nooit iemand had kunnen aandoen wat die kerels jou hebben aangedaan.'

'Dat weet ik. Echt. Maar er is nog iets anders,' zei Véronique. 'Als ik het je nu niet vertel, doe ik het nooit. Acht weken na dat kerstfeest ontdekte ik dat ik zwanger was. De relatie tussen je vader en mij bleef hetzelfde als daarvoor, want als ik geen omgang meer met hem zou hebben, zou hij meteen weten dat er iets aan de hand was.'

'Ho,' zei Callanach. 'Hou alsjeblieft op. Wil je me vertellen...'

Véronique liep op hem af, knielde voor hem en nam zijn handen in de hare.

'Luc, er is niets veranderd. Jij was het enige wat ertoe deed. De man van wie je altijd hebt gedacht dat hij je vader was, is de enige vader die ooit invloed op je leven heeft gehad. Hij hield zielsveel van je. Toen je werd geboren leek het of ik hem voor de helft aan jou was kwijtgeraakt, en dat heb ik geen seconde betreurd. Zijn glimlach was altijd het breedst als hij naar jou keek. Hij kon je urenlang vasthouden en naar je kijken als je sliep.'

Callanach stond op. 'Je had het hem moeten vertellen,' zei hij.

'Wat had ik daarmee bereikt?' vroeg Véronique. 'Als hij het had geweten zou hij verblind zijn geweest door mijn pijn. Maar ik weet dat hij niet minder of anders van je had gehouden, en ik heb altijd geloofd dat hij jouw vader was.'

'Niet waar. Niet toen Astrid op je inpraatte met haar leugens. Toen heb je een tijdje iets anders gedacht. Is dat het schuldgevoel waarvan je verlost wilt worden? Dat je even hebt gedacht: zo vader, zo zoon? Je dacht dat je verkrachter mijn biologische vader was, en dat ik ook zo was geworden. Daarom heb je me in de steek gelaten,' zei Callanach, en hij stond op en schoot zijn jas aan.

'Zo zwart-wit was het niet, Luc. Ik was opnieuw kapot van wat er in het verleden was gebeurd. Ik ben weggegaan omdat ik mijn eigen pijn niet kon verbergen, en jij had al genoeg aan je hoofd. Ik heb altijd geweten dat we dit gesprek op een dag zouden moeten hebben, maar destijds zou het te veel voor je zijn geweest.'

'Nu is het ook te veel voor me!' riep Callanach uit, en hij trok de deur open.

Véronique ging voor hem staan. 'Alsjeblieft, ga alsjeblieft niet weg. Ik weet hoe je je voelt, ik wil je helpen.'

'Ik heb zojuist gehoord dat mijn bestaan het gevolg is van een verkrachting, en dat de man van wie ik mijn hele leven heb gedacht dat hij mijn vader was, dat misschien niet is. Jij weet helemaal niet hoe ik me voel!'

'Ik had het je niet moeten vertellen,' zei Véronique snikkend. Ze liet zich in een stoel zakken en legde haar hoofd op haar knieën. 'Ik dacht dat ik het enige juiste deed. Ik dacht dat je me dan makkelijker zou vergeven.'

Callanach duwde de deur zachtjes dicht en ging op de rand van het bed zitten. 'Er valt niets te vergeven,' zei hij. 'Ga terug naar Frankrijk. Nu moet je míj wat tijd gunnen.'

Hij stond op en liep zachtjes de kamer uit, naar beneden, de straat op. Alles zag er nog net zo uit als eerst, maar toch had hij het gevoel dat het anders had moeten zijn. Dat het met hem mee had moeten veranderen. Alles wat hij over zichzelf dacht te weten was misschien een leugen. Hij had geen vaste grond meer onder de voeten. Zijn moeder was nog veel meer slachtoffer dan hij, maar hij had niet de kracht kunnen opbrengen om de man te zijn die ze nodig had, die haar troostte en geruststelde. Callanach zette zijn kraag op voor de ijskoude wandeling naar huis en maakte zichzelf onderweg wijs dat de tranen die over zijn gezicht stroomden aan de harde wind te wijten waren.

14

Het grote hek van de autosloperij van Louis Jones zat op slot. Ava liet Tripp in de auto achter en liep om het terrein heen op zoek naar een manier om binnen te komen. Dat bleek niet erg moeilijk. Een hek aan de achterkant, waarachter een korte steeg lag, was professioneel onder handen genomen met een betonschaar, en het slot lag in stukken op de grond. Ava duwde het hek met haar elleboog open en trok handschoenen aan terwijl ze het terrein op liep en een zaklamp aanknipte. Het stond er vol auto's die allemaal betere dagen hadden gekend, en de meeste zaten vol deuken waar geen enkel carrosseriebedrijf nog eer aan kon behalen. De sloperij werd omheind door een metalen hek van tweeënhalve meter hoog, dat aan de binnenkant met planken was afgetimmerd voor de privacy. Jones wilde natuurlijk niet dat iemand de kentekens op de auto's kon zien. Ava vroeg zich af of een van deze auto's gebruikt was door haar ontvoerder. Ze duwde de gedachte weg. Daarvoor was ze hier niet, en als ze er te lang over nadacht voelde ze zich alleen maar ellendiger worden. Wat ze nu moest uitzoeken, was wie er achter het stuur van de verongelukte auto had gezeten.

Langs één kant van het terrein stond een bakstenen gebouw. Voor zover ze kon zien had het maar één deur, die er zwaar uitzag en waarschijnlijk verstevigd was. Dat gold niet voor de ramen. Er waren twee ramen, allebei kapotgeslagen, en de scherven glinsterden in het licht van haar zaklamp. Louis Jones had blijkbaar een beroerde dag achter de rug. Ava scheen door het eerste raam naar binnen met haar zaklamp, maakte de aanwezigheid van de politie kenbaar, hoewel het terrein en het gebouwtje verlaten leken, en klom naar binnen. Haar voorganger was zo vriendelijk geweest de overgebleven glasscherven uit de onderkant van het kozijn weg te breken. Aan de linkerkant van het vertrek stond een bureau waarvan alle laden waren opengerukt, en de inhoud slingerde over de vloer. Onder een omvergegooide stoel lag een vaste telefoon; de treurige posters van sportwagens die ooit de muren hadden gesierd, hingen nu in flarden naar beneden.

Het kantoortje was volledig overhoopgehaald. De vraag was of de indringers zo'n puinhoop hadden achtergelaten om een boodschap over te brengen, of dat ze naar iets specifieks op zoek waren geweest. Een sleutelrek aan de muur rechts was onaangeroerd gebleven, dus ze waren niet op zoek geweest naar een auto. Ava keek rond of ze een computer zag, maar bedrijfjes als dat van Jones bewaarden hun administratie zelden op iets degelijks als digitale media. Een deur naar een aangrenzende ruimte stond op een kier, en daarachter was het pikkedonker. Ava liep er langzaam heen, schopte hem open en trok een bus pepperspray uit haar jaszak. Vanuit de achterkant van het vertrek klonk gekrijs, en Ava dook onmiddellijk in elkaar en spoot een wolk pepperspray naar binnen terwijl ze haar zaklamp kriskras door de ruimte liet schijnen.

'Politie, blijf waar je bent,' riep ze.

Geen antwoord.

'Bij de voordeur staat nog een agent. Als je probeert te vluchten word je met geweld aangehouden,' loog ze. Ze richtte de lamp op de achterkant van de ruimte. Er klonk paniekerig gefladder en gekrijs.

Ava deed een stap naar voren en voelde dat ze op iets zachts stond. Ze richtte de lichtbundel omlaag en zag dat er beddengoed op de vloer lag. In de hoek lag een omgekeerde matras en overal slingerden kleren die uit een omvergegooide ladekast waren gegooid. Toen ze rechtop ging staan, zag ze in de hoek een grote kooi met twee papegaaien erin, die haar strak aanstaarden. Ze voelde zich gek genoeg een beetje ongemakkelijk worden onder hun starende blik.

'Wie houdt er tegenwoordig nou nog vogels in een kooi?' mompelde ze, op de kooi af lopend. In antwoord daarop begonnen de papegaaien nog harder te krijsen. Op de bodem van de kooi lag een grote berg vogelvoer en op de grond voor de kooi lag de lege zak. 'Iemand wist dat hij voorlopig niet terug zou komen, hè?' zei ze tegen de vogels.

Jones woonde hier kennelijk. In een zijkamertje bevonden zich een douche en toilet, door een douchegordijn afgescheiden van de slaapkamer. En in een hoek stonden een magnetron, een broodrooster en een waterkoker. Ava vloekte zachtjes toen ze zich realiseerde dat ze de dierenbescherming moest bellen om de vogels op te laten halen. Ze liep weer terug naar het kantoortje en las de her en der op de vloer slingerende handgeschreven briefjes. Als Jones zijn nering zo runde was het geen wonder dat hij zo armoedig op een matras op de grond sliep. Voordat ze wegging pakte ze de vaste telefoon, stak de stekker ervan in de contactdoos en drukte op een toets om het nummer van de laatste binnenkomende oproep te noteren. Het terrein zou moeten worden afgegrendeld, en tegen die tijd was de bestuurder van de verongelukte auto misschien wel gevonden. Maar als het Louis Jones was, dacht Ava, zou het niet zo'n ramp zijn als hij een paar gebroken botten had opgelopen.

Ze liep terug naar de auto en stapte in.

'Daar binnen zitten twee papegaaien die verzorgd moeten worden,' zei ze tegen Tripp. 'Vraag of de dierenbescherming ze morgen ophaalt. Ze hebben meer dan genoeg voer tot die tijd. En regel een paar mensen van de uniformdienst om de boel hier te bewaken tot we de eigenaar hebben gevonden.'

'Is het een plaats delict, mevrouw?' vroeg Tripp.

'Daar lijkt het op, tenzij de eigenaar zijn tent op een nogal aparte manier heeft opgeknapt. Maar er is op dit moment geen aangifte van inbraak gedaan, dus kunnen we weinig doen. Voordat ik weet wat er speelt, ga ik geen onderzoek starten.' Ze belde Lively's nummer.

'We hebben de bestuurder nog niet gevonden,' zei hij. 'Heeft Jones' dossier al iets opgeleverd?'

'Niets wat ik je kan vertellen,' zei Ava. 'Wie heeft de leiding op de plaats van het ongeluk?'

'Hoofdinspecteur Dimitri. Hij laat de boel nu opruimen en laat de auto wegslepen. De honden zijn al teruggebracht.'

Ava dacht even na en zei: 'Dimitri, die ken ik. Hij had de leiding in het onderzoek naar de zelfmoord van de chef. Hij leek me sympathiek; de chef zou hem aardig hebben gevonden. Zou je dit telefoonnummer voor me willen natrekken?' Ze las het nummer van de laatste beller naar Jones' vaste lijn op. 'Hou voor je wat je te weten komt en licht alleen mij in. Jones' dossier is nog steeds vertrouwelijk. Ik weet niet wat er met Jones is gebeurd, maar gezien zijn levenswijze denk ik niet dat er een onschuldige verklaring is.'

15

Cordelia Muir voelde zich niet lekker, en dat was om razend van te worden, want die ochtend had ze een belangrijke vergadering. Een groot bedrijf was op zoek naar een goed doel dat het zou kunnen steunen, en Crystal stond op de shortlist van kandidaten. Dergelijke donaties waren van onschatbare waarde. Kleinschalige geldinzamelingen waren een prachtige, persoonlijke manier waarop mensen de wereld konden veranderen, maar met het grote geld kreeg je pas echt dingen voor elkaar. Ze sliep nu al een paar dagen slecht en werd steeds zwetend en misselijk wakker, hoewel ze nog niet echt had hoeven overgeven. In het weekend had ze zich iets beter gevoeld, maar de vergadering was over een uur en ze had een knallende hoofdpijn die zich niet met pijnstillers liet verdrijven.

De nieuwe vrijwilliger, Jeremy, klopte aan en stak zijn hoofd naar binnen. 'Ik ga zo,' zei hij. 'W-wat kan ik nog voor je doen?'

'Zou je de vergaderruimte in orde willen maken, alsjeblieft?' zei Cordelia zwakjes.

'Natuurlijk,' zei hij. 'Voel je je wel goed?' Cordelia stond erom bekend dat ze nooit iemand vroeg klusjes voor haar te doen, hoe nederig ook, als ze daar zelf tijd voor had.

'Barstende koppijn,' zei ze. 'Anders had ik het zelf wel gedaan, maar...'

'Geen zorgen,' zei Jeremy. 'Ik doe het graag.'

'Dank je. Een kop thee is waarschijnlijk te veel gevraagd? Ik heb ongelooflijke dorst.' Cordelia pakte een zakdoek en depte haar gezicht.

'Nee hoor, komt eraan. Zal ik Liam vragen of hij de vergadering afzegt?' vroeg Jeremy.

'Nee! Die is veel te belangrijk. Het gaat straks wel beter.' Ze veegde een pluk haar van haar vochtige voorhoofd. 'Misschien moet ik proberen iets te eten.'

Jeremy liep naar de waterkoker en zag dat Liam Hood opstond om met Cordelia te praten. Jeremy was tot de conclusie gekomen dat hij Liam niet mocht. Hij was zo iemand die je gesprekken afluisterde terwijl hij deed of hij aan het werk was, en die je e-mails over je schouder meelas. Jeremy werkte pas sinds een week als vrijwilliger bij Crystal, maar hij zag nu al hoeveel goeds de organisatie deed. Sinds de oprichting acht jaar geleden had de stichting in grote delen van Afrika het ene na het andere dorp van schoon drinkwater voorzien. Cordelia Muir was een vrouw met visie en beschikte over een tomeloze energie. Jeremy bewonderde haar.

'Ik kan die vergadering wel van je overnemen, Cordelia,' zei Liam toen Jeremy met de thee binnenkwam. 'Ik kom uit het bedrijfsleven, dus ik weet hoe die mensen denken en wat ze willen. Waarom ga je niet naar huis? Het is duidelijk dat je je niet lekker voelt.'

'Ik heb de vergaderruimte in orde gemaakt,' zei Jeremy, en hij zette de thee op Cordelia's bureau.

'Dank je,' snauwde Liam. Jeremy wierp hem een vuile blik toe.

'W-wil je een koekje?' vroeg Jeremy. 'Of misschien zou w-wat extra suiker helpen?'

'Sorry hoor Jeremy, maar we zijn even in gesprek,' zei Liam.

'Nee, het is goed. Hij probeert alleen maar te helpen. Misschien is een koekje wel een goed idee. Dank je, Jeremy,' zei Cordelia.

Hij liep langzaam de gang op en hoorde Liam nog een keer voorstellen om de vergadering van Cordelia over te nemen. Zorgvuldig schikte hij een assortiment koekjes op een porseleinen schaaltje, en hij nam zich voor om bij Liam Hood uit de buurt te blijven. Sommige mensen zorgden nu eenmaal altijd voor problemen.

Nog voordat ze die maandagochtend achter haar bureau zat, hing Ava al aan de telefoon met Ailsa Lambert. Ze had geen geweldig weekend achter de rug. Afgezien van een kort appje dat duidelijk maakte dat hij geen contact wilde, had Callanach haar telefoontjes onbeantwoord gelaten. En de katers die ze als twintiger nog zo effectief kon bestrijden met suiker en een vette hap, bleken nu ze in de dertig was heel wat hardnekkiger, waardoor ze zich tot zondagochtend beroerd had gevoeld. Pas toen ze die maandag om zes uur 's ochtends op haar telefoon keek, besefte ze dat ze de vrijdagmiddag daarvoor een voicemailbericht van het mortuarium had gemist.

'Goeiemorgen Ailsa,' zei Ava. 'Een van je medewerkers heeft me vrijdag gebeld. Ik kon de naam niet verstaan. Weet jij waar het over ging?'

'Ik heb Sally gevraagd om je te bellen over de uitslag van het toxicologisch onderzoek van George Begbie. Dat was er snel omdat er niets is gevonden. Zoals ik al vermoedde zijn er geen sporen van drugs of alcohol in zijn bloed aangetroffen. De uitslag is volkomen in lijn met een koolmonoxidevergiftiging. Onder deze omstandigheden, en dat heb ik met de officier van justitie overlegd, is er geen reden voor een nader onderzoek naar Begbies dood. Ik ben vrijdagavond persoonlijk bij Glynis langsgegaan. We hebben het lichaam vrijgegeven en George is al overgebracht naar het uitvaartcentrum.'

Ava zweeg. Niet dat ze iets anders had verwacht, maar ze had toch op iets meer gehoopt, besefte ze. De uitslag was binnen en er viel niet aan te tornen. De man tegen wie ze haar hele loopbaan had opgekeken, als mens en als politieman, had simpelweg besloten dat hij niet verder wilde. Was zijn leven na zijn pensioen dan zo leeg geweest? Was dat het lot van politiemensen wanneer de spanning van de jacht plotseling wegviel? De man die ze op een voetstuk had geplaatst was opeens gewoon een egoïstische eikel die niet begreep dat hij gezegend was met zo'n hecht, liefdevol gezin.

'Dank je dat je me op de hoogte hebt gehouden. Heb je enig idee wanneer de begrafenis is?'

'Glynis wil het zo snel mogelijk geregeld hebben. Begrijpelijk, onder deze omstandigheden. Ze heeft het over vrijdag gehad, maar je zou het nog even bij haar moeten navragen,' zei Ailsa.

'Doe ik.' Ava hing op en slenterde naar de briefingruimte, waar ze Lively midden in een schuine mop stoorde. 'Dat telefoonnummer dat ik je heb gegeven, heeft dat nog iets opgeleverd?'

'Aye, ik heb iets. Ik stond anders wel mooi voor paal. Ik heb het nummer vanaf de plek van het ongeval gebeld en kreeg het politiebureau St Leonard's aan de lijn. Ik vroeg hoofdinspecteur Dimitri ernaar toen we daar nog met z'n allen stonden. Hij legde uit dat een van zijn teamleden het kenteken van de auto had opgevraagd bij het Bureau Kentekenregistratie, en dat kwam met het telefoonnummer van Jones op de proppen. Ze wilden vaststellen of de auto mogelijk was gestolen. Ik vond mezelf wel een sufferd dat ik het nummer van een van onze bureaus niet herkende. Hoofdinspecteur Dimitri heeft me er behoorlijk over in de zeik genomen,' zei Lively, onder bulderend gelach van zijn maten.

'Je hebt de hoofdinspecteur vast wel lik op stuk gegeven, brigadier. Is het gelukt om beleefd te blijven tegen een meerdere, of kunnen we vandaag een formele klacht tegemoetzien?' vroeg Ava.

'Ik heb alleen gezegd dat ik het nummer van u had, mevrouw, met de opdracht het te bellen,' antwoordde Lively.

'Verder niets?' vroeg Ava, terwijl ze inwendig zuchtte vanwege de glimlach op Lively's gezicht.

'Het kan zijn dat hij heeft opgevangen dat ik hem een zak noemde toen hij wegliep, mevrouw.'

'Geweldig. Een klacht dus. Goed, ik ga mevrouw Begbie opzoeken. Zolang ik weg ben kun je voor vragen bij inspecteur Callanach terecht. Heeft iemand hem vandaag al gezien?' vroeg Ava.

'Hij is op zijn kamer. Hij was er al vroeg vanmorgen. Daarna heb ik hem niet meer gezien,' zei Tripp.

'Aye, hij had een sombere, broeierige blik in zijn ogen toen hij koffie ging halen. Zo zien de vrouwtjes hem toch het liefst?' zei Lively, wat hem opnieuw een lachsalvo opleverde.

'Ik heb gehoord dat ze mensen tekort hebben bij de verkeerspolitie. Als jullie toch niks te doen hebben, kan ik een tijdelijke overplaatsing regelen,' zei Ava. Het resultaat was dat iedereen zich naar een werkplek haastte en de stand-upcomedy liet voor wat die was.

Het duurde een poos voordat Glynis Begbie de deur opendeed. Ava glimlachte verontschuldigend. 'Hallo Glynis. Zou ik even met je mogen praten?' Ze keek naar het betraande gezicht van de weduwe van de chef en realiseerde zich dat het nu niet goed uitkwam, en dat daar de komende tijd niet veel verandering in zou komen.

Glynis keek achter zich de gang in en vervolgens weer naar Ava. 'Nu?' vroeg ze en ze begon op een nagel te bijten terwijl Ava een paar zinnetjes hakkelde die er allesbehalve vloeiend uit kwamen.

'Alles goed met je?' vroeg Ava. 'Sorry, dat is een stomme vraag. Natuurlijk is alles niet goed met je, maar is er soms iets anders gebeurd? Je lijkt niet...'

Glynis zag er slonzig uit en maakte een geagiteerde indruk. Ava meende spinnenwebben in haar haar te zien zitten.

'Ik lag te slapen,' zei Glynis, haar gekreukelde kleren gladstrijkend.

'Ik heb maar een minuutje nodig,' zei Ava, en Glynis ging opzij. Toen ze de gang in liep en de deur achter zich dichtdeed, voelde Ava een tochtvlaag. Er hing een bedompte lucht in huis en de stofpluizen op Glynis' kleren vormden een grijs-wit spoor op de traploper. 'Ik heb begrepen dat je vrijdag met Ailsa hebt gesproken,' zei Ava zacht.

'Dat klopt,' zei Glynis. 'De mevrouw van de uitvaartonderneming was heel vriendelijk. Ze is zaterdag langsgekomen en de meeste dingen worden vandaag nog geregeld. Ze hebben vrijdag een timeslot in het uitvaartcentrum. Jij komt toch ook?'

'Natuurlijk. En een paar leden van het team, degenen die George het langst hebben gekend. Het is koud hier binnen. Heb je gedoe met de verwarming?' vroeg Ava.

'Ik moet op de kleintjes letten,' zei Glynis. 'Alleen dan kan ik...' Ze begon te huilen.

Ava liep langzaam op haar af en sloeg een arm om haar schouders.

'Zullen we even gaan zitten?' vroeg ze. 'Je zit onder het stof. Wat was je aan het doen?' Ze lag in elk geval niet te slapen, dacht Ava, en terwijl ze Glynis naar de zitkamer bracht en haar op de bank liet plaatsnemen vroeg ze zich af waarom Glynis had gelogen.

'Na mijn dutje ben ik naar zolder gegaan. De uitvaartconsulente stelde voor dat we misschien wat oude foto's van George konden opduikelen, zodat de mensen een herinnering aan hem hadden. Mijn albums zaten nog in dozen van toen we hierheen verhuisden. Ik ben nog nooit op de vliering geweest. George deed al dat soort dingen altijd.' Ze pakte een zakdoek uit haar mouw om tranen en stof van haar wangen te vegen. 'Nu ik erover nadenk, deed hij bijna alles. Hij regelde alle geldzaken. Af en toe moest ik iets tekenen voor de hypotheek of een spaarrekening. Ik heb me zelfs nooit afgevraagd waar het allemaal vandaan kwam...'

'Het zal wel moeilijk zijn om plotseling voor jezelf te moeten zorgen. Kun je niet een van de kinderen vragen om...'

'Nee!' zei Glynis nadrukkelijk. 'Die kan ik hier niet bij betrekken.' Ze trilde en haar gezicht werd nog bleker dan toen ze opendeed en de gang in keek alsof ze een geestverschijning verwachtte.

'Misschien kan ik helpen,' zei Ava. 'Is er iets bepaalds dat je dwarszit?'

Glynis omklemde haar knieën en staarde strak naar het vloerkleed.

'Zal ik anders een kopje thee zetten?' stelde Ava voor. 'Ik heb alle tijd. Blijf jij maar zitten.'

Ze deed de deur van de zitkamer dicht en liep de keuken in, maakte wat lawaai met de waterkoker en de mokken en liep toen zachtjes terug naar de gang en naar boven. Glynis was ergens van overstuur geraakt, maar overstuur dekte de lading niet helemaal. Het leek meer op angst. Het luik stond open, de vlizotrap was uitgetrokken en op de vliering brandde een zwak licht. Ava keek de trap af naar de deur van de zitkamer. Die was nog dicht en Glynis' gesnik was nog net hoorbaar. Ava beklom de trap.

Zoals Glynis had gezegd stond de vliering vol verhuisdozen. Sommige waren nog dichtgeplakt en van een etiket voorzien, en uit andere al opengemaakte dozen puilden allerlei spullen. Er liep een duidelijk looppad door het midden van de vliering. Ava liet haar schoenen bij het luik staan om geen lawaai te maken en schuifelde door het halfduister.

Voor een vliering maakte alles een nette en opgeruimde indruk. Alleen langs de zijkanten waren spinnenwebben te zien, maar in het midden was de houten vloer stofvrij. Helemaal achterin waren de dozen hoger opgestapeld. Ava moest eromheen schuifelen om een zaklamp op te rapen die Glynis had laten vallen, en toen ze rechtop ging staan, stootte ze haar hoofd tegen een losse plank van de schuine zolderwand. Ze richtte de zaklamp op de gewraakte plank en staarde in een ruimte daarachter. Ze ging op een doos staan om beter te kunnen kijken en zag tussen het isolatiemateriaal iets zitten wat eruitzag als bundels papier. Ze stak haar hand erin, trok een van de bundels tevoorschijn en ging op de doos zitten om het pakketje te onderzoeken. Het was een klein rechthoekig pakje, in bruin papier gewikkeld. Ze scheurde het pakpapier los in het besef dat ze een grens overschreed in haar vriendschap met Glynis door haar privacy te schenden, maar hier was iets niet in de haak en het had geen zin om te doen of er niets aan de hand was.

In haar handen hield Ava een bundel vijftigpondbiljetten, licht gekreukt en duidelijk gebruikt. Ze liet ze door haar handen glijden en zag dat de serienummers niet aansloten, terwijl ze in gedachten telde. Er zaten op z'n minst honderd biljetten in het pak. Ze propte ze in haar zak, stond op en strekte haar nek om dieper in de holle ruimte te kijken. Toen ze de lichtbundel verplaatste, zag ze pas hoeveel daar verstopt zat. De ruimte achter de planken zat stampvol pakjes, zoveel dat ze ze niet allemaal kon tellen. Ze deed een stap naar achteren om wat hoofdrekenwerk te doen. Als er in elk pakje vijfduizend pond zat, lag daar voor minstens een kwart miljoen.

Ava duwde de losse plank op zijn plaats en schoof de dozen die ze had verschoven weer terug om de plek net zo achter te laten als ze hem had gevonden. Op het moment dat ze de ladder af wilde klimmen, stak Glynis haar hoofd door het luik naar binnen.

'Heb je het gevonden?' vroeg ze alleen maar.

'Ja,' zei Ava.

Glynis knikte. 'Zal ik dan maar even theezetten?' zei ze, en ze klom weer naar beneden.

Ze gingen in de keuken zitten met de stapel bankbiljetten tussen hen in op tafel.

'Dus je hebt geen idee waar dat geld vandaan komt?' vroeg Ava.

'Totaal niet,' antwoordde Glynis. 'Die plank zat al half los toen ik op zoek ging naar die fotoalbums. Toen ik hem wilde terugduwen viel er een pakje naar beneden. Achteraf is het allemaal logisch, en nu voel ik me zo'n stommeling. Terugkijkend denk ik dat ik het misschien makkelijker vond om niet de juiste vragen te stellen. George betaalde altijd alles contant. We hadden het goed. Ik bedoel, hij had geen slecht salaris toen hij eenmaal inspecteur was, en toen hij hoofdinspecteur werd kregen we het zelfs nog beter. Toch maakte ik me wel zorgen toen we naar dit grote pand verhuisden. Ik had geen idee dat we onze oude hypotheek al grotendeels hadden afbetaald, maar George zei dat hij goed kon sparen en dat hij in de loop der jaren extra had afgelost.'

'En heeft hij nooit iets losgelaten over de herkomst van dat contante geld? Gokken lijkt de meest voor de hand liggende bron,' zei Ava, terwijl ze de stapel bankbiljetten met haar vinger verschoof.

'Hij had kennelijk redenen om het voor me verborgen te houden. Tenminste, als ík degene was die er beslist niets van mocht weten. Hoe kon hij zo'n groot geheim bewaren zonder het me te vertellen?' vroeg Glynis. Er stonden geen tranen meer in haar ogen. Er was een kalmte over haar neergedaald en ze keek vol walging naar de stapel geld. 'Dit gaat niet goed aflopen, Ava. Dat voel ik gewoon. Je kunt maar beter een team laten komen en aan de slag gaan.'

'We weten nog niet wat er precies aan de hand is,' zei Ava, in de hoop dat de vertwijfeling die ze vanbinnen voelde niet op haar gezicht stond te lezen. Maar diep in haar hart wist ze dat Glynis gelijk had. Zo'n groot bedrag aan contanten verborgen achter planken op zolder kon nooit legaal zijn verkregen. 'Misschien had hij gewoon het vertrouwen in banken verloren en besloot hij daarom zijn geld thuis te bewaren. Of wie weet had hij een gokverslaving die hij voor je verborgen wilde houden en verstopte hij de winst. Er zijn allerlei mogelijkheden.'

'Dat geloof jij net zomin als ik,' zei Glynis, en ze stond op om het restje thee in haar mok in de gootsteen te gooien. 'Telefoontjes laat op de avond, waarna hij naar de logeerkamer verdween en de deur achter zich dichtdeed zodat ik het gesprek niet kon horen, zogenaamd omdat hij me niet wilde storen. Hij heeft nooit duidelijk gezegd wie er belde, en de waarheid is, Ava, dat ik hem nooit de duimschroeven heb aangedraaid. Een oude collega met een drankprobleem, heeft hij eens gezegd. Een andere keer was het iemand die op zoek was naar de details van een cold case. Dat voelde allemaal niet goed, maar het was makkelijker om er geen woorden aan vuil te maken. En nu zit ik hier, met God weet hoeveel geld onder mijn dak, terwijl ik me afvraag hoe ik de volgende hypotheektermijn moet betalen. Ik had die levensverzekering nodig om de hypotheek af te betalen. George' pensioen is niet genoeg om alle kosten te dekken, en als dit uitkomt is het maar de vraag of ik zijn pensioen nog wel krijg. Misschien verdien ik dat wel omdat ik hem ongestraft tegen me heb laten liegen.'

'Dit is allemaal niet jouw schuld, Glynis, en je loopt nu te hard van stapel. Dat politiepensioen wordt alleen stopgezet als het vermoeden bestaat dat George bij criminele activiteiten betrokken was,' zei Ava. Ze zwegen allebei en keken elkaar niet aan. Geen van tweeën wilden ze dit gesprek voeren. 'Laat het maar aan mij over en vertel dit aan niemand, zelfs je familie niet. Als je op dit moment geldzorgen hebt, kun je hier gerust wat van gebruiken. Voor zover we weten is het jouw rechtmatige eigendom. Maar hou het wel binnen de perken. Misschien kun je het in kleine coupures omwisselen. Als je het goedvindt, neem ik een van deze biljetten mee om te zien of ik de herkomst ervan kan traceren. Ik moet nu gaan.'

Glynis liep achter Ava aan naar de voordeur en drukte haar stevig tegen zich aan voor haar gast naar buiten liep. Ava stapte in haar auto en staarde naar het biljet van vijftig pond in haar hand. Allerlei draadjes in haar hoofd probeerden verbinding te maken maar konden de cirkel niet helemaal rond krijgen. Misschien omdat ze dat niet wilde, dacht ze. George Begbie was niet iemand die geen vertrouwen in banken had en daarom geld onder een matras verstopte. Hij had veel moeite gedaan om het zo goed te verstoppen dat inbrekers of Glynis het nooit bij toeval zouden vinden. Dat hij er nooit met zijn vrouw over had gesproken bezorgde Ava kippenvel. De chef zat op het laatst zo in de knoei dat hij zich na een reeks nachtelijke telefoontjes en een verdacht pakje op zijn stoep van het leven had beroofd. En nu werd Louis Jones ook vermist. Ava geloofde niet in toeval, niet op deze schaal tenminste. Er was maar één ding dat de criminele wereld draaiende hield. Van drugsdealers tot mensenhandelaars, van wapenhandelaars tot helers – het ging altijd om geld. Dit geld was niet eerlijk verkregen. Daar was ze honderd procent zeker van. Hoe graag ze ook wilde dat de chef een stiekeme gokker bleek te zijn geweest, ze geloofde het geen seconde. Als dat zo was, had hij het geld niet zo lang verborgen hoeven houden en had hij het beetje bij beetje naar zijn bankrekening kunnen sluizen zonder dat Glynis er iets van wist. Ava veegde een traan van haar wang. Ze had nu geen tijd voor zinloze speculaties over wat de chef wel of niet had gedaan. Er was werk te doen. Om te beginnen moest ze Louis Jones vinden en hem wat vragen stellen. Daarna moest ze uitzoeken waar dat geld vandaan kwam. En als George Begbie was overleden vanwege al dat geld op zolder, dan was hij er niet aan gekomen door in de loop van de jaren zo nu en dan wat smeergeld aan te nemen. Betalingen om de andere kant op te kijken wanneer een verdachte via de achterdeur ontsnapte of bewijsmateriaal over het hoofd zien bij een huiszoeking waren onfrisse maar algemeen voorkomende praktijken bij de politie, maar in die gevallen kwam niemand zijn geld terughalen. Deze hoeveelheid geld wees op een veel grootschaliger criminele samenzwering, en de chef had zich duidelijk de woede van de andere partij op de hals gehaald. De enige logische conclusie die Ava hieruit kon trekken was dat iemand zijn geld terug wilde, en dat hij niet zou rusten voor hij het had.

Op het bureau wist Ava haar kamer te bereiken zonder te worden aangeklampt. Ze meldde zich aan bij het computersysteem van de Britse politie en doorzocht de database.

Het systeem wist te vertellen dat Ramon Trescoe, de crimineel die door Begbie met hulp van Jones achter slot en grendel was gezet, vijf maanden geleden uit penitentiaire inrichting Glenochil was ontslagen. Als adres had hij The Mazophilia in Glasgow opgegeven. Dylan McGill zat nog veilig opgeborgen. Hij was betrokken geweest bij het neersteken van een medegevangene, waarmee hij zijn vervroegde vrijlating had verspeeld, en zou pas over acht maanden vrijkomen. Ava meldde zich af bij het systeem, vouwde het vel papier op waarop ze wat aantekeningen had gemaakt en stopte het in haar zak.

Callanach kwam net binnenlopen toen ze het telefoonnummer

van hoofdinspecteur Dimitri opzocht. 'Ik ga naar het mortuarium, mevrouw. Dokter Lambert heeft me gevraagd de zaak-Lily Eustis met haar door te nemen,' zei hij.

'Luc, over vrijdagavond. Ik weet dat ik achter je rug om heb gehandeld, en het spijt me,' zei Ava.

'Als ik terug ben stel ik een rapport op. Ik verwacht dat de uitslag van het toxicologisch onderzoek binnen is gekomen, dus ik denk dat de zaak daarmee is afgehandeld. Als dat is geregeld wil ik een paar dagen vrij nemen. Ik hoop dat dat geen probleem is.'

'Natuurlijk niet. Het is kort dag, maar we hebben geen dringende zaken onder handen, dus het kan wel, denk ik. Mag ik vragen wat je gaat doen?'

Callanach negeerde de vraag. 'Ik ben tijdens mijn verlof niet bereikbaar, dus u zult tijdens mijn afwezigheid een andere leidinggevende moeten aanwijzen,' zei hij op weg naar de deur.

'Ik begrijp het,' zei Ava. 'Dien je verlofaanvraag dan maar zo snel mogelijk in.'

Callanach knikte en opende de deur.

'Luc, wacht even. Het was niet mijn bedoeling het probleem met je moeder nog groter te maken. Je weet dat ik er ben als je me nodig hebt.'

'Niet nodig, mevrouw,' zei hij.

'Goed,' antwoordde ze. 'Dan heb ik nog één vraag voor je. Tijdens het onderzoek naar mijn ontvoering heb je contact gehad met een zekere Louis Jones. Wat voor indruk had je van hem?'

Callanach dacht even na. 'In welke zin?' vroeg hij koeltjes.

Ava ademde diep in en probeerde zich niet te laten meeslepen door de vijandige sfeer in de kamer. 'In de zin van de verstandhouding tussen hem en de chef. Het viel me op dat niemand het kennelijk nodig vond om hem aan te klagen, ondanks de overweldigende hoeveelheid bewijs tegen hem.'

'Dat was een besluit van hogerhand, waar ik niets over te zeggen had. De chef had blijkbaar een oude overeenkomst met Jones,' zei hij.

'Dat weet ik. Wat ik eigenlijk wil weten is hoe Jones en de chef met elkaar omgingen,' zei Ava.

Callanach antwoordde niet meteen. 'Het was duidelijk dat ze elkaar goed kenden,' zei hij, 'in de zin dat je iemand na jaren weer terugziet en meteen weer vertrouwd bent met elkaar. Kan ik verder nog ergens mee helpen?'

'Nee, dank je. Ga maar. Ailsa houdt er niet van als mensen te laat komen,' zei Ava.

Hij deed de deur achter zich dicht en Ava tastte in haar zak naar het vijftigpondbiljet. Er was ingebroken bij Louis Jones, hij werd vermist en hij was mogelijk gewond geraakt bij een auto-ongeluk. De chef was overleden en er lag een enorm bedrag aan contanten op zijn vliering verborgen. Een van de criminelen die dankzij hen was veroordeeld, was vrijgekomen. Er zat een luchtje aan deze zaak, maar tegelijkertijd was het vooral haar eigen wantrouwen dat al deze gebeurtenissen met elkaar in verband bracht. Als ze nu een officieel onderzoek opende, werd Begbies naam misschien door het slijk gehaald, met het risico dat zijn weduwe het recht op zijn pensioen verspeelde. Ava pakte de telefoon en belde Lively.

'Wat weten we van The Mazophilia, een club in Glasgow?' vroeg ze.

Lively barstte in lachen uit.

'Wat valt er te lachen, brigadier?'

'Sorry, mevrouw, misschien kent u dat woord niet, maar het betekent zoveel als borstfetisjisme. Dat is waarschijnlijk alles wat u over die club hoeft te weten. Persoonlijk weet ik er verder niet veel van, maar ik kan wel mijn voelsprieten uitsteken.'

'Dank je. Maar wel discreet hè? Dit is geen officieel onderzoek,' zei Ava.

'Begrepen,' zei Lively. 'Ik zal mijn kaarten tegen de borst houden, om het zo maar te zeggen.'

'Godsamme,' zei Ava kregelig toen ze ophing.

16

Callanach wilde nu niet denken aan wat zijn moeder was overkomen. Op dit moment moest hij de werkdag zien door te komen en dan naar huis gaan om in te pakken. Hij wilde weg. Weg uit Schotland en weg van de drang de mannen te vinden die zijn moeder kwaad hadden gedaan en ze te vermoorden. Hij was nooit gewelddadig geweest. In zijn jonge jaren had hij zich soms lichtzinnig, ijdel en onbezonnen gedragen, maar hij had nooit meegedaan aan caféruzies of zijn vuisten onnodig gebruikt. Maar nu hoorde hij in gedachten botten kraken, rook hij bloed en voelde hij hun warme adem terwijl de mannen naar lucht hapten.

Dokter Ailsa Lambert trok net haar handschoenen aan toen Callanach binnenkwam. Ze reikte hem een plastic pak aan en ging hem voor naar de autopsietafel waarop Lily Eustis' lichaam lag. Met het laken tot haar hals opgetrokken leek het of ze sliep, als je tenminste voorbijging aan de grijsgroene zeewaterkleur van haar huid. De wereld was een grote belofte onthouden. Ailsa gaf hem een vel papier met een hele rits wetenschappelijke termen en cijfers. Eén regel was met een stift gemarkeerd.

'Tetrahydrocannabinol,' zei Callanach. 'Cannabis, toch? Niet verrassend gezien de omstandigheden. Denk je dat Lily de heuvels in is gegaan voor een feestje en dat het uit de hand is gelopen?'

'Het zat natuurlijk in haar bloed, maar de sterkste concentraties zaten in haar maag. Ze had het niet gerookt. Het is in de vorm van olie ingenomen. Medicinale kwaliteit, inspecteur. We hebben heel weinig in de maag gevonden, maar dat was wel ongelooflijk puur en sterk.'

'Dat is vast niet makkelijk te krijgen,' zei Callanach.

'Als je een rijstkoker hebt, een recept kan volgen en cannabistoppen van hoge kwaliteit koopt, kun je het thuis maken. Je droogt de wiet in de oven, dan doe je de toppen in een oplosmiddel om de cannabinoïden te extraheren. Dan filter je de boel en laat je de alcohol verdampen in de rijstkoker. Je houdt dan een zeer krachtige olie over, en een portie ter grootte van een rijstkorrel is al genoeg om pijn te bestrijden en als slaapmiddel,' zei Ailsa.

'Dus we weten nu waarom ze zo diep in slaap is gevallen,' zei Callanach. 'Mysterie opgelost. Heb je al contact opgenomen met de familie?'

'Ja,' zei Ailsa, 'maar dat heb ik helaas niet erg zorgvuldig aangepakt. Lily's ouders zijn enorm geschrokken, en dat had ik niet verwacht. Lily had nog nooit drugs gebruikt, zeiden ze. Ze was het soort meisje dat liever een eindje ging joggen dan dat ze paracetamol nam. Deze jongedame was fel tegen drugs, en dat gold ook voor marihuana.'

'Het zou niet de eerste keer zijn dat een kind haar ouders niet alles vertelt, en het is nou niet zo dat een stukje spacecake eten zo verschrikkelijk erg is,' zei Callanach.

'Dat ben ik met je eens, maar ze reageerden buitengewoon fel, dus ik heb de volledige testuitslag afgewacht. Dat duurt wat langer dan de standaardtest, vooral de analyse van de haar- en botmonsters.' Ailsa gaf Callanach nog een vel papier, waarop niets was gemarkeerd.

'En wat moet ik hierop zien?' vroeg hij.

'Niets. En dat is het probleem. Lily's ouders hebben gelijk. Ik heb een haar met wortelzakje en al genomen en ik heb het testcentrum een botmonster gegeven. Een van de twee of allebei zou drugsgebruik van maanden geleden hebben kunnen aantonen, en bij iemand met lang haar zoals Lily kunnen we zelfs een paar jaar terugkijken. Maar er is niets te zien. Ik heb ze op alle mogelijke drugs laten testen. Haar ouders hadden gelijk. Het ziet ernaar uit dat ze nooit iets heeft gebruikt, zelfs geen pijnstillers die je zonder recept kunt krijgen.'

Callanach stak zijn hand uit om Lily's haar te strelen. 'Arm kind,' zei hij. 'De eerste keer dat ze iets probeert, en dan gebeurt dit. Haar ouders zullen er wel kapot van zijn.'

'Haar ouders zeggen dat ze zich nooit zou hebben laten verleiden om iets te gebruiken, en ik ben geneigd ze gelijk te geven. Lily stond op het punt geneeskunde te gaan studeren. Ze was een hardwerkende, verstandige meid die zuinig was op haar lijf. Het is mogelijk dat ze geen idee had dat ze die cannabisolie innam. Er zat ook alcohol in haar bloed, sterkedrank – niet veel, maar die kan de smaak van de olie hebben gemaskeerd. Ze heeft ook wat gegeten, ongeveer een uur voor haar dood. Een hotdog en iets met aardappel,' zei Ailsa.

'Stel dat je de cannabisolie op de hotdog druppelt en er ketchup of mosterd op doet. Zou ze dat dan niet hebben geproefd?'

'Mijn theorie is dat ze totaal niet in de gaten had dat ze iets binnen had gekregen tot het te laat was,' zei Ailsa. Ze pakte een zak van een karretje en noteerde op het etiket dat ze die nu openmaakte om de inhoud ervan te bekijken. 'Moet je zien.' Ze haalde Lily's spijkerbroek uit de plastic bewijszak en hield hem omhoog. 'Kijk eens naar de rits,' zei ze. 'Herinner je je nog dat spoor dat we op Lily's onderbuik vonden, precies op de plek waar de rits van de spijkerbroek zou moeten zitten?' Ailsa trok het laken van het lichaam en ging met haar gehandschoende vinger langs een lijn van amper zichtbare bloeduitstortingen, een paar centimeter onder de navel van het meisje. 'Dat hebben we gefotografeerd en de foto uitvergroot. Het aanvankelijke vermoeden was dat het afkomstig was van de rits van haar jeans, omdat ze verder helemaal geen verwondingen had. Maar dat heeft ons op het verkeerde been gezet. Ik zal het je laten zien.' Ze wenkte Callanach naar een computer waarop twee grote foto's naast elkaar stonden, met een raster eroverheen. 'Als je de uitvergroting van de bloeduitstortingen op haar lichaam vergelijkt met de afdruk die we van de rits van haar spijkerbroek hebben gemaakt, zie je dat de tanden van de rits heel klein zijn. Onder de microscoop blijken de indrukken op haar huid gemaakt te zijn door een rits met veel grotere tanden dan die van haar spijkerbroek.'

'Maar ze heeft geen andere verwondingen,' zei Callanach. Hij liep terug naar Lily's lichaam om de kneuzingen van de rits op haar buik nog eens te bekijken. 'Zouden er geen andere kneuzingen of afweerwonden zijn geweest als ze in bedwang is gehouden? En wat is het motief om een jonge, naakte vrouw in bedwang te houden als er geen sprake is van aanranding?'

'Ik kan je alleen maar vertellen wat het bewijs me laat zien. Het enige waar ik heel zeker van ben is dat Lily zwaar verdoofd was. Omdat ze geen andere verwondingen heeft, zouden de kneuzingen door de rits eventueel veroorzaakt kunnen zijn door een handeling met wederzijds goedvinden, maar omdat er geen DNA van slijm, sperma of huidschilfers van iemand anders is aangetroffen, is dat een onlogische hypothese.' Ailsa stopte de spijkerbroek terug in de bewijszak en verzegelde die weer.

'Wil je daarmee zeggen dat ze is vermoord, Ailsa?' vroeg Callanach. 'Ik wil graag een duidelijk antwoord.'

'Dat is het hem nou net, lieve jongen. Er is geen duidelijk antwoord. Ik vermoed dat ze is gedrogeerd, maar aan de andere kant is ze niet fysiek of seksueel aangerand, waardoor het lastig is een motief vast te stellen.'

'Dood door ongeval misschien? Een paar jongeren gaan uit hun dak met drugs en halen een grap uit met Lily door haar wat cannabis te geven. De boel loopt uit de hand en ze smeren 'm.'

'Misschien. Maar dat verklaart de bloeduitstortingen door die rits nog niet, en die zijn veroorzaakt toen ze al naakt was, anders waren ze niet zo duidelijk zichtbaar geweest op haar huid. En de cannabisolie alleen was niet afdoende om haar te doden. Dat is door de kou gebeurd. Als het moord is, dan is het wel een doortrapte moord. En als het een dood door ongeval is, een uit de hand gelopen grap zoals jij suggereert, dan was er nog tijd genoeg om een ambulance te bellen of haar naar het ziekenhuis te brengen. Er was iemand bij haar, en die heeft haar daar achtergelaten. Dat lijkt mij op z'n minst dood door schuld.'

'Doodslag, denk je. Wat moet ik de ouders nu vertellen?' vroeg Callanach.

'Dat je het nu beschouwt als een mogelijk niet-natuurlijke dood,' zei Ailsa. 'Ik ga kijken of we de afdruk van de rits op haar buik kunnen matchen met bepaalde kledingstukken van specifieke merken. Ik weet niet in hoeverre je daar iets aan hebt, maar dat is het enige wat ik kan bedenken.'

Callanach belde Ava vanuit zijn auto. Haar mobiel was in gesprek, dus liet hij een bericht achter en dacht aan het verlof dat hij nu op de lange baan moest schuiven. De dood van Lily Eustis verdiende een onderzoek. Haar familie wilde hun vragen beantwoord zien.

Sinds Ava's promotie was er voor haar oude functie nog geen vervanger gevonden en moest het team Zware Misdrijven het met een inspecteur minder doen. Ava had het nog steeds moeilijk met de dood van hoofdinspecteur Begbie, en als hij nu verlof nam zou dat de druk op haar alleen maar vergroten. Nu vakantie nemen zou op z'n minst onbezonnen zijn, en op z'n slechtst egoïstisch. Hij had zich de rest van het weekend opmerkelijk goed weten te beheersen en had zich urenlang afgebeuld in de sportschool om niet gek te worden. Als hij er voorlopig niet voor kon zorgen dat het recht voor zijn moeder zijn loop kreeg, dan kon hij er in elk geval voor zorgen dat de rouwende ouders van Lily Eustis antwoord kregen op wat hun dochter was overkomen en afscheid van haar konden nemen.

17

Cordelia Muir woonde in een mooi huis, zoals te verwachten viel. De lampen binnen verspreidden zo'n roze gloed die deed denken aan kerst en aan familiebijeenkomsten waar een rijke dis op lange tafels was uitgestald en groepsfoto's werden genomen die voor het nageslacht in albums werden geplakt. Hij staarde naar de overkant van de straat, en zorgde ervoor dat zijn gezicht in de schaduw van het portiek bleef. Hij hield zichzelf voor dat hij hier alleen was om te observeren en te plannen, hoewel hij wist dat hij hier ook stond om zich te verlustigen. De voordeur was pas geschilderd en vertoonde geen enkel krasje. Geen kaartje met AAN DE DEUR WORDT NIET GEKOCHT in het raam naast de deur. Stel je voor! De grote Cordelia Muir had altijd medelijden met de armen en wanhopigen. Ze zou degenen die aan de kost probeerden te komen met het verkopen van goedkope toiletartikelen of aangelengde schoonmaakproducten uitnodigen om binnen te komen en ze thee en koekjes aanbieden. Hun goedkope rommel kopen zou een vreugdevolle gebeurtenis worden, iets wat haar trots stemde. Hij vroeg zich af of Cordelia haar aankopen linea recta in de vuilnisbak zou dumpen. Nee, sufferd, natuurlijk niet. Er waren meer dan genoeg kringloopwinkels die er dolblij mee zouden zijn, of de daklozenopvang. Daar had hij zelf de afgelopen jaren ook weleens gelogeerd, om even verlost te zijn van het onbarmhartige weer en de nog onbarmhartiger medemens. Een paar kommen soep met brood dat de supermarkten die dag niet hadden kunnen verkopen.

Hij trok een grimas. Dat waren de dagen voor hij zijn doel in het leven had gevonden. En toen hij zijn doel eenmaal had gevonden had hij alles op alles gezet om aansluiting te vinden bij de zichtbare, alledaagse wereld. Los-vast werk, bankbiljetten die hij in zijn schoenen stopte om ze veilig te bewaren als hij sliep. Een zit-slaapkamer vol vlooien, groezelige vloerbedekking en een stank die op warme dagen doordringender werd. Maar hij had daar in ieder geval kunnen douchen. Dat bood weer uitzicht op beter betaald werk. Enzovoort, enzovoort. Nu kon hij doorgaan voor een gewone man die door een gewone straat liep. Hij was binnen. Hij had een laptop, internet, en hij wist dingen over mensen die hun de stuipen op het lijf zouden jagen als ze dat wisten. Onbeveiligde socialmediasites. Adressen. Hij deed een stap naar achteren toen de vrouw des huizes langs een raam op de bovenste verdieping liep.

Zijn auto stond vlak om de hoek. Het was belangrijk om van tevoren alvast de rit van het huis naar het ziekenhuis te maken om er zeker van te zijn dat hij op het juiste moment op de juiste plek was. Als Cordelia in een ambulance lag, kon die met de zwaailichten en sirenes sneller rijden. Als Cordelia's dochter haar bracht of als ze een taxi nam, zou het tien minuten langer duren. De nauwkeurigheid van de dosering was minder belangrijk dan het tijdstip waarop Cordelia het middel innam. Dat moest hij nog wel zien te regelen. Hij wist op de dag af nauwkeurig wanneer hij haar de laatste, zware dosis zou toedienen nadat hij het middel eerst geleidelijk in haar lichaam had gebracht om haar weerbaarheid tegen het gif af te breken. De dosis zou zo hoog zijn dat er tegen de avond medisch ingegrepen zou moeten worden. Hij had het met militaire precisie gepland. Cordelia moest de dosis tussen drie en vier uur 's middags innemen. Gemiddeld duurde het tussen de zeven en acht uur voor een overdosis het systeem lamlegde. Precies lang genoeg om zijn plan op te baseren. De juiste dosis, verpulverd en opgelost in een drankje, was drieënhalve gram. Op minder dan tweeënhalve gram zou Cordelia misschien niet heftig genoeg reageren, en met meer dan vierenhalve gram trad de dood wellicht te snel in. Hij wist precies waar hij op de betreffende avond zou zijn. Op de eerste rang om de voorstelling te kunnen gadeslaan.

Een van de ramen van de roodbruine stadsvilla ging open, en het geluid van een vollopend bad was hoorbaar op straat. Ze wist inmiddels natuurlijk wel dat ze ziek was. Cordelia ging er waarschijnlijk van uit dat het een virus was, stress misschien, iets wat behandeld moest worden maar niet levensbedreigend was. Een maagzweer of een bacteriële infectie. Diep in haar hart twijfelde ze misschien of het toch iets ernstigers was, maar Cordelia waakte ervoor zich onnodig zorgen te maken. Die stoïcijnse houding had hem de tijd gegeven het gif langzaam in haar lichaam te brengen. Positief denken zou haar uiteindelijk fataal worden.

Hij hield de verkeersdrukte op de late avond scherp in de gaten, controleerde de files bij de knooppunten en zag in de verte de donkere contouren van Arthur's Seat scherp afsteken tegen het heldere donkerblauw van een wolkeloze nachtelijke hemel. De sterren waren verschenen om toe te kijken hoe Lily stierf. Dat was een bijna subliem moment geweest, vond hij. Hij had alleen gewild dat ze niet om haar leven had gesmeekt. Er was een moment dat hij dacht dat Lily zijn hele plan in duigen zou laten vallen, maar dat had niet lang geduurd.

De avond was heel gewoon begonnen. Ze waren naar een bar gegaan en hadden daar wat gedronken, en hij had haar aangespoord iets te eten, met het argument dat een lege maag gevuld moest worden. Ze was te beleefd om hem in z'n eentje te laten eten, hoewel zijn keuze mijlenver afstond van haar eigen gezonde eetpatroon. Een ander meisje zou de drug misschien uit vrije wil hebben genomen, allang blij voor het gratis moment van vergetelheid, maar Lily niet. Daarom voelde hij zich zo tot haar aangetrokken. Ze wenste zichzelf op geen enkele manier te bezoedelen, dus had hij de smaak van de cannabis verhuld door ui en pikante saus.

Tijdens de rit naar Arthur's Seat en de wandeling naar boven had de alcohol het effect verdoezeld. Hij had alle benodigde spullen in zijn rugzak zitten en kleine doordouwer als ze was had Lily de hele weg lopen glimlachen, ondanks de klim en de kou. Toen hij het hout voor het vuur neerlegde en de tweepersoonsslaapzak waarin ze straks tegen elkaar aan zouden kruipen, was het einde al in zicht. Tegen de tijd dat ze boven waren was Lily al moe en had ze haar hand uitgestoken om zich door hem te laten voorttrekken. Hij had zijn dikke wollen handschoenen aan. Wat verstandig, had ze gezegd, hardop wensend dat zij zich ook wat warmer had gekleed. 'Ik warm je wel op,' had hij geantwoord. 'Ik zorg ervoor dat je het de hele avond behaaglijk hebt.'

De herinnering verdween naar de achtergrond toen er een auto langzaam voorbijreed en voor Cordelia's huis achteruit inparkeerde. Hij trok zijn capuchon naar voren om er zeker van te zijn dat zijn ogen afgeschermd waren en draaide zijn hoofd opzij om niet de indruk te wekken dat hij het huis in de gaten hield. Hij stak een sigaret op en inhaleerde gulzig, met één oog gericht op de vrouw die uitstapte. Haar donkere huid en gebeitelde gelaatstrekken kwamen recht uit Cordelia's genenpoel. Dat was dus de dochter. Even oud als Lily, en even veelbelovend. Hij hield van slimme vrouwen. Hij genoot van het verdriet om hun dood terwijl hun nog zo'n mooie toekomst stond te wachten. Hoe hoger de inzet, hoe bevredigender de beloning. De dochter rende de treden op naar de voordeur, ging met haar eigen sleutel naar binnen en riep iets naar haar moeder. Hij staarde omhoog naar Arthur's Seat en ontspande; hij had geen enkele haast om weg te gaan bij het huis van de Muirs. Hij kon zich bijna warmen aan het huiselijk geluk dat het uitstraalde.

Daar boven op die heuveltop, dacht hij, had hij een gevoel van extase ervaren als nooit tevoren. Hij had een vuurtje gemaakt terwijl Lily de slaapzak om zich heen wikkelde en kleine slokjes uit de heupfles nam waar hij port en cognac in had gedaan om de kou te bestrijden. Door de combinatie van alcohol en cannabis voelde je huid warm aan, ook al was het ijskoud, en begon je hoofd zo te tollen dat de wereld een eindeloze draaimolen leek.

'Ik voel me raar,' had Lily gezegd, en ze liet haar kin op haar borst zakken. 'Knuffelen?' vroeg ze.

'Heel even wachten,' zei hij en hij hield een lucifer bij de aanmaakhoutjes. Meer dan één blok hout had hij niet meegenomen, want langer hoefde het vuur niet te branden. 'Niet in slaap vallen,' zei hij tegen haar. 'Ik wil je in mijn armen houden.' Niet op de manier die zíj zich voorstelde natuurlijk, maar gelukkig was taal soms een onnauwkeurig instrument. 'Trek je kleren maar uit,' zei hij glimlachend, en ze moest blozen bij zijn woorden. 'Ik hoop dat je die slaapzak lekker voor me opwarmt.'

Hij zat aan de andere kant van het vuur en stapelde er voor de vorm stenen omheen om de vlammen onder controle te houden terwijl hij naar Lily keek, die deed wat haar gezegd werd. Ze kon toen haar vingers al niet meer goed gebruiken, herinnerde hij zich, en begon steeds trager te bewegen, maar ze was bewonderenswaardig genoeg geen moment bang geweest. Lily was op dat moment een vrouw geworden. Het zou een volmaakte rijpwording zijn geweest als ze op het laatste moment niet had geaarzeld. Haar witte slipje, decoratief bedrukt met korenbloemen, hield ze aan.

'Dat ook,' zei hij.

'Ik dacht dat jij dat zou doen,' antwoordde ze, huiverend van de kou. Hij was om het vuur heen gelopen, was op een knie naast haar gaan zitten en probeerde haar slipje met zijn gehandschoende vingers naar beneden te trekken, want hij wist dat hij geen verraderlijk DNA op haar huid mocht achterlaten.

'Waarom doe je je handschoenen niet uit?' vroeg ze. Hij kon zich nog herinneren dat hij zich toen voor het eerst aan haar ergerde. Hij was er niet trots op, maar hij had zich voorgesteld dat het allemaal op een bepaalde manier zou verlopen, dat er een droevige sfeer zou ontstaan die de opmaat vormde tot het verdriet. Het had een mooi moment moeten zijn.

Hij had haar stevig toegesproken, haar duidelijk gemaakt dat de tijd van geflirt voorbij was en dat ze haar ondergoed uit moest trekken en moest blijven waar ze was.

'Zo had ik het me niet voorgesteld,' had ze gezegd. 'Ik voel me raar. Er is iets niet goed. Ik moet naar... duizelig, niet goed.'

Tot zijn ontzetting was Lily toen opgestaan. Hij had gedacht dat ze allang niet meer zonder hulp overeind kon komen, maar dat was typisch de Lily voor wie hij de afgelopen maanden zoveel respect had gekregen. Ze wankelde eerst naar links, toen naar rechts, de handen uitgestrekt als een geblinddoekt kind op een verjaarspartijtje, op zoek naar houvast. Hij leidde haar terug naar de slaapzak, hoewel ze tot zijn grote ergernis steeds luider begon te protesteren, en trok snel haar slipje uit voor hij haar tegen de grond duwde. Ze maakte wapperende krachteloze gebaren met haar handen en sloeg zwakjes naar hem terwijl hij haar tegen de grond duwde. Ze was toen al bevangen door de kou, maar hij moest haar toch stevig vasthouden tot ze zich niet langer kon verzetten tegen de slaap. Hij had de slaapzak helemaal om haar heen gewikkeld en was met zijn volle gewicht boven op haar gaan liggen, terwijl ze vergeefse pogingen deed om los te komen. Het was of hij met een veertje worstelde. Toen de cannabisolie uiteindelijk zijn werk deed, had Lily nog heel even zacht gejammerd voordat ze in slaap viel, en in de tranen die over haar wangen rolden was de gouden weerspiegeling van het vuur zichtbaar geweest. Hij had ze niet aangeraakt. Ze waren te mooi om te vernietigen.

Een blik op zijn horloge zei hem dat hij al veel te lang in het portiek tegenover Cordelia's huis stond. Even schuilen om een sigaret te roken zou geen argwaan wekken, maar na drie kwartier zouden oplettende buren hem wellicht voor een inbreker of een stalker houden. Met Lily had hij eindeloos lang de tijd gehad. Twee uur lang had hij daar boven op de heuvel in de vrieskou naar de afnemende wasem van haar adem zitten kijken en het vuur langzaam laten uitdoven, zoals hij ook Lily's leven langzaam liet uitdoven.

Haar doodsrochel was als het sissen van ijswater op een hete plaat. Ze had nog heel even met haar ogen geknipperd en een zoet moment lang had hij zich voorgesteld dat hij die met mascara gekrulde wimpers zou kussen bij wijze van romantisch vaarwel. Maar zelfs het kleinste druppeltje spuug zou hem de das omdoen. Misschien zou de politie geloven dat haar dood een ongeval was, maar hij was niet van plan hun het forensisch equivalent van zijn telefoonnummer te geven. Hij had zich ermee tevredengesteld haar hand te pakken en voorzichtig de ring af te nemen waar hij ruimte voor had gemaakt in zijn doos.

Niemand zou het begrijpen. Ze zouden denken dat hij voor zijn plezier moordde, ervan uitgaan dat hij een primitieve seksuele drift voelde. Het punt was dat Lily zelf een bijkomstigheid was. Een middel om een doel te bereiken. Net als Cordelia. Als hij het die heerlijke jonge Ierse acteur Sean O'Cahill had moeten uitleggen, zou hij gezegd hebben dat ze allemaal slechts rekwisieten waren. Hun stoffelijke resten vormden een klein onderdeel van een veel groter werk, waarin het verdriet voor hem de grootste aantrekkingskracht vormde.

Hij keek op zijn horloge. Het werk riep. Hoe luidde dat spreekwoord ook alweer over ledigheid en de duivel? Glimlachend wierp hij nog een laatste blik op Cordelia's huis, dat zo op de cover van een woonmagazine had kunnen staan, en overdacht voor de laatste keer het plan dat ervoor zou zorgen dat ze er nooit meer binnen zou gaan.

18

'Ik denk dat ik moet overgeven,' zei Sean, op en top de melodramatische acteur terwijl hij zijn kin omhooghield voor zijn vriend, Bradley, die met zijn kraag in de weer was, hem eerst platstreek en toen toch omhoogzette.

'Ik weet niet zeker wat beter staat. Ik denk omlaag. Met een omhooggeslagen kraag ben je algauw een aansteller, dat luistert heel nauw,' zei Bradley. 'En kotsen moet je al helemaal niet. Niets doet de hoop zo snel vervliegen als adem die naar kots ruikt.'

'Dank je,' zei Sean. 'Sorry. Je moet weer naar je werk. Maar ik was zo zenuwachtig dat ik je even nodig had.'

'Luister, ze hebben je uitgenodigd voor de tweede ronde. Bij die eerste auditie had je iedereen in je zak. Ze vonden je geweldig. Er is geen enkele reden om aan te nemen dat het deze keer niet net zo goed gaat.' Bradley deed een stap naar voren, pakte Seans handen en kuste hem. 'Dit is je kans. Ik voel het. Als ik ernaast zit, kun je het later op me afreageren,' zei hij met een knipoog.

'Hoe krijg je het voor elkaar om alles om seks te laten draaien?' lachte Sean. 'Goed, ik ga naar binnen. Wens me geen succes.'

Bradley keek hem na terwijl hij door de draaideuren van het theater naar binnen zwierde en verdween. Hij keek op zijn horloge. Hij was vroeg naar zijn werk gegaan en had gelukkig nog even tijd om te lunchen. Op zijn werk kon het ze niet schelen hoelang je pauze nam, als je maar resultaten kon laten zien, en daar zorgde Bradley wel voor. Zijn risicoanalyses waren van een onvoorstelbare schoonheid, niet dat ook maar iemand begreep wat hij precies deed.

Tien minuten later liep hij café Nom de Plume in Broughton Street binnen. Het was een van zijn favoriete tenten, en een toevluchtsoord voor de Edinburghse LHBTI-gemeenschap. De pui zag er stijlvol en uitnodigend uit, het personeel was vriendelijk en je kon er heerlijk eten. Maar vooral was het de plek waar hij Sean voor het eerst was tegengekomen. Bradley zat toen met een stel collega's te chillen na een lange middag vol vergaderingen. Sean was met een clubje acteurs dat net een vernietigende recensie had gekregen van een experimentele voorstelling die ze de avond daarvoor hadden gegeven. De twee groepen waren al snel met elkaar in gesprek geraakt en Bradley had over de tafel tjokvol kopjes en kruimels alleen maar naar Sean zitten staren. Destijds was Sean daar vaste klant, maar tegenwoordig kwam hij er nog zelden omdat hij overdag liever naar de sportschool ging en 's avonds naar een wijnbar, en caloriearm eten afwisselde met alcohol. Bradley was verslingerd geraakt aan de heerlijke desserts en de traditionele sfeer, en zat er vaak graag in z'n eentje over het leven na te denken.

Bradley bestelde een espresso en ging aan een tafeltje bij het raam zitten. Hij keek op zijn horloge, zag dat hij later was dan gewoonlijk en vroeg zich af of hij zijn nieuwe kennis was misgelopen. Christian – zijn achternaam kende hij nog niet – was onlangs in Edinburgh komen wonen en had het café via een chatroom gevonden. Bradley hield zichzelf voor dat hij niet actief op zoek was naar een nieuw vriendje, maar besefte wel dat hij een zwak had voor een knap gezicht en een triest verhaal. En Christian had beide te bieden. De afgelopen weken hadden ze tussen de middag vaak koffiegedronken, waarna ze weer teruggingen naar hun eigen leven.

Een tikje op zijn schouder onderbrak hem in zijn gedachten.

'Brad, hoe is het?' vroeg Christian. 'Sorry dat ik zo laat ben. Ik ben nog bezig met mijn scriptie, maar vandaag heb ik blijkbaar geen inspiratie. Dat zijn de zegeningen van een wat oudere student. Heb je al besteld?'

'Er komt zo koffie aan,' antwoordde Bradley. 'Ik was zelf trouwens ook laat.'

'O, echt? Alles goed?' vroeg Christian, en hij schonk een kop thee in uit de pot die hij mee naar het tafeltje had genomen.

'Ja hoor, z'n gangetje,' zei Bradley, en hij schaamde zich voor zijn leugentje, of liever gezegd voor het doodzwijgen van Sean. Hij had het tot nu toe amper over hem gehad. De dag dat ze elkaar hadden leren kennen, zat Christian zo eenzaam en treurig aan een tafeltje dat Bradley had gevraagd of alles oké was. Twee uur later hadden ze elkaar al meer verteld dan ze ooit hadden kunnen denken. Christian zat in de eindfase van een moeilijke relatie met een vriendin die niet kon leven met Christians verlangen om te onderzoeken hoe een relatie met een man zou zijn. Bradley wist uit ervaring hoe traumatisch het kon zijn wanneer je erachter kwam dat je op mannen viel en dat vervolgens wilde uitproberen, vooral als je nog in een heterorelatie zat waar je je niet meer in thuis voelde. Veel van zijn vrienden hadden hetzelfde pijnlijke proces doorgemaakt, en sinds die eerste ontmoeting had hij er urenlang met Christian over gepraat en hem advies gegeven. Christian had alleen wel gevraagd of Bradley het niet verder wilde vertellen, wat begrijpelijk was omdat hij nog samenwoonde met zijn vriendin. In het begin had Bradley het nog weleens terloops over Sean gehad, maar ondertussen had hij het steeds minder vaak over hem. Zijn schuldgevoel over zijn motieven daarvoor legde het af tegen het groeiende plezier dat hij aan die lunchuurtjes met Christian beleefde, en nu zagen ze elkaar met enige regelmaat. Ze praatten over het werk, over politiek, muziek, over hun seksualiteit, maar niet over hun partner.

'Nou, ik heb een deadline voor mezelf gesteld,' zei Christian. 'Ik vind dat ik voor eind december bij haar weg moet gaan. Als ik het nieuwe jaar inga zonder dat ik recht doe aan wie ik werkelijk ben, dan sleep ik dit dilemma mee naar het volgende jaar.'

'Weet je zeker dat je er klaar voor bent?' vroeg Bradley terwijl zijn espresso werd gebracht.

'Ik weet dat ik geen half leven meer wil leiden, en daar gaat het om. Als ze had kunnen accepteren dat ik biseksueel was, had het misschien kunnen werken, maar ze houdt vol dat het maar een fase is. Ik ben verdomme halverwege de twintig, wie heeft het dan nog over een fase? Er valt niet met haar over te praten, dus ik denk dat het voor ons allebei het beste is.'

'Dus je hebt nog steeds niet...?' fluisterde Bradley.

'Nee, ik was van plan zaterdagavond naar een club te gaan, maar dan zou ik het achter de rug van mijn vriendin om moeten doen, en dat kan ik niet. Eerst moet ik single zijn. Vind je dat raar? Ik heb tot nu toe alleen maar vrouwen aangeraakt. Ik kan me niet voorstellen hoe het zou zijn om spieren als die van mezelf te strelen. O, sorry, ik moet ophouden. Dit is misschien wat te veel voor bij een snelle kop koffie.'

Bradley deed zijn mond dicht toen hij zich realiseerde dat zijn lippen halfgeopend waren terwijl hij zich het beeld voorstelde.

'De eerste stappen zijn het moeilijkst, maar ook het spannendst. Luister, ik weet dat we hebben afgesproken om elkaar alleen in dit café te zien, maar hier heb je mijn mobiele nummer.' Bradley pakte Christians hand, draaide diens handpalm naar boven en krabbelde zijn nummer erop. Hij voelde hoe groot Christians handen waren, sterk maar zacht, en moest enorm zijn best doen om zich niet voor te stellen hoe het zou voelen wanneer die over zijn eigen lijf gleden. 'Bel me maar als je erover wilt praten. Je mag alles vragen, ook al ben je misschien bang dat het stomme vragen zijn. Ik wou dat ik iemand had gehad die me steunde toen ik uit de kast kwam. Dat zou het heel wat makkelijker hebben gemaakt. Laat me je helpen als ik dat kan.'

'Je weet dat ik dat niet van je kan vragen. Het zou niet eerlijk tegenover Sean zijn als je telefoontjes krijgt van iemand die hij niet kent. Dit betekent al zoveel voor me, dat ik het niet op het spel wil zetten,' zei Christian.

'Stuur maar een appje voordat je belt. Als ik kan, bel ik je terug. Je hoeft dit niet in je eentje door te maken.' Hij kneep even in Christians hand voordat hij opstond. 'Nu moet ik er echt vandoor. Er moeten wat getallen worden gekraakt.' Bradley kromp in elkaar toen hij zijn eigen flauwe cliché hoorde.

'Ik drink mijn thee nog even op,' zei Christian. Hij stond op, legde zijn handen op Bradleys schouders en omhelsde hem stevig. 'Dankje, Brad. Ik weet niet wat ik zonder jou zou moeten beginnen.'

Bradley ging weg, zich scherp bewust van de groeiende opwinding in zijn hoofd, en het daarmee samenhangende groeiende gevoel van opwinding in zijn lendenen. Christian had een stevig en gespierd lijf. Hij was langer dan Bradley, en dat voelde lekker. Hij probeerde die gedachte te onderdrukken, maar het was te laat. Het voelde heerlijk om vastgehouden te worden door iemand die langer en sterker was dan hij. Sean leek altijd zo breekbaar en kwetsbaar. Christian was meer een alfamannetje, en had het lichaam van een roofdier in plaats van een prooidier. Niet dat hij ze met elkaar vergeleek. Hij was gelukkig met Sean, hield hij zich voor. Ze pasten goed bij elkaar. Het werkte tussen hen.

Zijn mobieltje ging.

'Zet maar vast wat bubbels in de ijskast,' zei Sean. 'Ik heb die rol! Ik ben nu fulltimelid van een theatergezelschap. Ik heb het eerste scenario al op zak. Ik krijg een honorarium en ik hoef niet meer om de andere dag van die kloterige onbetaalde audities te doen! Ja, ik weet dat je dat al voorspeld had.'

'Ik heb er nooit aan getwijfeld,' zei Bradley glimlachend. 'Je bent een kei!'

'Goed, ik hou van je. Nu hang ik op, want ik moet iedereen die ik ken een appje sturen. Dit wordt het spannendste jaar van mijn leven. Van óns leven. Dat voel ik gewoon,' zei Sean.

19

Dinsdagochtend kreeg Ava eindelijk een telefoontje van hoofdinspecteur Dimitri. Ze verwachtte een klacht over brigadier Lively en was bereid hem tot op zekere hoogte te verdedigen, maar enkel en alleen omdat hij in haar team zat. Feit was dat de brigadier al meer dan genoeg kansen had gehad om zijn recalcitrante gedrag in de hand te houden. Vroeg of laat zou hij het moeten bezuren.

'Hoofdinspecteur Turner, sorry dat ik u lastigval. Ik weet dat u een hoop op uw bord hebt, maar ik heb begrepen dat u in de nacht van het auto-ongeluk op de sloperij van Louis Jones bent geweest,' zei Dimitri.

'Dat klopt,' zei Ava.

'Geen probleem, hoor. Het is alleen zo dat ik de leiding heb over het onderzoek naar het ongeluk, en ik vroeg me af of er iets is wat ik moet weten. Misschien kunnen we onze krachten bundelen.'

'Ik heb eigenlijk niet zoveel kunnen ontdekken,' zei Ava. 'Excuses als ik me op uw terrein heb begeven.'

'Absoluut geen probleem. Ik bel alleen omdat ik een rapport van de dierenbescherming heb gekregen die was gebeld om een paar vogels te redden. Ik had Jones' adres al van het Bureau Kentekenregistratie gekregen, en ik heb een paar mensen naar het adres gestuurd,' zei Dimitri.

'Die zaak met het auto-ongeluk is alleen op mijn bureau beland vanwege een administratieve instructie. Ik laat van nu af aan alles aan u over. Is er al nieuws over de bestuurder?' vroeg Ava.

'Nee, en eerlijk gezegd verwacht ik dat ook niet meer. Als Jones inderdaad achter het stuur zat, lijkt hij me typisch iemand die z'n plan trekt en zich uit de voeten maakt. Hij betaalde geen wegenbelasting en de auto was niet verzekerd. Mijn theorie is dat de andere bandensporen van een vriend zijn die hem heeft opgepikt.'

'Ja, maar als je ziet hoe zijn kantoor eruitzag en hoe hij zijn papegaaien heeft achtergelaten, vindt u dat dan niet gek?' vroeg Ava.

'Dat nemen we zeker mee in ons onderzoek, maar mannen als Jones lijken problemen aan te trekken, dus ik denk niet dat we binnenkort een shortlist van verdachten voor die inbraak hebben,' zei Dimitri lachend.

'Ik begrijp het. Ik laat Jones van nu af aan helemaal aan u over, hoofdinspecteur. En excuses als mijn team u in de wielen heeft gereden.'

Ava hing op en pakte het biljet van vijftig pond uit de la van haar bureau waar ze het voorlopig had opgeborgen, meldde zich aan bij de politiedatabase en tikte het serienummer in. Het duurde een paar minuten, maar het leverde geen resultaat op. Het geld, of in elk geval dit biljet, stond niet geregistreerd als bewijsmateriaal in een strafrechtzaak. Dat verbaasde haar niet. Al die bundels papiergeld zagen er netjes uit, en als het oneerlijk verkregen geld was, was het witgewassen, anders had de chef het niet zo onbekommerd uitgegeven.

Ze keek op haar horloge en zette de tv aan. Callanach gaf vandaag een persconferentie over de zaak-Lily Eustis om getuigen op te roepen die die laatste avond met haar hadden doorgebracht. De Schotse politie hield de toenemende bezorgdheid over de verdachte omstandigheden rond haar dood voorlopig onder de pet, maar had de hulp van het publiek nodig om het onderzoek vooruit te helpen. Er viel een korte stilte toen het gezin Eustis aanschoof achter de tafel, en Callanach stak van wal.

'We vragen de medewerking van het publiek met betrekking tot de dood van Lily Eustis...' Callanach zette de feiten nog even op een rijtje, en Ava haakte af. Lily's ouders zagen zo bleek dat ze bijna projecties leken. Haar zus zat helemaal aan de zijkant, zachtjes heen en weer schommelend in het niets te staren. Ava hoopte maar dat iemand haar in de gaten hield, want het ging niet goed met het arme kind. Toen Callanach klaar was met zijn verhaal, gaf hij Lily's vader het woord om een vooraf opgestelde verklaring voor te lezen. Ava had het concept al gelezen en verlegde haar aandacht weer naar Callanach. Ze had wel verwacht dat hij kwaad op haar zou zijn omdat ze een ontmoeting met zijn moeder had geregeld, maar ze werd overrompeld door zijn kille houding. Haar nieuwe functie als hoofdinspecteur had zijn voors en zijn tegens. Een paar maanden geleden, toen ze nog gewoon inspecteur was, zouden ze het onmiddellijk met elkaar hebben uitgepraat. Nu ging dat niet en moest ze zich inhouden. Hij zag er onverzettelijk uit, vond ze, alsof hij klaarstond om de strijd aan te gaan. Zijn mond was een smalle streep, zijn hoge jukbeenderen staken scherp af tegen zijn donkere haar. En zijn ogen waren zo donkerbruin dat ze bijna zwart leken. Op het scherm hadden ze een bijna magnetiserende uitwerking. Ze wilde hem in vertrouwen nemen over de chef, over het geld dat ze bij Glynis Begbie op zolder had gevonden, maar ze kon hem daar niet mee belasten. Vroeg of laat moest ze zelf beslissen of ze de vondst van het geld zou melden, maar daarmee zette ze wel de reputatie van de chef en de financiële situatie van zijn weduwe op het spel. En dan was er nog de kwestie met de verdwijning van Louis Jones. Als ze Jones vond, zou ze misschien wat meer antwoorden krijgen, maar misschien niet de antwoorden waar ze op zat te wachten. Ze belde Tripp en vroeg of hij naar haar kamer wilde komen.

'Ik heb de belgegevens nodig van Louis Jones' vaste lijn op het adres waar we vrijdagavond waren,' zei ze. 'En verwijs maar niet naar het incidentnummer van het auto-ongeluk, wil je? Gebruik maar een ander zaaknummer. Ik heb hoofdinspecteur Dimitri beloofd dat ik hem niet meer voor de voeten zou lopen.'

'Bent u naar iets specifieks op zoek, mevrouw?' vroeg Tripp.

'Dat weet ik niet zeker. Wil jij een dossier opstellen over de inbraak in zijn kantoor? Dan hebben we een reden om de zaak te onderzoeken. En hebben we nog andere informanten die in dezelfde branche als Jones zitten? Ik wil graag weten waar hij de laatste tijd uithing als hij niet aan het werk was, wie zijn vrienden waren. Het gebruikelijke werk.'

'Brigadier Lively is uw beste kans. Ik zal het hem vragen. Op dit moment wacht iedereen op eventuele feedback in de zaak-Lily Eustis. Wat denkt u? Moord of een uit de hand gelopen avondje uit?'

'Dat weet ik net zomin als jij,' zei Ava. 'Maar hoe je het ook wendt of keert, het had nooit mogen gebeuren. Ik hoop alleen dat Lily niet bang was toen ze doodging. Dat wil je niet in je laatste momenten. Als ik mocht kiezen tussen pijn en angst zou ik altijd voor de pijn gaan.'

20

Lily's zus, Mina, had haar ouders gevraagd haar na de persconferentie af te zetten bij de universiteitsbibliotheek, en ze hadden niet tegengesputterd. Mina had een blocnote en een pen bij zich om de schijn op te houden dat ze ging studeren. Het ouderlijk huis was een verstikkende gevangenis van verdriet geworden. Haar moeder sprak in korte salvo's van twee of drie woorden en haar vader had een hoestje ontwikkeld dat niet over leek te gaan. Vanuit de bibliotheek stuurde ze Christian een appje, en een minuut later kwam hij opdagen met boeken onder zijn arm en een bezorgde uitdrukking op zijn gezicht.

'Ik heb het op de tv gezien,' zei hij, en hij omhelsde haar. 'Gaat het een beetje?'

'Ik word langzaam gek,' zei Mina. 'Kunnen we ergens anders naartoe gaan? Ik denk dat ik ga gillen als ik iemand hoor fluisteren of een tikkende klok hoor.'

'Kom maar mee,' zei Christian. Hij deed zijn sjaal af en wikkelde hem om haar hals. 'We gaan wat drinken. F. Scott Fitzgerald loopt niet weg.' Hij sloeg zijn arm om haar heen en loodste haar de deur door naar buiten. 'Ik pas deze week op de flat van een vriend. Laten we daarheen gaan.'

Het appartement lag in Annandale Street, in een splinternieuw vierkant gebouw van bruine baksteen met rookglazen ramen tegenover het parkeerterrein en het busstation.

'Zo, dat is duur, zo dicht bij de stad,' zei Mina. 'Wie is die vriend?'

'Iemand voor wie ik weleens wat klusjes heb gedaan,' zei Christian. 'Hij zit vaak voor zijn werk in het buitenland en heeft liever dat het bewoond is, dus ik mag erop passen. Het heeft twee slaapkamers, je kunt hiervandaan makkelijk naar de uni lopen en hij zorgt er altijd voor dat de koelkast gevuld is. Wat wil je drinken?'

'Is er wodka?' vroeg Mina. Ze stond bij het raam en staarde naar de straat onder zich.

'Met sinaasappelsap, cola of puur?'

'Puur,' zei Mina. 'Is er ijs?'

'Als ik Mikey een beetje ken zijn er karrenvrachten ijs. Een momentje,' zei Christian, teruglopend naar de keuken. 'Moet je je ouders niet even appen om ze te laten weten hoe laat je thuis bent?'

'Ze hebben allebei hun mobieltje uitgezet. Het contact met de politie loopt nu via de vaste lijn. Te veel bezorgde vrienden, te veel verzoeken om interviews van de pers. Mama had haar telefoon op straat in een vuilnisbak gegooid, maar toen realiseerde ze zich dat er nog foto's van Lily op stonden en is ze teruggerend. Ze moest alle rotzooi eruit trekken, en toen ze hem eindelijk had gevonden stond er een hele groep mensen naar haar te staren.'

'Je zei aan de telefoon dat de politie iets op het spoor was,' zei Christian. 'Wil je erover praten? Hoeft niet, hoor. We kunnen ook een film kijken of je kunt gewoon op de bank slapen, wat je wilt.'

'Mag ik gewoon even gaan liggen? Thuis kan ik niet slapen. Daar is Lily overal om me heen. Ik hoor haar muziek, ruik haar parfum. En dan krijg ik ook nog al die nachtmerries.'

'Kom maar mee,' zei Christian, en hij pakte haar bij de hand en voerde haar mee naar een gangetje. 'Dit is mijn kamer voorlopig. Ga maar op mijn bed liggen.' Hij deed de deur open om Mina binnen te laten, maar bleef in de deuropening staan terwijl ze haar schoenen uittrapte.

'Wil je bij me blijven?' vroeg ze.

Hij schudde lichtjes van nee, haalde een hand door zijn haar en sloot zijn ogen.

'Alsjeblieft?' vroeg ze, terwijl ze ging liggen. 'Ik kan er niet meer tegen om alleen te zijn.'

'Oké dan, tot je in slaap valt, dan,' zei hij. 'Maar er mag niks tussen ons gebeuren, Mina. Als je hier later op terugkijkt, wil ik niet dat je misschien het gevoel hebt dat ik misbruik van de situatie heb gemaakt. Daarvoor geef ik te veel om je, en mijn leven is op dit moment ook wat ingewikkeld.'

Hij ging liggen, schoof zijn ene arm onder Mina's hoofd zodat ze dichter tegen hem aan kon kruipen, haar voorhoofd tegen zijn schouder kon leggen en hem aan kon kijken.

'Waarom hebben ze vandaag nou opeens die persconferentie gegeven?' vroeg hij, en hij streek haar haar uit haar gezicht.

'Ze hebben de labuitslagen teruggekregen van al die tests die ze hebben gedaan. Ze had idioot veel cannabis in haar lijf. Ze denken dat ze daardoor op die heuvel in slaap is gevallen.'

'Cannabis?' vroeg Christian. 'En je zei dat ze niet rookte. Ik heb nog nooit gehoord dat je zo high kunt worden van cannabis dat je niet merkt dat je onderkoeld raakt.'

'Daarom is de politie er ook in geïnteresseerd. Ze heeft blijkbaar iets gegeten met heel sterke cannabisolie erin. Het is niet eerlijk,' zei Mina, en ze legde een hand over haar ogen. 'Ze had de pest aan drugs. Lily was fit en gezond. Ze nam zelfs geen suiker in haar thee. Toen ze besefte dat ze gedrogeerd was moet ze ontzettend bang zijn geweest. O, god, sorry. Ik had beloofd dat ik me niet meer zou laten gaan. Ik weet... ik weet gewoon niet hoe ik verder moet zonder haar. Het is of ik vanbinnen word verscheurd. Het doet zo verschrikkelijk veel pijn. Ik word midden in de nacht wakker en dan kan ik niet ademhalen. Ik mis haar ontzettend. Weet jij hoe dat voelt? Want ik heb iemand nodig die me zegt dat het minder zal worden. Als dit van nu af aan zo blijft, denk ik niet dat ik nog de moeite neem om uit bed te komen.'

'Waar is haar lichaam nu?' vroeg Christian. 'Mag je haar zien?'

'Nog in het mortuarium. Papa en mama zijn er al geweest, maar ik kan het niet aan. Ik wil me Lily niet zo herinneren. Zij is het niet meer, die daar ligt.' Mina lag te trillen, ze had haar lichaam niet meer onder controle en haar hoofd bonkte tegen Christians borst.

'Misschien moet je het toch doen,' zei hij. 'Misschien helpt dat bij de verwerking. Dat je dan weet dat ze er niet meer is, zodat je thuis niet steeds denkt dat je haar hoort. Ik weet dat het moeilijk is, maar ik heb vroeger ook iemand verloren. Ik probeerde het weg te drukken, maar uiteindelijk was het verlies aanvaarden en het accepteren voor mij de enige manier om niet gek te worden. Het is niet verkeerd om afscheid te kunnen nemen.'

'Ik denk niet dat ik daar de moed voor heb. Hoe kan ik naar het gezicht van mijn zus kijken als ik weet dat het de laatste keer is?' Mina draaide zich om naar de muur. Christian trok haar zachtjes terug in zijn armen en tilde haar gezicht op naar het zijne.

'Ik zorg wel voor je. Je hoeft het niet tegen je ouders te zeggen. Je bent volwassen en je bent familie. Je hebt het recht Lily te zien en je bent moediger dan je denkt. En eerlijk gezegd denk ik niet dat je je nog rotter kunt voelen dan nu. Je indenken hoe ze eruitziet is vrijwel zeker erger dan haar in het echt zien. Ze heeft nu rust gevonden. Wat haar ook is overkomen, het is voorbij. Als je haar ziet kun je misschien stoppen met het verzinnen van allerlei vreselijke scenario's en je met de werkelijkheid verzoenen. Ik ben er om je op te vangen. Dat weet je toch wel?'

'Je laat me niet alleen, hè? Laat me niet alleen, dan kan ik het misschien wel aan,' mompelde Mina, en ze sloot haar ogen. 'Als jou ook iets zou overkomen betekent dat het einde. Ik weet dat je me al meteen hebt gezegd dat er iemand anders in je leven is, dus ik begrijp dat dit alles is wat er tussen ons mogelijk is, maar ik vind het heel fijn dat je hier nu bent. Je bent een goed mens. Eigenlijk doe je me daardoor aan mijn zus denken.'

Mina ontspande en begon langzamer te ademen, tot de spanning uiteindelijk van haar afviel en ze wegdommelde. Christian bleef twee uur lang naast haar liggen tot ze weer wakker werd, en observeerde aandachtig alle emoties die in haar dromen over haar gezicht trokken. Hij wilde haar behoeden voor het schrikbeeld eenzaam en alleen wakker te worden. Hij wist maar al te goed hoeveel pijn dat deed.

21

Callanach opende de briefing. 'Goedemiddag. Jullie zijn allemaal globaal op de hoogte van de omstandigheden rond de dood van Lily Eustis. Wat we niet wisten was dat Lily een aanzienlijke hoeveelheid zeer krachtige cannabisolie had binnengekregen, waardoor ze onmogelijk veilig de heuvel af had kunnen komen. Op de persconferentie van vandaag hebben we een oproep gedaan aan getuigen die Lily die avond mogelijk hebben gezien. We weten dat ze niet alleen was. Alleen als we degene of degenen kunnen opsporen met wie ze was, kunnen we vaststellen of haar dood het gevolg is van een uit de hand gelopen avondje uit of dat er sprake is van moord.' Hij bracht een kaart op het scherm. 'Hier is het lichaam gevonden. Er was een vuurtje aangestoken dat een paar uur voor de ontdekking van het lichaam was uitgebrand.'

'Weten we waar het vuur mee is aangestoken?' vroeg een rechercheur.

'Er was niets bijzonders aan het hout of de aanmaakblokjes. Die kun je allebei bij elk benzinestation of op andere plekken kopen.'

'Er lag ook niet veel as,' viel Lively hem in de rede. 'Dat betekent dat degene die het vuur heeft aangestoken het niet al te lang wilde laten branden.'

'Of Lily raakte al snel buiten bewustzijn, haar gezelschap kon haar niet meer bijbrengen, en ging ervandoor,' reageerde Callanach.

'Hij is in elk geval niet bij de padvinderij geweest, inspecteur. In zijn plaats had ik het grote blok hout vanaf het begin op de aanmaakhoutjes gelegd om de onderkant droog te krijgen, anders zouden de aanmaakhoutjes te snel zijn opgebrand. Op mij maakt het de indruk dat dat hele vuur alleen maar voor de show was, en dat het niet echt nodig was om het goed aan de praat te krijgen,' besloot Lively. Er ging een instemmend gemompel op. Callanach dacht er nog eens over na. Het kon best dat het gewoon een tiener was die het vuur knullig had aangemaakt, maar aan de andere kant had hij wel de moeite genomen om een cirkel van stenen neer te leggen om de vlammen onder controle te houden. Dat wees er weer op dat hij waarschijnlijk wel wat ervaring had met vuurtjes maken.

'Goed,' zei Callanach. 'Dit zijn de beelden van de drone die tot de ontdekking van Lily's lichaam hebben geleid.' Hij drukte op PLAY en het scherm kwam tot leven. 'Wanneer de drone over de heuvelrug vliegt kun je het lichaam in de verte al zien liggen, en een paar seconden later hangt hij recht boven haar. Haar kleren liggen her en der verspreid op de heuvel, maar we weten niet zeker of Lily dat zelf heeft gedaan of iemand anders, of dat de kleren in de loop van de nacht door de wind zijn meegevoerd. We hebben er nog geen patroon in kunnen ontdekken.'

Het beeld werd stilgezet bij een close-up van het lichaam. In het midden van de zaal zei iemand geschrokken: 'O shit, dat ben ik helemaal vergeten.' Callanach keek op en zag agent Biddlecombe met een rood hoofd op haar knokkels bijten.

'Wat ben je vergeten?' vroeg Ava van achter in de ruimte.

Biddlecombe maakte zich zo klein mogelijk. 'Ik ben gisteren vergeten een bericht door te geven,' zei ze. 'Van de zus van Lily Eustis. Ze kon niemand van Zware Misdrijven te pakken krijgen, en het telefoontje is naar mij doorgeschakeld. Het spijt me, meneer,' zei ze, en ze waagde het een halve seconde op te kijken om Callanachs blik te trotseren.

'Misschien is het handig, agent, als je ons vertelt wat het bericht inhield.'

‘O, natuurlijk. Ze wilde weten wanneer ze de ring van haar zus terug kon krijgen. Ze hadden vorig jaar met kerst allebei dezelfde ring van hun ouders gekregen, zei ze. Sindsdien hebben ze die geen van beiden afgedaan, schijnt het. Ik heb haar gezegd dat we die ofwel als bewijsmateriaal hebben veiliggesteld of dat hij nog in het mortuarium bij het lichaam is.’

‘Hij staat in ieder geval niet op de lijst van bewijsstukken en we hebben de lijst van voorwerpen op de plaats delict samengevoegd met de voorwerpen die in het mortuarium op haar lichaam en in haar kleding zijn aangetroffen,’ zei Tripp.

Ava bladerde in haar dossier naar een foto van Lily’s stoffelijk overschot en staarde naar de handen. ‘Stuur een team naar het huis van de familie Eustis. Ik wil uitsluiten dat die ring daar ligt. Vraag haar ouders wanneer ze Lily die ring voor het laatst hebben zien dragen. Als we dat ding niet vinden...’ Haar stem stierf weg.

‘Dan is het mogelijk dat iemand hem heeft weggenomen voordat wij ter plekke waren. Brigadier Lively, u neemt de leiding over het team en brengt voor het eind van de dag verslag uit. Tripp, bel het mortuarium en check nog eens of er niets in hun lijst van bewijsstukken ontbreekt. En laat ze Lily’s vingers controleren op afdrukken in de huid. Als die ring vlak voor of na haar dood is afgenomen, is aan de afdruk misschien nog te zien of ze regelmatig een ring droeg,’ zei Callanach.

‘Vrijdag is de begrafenis van George Begbie,’ zei Ava. ‘Ga jij er ook naartoe?’

Callanach zat aan zijn bureau aantekeningen te maken over de telefoontjes die hij de afgelopen uren na afloop van de briefing had aangenomen.

‘Als ik het red,’ zei hij. ‘Lily’s ouders hebben bevestigd wat Mina over de ring vertelde. Geen van de zussen deed hem ooit af. Hij ligt niet op haar slaapkamer en is verder ook nergens te vinden.’

‘En wat zeiden ze in het mortuarium?’

'Ze hebben bevestigd dat er op de ringvinger van Lily's rechterhand een afdruk zit, en de ouders hebben onafhankelijk van elkaar verklaard dat ze de ring aan die vinger droeg,' zei Callanach, terwijl hij zijn pen neerlegde en Ava aankeek.

'Door de combinatie van de drugs, de bloeduitstortingen van de rits en de verdwenen ring komt deze zaak in een ander licht te staan. Zal ik commissaris Overbeck ervan op de hoogte stellen dat we dit opschalen naar mogelijke moord?' vroeg Ava.

'Ja. Lively heeft de familie op de hoogte gebracht toen hij er was. Ik heb de details over de ring en de ritsafdruk niet aan de pers doorgegeven, en ik heb de familie gevraagd daar met niemand over te spreken. Die ring zou weleens de enige manier kunnen zijn waarop we kunnen bewijzen dat een verdachte die avond bij Lily is geweest.' Hij keek naar Ava, die op haar beurt naar haar schoenpunten keek. 'Is er verder nog iets?'

'Niet echt. Of eigenlijk wel. Hoe gaat het?' vroeg Ava.

'Ik zit met een moord, zonder motief en zonder forensische aanwijzingen, en een moordenaar die het bijna voor elkaar had de plaats delict er te laten uitzien als een ontspoord avondje uit. Niet geweldig dus,' zei Callanach.

'Ik had het niet over deze zaak, ik bedoelde...'

'Ik weet heel goed wat je bedoelde en ik probeer je duidelijk te maken dat ik deze moordzaak verder uit moet zoeken. Ik doe m'n best om vrijdag op de begrafenis te zijn. Ben je al wat opgeschoten met Louis Jones?' vroeg Callanach.

'Dat is mijn zaak niet meer,' zei Ava. 'Hoofdinspecteur Dimitri doet verder onderzoek naar Jones' verdwijning na het auto-ongeluk. Daar hoeft onze afdeling zich geen zorgen meer over te maken.'

'Dat is mooi. Je vroeg me eerder hoe Jones en de chef met elkaar omgingen. Ik kan me nog herinneren dat ik het ongemakkelijk vond dat ik geen aantekeningen of een opname van het gesprek mocht maken. Jones had wel de wet overtreden, en daar zei de chef niks van. De regeling die ze al die jaren geleden met elkaar hadden getroffen was voor hen allebei blijkbaar nog even belangrijk als toen,' zei Callanach.

Ava knikte, maar hield haar lippen stijf op elkaar.

'Hou me op de hoogte,' zei ze. Ze glipte snel naar buiten en deed de deur achter zich dicht in de hoop dat Callanach niet had gezien hoe erg haar handen trilden.

22

Die woensdagochtend liep Mina alleen het mortuarium binnen. Christian was aan de overkant van de straat in zijn auto blijven zitten met de belofte dat hij op haar zou wachten. Ze had hem mee willen nemen, maar alleen familieleden mochten naar binnen. De vorige dag had ze een verzoek ingediend om het lichaam van haar zus te zien en te horen gekregen dat de politie het verzoek moest goedkeuren, en kort daarna een bericht ontvangen met het tijdstip waarop ze zich kon melden. Mina vond het abnormaal dat ze toestemming van de politie nodig had om haar eigen zus te zien, maar Christian zei dat het logisch was. Haar zus was er niet meer. Haar lichaam was bewijsmateriaal. Hij had haar de hele nacht appjes gestuurd, terwijl zij zat te dubben of ze er wel goed aan deed. Uiteindelijk was ze toch in slaap gevallen met de gedachte dat ze Lily's gezicht nog één keer moest zien als ze haar zus ooit voorgoed te ruste wilde leggen.

Er kwam een assistent naar haar toe die haar liet plaatsnemen en haar de procedure uitlegde, en vertelde wat ze kon verwachten. Niets wat ze zelf niet had verwacht. Dat Lily's gezicht verkleurd zou zijn. Dat haar zus een nauwelijks herkenbare schaduw zou zijn van degene van wie Mina zoveel gehouden had.

'Kom, dan lopen we naar de afscheidsruimte,' zei de mortuariumassistent. 'Ben je er klaar voor?'

'Ja,' zei Mina, hoewel ze wist dat ze er nooit klaar voor zou zijn, maar toch stond ze op en liep achter de assistent aan.

'Omdat de zaak nog open is, moet je achter de glazen wand blijven. Lily ligt daar al. Even geduld graag,' zei de assistent terwijl hij een schort voor deed en handschoenen aantrok.

Mina raakte de ring aan haar rechterhand aan. Het was een smalle gouden band met een knopje erop. Hun ouders hadden de ringen verleden jaar op kerstochtend aan Lily en Mina gegeven. Als kind had Lily haar in alles nageaapt, en jarenlang was dat soms om gek van te worden. Maar als tiener was Mina zich steeds trotser gaan voelen dat haar jongere zus zo tegen haar opkeek en altijd geduldig en dankbaar op haar afdankertjes wachtte. Tegen de tijd dat Mina achttien werd waren de zussen even lang en maakten ze grapjes dat ze nu dezelfde kleren konden dragen. Ze voelden zich hecht met elkaar verbonden en hadden een voorkeur voor dezelfde kleuren en kledingstijl. De ringen die ze droegen stonden symbool voor hun innige liefde voor elkaar.

Mina keek door de glazen wand naar Lily. Ze zag er niet zo anders uit als ze had gevreesd. Haar huid, ontdaan van bloed en blos, was bijna doorschijnend, en Mina kon haar ogen niet losmaken van Lily's wimpers. Ze rustten zacht op haar wangen, zo vertrouwd, lang en donker. Mina had als eerste een mascaraborsteltje over die wimpers gehaald, waarmee ze haar zusje omtoverde in een pop, en had lachend lippenstift aangebracht die meer op haar kin terechtkwam dan op haar lippen. Mina verlangde ernaar die wimpers aan te raken, hun zachtheid te voelen. De ogen eronder zouden nooit meer opengaan.

Mina checkte of er niemand in de buurt was, haalde haar mobieltje uit haar zak en startte een videogesprek met Christian, die aan de overkant van de straat in zijn auto zat. Dat had hij voorgesteld toen ze te horen had gekregen dat hij niet met haar mee naar binnen mocht. Mina hield de camera voor haar gezicht en liet haar tranen de vrije loop toen Christian in beeld verscheen.

‘Ik ben er,’ fluisterde ze.

‘Je kunt het wel aan,’ antwoordde hij. ‘Je ziet bleek. Moet je niet even gaan zitten?’

‘Nee, het is zo raar, ik weet niet wat ik verwachtte, maar ze is het nog steeds. Lily is nog steeds mooi. Ik vind het bijna nog moeilijker om zo dicht bij haar te zijn en haar toch niet te kunnen aanraken,’ zei ze.

‘Dat begrijp ik,’ zei hij. ‘Lily blijft je zus. Dat kan niemand je afnemen. Wat wil je dat ik doe? Wil je dat ik haar ook kan zien, of is dat misschien te moeilijk voor je? Jij moet het zeggen.’

‘Ik denk… ik denk dat ik dat eigenlijk wel fijn vind. Ik wou dat je haar had leren kennen toen ze nog leefde. Je had haar echt aardig gevonden. Vind je het goed dat ik je haar laat zien?’

Christian zweeg even. ‘Dat zou ik een eer vinden. Ik heb het gevoel dat ik haar door jouw verhalen al heel goed ken. Ja graag, wanneer je eraan toe bent.’

De camera van de telefoon wees eerst naar de vloer en kantelde vervolgens zodat Lily’s gezicht in beeld kwam. Ze lag daar sereen, haar lichaam bedekt met een laken. Na een paar seconden veranderde het camerabeeld weer en verscheen Mina’s gezicht op het scherm.

‘Ze lijkt sprekend op jou,’ zei Christian met een glimlach. ‘Als ik haar zo zie, zou ik willen dat ik ook een broer of een zus had.’

‘Ik zou zo graag willen dat ze weer bij me terugkwam,’ fluisterde Mina. ‘Ik zou er alles voor overhebben om nog een dag met haar te kunnen doorbrengen.’

‘Snap ik,’ zei hij. ‘Neem de tijd. Ik wacht hier, je hoeft je niet te haasten.’

‘Ik ga weer naar buiten,’ zei Mina. ‘Ik kan niet meer naar haar kijken. Het is net of ik haar elk moment wakker kan maken en mee naar huis kan nemen. Geef me nog vijf minuten.’

Ze zette haar telefoon uit, legde een hand tegen het glas en kuste de plek waar ze de lippen van haar zus zag.

De assistent stond in de gang te wachten om haar terug te brengen. Mina ging naar buiten en liep terug naar Christians auto. Nog voor ze daar was, was hij al uitgestapt en had het portier opengedaan.

'Hé,' zei hij, en hij sloeg zijn armen om haar heen en omhelsde haar stevig. 'Vertel, hoe voelde het?'

'Ik had niet moeten gaan,' fluisterde Mina. 'Ik dacht... ik dacht dat mijn hart brak. Het klinkt misschien stom, maar zo voelde het. Ik weet niet waarom ik nog leef.'

Christian hield haar stevig vast.

Rechercheur Tripp stak zijn hoofd om de hoek van Callanachs deur en zei: 'Sir, we hebben mogelijk een waarneming van Lily Eustis in een bar in Dalkeith.'

'Hoe waarschijnlijk is het?' vroeg Callanach.

'Het meisje klonk behoorlijk zeker aan de telefoon. We hebben haar gevraagd hierheen te komen om een verklaring af te leggen en met een tekenaar aan de slag te gaan. Ze is hier over een paar minuten.'

Amelia Lock was zestien. Haar moeder was met haar meegekomen naar het politiebureau, en Callanach voelde de gespannen sfeer tussen moeder en dochter terwijl Tripp hun thee en een koekje bracht.

'Ik was uit met vrienden,' zei Amelia. 'De pub was de enige plek waar het warm was. We zouden eerst naar het huis van mijn vriendin gaan, maar haar vader had flink gezopen en we wilden hem niet opfokken.'

'Hadden jullie veel alcohol op?' vroeg Callanach.

Amelia keek opzij naar haar moeder voordat ze antwoordde. 'Een beetje.'

'Ik wed dat het wat meer dan een beetje was,' mengde haar moeder zich in het gesprek. 'Het was zeker weer die Louise die de drankjes betaalde? Opgedirkt, make-up zo dik dat je er een boterham mee kunt beleggen. Ik had toch gezegd dat ik niet wil dat je met haar omgaat?'

'Het is belangrijk om te kunnen beoordelen hoe betrouwbaar je geheugen is, Amelia. Je hoeft niet bang te zijn voor problemen met de politie, maar ik moet weten in welke toestand je verkeerde,' zei Callanach.

'Twee halve liters cider.' Amelia zweeg. 'En een paar shotjes wodka. Sorry mam, ik zal het niet meer doen.'

'Ts, ts,' mompelde haar moeder afkeurend.

Callanach sprak gauw verder, voor ze weer een preek zou afsteken. 'Wat kun je je nog herinneren?'

'Dat was pas toen ik u op tv zag met de ouders van dat meisje. Ik zag haar foto en herkende haar. We zaten in de pub aan dezelfde tafel. Het was er stampvol. Met groepjes mensen die met hun collega's een kerstborrel hielden, de muziek stond keihard, u kent het wel. Maar goed, ik zat dus naast dat meisje aan tafel en ik weet nog dat ik haar heel mooi vond en dat ik haar daar nog nooit eerder had gezien. In Dalkeith kom je altijd dezelfde mensen tegen. Ze zag er heel gelukkig uit. Ik weet dat dat stom klinkt, maar dat zie je niet vaak. Ik denk dat ze gewoon opviel.'

'Kun je beschrijven wat ze aanhad?' vroeg Callanach.

'Ja, wat ze droeg leek wel wat op dit rode katoenen hemd, mooie snit. Het was echt mooi. En waarschijnlijk had ze een spijkerbroek aan, maar dat weet ik niet zeker.'

'Heb je gezien of ze met iemand was?'

'Met een man. Ze waren met z'n tweeën voor zover ik weet,' antwoordde Amelia. 'Hij was tamelijk lang, niet heel erg lang, maar zeker niet klein en niet dik. Hij droeg een honkbalpet, en ik weet niet zeker welke kleur ogen hij had. Er hing een hele zooi kerstlichtjes in de pub en de normale verlichting was gedimd. Hij was wit, ergens in de twintig. Sorry, ik heb niet echt goed naar hem gekeken,' zei ze.

'Hoelang heb je naast ze aan tafel gezeten?' vroeg Callanach.

'Niet lang. Na één drankje gingen ze weg en schoven we op en namen hun plaats in. Hoe is ze overleden?' vroeg Amelia.

'Daar kan ik op dit moment helaas niets over zeggen, maar je hebt ons erg goed geholpen. We willen je vragen met een tekenaar samen te werken en je de man met wie ze was zo goed mogelijk te herinneren. Is dat goed?'

Amelia knikte.

'Nog een laatste vraag. De mensen met wie je was. Herinneren zij zich Lily of de man met wie ze was?'

'Nee,' zei Amelia. 'Ik heb het ze gevraagd, maar ze waren allemaal wat verder heen dan ik. Ze trok mijn aandacht omdat ik vlak naast haar zat. Ik heb de namen van mijn vrienden al aan de agente gegeven, voor het geval u die nodig hebt.'

'Dank je wel, Amelia. Je hebt het heel goed gedaan,' zei Callanach.

'Gaat dat gedoe met die tekenaar lang duren?' vroeg Amelia's moeder.

'Er is een jonge vrouw overleden,' antwoordde Callanach zachtjes. 'We stellen uw geduld zeer op prijs.' Hij liep weg naar het keukentje, waar hij een paar volle theelepels oploskoffie in een mok deed en er kokend water op schonk. 'Lively,' riep hij, toen de brigadier langsliep. 'Ik wil dat iedereen die met Amelia in die pub was een verklaring aflegt. Hoe zit het met de bewakingscamera's?'

'Niet in de pub zelf, maar we zijn bezig de beelden van de camera's langs de openbare weg te controleren. Heeft ze goed meegewerkt?' vroeg Lively.

'Ze heeft een juiste beschrijving gegeven van het hemd dat Lily aanhad, dus we hebben een betrouwbare waarneming. Haar signalement van de man is niet duidelijk, maar we hebben nu wel een tijdstip, en Dalkeith ligt niet al te ver van Arthur's Seat. Ik ga de hoofdinspecteur nu op de hoogte brengen,' zei Callanach.

'Ik ga het personeel van de pub in Dalkeith ondervragen. Wilt u dit aan de baas geven als u toch die kant op gaat? Het is gewoon wat informatie waar ze me naar vroeg.' Lively gaf Callanach een verkreukeld stukje papier en liep weg.

Geleund tegen de keukenkastjes dronk Callanach zijn koffie en maakte zijn nek- en schouderspieren los. Hij had het gevoel dat hij al eeuwen niet had geslapen. Hij streek het papiertje glad en liet zijn ogen over Lively's gekrabbel glijden, waarbij hem opviel dat het in grote haast was neergepend. Het was niet bepaald het soort rapport dat je normaal gesproken aan een hoofdinspecteur zou overhandigen.

The Mazophilia – Maz – singles bar/fetisj bar, Cathcart Road, Glasgow. Voorgeschiedenis van politie-invallen wegens vermeende drugshandel, vermoedens van prostitutie. Eigenaar Joe Trescoe, broer Ramon veroordeeld wegens georganiseerde misdaad en banden met criminele bendes. Veroordelingen wegens misleiding/geweld, niet recent. Partner heeft aangifte gedaan wegens huiselijk geweld, aanklacht ingetrokken.

De informatie had duidelijk betrekking op een onderzoek, maar niet een waarvan Callanach wist dat Zware Misdrijven het momenteel onder handen had. Hij vouwde het papiertje weer op, waste zijn mok af en ging op zoek naar Ava.

'Meneer, er is telefoon voor u,' zei een rechercheur toen Callanach langs de briefingruimte liep. 'De beller wil geen naam geven.'

'Enig idee waar het over gaat?' vroeg hij.

'Ik denk dat het naar aanleiding van de persconferentie over Lily is. Hij noemde uw naam,' zei de rechercheur.

'Goed, schakel maar door naar mijn kamer,' zei Callanach, en hij liep weer terug. Hij wachtte achter zijn bureau tot het rode lampje op zijn telefoon begon te knipperen en nam op. 'U spreekt met inspecteur Luc Callanach. Met wie spreek ik?'

'Ik heb hulp nodig, man,' zei een schorre mannenstem.

'Wie bent u? Hebt u informatie over de dood van Lily Eustis?'

'Wat lul je nou? Nee. Je moet me hier weghalen. Ik heb altijd alleen met Begbie gepraat, en nou is-ie dood. Ik weet dat ze achter me aan zitten,' zei hij.

'Als u in gevaar verkeert, stuur ik een interventieteam. Geef me uw naam en locatie,' zei Callanach.

'Mooi niet. Alleen jij. Jij bent de enige andere die ik ooit persoonlijk heb gesproken. George zei dat je te vertrouwen was. Ik wil geen andere popo. Jij weet niet wat ik allemaal weet.'

'Luister, ik heb geen idee wie u bent,' zei Callanach, 'dus u moet me wel een hint geven als u wilt dat ik u help.'

'Louis Jones, man. En tegen niemand zeggen dat je me hebt gesproken. Ik was Begbies informant. Ik weet dat jullie nog steeds een dossier van me hebben. Ik zit in Milton Bridge. Aan de westkant van het golfterrein staan wat lege schuren. Opschieten, en neem water en iets te eten mee. Ik hou me al dagen schuil en ik ben ziek.'

'Meneer Jones, het lijkt erop dat ik een ambulance voor u moet bellen. Ik kan een paar agenten met het ambulancepersoneel meesturen om u te beschermen,' zei Callanach.

'Als je dat doet, verdwijn ik opnieuw,' zei Jones. 'Het is niet veilig. Kom nou maar als de sodemieter hierheen.'

De verbinding viel weg. Callanach belde Ava's interne nummer en kreeg geen gehoor. Hij schoot een rechercheur aan, gaf hem het papiertje voor Ava dat Lively hem had gegeven en zei dat hij weg moest. Jones was indirect betrokken geweest bij Ava's ontvoering, wat betekende dat ze beter niet bij hem in de buurt kon komen, maar al had Callanach weinig sympathie voor Begbies voormalige informant, toch voelde hij zich verplicht om hem te helpen. Hij griste zijn autosleutels van zijn bureau en holde weg.

23

Callanach zette zijn auto langs de weg en liep met behulp van een navigatieapp op zijn mobiel naar de westkant van het golfterrein. Het terrein werd omzoomd door dicht op elkaar staande bomen, en hij liep voorzichtig over berijpte bladeren en takjes. Vanachter de laatste rij bomen observeerde hij de bijgebouwen voordat hij een smalle strook gras overstak. Er liep al een spoor over het veldje, waar bladeren door voeten waren platgetrapt. Jones was waarschijnlijk ook via deze kant gekomen.

Hij maakte geen geluid en liep eerder uit instinct dan uit noodzaak ineengedoken om de zijkant van het gebouw heen naar een verweerde openstaande deur.

'Jones?' riep Callanach. Hij haalde een zaklamp uit zijn jaszak en scheen rond in de donkere schuur. De ramen waren zwart van het vuil en de spinnenwebben, en het weinige binnenvallende licht werd tegengehouden door oud meubilair dat overal wankele stapels vormde. 'Dit is inspecteur Callanach. Hoor je me, Louis Jones?' Langzaam liep hij verder en hield zijn hand voor zijn neus en mond. Er hing een muffe, bedompte lucht in de schuur, maar het stonk vooral naar bederf. Hier lag een karkas te rotten, wellicht meer dan één. De wind stak op, waardoor de zijwand van de schuur begon te rammelen en de deur opeens naar binnen openzwaaide. Callanach struikelde tegen een stapel stoelen die met veel lawaai omviel. 'Louis, kom tevoorschijn met je handen omhoog.'

Hij stond op, veegde de spinnenwebben van zijn hoofd en richtte zijn zaklamp op de achterwand van de schuur. Hij wrong zich tussen een paar lege biervaten door en probeerde de smerige lucht zo min mogelijk in te ademen, wensend dat hij niet naar Jones geluisterd had en versterking had meegenomen. Toen hij opzijging om niet op een dassenval te trappen, trapte hij op iets wat zacht was, maar toch kraakte. Hij scheen omlaag met de zaklamp en deinsde naar achteren. De vingers waar hij op getrapt had, waren gekromd. Callanach knielde naast het lichaam en liet het licht erover schijnen, maar wist al dat het te laat was. Het lichaam van een levend wezen rook niet zo. Jones was duidelijk de controle kwijtgeraakt over zijn sluitspieren, en aan de vloer te zien ook over zijn blaas. Hij legde de zaklamp neer, haalde een zakmes tevoorschijn, sneed de ducttape door die rond Jones' nek was gewikkeld en trok de plastic zak van zijn hoofd.

'Louis?' zei Callanach, zachtjes op zijn wang tikkend. Er klopte iets niet. Jones' gezicht was nog warm, maar er zat amper beweging in. De onderkant van zijn gezicht voelde stijf en strak aan. Callanach stak de zaklamp in zijn mond om zich bij te lichten. Toen hij een hand onder Jones' hoofd liet glijden, kwamen zijn vingers in een warme, zachte, draderige massa vol botsplinters terecht. 'Fuck!' Hij trok zijn hand snel terug en keek naar de grijsrode brij die van zijn vingers droop. Louis Jones was dood, en daar zou geen enkele reanimatiepoging iets aan kunnen veranderen. Op de vloer lagen spetters hersenweefsel en een keurig klein gaatje in zijn voorhoofd liet zien waar de kogel was binnengedrongen. Callanach scheen iets omlaag en bestudeerde Jones' mond. Zijn onderlip was over de bovenlip heen getrokken en was daar met een spijker uit een nietpistool op zijn bovenkaak vastgezet.

Zachtjes legde hij het hoofd weer op de vloer. Degene die Jones koud had gemaakt was weg. Er was simpelweg niet genoeg ruimte in de schuur om je te verstoppen. Hij belde om assistentie en om een team van de technische recherche en liep toen achteruit via dezelfde weg naar buiten om de plaats delict niet te verstoren, en bleef bij de deur van de schuur wachten op hun komst. De mensen van de technische recherche legden een kordon van enkele meters rond de schuur en zetten Callanach op een stuk plasticfolie om te kijken of hij bewijssporen onder zijn schoenen had zitten. Vlak daarna arriveerde Ailsa Lambert, trok haar pak aan en stapte naar binnen met een fotograaf, maar kwam alweer vrij snel naar buiten met een van afschuw vertrokken gezicht.

'En, wat denk je ervan?' vroeg Callanach, die ondertussen vervangende kleding kreeg aangereikt zodat zijn eigen kleren konden worden onderzocht.

'Ik kan je wel zeggen dat hij nog leefde toen zijn lip met die nietspijker werd vastgezet. Gelet op de hoeveelheid zenuwen in het gebied tussen de mond en de neus moet dat ondraaglijk veel pijn hebben gedaan. En dan ook nog eens dwars door de wortels van de boventanden! Het is een vorm van marteling waar ik geen woorden voor heb. Het enige goede nieuws is dat hij waarschijnlijk zo snel het bewustzijn heeft verloren dat hij al bewusteloos was voor hij de kogel kreeg, dus de angst en de pijn heeft hij op het laatst niet meer gevoeld. Het is trouwens wel merkwaardig, ik heb dit niet meer gezien sinds...' Ailsa brak haar zin af, schijnbaar in gedachten verzonken.

Ava kwam net aanlopen en bleef achter hen staan.

'Sinds wanneer, Ailsa?' vroeg ze. 'Marteling met een nietpistool is nieuw voor me, dus het moet al een hele tijd geleden zijn.'

Ailsa trok haar handschoenen uit en gooide ze meteen in een bak voor medisch afval. 'Ik heb... wat zal het zijn, zo'n twintig jaar geleden een paar van dit soort gevallen meegemaakt. Waar het om gaat is dat hem het zwijgen is opgelegd. En dan niet omdat hij op het punt stond doodgeschoten te worden. Want daarvoor had de moordenaar ook een prop in zijn mond kunnen duwen en die dicht kunnen plakken met een stuk tape.'

'Je bedoelt dat het symbolisch is,' zei Ava.

'Een waarschuwing aan anderen, zou ik zeggen. Er hebben in de jaren tachtig een paar liquidaties met vergelijkbare wonden plaatsgevonden,' antwoordde Ailsa. 'Jullie meneer Jones was nog niet zo lang dood. Ik denk dat als je tien minuten eerder was geweest, Luc, je de moordenaar tegen het lijf was gelopen. Ik voer de autopsie vanavond uit, dan heb je morgen een voorlopig rapport, maar de doodsoorzaak is het uitvallen van de hersenfuncties door het schot. Hij heeft ook ernstige bloeduitstortingen op zijn borst, maar die zijn ouder, en een beenwond die behoorlijk moet hebben gebloed. Hij heeft een aardige poging gedaan zichzelf te verbinden.'

'Passen die eerdere verwondingen bij een auto-ongeluk, met name wanneer hij achter het stuur zat?' vroeg Ava.

'Om je daar antwoord op te kunnen geven moet ik eerst de schade aan de auto zien, maar in principe wel. Nu moet ik weer naar binnen met de fotograaf. We spreken elkaar morgen.' Ailsa liep weg.

Callanach nam een jas aan van een langslopende agent, want hij kreeg het koud in het dunne forensische pak.

'Wil je uitleggen wat je hier deed?' vroeg Ava toen ze alleen waren.

'Wil jij me dan vertellen hoe het komt dat je een paar dagen geleden naar Louis Jones vroeg, en dat hij nu morsdood is?' kaatste hij terug.

'Vergeef me dat ik op mijn strepen ga staan, maar ik ben hier niet om vragen te beantwoorden,' zei Ava zachtjes, en ze ging dichter bij Callanach staan. 'Je was hier zonder assistentie en zonder mijn toestemming. Niemand wist waar je was. Het is een wonder dat je daar niet naast Jones op de grond ligt. Ga naar huis om schone kleren aan te trekken en kom dan naar het bureau. We moeten praten. En hou tegen iedereen je kaken op elkaar.'

Een uur later kwam Callanach met twee mokken koffie Ava's kamer binnen.

'Een zoenoffer,' zei hij en zette een mok op haar bureau.

'Dat is te mager,' zei Ava. 'Je had wel dood kunnen zijn. Leg eens in gewone taal uit hoe je daar in die schuur op een golfterrein verzeild bent geraakt met het lijk van een vermiste voormalige politie-informant.'

'Jones heeft me gebeld,' zei Callanach. 'Ik heb beloofd dat ik hem zou ophalen. Hij klonk bang, paniekerig, en zei dat hij ziek was. Hij vroeg me om niemand iets te zeggen...'

'Je realiseert je toch wel dat je eerst de juiste procedure moet volgen voordat je ingaat op verzoeken van mensen die in het verleden hebben meegewerkt aan mijn ontvoering?'

'Dat is nou precies de reden waarom ik het niet tegen je heb gezegd,' zei Callanach. 'En ook omdat je niet bereikbaar was en ik snel moest handelen. Ik heb hem een ambulance en mensen van de uniformdienst aangeboden. Daar wilde hij niets van weten.'

'En toen ging er geen lampje bij je branden dat er iets aan de hand was en dat je mij daarover had moeten inlichten? Jezus Luc, je bent verdomme geen cowboy. We kennen hier een duidelijke bevelstructuur, weet je nog wel? Bovendien ben ik niet gediend van je paternalistische houding door me voor mijn eigen bestwil ergens buiten te houden.'

Callanach leunde achterover en nam een slok koffie.

'Over een uur wil ik een verklaring op mijn bureau en ik wil woord voor woord weten wat Jones tegen je heeft gezegd. Zo letterlijk mogelijk.'

Ava's telefoon ging. Ze staarde er woedend naar en nam toen op. 'Ja, hoofdinspecteur Dimitri,' zei ze. Callanach maakte aanstalten om weg te gaan, maar ze gebaarde dat hij weer moest gaan zitten. 'Dat klopt, Jones is doodverklaard. Hm-hm. Dokter Lambert heeft bevestigd dat enkele verwondingen door een auto-ongeluk kunnen zijn veroorzaakt. Nee, die verwondingen waren niet de doodsoorzaak, en Zware Misdrijven neemt de zaak nu over.' Er viel een stilte. 'Natuurlijk, ik ben het met u eens dat u onmiddellijk gewaarschuwd had moeten worden zodra we wisten waar hij zat,' zei Ava. Ze trok haar wenkbrauwen op naar Callanach. 'Helemaal niet. Ik was er volledig van op de hoogte dat een inspecteur uit mijn team naar hem op weg was. Ik heb het besluit genomen om eerst een rechercheur te sturen en Jones op te pakken. De bedoeling was dat u hem dan later kon verhoren.' Ze nam een slok koffie terwijl Dimitri antwoordde. 'Absoluut. Ik zorg dat u het rapport van de inspecteur krijgt zodra het beschikbaar is, waarschijnlijk over een paar dagen, want we hebben het behoorlijk druk met die moord op Lily Eustis.' Er klonk nog wat gedempt gemompel uit de hoorn. 'Ik waardeer uw hulpaanbod zeer. Tot ziens, hoofdinspecteur.' Ze hing op.

'Dat had je niet moeten doen,' zei Callanach. 'En dan verwijt jij mij een bevoogdende houding? Je had voor mij niet hoeven liegen om me te dekken. Ik heb me niet aan de procedure gehouden, daar had ik een goede reden voor en ik kan mijn beslissing prima verdedigen.'

'Het was niet om jou te verdedigen. Het was om... laat maar. Het is gebeurd. Je moet in je rapport vermelden dat ik je toestemming had gegeven om naar Louis Jones te gaan. Ik stel een verklaring op waarin staat dat ik de risico's heb afgewogen en dat we geen idee hadden dat hij in gevaar verkeerde. Regel een paar agenten voor het gebruikelijke buurtonderzoek rond het golfterrein. En laat iemand contact zoeken met het team van hoofdinspecteur Dimitri om de auto te onderzoeken waar Jones in reed op de avond van het ongeluk. Ailsa's forensische team moet die auto kunnen zien omdat die mogelijk een rol speelt in het moordonderzoek.'

'Heb ik dan de leiding over dit onderzoek?' vroeg Callanach.

'Natuurlijk. Jones heeft met jou contact gezocht. Jij hebt zijn lijk gevonden. Het is niet logisch om het dan door iemand anders te laten doen,' zei Ava.

'Wat hou je dan voor me achter?' vroeg Callanach.

Ava keek hem even aan, drukte op een paar computertoetsen en staarde naar het scherm van haar laptop. 'Niets. Maar hij was wel een informant, en dat betekent dat we het onderzoek naar zijn dood stilhouden tot we weten wat we wel of niet bekend kunnen maken. Dat betekent dat je alleen aan mij verslag uitbrengt. Zware Misdrijven legt geen verklaringen af.'

'Hij is niet zo heel lang politie-informant geweest. Alles wat we nu eventueel ontdekken zal onze lopende onderzoeken echt niet in gevaar brengen. Ava, je hebt me al eerder naar Jones gevraagd. Wist je dat er iets stond te gebeuren?'

'Nee,' antwoordde ze, haar blik strak op het scherm gericht. 'Ik wil je rapport zo snel mogelijk hebben. Zet Lively maar op dat onderzoek naar Jones. Hij heeft de juiste contacten.'

Ava wachtte tot Callanach was vertrokken en zocht toen het nummer van Glynis Begbie op. Ze had zichzelf ervan proberen te overtuigen dat ze ernaast zat met haar vermoedens en dat ze overdreven reageerde, maar keer op keer kwam ze tot dezelfde conclusie. George Begbie, de meest onwaarschijnlijke kandidaat voor zelfmoord, had zich zonder aanwijsbare reden van het leven beroofd zonder een briefje achter te laten. Louis Jones was gewond uit zijn auto gevlucht nadat zijn werkplaats was doorzocht. En hij was nu ook dood. Samen hadden ze aan een van de beruchtste zaken tegen de georganiseerde misdaad in Schotland gewerkt. Een van de criminelen die ze achter slot en grendel hadden gekregen liep nu weer vrij rond en Begbies vliering was volgestouwd met contanten van onduidelijke herkomst.

Nee, dacht ze, ze beeldde zich niet alleen maar in dat er gevaar dreigde. Als de moordenaars van Louis Jones achter het geld aan hadden gezeten, was het huis van George Begbie de enige overgebleven plaats waar ze nog konden zoeken. Ze belde Glynis Begbie, zei dat ze een tas moest inpakken en zich door haar dochter moest laten ophalen. Daarna zat Ava op de klok te kijken tot vrijwel iedereen van haar team naar huis was en reed toen zelf naar huis om een tas in te pakken. Een halfuur later arriveerde ze bij het huis van de chef en zwaaide Glynis na.

Ze rolde haar slaapzak uit in de logeerkamer, hoewel er van slapen niet veel terecht zou komen. Haar hoofd gonsde en ze voerde een inwendige strijd, om niet te zeggen oorlog, met haar geweten. Als ze hoofdinspecteur Dimitri deelgenoot had gemaakt van haar zorgen om Jones, had hij nu misschien niet bij Ailsa op de snijtafel liggen wachten tot hij in stukken werd gesneden. Had ze maar uiting gegeven aan haar vermoedens in plaats van de goede naam van de chef tot elke prijs te willen beschermen. En waarom wilde ze dat? Daar wist ze het antwoord wel op. Begbie zou zich in zijn graf omdraaien als hij wist dat zijn weduwe de rekeningen niet meer kon betalen. En wat betreft het geld dat onder het dak lag verborgen, daar moest ze meer over te weten zien te komen. Het leek erop dat Begbie zich liever van kant had gemaakt dan verantwoordelijkheid te nemen voor wat hij had gedaan. De gedachte dat ze wellicht criminele activiteiten in de doofpot hielp stoppen drukte zwaar op haar gemoed, maar wat voor zin had het om een officieel onderzoek op te starten? Glynis Begbie zou alles kwijtraken. George Begbies reputatie zou besmeurd raken en misschien verdiende hij dat ook, maar Ava kon het niet over haar hart verkrijgen hem te veroordelen zonder dat hij kon uitleggen wat hij had gedaan, en waarom.

Die nietspijker door de lippen van Louis Jones had Ava ervan overtuigd dat er geen onschuldige verklaring was voor al dat geld op zolder. De onderwereldfiguren Trescoe en McGill hadden er ongetwijfeld iets mee te maken, en dat betekende dat ze dachten dat er iets van ze was gestolen. Hoe George Begbie eraan was gekomen was Ava een raadsel, maar het kon geen toeval zijn. De chef en Louis Jones hadden samengespannen om het geld te stelen, of ze hadden na de veroordeling van Trescoe en McGill een manier gevonden om te profiteren van hun bestaande criminele praktijken. Daarmee hadden ze hoe dan ook hun doodvonnis getekend. Je kon crimineel geld eigenlijk nooit witwassen, hoeveel tijd er ook overheen ging. Het probleem was dat als Jones voor zijn dood was doorgeslagen, Glynis' huis het eerstvolgende adres op de lijst van zijn moordenaars was, en Ava wilde onder geen beding het risico lopen dat Glynis thuis was wanneer ze aanklopten. Ze wist dat deze types beestachtig te werk gingen. Ze hadden duidelijk opdracht gekregen om Jones op te sporen en hem aan het praten te krijgen. En of dat nou gelukt was of niet, hij was al ten dode opgeschreven. Ze zouden niet rusten tot ze gevonden hadden wat ze zochten, en dat fungeerde momenteel als extra isolatiemateriaal op de vliering boven haar hoofd. De moordenaars van Louis Jones wilden niet met lege handen terugkomen bij hun baas. Ze zouden zo snel mogelijk in actie komen, en dat betekende vanavond. Ava warmde de curry op die ze bij het afhaalrestaurant had besteld en dwong zichzelf iets te eten om wat energie te krijgen. Daarna controleerde ze of alle deuren op slot zaten en of haar taser was opgeladen.

24

'Ach joh, ik heb gewoon iets opgelopen. Het norovirus waarschijnlijk,' zei Cordelia Muir tegen Jeremy, die om haar heen liep te draaien. 'Echt. Kom maar niet te dichtbij, anders krijg jij het ook nog!'

Jeremy gaf haar een doos tissues en wierp door de glazen scheidingswand een nijdige blik op die bemoeial Liam Hood, die in de ijskast aan het rondneuzen was. Met een laatste geruststellend tikje op Cordelia's schouder liep Jeremy op hem af.

'W-waar ben jij mee bezig?' vroeg hij.

'Gaat je niks aan. Moet je niet afwassen of zo?' zei Liam.

'Ik ben hier niet om af te w-wassen. Ik help Cordelia nu,' zei Jeremy, met een blik op zijn baas. Ze greep nu naar haar maag en lag bijna voorovergebogen op haar bureau. 'W-was ze gisteren ook al zo?' vroeg hij.

'Je bent wel heel erg geïnteresseerd. Ben je soms bang dat het besmettelijk is?' vroeg Liam.

'Nee, ik w-was...'

'Nee, laat maar. Het was sarcastisch bedoeld. Er moeten nog wat archiefklusjes gebeuren. Misschien kun je je wat meer met vrijwilligerswerk bezighouden en wat minder met ons privéleven,' zei Liam. Hij sloeg de deur van de ijskast dicht en liep naar zijn bureau. Jeremy pakte de waterkoker, zette hem aan en wachtte tot het water kookte. Hij mocht Liam niet. Hij roddelde over andere mensen en had geen respect voor Cordelia. Hij was lomp en gemeen.

Jeremy gaf Cordelia een kopje groene thee en zette een raam open om wat frisse lucht binnen te laten. Het rook binnen vaag naar zweet en braaksel, en Cordelia zou het vreselijk vinden als ze dat zelf ook rook.

'Je moet naar de dokter,' zei Jeremy. 'Liam zegt dat je de hele week al ziek bent.'

'Dat weet ik. Het punt is dat ik het te druk heb. Je weet hoe vol mijn agenda zit. En aan buikgriep kunnen ze toch niets doen. Dan besmet ik alleen maar andere patiënten met een lagere weerstand. Ik kan je vertellen dat de wachtkamers van huisartsen de ongezondste plekken op aarde zijn.'

'Ik kan w-wel bellen om een afspraak voor je te maken. Het spijt me dat ik het moet zeggen, maar je ziet er niet goed uit,' zei hij.

'Misschien heb je gelijk,' zei Cordelia. 'Het nummer staat in mijn telefoon. Zou je dat willen doen?' Ze pakte een handvol tissues en liep weer op een holletje naar het toilet. Jeremy pakte haar mobieltje, schreef het nummer van de huisarts op en liep ermee naar zijn bureau, boos nagestaard door Liam.

'Ik had je toch gezegd dat je verder moest gaan met dat archiefwerk?' zei Liam.

'Ik moet de dokter bellen voor Cordelia,' antwoordde Jeremy.

'Misschien moet je mij dat maar laten doen.' Liam boog zich voorover om het papiertje uit Jeremy's hand te grissen, maar die dook omlaag, draaide rond op zijn bureaustoel en rolde weg.

'Ik wil zeker weten dat ze een afspraak krijgt,' zei Jeremy. 'Ik doe het wel aan haar eigen bureau.' Hij schoof de deur in de scheidingswand dicht en belde de praktijk. Tegen de tijd dat Cordelia van het toilet kwam met een grauw gezicht, rillend en zwetend, noteerde hij net een datum en tijdstip. 'Ze hadden maandag pas tijd. Dat is over vijf dagen, maar er schijnt een virus rond te waren en ze hebben het razend druk. Ik heb een afspraak gemaakt met dokter Marylewski, en ik heb het in je agenda geschreven. Niet vergeten, hoor!'

'Waarschijnlijk heb ik hetzelfde virus ook opgelopen, en als dat heerst, is dat een geruststellende gedachte. Ik zal eraan denken en maandag is prima. Grote kans dat ik dan alweer de oude ben. Dank je wel voor die afspraak.' Cordelia liet zich op haar stoel glijden. 'Alles goed met je? Maak je je ergens zorgen over?'

'Het is niet belangrijk. Het is alleen dat Liam...' mompelde Jeremy.

'Wat is er met Liam? Je kunt het gewoon tegen me zeggen, Jeremy. Je hoeft niet zo nerveus te doen,' zei Cordelia. Ze nam voorzichtig een slokje groene thee, maar zette het glas meteen weer neer.

'Hij w-wil me hier niet hebben,' zei Jeremy. 'Ik zal w-wel iets verkeerd hebben gedaan.'

'Nee hoor, absoluut niet,' zei Cordelia. 'Soms zijn mensen zo gewend aan hun werkomgeving dat een nieuw gezicht de boel kan verstoren. Heb geduld, hij draait wel bij.'

Callanach kwam die avond pas om halftwaalf thuis. De compositietekening van de man die samen met Lily Eustis in de pub was gezien bleek onbruikbaar. Niemand zou er ooit een verdachte in kunnen herkennen, en bovendien had Amelia gezegd dat hij totaal niet op de man leek, alleen kon ze niet uitleggen waar dat aan lag. Daar kwam nog eens bij dat de auto waarin Louis Jones had gereden al vernietigd was. Hij bleek niet verzekerd en er was geen wegenbelasting voor betaald, en het team van hoofdinspecteur Dimitri had onmogelijk kunnen weten dat Jones later zou worden vermoord. Daarom was de auto de vorige dag al naar een sloperij gebracht en daar in elkaar geperst tot een vierkant pak gehavend metaal. De kans dat Ailsa Lambert Jones' verwondingen met de schade aan de auto kon vergelijken was dus verkeken. Hij besloot dat nieuws pas de volgende ochtend aan Ava te vertellen.

Hij stond een hele poos onder de douche en kroop toen in bed met zijn laptop om de beelden van die dag uit zijn hoofd te zetten. Hij voelde Louis Jones' hersenen nog steeds aan zijn vingertoppen, en dat bleek een uitstekende remedie tegen de slaap. Hij pakte zijn telefoon en vroeg zich af of Ava nog wakker was, maar besefte dat er nog te veel spanningen tussen hen waren om haar nu te bellen. In plaats daarvan koos hij iemand anders uit zijn contactenlijst die hij al weken had willen bellen, wat er steeds niet van was gekomen, en koos het nummer van de enige journalist die hij volledig vertrouwde.

'Lance,' zei hij toen het gesprek werd aangenomen. 'Callanach hier.'

'Ik ga je niet vertellen dat het middernacht is en dat ik al drie maanden niks van je heb gehoord. Maar ik ga je wel voor de zoveelste keer uitleggen dat je ook een voornaam hebt, ook al ben je een politieman. Het is gebruikelijk dat mensen elkaar met die naam aanspreken als ze vrienden worden. Bel je om te zeggen dat je me gemist hebt, of om me de primeur van het jaar te geven? Het liefst allebei,' zei Lance.

Callanach glimlachte. 'Wil je dat ik het overdoe en mezelf op de juiste manier aankondig?' vroeg hij.

'Nee, ik had genoeg aan je accent. Hoe gaat het met je?' Lance praatte verder zonder op antwoord te wachten. 'En dank je voor je attente vraag. Ik ben volledig hersteld van de verwondingen door het politiegeweld van die keer dat je me bij een van je zaken hebt betrokken.' Zes maanden geleden had Lance het team Zware Misdrijven officieus geholpen bij het opsporen van twee gestoorde moordenaars. Door een ongelukkig toeval had die zaak raakvlakken met een ander politieonderzoek, waardoor Callanach en Lance Proudfoot in de marge van de wet hadden moeten opereren. Lance was degene die daarbij gewond was geraakt.

'Echt niet te geloven dat je daar nog steeds over loopt te jammeren. Een hooggeplaatste politieman van Scotland Yard heeft je een gescheurde enkelband bezorgd. Nou en? Je bent journalist. Mensen als jij worden geacht hun leven op het spel te zetten voor een goed verhaal. Ik zou denken dat je al meer dan genoeg was beloond doordat je aan de goeie kant stond. Had ik je soms ook nog bloemen moeten sturen?' vroeg Callanach.

'Een fles single malt was fijn geweest. Zelfs journalisten zijn niet van steen, wist je dat? Ik heb wekenlang niet op mijn motor kunnen rijden. Misschien had ik een letselschadeadvocaat in de arm moeten nemen. Of bel je daar misschien voor? Ga je me compensatie aanbieden?' vroeg Lance lachend.

'Nou, eigenlijk heb ik wat hulp nodig,' zei Callanach.

'Het soort hulp dat misschien kan leiden tot een verhaal dat ik kan publiceren, of...'

'Eerder het soort hulp waardoor we allebei gearresteerd of in elkaar geslagen kunnen worden als je erover zou publiceren, en misschien wel erger. Ik zal je maar meteen zeggen hoe het zit,' zei Callanach.

'Heeft je moeder je nooit geleerd dat je eerst even gezellig moet kletsen met een meisje voordat je haar voorstelt om een rustig plekje op te zoeken?' vroeg Lance lachend. De stilte aan de andere kant maakte acuut een eind aan de grappenmakerij. 'Oké, voor de draad ermee. Waar gaat het dit keer om?'

'Lokale info,' zei Callanach. 'Informatie die de politie meestal niet te horen krijgt wanneer mensen te bang zijn om te praten. Er is een vent vermoord die Louis Jones heet. Een louche type dat auto's verhuurde aan klanten die om wat voor reden dan ook niet traceerbaar willen zijn. Heb jij daar iets over gehoord?'

'Helemaal niks. Ik vraag wel rond om te zien wat ik te weten kan komen,' zei Lance.

'Nee, doe eigenlijk maar niet. Als de best geïnformeerde journalist van Edinburgh niks heeft gehoord, dan is daar een goede reden voor. Vergeet het, Lance. Dit is een te linke zaak.'

'Als je het per se niet wilt... Het is nou niet zo dat ze zich hier voor mijn deur staan te verdringen om me een primeur te bezorgen. Maar hoe zit het met dat etentje dat we nog altijd een keer zouden regelen? Het zou leuk zijn weer eens bij te praten.'

'Zeker,' zei Callanach instemmend. 'Mag ik je daar een andere keer over bellen? Op het werk is het nogal... nou ja, je begrijpt het wel.'

'Ik snap het. Maar laten we contact houden, oké? Ik zeur wel over mijn enkel, maar feit is dat ik niet meer zoveel lol heb beleefd sinds, nou ja, ik weet niet wanneer.'

Callanach nam afscheid en hing op. Hij had weinig vrienden in Edinburgh, en Lance – journalist of niet – was een van de vriendelijkste, meest oprechte mensen die hij had leren kennen sinds hij hier was komen wonen. En precies daarom was hij halverwege het gesprek van gedachten veranderd. De zaakjes waar Louis Jones zich mee bezighield waren te riskant om iemand die je graag mocht bij te betrekken. En dat gold ook voor Ava, alleen had Callanach het gevoel dat ze een heleboel voor hem achterhield.

25

Om halfvier 's ochtends hoorde Ava geluiden uit de keuken komen. Het metalige gerammel en geknars duidde er onmiskenbaar op dat het slot werd opengebroken. Ze had de sleutel er aan de binnenkant expres in laten zitten om het ze moeilijker te maken. Ze konden het dubbele glas boven de deurkruk niet inslaan zonder de hele buurt wakker te maken, dus moesten ze iets anders verzinnen. Dat was de eerste aanwijzing dat ze met professionals te maken had. Ava stond op en was blij dat ze al haar kleren had aangehouden. Ze schoot haar gympen aan en ging snel achter de gordijnen staan die ze halfopen had gelaten.

Uit het gefluister, zo zacht dat ze er niet wakker van was geworden als ze diep in slaap was geweest, maakte ze op dat ze op z'n minst met z'n tweeën waren. Ze besefte dat dit het moment was waarop ze om versterking moest vragen, maar dezelfde argumenten die haar ervan weerhouden hadden de bundels bankbiljetten te rapporteren, hielden haar ook nu weer tegen. Ze verwachtten haar niet, en dat werkte in haar voordeel. Veel problematischer was dat als dit dezelfde kerels waren die Louis Jones hadden doodgeschoten, ze waarschijnlijk gewapend waren. Ze bleef staan waar ze was, drukte zich tegen het raam en bleef rustig ademhalen.

Ze haalden de boel niet ondersteboven, maar ze waren wel ergens naar op zoek. Louis Jones had hun misschien verteld dat

Begbie geld in huis had liggen, maar het was duidelijk dat ze niet precies wisten waar het lag. Het duurde even voordat de mannen zover waren dat ze boven verder wilden zoeken, en al snel hoorde ze hun gedempte voetstappen op het tapijt.

De deur zwaaide piepend open. Ava hield haar adem in. Ze was het eerder gewend andermans huis binnen te dringen dan zich schuil te moeten houden. Daardoor had ze het gevoel dat ze geen controle over de situatie had, en door de adrenaline was het moeilijk roerloos te blijven staan.

Iemand doorzocht de laden, de kleerkast, trok het bed weg van de muur en voelde met zijn hand onder de matras voordat hij naar de volgende kamer ging. Ava wilde eigenlijk alleen maar hun gezichten goed kunnen zien, het liefst zonder zelf gezien te worden. Ze sloop voorovergebogen naar de deuropening.

Plotseling zwaaide de deur weer open en sloeg tegen haar gezicht. Niet hard, maar door de klap slaakte ze een kreet. Achteruit krabbelend zag ze de zaklamp die een van de inbrekers op de vloer had laten liggen. Terwijl een man haar benen met een rugbytackle vastgreep, had ze nog net tijd om te bedenken wat een beginnersfout ze had gemaakt. Hij moest net zo geschrokken zijn als zij toen hij terugkwam voor de zaklamp en zag dat hij door een vrouw beslopen werd.

Ze reageerde bliksemsnel en instinctief. Ze rolde naar links, bracht haar rechterelleboog omhoog om die in het gezicht van haar aanvaller te rammen en trok tegelijkertijd haar rechterknie op tegen haar borst en trapte omlaag, waardoor ze zijn rechterdij raakte. Zijn gehandschoende handen reikten naar haar keel toen ze rechtop probeerde te gaan zitten. Ava liet hem komen en tastte met één hand achter zich naar een wapen, terwijl ze haar andere hand omhoogbracht en haar vingertoppen in het kuiltje van zijn hals stootte. Maar hij schoot meteen naar achteren waardoor ze geen druk meer kon uitoefenen. Op datzelfde moment sloot haar hand zich om het enige losse object onder het bed, een schoen, en ze haalde met alle macht uit naar zijn ogen.

Een zware schoen stampte op haar arm en drukte haar tegen de grond. Ze voelde de botten in haar onderarm langs elkaar knarsen toen de tweede man een schop tegen haar hoofd gaf alsof het een voetbal was, waardoor haar hoofd omhoog stuiterde van de houten vloer. De tweede man stond over haar heen gebogen, met zijn ene voet nog steeds op haar arm, en de andere op haar schouder gedrukt.

'Wat is dat? Niet erg beschaafd, hè, om als een straatvechtertje tekeer te gaan,' zei hij.

'Doe me alsjeblieft geen pijn,' fluisterde Ava poeslief. Ze ontspande haar bovenlijf en bleef stilliggen.

'Tja, daar trap ik niet in. Misschien wel als je een pyjama had gedragen, of een leuk nachthemdje, maar je bent helemaal aangekleed. En daar ligt een slaapzak, zie ik. Op wie zat je precies te wachten?'

Ava keek naar hem op. Hij was ruim een meter vijfennegentig lang, had een stevig postuur, en zijn schouders waren even breed als die van een American footballspeler met schouderpads.

'Ik pas op het huis voor mijn vriendin,' zei ze. 'Ze moet een nacht in het ziekenhuis blijven omdat ze is geopereerd. Ik wilde niet dat ze meteen beddengoed zou moeten wassen, dus heb ik een slaapzak meegenomen. Ik ben met een boek in slaap gevallen,' zei ze. 'Neem alles mee wat je wilt. Ik heb geen zin in problemen.'

'En toch knok je alsof je wel om problemen vraagt.' Hij boog zich voorover en kneep zo hard in haar wangen dat haar kiezen pijn deden. 'Ik wil dat je wat vragen beantwoordt. En voordat ik ze stel moet je wel weten dat mijn vriend hier een mes heeft. Je bent eigenlijk best mooi, zo. Vind je het leuk om er mooi uit te zien?'

Ava knikte, ze hoefde haar acteertalent niet in te zetten om de tranen in haar ogen te laten springen terwijl ze zich probeerde te verzetten tegen de toenemende druk in haar hoofd.

'Goed zo. Luister, wij denken dat er geld in dit huis is. Geld dat hier niet thuishoort. Het moet worden teruggegeven. Ik denk dat jij me kunt laten zien waar dat geld ligt. Je hoeft niks te zeggen. Knik maar ja of schud van nee.' Ava schudde haar hoofd en de hand verstevigde zijn greep op haar wangen. 'Deze keer zie ik het nog door de vingers. We doen gewoon of je me niet goed hebt begrepen. Laatste kans. Wijs je ons waar die fucking poen is?'

Ava begon met haar hielen op de vloer te roffelen en deed haar uiterste best iets te zeggen, maar kon alleen gorgelgeluiden uitbrengen.

De grote man bracht zijn gezicht dicht bij het hare. 'Nou, ik ben teleurgesteld, maar mijn vriend hier raakt nu best wel een beetje opgewonden. Hij staat bekend als een kunstenaar in het verminken van gezichten. Wat denk je, Knuckles, kun je dit smoeltje veranderen in een wandelende nachtmerrie, zodat we zeker weten dat ze ons nooit meer vergeet?' Hij liet Ava's gezicht los en kwam overeind, maar bleef staan waar hij stond, met zijn benen aan weerszijden van haar lichaam en zijn voet nog steeds op haar linkerarm. Hij keek naar zijn maat, die in de deuropening nog op adem stond te komen.

'Hoeveel tijd hebben we?' vroeg de kleinere man grinnikend.

'O, ik zou zeggen ruim een uur of...'

Met haar rechterhand trok Ava de taser uit de zak van haar hoodie en kon eindelijk ophouden met haar voeten te trappelen, waarmee ze het lawaai had overstemd om de taser te activeren. Ze richtte zo goed als ze kon omhoog, op het kruis van de man. Hij had nog net tijd om zijn gezicht van afschuw te vertrekken voor hij met kracht achteruit tegen de muur werd geworpen. Ava had nog nooit iemand zo hoog en hard horen gillen, en ze had genoeg mannen zien neergaan. Maar iemand van een halve meter afstand met een taser in zijn ballen schieten was dan ook niet bepaald volgens politievoorschrift. De grote beul lag op de grond te kermen, maar nu kwam Knuckles aan gestommeld. Ava liet de taser vallen en sprong overeind. Dat van het mes bleek te kloppen. Knuckles haalde onhandig uit naar haar gezicht, maar ze weerde de messteek af door haar onderarmen voor haar borst te houden en ving de klap op met haar gekruiste polsen. Met haar rechterhand greep ze zijn pols vast en draaide die hard om, waardoor ze Knuckles op zijn knieën dwong, en haar knie tegen zijn neus kon rammen. Aan het geluid hoorde ze meteen dat ze die gebroken had.

Ava wrong het mes uit Knuckles' hand en richtte de taser en het mes op de mannen op de grond.

'Het geld is weg,' zei Ava. 'Het is aan een goed doel hier in de stad geschonken, anoniem, natuurlijk. Jullie zijn te laat. Ik vertrek, en als ik weg ben krijgen jullie twee minuten om 'm te smeren, en daarna staat de politie klaar om jullie een handje te helpen. Als je het waagt om hier nog één voet over de drempel te zetten, komen jullie niet levend weg.'

Ze rende met twee treden tegelijk de trap af omdat ze geen zin had om te checken hoe langzaam de mannen nu vooruit zouden komen. Ze griste haar jas mee uit de keuken, glipte de achterdeur uit en ging achter de bosjes in de tuin van de overburen zitten wachten tot ze verschenen. Het duurde langer dan ze had gedacht, maar waarschijnlijk kwam dat doordat ze in Glynis' vriezer op zoek waren gegaan naar een zak erwten, die de grote kerel al weg hobbelend tegen zijn kruis hield. Knuckles' gezicht en shirt zaten onder het bloed, en ook hij wankelde voort. Ava zag ze in een auto stappen met een kentekenplaat die zo onder de modder zat dat hij onleesbaar was, en wegrijden. Ze wachtte nog vijf minuten voordat ze terugliep naar haar auto.

Haar rechterhand was warm en plakkerig, en nu pas voelde ze de pijn. Er liep een fikse snee over haar handpalm tussen haar duim en wijsvinger. De wond was diep en klopte, en zelfs als ze het van de meest optimistische kant bekeek, moest ze toegeven dat ze medische hulp nodig had. Ze keek hoe laat het was. Bijna vier uur. Ze moest naar het ziekenhuis, maar daar zou vast iemand haar herkennen en dit was zo overduidelijk een steekwond dat er vragen gesteld zouden worden. Ze wikkelde een handdoek uit haar sporttas om haar hand en reed weg.

Dokter Ailsa Lambert woonde aan Belfort Park, niet ver van de Scottish National Gallery for Modern Art, waarvan ze een vooraanstaand bestuurslid was. Ava wist dat omdat haar eigen moeder, die afgelopen zomer was overleden, ook in het bestuur had gezeten. Ava kende de pathologe al heel lang, nog voordat ze bij de politie was komen werken. Ailsa was iemand die niet snel ergens een drama van maakte, niet meteen met een oordeel klaarstond, maar wel iemand die altijd als eerste een pijnlijke waarheid benoemde. Bovendien was ze de discretie zelve. Ava hoopte dat ze vooral op die laatste eigenschap een beroep kon doen. Ze drukte op de bel.

De honden sloegen aan. Ailsa had drie King Charles spaniëls die haar gezelschap hielden. Haar man was na een huwelijk van vijf jaar bij haar weggegaan, en Ailsa was nooit meer op zoek gegaan naar een andere partner, was kinderloos gebleven en had in plaats daarvan haar moederlijke gevoelens op haar werk geprojecteerd. Na een paar seconden ging er op de bovenverdieping een licht aan, daarna het licht in de gang en ten slotte werd de voordeur van het statige huis met de dubbele gevel opengedaan.

'Ava Turner, ik hoop dat die handdoek schoon is,' zei Ailsa. 'Kom maar gauw binnen en laat eens zien wat je hebt uitgespookt.'

Ava liep meteen door naar de keuken, waar ze zich vroeger vaak had volgepropt met koekjes en warme chocolademelk als ze er met haar moeder op bezoek was. 'Het is niet zo erg als het eruitziet, hoor,' zei ze. 'Het moet alleen even goed worden schoongemaakt.'

'Het is dat ik niet gauw vloek, jongedame, maar anders zou ik je nu stijf vloeken. Hoeveel ga je me vertellen?'

'Niet veel,' zei Ava. 'Mag ik alsjeblieft een glas water?' Ze liet zich op een stoel zakken en sloot haar ogen.

Ailsa zette de waterkoker aan, zette een schaal onder Ava's hand en trok de bebloede handdoek voorzichtig weg. 'Je bent me toch wel enige verklaring schuldig. Ik moet weten waar ik mee te maken heb. En trek je jas maar uit, want we zijn hier voorlopig nog wel even bezig.' Ze hield Ava's hand omhoog in het licht en veegde het bloed weg met antiseptische doekjes. 'Je mag van geluk spreken dat er geen pezen zijn geraakt. De snee is diep. Je hebt behoorlijk wat bloed verloren en je zult je hele leven een litteken houden.'

'Daarmee is een carrière als handmodel waarschijnlijk van de baan,' zei Ava.

'Over twee uur mag je weer grappen maken, dan heb je kans dat ik luister. Je bent duidelijk hierheen gekomen omdat je niet naar het ziekenhuis kunt, dus laat die ontwijkende antwoorden maar zitten. Hoe is dit gebeurd en hoelang geleden? En trouwens, is je tetanusvaccinatie nog geldig?'

'Ik ben twintig minuten geleden gestoken door een kwaaie kerel toen ik hem wilde ontwapenen, en ja, die is nog geldig. Hebben we dan alles gehad?' antwoordde Ava. Ondertussen gaf Ailsa haar een glas koud water, goot heet water in de schaal en haalde een pak watten uit een kastje.

'Niet echt. Ik neem aan dat je de kneuzingen aan je linkerarm nog niet hebt bekeken?'

Ava keek om te zien waar Ailsa op doelde. Haar linkeronderarm was al behoorlijk donkerblauw geworden en op de huid was de afdruk van een schoenzool duidelijk zichtbaar.

'Maak eens een vuist,' zei Ailsa.

Ava probeerde het, maar moest het halverwege opgeven.

'Je moet een foto laten maken. Maar ik denk dat dat niet gaat gebeuren.'

'Klopt,' zei Ava. 'Dank je wel, Ailsa. Ik wist niet waar ik anders naartoe had moeten gaan.'

Ailsa ging zitten om iets uit een dokterstas te pakken. 'Ik heb nog steeds alles in huis voor de levenden, maar zoals je weet hecht ik de laatste dertig jaar alleen nog maar lijken. Ik zeg het maar voor het geval ik slecht werk aflever en je me wilt aanklagen.' Ze glimlachte en pakte een naald en een stuk hechtdraad uit de tas. 'Het is een mooie rechte snee. Ik kan er wat verdovende gel op smeren, maar eigenlijk moet je hele hand worden verdoofd voordat ik ga hechten, en daar heb ik de spullen niet voor.'

'Een glas cognac dan maar?' grapte Ava.

'Goed idee,' zei Ailsa. Ze liep naar de zitkamer en Ava hoorde het gerinkel van glazen en flessen. 'Heb je Luc mijn adres gegeven? Hij mag hier best naartoe komen, hoor. Ik ga nu toch niet meer slapen.'

'Ik heb hem niet gebeld en dat ben ik ook niet van plan. Dit is mijn probleem. Niemand mag ervan weten.'

Ailsa zette een grote tumbler cognac voor Ava op tafel, en zette er voor zichzelf een kleiner glas naast. 'Is dat zo, is het jouw probleem? Als die wond aan de binnenkant van je dij of in je hals had gezeten, was je nu dood. En mag ik vragen naar welk adres ik dan was gedirigeerd om je lijk te onderzoeken?'

'Dat mag je niet. Eigenlijk mag je niks vragen, Ailsa. De kerels die me dit hebben geflikt, en degenen voor wie ze werken, zijn gevaarlijk. Op het moment weten ze niet wie ik ben, en dat wil ik graag zo houden,' zei Ava.

Ailsa pakte de naald en Ava zette zich schrap en keek een andere kant op. Ze was niet bang voor naalden, maar het leek haar verstandig om deze niet in haar huid te zien gaan.

'Dus je hebt ze niet verteld dat je van de politie was. Ik weet niet wie je buiten schot wilt houden, maar is die persoon het wel waard? Het spijt me, maar dit gaat flink pijn doen, ik zeg het maar zoals het is.' Ze begon met hechten.

'Die persoon is het zonder meer waard, en ik verkeer niet direct in gevaar. Jezus, Ailsa, dat doet verrekte zeer,' zei Ava.

'Het kan me niet schelen welke rang je tegenwoordig hebt, maar je gebruikt de naam van de Heer niet ijdel in mijn huis. Drink je cognac maar op. Je kunt voorlopig toch niet rijden.'

'Dank je,' zei Ava, en ze legde haar goede hand op Ailsa's arm. 'Ik kan wel wat slaap gebruiken.'

'Dat is voor het eerst sinds ik je ken dat je zonder tegensputteren een advies aanneemt. Ik ben niet gauw bang, Ava, maar je hebt me de stuipen op het lijf gejaagd. Je zult zoals gewoonlijk weer niet naar me luisteren, maar ik vind dat je dit met Luc moet bespreken. Hij is je vriend. Ik vertrouw hem, en ik weet dat jij dat ook doet,' zei Ailsa.

'Hij is mijn vriend, ja. Daarom wil ik hem er niet mee lastigvallen. Als ik mijn carrière op het spel zet, wil ik niemand meesleuren in mijn val.'

Ailsa ruimde op en legde een gaasverband over de wond aan. 'Kan ik iets doen om te helpen? Ik ben dan misschien wel oud en krakkemikkig, maar mijn hersens werken nog goed.'

Ava dacht erover na. Er was nog veel wat ze niet wist, zoals de identiteit van de mannen in Glynis' huis en wat de chef had gedaan om zich zodanig in de nesten te werken dat hij zelfmoord had gepleegd, maar in haar hoofd begon het plaatje zich steeds duidelijker af te tekenen. De baas en Jones hadden behoorlijk geprofiteerd van de jarenlange opsluiting van Trescoe en McGill, wat des te erger was omdat de gangsters door hun toedoen de bak in waren gedraaid. De bittere haat die zij in de loop der jaren in hun cel hadden gekoesterd, moest onvoorstelbaar groot zijn geweest. Het was haar niet duidelijk hoe Begbie en Jones precies te werk waren gegaan om zich de opbrengsten van de georganiseerde misdaad toe te eigenen, maar het was wel een levensbekortende beslissing gebleken. Ava werd bijna ziek bij die gedachte. Maar nu maakte ze zich vooral zorgen over Glynis Begbie. Ava's verdriet over de dood van de chef begon langzaam aan te veranderen in een giftige cocktail van woede, teleurstelling en angst. Degenen die de auto van Louis Jones hadden geramd en zijn mond hadden dichtgenageld in dezelfde week dat de chef een eind aan zijn leven had gemaakt en zijn familie in wanhoop had achtergelaten, waren haar nog heel wat antwoorden schuldig.

'Ailsa, je hebt toch een alarm en beveiligingscamera's, hè?' vroeg Ava.

'Ja hoor, topkwaliteit. Er zijn in de loop der jaren op grond van mijn getuigenverklaringen heel wat mensen achter slot en grendel verdwenen. Dus ik neem geen risico,' zei ze terwijl ze de restanten van de kleine operatie opruimde.

'Zou je Glynis Begbie willen uitnodigen om bij je te komen logeren? Het is beter als ze na de begrafenis voorlopig niet naar huis gaat. Ze heeft gezelschap nodig,' zei Ava.

'Dat begrijp ik,' zei Ailsa. 'Begrijpt Glynis Begbie ook dat het misschien beter is dat ze niet naar huis gaat?'

'Ja. Ik weet dat ze heel blij zou zijn als ze bij jou kan logeren. En dat alarm zet je toch wel aan, hè?'

'Natuurlijk,' zei Ailsa. 'Ga nu maar slapen. Je hebt rust nodig.'

'Ik moet zeker weten dat je dat alarm niet vergeet, Ailsa. Beloof het me.'

'Goed, ik beloof het. Maar daarmee stel je me niet echt gerust dat je alles onder controle hebt.'

'Jawel hoor,' zei Ava. 'Dat gaat me lukken,' corrigeerde ze zichzelf, maar terwijl ze die leugen uitsprak keek ze Ailsa niet aan. Iemand had Louis Jones in koelen bloede vermoord. Als hij daartoe in staat was, deinsde hij nergens voor terug.

26

Randall had zitten popelen om naar The Fret te gaan. Hij had de hele week op 'Stairway To Heaven' geoefend en dacht erover om het podium op te gaan en een solo te doen. Een maand geleden had hij niet durven dromen van zo'n overmoedige stap, maar de laatste tijd zat hij veel beter in zijn vel. Zijn moeder, Cordelia, maakte de afgelopen weken een wat afwezige indruk, met als prettig gevolg dat ze niet meer controleerde of hij zijn huiswerk had gedaan en zijn schooldag tot in de details met hem wilde doornemen. Dat gaf hem tijd om gitaar te spelen, te winkelen en meer hennatatoeages te laten zetten. Een echte tattoo durfde hij nog niet aan. Daar had hij trouwens ook een vals ID voor nodig, en hij had geen benul hoe hij daaraan moest komen. Hij was er vrij zeker van dat Christian dat wel zou weten, hoewel hij daar misschien ook voorzichtig in was. Christian was geweldig, maar af en toe stond hij wel erg snel klaar met zijn wijze woorden.

Vanavond had zijn moeder niet eens gevraagd waar hij naartoe ging toen hij de deur uit ging. Oké, ze ging er waarschijnlijk van uit dat hij naar de bibliotheek ging, het excuus dat hij altijd achter de hand hield, maar hij was blij dat hij nu eens niet hoefde te liegen. Sinds ze thuis was gekomen lag ze op de bank, zogezegd omdat ze oververmoeid was en slecht geslapen had. Randall wist dat ze zich al een poosje niet goed voelde. De afgelopen week had hij haar een paar keer horen overgeven, en daarna had ze de en suite badkamer van top tot teen schoongemaakt. Ze was als de dood om anderen aan te steken. Wat dat betreft was ze haar eigen grootste vijand: nooit stond ze zichzelf toe zich eens te ontspannen, nooit kon ze eens gewoon genieten. Geen wonder dat ze ziek was.

Hij slenterde The Fret binnen, mompelde stuurs 'Hoe is 't' tegen de portier, die net zo verveeld keek als anders, maar zich dit keer verwaardigde zijn groet te beantwoorden door een wenkbrauw op te trekken. Het was de eerste keer dat hij later binnenkwam dan Chris, en dat gaf hem een prettig gevoel. Chris stond aan de bar met een paar vaste klanten te praten en ondertussen te appen, zonder zich ervan bewust te zijn hoe makkelijk hij zich in de wereld bewoog. Als Randall dat zou proberen zou hij zijn telefoon laten vallen of de draad van het gesprek kwijtraken of op het verkeerde moment lachen. Randall ging aan het laatste lege tafeltje zitten, legde zijn gitaar eronder en haalde een handvol kleingeld uit zijn zak om een drankje te halen. Hij had er spijt van dat hij de munten niet bij zijn moeder had gewisseld voor een briefje. Het zag er nogal kinderachtig uit om je kleingeld op de bar uit te tellen. Maar hij moest een drankje voor zich op tafel hebben staan, en hij had de alcohol nodig als hij straks een solo wilde spelen.

Uiteindelijk kreeg Christian hem in het oog, stak een hand op en ging verder met zijn gesprek. Randall wierp hem een brede glimlach toe en wachtte tot hij bij hem kwam zitten, en stemde ondertussen zijn gitaar. Niet dat dat echt nodig was, want hij had er in een bushokje al een halfuur aan zitten pielen om niet al te vroeg in The Fret te zijn. Hij hield Christian onder het tokkelen vanuit zijn ooghoek in de gaten en realiseerde zich dat als hij niet ergens een lege stoel vandaan haalde, Christian straks niet bij hem kon komen zitten. Niet dat hij gezelschap nodig had. Hij vermaakte zich in zijn eentje ook wel. Maar toch was het beter wanneer het leek of hij met een vriend was. Het probleem was alleen dat Christian zou zien dat hij die stoel pakte, en dat was absoluut niet cool. Hij had hier toch eerder moeten zijn.

Zijn telefoon ging. Het was zijn zus, die waarschijnlijk wilde overleggen wat ze hun moeder met kerst zouden geven, of erger, hem op zijn kop zou geven omdat hij niet had gezegd waar hij heen ging, zoals een plichtsgetrouwe zoon zou doen. Ze was een ongelooflijke slijmerd. Hij kon zich niet herinneren dat ze ooit uit was gegaan toen ze nog thuis woonde. Ze zat altijd maar te studeren. Het moest altijd stil zijn in huis omdat ze zich moest concentreren. Nou, hij had toevallig wél een eigen leven. Hij drukte het gesprek weg, zette zijn gitaar tegen zijn stoel en liep naar de bar. Zijn telefoon ging weer toen hij stond te wachten om zijn bestelling te doen. Hij zuchtte, drukte het gesprek opnieuw weg, legde een handvol kleingeld op de bar en zwaaide naar de barman. Zijn favoriete barmeisje was vanavond in geen velden of wegen te bekennen. Dat zou je net zien. Net wanneer hij van plan was een solo te geven. Hij had erover gefantaseerd dat ze naar hem zou kijken en zich afgevraagd of hij vanavond tot sluitingstijd zou durven blijven en zou vragen of hij haar naar huis mocht brengen. Hij had zelfs een opvouwbare paraplu in zijn rugzak. Die zou hij pas tevoorschijn halen wanneer ze samen waren, maar dat zou ze wel weten te waarderen. Misschien zouden ze de paraplu wel samen vasthouden.

Toen zijn telefoon voor de derde keer ging, vloekte hij hartgrondig omdat hij wist dat hij twee telefoontjes kon negeren, maar geen drie, als hij niet wilde dat iemand zich zou afvragen waar hij uithing en een zoektocht op touw zette. Het was zijn zus weer. Hij gaf zijn plek in de rij voor de bar op en liep achteloos om zich heen kijkend naar een stil hoekje.

'Yep,' zei hij, terwijl hij een hand over de microfoon legde in een poging het lawaai te dempen. Zijn zus zou ongetwijfeld verslag uitbrengen aan zijn moeder.

'Waar zit je?' krijste ze.

'Ik ben uit,' zei Randall. 'Ik ben jou geen verantwoording schuldig. Zeg maar tegen mama dat ik over een paar uur terug ben. Ik moet nu ophangen.'

'Nee, je moet nu een taxi nemen naar het Royal Infirmary. Mama is ingestort. Ze ligt in een ambulance.'

'Doe niet zo belachelijk. Ik ben net van huis gegaan. Zo ziek kan ze niet zijn. Ik ben trouwens bezig,' zei Randall.

'Randall, je laat nu alles vallen waar je mee bezig bent. Ik weet dat je niet in de bibliotheek zit, want zo klinkt het niet. Misschien slikt mama je smoesjes, maar ik niet. Doe gewoon wat ik zeg,' zei zijn zus. Hij hoorde piepende remmen aan de andere kant van de lijn. Toen ze weer begon te spreken, klonk haar stem veel zachter. 'Randy, het gaat echt niet goed met mama. Je moet komen. De ambulanceverplegers maken zich zorgen. Haar... vitale functies zijn niet in orde. Ik weet niet zeker...' Ze maakte haar zin niet af.

'Wat weet je niet zeker?' vroeg hij, en hij voelde misselijkheid vanuit zijn maag naar zijn keel kruipen.

'Kom nou maar snel naar het ziekenhuis, ja? We zijn op de spoedeisende hulp. Stuur een appje als je er bent, dan kom ik je ophalen.' Ze hing op.

Randall staarde naar zijn telefoon en vroeg zich af of hij zich de ernst in de stem van zijn zus had verbeeld, en deed zijn best de onuitgesproken woorden aan het eind van haar zin niet in te vullen. Hij wankelde even, overstelpt door een golf van schuldgevoel, in het besef dat zijn moeder ziek was toen hij de deur uit ging en dat hij niet eens de moeite had genomen om te kijken hoe het met haar ging. Het was zo'n opluchting geweest om de deur uit te kunnen zonder de gebruikelijke ondervraging dat hij alleen maar had gedacht aan de avond die voor hem lag. Als hij even bij haar was gaan kijken had hij misschien gezien dat ze een dokter nodig had. Hij stond te zwaaien op zijn benen en zocht steun bij de muur, maar het volgende moment stond Christian naast hem en legde een kalmerende hand op zijn arm.

'Hé man, je ziet bleek. Heb je wat frisse lucht nodig? Last van zenuwen?'

'Ik... ik moet naar het ziekenhuis,' zei Randall.

‘Is het zo erg? Moet ik een ambulance bellen?’ vroeg Chris.

‘Nee, het gaat om mijn moeder. Ze is ziek. Ik moet er zo snel mogelijk heen, maar ik heb geen geld voor de taxi. Kun jij me misschien...’ zei Randall.

‘Geen probleem. Ik breng je er zelf naartoe. Wacht op me bij de deur.’

‘Dit is echt gênant, het spijt me,’ mompelde Randall.

‘Het is je moeder. Je moet er als een speer naartoe. Je moet je niet klein laten maken door al die zogenaamd coole types hier. Iedereen hier is doodsbang om voor gek te staan. Laat je daar niet door meeslepen. Wees blij met wat je hebt en wees er zuinig op. Ik heb je toch verteld over die vriendin die haar zus pasgeleden is kwijtgeraakt? Wat zij er niet voor over zou hebben om de klok terug te draaien. Kom, dan gaan we,’ zei Christian, en hij legde zijn hand zachtjes op Randalls schouder en duwde hem in de richting van de uitgang.

Een vriendelijke verpleegster bracht Randall naar het kamertje waar een team artsen druk in de weer was rond zijn moeder. Vlak voor haar gezicht stond een ventilator te zoemen. Zijn zus stond in een hoekje te overleggen met een verpleegster. Randall stond buiten de kring en vroeg zich af hoe het kwam dat hij het gevoel had dat hij niet bestond. Christian had hem een hug gegeven toen hij hem afzette. Een echte hug, hard en kort, maar die betekende alles voor hem. In alle andere aspecten van zijn leven was hij een probleemkind. Er waren dagen dat hij het idee had dat dat alles was wat hij ooit zou zijn.

‘Sorry, we moeten de kamer ontruimen,’ zei een arts.

‘Wat is er aan de hand?’ vroeg zijn zus.

‘We gaan een lumbaalpunctie uitvoeren om beter te kunnen bepalen waardoor je moeders lichaam wordt aangevallen. Op dit moment weten we niet of het een bacteriële infectie is, een virus of iets anders. Ik kan geen effectieve behandeling inzetten tot ik een aantal mogelijkheden heb geëlimineerd.’ Hij draaide zich om naar een wachtende verpleegster en gaf haar een paar buisjes met bloed. 'Breng deze naar het lab en laat ze meteen testen. Hebben we een urinemonster?' vroeg hij aan een andere verpleegster.

Ze knikte.

'Goed, waar we nu op focussen is mevrouw Muirs temperatuur omlaag krijgen en naar een diagnose toewerken. En blijf hydrateren. Antibiotica via het infuus.'

'Randall,' zei zijn zus toen ze hem eindelijk in het oog kreeg. 'Je mag hier helemaal niet zijn.'

'Je hebt gezegd dat ik moest komen,' zei hij, terwijl hij naar het infuus met de zoutoplossing staarde die in zijn moeders arm drupte en zich afvroeg hoe dat in godsnaam kon helpen.

'Ik heb gezegd dat je moest bellen als je bij het ziekenhuis was. Kom maar mee.' Ze liep naar hem toe en sloeg een arm om zijn schouders. Samen liepen ze het kamertje uit. 'Gaat het een beetje, Rand?'

Hij probeerde antwoord te geven, maar bracht alleen een schor geluid uit, gaf het op en begroef zijn gezicht tegen de schouder van zijn zus. Zo bleven ze staan, met hun armen om elkaar heen geslagen, tot een verpleegster aanbood hen naar een rustig plekje te brengen.

'Waarom is ze bewusteloos?' vroeg Randall. 'Zo ziek was ze niet toen ik wegging.' Hij had zijn schuldgevoel niet zo duidelijk willen etaleren, maar hij kon er niet omheen, hij voelde zich erdoor gebrandmerkt.

'Ze is ernstig uitgedroogd. De dokter zegt dat haar lichaam zich verzet tegen een aanval van buitenaf door alle organen stil te leggen die het op dit moment niet nodig heeft. Ze doen er alles aan,' zei zijn zus en ze pakte zijn hand vast.

Terwijl een ziekenbroeder het bed met zijn moeder naar buiten reed, kwam er een man aanlopen die zijn zus een stapel papieren en een pen in de handen duwde. Randall liep de wachtkamer uit, liet de toestemmingsformulieren voor wat ze waren en liep de gang op, achter zijn moeder aan terwijl hij zich afvroeg hoe haar prachtige zwarte huid zo plotseling kon verschrompelen tot een dof, levenloos omhulsel, alsof elke cel was leeggelopen. Ze zag eruit alsof ze het al had opgegeven, vond hij. Het ziekenhuishemd flodderde om haar bovenlijf. Hoe was het mogelijk dat hij niet had gezien hoeveel ze in korte tijd was afgevallen? Zelfs haar haar, de enige vorm van ijdeltuiterij die ze zichzelf toestond, zag er dunner en uitgedroogd uit. En er had ook een vreemde geur in het kamertje gehangen, toen hij daar binnenkwam. Een zweetlucht, maar niet zoals de zweetlucht in een kleedkamer, die naar lichamelijke inspanning en vitaliteit rook. Dit was een zurige, chemische geur.

Voor hem viel een deur dicht, ten teken dat alleen het ziekenhuispersoneel daar naar binnen mocht. Hij raakte het glas aan en keek naar binnen, zag dat zijn moeder naar een andere kamer werd gereden en ving een glimp op van gestalten in lange schorten, met handschoenen aan. Zijn moeder was taai, zei Randall tegen zichzelf. Hij had haar nog nooit ergens voor zien zwichten. Er was geen reden dat ze het nu opeens wel op zou geven. Ze zou dit overleven. Dat moest ze.

27

Ava was niet bij de politie gegaan om een uniform te dragen, integendeel, maar bij bepaalde gelegenheden kon ze er niet onderuit. De begrafenis van de chef was zo'n gelegenheid, en ook al was het een bescheiden bijeenkomst, tradities moesten worden gerespecteerd. Commissaris Overbeck en een aantal andere hooggeplaatste politiefunctionarissen zouden er zijn, en verder een paar gepensioneerde collega's. De ceremonie zou eenvoudig en kort zijn. Niemand wilde lang bij een gat in de grond staan dralen.

Ava was weer in zoverre hersteld dat ze zich goed genoeg voelde om halverwege de ochtend naar het bureau te komen. Glynis Begbie had Ailsa's uitnodiging om bij haar te komen logeren geaccepteerd nadat Ava haar in het kort had verteld over de ongenode gasten in haar huis. Het enige frustrerende nieuws van de dag was dat Louis Jones' auto al vernietigd was voordat ze hadden kunnen nagaan of de verwondingen aan zijn been en borst aan het ongeluk te wijten waren. Ava las Callanachs rapport over Jones' dood. Hij had zijn verklaring zo neutraal en formeel opgesteld als maar mogelijk was.

'Na toestemming van hoofdinspecteur Turner om de heer Jones te ontmoeten ben ik in mijn eigen auto naar de afgesproken plek gereden en heb de auto langs de weg geparkeerd, op korte afstand van de westelijke zijde van het golfterrein. Ik kwam voorzichtig naderbij. Er waren geen andere personen te zien. Geen geluiden te horen bij het naderen van de schuur. Nog geen...' Ava's telefoon ging. Ze schrok en morste koffie op het rapport.

'Moet ik verdomme weer hebben,' mopperde ze, terwijl ze een handvol tissues pakte om de mouw van haar uniform droog te deppen. Ze wilde de chef niet de laatste eer bewijzen in een uniform dat naar koffie stonk en eruitzag alsof ze er de afwas in had gedaan. Bovendien moest ze voordat ze de deur uit ging een kopie van Callanachs rapport aan Dimitri doorsturen. Ze spoot wat Chanel No. 5 op haar mouw en las verder.

'Geen geluiden te horen bij het naderen van de schuur...' Op het volgende woord zat een koffievlek. Het enige wat ze kon lezen was de N en de helft van de o; de rest was onleesbaar.

'N c,' zei ze. Ava keek op haar horloge. 'Fuck, fuck, fuck.' Ze griste haar mobiel van het bureau en koos het noodnummer van de forensisch patholoog, want ze wist dat Ailsa haar privételefoon nu niet zou opnemen omdat Glynis Begbie bij haar thuis was. 'Neem op. Neem verdomme op, Ailsa... O, goddank, luister, ik wil dat je nu meteen naar het uitvaartcentrum rijdt waar het lichaam van de chef ligt.'

'Ava,' fluisterde Ailsa. Snelle voetstappen weerklonken in een gang en er werd een deur dichtgeslagen. 'Ik zat bij Glynis. Wat hebben we daar nu in godsnaam te zoeken?'

'Geen tijd,' zei Ava. 'Je moet een... ik weet niet... een vergrootglas of zoiets meenemen of wat je ook gebruikt om minuscule vervormingen in de huid te kunnen zien. Nu meteen, Ailsa. Ik zie je daar, en wat je ook doet, laat niemand zijn lichaam verplaatsen.'

Een kwartier later stond Ailsa met de begrafenisondernemer te discussiëren toen Ava kwam binnenlopen. Met een nijdige blik op Ava maakte hij het deksel van de lijkkist open en beende met een verbeten gezicht de deur uit, terwijl hij tegen zijn team schreeuwde dat er wat oponthoud was.

'Als mijn afdeling een klacht krijgt, stel ik de Schotse politie aansprakelijk. Dit scheert wel heel dicht langs het randje wat de juiste procedure betreft. Het lichaam is vrijgegeven voor de begrafenis. Formeel gezien is er een gerechtelijk bevel nodig als de familie niet zwart-op-wit toestemming heeft gegeven. Wat zouden we in dit stadium in vredesnaam nog moeten onderzoeken?' vroeg Ailsa.

'De ingekerfde letters N en c,' zei Ava. 'Ik denk niet dat ze op zich iets betekenen, maar ik denk dat het een boodschap aan ons was, alleen heeft de chef het niet kunnen afmaken. Als we zijn pols wat nauwkeuriger bekijken, kan ik je laten zien wat ik bedoel.'

Ailsa pakte een flesje fluorescerende gele kleurstof uit haar tas, bracht wat vloeistof op Begbies huid aan, veegde het teveel weg en liet de huid drogen. Ze richtte een felle lamp op de pols en plaatste daar een sterke lens boven. Ava keek naar de letters en concentreerde zich op de halve cirkel van de c.

'Je kunt het maar nét zien,' zei Ava, 'maar de kleurstof heeft zich ook in een ander, vager boogje verzameld. Het is geen c, hij probeerde de letter o te maken, Ailsa, en het woord "No" te schrijven. Hij had alleen niet de tijd om het af te maken.' Ze deed een stap naar achteren om Ailsa goed te laten kijken.

Het duurde een halve minuut voordat Ailsa een camera pakte en een foto maakte. 'Het is moeilijk te zien, maar ik geef toe dat je gelijk zou kunnen hebben.'

'Hij kon de letter o niet in één vloeiende beweging op zijn pols aanbrengen. De nagel waarmee hij de krassen aanbracht zou de verkeerde kant op hebben gedraaid. Het was het laatste boogje dat hij moest maken, en ik denk dat hij voor die tijd het bewustzijn verloor of zag dat hij in de gaten werd gehouden en moest stoppen.'

'Waarom zou iemand staan toekijken zonder hem tegen te houden?' vroeg Ailsa. 'Het slaat nergens op, wat je suggereert.'

'Omdat het geen zelfmoord was. Ik denk dat hij de keus had tussen koolmonoxide inademen of een kogel door zijn hoofd, of misschien een nog veel gruwelijker en langduriger lijden. Ik denk dat hij Glynis dat wilde besparen. Als Louis Jones de keus had gehad,

had hij misschien ook voor die uitweg gekozen,' zei Ava, en ze boog zich weer voorover om een laatste blik door de lens te werpen. 'De chef wilde dat we die krassen vonden. Ik denk dat hij het een vreselijke gedachte vond als iedereen zou geloven dat hij zelfmoord had gepleegd.' Ze keek op en zag dat Ailsa haar woedend aanstaarde met de armen over elkaar geslagen. Ava haalde diep adem. Ze had Ailsa nog nooit zo razend gezien.

'Louis Jones? De man die met een nietpistool is gemarteld voor hij werd geëxecuteerd, een dag voordat jij midden in de nacht bij me aanbelde omdat je medische hulp nodig had? Ava Turner, ik overweeg serieus om dit aan je leidinggevende te melden, omdat ik zoveel om je geef. Het was me al duidelijk dat je in gevaar verkeert, maar je hebt me om discretie verzocht en daar ben ik in meegegaan. Maar als er een verband is tussen de dood van George Begbie, de verminking van Jones' gezicht en de verwonding aan je hand, dan houdt alles op. Hoor je me?'

'Als je dit aan mijn baas meldt, gooi je de reputatie van de chef te grabbel en maak je Glynis Begbie financieel kapot. Hou je erbuiten, Ailsa. Meer voor je eigen bestwil dan voor mij,' zei Ava.

'Volgens mij zit ik er al tot over mijn oren in. Je hebt een zelfmoord opgeschaald naar moord terwijl het lichaam al onderweg zou moeten zijn naar het kerkhof. Hoe leggen we dat uit aan de wachtende familie? Om maar te zwijgen van het feit dat de hoogste leiding van de Schotse politie op dit moment een paar plaatsen voor ons vrijhoudt en zich afvraagt waar we blijven.'

'We gelasten de begrafenis niet af. Dit gaat de annalen in als een tragische zelfmoord. De chef wordt begraven met zo min mogelijk gedoe. Elke andere handelwijze doet alleen maar een hoop alarmbellen afgaan. En trouwens, de enige reden waarom we hier staan is omdat ik wat koffie heb gemorst. Verder verandert er eigenlijk weinig,' zei Ava. Ze liep naar de tussendeur en deed die open. 'U kunt de kist nu sluiten. Dank u wel,' riep ze naar de begrafenisondernemer. Ailsa pakte haar tas in en trok haar jas aan.

Samen liepen ze naar hun auto. 'Dus hiermee is het klaar?' vroeg Ailsa. 'Nu je weet dat George zich niet zomaar gewonnen gaf, dat hij niet vrijwillig uit het leven is gestapt, heb je er vrede mee?'

Ava leunde tegen haar auto en sloot haar ogen tegen de waterige decemberzon. 'Je zou het doorhebben als ik tegen je lieg, hè?' vroeg ze.

'Zeker,' zei Ailsa.

Ava kneep zachtjes in Ailsa's arm zonder haar recht in de ogen te kijken. Daarna stapte ze in haar auto en reed weg.

Toen Ava haar plaats op de tweede rij bij het graf innam, zag ze dat Ailsa, die een paar plaatsen verderop zat, nog steeds woedend was. De dominee reciteerde vertrouwde Bijbelteksten. Glynis Begbie bleef waardig en kalm. Callanach stond in het groepje rouwenden achter de familie en naaste vrienden, naast brigadier Lively. Het was misschien de enige keer dat Ava ze naast elkaar zag staan zonder dat er ruzie uitbrak. Er waren een paar gezichten bij die Ava niet kende, maar niet veel. De politie was George Begbies leven geweest. Daarom was het moeilijk voor te stellen dat hij in de fout was gegaan, maar feit was dat iedereen door het grote geld in verleiding kon worden gebracht, vooral wanneer je aan het begin van je politiecarrière niet veel verdiende, lange dagen maakte en een gezin moest onderhouden. Misschien vond hij het gewoon moeilijk te verkroppen dat de slechteriken hun zakken vulden terwijl anderen op de kleintjes moesten letten. Hoe het ook zat, Ava had nu antwoord op haar vragen. De chef had, terwijl hij zijn krachten voelde afnemen, duidelijk weten te maken dat zijn zelfmoord was geënsceneerd, en de krassen op zijn pols waren het tegenovergestelde van een afscheidsbrief. Wat moest ze nu doen? De aanwezigen gingen staan toen de kist onder het uitspreken van een gebed in het graf werd neergelaten. Ze huilden om het verlies van een vriend, om het einde van een tijdperk, maar Ava kon haar woede nauwelijks bedwingen. De chef was niet alleen van zijn leven beroofd, hem was ook gerechtigheid ontnomen, en hij had zichzelf natuurlijk opgeofferd in de hoop zijn vrouw te sparen, maar Knuckles en zijn maat waren alsnog op zoek gegaan naar het geld. Hoe groot was de kans dat ze haar verhaal hadden geslikt dat het geld aan een goed doel was geschonken? Tamelijk klein, vermoedde ze. Dit waren lieden die hun eigen moeder nog zouden wantrouwen.

Een beweging onder de aanwezigen trok haar aandacht. Rechercheur Tripp was naar voren gelopen, pakte Callanach bij de arm en gebaarde hem mee te komen. Binnen een paar seconden was Callanach verdwenen. Ava bleef zitten tot de ceremonie was afgelopen. Op het laatst stortte Glynis alsnog in en legde haar hoofd snikkend tegen de schouder van haar dochter terwijl ze naar de auto wankelde en haar geliefde echtgenoot in de modder moest achterlaten. Dat was het moment waarop Ava aan zichzelf toegaf wat Ailsa allang wist: dat ze het niet met rust kon en wilde laten. Wat de chef ook had misdaan, hij beter had verdiend dan in een auto vol giftig gas te sterven. Alleen moest ze er wel voor zorgen dat Glynis Begbie niet langer het doelwit was van de criminelen die achter het geld van de chef aan zaten. En dat betekende dat ze aannemelijk moest zien te maken waar het geld naartoe was gegaan.

'Ailsa,' zei ze, en ze kwam naast haar lopen. 'Ik denk dat ik een manier heb gevonden om Glynis weer veilig naar huis te laten gaan. Zit je nog steeds in het bestuur van die liefdadigheidsinstelling die begeleiding biedt bij rouwverwerking?'

'Ja,' zei Ailsa.

'Zou jij een verklaring willen opstellen, liefst vandaag nog, dat die instelling een aanzienlijke anonieme schenking heeft ontvangen? Spreek je dank erover uit, zeg dat je begrijpt waarom de donateur buiten de publiciteit wil blijven, maar dat we allemaal vroeg of laat met rouwverwerking te maken krijgen. Zoiets. Ik verzin wel een manier om het in de pers te krijgen.' Dan zou het geteisem dat in Glynis' huis had ingebroken haar verhaal in ieder geval half en half geloven. Callanach had een contact dat haar zou kunnen helpen het in de media te publiceren.

'Dat gaat wel lukken,' zei Ailsa.

'Dank je. Ik weet dat ik niet het recht heb zoveel van je te vragen.'

'Je moet er wel een prijs voor betalen. Je belt me twee keer per dag, 's ochtends en 's avonds om acht uur. Ik wil weten dat je veilig bent. Dat ben ik je moeder verplicht.'

'Afgesproken,' zei Ava. 'Hoewel mijn moeder maar al te goed wist dat ze me niet kon tegenhouden als ik ergens mijn zinnen op had gezet.'

'Acht uur,' zei Ailsa. 'Te beginnen met vanavond.'

28

Callanach liep het ziekenhuis binnen en vroeg de receptionist om de arts op te piepen wiens naam Tripp hem had gegeven. Tripp was met de familie gaan praten en Lively was onderweg naar het huis van de overledene, waar hij zou worden binnengelaten door een werkster. De dokter kwam net binnenlopen toen Callanach voor de negende keer op zijn horloge keek.

'Mag ik uw identificatie alstublieft zien?' vroeg ze.

Callanach reikte die aan.

'Dank u. Ik wil niet onbeleefd zijn, maar je staat ervan versteld hoeveel labiele figuren een ziekenhuis aantrekt.'

'Geen probleem. Wat kunt u me vertellen?'

'Loop maar met me mee,' zei ze. 'Ik zal u het lichaam laten zien. Ik denk dat de familie ondertussen wel afscheid heeft genomen. Ik heet Selina Vega. Ik ben de leidinggevend specialist op de spoedeisende hulp die mevrouw Muir heeft behandeld toen ze werd binnengebracht.'

'Wanneer was dat?' vroeg Callanach.

'Gisteravond. Haar dochter belde een ambulance toen ze haar moeder in de badkamer vond, nog amper bij bewustzijn. Zeer hoge lichaamstemperatuur, maagkrampen, ernstige uitdrogingsverschijnselen na een langdurige periode van misselijkheid. Die informatie kreeg ik van het ambulancepersoneel. Toen ze hier binnen werd gebracht was ze al niet meer bij bewustzijn, en ze is niet meer bijgekomen tot ze vanmorgen om negen over elf overleed.'

'Goed,' zei Callanach, aantekeningen makend. 'En waarom ben ik hier?'

'We hebben tests uitgevoerd om de doodsoorzaak vast te stellen. We hebben grote hoeveelheden DNP in het bloed van mevrouw Muir aangetroffen, een chemische stof die bekendstaat als dinitrofenol. Het zit gewoonlijk in niet-toegelaten vermageringspillen die zonder recept verkrijgbaar zijn. Je kunt ze makkelijk op internet kopen, maar een te hoge dosis kan dodelijk zijn. Hier ligt ze,' zei dokter Vega, terwijl ze een deur opendeed.

Callanach controleerde het bandje om de pols van de overledene. Cordelia Muir. Haar ogen lagen diep in hun kassen, haar opvallende jukbeenderen staken scherp af in haar gezicht. Haar huid voelde koud aan, maar haar spieren waren nog soepel. Ze had geen grammetje vet aan haar lijf.

'Dus u wilt aangifte doen van een misdrijf vanwege dit ongeoorloofde medicijn?' vroeg Callanach. 'Ik begrijp uw bezorgdheid, maar we kunnen nooit nagaan waar dat medicijn vandaan is gekomen.'

'Dat is niet de reden,' zei dokter Vega. 'Het kwam door de reactie van haar dochter toen ik haar vertelde wat we hadden ontdekt. Mevrouw Muir was namelijk een toonbeeld van goede gezondheid en verantwoorde voeding. Cafeïnevrije thee en koffie, obsessief bezig met het eten van voldoende groenten en ze kookte alleen met schone eiwitten. Suiker was een vies woord. Ze ging regelmatig naar de sportschool, en ik kan bevestigen dat haar algehele spiertonus indrukwekkend was, hoewel die ook was aangetast door haar ziekte.'

'Dus die vermageringspillen?' zei Callanach.

'Die passen niet in het beeld,' maakte Vega de zin voor hem af. 'Absoluut niet. De dochter zegt dat haar moeder zich al meer dan drie weken niet goed voelde. Ze had geen enkele reden om af te vallen. Als het iets psychisch was, zoals boulimia of anorexia, dan zijn daar in elk geval geen andere symptomen van aangetroffen. Haar gebit ziet er gaaf uit, het email is nog niet aangetast door vaak overgeven, wat erop wijst dat het niet om een langdurige situatie gaat.'

'En er zijn geen andere mogelijke oorzaken voor het plotselinge gewichtsverlies?' vroeg Callanach.

'Geen aanwijzingen voor kanker in het bloedbeeld, hoewel ik daar het eerst aan dacht. De hoge lichaamstemperatuur heeft me op het spoor gezet. Ik heb in vrouwenklinieken gewerkt, en van illegale vermageringspillen is bekend dat ze oververhitting kunnen veroorzaken. Toen ze werd binnengebracht hebben we een ventilator op haar gezet, omdat ze oververhit raakte. Als ze die pillen uit vrije wil heeft ingenomen, moet ze er veel meer hebben ingenomen dan wordt aanbevolen, en bovendien voldoet ze qua leeftijd en gewicht niet aan het gebruikelijke profiel. En ik denk niet dat ze een voorgeschiedenis van depressie of zelfverminking heeft.'

'Het lichaam moet voor sectie naar het stadsmortuarium worden overgebracht,' zei Callanach. 'Ik breng de patholoog wel op de hoogte van de omstandigheden. Verder wil ik graag dat u een verklaring aflegt tegenover een agent. Hoe is de familie eronder?'

'Diepbedroefd, natuurlijk,' zei dokter Vega. 'O, ik begrijp uw vraag. Volgens mij waren ze vreselijk geschokt. Ik denk dat ze verwacht hadden dat mevrouw Muir er weer bovenop zou komen, en toen ze hoorden dat ze zoveel DNP in haar bloed had, kwam hun reactie op mij oprecht over. Wilde u dat weten?'

Callanach trok zijn wenkbrauwen op. Hij had zich niet gerealiseerd dat zijn vraag zo doorzichtig was, maar het was nu eenmaal zo dat familieleden in een moordonderzoek de eerste verdachten waren. 'Sorry, het was niet mijn bedoeling u uitspraken over rouwende familieleden te ontlokken. Maar eerste indrukken zijn belangrijk, voordat mensen de kans krijgen een passend masker op te zetten.'

'Geen probleem. Ik begrijp hoe lastig het in uw werk is om te moeten schipperen tussen enerzijds vriendelijk blijven en anderzijds antwoord te krijgen op uw vragen. Dat is in mijn vak ook zo,' zei ze. 'U bent Fransman, hè? Vindt u het niet moeilijk om de emoties te lezen van mensen die een andere taal spreken? Toen ik uit Spanje naar Engeland kwam had ik daar in het begin veel moeite mee. Niet met de woorden of de definities, maar met de dingen die mijn patiënten en hun familie me níét vertelden.'

'Woont u hier al lang?' vroeg Callanach.

'Tien jaar,' antwoordde ze. 'En ik ben nog altijd niet gewend aan de kou. Tijdens het skiën neem je dat op de koop toe, maar als je gewoon boodschappen wilt doen is het een ander verhaal.'

Callanach glimlachte. 'Ik leef met u mee,' zei hij. 'Ik moet nu eerst met de familie gaan praten. Kunt u me daarheen brengen? Tenzij u dringend ergens naartoe moet, natuurlijk.'

'Mijn dienst zit erop. Ik zat op u te wachten, daarna zou ik naar huis gaan. Kom, dan loop ik even met u mee. Ik moet toch nog afscheid van ze nemen.'

Hij drukte zijn handpalmen met gespreide vingers tegen de deur van het ziekenhuismortuarium en ademde langzaam en diep in.

'Ik ben hier, Cordelia,' zei hij. 'Dank je.'

Hij stelde zich haar lichaam voor, afgedekt met een laken, en vroeg zich af waarom mensen de moeite namen om lijken voor de wereld te verbergen. Was dat omdat de levenden bang waren om de dood in de ogen te kijken, of omdat de doden niet lastiggevallen mochten worden door de kloppende harten die rondom hen gewoon doorgingen met wat ze aan het doen waren? Maar waarschijnlijk was het veel makkelijker om zich de doden voor te stellen als monsters. Hij kende monsters. Hij begreep ze. Alleen waren de monsters die hij had gekend geen doden. Ze hadden hem beloofd dat hij veilig zou zijn in hun pleeggezin. Ze hadden geglimlacht en gelogen, in juridisch jargon over hem gesproken waar hij bij was en gedaan alsof ze om hem gaven. Nee, de doden konden weinig kwaad aanrichten.

Er kwam een verpleegster de hoek om die met gebogen hoofd een bruine map vol patiëntgegevens bestudeerde. Hij deed een stap achteruit om haar langs te laten. Cordelia was weg. Hij vond het jammer dat hij haar op het eind niet had kunnen zien, maar je kon nu eenmaal niet alles naar je hand zetten. Het was voor hem genoeg dat hij zich haar dood kon voorstellen omdat hij bekend was met de symptomen, en hij hoopte dat haar heengaan niet al te pijnlijk was geweest. Hij kon heus wel empathie opbrengen, wat de deskundigen ook over psychopaten beweerden. Nu ging het hem erom zo veel mogelijk van Cordelia's dood te profiteren. Iedere flinter emotie eruit te persen. Voor niets te sterven zou per slot van rekening de ultieme belediging zijn. Hij stak zijn rechterhand in zijn broekzak en liet zijn vingers over de prachtige vulpen glijden die hij nog aan zijn doos met schatten moest toevoegen.

En dan was er nog de ontluikende ster van West End die hij in de gaten moest houden. Het leven was op dit moment best ingewikkeld. Hij moest het zoveel mensen naar de zin maken. Ze hadden hem allemaal nodig. Hij moest voortdurend in zijn hoofd bijhouden wie hij was, zijn sporen uitwissen, situaties vermijden, plannen en voorbereiden. Er waren momenten, moest hij toegeven, waarop hij twijfelde of het allemaal de moeite waard was. Maar dan was daar het verdriet. De stortvloed van emoties. Dat was zijn beloning. De liefde die hij gaf en ontving. Hij zette zijn capuchon op, opende de reeks foto's van Sean op zijn telefoon en blies Cordelia een laatste kus toe. Elk overlijden deed hem alleen maar nog sneller naar het volgende verlangen.

29

'We hebben de handtas van mevrouw Muir met alles wat erin zat in beslag genomen, meneer,' zei een rechercheur, en hij overhandigde Callanach in de drukke briefingruimte een bijgewerkte inventarislijst van bewijsstukken. 'De pillen zaten in een zijvakje met een rits in de voering van de tas, samen met wat tampons.'

'Waar zijn die pillen nu?' vroeg Callanach.

'Naar het lab gestuurd, maar we hebben online soortgelijke pillen gevonden. Ik durf te wedden dat dat de pillen zijn die ze heeft genomen,' antwoordde de rechercheur.

'We noemen slachtoffers bij hun naam,' beet Callanach hem toe. 'Hoe snel hebben we de labuitslagen binnen?'

'Morgen,' mengde Lively zich in het gesprek. 'Er is maar één pil naar het lab gestuurd voor chemische analyse. De rest wordt forensisch onderzocht. Het lijkt erop dat ze uit een pot met pillen komen die mevrouw Muir op het werk in haar bureau bewaarde. Ze waren helemaal achter in de onderste la opgeborgen.'

'Geen aanduidingen op de pillen zelf?' vroeg Callanach.

'Geen enkele,' bevestigde Lively. 'Niet ongebruikelijk bij illegale medicijnen die je op het internet koopt. Dan zijn ze bij dit soort incidenten niet te herleiden naar een specifieke leverancier.'

'Dan lijkt het er toch op dat de dochter ernaast zit met haar bewering dat haar moeder nooit vermageringspillen zou slikken,' zei Callanach. 'Controleer de internethistorie van mevrouw Muir en haar e-mails om te zien of daar iets te vinden is over vermageringspillen en afvallen. Misschien kunnen we erachter komen waar ze ze heeft gekocht.' Zijn telefoon trilde in zijn broekzak; een bericht van Lance Proudfoot met een voorstel om ergens af te spreken. 'Laat het me weten zodra het voorlopige sectierapport klaar is. Ik moet het met hoofdinspecteur Turner bespreken.'

Lance en Callanach troffen elkaar in een koffietent in een zijstraat van Middle Meadow Walk, waar het meestal vol studenten zat omdat het dicht bij de universiteit was, maar vanwege de kerstvakantie was de gebruikelijke clientèle uitgedund.

'God, ik had me er zo op verheugd je te zien, en nou loop je rond met een gezicht als een oorwurm. Zo beroerd kan het toch niet zijn, man!' bulderde Lance. Hij begroette Callanach met een stevige hug en sloeg hem op de rug. Callanach kon niet anders dan terugglimlachen. Met Lance in de buurt kon je onmogelijk medelijden met jezelf hebben.

'Ik heb een espresso voor je besteld, niet zo'n idiote latte die jullie barbaren altijd drinken,' zei Callanach. 'Het is goed je weer te zien, Lance. Sorry dat het zo lang heeft geduurd.'

'Ach joh, geeft niks. Mijn zoon is in september afgestudeerd en is tot mijn schrik prompt bij me ingetrokken. Het lijkt wel of ik tegenwoordig alleen maar aan het koken en schoonmaken ben, en boodschappen doe. Ik was helemaal vergeten hoe het was om constant met iemand onder één dak te leven. Ik heb geprobeerd hem over te halen bij zijn moeder te gaan wonen, maar mijn ex blijkt sinds kort in de Heer te zijn, en voor een joch van begin twintig kan dat nogal verstikkend zijn,' zei Lance. Hij nam een slokje espresso en trok een vies gezicht. 'Hoe kun je dit spul drinken zonder een scheut single malt erin?'

'Lance, sorry, maar ik kan niet lang blijven. Bedankt dat je me wilt helpen. Een kennis van me wil graag een verhaal laten publiceren, en ik vroeg me af of je daaraan wilt meewerken.' Hij noemde Ava's naam niet. Ze had opdracht gegeven elke connectie met de politie geheim te houden.

'Wat voor informatie kun je me erover geven?' vroeg Lance.

'Dit,' zei Callanach, en hij schoof een vel papier over tafel. 'Het is een rechttoe-rechtaanverhaal. Iemand heeft anoniem een substantiële donatie in contanten gedaan aan een liefdadigheidsinstelling. Hier vind je alle details, samen met een verklaring van het Hoofd Pathologie van de stad Edinburgh. Kun je daar een artikel over publiceren op je nieuwsblog?'

'Wat ik bedoel is waarom je wilt dat ík het publiceer,' zei Lance.

'Het heeft haast. Andere media zijn misschien niet geïnteresseerd. Het moet groot worden gebracht,' legde Callanach uit.

'Ik zou graag weten welk verhaal erachter zit, maar aan je gezicht zie ik al dat ik evengoed aan de koningin kan vragen hoe prins Philip in bed is. Heb je tijd om samen wat te eten? Ik ben uitgehongerd,' zei Lance.

'Nee, sorry, maar ik wil wel een broodje voor je halen als ik het daarmee kan goedmaken,' zei Callanach.

'Laat maar zitten, ik moet dit schitterende slanke lijf intact houden. Gaat het om fraude met liefdadigheidsgeld? Nee, laat maar, ik vraag niet verder,' zei Lance.

Callanach schudde zijn hoofd. Het was niet eens zo dat hij Lance' vragen niet wilde beantwoorden, de waarheid was dat hij dat überhaupt niet kon. Ava had hem de nodige informatie gegeven en gevraagd of hij het kon regelen. Punt uit.

'Maar je kunt het een journalist niet kwalijk nemen dat hij het probeert, hè. Kom je binnenkort een keer bij me eten, als je niet halsoverkop weg moet? Dan zorg ik dat mijn zoon dat weekend bij zijn moeder is, en kunnen wij rustig praten zonder dat we door de muur heen naar zijn muziek hoeven te luisteren.'

'Goed idee, Lance. Ik bel je.'

Christian zat op het parkeerterrein van het ziekenhuis op Randall Muir te wachten. Die had hem een uur geleden gebeld met de vraag of Christian hem kon ophalen en naar huis kon brengen. De jongen liep in de motregen met gebogen hoofd tussen de auto's door, op zoek naar Christian. Hij flitste met zijn koplampen, stak zijn hand uit het raampje en zwaaide.

'Hé, Rand, wat is er aan de hand? Ben je niet meer thuis geweest sinds gisteravond?' vroeg Christian.

'Nee,' zei Randall. 'Ik... ze... we konden niet weg.' Hij wreef met een hand over zijn ogen, vastbesloten niet te huilen waar Christian bij was. Hij was er nog wel zo zeker van geweest dat hij thuis zou komen zonder te gaan snotteren, en nu waren ze nog niet eens het parkeerterrein af.

'Randall,' zei Christian zachtjes. 'Wat is er gebeurd?'

'Mama is dood,' zei hij. 'Komt door pillen, denken ze. Ik heb het meeste van wat ze zeiden niet begrepen. Mijn zus is daar nog om met de politie te praten.'

'O nee, wat erg. Je had me moeten bellen. Dan was ik gekomen en dan, ik weet niet, dan was ik er gewoon voor je geweest,' zei Christian.

'Het is oké,' zei Randall.

'Het is niet oké. Helemaal niet.' Christian sloeg een arm om zijn schouders en trok hem een paar seconden lang dicht tegen zich aan. 'Ik had je niet moeten aanmoedigen om vaker naar The Fret te gaan. Je had thuis moeten zijn bij je moeder in plaats van naar een stelletje opschepperige losers te luisteren.'

'Nee,' zei Randall, zich van hem losmakend. 'Ik wilde daar zijn. Ik had het nodig om daar te zijn. Je begrijpt niet half hoeveel dat voor me betekende.' Hij voelde zich rood worden en draaide zijn gezicht naar het raampje om zijn verlegenheid voor Christian te verbergen.

'Wat kan ik doen om te helpen?' vroeg Christian. 'Zal ik je naar huis brengen?'

'Ja, graag. Mijn zus gaat eerst naar haar eigen huis om wat kleren op te halen, en dan komt ze daar ook naartoe. Vind je het leuk om binnen te komen en met haar kennis te maken? We kunnen pizza bestellen of zo. Mama kookte altijd zelf.'

'Ik denk niet dat ze nu een wildvreemde in huis wil hebben, maar dank je wel. Ik heb vanavond een afspraak met een vriendin. Hoe is het mogelijk dat dit jullie allebei is overkomen. Het lijkt wel of ik ongeluk breng.' Hij startte de auto. 'Je zei dat de politie er was. Waarom was dat?' vroeg hij om de stilte te doorbreken.

'De dokter zei dat mijn moeder vermageringspillen had ingenomen die ze op internet had gekocht. Ik geloof dat die pillen hier illegaal zijn, dus daarom is de politie erbij gehaald.'

'Dat is verschrikkelijk. Mensen die die rotzooi produceren moeten worden afgeschoten. Wist je eigenlijk dat ze die nam?' vroeg Chris.

'Nee. Ze hoefde helemaal niet af te vallen. Ik denk dat ze op een verkeerd spoor zitten. Ik wist wel dat ze zich niet goed voelde, maar ik had nooit gedacht dat ze zo ver heen was. En weet je wat nog het ergste is? Toen ik gisteravond de deur uit ging, heb ik haar niet eens gedag gezegd. Ik wist niet hoe gauw ik het huis uit moest komen en' – hij wreef de tranen uit zijn ogen – 'ik was blij dat ze ziek was, omdat ze me niet op de huid kon zitten. Ik heb het gevoel dat dit allemaal mijn schuld is.'

'Dat is gelul. Je moeder wist heus wel dat je van haar hield. Het is niet jouw schuld, Randall. Dit zal een moeilijke periode worden. Ik heb het ook meegemaakt. Ik heb mijn moeder ook verloren. Met zelfverwijt breng je haar niet terug en jij schiet er ook niks mee op. Als je had geweten wat er aan de hand was, was je thuisgebleven, toch?'

'Ja, natuurlijk,' snotterde Randall.

'Zie je wel? Dat moet je vasthouden. Ook al was je thuis geweest, dan was het misschien toch te laat geweest om nog iets te doen. Welk huis is het?' vroeg Christian.

'Dat daar,' zei Randall, naar de overkant wijzend.

Christian zette de auto neer.

'Dank je. Sorry dat ik je heb gebeld.'

'Ik ben blij dat je dat hebt gedaan,' zei Christian. 'Zorg dat je goed eet en wat slaap krijgt. Je kunt nu beter niet ziek worden. Bel me als je me nodig hebt. Geen probleem.'

Randall stapte uit, zwaaide en rende naar binnen. Terwijl hij Randall nakeek, moest Christian aan Mina denken. Hij had nog niet gereageerd op haar berichtje. Hij pakte zijn telefoon en koos haar nummer.

'Hallo,' zei Mina zachtjes. 'Ik zit in de bibliotheek. Ik moest er even uit. Ben je in de buurt?' vroeg ze.

'Nee, ik heb net een vriend afgezet en ik denk dat hij me later nog nodig heeft, dus ik wil liever geen plannen maken als dat oké is,' zei Christian.

'Ja, oké,' zei Mina. 'Ik begrijp het. Zullen we anders morgen afspreken?'

'Ik moet werken. Gewoon een vakantiebaantje, maar ik kan het niet laten schieten. Het collegegeld voor volgend semester moet wel ergens vandaan komen. Ik bel je zodra ik een dag vrij heb. Red je het wel?'

'Het lijkt wel of ik het moeilijker heb nu de kerstdagen dichterbij komen. Ik bedenk telkens wat ik voor Lily moet kopen, maar dan herinner ik me dat dat niet hoeft. De politie is nog geen steek opgeschoten. Mijn ouders komen de deur niet meer uit,' zei ze.

'Het is allemaal nog vers. Wacht tot het nieuwe jaar, dan is het vast makkelijker om verder te gaan met je leven. Ik moet ophangen. Ik moet bereikbaar blijven,' zei Christian.

'Natuurlijk, sorry. Gaat het wel goed met je vriend? Je klinkt bezorgd.'

'Ja, klopt. Zijn moeder is net... nou ja, laat maar. Jij hebt al genoeg op je bord.'

'Het is goed als ik aan andere mensen denk. Wil je me vertellen wat er is gebeurd?' vroeg Mina.

'Hij heeft zijn moeder verloren. Ze denken dat ze is overleden doordat ze vermageringspillen heeft genomen waar geen licentie voor is afgegeven. Het is heel zielig. Zijn vader was al overleden. Nu heeft hij alleen zijn zus nog maar.'

'Wat oneerlijk,' zei Mina. 'Stakker. Kan ik iets doen om te helpen?'

'Nee, het ligt nog heel gevoelig. Hij heeft nu tijd nodig met zijn familie om het verdriet een plek te geven. Maar het is wel raar. Eerst verlies jij Lily, en dan overkomt dit iemand anders die ik ken. Het lijkt wel of ik overal ongeluk breng. Ik weet dat het idioot is om zo te denken, dat het niks met mij te maken heeft, maar het voelt wel ongemakkelijk. Alsof ik alles kapotmaak zodra ik iemands leven binnenwandel.'

'Dat moet je niet zeggen,' zei Mina. 'Als jij er niet was geweest, weet ik niet hoe ik me staande had moeten houden. Ik heb heel veel aan je gehad. Ik weet zeker dat dat voor je vriend ook geldt.'

'Ik voel me al beter door wat je zegt. Ik moet ophangen, maar ik maak het goed met je. Over een paar dagen gaan we iets doen, afgesproken?'

'Dat zou fijn zijn,' zei ze. 'Bedankt voor alles, Christian.'

'Ik ben blij dat ik er voor je kon zijn toen je me nodig had,' antwoordde hij. 'Graag gedaan.'

30

Ava had geen oog dichtgedaan. Ze werd gek van de gedachte dat Glynis Begbie haar man was kwijtgeraakt door toedoen van een stel criminelen die ervan uitgingen dat ze daar niet voor vervolgd zouden worden. En dan was Louis Jones er nog. Aan die moord kon ze wel iets doen. De vraag was alleen waar ze moest beginnen.

Ava pakte Jones' belgegevens erbij en nam ze door. Het laatste inkomende gesprek kwam van een telefoon op het politiebureau St Leonard's, dus ze was vooral geïnteresseerd in de inkomende gesprekken die daaraan voorafgingen. Ze trok drie nummers na op haar computer. Eén was een nummer in India. Volgens de zoekmachine stond het te boek als een populaire klachtenlijn die waarschijnlijk werd gebruikt voor oplichterij. Het volgende telefoontje kwam uit Glasgow. Ava schakelde de nummerherkenning op haar eigen telefoon uit en belde.

Een vrouw nam op en probeerde boven de muziek en het lawaai uit te komen. 'The Maz,' zei de stem. 'Geordie, zet die muziek 's wat zachter! Ik hoor geen zak. Met wie spreek ik?' riep de vrouw.

Ava verbrak de verbinding. Het paste in het plaatje, net als het feit dat de grote man en Knuckles een Glasgows accent hadden. The Maz was het adres dat Ramon Trescoe bij zijn vrijlating had opgegeven. Het nummer leverde ook het eerste harde bewijs van een verband tussen Trescoe en Jones. Ze bestudeerde de andere telefoontjes op de lijst, vlak voordat Jones halsoverkop vertrokken was en bij een akelig auto-ongeluk betrokken raakte. Onmiddellijk na het telefoontje uit The Mazophilia had Jones zelf iemand gebeld. Had hij iemand om hulp gevraagd, vroeg ze zich af. Ze belde het nummer op de lijst en kreeg een bandje met de dienstregeling van een veerbootmaatschappij die de dienst tussen Cairnryan Port en Belfast onderhield. Dat verklaarde zowel de route die Jones vanuit Edinburgh had gevolgd als de haast waarmee hij was vertrokken. Maar het zei vooral iets over de strekking van het telefoontje dat hij daarvoor uit Glasgow had gehad.

Ava wenste dat ze de tijd kon terugdraaien en een kijkje in de auto van Louis Jones kon nemen. Wat nam een man op de vlucht mee? Had hij bundels gebruikte bankbiljetten bij zich zoals Begbie in zijn huis had verstopt, of had hij dat allemaal laten zitten en besloten dat zijn leven voorging? Ze pleegde nog een telefoontje.

'Hoofdinspecteur Dimitri?' zei Ava, en ze klemde de telefoon tussen haar oor en haar schouder terwijl ze een notitieboekje opensloeg. 'Hoofdinspecteur Turner hier. Zou u me een inventarislijst van bewijsstukken uit de auto van Louis Jones kunnen mailen? Die zit niet in ons onderzoeksdossier.'

'Natuurlijk, die stuur ik u op, maar voor zover ik weet was de auto leeg. Wat kartonnen etensbakjes. Geen wapens, geen drugs, niets van belang,' zei Dimitri. 'Waar bent u naar op zoek?'

'Iets waaruit blijkt waar hij naartoe ging of waarom hij uit Edinburgh is vertrokken,' zei Ava.

'Ik vraag iemand het document op te sturen. Geen aanknopingspunten tot zover?' vroeg hij.

'Het is nog te vroeg om daar iets over te zeggen,' zei Ava. 'Trouwens, even over die andere auto die bij het ongeluk betrokken was, ik neem aan dat jullie wel bandensporen of verfdeeltjes hebben gevonden?'

'Een forensisch verkeersongevallenexpert heeft de plaats van het ongeval onderzocht. Ik heb zijn rapport niet gelezen omdat het pas beschikbaar kwam nadat Jones dood was, en toen hadden jullie die zaak al overgenomen. Maar ik doe natuurlijk wat ik kan om te helpen,' zei Dimitri.

'Niet nodig,' antwoordde Ava. 'Ik spoor dat rapport zelf wel op. We hadden er meer aan gehad als we om te beginnen meteen hadden geweten welke politiemensen op de plaats delict aanwezig waren.' Ze probeerde niet al te snibbig te klinken. Het was niet erg professioneel wanneer afdelingen elkaar verwijten maakten, en Dimitri was uitermate hoffelijk en hulpvaardig geweest.

'Sorry, ik had een van mijn agenten gevraagd je die informatie door te spelen, maar ze is op dit moment zwanger, en eerlijk gezegd heb ik de indruk dat mijn opdrachten het ene oor in en het andere oor uit gaan.'

'Hoe heet ze?' vroeg Ava.

'Sorry?'

'Ik vroeg hoe ze heet, uw zwangere agente.'

'Janet Monroe. Maar ik neem het verder wel met haar op.' Hij hing op. Ava voelde de spanning uit haar kaken wegtrekken en beende naar de briefingruimte. In haar frustratie had ze de zaken alleen maar erger gemaakt voor een arme agente die ongetwijfeld toch al het idee had dat haar zwangerschap haar carrière in de weg zat. Dat was absoluut niet haar opzet geweest.

'Tripp,' zei ze. 'Ik wil graag weten welke verkeersongevallenexpert de plek van het auto-ongeluk van Louis Jones heeft onderzocht. En ik wil ook graag de contactgegevens van agent Janet Monroe hebben. Ze zit in het team van hoofdinspecteur Dimitri. En is de voorlopige uitslag van het sectierapport van Cordelia Muir al binnen?'

'Alleen de bevestiging dat de dood is veroorzaakt door een hoge DNP-waarde in het bloed. Afgezien daarvan geen zichtbare verwondingen, geen afweerletsel, geen sporen van zelfverminking en geen ziekte, maar ze wachten nog op het volledige uitslag van het toxicologisch onderzoek,' zei Tripp. 'Commissaris Overbeck is trouwens naar u op zoek. Ze heeft al eerder gebeld, maar ze werd doorgeschakeld omdat u in gesprek was.'

'Verdomme,' mompelde Ava. Overbeck tot bedaren brengen was wel het laatste waar ze zin in had, maar het kon beter zo snel mogelijk worden afgehandeld, net als het opensnijden van een steenpuist. Op haar kamer belde ze Overbecks secretaresse in de hoop dat de commissaris ergens anders mee bezig was, maar ze had geen geluk.

'Voortgangsrapport, Turner,' snauwde Overbeck.

Ava liet haar hoofd hangen. Wanneer Overbeck zo'n bui had, was ze met geen mogelijkheid te kalmeren. 'Cordelia Muir is overleden aan een hoge dosis DNP in haar bloed. We trekken de herkomst van het medicijn na. Ze had zowel pillen in haar handtas als in haar bureau, dus we moeten de verkoper zien te vinden. Over de zaak-Lily Eustis valt niet veel te melden. We weten in welke pub ze was voor ze naar Arthur's Seat ging, maar de man met wie ze was heeft zich niet gemeld en is nog niet geïdentificeerd. Het onderzoek naar de moord op Louis Jones verkeert nog in de beginfase. Doodsoorzaak is een pistoolschot door het hoofd.'

'Heb je dat helemaal zelf bedacht of heb je de patholoog nog gevraagd om dat bevestigen?' Ava nam niet de moeite om te antwoorden. Je kon Overbeck maar beter haar moment van sarcasme gunnen en het over je kant laten gaan. Tegen haar ingaan was dodelijk. 'En Jones' vijanden? Ben je daar al wat verder mee gekomen?'

'Hij zit door zijn autoverhuurbedrijf in de marge van het plaatselijke criminele circuit. Brigadier Lively doet dat deel van het onderzoek, mevrouw,' zei Ava.

'Samenvattend, je hebt dus drie lijken, en je hebt in geen van de drie gevallen nog iemand kunnen oppakken. En de verklaring daarvoor? Ik bedoel een verklaring waarmee ik bij het bestuur kan aankomen. Niet het gebruikelijke geklaag over bewijsmateriaal en forensisch onderzoek.'

'In de zaak-Muir zouden de pillen uit het buitenland afkomstig kunnen zijn, en dan zijn ze niet traceerbaar. En wat betreft Lily Eustis, het duurde even voordat we haar zaak als moord hebben bestempeld, en we beschikken over bijzonder weinig bewijsmateriaal. En in de zaak-Jones wacht ik nog op het forensisch verslag,' zei Ava.

'Je bent nog steeds aan het praten, maar ik heb nog niks overtuigends gehoord. Kijk eens onder een paar stenen, Ava, dat is mijn advies. En als je niet direct weet welke steen je moet hebben, moet je er een heleboel omverschoppen tot er iets onsmakelijks onder vandaan kruipt, en dat vang je dan onder een glas en gooit het in een cel. Je weet toch dat mijn geduld snel op is, hè? Binnen achtenveertig uur wil ik een update van je horen.'

Ook al ergerde ze zich wild aan deze zoveelste preek van Overbeck, de commissaris had in dit geval wel een punt. Zitten wachten tot er bruikbare informatie over de moordenaars van Louis Jones binnenkwam getuigde niet van een plan van aanpak. Ava had het adres van The Maz en ze had de namen van twee verdachten. Het had geen zin om nog meer tijd te verspillen.

Dankzij wegwerkzaamheden deed Ava ruim anderhalf uur over de rit van Edinburgh naar het centrum van Glasgow, en tegen die tijd begon de zon al onder te gaan. The Mazophilia Club, het thuishonk van de familie Trescoe, lag aan Cathcart Road in de wijk Govanhill, aan de zuidkant van het centrum, en dat was in zoverre een meevallertje dat ze daardoor de ergste verkeersdrukte van Glasgow kon omzeilen. De keerzijde was dat het zo'n buurt was waar ze na zonsondergang liever niet wilde rondlopen.

Ze vond de club pas na een tijdje, omdat de hoofdingang in een zijsteeg lag. Het pand had een zwarte gevel waarop in gouden letters de naam stond, met daarnaast het rookgrijze silhouet van een vrouw met rondingen die je in het echte leven zelden tegenkwam. Ava legde haar feministische inborst het zwijgen op, kocht een pakje sigaretten en een aansteker, sloeg haar kraag op, zette haar wollen muts op en griste de handschoenen mee die ze 's winters altijd in de auto had voor het geval ze naar een plaats delict moest. Ze liep langzaam om het blok heen naar de ingang van de club, stak een sigaret op en rookte zonder te inhaleren. Sinds er een rookverbod gold in pubs en clubs had dat onbedoeld het perfecte excuus verschaft om midden in de winter buiten op straat rond te hangen. Ze moest alleen proberen niet te hoesten.

De club had geen ramen, maar wel twee deuren die als nooduitgang dienden. Aan de achterkant van het gebouw was nog een deur, maar die had een huisnummer en op de eerste en tweede verdieping waren ramen te zien. Voor de bovenste ramen hingen gordijnen. Vermoedelijk hoorde dit deel niet bij de club en werd het gebruikt als woonruimte. Daarachter lag een parkeerterrein waar een voetpad langsliep.

De deur van de hoofdingang sloeg dicht. Ava leunde tegen de muur en stak een nieuwe sigaret op.

'Ik heb het je gezegd, ik kom hier alleen werken als ze niet aan me mogen zitten. De deal was dat ze mogen kijken en verder niks. Ik wil niet dat die gasten naar mijn fokking tieten graaien. Als ze dat willen, moeten ze heel wat meer dokken dan ze doen om hier binnen te komen.' Aan haar accent te horen kwam ze uit Glasgow, maar toen Ava om het hoekje gluurde, zag ze dat ze Aziatische trekken had. Ze was mooi. Te mooi om in zo'n obscure tent te moeten werken, vond Ava, maar aan de andere kant zaten mensen soms gevangen in hun eigen leven. De man met wie ze was legde een hand op haar schouder.

'Zo'n ramp is dat toch niet? Je bent hier om de klanten te amuseren. Als het echt uit de hand loopt, zet een van ons hem de deur uit. Er kan je niks overkomen. Beschouw het als een compliment en glimlach naar ze,' zei hij.

'Zou jij het als een compliment beschouwen als ik je bij je zak greep?' antwoordde de vrouw.

'Ik denk dat ik dan een tevreden man zou zijn,' zei de man.

'Ja, het zal wel, en als het zo'n bezweet varken was dat daar binnen rondloopt? Ik zweer het je, ik ruik ze vaak al voor ik ze zie. Eigenlijk moeten we ze eerst onder de douche zetten voordat ze binnen mogen.'

'Het zijn wel de klanten van meneer Trescoe over wie je het hebt, hè. Laat de baas maar niet horen dat je zo over ze praat. Ik vraag de jongens of ze vanavond extra goed op je letten, oké? Als iemand te ver gaat, lossen zij het wel op, maar je gaat geen grote bek opzetten. Je ziet eruit om op te eten, maar niet als je erbij loopt met een gezicht of er net iemand over je heen heeft gezeken.'

'Nou, als het nog een keer gebeurt, ga ik bij Joe Trescoe zelf klagen,' zei het meisje.

'Als je tegen meneer Trescoe net zo'n toon aanslaat als tegen mij, laat hij je naar huis brengen door Knuckles. Wil je dat soms?'

Er viel een stilte.

'Dat dacht ik al. Nou ga ik even een drankje voor je regelen om wat losser te worden voordat het druk wordt. Maar dan niet meer zeiken, oké?'

Het meisje keek nog steeds kwaad, maar smeet haar sigaret op de grond en liep terug naar binnen, met de arm van de man om haar schouders.

Ava kwam uit de duisternis tevoorschijn. Joe Trescoe, de eigenaar van de club, was de broer van Ramon Trescoe. Nu Ramon uit de gevangenis was ontslagen liet hij er vast geen gras over groeien om zich weer het criminele circuit binnen te wurmen. Maar tenzij ze hier de komende vierentwintig uur bleef rondhangen, was er niet veel kans om Ramon zelf tegen het lijf te lopen. Het enige positieve was dat ze Knuckles' naam had horen vallen. Nu moest Ava alleen nog alle puzzelstukjes in elkaar passen. Ze stampte met haar voeten tegen de kou. Tijd om naar huis te gaan. Het had geen zin om in de gaten te lopen, vooral niet omdat een van de mannen daar binnen nog schroeiplekken van haar taser op zijn balzak had zitten. De volgende keer dat ze hier kwam, zou ze beter voorbereid zijn. De volgende keer zou ze eruitzien als een moordwijf en was ze bereid de daad bij het woord te voegen.

31

Callanach had het verslag van het forensisch onderzoek voor zich liggen. De pil uit Cordelia Muirs handtas bleek inderdaad het afslankmiddel dinitrofenol te bevatten. Hij had contact gehad met de Voedsel- en Warenautoriteit, die in een vermoeide reactie had laten weten dat elke poging om dit soort middelen tegen te houden even kansloos was als een tiener het gebruik van social media te ontzeggen. Het rapport vermeldde ook dat Muirs DNA op de overige tabletten in haar handtas was aangetroffen, en dat de pillen in haar bureaula dezelfde chemische samenstelling hadden als het middel dat in haar lichaam was gevonden. Daarmee was overtuigend bewezen dat Cordelia Muir geen natuurlijke dood was gestorven, maar zonder e-mails of appjes waaruit bleek waar ze het middel had aangeschaft, kon het team Zware Misdrijven geen verder onderzoek doen. Het enige wat Callanach nog te doen stond was een dossier voor de officier van justitie opstellen. Daarna moest hij het nieuws aan de familie Muir meedelen.

Een agent kwam zijn kamer binnen, legde een briefje op zijn bureau en liep weer weg. Callanach stopte met typen en las het briefje.

Telefoontje van dokter Selina Vega betreffende Cordelia Muir, stond erop, met daarachter een telefoonnummer.

'Met inspecteur Callanach,' zei hij toen er werd opgenomen.

'Dat is snel. Ik vroeg me af hoe het onderzoek naar de dood van mevrouw Muir verloopt. Hebt u al een sectierapport?' vroeg de arts die Cordelia had behandeld.

'Ja, klopt,' zei Callanach. 'Normaal gesproken wordt dat verslag niet...'

'Bij een kop koffie, als u tijd hebt? Dan kan ik er eens goed naar kijken. Ik werk vandaag niet, dus als u tijd hebt...'

'Als u het liever persoonlijk wilt bespreken is dat prima. Komt u naar het bureau?' vroeg Callanach.

'Ik spreek liever ergens af waar je kunt loungen en waar ze koffiebroodjes serveren,' zei dokter Vega lachend. 'Ik weet een Spaans tentje in Niddry Street, als u belooft er nooit iemand anders mee naartoe te nemen. Ik wil niet dat het te populair wordt, want ik ben er vaste klant.'

'Ik denk dat ik dat wel kan beloven,' zei Callanach. 'Zullen we daar over een uur afspreken?'

Van buiten zag Esencia er klein uit, maar het café met zijn donkere, eeuwenoude muren liep naar achteren ver in het gebouw door. Zodra hij de deur opendeed werd Callanach overweldigd door de aroma's van koffie, sangria en gedroogde vleeswaren. Heel even waande hij zich ergens ver weg in de zon, genietend van de frisse lucht. Het had Portugal, Griekenland of Spanje kunnen zijn. Hij hield dat gevoel zo lang mogelijk vast voor hij weer terugkeerde tot de realiteit, en om zich heen keek op zoek naar dokter Selina Vega.

Hij zag haar in een hoekje zitten, met een boek op schoot. Ze had haar lange haar nonchalant opgestoken en droeg een lichtblauw jeanshemd op een bruine suède broek. Ze glimlachte toen hij op haar af liep.

'U hebt me gevonden,' zei ze. 'Ik heb koffie voor ons besteld, met calamares en patatas bravas. Is dat goed?'

'Daar had ik niet op gerekend, dokter Vega. Ik hoop dat ik dan mag betalen,' zei Callanach.

'Het is het minste wat ik kan doen. Ik voelde me een beetje schuldig omdat ik u uit uw kantoor had weggerukt. Maar het is gewoon leuk om eens te kunnen praten met een mede-immigrant. En noem me alsjeblieft Selina,' zei ze.

Callanach hing zijn jas over de rugleuning van de stoel en ging zitten. Selina Vega was een mooie vrouw. Lang, slank, met donkerbruine ogen en een brede glimlach. De gedachte was niet bij hem opgekomen dat ze misschien iets anders in gedachten had dan een zakelijk gesprek, maar plotseling voelde dit eerder als een date. Hij haalde een afdruk van het autopsierapport tevoorschijn en legde dat op tafel zonder het open te slaan.

'Ik heet Luc,' zei hij. 'Ik wil niet te nieuwsgierig zijn, maar als je Spanje zo mist, waarom ga je dan niet terug?'

'Ik had daar een vriend met wie ik een paar jaar heb samengewoond, en dat is niet goed afgelopen. Nu ga ik voor mijn carrière, en het ziekenhuis hier is geweldig. Ik ga regelmatig terug voor een dosis zon en tochtjes naar het strand. Schotland heeft nu eenmaal geen ideaal surfklimaat. En jij?'

'Mijn vader was Schots,' zei hij. Dat klopte in elk geval, ongeacht wat hij eventueel te weten zou komen over zijn biologische vader. Het was ook het makkelijkste antwoord zonder te hoeven liegen. 'Ik heb al jaren niet meer gesurft. Toen ik begin twintig was ging ik vaak naar Les Cavaliers. Eigenlijk wel gek dat ons werk ons afhoudt van de dingen die we graag doen.'

'Je hebt gelijk. Ik heb er altijd van gedroomd om overal in de wereld te duiken. Als tiener had ik een lijst van scheepswrakken en riffen waar ik per se naartoe wilde. Ik heb er een paar kunnen zien, maar daarna was het alleen nog maar studeren en onderzoek doen. Je moet altijd een offer brengen, maar het was het me wel waard. Telkens als ik naar de oceaan verlang, herinner ik mezelf aan al het goede werk dat ik doe.'

'Over werk gesproken' – Callanach benutte het moment om het rapport open te slaan en aan haar te geven – 'dit is het voorlopige verslag. We wachten nog op het volledige toxicologierapport, maar dit bevestigt jouw aanvankelijke diagnose.' De koffie en het eten werden gebracht. Callanach schepte op terwijl Selina het verslag las.

'Dat is een hoge DNP-waarde, veel hoger dan de aanbevolen dosis, ook al was het een verboden middel. Ik heb wat over haar gelezen. Ze was een intelligente vrouw. Ze zou echt wel geweten hebben dat ze er te veel van innam,' zei Selina.

'We snappen nog niet waarom ze die pillen nam,' zei Callanach. 'Haar kinderen reageerden diep geschokt, net als die keer dat jij ze in het ziekenhuis sprak. Maar we hebben die pillen dus ook in haar bureaulade en in haar handtas gevonden.'

'Ik snap het,' knikte Selina. 'Ze hebben hier echt de allerbeste calamares, vind je niet?' zei ze met haar mond vol. 'Wat voor DNA zat er op de tabletten in haar handtas?'

Callanach pakte het verslag terug, sloeg een bladzijde om en begon voor te lezen.

'Huidcellen, haarvezels. Er schijnt een heleboel DNA op de losse tabletten te zitten,' zei hij. 'Hetzelfde geldt voor het potje pillen in haar bureaula.'

'Dat zou je ook verwachten. Het is tenslotte haar handtas. Ze had er ook make-upspullen in, tissues, pennen, een haarborstel – allemaal dragers van verontreiniging. Haar bureau lag natuurlijk ook vol spullen die ze elke dag aanraakte. Maar voor zover ik kan zien, zit er op geen enkele van die pillen DNA van haar vingerafdrukken.'

'Klopt, maar we vinden niet overal vingerafdrukken op. Voorwerpen worden nu eenmaal schoongeveegd of worden nat,' zei Callanach.

'Ik raak regelmatig pillen aan. Die hebben een glad, droog oppervlak. De olie op mijn vingers of handpalm laat altijd een soort van afdruk achter, en al helemaal als ik ze uit een flesje in mijn hand schud en ze daarna in een zijvakje van mijn tas stop. Daarom dragen we in het ziekenhuis handschoenen of schudden we de pillen uit potjes als we iemand een tablet moeten geven. Als die pillen door mevrouw Muir zijn aangeraakt kan ik bijna niet geloven dat er geen gedeeltelijke vingerafdrukken op zitten.' Ze nam een slok van haar koffie. 'Hè, verdorie,' zei ze. 'Ik zie aan je gezicht dat je nu het liefst zo snel mogelijk weg wilt. Ik had niets moeten zeggen.'

'Ben je altijd zo scherpzinnig?' vroeg Callanach.

'Niet als ik in de buurt van de zee ben. Dan hoor ik alleen de golven en zie ik alleen het licht over het water spelen. Ik zou willen dat er twee Selina's waren. Eentje die werkt en eentje die kampvuurtjes bouwt op het strand en naar de sterren staart. Wil je dan in ieder geval wel je koffie opdrinken?' vroeg ze.

'Doe ik,' antwoordde hij. 'Nog meer inzichten?'

'Alleen dit nog,' zei ze. 'Ik heb mevrouw Muir nooit gesproken, maar ik heb wel haar dochter ontmoet en meestal geeft dat ook wel een goed beeld van de moeder. Haar dochter was onberispelijk gekleed, bijna pietluttig netjes. Ze stelde precieze vragen, had kortgeknipte schone nagels – dat soort dingen vallen mij altijd op. Ik denk dat haar moeder hetzelfde was. Ik kan me niet voorstellen dat ze losse pillen in haar handtas mikte. Als ze er een paar uit het potje had willen pakken, had ze ze eerder in een ander doosje opgeborgen of in elk geval in een plastic zakje gedaan. Vrouwen weten dat hun handtas vol stof en pluisjes komt te zitten. Je wilt niet iets doorslikken wat los in je tas zit, zelfs niet als het in een zijvakje zit.'

Callanach dronk zijn koffie op en nam nog een laatste hap van de patatas bravas. 'Het eten is hier uitstekend. Dank je wel voor de tip. Sorry dat ik er zo snel vandoor moet.'

'De volgende keer weiger ik met je over werk te praten als het hierop uitdraait,' zei ze. Callanach stond op en trok zijn jas aan. Ze kwam tegelijk met hem overeind, legde haar hand zacht op zijn schouder en kuste hem op de wang. Ze rook naar vanille en kaneel. 'Als je mijn mobiele nummer bewaart en me volgende week belt om te vragen of ik zin heb om iets te gaan drinken, is het misschien makkelijker als je van tevoren weet dat ik ja zeg.'

Tegen de tijd dat Callanach terug was op het bureau kon hij zich niet eens meer herinneren hoe hij gereageerd had op die laatste woorden van Selina Vega. Ze was niet arrogant of hooghartig, maar gewoon iemand die goed in haar vel zat en gevoel voor humor had. Met zo'n combinatie van intelligentie, persoonlijkheid en schoonheid kon Callanach zich niet voorstellen dat ze ooit door een man was afgewezen. Het probleem was alleen dat hij absoluut niet in staat was om een vrouw voor een date uit te nodigen. Daarmee zou hij verwachtingen wekken die hij niet kon waarmaken. Het was beter om vanaf het begin geen deuren open te zetten in plaats van later allerlei excuses te moeten verzinnen om ze weer dicht te gooien. Hij was impotent. Niets waard in een relatie. De ironische gedachte dat hij zelf misschien door een verkrachting was verwekt en impotent was geworden nadat hij zelf van verkrachting was beschuldigd, was bijna onverdraaglijk. Selina Vega wist het niet, maar ze was beter af als hij haar niet belde. Dat zou alleen maar tot teleurstellingen leiden.

Van het bureau reed hij naar het kantoor van Crystal, waar hij had afgesproken met Tripp en een werknemer die het kantoor voor hen zou openen. Een team van de afdeling Zware Misdrijven had daar al eerder kort onderzoek verricht, maar omdat het kantoor verder niet als een plaats delict werd beschouwd was het niet afgesloten.

'U bent van de politie, hè?' vroeg een vrouw bij de voordeur. 'U ziet er heel anders uit dan ik had gedacht. Ik ben Sian,' zei ze.

'Inspecteur Callanach,' antwoordde hij. 'Heeft het kantoor een alarm?'

'Hebben we niet nodig. We hebben hier geen geld liggen, geen spullen. Maar iemand die dol is op stapels veelkleurige post-its zou hier misschien wel een kraak willen plegen. Is er nog nieuws? Weet u al wat er met Cordelia is gebeurd?' vroeg ze.

'Daar kunnen we helaas nog geen mededelingen over doen. Fijn dat u ons even wilt opendoen,' zei Callanach, terwijl hij om zich heen keek of hij Tripp al zag. 'Ik ga vast naar binnen en mijn collega komt zo. Sorry dat ik het moet vragen, maar kunt u hier buiten wachten? We willen binnen zo weinig mogelijk verstoren.'

Ze nam niet eens de moeite om antwoord te geven maar kletste gewoon verder. 'Niemand weet of we nu nog een baan hebben. Ik wil niet overkomen als iemand die het alleen maar voor het geld doet, maar Cordelia was een soort Wonder Woman die alles in haar eentje regelde. Wij zorgden voor de dagelijkse gang van zaken, maar zij was de drijvende kracht achter de fondsenwerving bij grote bedrijven, zij onderhield de contacten met het buitenland en regelde alle juridische zaken. Wij hebben niets te horen gekregen. Ik weet niet eens wie deze maand het groene licht moet geven om onze salarissen uit te betalen. Ik werk dan wel voor een liefdadigheidsinstelling, maar dat wil niet zeggen dat ik er zelf een ben,' zei Sian.

'Ik probeer zo snel mogelijk te zijn,' antwoordde Callanach en hij liep naar binnen zonder verder in te gaan op haar vragen.

Sinds de dood van Cordelia was er duidelijk niemand meer binnen geweest. Alle lichten waren uit en het was er kouder dan op een kantoor waar normaal werd gewerkt. De ruimte had een standaardindeling met aan de voorkant een rij bureaus, en achterin een groter kantoor dat door een glazen wand van de rest van de ruimte was afgescheiden. Aan de ene kant waren de toiletten en een keukentje met een gootsteen, een kastje voor serviesgoed, bestek en schoonmaakmiddelen, en een koelkast; aan de andere kant was een vergaderruimte.

Callanach trok handschoenen aan en begon overal foto's van te maken, waarbij hij ervoor zorgde niets te verplaatsen. Hij ging Cordelia's privékantoor binnen, schoof met zijn voet haar stoel opzij en opende de bureauladen. Die waren keurig ingedeeld, maar niet overdreven netjes. Haar vulpendoosje stond naast een inktpot op een vel vloeipapier. Mevrouw Muir hield van ordelijkheid. Nergens slingerde rommel rond, geen verfrommelde papiertjes of losse bonnetjes. Een andere lade bevatte een map getiteld SPONSO-

RINGVERZOEKEN, in de lade daaronder lagen briefpapier en enveloppen, en in de onderste lade brieven en takenlijstjes. En daar hadden ze ook de pot met pillen gevonden, helemaal achterin weggestopt achter de correspondentie.

Op haar bureau stonden familiefoto's keurig ingelijst op een rijtje. Pennen en andere spulletjes lagen in een pennenbakje. Selina had gelijk. Dit was geen vrouw die zomaar losse pillen in haar handtas mikte. Alles in haar leven was netjes en ordelijk. Nergens was ook maar een stofje te zien. Callanach had het onbehaaglijke gevoel dat hij nog steeds iets over het hoofd zag. Het wilde er bij Cordelia's dochter niet in dat haar moeder dieetpillen nam. Het politieonderzoek had helemaal niets opgeleverd, behalve bewondering voor de overledene. Iedereen mocht haar en ze werd regelmatig uitgenodigd als spreker op liefdadigheidsevenementen. Cordelia had voor zover bekend geen vijanden, hoewel hij uit ervaring wist dat iedereen soms ongewenst de aandacht kon trekken. De vraag was of ze door een misdrijf om het leven was gekomen, en zo ja, hoe dan.

Hij deed de koelkast open, fotografeerde de inhoud en bekeek daarna elk item afzonderlijk. In de deur stonden pakken melk, eentje was geopend en twee waren er nog dicht. Op de planken stonden plastic bakjes met restjes eten. Twee ervan waren niet gelabeld en op twee van de andere zes stond Cordelia's naam. Callanach haalde ze eruit, pakte bewijszakken uit zijn jaszak, noteerde voor het logboek het tijdstip, de datum en de plaats waar de bakjes in beslag waren genomen en deed ze in de zakken. Daarna besloot hij alsnog alle andere bakjes ook mee te nemen, die hij elk in een aparte bewijszak deed.

'Sir?' zei een stem achter hem. 'Zal ik dat voor u doen?' vroeg Tripp.

'Trek handschoenen aan. Ik ben op zoek naar iets waar dinitrofenol in zit. Alle eten en drinken moet in beslag worden genomen. En alle laden en kastjes moeten op pillen worden gecontroleerd,' zei hij. 'We moeten alle spullen weer schoon aan de eigenaren terugbezorgen. Het personeel begint al behoorlijk gefrustreerd te raken omdat hun niets wordt verteld. Het laatste wat we nodig hebben is dat ze zich tegenover de pers beklagen dat we die ene mok die ze van hun vriendje hebben gekregen niet hebben teruggegeven.'

'Hoe kunnen we de mensen identificeren van wie we eigendommen meenemen?' vroeg Tripp.

'In het kantoor van mevrouw Muir liggen de personeelsdossiers. Noteer de namen van iedereen op de loonlijst. En vraag die dame die buiten staat of ze gegevens heeft over de schoonmakers die hier komen. Als iemand die pillen in haar la heeft gelegd, moet die toegang hebben gehad tot haar bureau,' zei Callanach.

'Ik begrijp het motief niet, sir,' zei Tripp.

'Het kan een ontevreden werknemer zijn. Misschien speelt er een racistisch motief. En wie weet is ze vermoord in opdracht van een buitenlandse regering die niet zo blij is met het liefdadigheidswerk van mevrouw Muir. Er stonden geen vingerafdrukken op het flesje pillen. Nogal onwaarschijnlijk als je bedenkt hoeveel mensen dat potje hebben vastgepakt, met inbegrip van mevrouw Muir.'

'Vrijwel onmogelijk,' beaamde Tripp.

'Iemand heeft dat potje zorgvuldig schoongeveegd, wat betekent dat hij of zij daar een motief voor had. Ik kan geen enkele reden bedenken waarom Cordelia Muir dat zelf zou hebben gedaan.'

32

Bradley zat in café Nom de Plume te wachten waar hij met Christian had afgesproken. Hij besefte dat hij op het slappe koord tussen onschuld en bedrog balanceerde, en zijn evenwicht dreigde te verliezen. Sean was alleen maar druk met scripts, repetities en met de nieuwe, te gekke mensen in zijn leven, allemaal spannende gebeurtenissen die hem zo opslokten dat hij nauwelijks merkte dat Bradley een afwezige indruk maakte. Brad vond het moeilijk om gewoon te doen. Als hij 's nachts zijn ogen sloot zag hij Christians gezicht. Als hij 's ochtends langs Nom de Plume liep beeldde hij zich in dat hij zijn nieuwe vriend bij het raam zag zitten, op hun 'vaste plekje'. De afgelopen dagen had hij erover gefantaseerd hoe het zou zijn als hij de eerste man was die Christian zou kussen, en daarom stak het hem dat Christian vandaag zo laat was, veel te laat zelfs. Bradley dronk zijn koffie op en wilde net opstaan om weg te gaan toen de deur eindelijk openging.

Christian zag er anders uit. Zijn haar hing slordig over zijn voorhoofd, zijn huid glansde minder dan anders en het lome glimlachje was van zijn gezicht verdwenen. Hij ging hoofdschuddend in de stoel naast Bradley zitten.

'Sorry. Ik vind het echt rot dat ik je heb laten wachten.' Hij sprak zo zacht dat Bradley zich naar hem toe moest buigen om hem te verstaan.

'Is er iets gebeurd?' vroeg Bradley.

'Mijn verloofde is bij me weggegaan,' zei Christian. 'Ik heb een paar zware weken achter de rug. Twee mensen die ik ken hebben een dierbare verloren. Ik vroeg mijn vriendin om geduld te hebben, om me nu even met anderen te delen, me te laten gaan waar mijn vrienden me nu het hardst nodig hebben. Maar dat kon ze niet. En toen heb ik haar over jou verteld.'

Bradley schoof zijn stoel wat dichterbij. 'Is ze definitief weg?' vroeg hij.

Christian knikte, zette zijn ellebogen op tafel en liet zijn hoofd in zijn handen rusten. Bradley legde aarzelend zijn arm om Christians schouders, voelde de spanning in diens spieren, en probeerde te focussen op hoe hij zijn vriend kon helpen.

'Kom je nou door mij straks te laat op je werk?' vroeg Christian. 'Weet je, ik zit er ontzettend mee. Mijn vriendin was helemaal over haar toeren terwijl ik het juist goed probeerde af te sluiten. Ik weet dat het beter is voor ons allebei dat ze weg is gegaan, maar ik wilde niet dat het op deze manier afliep. Geloof jij in vervloekingen, Brad? Denk jij dat het verleden je kan achtervolgen?'

Bradley pakte zijn koffiemok weer en hoopte maar dat Sean nu niet zou bellen, wat hij vaak deed rond dit tijdstip. Hij liet zijn andere hand in zijn zak glijden en zette het geluid van zijn telefoon uit. Op dit moment had Christian hem nodig.

'Ik denk dat we ons scherper bewust zijn van gebeurtenissen die ons aan het verleden herinneren,' zei Bradley. 'Als ze ons aan iets naars doen denken wat we nooit onder ogen hebben willen zien, dan verwachten we misschien dat het verleden zich zal herhalen.'

Christians trillende hand kroop langzaam over tafel en omklemde Bradleys vingers. 'In mijn eigen leven verpruts ik alles, maar ik ben goed in het vinden van mensen die me nodig hebben. Ik kan een goede vriend zijn, denk ik. Als ik mensen zie die lijden, kan ik ze vaak helpen. Het lijkt wel alsof het helpen van andere mensen voor mij een manier is om met mijn eigen problemen in het reine te komen. Kan je je daar iets bij voorstellen?'

'Zeker,' antwoordde Bradley, die het dolgraag wilde begrijpen en Christian niet te vaak wilde onderbreken, nu hij zijn hart uitstortte.

'Toen ik haar over jou vertelde, vroeg ze of ik meer voor je voelde dan alleen vriendschap. Ik wilde haar geruststellen. Ik geloof in geestelijke en lichamelijke trouw, maar ik kon niet meer tegen haar liegen,' zei Christian.

Bradley bloosde. 'Wat heb je gezegd?' vroeg hij.

'Dat ik je beter wilde leren kennen. Meer hoefde ik niet te zeggen. Ze begreep precies wat ik bedoelde,' antwoordde Christian. 'Ik hoop dat je het niet vervelend vindt. Jij en ik hebben al zoveel tijd met elkaar doorgebracht. Die momenten tussen de middag zijn de enige momenten waarop ik tot rust kwam. Ik heb Mina en Randall moeten steunen en als ik dan thuiskwam... het was zwaar. Dat klinkt nu alleen maar pedant. Kun je me vergeven?'

'Alsof er iets te vergeven valt,' zei Bradley. 'Ik heb ook veel aan jou gedacht, als je het weten wilt. Maar ik wil niet overhaast te werk gaan. Ik vind het fijn om bij je te zijn, met je te praten. Voor het eerst in lange tijd heb ik het gevoel dat er iemand naar me luistert.'

'Zal ik anders deze week 's avonds een keer bij je langskomen?' vroeg Christian. 'Wat denk je, misschien wordt het tijd dat we een stapje verder gaan dan samen koffiedrinken en verhalen uitwisselen over het werk?' Hij glimlachte, en Bradley voelde de adrenaline door zijn lijf stromen, die speciale opwinding die je voelt bij een eerste kus of als je door pestkoppen achterna wordt gezeten.

'Misschien niet bij mij thuis,' zei Bradley. 'Het ligt wat ingewikkeld. Kan ik naar jou komen?'

'Te vroeg. Er liggen nog een hoop spullen van haar in het appartement en de komende maanden zal ik bij elke stap die ik daar zet nog steeds haar gezicht zien.'

'Ach natuurlijk, dat was bot van me,' zei Bradley.

'We gaan iets drinken in een rustige bar. Op neutraal terrein. Ik app je wel waar en wanneer. Wat denk je van aanstaande vrijdag?' vroeg Christian.

'Klinkt goed.' Brad glimlachte.

'Ga jij maar gauw naar je werk. Ik heb me vandaag ziek gemeld, maar jouw baas verwacht je terug.' Christian stak zijn armen uit om Bradley te omhelzen en drukte hem dicht tegen zich aan. Bradley was zich scherp bewust van Christians warme lijf en gespierde, platte buik. Hij dwong zichzelf aan Seans glimlach te denken, aan zijn humor en zachtheid. Die poging was van korte duur.

Zodra Bradley weg was, pakte Christian zijn telefoon en belde Randall. Hij wist dat de familie druk was geweest met het regelen van Cordelia's begrafenis, maar hij had verwacht dat Randall hem wel zou bellen. Hij maakte zich zorgen dat de jongen zijn verdriet opkropte. Dat zou een ramp zijn.

Randall nam op. 'Chris, wacht. Dan loop ik even naar boven,' zei hij. Christian hoorde hem de trap op rennen en toen hij weer begon te praten klonk hij buiten adem. 'Fijn dat je even belt. Ik wilde ook contact met jou opnemen, maar ik was bang dat je daar geen zin in had. Ik wil je niet tot last zijn.'

'Dat is het laatste wat ik ooit zou denken,' zei Christian. 'Ik ga niet vragen hoe je je voelt, want ik weet het antwoord al. Ik bel alleen maar om te horen of ik iets voor je kan doen.'

'Nee, dat denk ik niet. Mijn zus verliest me geen seconde uit het oog. De politie is nog bezig met het onderzoek. Het lijkt wel of ze absoluut iets willen vinden,' zei Randall.

'Die doen gewoon hun werk,' zei Christian. 'Straks is dat achter de rug. Toen ik mijn moeder verloor, heb ik me met haar omringd. Ik heb alle foto's die ik van haar kon vinden tevoorschijn gehaald, haar persoonlijke bezittingen, haar kleren, alles. Daar heb ik toen een soort nest van gemaakt. En dat hielp. Soms moet je toegeven aan je verdriet, het omarmen. Mijn vriendin is naar het lichaam van haar zus gaan kijken. Dat deed pijn, maar ik geloof wel dat het haar de kracht gaf om verder te gaan met haar leven.'

'Als ik het huis weer uit mag, kunnen we misschien ergens naartoe gaan. Naar muziek luisteren, of zo,' zei Randall.

'Ja, goed idee. We houden contact, oké? Geen mens kan dit soort dingen in z'n eentje verwerken. Ik moet nu ophangen, heb thuis nog een hoop te doen, maar ik laat mijn telefoon aanstaan.'

'Dank je, Chris. Fijn dat je er voor me bent.' Randall beëindigde het gesprek.

Sinds Cordelia's overlijden hing er in het huis van de familie Muir de plechtstatige, gewijde sfeer van een indrukwekkende bibliotheek. Randall dwaalde door de kamers van zijn moeder. Zij had de grootste slaapkamer met een kleedkamer, een badkamer en een werkkamer. Sinds haar dood was hij niet meer in haar slaapkamer geweest. Hij had het gevoel dat ze hem daar kon zien. Eerst wilde hij op haar bed gaan zitten, maar de indruk van haar hoofd in het kussen was nog zichtbaar. In plaats daarvan liep hij naar haar kaptafel, deed de bovenste lade open en liet zijn hand er langzaam in glijden. Al haar juwelen lagen daar, elk sieraad in het originele doosje, keurig geordend. Maar helemaal achterin rammelde er iets. Hij trok de la zo ver mogelijk open en boog zich voorover om te kijken. Voorzichtig trok hij het voorwerp dat daar zat vastgeklemd eruit. Het waren pastabuisjes, oud en verkruimeld, waar hij – twaalf jaar geleden? – een ketting van had geregen die hij haar trots had gegeven. Hij kon zich nog herinneren dat hij er in groep één mee bezig was geweest. Elk pastabuisje had hij zorgvuldig een kleur gegeven. De kleuren waren nu vervaagd, maar de rode wol waarmee hij er een ketting van had geregen was in al die jaren niet gebroken. Het was opmerkelijk dat ze die ketting al die jaren had bewaard zonder dat hij het wist. Hij stopte de ketting in zijn zak en deed de la dicht, trok hem daarna weer open om haar favoriete oorbellen eruit te pakken en duwde hem weer dicht.

In de kleerkast werd hij geconfronteerd met de kant van zijn moeder waar hij minder mee had. Daar hingen de op maat gemaakte mantelpakjes en de perfect gestreken blouses die hem herinnerden aan haar kantoor en haar werkende leven, waarmee hij nooit had kunnen concurreren. Al die lange dagen waarop hij wilde dat ze samen met hem een puzzel maakte of koekjes bakte, maar zij eindeloze hoeveelheden papierwerk mee naar huis nam en haar liefde schonk aan vele anderen in plaats van aan hem. Destijds begreep hij dat niet. Nu ze er niet meer was, had hij het er minder moeilijk mee. Nu kregen zijn gevoelens van trots de overhand en drukten zijn woede weg. Het liefst zou hij al zijn boze woorden willen terugnemen, al die momenten willen terugdraaien waarop zij haar liefde voor hem had uitgesproken en hij die niet had beantwoord. Maar hoe lauw hij ook reageerde, ze was altijd tegen hem blijven zeggen hoeveel ze van hem hield. Elke ochtend, vlak voor hij de deur uit ging naar school, zei ze dat steevast tegen hem. En elke ochtend had hij op zijn beurt iets gemompeld in de trant van 'tot vanmiddag'.

Hij pakte het kledingstuk van zijn moeder waarin hij haar altijd het liefst zag, zonder dat hij haar dat overigens ooit had gezegd. Haar ochtendjas van lichtroze badstof die helemaal zacht was geworden van het vele wassen. Hij drukte zijn gezicht tegen de stof en rook zeep, parfum en – hij wist dat hij het zich inbeeldde – boeken. Die had hij gemist. Haar favoriete boeken. In haar werkkamer pakte hij *Trots en vooroordeel*, *Spaar de spotvogel* en *De rode letter*. Maar het was niet genoeg. Het weerspiegelde de brede belangstelling van zijn moeder onvoldoende. Hij nam ook nog *Een keukenmeidenroman* en *De grote Gatsby* mee, gebruikte haar ochtendjas als zak en nam de boeken mee naar zijn eigen slaapkamer.

Een nest bouwen, dat had Christian gesuggereerd. Maar dan had hij hieraan niet genoeg. Lang niet genoeg. Hij liep terug naar zijn moeders slaapkamer, trok het dekbed van haar bed en griste op het laatste moment ook haar hoofdkussens mee. Nog een keer lopen. Uit het badkamerkastje pakte hij haar lievelingsparfum, de lippenstift die ze elke dag opdeed, en haar handcrème. Weer terug naar haar werkkamer om het kussen uit haar leesstoel te pakken. Hij doorzocht de laden van haar bureau en haalde er foto's, brieven en een dagboek uit. In zijn kamer spreidde hij haar dekbed uit op de grond als bodem voor het nest, schikte de hoofdkussens en het zitkussen om zich heen, spreidde de schatten uit, verstoof parfum, wreef zijn handen in met de crème en legde de foto's neer alsof het amuletten waren die de duisternis van het verlies van hem weg konden houden. Hij trok Cordelia's ochtendjas over zich heen, pakte haar dagboek en begon te lezen. Christian had gelijk. Randall voelde zich nu veel dichter bij zijn moeder dan hij zich kon herinneren. Het was alsof hij haar absorbeerde, in zich opnam. Als hij zijn ogen dichtdeed en de wereld buitensloot kon hij zich misschien inbeelden dat ze naast hem zat. Misschien zou de pijn dan weggaan.

33

Ava leverde haar telefoon en sleutels in bij de balie van penitentiaire inrichting Glenochil, zette haar naam op de lijst en wachtte tot haar ID was gecontroleerd. Dylan McGill – Ramon Trescoe's voormalige medeplichtige – had ingestemd met een gesprek. McGill had natuurlijk geen flauw idee waarom Ava hem wilde spreken, maar als je lang vastzat bracht het doorbreken van de dagelijkse routine je in een vakantiestemming. Als je doorgaans vierentwintig uur per dag zat opgesloten, leek elke keer dat je je cel even uit mocht op een cruisevakantie van een maand. Ava had het verzoek om McGill te mogen spreken via de officiële kanalen ingediend. Begbies dood had ze onder de radar moeten onderzoeken, maar in de zaak-Louis Jones had ze de vrije hand. Ze had zelfs de gegevens van McGills voormalige advocaten uit de rechtbankverslagen opgediept om ze te melden dat ze bij hun cliënt langs wilde gaan. McGill had echter niet gebruikgemaakt van zijn recht op de aanwezigheid van een advocaat bij het gesprek. Waarschijnlijk dacht hij dat het bezoek leuker zou uitpakken zonder een juridisch adviseur erbij. Ava vond dat allang best. Als hun gesprek niet werd vastgelegd, gaf dat haar meer flexibiliteit.

Ze werd gefouilleerd voordat ze naar een bezoekersruimte werd gebracht, en terwijl McGill uit zijn cel werd gehaald vroeg ze zich af of ze hier wel verstandig aan deed. Aan de andere kant van de deur stond een bewaker binnen schreeuwafstand, al zou dat niet veel helpen als McGill een steekwapen in zijn mouw had verstopt. Maar voor iemand die niets liever wilde dan van adres veranderen zou het neersteken van een politieagent geen slimme zet zijn. Zijn zakenpartner liep op dit moment vrij rond en kon zich te buiten gaan aan vrouwen, alcohol en vette happen, en McGill wilde zich het liefst zo snel mogelijk bij hem voegen. Niet dat Ava van plan was om de decennialange vertrouwensrelatie tussen McGill en Ramon Trescoe intact te laten. Het was altijd weer verbazingwekkend dat zelfs het kleinste vermoeden dat een mededader met de politie had gepraat, een eind kon maken aan een levenslange vriendschap. En in een gevangenis verspreidde elk gerucht zich als een lopend vuurtje. Er was niet veel voor nodig om Ramon Trescoe een heel verkeerde indruk te geven van haar babbeltje met McGill, en ze had een paar troeven die ze kon uitspelen om ervoor te zorgen dat McGill ervan zou worden verdacht dat hij zijn beste maat had verlinkt. Natuurlijk, als Ramon Trescoe niks te verbergen had, zou hij geen enkele reden hebben om zich zorgen te maken over Ava's bezoekje aan zijn zakenpartner.

Dylan McGill was kleiner dan ze had verwacht op grond van de beschrijving in zijn dossier, en nog slechts een schaduw van de man die ze van de foto's kende. Door het gevangenisleven was hij letterlijk verschrompeld. Niet dat Ava ook maar een greintje medelijden met hem had. McGill en Trescoe waren gewelddadige criminelen toen ze werden veroordeeld, en waren vast geen spat veranderd. Hij nam Ava van top tot teen op terwijl de bewaker hem op een stoel zette en tegen Ava zei waar hij was voor het geval ze assistentie nodig had.

'Een hoofdinspecteur op bezoek. Je lijkt op mijn eerste vrouw. Die bleek een regelrechte bitch te zijn,' zei McGill. 'Heb je wat te roken bij je?'

'Nee, en je weet dat ik je niks mag geven, dus het inleidende praatje slaan we maar over. Herinner jij je een zekere Louis Jones?' vroeg ze.

Hij snoof. 'Kijk, ik heb de afgelopen jaren heel wat mensen voorbij zien komen. Ik kan me al die namen niet meer herinneren. Ik heb een beter geheugen voor gezichten.'

'Oké,' zei Ava, en ze haalde een foto van Jones tevoorschijn. 'Alsjeblieft. Misschien zegt de naam Louis de Klusjesman je iets.'

McGill pakte de foto op en bekeek hem eens goed. 'Nee, zegt me niets. Waarom wil je dat weten?'

'Hij was betrokken bij een auto-ongeluk en wordt nu vermist. Ik probeer hem op te sporen. In je dossier las ik dat jullie vroeger compagnons waren. Hebben jullie contact gehouden na je veroordeling?' vroeg Ava.

'Compagnon? Staat dat in mijn dossier? Louis de Klusjesman was geen vriend van me. Ik denk zomaar dat je dan ook wel weet dat toen Ramon en ik naar een fucking vakantiekamp van de overheid werden gestuurd, Jones de dans op wonderbaarlijke wijze is ontsprongen.'

'Dat vroeg ik me al af,' zei Ava. 'Hoe kon dat gebeuren?'

McGill leunde voorover en dempte zijn stem. 'Draag je soms een microfoontje, inspecteur Turner?'

'Nee,' zei ze, haar jasje openslaand. 'Daar zou ik ook niks aan hebben, zoals je ongetwijfeld weet. Je bent niet op je rechten gewezen. Ik maak geen aantekeningen, je hebt geen advocaat, dit wordt niet op video of anderszins opgenomen.'

'Dus wat doen we hier dan? Via via heb ik gehoord dat Louis Jones de pijp uit is en nooit meer zal babbelen. En ik denk dat jij dat allang weet, meisje,' zei McGill. 'Caskill, heb je een vuurtje voor me?' De bewaker kwam binnenlopen, stak het sjekkie aan dat McGill uit zijn zak haalde en liep weer weg.

'En waarom zou informatie over iemand wiens naam je je zogenaamd niet meer herinnert, jou ter ore zijn gekomen, McGill? Was jij soms degene die opdracht heeft gegeven voor die aanslag?' vroeg Ava.

'Ik zit hier vast. In een zwaarbeveiligde gevangenis bovendien.

Ik heb de contacten noch het geld om zoiets te organiseren, als het al om een moordaanslag gaat. Ik vind het wel een prettige gedachte dat hij uit wroeging omdat hij zo'n smerige matennaaier is, zijn eigen bek heeft dichtgenageld en zich daarna een kogel door zijn kop heeft gejaagd. Als ik jou was zou ik dat scenario eens nader onderzoeken, schat.'

'Je boezemvriend Ramon Trescoe heeft anders genoeg contacten. Er zijn ongetwijfeld een paar mensen te vinden die het geld ervoor hebben en van wie jullie nog iets tegoed hebben. Tijdens de rechtszaak hebben jullie niemand verlinkt... dat zal wel iets te maken hebben met erecodes en zo. Ik ben er zeker van dat er genoeg maten rondlopen die je straks feestelijk zullen onthalen,' zei Ava.

'Wat kom je hier eigenlijk doen?' vroeg McGill.

'Ik wil weten wie Jones heeft vermoord,' zei Ava.

'Gelul. Als dit een officieel bezoek was, dan had je een collega meegenomen, dan was ik op mijn rechten gewezen en had mijn advocaat hier gestaan om me te adviseren mijn kaken op elkaar te houden. Maar omdat dit geen officieel bezoek is en omdat ik vandaag in een beter humeur ben dan op andere dagen, zal ik je een raad geven. Opzouten als je je gezicht heel wilt houden en je niet met mijn zaken bemoeien. En dat geldt ook voor die van Ramon. Hij heeft zijn straf uitgezeten en voor zover ik weet wil hij alleen maar satelliet-tv kijken en afhaalmaaltijden eten. Als Jones dood is, heeft-ie z'n verdiende loon gekregen. Je moet je niet bemoeien met zaken die alleen grote jongens aangaan.'

'Ik dacht al dat je dat zou zeggen,' zei Ava. 'Ik ben natuurlijk teleurgesteld, maar het komt niet onverwacht.'

'Waarom ben je dan gekomen?' vroeg McGill.

'Ach, ik weet het niet. Ik las je dossier, vond je een interessante vent en besloot toen dat ik je absoluut een bezoekje wilde brengen. Sorry dat ik je heb gestoord. Volgende keer neem ik zeker sigaretten mee.' Ze riep de bewaker. 'Meneer McGill en ik hebben een heel nuttig gesprek gehad. Hij hoort bij de goeien. Ik wou dat ze allemaal zo waren als hij.'

Caskill fronste zijn wenkbrauwen en trok McGill omhoog uit zijn stoel.

'Wat bedoel je daarmee? Waar ben jij godverdomme mee bezig, dame?' vroeg McGill.

'U weet toch hoe het werkt, meneer McGill. U helpt mij, dan help ik u. Ik zal eens met de directeur babbelen, kijken of ik wat extra privileges voor u kan regelen, als bedankje.'

'Dat wijf is compleet gestoord,' zei McGill tegen de bewaker. 'Haal me hier weg. Ik loop trouwens ook mijn lunch al mis.'

Ava liep terug naar de balie om haar spullen op te halen. De feitelijke inhoud van hun gesprek was onbelangrijk, hoewel het geen kwaad kon als McGill de naam Louis Jones tegenover een paar celgenoten zou laten vallen. Alleen al het feit dat McGill met haar in een bezoekersruimte had gezeten – en ook nog eens onder vier ogen met haar gesproken had – zou volstaan om Ramon Trescoe zenuwachtig te maken, al helemaal als bleek dat McGill opeens allerlei privileges genoot waarvoor hij zelf geen verklaring kon geven.

De directeur stond haar op te wachten bij de balie. 'Hoofdinspecteur Turner,' zei hij. 'We hebben elkaar nog nooit ontmoet maar ik heb al veel over u gehoord. Hebt u gekregen waarvoor u vandaag gekomen bent?'

'Zeker,' antwoordde Ava, 'maar ik heb uw hulp nodig bij een aantal zaken.'

'Natuurlijk,' zei de directeur. 'Wat kan ik voor u doen?'

Anderhalf uur later was Ava thuis. Ze trok haar uniform uit en ging in haar kast op zoek naar kleren waarmee ze die avond niet uit de toon zou vallen bij de rest van het gezelschap. Ze bracht meer make-up aan dan ooit, behalve misschien toen ze als achtjarig meisje haar moeders make-uptasje had geplunderd. Ze smeerde donkere foundation op haar gezicht, zette haar ogen zwaar aan met eyeliner en donkere oogschaduw, bracht flink wat blush aan en maakte het af met een kersenrode lippenstift. Daarna haalde ze de stijltang die ze die dag gekocht had uit de verpakking, maakte al haar krullen glad en zette een paar plukken boven op haar hoofd vast. Ze wilde zichzelf vrijwel onherkenbaar maken.

Toen er werd aangebeld stond Ava nog steeds voor de spiegel en probeerde ze zich uit het hoofd te praten wat ze van plan was. Ze tuurde door het kijkgaatje.

'Kun je misschien even opendoen?' vroeg Callanach. 'Ik sta hier te bevriezen.'

Ava zette de deur op een kiertje open. 'Ik sta op het punt om de deur uit te gaan,' zei ze.

Callanach gaf geen antwoord. Zijn gezichtsuitdrukking sprak boekdelen.

'Heb je me uitgerekend nu nodig?' vroeg Ava, haar ogen vermoeid ten hemel slaand. Ze deed de deur weer dicht om de ketting eraf te halen en legde een jasje over haar hand om het verband te maskeren voordat ze deur helemaal opendeed om hem binnen te laten.

'Ga je iets leuks doen?' vroeg Callanach, nog steeds starend.

'Vrijgezellenavond. Rond een thema. Je kent het wel. Wat wilde je zo nodig kwijt wat je niet via de telefoon kon zeggen?' vroeg Ava.

'Cordelia Muir,' zei Callanach. 'Ik denk dat ze vergiftigd is.'

'Dat hebben we al vastgesteld,' zei Ava. 'Alle overlijdensgevallen door dinitrofenol worden beschouwd als vergiftiging. Het middel is wettelijk verboden.'

'Nee, ik bedoel dat het er steeds meer op begint te lijken dat ze geen idee had dat ze het innam. Ik ben teruggegaan naar haar kantoor en heb een paar dingen meegenomen om te laten testen,' zei Callanach, terwijl Ava naar haar slaapkamer verdween en hij vanuit de zitkamer tegen haar bleef praten. 'Waar ga je eigenlijk naartoe?'

Ava kwam terug in een lange regenjas met hooggehakte laarzen eronder, ze had haar ene hand in haar zak gestoken en liet in haar andere hand een sleutelbos op en neer dansen. 'Naar een club in de stad,' zei ze. 'Jij suggereert dus dat het om moord gaat. Moord met voorbedachten rade.'

'Ik zeg alleen dat ik de zaak wil onderzoeken met die gedachte in het achterhoofd. Ik zal haar huis net zo grondig moeten doorzoeken als haar kantoor. De kinderen zijn niet de meest voor de hand liggende verdachten, maar ik moet de mogelijkheid uitsluiten dat de vergiftiging daar heeft plaatsgevonden. Ik denk dat de dochter me wel toestemming zal verlenen, maar ik wilde je laten weten dat ik dat van plan ben.'

'Prima. Als je gegronde redenen hebt moet je het doen, maar als een van de kinderen het heeft gedaan dan hebben ze tijd genoeg gehad om het bewijs te verdonkeremanen. Hé, ik moet ervandoor. We praten morgen verder. Kom je 's ochtends verslag uitbrengen?'

'Goed,' zei Callanach, en hij liep naar buiten terwijl Ava de deur voor hem openhield. 'Vrijgezellenavond van wie?'

Ava leek even naar de juiste sleutel te moeten zoeken om de deur op slot te doen.

'Een meisje van mijn vroegere paardrijclub. Ik ga er alleen heen om mijn gezicht even te laten zien. Over een uur doe ik alsof ik hoofdpijn heb en knijp ik ertussenuit.' Ze stapte in haar auto en gooide haar handtas op de achterbank. Callanach opende het portier aan de passagierskant en keek naar binnen. 'Pas maar op dat je niet wordt gearresteerd,' zei hij, en toen hij het portier weer dichtgooide viel zijn oog op de pepperspray in haar tas.

'Dat zou nog het minste probleem zijn,' mompelde Ava terwijl de banden bij het optrekken op het natte asfalt slipten.

Callanach keek haar ongelovig na en geloofde geen woord van haar verhaal. Het was niet haar uitleg die hem had doen twijfelen, maar de angstige blik in Ava's ogen. Ze was niet gewoon wat nerveus, ze was totaal van slag. En hij vroeg zich af waarom.

34

Terug op het bureau vervloekte Callanach de regen die in ijzel was veranderd en het drukke verkeer vanwege alle mensen die 's avonds zo nodig moesten winkelen. Het had hem een halfuur gekost om de stad door te komen en daarna nog eens een halfuur om zijn team bij te praten en met Cordelia Muirs dochter te bellen, die het prima vond dat ze het huis nog eens doorzochten. Zelfs commissaris Overbeck kwam nog even binnenwaaien op weg naar een diner, waardoor Callanach weer moest denken aan Ava's feestavondje, wat niets voor haar was. Ze ging in elk geval niet naar een deftig diner met de andere hoge pieten van de Schotse politie, dat stond vast.

'U gaat vanavond toch naar het huis van mevrouw Muir?' vroeg Overbeck hem.

'Ja, mevrouw,' antwoordde hij. 'Hoofdinspecteur Turner heeft haar fiat gegeven. Ik breng haar morgenochtend verslag uit.'

'Als ze zich dan tenminste niet opnieuw ziek meldt. Ik had haar naast de moeder van de commissaris van de koningin willen zetten. Dodelijk saai mens. Heeft het alleen maar over haar kinderen. Het verbaast me niks dat Turner zogenaamd een migraine voelde opkomen. Nu ben ik de klos. Trouwens, inspecteur, we behandelen de zaak-Muir niet als moordzaak, tenzij u er honderd procent zeker van bent. Ik heb geen behoefte aan een nog ongunstiger oplossingspercentage, knoop dat in uw oren.' Overbeck liep klikklakkend weg op haar hoge hakken en controleerde in het voorbijgaan haar lippenstift in het spiegelende raam. Callanach keek haar na. Hij was bereid te geloven dat Ava een leugentje had verzonnen om onder een saai diner met haar superieuren uit te komen, maar vroeg zich wel af waarom ze diezelfde smoes niet van stal had gehaald om onder een vrijgezellenfeestje uit te komen.

Tegen de tijd dat Callanach bij het huis van Cordelia Muir arriveerde, waren politieagenten al bezig allerlei voorwerpen in zakken te stoppen en te labelen, en in een koelbox op te bergen om ze naar het lab te sturen. Lively noteerde steeds om welke items het ging, en Cordelia's dochter zat op de bank met een opengeslagen boek op schoot naar de muur te staren. Callanach had uitgelegd dat de politie het huis nog een keer moest doorzoeken om vast te stellen of ze nog pillen over het hoofd hadden gezien. Net toen hij de jonge vrouw verzekerde dat de Schotse politie er alles aan deed om de zaak grondig te onderzoeken, hoorde hij boven gebonk, gevolgd door het geluid van een dichtslaande deur en het verschuiven van een zwaar meubelstuk.

'Sir,' riep Tripp naar beneden. 'We hebben hier een... eh... probleempje. Kunt u even...?'

Callanach excuseerde zichzelf en liep naar boven. Drie agenten stonden op de gang voor een openstaande slaapkamerdeur, en een andere deur die dichtzat.

'De slaapkamer van mevrouw Muir is overhoopgehaald, ben ik bang,' fluisterde Tripp. Callanach keek naar binnen. De lakens waren half van het bed getrokken, alle laden en kastdeuren stonden open, en de inhoud lag over de grond verspreid. Over de vloer liep een spoor van voorwerpen naar de badkamer en vandaar weer terug naar de gang.

'Wat is hier aan de hand?' vroeg Callanach, naar de dichte deur gebarend.

'Dat is de slaapkamer van de zoon, Randall. Hij heeft zich opgesloten en geeft geen sjoege. We horen gesnik en hij heeft de deur met iets zwaars gebarricadeerd,' zei Lively.

'Randall, ik ben Luc Callanach. We hebben elkaar kort gezien in het ziekenhuis. Ik wil je heel even spreken om te kijken of alles goed met je is. Ik weet dat het moeilijk is en ik wil je absoluut niet lastigvallen. Maar als je de deur een klein stukje open zou willen doen zodat ik je gezicht kan zien en met je kan praten, dan vraag ik mijn mensen om een stapje naar achteren te doen zodat we wat privacy hebben.'

'Laat me met rust,' riep Randall hortend.

'Ik begrijp dat je dat wilt,' zei Callanach, 'en dat willen wij ook. Maar ik kan niet zomaar iemand achterlaten die mogelijk een gevaar voor zichzelf vormt zonder hem gezien te hebben. Wil je liever met je zus praten?'

'Nee!' schreeuwde Randall. 'Oké, ik doe wel open. Maar daarna wil ik met rust gelaten worden, ja?'

'Oké,' zei Callanach en hij gebaarde dat de andere agenten een stapje opzij moesten doen. Er werd iets verschoven, hij hoorde iemand zwaar ademhalen en toen ging de deur open op een kiertje. 'Hallo, Randall. Fijn dat je dit wilt doen.'

'Je hebt me gezien en nou opzouten,' zei Randall en hij maakte aanstalten de deur weer dicht te doen.

Callanach duwde zijn voet ertussen zodat de deur net niet dichtging. 'Gaan we zeker doen, zo direct. Punt is dat we nu in jouw huis zijn, zoals dat heet, en ik je moet uitleggen wat we hier doen. Ik moet je moeders spullen doorzoeken op pillen of andere medicijnen, om te kunnen vaststellen wat ze innam. Begrijp je dat?'

'Ja,' zei Randall.

'Mooi, goed om te horen. Zo te zien zijn er kortgeleden een paar spullen in je moeders slaapkamer verplaatst, en we moeten al haar persoonlijke bezittingen doorzoeken. Heb je iets van haar in jouw kamer liggen?'

Randall keek even over zijn schouder waardoor de deur nog een centimeter verder openging. Callanach ving een parfumlucht op uit de verduisterde kamer en maakte van de gelegenheid gebruik om nog een stapje dichterbij te komen.

'Een paar dingen, maar dat zijn privézaken. Er zitten geen pillen bij. Ik heb niks verkeerds gedaan,' zei Randall.

'Natuurlijk heb je niets verkeerds gedaan. Je wist niet eens dat we zouden komen of wat we hier kwamen doen. Maar als je daar spullen van haar hebt liggen, moeten we die even snel bekijken om er zeker van te zijn dat we het grondig hebben aangepakt. Vind je dat goed?'

Lively riep nog meer agenten naar boven.

'Nee, dat vind ik niet goed. Ik wil niet dat jullie nog aan mijn moeders spullen zitten. Die zijn nu van mij. Jullie maken alles kapot. Jullie maken er een zootje van,' riep Randall uit.

'We zullen heel voorzichtig zijn en we raken niets aan als het niet hoeft. Je mag erbij blijven en ons vertellen waar alles vandaan komt.' Callanach duwde de deur ietsje verder open, waardoor het licht van de gang naar binnen scheen op een berg kleren, beddengoed en voorwerpen die op de grond lagen.

'Nee!' krijste Randall. 'Ik wil jullie hier niet hebben. Je komt niet binnen. Niemand komt erin.'

'Randy? Wat is er aan de hand? Waarom laat je ze niet binnen?' Zijn zus verscheen boven aan de trap.

'Je hebt haar altijd bij me weggehouden,' tierde Randall. 'En nu stuur je ze naar binnen om al mama's spullen van me af te pakken. Nou, dat gaat niet gebeuren. Je gaat haar niet opnieuw van me afpakken. Over m'n lijk!'

Callanach keek Randalls zus aan, wees naar de deur en gebaarde dat hij hem open wilde wrikken. Zijn zus knikte en stapte met gebogen hoofd opzij. Hij zette zijn voet steviger tussen de deur, terwijl Randall hem dicht probeerde te duwen. Callanach gebruikte zijn schouder en zette zijn hele gewicht ertegenaan om meer kracht te kunnen zetten. De deur vloog open en Randall schoot naar achteren en kroop op handen en voeten weg. Tripp deed het licht aan en het team maakte zich klaar om naar binnen te gaan en in te grijpen.

Randall lag opgerold in het midden van een chaotische berg kleren, beddengoed, sieraden, boeken en papieren. Met een oude ochtendjas over zijn hoofd getrokken schommelde hij zachtjes snikkend heen en weer, streelde de voorwerpen een voor een en brabbelde onverstaanbare woorden.

'Ik bel een dokter,' zei zijn zus zachtjes.

Callanach bleef er nog even bij terwijl zijn team spullen weghaalde uit het nest, zoals Randall het zelf noemde, en liet het aan de huisarts over om te proberen Randall een kalmerend middel toe te dienen. Om tien uur, net toen hij aanstalten maakte om weg te gaan, ging zijn telefoon.

'Luc, met Ailsa Lambert. Heb je even?'

'Ja hoor,' zei Luc en hij liep de lege keuken in. 'Gaat het over de autopsie op Louis Jones?'

'Nee, dat is afgehandeld. Ik vroeg me eigenlijk af of Ava toevallig bij jou is,' zei ze.

'Ze is een avondje uit. Is het dringend?' vroeg Callanach. Het bleef lang stil aan de andere kant van de telefoon, tot Callanach haar afkeurend hoorde mompelen. 'Ailsa, wat is er aan de hand?'

'Ze zou me vanavond bellen maar ik heb niets van haar gehoord. Ik maakte me zorgen,' zei ze. Ze klonk aarzelend, onzeker, helemaal niet als de dokter Lambert die hij kende. 'Ik maak me nog steeds zorgen.'

'Ik denk dat dat niet nodig is, want ik heb haar eerder op de avond nog gezien. Ze was erop gekleed om een avondje te gaan stappen,' zei Callanach.

'Zei ze waar ze heen ging?' vroeg Ailsa.

'Ze zei dat ze naar een vrijgezellenfeestje ging,' antwoordde Callanach. 'Iemand die ze nog kende van haar oude paardrijclub heeft haar zover gekregen dat ze zich als een Franse courtisane heeft uitgedost, en dan druk ik me nog mild uit.'

'Een vrijgezellenfeest?' zei Ailsa. 'We hebben het toch over dezelfde Ava Turner, hè? Heb jij ooit meegemaakt dat zij zich in een grote groep vrouwen stort, en dan in het bijzonder vrouwen die maffe kleren aantrekken en zich de hele avond overgeven aan collectieve idiotie?'

'Waarom moest ze je bellen, Ailsa?' vroeg Callanach. 'En waarom had ze met je afgesproken dat ze zou bellen als ze van plan was om een avondje uit te gaan? Ik snap het niet.'

Aan de andere kant van de lijn hoorde hij Ailsa diep zuchten. 'Ik maakte me zorgen om haar. Ava is aangevallen en heeft daarbij een ernstige wond aan haar hand opgelopen. Ze ging ermee akkoord om regelmatig contact te houden om me gerust te stellen. We hadden afgesproken dat ze me op vaste tijdstippen zou bellen, maar nu neemt ze niet op.'

'Heb je enig idee waar Ava op dit moment zou kunnen zijn?' vroeg Callanach.

'Helaas niet, maar als ze vanavond op een vrijgezellenfeest is, laat ik haar morgen door een psychiater onderzoeken. Wil je haar voor me zoeken, Luc? Ik had er nooit mee in moeten stemmen om mijn mond te houden, en ik zal het mezelf nooit vergeven als haar iets overkomt.'

35

Ava liet een briefje van twintig pond zien, maar dat werd weggewuifd door de portier van The Maz. Blijkbaar moesten alleen de mannelijke gasten met geld wapperen om binnen te komen. Ze gaf haar jas af bij de garderobe maar hield haar tasje bij zich, en voelde zich niet op haar gemak in haar kanten bustier, tot ze zich realiseerde dat ze veel meer bovenkleding droeg dan de meeste andere vrouwen in de club. Haar eerste stop was het damestoilet, waar ze nog wat extra eyeliner opbracht en haar lippen opnieuw stiftte. Tijdens de rit naar Glasgow had ze zich voortdurend afgevraagd wat er zou gebeuren als Knuckles of die grote kerel haar herkende, maar eenmaal binnen was dat het laatste waar ze zich druk om maakte. Ze herkende zichzelf bijna niet toen ze in de spiegel keek. Weinig kans dat anderen haar zouden ontmaskeren.

Ava liep naar de bar, de blikken van zowel mannen als vrouwen negerend, blij met het schemerige licht en de dikke laag make-up die haar verlegenheid verhulden. Ze was weleens eerder in dit soort clubs geweest, maar dan ging het om invallen wegens drugs- of mensenhandel. Dit was minder leuk. Met een gin-tonic in de hand liep ze wat rond op zoek naar een goeie plek om het komen en gaan van de klanten te observeren.

'Wil je iets anders in je drankje?' Een man kwam voor haar staan en versperde haar de weg. Hij was groot, maar vooral veel te dik en niet bijzonder gespierd.

'Nee, bedankt. Ik zit goed,' zei ze. Ze liet haar lichtelijk bekakte Engelse accent vallen en probeerde een Glasgows accent op te zetten, terwijl ze opzijging en wachtte tot hij haar erlangs liet.

'Ben je hier alleen?' vroeg hij, zonder zich iets aan te trekken van haar hint, of misschien had hij die niet opgepikt.

Ava zuchtte. 'Ik heb met iemand afgesproken. Mag ik er nou langs?'

'Ik heb goeie pillen,' zei de man. 'Daar word je wat losser van, ja? Jij bent stekelig.' Hij was zeker een meter negentig lang en woog minstens honderd kilo, schatte Ava. Niet iemand met ze al zo vroeg op de avond ruzie wilde krijgen, hoewel dat in de loop van de avond misschien zou veranderen. Voorlopig moest ze een excuus verzinnen zonder dat ze gedonder kreeg.

'Ik heb net wat anders ingenomen,' zei ze. 'Ik kom later op de avond wel naar je toe, oké? Dan haal ik een opkikkertje bij je.'

'Voor jou gratis. Ik heb je hier nog nooit gezien. Hoe heet je?' vroeg hij.

'Pixie,' zei Ava en ze vroeg zich af waar dat ineens vandaan kwam. 'Ik ben hier net komen wonen. En ik wilde de scene hier eens zien. Kijken of het wat is.'

'Zeg maar tegen barman dat Domo heeft gezegd gratis drinken vanavond. Ik zorg voor je,' zei hij.

'Bedankt, Domo,' zei Ava en ze liep langs hem. 'Dat zal ik onthouden.' Ze zag een nisje en ging daar zitten, en had er spijt van dat ze er niet aan had gedacht twee drankjes te bestellen om de indruk te wekken dat ze op iemand wachtte. Domo stond hier duidelijk op de loonlijst en regelde drugs en wie weet wat nog meer. De muziek werd iets harder gezet, en op het bovenste balkon ging de verlichting aan en stapten meisjes in een danskooi. Beneden veranderde de verlichting van kleur en werd de ruimte in rondwervelend rooden goudkleurig licht gedompeld. Ava keek op haar horloge. Het was nu bijna elf uur. Er kwam weer een man op haar af, en Ava schudde meteen haar hoofd, blij dat deze makkelijker viel af te wimpelen. Twee vrouwen liepen voorbij, de een ondersteunde de ander die wankelend op haar torenhoge hakken liep. Ze wist niet wat voor spul het was dat Domo de vrouwen aanpraatte, maar zij wilde het in ieder geval niet in haar drankje. Ze deed net of ze een slok nam, haalde haar telefoon tevoorschijn en begon voor de vorm te appen. Het werd nu drukker omdat de pubs leegstroomden. Er liepen nu misschien honderdvijftig mensen rond, verspreid over twee verdiepingen, hoewel ze niet van plan was om dat vanavond te checken.

Het duurde nog een halfuur tot Ava de eigenaar, Joe Trescoe, bij de ingang zag. Hij kwam binnen paraderen in een overhemd dat de jaren zestig nooit had mogen overleven en droeg een gewaagd strakke spijkerbroek met zijn dikke bierpens. Zijn glad achterovergekamde, uitdunnende haar verraadde zijn leeftijd, maar zijn ogen stonden alert, als die van een roofdier. Ava zag dat hij zijn werknemers observeerde – opmerkte wie glimlachte, wie hard werkte, wie er de kantjes af liep – en wist dat niets hem ontging. Hij had geen interesse in de topless vrouwen die langs hem heen liepen. Joe Trescoe liet zich geen moment afleiden en had alleen maar oog voor zijn zakelijke belangen. Hij begroette een paar mensen terwijl hij de dansvloer over liep, en een halve stap achter hem, als de gemalin achter een vorst, liep de man die Ava voor de club had gezien, toen hij de paaldanseres ervan probeerde te overtuigen dat ze niet zo moeilijk moest doen over klanten die hun poten niet thuis konden houden. Ze liepen in de richting van de vipruimte, waar een uitsmijter de rode afzetkoorden weghaalde en een stapje opzij deed om de baas erdoor te laten.

Het gordijn achter de koorden werd opengeschoven om Joe Trescoe binnen te laten, en voor het eerst sinds hun confrontatie in het huis van Glynis Begbie ving Ava een glimp op van Knuckles. Een koperen boksbeugel aan zijn rechterhand glinsterde in het licht: een waarschuwing aan iedereen om niet zonder toestemming dichterbij te komen. Tot haar genoegen zag ze dat hij een blauwe plek op zijn gezicht had, waarschijnlijk nog van hun schermutseling, maar gezien de aard van zijn werkzaamheden waren er ongetwijfeld heel wat mensen die hem in de loop van een normale werkweek een opstopper verkochten.

'Jouw vriend komt niet?' vroeg Domo, die opeens naast haar opdook.

Ava maakte haar ogen los van Knuckles en glimlachte beleefd. 'Hij is wat laat. Heb je een ticket nodig om in de vipruimte binnen te komen? Ziet er goed uit daar.'

'Alleen op uitnodiging en moet lid zijn. Maar jij knap. Mooi lijf. Misschien jij krijgt lidmaatschap goedkoop,' zei Domo.

'Dat is eh... aardig van je,' zei Ava. 'Maar ik heb niets aan een lidmaatschap. Ik werk altijd tot laat in de avond, dus ik kan hier niet zo vaak komen.'

'Maria,' schreeuwde Domo. 'Breng een glas prosecco voor de dame.'

Ava overwoog even om het gratis drankje af te slaan en realiseerde zich toen dat dat niet ging. Ze kon een paar uitvluchten verzinnen, maar ze moest wel in haar rol blijven. Ze nam het glas dat het meisje haar kwam brengen met een vriendelijk knikje aan en deed of ze een slokje nam. 'Dank je wel,' zei ze en ze wachtte tot Domo haar met rust liet. Maar dat was hij niet van plan. 'Zeg, en hoelang werk jij hier al?' vroeg ze, en de moed zonk haar in de schoenen toen hij naast haar kwam zitten.

'Anderhalf jaar,' zei hij. 'Hé, Perry. Stuur es een paar meiden naar boven. Een hoop mannen daar, zonder iets om naar te kijken.' Ava keek om naar de man tegen wie Domo het had, en verstijfde toen de grote kerel wiens ballen ze had verbrand op hen af slenterde. Ze pakte haar glas en hield het tegen haar lippen, waardoor een deel van haar gezicht schuilging achter de prosecco en ze iets had om naar te kijken.

'Ik heb net twee meiden naar boven gestuurd. Is dat genoeg?' vroeg Perry.

'Nog een,' zei Domo.

'Moet ik haar mee naar boven nemen?' Perry gebaarde naar Ava.

'Idioot. Dit is klant. Excuus,' zei Domo en hij wuifde Perry met een handgebaar weg. Perry draaide zich om en keek nog even aarzelend over zijn schouder. Ava wendde haar blik af en hield haar adem in, zich afvragend of Perry haar zou herkennen. Toen ze weer op durfde te kijken, zag ze hem de trap op lopen met een vrouw, die met gebogen schouders achter hem aan slofte.

'Ik heb gehoord dat deze club door Joe Trescoe wordt gerund. Klopt dat?' vroeg Ava tussen twee slokken door.

Domo verstrakte, zijn ogen schoten even naar de vipruimte en hij wierp haar een scherpe blik toe.

'Waarom vraag jij naar meneer Trescoe?' zei hij. Zijn stem klonk zacht maar een stuk killer dan eerst. Ramon Trescoe's broer was duidelijk gesteld op zijn privacy.

'Mijn vader had het vroeger vaak over hem. Vertelde dat ze samen feestjes bouwden toen ze nog twintigers waren. Glasgow zag er toen heel anders uit. Toen had je dit soort clubs nog niet,' zei Ava.

Domo reageerde door een telefoon tevoorschijn te trekken en een foto van haar te nemen voordat ze kon tegensputteren. 'Meneer Trescoe wil altijd graag weten wie in zijn club komt. Hoe heette jij ook alweer?' vroeg hij.

Joe Trescoe was blijkbaar achterdochtiger dan Ava had gedacht. Ze glimlachte vriendelijk. 'Pixie MacDonald. Maar hij kent me niet, hoor. Mijn pa is weggegaan uit Glasgow en heeft de laatste jaren van zijn leven achter de tralies doorgebracht, met dank aan die klootzakken van de politie. Het is goed om te weten dat zijn vrienden er nog steeds zijn. Het zou hem gelukkig hebben gemaakt, te weten dat zijn maten het hebben gered.'

'Je vader nu dood?' vroeg Domo.

'Een paar jaar geleden,' zei Ava, en ze vroeg zich af hoever ze kon gaan in het opdissen van allerlei leugens. 'Hartaanval. Die man heeft z'n hele leven lang alleen maar dingen gegeten die eerst heel lang in de frituurpan hadden gelegen.'

Knuckles dook op achter het vipgordijn en zwaaide naar Domo.

'Moet aan het werk,' zei Domo. 'Wij praten later.'

Ava glimlachte om haar opluchting te verbergen. Domo's Engels was niet geweldig, maar hij was niet dom. Dat was ongetwijfeld de reden waarom hij was uitgekozen om de dansvloer in de gaten te houden. Er kwam een lawaaierig groepje binnenvallen dat de dansvloer op ging, en Ava kon zich even ontspannen. Ze trotseerde de gang naar de bar, bestelde een tweede drankje en zette het onaangeroerd op haar tafeltje. Een vrouw kwam voorbijlopen, hield haar pas in en vroeg: 'Ben je in je eentje, wijffie?'

'Ik zit op iemand te wachten,' antwoordde Ava, die niet goed wist waar ze moest kijken. De jonge vrouw was topless, droeg een minirokje ter grootte van een zakdoek en naaldhakken die zo scherp waren dat ze als aanvalswapen konden dienen. Ava schatte haar ergens tussen de twintig en de dertig, maar met al die lagen make-up viel moeilijk te zeggen hoe oud ze precies was.

'Oké. Leuke bustier draag je. Echt een heel mooie kleur rood. Je doet vandaag zeker auditie? Ik heet trouwens Sugar,' zei ze, en ze ging naast Ava zitten.

'Auditie?' vroeg Ava.

'Sollicitatiegesprek. Ik zag je met Domo praten. Alle meiden moeten een avondje proefdraaien om te zien hoe ze met de klanten omgaan voordat ze worden aangenomen. Je bent wel wat ouder dan de meisjes die Joey meestal aanneemt, maar je hebt mooie tieten, dus dat scheelt een stuk.' Ava deed haar mond open om iets te zeggen, besloot dat het verstandiger was om gewoon te glimlachen en deed hem weer dicht. 'Je moet opstaan en een beetje rondlopen. We moeten zelf een beetje gezellig doen in plaats van afwachten tot de mannen op ons afstappen. We moeten ze een beetje in de stemming brengen, snap je wel?' zei Sugar met een knipoog.

'Bedankt voor de tip,' zei Ava. 'Enne, is het leuk om hier te werken?'

'Ik kan er m'n rekeningen van betalen. Er zitten soms engerds tussen, maar ja, zo gaat dat nu eenmaal. Maar je zit hier warm. De drankjes zijn gratis, al houden ze wel in de gaten hoeveel je drinkt. Ze willen dat we vriendelijk zijn, maar niet straalbezopen. Mooie armspieren heb je trouwens. Je gaat zeker vaak naar de fitness? Dat zal wel helpen als ze te opdringerig worden.'

'Soms wel, ja,' zei Ava. Ze wierp een blik op Sugars armen, die er bleek en papperig uitzagen, en op haar huid die duidelijk de sporen droeg van een ongezond leven. 'Dus die Joey runt de tent hier?'

'Joey en z'n broer, Ramon.' Sugar leunde voorover en dempte haar stem. 'Ramon komt net uit de bak en sinds hij terug is, heeft Joey een pesthumeur. Het loopt blijkbaar niet zo lekker tussen de broertjes. Hoe heette je nou ook alweer?'

'Pixie,' zei Ava, en inwendig kromp ze in elkaar toen ze die naam weer hardop zei.

'Pixie, leuke naam. Past wel bij je. We kunnen samen optrekken als je wilt. De vaste klanten houden wel van een nieuw gezicht. Ik durf te wedden dat we samen behoorlijk wat fooien kunnen binnenhalen. Maar het zou wel helpen als je die bustier ietsje verder openzet. Hoe strakker het zaakje in hun kruis komt te zitten, hoe makkelijker ze met hun flappen zwaaien.'

'Straks misschien. Ik ben nog een beetje gespannen,' zei Ava. 'Zeg, en Joey's broer. Wat voor type is dat?'

'Waanzinnig aantrekkelijk,' zei Sugar. 'Zegt niet veel. Hij heeft van die donkere, fluwelige ogen en van die lange slanke vingers. Hij is best sexy voor iemand van zijn leeftijd. Kijkt alleen maar om zich heen. Ouwehoert niet mee met de anderen. Sommige meiden denken dat hij bang is, maar ik denk dat hij in de tijd dat hij vastzat gewend is geraakt aan zijn eigen gezelschap.'

Er kwam een man aan hun tafeltje staan. Hij had een stompzinnige grijns op zijn gezicht en een biljet van tien pond in zijn hand. 'Sugar, wil je met me dansen?' brabbelde hij.

'Jazeker wil ik dat.' Ze glimlachte lief en stond op, bleef met haar rug naar de dronkenlap staan en mimede 'eikel' tegen Ava. 'Ik zie je nog wel, schat.'

Ava stond op toen Sugar op de dansvloer in de armen van de zatlap verdween, en ging aan een ander tafeltje zitten waar ze een beter zicht had op de vipruimte en tussen de gordijnen door kon kijken. Er liepen weer een paar mensen naar binnen die stuk voor stuk door Knuckles werden doorgelaten, terwijl Domo in de buurt bleef om de drankaanvoer op peil te houden. De muziek werd harder gezet en er werden nu langzame nummers gedraaid, het licht werd gedimd en er verschenen nieuwe meisjes. Op dat moment zag Ava hem. Ramon Trescoe kwam de trap af lopen met een air alsof hij op een filmset stond in plaats van in een veredelde stripteasetent. Zijn linkerhand rustte lichtjes op de reling en hij bewoog zich met een in het oog springende soepelheid. Aan hem zag je nog beter dan aan zijn broer dat zijn wortels in het Midden-Oosten lagen. Hij droeg een onberispelijk gestreken wit overhemd, in zijn rechterhand had hij een sigaret, ondanks het rookverbod, en hier en daar schemerde wat grijs door in zijn zwarte haar.

Bijna onder aan de trap bleef Ramon even stilstaan en liet zijn blik rondgaan. Ava bleef roerloos zitten, ze wilde dat hij haar zou opmerken zonder dat ze de aandacht op zichzelf vestigde. Het lukte, zijn blik bleef even op haar rusten hoewel hij haar niet van top tot teen opnam, zoals ze had verwacht. Ava verbrak als eerste het oogcontact en verlegde haar aandacht naar haar drankje. Ramon liep verder de trap af en ging de vipruimte binnen terwijl Ava haar hoofd omdraaide. Zijn aandacht trekken was één ding, maar het moest niet te doorzichtig lijken. Ze waagde het weer een snelle blik op de vipruimte te werpen, en zag dat Ramon naar haar keek. Hij glimlachte, en Ava voelde een misselijkmakende scheut van opwinding door zich heen gaan en schoof ongemakkelijk heen en weer op haar stoel, in tweestrijd of ze haar plan om contact te leggen met Ramon Trescoe moest doorzetten of als de sodemieter moest maken dat ze wegkwam. Contact leggen met Ramon was de snelste manier om erachter te komen of haar theorie over Begbies dood klopte, maar ze besefte dat ze daarmee ook een moeilijk in te schatten risico liep. Ze deed niet voor het eerst undercoverwerk. Ze kende de procedure. Ze had geen creditcards of andere identificatiepapieren in haar tasje zitten, ze had haar verhaal goed voorbereid en ze had zelfs de autopapieren uit haar auto gehaald voor het geval ze die zouden doorzoeken. Zelfs haar telefoon was vergrendeld met een vingerafdruk en een code.

Ava reageerde zogenaamd luchtig op Ramons interesse en hief haar glas even naar hem op. Op zijn beurt hield hij zijn hoofd schuin en drukte zijn sigaret uit voordat hij Knuckles bij de arm pakte en iets tegen hem fluisterde terwijl hij in Ava's richting keek. Ze duwde de pepperspray diep weg in haar tasje, onder haar make-upspullen, portemonnee en telefoon. Toen ze weer opkeek zag ze dat Knuckles door de meute op de ondertussen overvolle dansvloer op haar af liep. Het was zover. Ramon Trescoe nodigde haar uit in de vipruimte. Ze slikte haar zenuwen weg, dacht aan de dode George Begbie in zijn auto, aan Glynis die nu in haar eentje oud moest worden, en zette zich schrap om de moord op haar baas te wreken.

'*Qu'est-ce que tu fais?* Waar ben je verdomme mee bezig?' hoorde ze een stem dwars door haar gedachten breken. Callanach kwam met grote stappen op haar af gelopen. Ze stak haar hand op om hem tegen te houden voor hij te dichtbij was. Knuckles was al halverwege de dansvloer. Als Callanach haar echte naam riep zaten ze allebei diep in de problemen en was de kans verkeken dat ze nog bij Ramon Trescoe in de buurt kon komen.

Hoofden draaiden zich om terwijl Callanach op haar af liep. Zo ging het nou verdomme altijd, wist ze nog net te bedenken. Callanach had om te beginnen een gezicht dat je moeilijk kon vergeten en bovendien was hij vaak genoeg op tv geweest voor persconferenties van de Schotse politie. Ze liep naar hem toe om zo de afstand tussen haar en Knuckles te vergroten.

'Je zegt geen woord meer, kop houden,' fluisterde ze tegen hem.

'Hé, jij daar,' riep Knuckles. 'Meneer Trescoe heeft je in de vipruimte uitgenodigd. Je laat hem wachten.'

'Ze is nu even bezig,' zei Callanach en hij stapte naar voren.

Ava ging tussen Callanach en Knuckles in staan. 'Wil je meneer Trescoe bedanken en hem zeggen dat ik graag kom. Mijn vriend was net van plan om te vertrekken. Ik loop even met hem mee en dan kom ik terug.'

'Dat kan ik ook wel voor je doen,' zei Knuckles. Ava hoefde zich geen zorgen te maken dat hij haar herkende. De man kon zijn ogen niet van haar decolleté afhouden. 'Je kan meteen doorlopen. Meneer Trescoe vindt het wel goed dat ik je even help.'

'Het duurt maar een minuutje,' zei Ava. 'Zou jij zo lief willen zijn om te zeggen dat Pixie graag komt? Ik ben zo terug.'

'Aye, maar de klokt tikt wel door, hè? Die uitnodiging blijft niet de hele avond staan. Schiet nou maar op,' zei Knuckles.

Ava loodste Callanach naar de ingang met de garderobe. 'Je moet hier weg,' zei ze. 'Je verpest alles.'

'Dat is prima, ik ga weg en ik neem jou mee,' antwoordde Callanach. 'Ik weet niet wat je hiermee wilt bereiken, maar je hebt Ailsa de stuipen op het lijf gejaagd en Ailsa is niet iemand die snel bang is.'

Opeens trok Ava Callanach tegen zich aan, legde haar hand in zijn nek en drukte haar lippen tegen zijn wang, millimeters van zijn mond. Ze woelde met haar vingers door zijn haar, perste haar lichaam tegen het zijne en trok hen allebei in de schaduw van een muur.

'Ava,' zei Callanach zacht. 'Waar ben je mee bezig?'

'Niks zeggen, en zorg dat ze je gezicht niet zien. Deze tent trekt meer uitschot aan dan ik had gedacht. We moeten hier onmiddellijk weg zien te komen. Er zijn net een paar gasten van Edinburghs meest beruchte drugsbende binnen komen zeilen, en die zullen mij in deze outfit niet herkennen, maar jou des te eerder.' Ze liepen naar buiten, slenterden langzaam weg en zetten het toen op een lopen naar de hoek van de straat, weg van The Maz.

Ava wees naar haar auto. 'Instappen,' zei ze, terwijl ze haar eigen portier opende en met een harde klap dichtsloeg. 'Kun je even uitleggen wat je hier komt doen, verdomme? Besef je eigenlijk wel dat je ons allebei daarnet in groot gevaar hebt gebracht? Die lui laten zich niet piepelen. Zeker twee van die gasten droegen een wapen. Ben je nou echt zo stom dat het niet bij je opkomt dat jij wel de laatste bent met wie ik gezien wil worden nu ik zoveel moeite heb gedaan om onherkenbaar te zijn?'

'Ben je klaar?' vroeg Callanach.

Ava staarde omhoog, telde tot vijf en legde toen haar hoofd op het stuur. 'Ik ben je meerdere. Als ik ondersteuning had gewild, zou ik dat geregeld hebben. Als ik had gewild dat je wist waar ik heen ging dan had ik het je laten weten. Je bent buiten je boekje gegaan.'

'Jij bent echt ongelooflijk,' zei Callanach. Hij trok een pakje Gauloises uit zijn zak en stak een sigaret tussen zijn lippen, de drang om hem ook echt aan te steken was sterker dan ooit. 'Ik ben hier omdat je een afspraak had met Ailsa. Herinner je je nog dat je had beloofd dat je om de twaalf uur zou bellen? Je had haar om acht uur moeten bellen.'

'Shit,' mompelde Ava. 'Dat ben ik helemaal vergeten.'

'Ja, je bent het vergeten. Ik ben je niet hierheen gevolgd. Ik was gewoon in Edinburgh aan het werk. Ik wist dat je tegen me gelogen had over die vrijgezellenavond en dat heb ik laten gaan, maar daarna kreeg ik een telefoontje van Ailsa. En je had Lively gevraagd om inlichtingen over deze club. En doordat je je zo had opgedirkt was het niet moeilijk om je te vinden.'

'Hoeveel weet je?' vroeg Ava rustig.

'Ik weet dat als dit met Louis Jones te maken had, je het via de officiële kanalen had laten lopen en om ondersteuning had gevraagd. Ik weet ook dat het ongeloofwaardig overkomt als iemand als jij zichzelf Pixie noemt, dus een wat realistischer voorbereiding zou niet verkeerd zijn geweest. Je bent misschien mijn meerdere, maar dan nog, je had met me moeten overleggen,' zei Callanach.

'Dat kon ik niet. En dat kan ik nog steeds niet,' zei Ava.

'Ik dacht dat je me vertrouwde,' antwoordde Callanach.

'Je vertrouwen en je betrekken bij een mogelijk criminele samenzwering zijn twee totaal verschillende dingen. Ik breng je nu naar je auto en dan verwacht ik dat je naar huis gaat. We kunnen het er niet meer over hebben. Beloof dat je er niet meer op terugkomt.'

'Oké dan,' zei Callanach. 'Mijn auto staat in Hollybrook Street.'

'Is dat het?' vroeg Ava.

'Ik denk dat we beter terug kunnen rijden naar Edinburgh, vind je ook niet?' vroeg Callanach.

'Ik denk dat we moeten vaststellen dat je over de schreef bent gegaan,' zei Ava en ze startte de motor.

'Als je me ervan kunt overtuigen dat je geen gevaar loopt, dat ik dit helemaal verkeerd heb ingeschat, dan kruip ik graag door het stof,' zei Callanach. 'Maar omdat je hier nog steeds zit te trillen als een rietje, ben ik voorlopig niet van plan om mijn excuses aan te bieden.'

36

'Mijn zus heeft een dokter gebeld,' brabbelde Randall door de telefoon tegen Christian. 'Hij wilde me een kalmeringsmiddel toedienen en dat pikte ik niet, maar toen zei mijn zus dat ze me anders ergens heen zouden sturen waar ik niets te kiezen had.'

'Je zus is gewoon bezorgd,' zei Christian. 'Dat middel helpt je om tot rust te komen. Waar ben je nu?'

'In de logeerkamer. Ik mag pas weer terug naar mijn eigen kamer als ze alles hebben opgeruimd. Ze zeggen dat ik er een puinhoop van heb gemaakt, maar het was gewoon mijn nest, Chris, zoals jij voorstelde. Het hielp me om me haar te herinneren zoals ze was.'

'Shit, man,' zei Christian. 'Ik had nooit kunnen denken dat je daar problemen mee zou krijgen. Was het erg?'

'De politie is hier geweest en heeft de deur zo ongeveer opengebroken. Mijn zus zegt dat ik in therapie moet. Het lijkt wel alsof ze willen dat iemand me officieel gek verklaart. Jij bent de enige die tenminste naar me luistert in plaats van me te vertellen wat ik moet doen. Ik bedoel, het is niet dat ik geen andere vrienden heb, maar die zijn veel jonger dan jij. Daarmee bedoel ik niet dat jij oud bent hoor. Hè, godver, wat ben ik ook een kluns. Niks wat ik zeg komt eruit zoals ik het bedoel.'

'Hé, Rand, het is oké. Ik weet wat je bedoelt. Probeer nou maar te slapen. Ik bel je morgen wel weer.'

Christian hing op. Randall staarde naar de telefoon en vroeg zich af of hij hem terug kon bellen om nog wat verder te praten. Maar dat ging natuurlijk niet. Zijn zus liet op dit moment het bad voor hem vollopen en straks kon hij erin. Maar hij had moeten beloven de badkamerdeur open te laten staan. Met dat kalmeringsmiddel in zijn lijf mocht hij niet in slaap vallen in bad. Zijn zus had erop aangedrongen dat hij in bad zou gaan toen ze merkte dat hij zijn urine had laten lopen toen de politie hem uit zijn nest trok. Hij had het zelf niet eens gevoeld. Haar gezicht sprak boekdelen: ze dacht dat het gewoon puberale aandachttrekkerij was.

Langzaam trok hij zijn ochtendjas aan en hij bleef met zijn rug naar de deur staan, omdat hij wist dat zijn zus om de paar minuten kwam kijken. Alsof hij zichzelf zo nodig moest onder pissen om de aandacht te trekken. Als hij zo wanhopig naar aandacht hunkerde, kon hij wel honderd andere dingen bedenken die meer indruk zouden maken. De voordeur uit lopen, bijvoorbeeld. Achtenveertig uur vermist blijven was misschien een goed idee. Zijn zus zag hem puur als een probleem dat moest worden opgelost. Aangepakt. Misschien kon hij haar die moeite besparen en het zelf afhandelen. Hij liep de badkamer in, en wachtte tot zijn zus eindelijk wegging voor hij zijn ochtendjas uittrok. Over een paar minuten zou ze weer terugkomen.

Hij trok een lade met drie binnenladen open en doorzocht de inhoud. De bovenste lade bevatte de gebruikelijke toiletartikelen – een epileertangetje, wattenschijfjes, pleisters. Daaronder lagen allerlei make-upspullen, lipgloss, flosdraad. Helemaal onderin lagen de scherpe voorwerpen. Een nagelschaartje, een pincet om splinters uit te trekken, een pakje scheermesjes. Die waren van zijn moeder geweest, want die schoor haar benen altijd nat. Het leek of die mesjes haar laatste geschenk aan hem waren. Alle andere dingen waren weggehaald of bezoedeld door de politie en zijn zus, maar dit was van hem.

Hij trok een mesje uit het doosje, pakte een stuk zeep en een handdoek en stapte dromerig in bad. Hij liet zich in het water zakken en wreef zijn linkerarm in met de zeep om de huid zachter te maken. Op de trap hoorde hij de voetstappen van zijn moeder. Nee, sufferd, niet die van zijn moeder. Dat was zijn zus die terugkwam om te controleren of alles goed was met hem. Hij duwde het scheermesje in de handdoek, vouwde hem nog eens dubbel en legde hem op de rand van het bad. Ze stak haar hoofd om de hoek van de deur.

'O, mooi, je ligt erin. Tien minuten, oké? De dokter zei dat het middel zo direct begint te werken. Was jezelf goed, dan kom ik je straks helpen. Je hebt gewoon slaap nodig. Ik trouwens ook. Ik maak wel warme melk voor je, net als mama altijd deed. Hou je taai, Randall.' Hij vroeg zich af hoe hij moest reageren, wat het goede antwoord was als iemand zei dat je je taai moest houden. Hoezo moest hij zich taai houden? Zijn moeder zou niet terugkomen. Zij was nu bij zijn vader op een verre plek waar hij niet eens in geloofde. Hij voelde geen enkele behoefte om haar begrafenis bij te wonen, met al die goedbedoelende, goedgeklede keurige mannen en vrouwen. Hoezo moest hij zich taai houden als hij bij zijn zus moest gaan wonen die hem alleen maar scherp in de gaten zou houden en zijn zakgeld zou korten?

Hij pakte het mesje uit de handdoek en liet het langzaam over de huid van zijn binnenarm glijden, langs de ader die van zijn pols naar zijn elleboog liep. Hij wist hoe hij het moest doen. Niet dwars over de pols snijden. Dat deden alleen idioten die gered wilden worden en alleen maar een meelijwekkende schreeuw om hulp afgaven. Hij moest de ader in de lengte opensnijden, een snee van een centimeter of vijf maken, zodat het bloed zo snel wegstroomde dat hij niet meer te helpen was. Zijn vingers kregen geen grip op het metaal. Hij liet het mesje tot twee keer toe in het water vallen tot hij doorkreeg dat hij het makkelijker door de handdoek heen kon vastpakken.

Hier was hij toe voorbestemd. Dat was nu wel duidelijk. Op school zou iedereen zich rot schrikken. Ze zouden zich afvragen of ze beter hun best hadden moeten doen om met hem bevriend te raken. Ze zouden het op gedempte toon over hem hebben, in groepjes bij elkaar over hem staan praten. Docenten zouden de leerlingen in hun mentorklas beter in de gaten houden voor het geval ze zijn voorbeeld zouden volgen. Dit soort gebeurtenissen veroorzaakte vaak een golf van zelfmoorden. Daar had hij online over gelezen. Misschien zouden ze zijn foto in The Fret aan de muur hangen. Misschien zou het barmeisje – Nikki – achteraf spijt hebben dat ze hem niet had leren kennen. Dat was het enige wat hem dwarszat, dat hij haar nu nooit naar huis zou kunnen brengen. Dat, en het gevoel dat hij Christian in de steek liet. Maar Christian begreep hem. Hij was misschien de enige die verdriet zou hebben om het potentieel dat met Randall verloren ging.

Met zijn rechterhand greep hij het mesje stevig door de handdoek vast, strekte zijn linkerarm en sloot zijn ogen, klaar om te snijden.

Hij lag op zijn bed de talloze in memoriams over Cordelia Muir te lezen en zocht online naar updates van de politie over de dood van Lily Eustis. De realiteit was dat de media een korte spanningsboog hadden. Zodra er een nieuwer, sappiger verhaal voorbijkwam, waren de recent overledenen nog slechts voedsel voor de wormen. Behalve voor hem. Voor hem was hun overlijden een geschenk. De eerste keer dat hij Lily zag, zat ze met haar familie in een restaurant. Ze zat tussen haar moeder en zus in en moest lachen om een grap van haar vader. Hij werkte op dat moment achter de bar, een tijdelijk baantje tegen het minimumloon. Hij kon zich de handen van de meisjes nog goed herinneren. Ze hadden evengoed kleine kinderen kunnen zijn geweest, zoals ze daar hand in hand zaten, hun vingers in elkaar gevlochten, terwijl haar zus met de kralen van Lily's armband speelde. Op een gegeven moment had Lily haar hoofd op de schouder van haar zus gelegd en haar bewonderend aangekeken. Ze waren allebei beeldschoon. Hun liefde voor elkaar was zuiver. Alleen familie kon zo liefhebben. Vriendinnetjes, vriendjes, zelfs echtgenoten en echtgenotes kwamen en gingen. Lily en haar zus waren blijmoedig en waren zich gelukzalig onbewust van de grilligheid van het leven. Hij was ter plekke van hen allebei gaan houden. Terwijl hij achter hen stond te dralen, de drankjes op tafel zette en naar hun gesprek luisterde, was het makkelijk zat hun namen op te vangen en erachter te komen dat de zus – Mina – voor ingenieur studeerde aan de universiteit van Edinburgh. Daarna was het een fluitje van een cent om Lily te vinden, en het was een subliеme ervaring geweest haar te vermoorden. Gedurende een kort, hemels moment had hij het intense gevoel gehad dat hij leefde. Maar het was niet genoeg. Hij was dankbaar dat hij al een andere moord op stapel had staan, iets om naar uit te kijken. Deze keer zou hij nog dichter in de buurt zijn. Hij zou het voor zijn ogen zien gebeuren, erbij zijn als het zover was, niet hoeven toekijken vanaf de zijlijn en alleen getuige zijn van de nevenschade. Dat vergde een betere planning en een gelikte performance van zijn kant, maar de val stond al open.

Hij maakte het pakje open dat hij zojuist had opgehaald. De heroïne in het doorzichtige plastic wikkel zag er onschuldig genoeg uit. Voor het nietsvermoedende oog leek het op lichtbruine poedersuiker. Voor de beginnende gebruiker betekende het pure extase. Voor een verslaafde was het het enige tussen blijven leven en heftig trillend een vroege dood sterven. Hij berekende hoeveel hij nodig had. Dit was wetenschap. Hij was er nu al zo goed in geworden dat hij er een boek over zou kunnen schrijven: hoe je ervoor kon zorgen dat iemand gedwee en meegaand werd, tot je er klaar voor was om hem of haar te doden. Daar zou maar een beperkt publiek voor zijn, besefte hij, maar voor die enkeling die het wilde weten was die informatie van onschatbare waarde. Deze keer moest hij ervoor zorgen dat zijn prooi rechtop kon blijven staan. Hij was te zwaar om ver te dragen, en als hij bewusteloos raakte zou er een ambulance moeten komen, en dat was ondenkbaar. Dat zou zijn moment – zijn beloning – ruïneren.

Hij opende een plat plastic doosje, haalde er een injectiespuit uit en gleed met zijn vingertop langs de schacht van de naald, waarbij hij erop lette dat hij zich niet prikte. Niet dat er ook maar enig gevaar voor infectie bestond. Dit prachtige instrument was nog ongebruikt, en wachtte op een doel.

Hij legde hem terug in het doosje en kneep zijn ogen stijf dicht. Dit was allemaal begonnen met een andere naald. Met zijn moeder, wegkwijnend in een stoel die de lichaamsvochten opzoog die zij kronkelend in haar doodstrijd verloor. Ze had hem gewenkt, of misschien was het een spasme geweest, een allerlaatste juichkreet van spieren, die ze niet meer onder controle had. Hij had gebiologeerd zitten toekijken, maar had het niet kunnen opbrengen naar haar toe te gaan. De gedachte haar aan te raken kwam hem ondraaglijk voor, want al lang voor het moment waarop haar lot was bezegeld, was ze begonnen weg te rotten. Deze volgende gebeurtenis zou zijn hommage aan die dag worden. Binnenkort was het zover.

37

Ava parkeerde de auto en had al spijt dat ze de afgelopen uren naaldhakken aan had gehad. Toen ze naar haar voordeur liep zag ze naast haar portiek de gestalte van een man in de schaduw staan. Ze griste meteen haar pepperspray uit haar tas, klaar om een aanval te pareren.

'*Vraiment?*' zei Callanach. 'Meen je dat nou?'

'Ik deed het zowat in m'n broek, idioot,' zei Ava en ze liep langs hem heen om de deur open te maken.

'Zeker weten? Dat rokje is zo kort dat ik me afvraag of je er überhaupt een broekje onder draagt,' antwoordde hij.

'Niet grappig. Ik dacht dat we dit gesprek in Glasgow al hadden afgesloten. Of is er onderweg iets veranderd?' vroeg Ava. Callanach deed een stap opzij en liep achter haar aan naar binnen.

'Dacht je dat we uitgepraat waren? Ik weet niet of je promotie je intelligentie in negatieve zin heeft beïnvloed of dat er door die dikke laag make-up niks meer tot je doordringt, maar we waren nog niet uitgepraat. Het was gewoon niet veilig om verder te praten, zo dicht in de buurt van die club zonder versterking of aanhoudingsbevel. Zal ik even water opzetten?' Hij liep haar keuken in en Ava verdween in de slaapkamer om twee minuten later terug te komen in een T-shirt en een spijkerbroek.

'Zeg wat je te zeggen hebt, dan ga ik daarna naar bed,' zei Ava.

'Dit is buiten diensttijd, dus hou maar op met commanderen,' zei Callanach. 'En gezien het feit dat je vanavond volledig op eigen houtje hebt gehandeld, zou ik maar oppassen met mij op je rang te wijzen.'

'Jij bent hier in mijn huis, dus ik heb het hier voor het zeggen. Maar maak vooral van je hart geen moordkuil als je denkt dat dat je oplucht.' Ava ging zitten en pakte de kop koffie die Callanach voor haar had gezet.

'Zullen we dit even overdoen?' vroeg Callanach, en hij kwam naast haar zitten. 'Ik maakte me zorgen om je, daarom ben ik naar de club gegaan. Hoe gaat het trouwens met je hand?' vroeg hij en hij pakte Ava's hand om Ailsa's werk te inspecteren.

'Doet zeer,' zei Ava. 'Maar ik heb wel de kans gekregen om een man in zijn ballen te taseren.'

'Iemand die ik ken?' vroeg Callanach.

'Waarschijnlijk de man die Louis Jones heeft vermoord,' zei Ava. 'Heb je daar wat aan?'

Callanach leunde achterover en dacht even na. 'Je hebt een verdachte geïdentificeerd in een moordzaak die onder mijn verantwoordelijkheid valt en dat heb je me niet verteld? Een man die je ook nog eens heeft aangevallen. Een man die volgens Ailsa lid is van een criminele organisatie, gelet op de manier waarop Louis Jones is geëxecuteerd, en je bent in je eentje achter hem aan gegaan. En dan wil jij weten of ik daar iets aan heb? Ik moet moeite doen om niet tegen je tekeer te gaan, Ava, maar je maakt het me vanavond niet echt makkelijk.'

'Daar is de deur,' zei ze, wijzend.

'Goed. Dan doen we dit volgens het boekje. Als ik de naam van een van de moordenaars van Louis Jones zou hebben, dan kan ik van daaruit terugwerken en het bewijs daarna in de juiste volgorde aan de officier van justitie voorleggen. Niemand hoeft ooit te weten wat je hebt uitgevreten. En misschien is daarmee meteen je probleem opgelost, wat dat ook mag zijn. Dan krijgen we allebei onze dader te pakken,' zei hij.

'Hij is niet degene achter wie ik aan zit,' zei Ava. 'Je hebt gelijk als je zegt dat Louis Jones is geëxecuteerd. Ik ben op zoek naar de opdrachtgevers, en niet zozeer naar de man die de trekker heeft overgehaald.'

'Dat wordt onmogelijk. Er is vast geen gesprek vastgelegd, en er zijn geen getuigen. Dat valt alleen te bewijzen als je de moordenaar zover krijgt dat hij meewerkt, en dan krijgt hij alsnog levenslang, dus daar schiet hij niets mee op,' zei Callanach. 'Heb je toevallig wijn in huis, want je instantkoffie is er niet veel beter op geworden sinds de vorige keer dat ik hier was.'

'Fles Lagavulin in het kastje naast de tv,' zei Ava. 'Pak er maar twee glazen bij.' Callanach zette de fles op tafel en snoof de aardse geur van turf op terwijl hij voor hen allebei een flink glas inschonk. Ava pakte haar glas en leunde met gesloten ogen achterover. 'Ik weet dat ik nooit iemand zover zal krijgen dat hij getuigt tegen de opdrachtgevers voor de moord op Jones. Ik was van plan om het anders aan te pakken. Dat was, geloof het of niet, de reden waarom ik me verkleed had als een actrice in een slechte vampierfilm en rondhing in een club waar ze op tieten kicken.'

'Wil je me deelgenoot maken van je plan?' vroeg Callanach.

'Nee. Maar misschien kun jij me vertellen hoe het gesprek met je moeder is afgelopen, want sindsdien loop je rond met een kwaad gezicht,' antwoordde Ava. Callanach leegde zijn glas en schonk zich opnieuw in. Ava deed hetzelfde. 'Zie je nou wel? We hebben allebei geheimen. Dus het wordt hoog tijd dat je een toontje lager zingt.'

'Een geheim is iets anders dan een doodswens. En je zult me er wel om vervloeken, maar als het nodig is laat ik je elke dag schaduwen tot dit achter de rug is. Die lui die Louis Jones hebben laten omleggen zullen jou ook zonder scrupules uit de weg laten ruimen. Nu een van hun killers je al heeft verwond, staat er een kruisje achter je naam. Kom op, Ava. Je bent slim genoeg. Niets is het waard om zoveel risico te nemen.'

'Stel dat ze behalve Louis Jones nog iemand anders hebben laten executeren. Iemand met wie Jones in het verleden vaak te maken heeft gehad.'

'Gaat dit over de relatie tussen de chef en Louis Jones?' Callanach staarde haar aan. 'Je denkt toch niet dat Begbies dood hiermee te maken heeft? Volgens Ailsa was het zelfmoord. Niemand heeft dat in twijfel getrokken,' zei hij.

'Ik geloofde het niet. En nog steeds niet. Glynis Begbie zal er kapot van zijn als ik officieel naar buiten kom met wat ik weet, en ze heeft al genoeg voor haar kiezen gekregen. Formeel gezien zat de baas in zijn auto te wachten tot die zich met koolmonoxide vulde, maar ik geloof niet dat hij dat uit vrije wil deed. Meer zeg ik niet. Ik meende het toen ik zei dat ik je best informatie wil geven, maar dat ik je niet bij een criminele samenzwering wil betrekken. Daar trek ik de grens. Op dit moment hebben we die grens bereikt, dus je mag geen vragen meer stellen.' Ze zette haar glas op tafel en liet haar hoofd op haar opgetrokken knieën rusten.

'Ava...'

'Nee. Mijn besluit staat vast. Je wilt dat ik je vertrouw, en dat doe ik ook. Maar verder ga ik niet. Als je je niet terugtrekt, wordt het heel moeilijk om nog met elkaar samen te werken.'

'Geef me dan de informatie die betrekking heeft op Jones. Als ik weet naar wie ik op zoek moet gaan, ben ik in ieder geval geholpen,' zei Callanach.

'Oké,' zei Ava. 'Morgenochtend dan. Ik kan nu niet meer helder nadenken. Om acht uur op mijn kamer.'

'Afgesproken,' zei Callanach. 'Maar je moet me beloven dat je nooit meer een voet in die club zet. En daar valt niet over te onderhandelen.'

'Met alle genoegen. De muziek daar was sowieso niet om aan te horen,' zei Ava. Ze stond op en liep met hem mee naar de deur.

Geleund tegen de deurstijl knoopte Callanach zijn jas dicht. 'Dus je weet zeker dat dit hele gedoe niet een opzetje was om me daar in die club te kussen?' vroeg hij.

'We hebben niet gekust. Dan zouden we mond-op-mondcontact moeten hebben gehad. En als ik ooit zo gek word dat ik je wil kussen, dan ben ik niet het soort vrouw dat daar een excuus voor nodig heeft,' zei Ava.

'Maar toch, dat niet-kussen van ons,' zei Callanach met een glimlach op weg naar de deur, 'dat duurde best wel even.'

'We moesten ons voor een heleboel mensen onzichtbaar maken. Ga nou maar naar huis en gun je ego een goede nachtrust. Morgen zal het weer een zware dag hebben met zich in te beelden dat het door iedereen bewonderd wordt.'

38

Om zeven uur 's ochtends zat Ava weer achter haar bureau, ondanks de hoeveelheid single malt whisky die ze de afgelopen avond achterover had geslagen. Ze bekeek de update in de zaak-Louis Jones die voor haar lag, hoewel er zo weinig nieuws was dat het eigenlijk geen zin had om het dossier te lezen. Geen relevante telefoongesprekken. Geen auto die nog onderzocht kon worden. Geen getuigen ter plekke. Ava las een notitie van Tripp, die de verkeersongevallenexpert voor haar had opgespoord. Er stonden een naam en een e-mailadres op het briefje, maar nog altijd geen verslag. Daar moest ze meteen achteraan. Daaronder lag een gele post-it met de naam Janet Monroe en een mobiel nummer. Ava fronste haar wenkbrauwen. De naam kwam haar bekend voor, maar ze kon hem niet meteen plaatsen. Ze was net bezig met een e-mail aan de verkeersongevallenexpert met het verzoek om een update toen Callanach kwam binnenlopen.

'Kon jij ook niet slapen?' vroeg hij.

Ava schudde haar hoofd. 'Ik ben weer terug bij af met het forensisch onderzoek in de zaak-Jones. Zo te horen zijn wij niet de enigen die vroeg beginnen,' voegde ze eraan toe toen in de gang het geluid van brekend aardewerk weerklonk. 'Heb je een briefing aangekondigd?'

'Tripp en Lively zijn hier om het bewijsmateriaal van Cordelia

Muirs huis en kantoor te verzamelen. Dat doen ze vrijwillig, dus je hoeft je geen zorgen te maken over de overuren,' zei Callanach.

'Ik laat de geldzorgen graag over aan commissaris Overbeck,' zei Ava. 'Zou je de deur dicht willen doen? Alles wat ik je vertel moet onder ons blijven.' Callanach deed de deur dicht en ging zitten met een notitieblok op schoot.

'Twee mannen. Ik vermoed dat ze allebei in de omgeving van Glasgow wonen. De kleinere wordt Knuckles genoemd. De grotere heet Perry, maar ik weet niet of dat zijn voornaam is of een bijnaam. Ik heb een signalement van ze opgesteld.' Ze overhandigde hem een velletje papier. 'Neem het over in je eigen handschrift en vernietig mijn aantekeningen. Ik heb ze in een zwarte Audi zien rijden, maar ik heb het kenteken niet kunnen opnemen. We moeten uitzoeken of die auto betrokken is geweest bij dat ongeluk van Louis Jones. Ik heb net een e-mail gestuurd aan degene die alle verkeersongevallen onderzoekt, maar ik kan natuurlijk geen specifieke vragen stellen.'

'Had de Audi die je zag schade, voor zover je kon zien?'

'Ik heb het niet goed kunnen zien en de omstandigheden waren er ook niet naar. Ik had me verstopt achter een bosje.'

'Oppervlakkige schade hebben ze natuurlijk al laten herstellen,' zei Callanach. 'Maar misschien kunnen we de auto ook in verband brengen met de plaats delict waar Jones later is vermoord. Ik zal Tripp vragen de camerabeelden in de buurt van de golfclub rond het tijdstip van de moord te controleren op soortgelijke auto's.' Op dat moment werd er op de deur geklopt en kwam Tripp binnenlopen. 'Godallemachtig, Tripp, heb jij bijzondere gaven of zo?' vroeg Callanach.

'Ik kan mijn neus aanraken met het puntje van mijn tong,' antwoordde Tripp een tikje overdonderd.

'Niet helemaal wat ik in gedachten had,' zei Callanach. 'Heb je me ergens voor nodig?'

'Ik wilde alleen even melden dat ik een lijst heb opgesteld van de mensen die bij Crystal werkzaam zijn. Ik ga ze vanochtend een voor een opzoeken en een verklaring afnemen om te weten te komen wie van hen toegang had tot de laden in Cordelia's kantoor, en wie er bij haar eten en drinken kon komen,' zei Tripp.

'Mooi. Als je terug bent wil ik graag dat je wat camerabeelden bekijkt. Ik leg wel een briefje op je bureau,' zei Callanach.

'Goed werk, Tripp. En probeer op te pikken wie mogelijk wrok tegen haar zou kunnen koesteren. Arbeidsconflicten, disciplinaire maatregelen, werkomstandigheden – het gebruikelijke werk,' zei Ava. 'Maar zou je alsjeblieft, louter uit beleefdheid, zodat ik deze week niet nog eens door het stof hoef te kruipen bij de commissaris, pas na negen uur op deuren willen kloppen?'

Tripp werd rood en keek op zijn horloge.

'En wat ik je nog wilde vragen over je notities over de zaak-Jones. Je hebt de contactgegevens van een zekere Janet Monroe op mijn bureau gelegd. Heb je haar gesproken?'

'Jazeker, mevrouw. Ze zit in het team van hoofdinspecteur Dimitri, maar ze is nu met zwangerschapsverlof,' zei Tripp.

'O ja, nou weet ik het weer. Zij was het jonge katje in dat hondengevecht,' zei Ava. 'Ze zal wel de pest aan me hebben.'

'Sir, er staat een meneer bij de balie die u wil spreken. Hij zegt dat hij uw mobiel heeft geprobeerd maar dat u niet opnam,' mompelde agent Biddlecombe met volle mond door de telefoon. Callanach hield de hoorn een eindje van zich vandaan om haar luidruchtige gekauw niet te hoeven horen.

'Je hebt zeker geen naam genoteerd?' vroeg hij.

'Ogenblikje,' hakkelde ze. 'Hij wil uw naam weten.'

'Dat dacht ik al. Lance Proudfoot. Ik ben journalist. Zeg maar dat ik een cadeautje voor hem heb,' zei Lance.

'Doe ik. Sir, het is...'

'*Dieu, aide-moi*,' fluisterde Callanach. Agent Biddlecombe was een best mens maar ze had het buskruit niet uitgevonden. 'Ik heb het al gehoord, agent. Je had de telefoon in je hand toen hij dat zei, weet je nog?'

'Super. Zal ik hem dan naar u doorsturen?' vroeg Biddlecombe.

'Prima. Hij mag meteen doorlopen. Je hoeft niemand mee te sturen. Lance weet waar ik zit.' Callanach hing op en hoorde Lance op de achtergrond lachen. Terwijl hij op Lance zat te wachten, maakte hij vast een paar aantekeningen om het een en ander in gang te zetten voor het onderzoek naar de verdachten uit Glasgow.

'Vrolijk kerstfeest,' zei Lance, en hij zette een bruine papieren zak op Callanachs bureau.

'Het is nog geen kerst. Dat valt op een heel andere datum,' zei Callanach. Hij keek in de zak, waar een witte doos in zat.

'Je krijgt toch een cadeautje. Er zit geen bonnetje bij dus je zult op mijn smaak moeten vertrouwen.' Callanach haalde een fles châteauneuf-du-pape uit de doos, zag het jaartal en floot waarderend.

'Dat is heel attent van je, om niet te zeggen genereus. Zit er een verhaal aan vast?' vroeg Callanach.

'Op mijn nieuwsblog staat een artikel waarvoor ik gedegen onderzoek heb verricht en dat uitstekend is geschreven, al zeg ik het zelf. Het gaat over de groeiende trend om anonieme schenkingen te doen aan goede doelen. Waarom de donateurs geen erkenning hoeven, hoeveel goeds er met het geld wordt gedaan en wat het in psychologisch opzicht met je doet als je het verschil kunt maken zonder dat je in de schijnwerpers komt te staan. Ik heb er goede reacties op gekregen, en een paar kranten hebben me gevraagd vervolgartikelen te schrijven. En ik krijg er ook nog behoorlijk voor betaald. Dus een beloning voor jouw creatieve aansporing leek me op zijn plaats.'

'Dat had je niet hoeven doen,' zei Callanach. 'Hoewel ik zeker niet zo stom ben om die wijn terug te geven.'

'Ik dacht dat we misschien samen konden brunchen. Het is tenslotte zaterdag en zelfs politie-inspecteurs mogen in het weekend eten,' zei Lance glimlachend.

'Een andere keer?' vroeg Callanach. 'Ik heb een hele hoop werk...'

'En te weinig tijd,' maakte Lance de zin voor hem af.

'Het is eerder zo dat ik probeer te bedenken hoe ik het moet aanpakken,' zei Callanach.

Lance ging zitten. 'Je kunt altijd overwegen anderen om hulp te vragen,' zei hij. 'Dat is je al eens eerder gelukt, hoewel ik de indruk heb dat dat niet je sterkste kant is.'

'Dat kan ik niet doen, Lance. Je hebt al meer dan genoeg gedaan. De laatste keer dat ik je bij een zaak heb betrokken liep je een gescheurde enkelband op, zoals je me graag in herinnering brengt. Jij hebt genoeg artikelen te schrijven,' antwoordde Callanach.

'Gek genoeg vind ik schrijven maar saai na dat spannende misdaadonderzoek. Wil je een ouwe hond geen bot toewerpen? Je zit duidelijk met iets wat je niet via de normale kanalen kunt uitzoeken, anders zou je het er niet zo moeilijk mee hebben,' zei Lance. 'Godallemachtig, moet ik soms op mijn knieën gaan? Ik schrijf het ene na het andere artikel, maar de dagen glijden als zand door mijn vingers. Ik wil helpen, Luc. Ik doe het niet voor jou, maar voor mezelf.'

'Dit is uitschot,' zei Callanach.

'Als ik dacht dat ik moest helpen om onschuldige mensen achter de tralies te zetten, zou ik me zorgen gaan maken,' zei Lance.

'Het gevaarlijke soort uitschot. Je mag niet bij ze in de buurt komen. Ik heb alleen aanvullende informatie nodig. Heb jij contacten in Glasgow die hun mond kunnen houden?'

'Als jonge vent heb ik in Glasgow in een rugbyteam gespeeld. Als je met een andere gast onder de douche staat, kom je er snel genoeg achter of hij wel of niet zijn mond weet te houden,' zei Lance.

'Nu gaan we zeker niet brunchen,' zei Callanach. Hij noteerde wat gegevens op een stuk papier en schoof het Lance toe. 'Twee namen. Lokale criminelen, denk ik, maar je wilt niet op hun radar terechtkomen. Alles wat je maar kan vinden. Adressen, de auto's waar ze in rijden, de mensen die met ze samenwerken.'

'Kun je me vertellen wat ze hebben gedaan?' vroeg Lance.

'Het is veiliger om te zeggen dat het lijstje van dingen die ze niet bereid zijn te doen, ultrakort is. Bel me zodra je iets te weten komt, en daarna moet je ermee stoppen. Geen vervolgonderzoek, geen reisjes naar Glasgow. Als je je botten heel wilt houden moet je de naam Louis Jones beslist niet noemen. Dat moet je me plechtig beloven.'

'Ik dacht dat Fransen zo charmant waren,' zei Lance.

Callanach keek hem strak aan.

'Oké, dat beloof ik.' Hij liep naar de deur.

'Lance?' zei Callanach. 'Wees voorzichtig.' Hij keek hem na tot hij verdwenen was. Lance deed hem denken aan de vader van wie hij zich al zijn hele leven een voorstelling probeerde te maken. Hij vroeg zich af of het wel verstandig was om Lance hierbij te betrekken, maar zette zijn ongerustheid van zich af. Zijn vriend was een ervaren journalist. In het verleden had hij al voor hetere vuren gestaan. Hij zou wel aanvoelen wanneer hij te veel risico nam, hield Callanach zich voor. Over Lance hoefde hij zich geen zorgen te maken.

39

Om kwart over negen klopte Tripp op de deur van de tweede Crystal-medewerker op de lijst. Het interview met de eerste werkneemster was vrij abrupt afgebroken door een hoestbui van haar driejarige zoontje, waardoor hij snel de aftocht had geblazen in de hoop dat hij niets had opgelopen waardoor hij zich ziek moest melden. Het was december en hij had het hele jaar nog geen uur gemist.

Na een tijdje ging er een raam naast de voordeur open en stak een man zijn hoofd naar buiten.

'Wat?' vroeg hij.

'Sorry dat ik u stoor, meneer.' Tripp liet zijn ID zien. 'Ik ben rechercheur Max Tripp van het team Zware Misdrijven. Bent u meneer Liam Hood?'

'Het is nog niet eens tien uur,' zei de man. 'Had u van tevoren niet even kunnen bellen?'

'Het onderzoek is in volle gang en soms duiken er nieuwe feiten op. Excuus voor het ongemak. Hebt u een paar minuten? Het zijn maar routinevragen,' zei Tripp. Het raam sloeg dicht en een paar seconden later ging de voordeur open.

'Kom dan maar binnen. Je brengt een hoop kou mee.' Liam Hood was een man van een jaar of vijftig met grijs haar en een landkaart van rode adertjes op zijn neus die een van alcohol doordrenkte reis verraadde. Het tapijt was tot op de draad versleten en aan het plafond hing een kale peer, verstoken van tierlantijnen zoals een lampenkap.

'Mijn vrouw is bij me weg en sindsdien heb ik niks meer aan de inrichting gedaan. Licht is licht,' zei Hood. 'Je wilt zeker ergens gaan zitten.' Hij gebaarde naar een keukenstoel waarop Tripp plaatsnam zonder verder om zich heen te kijken. Liam Hood maakte een botte, maar scherpzinnige indruk, al kwam hij niet bepaald over als de ideale werknemer voor een liefdadigheidsinstelling. 'Nou, schiet maar op,' zei Hood, terwijl Tripp zijn aantekeningen tevoorschijn haalde.

'U werkt al ruim drie jaar voor Cordelia Muir, zag ik,' begon Tripp.

'Gaan we het nou week voor week doornemen? Want ik heb plannen voor morgen,' zei Hood.

Tripp deed zijn best om te kijken alsof hij dat een geestige opmerking vond. 'Hoe zou u uw verstandhouding met mevrouw Muir omschrijven?' vroeg hij.

'Cordelia was mijn baas. Zij vertelde me wat ik moest doen, besliste hoeveel ik verdiende en was zo grootmoedig om me vierentwintig vakantiedagen per jaar te geven. Hoe goed kun jij met je baas opschieten?' grauwde Hood.

'Nou, mijn baas is echt een geweldig sympathieke vent. Sommige mensen snappen hem niet helemaal, maar voor mij is hij...'

'Het was niet echt de bedoeling dat je daar antwoord op gaf, hoor. Kun je uitleggen wat je komt doen? Dit is geen routinebezoekje. We hebben allemaal te horen gekregen dat Cordelia aan complicaties van medicijngebruik is overleden. Dus waar komen al die vragen opeens vandaan?' vroeg Hood.

'Op dit moment houden we alle mogelijkheden open. Hoe was het om voor mevrouw Muir te werken?' antwoordde Tripp.

'Ze was te soepel. Een beetje te soft als je het mij vraagt. Had je kind een sportdag op school? Natúúrlijk mocht je dan vrij nemen om bij de eierrace te kunnen zijn. Had je een beetje verhoging? Meteen een paar dagen in bed blijven en dan kreeg je bovendien nog een beterschapskaartje in de bus. Ik heb vaak genoeg gezegd dat ze wat strenger moest zijn, maar dan kwam ze met een of ander citaat op de proppen – zo van de ene goede daad brengt de andere goede daad voort of zoiets.'

'Had u dan het idee dat iemand daar misbruik van maakte?' vroeg Tripp zonder op te kijken van zijn aantekeningen.

Het duurde even voor Hood antwoord gaf. 'Je zit naar vuiligheid te graven.'

'Het zou fijn zijn als u gewoon antwoord geeft. We willen het plaatje graag compleet maken. We hebben geen specifiek doel voor ogen,' zei Tripp.

'Iedereen op kantoor was er kapot van toen ze stierf, echt waar. Misschien waren ze soms wat lui en misschien meldden ze zich weleens zogenaamd ziek, maar niemand wilde haar kwijt. Ik heb nog tegen haar gezegd dat ze meteen naar de dokter moest, maar ze wachtte liever tot ze aan de beurt was voor een consult in plaats van stampij te maken om meteen geholpen te worden. Zul je net zien dat de dokter geen tijd heeft. En ondertussen verstoppen al die hypochonders het systeem met hun ingegroeide teennagels. Als ze eerder geholpen was... verdomme. Nou ja, je kan de klok niet terugdraaien, hè?'

Tripp was druk aan het schrijven. 'Sorry, maar hoe wist u dat ze een afspraak bij de dokter had?'

'We hadden het erover op kantoor. Cordelia was doodziek, het leek of ze een flinke griep had opgelopen. Ze zweette en zag lijkbleek. We wisten allemaal dat ze een paar keer had overgegeven, maar het lag niet in haar aard om dan ziek naar huis te gaan. Uiteindelijk ging ze ermee akkoord dat er een afspraak bij de dokter werd gemaakt. En voor we het wisten was ze dood.'

'En wie had op kantoor toegang tot haar bureau?' vroeg Tripp.

'Iedereen. Niemand deed daar moeilijk over. Als je een kladblok nodig had of een rekenmachine, dan liep je even naar het bureau van iemand anders. Zelfs naar het bureau van Cordelia, alleen mocht je niet aan haar vulpen komen. Die had ze van haar man gekregen. Dat was het enige waar we van af moesten blijven.'

Tripp sloeg zijn notitieboekje dicht en stond op. 'Dank u wel, meneer Hood. Bedankt dat u hier de tijd voor hebt genomen. Fijn weekend.'

Vanuit zijn auto belde Tripp met het bureau om te weten te komen of Cordelia Muir inderdaad een doktersafspraak had gemaakt. Deze tragedie was des te triester als het allemaal voorkomen had kunnen worden. Maar Hoods verhaal bevestigde wat ze van het begin af aan al hadden vermoed: mevrouw Muir had geen idee waarom ze zo ziek was. Twintig minuten later stond hij voor de deur van het volgende adres toen hij een telefoontje kreeg van het bureau.

'Rechercheur Tripp. We hebben zojuist de bevestiging gekregen dat mevrouw Muir inderdaad een afspraak had bij dokter Marylewski. De doktersassistente kon het zich nog herinneren.'

'Bedankt, dat klopt dus met wat ik vanmorgen te horen kreeg. Niet te geloven dat die assistente dat nog wist. Als ik de huisarts bel is de assistente mijn naam het volgende moment alweer vergeten,' zei Tripp, terwijl hij aanklopte.

'Om eerlijk te zijn wist ze het nog omdat ze eerst een vroegere datum had voorgesteld, maar dat ging niet. Ze vertelde dat ze er kapot van was toen ze hoorde dat mevrouw Muir was overleden, omdat het misschien anders was gelopen als ze voor dat eerdere consult had gekozen.'

De deur ging open. 'Ja?' In de deuropening stond een vrouw in een trainingspak op een sandwich met bacon te kauwen.

'Sorry, ik moet dit gesprek even afmaken,' zei Tripp tegen haar, terwijl hij zijn ID liet zien en een stap naar achter deed om het gesprek rustig voort te kunnen zetten. 'Zei de doktersassistente ook waarom mevrouw Muir die eerdere datum afwees?'

'Ze heeft niet met mevrouw Muir gesproken. Blijkbaar was het een jonge man die belde, maar zijn naam heeft ze niet verstaan. Hij zei dat hij voor mevrouw Muir werkte en dat ze hem had gevraagd de afspraak namens haar te maken.'

Tripp fronste zijn wenkbrauwen. Cordelia Muir was toen al een tijdje ziek. Volgens Liam Hood was ze eindelijk gezwicht en had ze ingezien dat ze echt naar de dokter moest. Het moest toch wel iets heel belangrijks zijn geweest dat dat voorrang had gekregen op haar afspraak bij de dokter.

'Ik kom straks wel terug,' mompelde hij tegen de vrouw in de deuropening. 'Excuses voor het ongemak.' De deur werd dichtgeslagen nog voordat hij de stoep af was.

Een kwartier later was hij terug op het bureau. Hij pakte Cordelia Muirs onlineagenda erbij en vergeleek die met de weekplanner die ze altijd in haar handtas had zitten. De doktersafspraak stond erin, maar de dagen daarvoor stond nergens iets genoteerd wat heel belangrijk leek. Geen enkele gegronde reden om een afspraak voor een eerdere datum te weigeren. Tripp belde met Cordelia Muirs dochter, die beaamde dat haar moeder inderdaad van plan was geweest om zich te laten onderzoeken, en daarna belde hij Cordelia's assistent, Liam Hood.

'Meneer Hood, met rechercheur Tripp. We hebben elkaar eerder op de dag gesproken,' begon hij.

'Maakte ik de indruk dat ik aan het dementeren ben of zo? Want ik weet namelijk nog heel goed dat je hier was. Wat moet je nou weer?' snauwde Hood.

'Die doktersafspraak. Ik heb het nagetrokken maar de doktersassistente zei dat de afspraak door een jonge man was gemaakt. Uit de lijst van personeelsleden die ik hier voor me heb liggen kan ik niet opmaken wie dat geweest zou kunnen zijn,' zei Tripp.

'Dat moet die lul zijn geweest, Jeremy,' zei Hood.

'Ik heb hier niemand op de lijst staan die Jeremy heet,' zei Tripp. 'Hij staat niet op de loonlijst en er bestaat ook geen personeelsdossier van hem.'

'Dat komt doordat hij vrijwilliger is. Hij komt hier een paar dagen per week en staat niet op de loonlijst. Ik geloof dat hij iets terug wil doen, zoals dat heet, maar ik weet niet wat dat precies inhoudt. Omdat hij geen werknemer is hebben we van hem geen dossier aangelegd, wat we normaal wel doen bij nieuwe medewerkers. Hij heeft trouwens wel een aanmeldingsformulier ingevuld. Ik weet niet zo gauw waar dat zou kunnen liggen.'

'U wilt zeker niet naar kantoor komen om mij te helpen om dat document boven water te krijgen?' vroeg Tripp voorzichtig.

'Godallemachtig. Ik heb geen flauw idee of ik nog wel een baan heb, het is weekend, en jij vraagt nu of ik naar kantoor wil rijden om je een stuk papier te helpen vinden?' vroeg Hood.

'Ik snap dat het veel gevraagd is en...'

'Over een halfuur,' mompelde Hood voordat hij ophing.

Tripp prevelde een dankjewel in de lucht, trok zijn jas weer aan en stak zijn hoofd om de deur van Callanachs kamer. 'Sir,' zei hij. 'Er is iets wat u moet weten, denk ik.'

40

Ava wilde er absoluut zeker van zijn dat Ramon Trescoe inderdaad degene was die opdracht had gegeven voor de moord op Louis Jones. Want als hij Jones had vermoord, was hij ook verantwoordelijk voor de zelfmoord van de chef. Callanach had haar kans verpest om bij Trescoe in de buurt te komen toen hij haar The Maz uit sleurde, dus moest ze iets anders verzinnen. Gelukkig bood een telefoontje naar het hoofdbureau in Glasgow uitkomst. Sandy Peterson, bij de wijkagenten beter bekend als Sugar, met wie ze in The Maz even had zitten praten, had al verschillende keren vastgezeten in Cornton Vale wegens tippelen, diefstal en een fout gelopen drugsdeal. Ava klikte door naar haar foto; het meisje op het scherm leek op de Sugar die Ava zich van de club herinnerde, al had ze tegenwoordig meer rimpels rond haar ogen. Sugar was ook actief op Facebook. Niet zo slim van haar, dacht Ava, met al die mannen die ze op haar werk tegenkwam. Via haar Facebookpagina, die op geen enkele manier beveiligd was, vond ze een mobiel nummer, en meer had ze niet nodig.

Ze kon geen anoniem bericht sturen, dat was te doorzichtig, maar Sugar was niet iemand die haar zaakjes goed op orde had: dat bleek wel uit de berichtjes die ze postte. Mensen die slordig waren, verloren vrienden uit het oog, en raakten voortdurend telefoonnummers en contactgegevens kwijt. Ava trok haar jas aan en ging winkelen. Een uur later was ze terug met een gloednieuw prepaid mobieltje. Geen contract. Niet op te sporen. Precies wat ze nodig had.

Ze toetste Sugars nummer in en stelde een berichtje op.

Heey, Sugar. Lang niet gezien meid. Was gisteren bij Jimmy in vakantiekamp Glenochil. Ze hebben het allemaal over The Maz. Daar werk jij toch? Heb je al eeuwen niet meer gezien. Dikke hug. Liefs xxx.

Ava plakte er nog wat passende emoticons achteraan en legde het mobieltje net neer, toen de vaste telefoon op haar bureau begon te rinkelen.

'Ik ben op het kantoor van Cordelia Muir,' zei Callanach. 'Ik denk dat je beter hierheen kunt komen. Er is iets wat je moet zien.'

Ava's nieuwe mobieltje trilde toen ze naar haar auto liep. Terwijl ze in haar handtas naar haar sleutels zocht las ze het berichtje.

OMG sry. Weet niet echt wie dit is lol. Vergeet altijd naam bij nummer te zetten. Wie had het nou over The Maz?

Ava typte een antwoord terwijl ze haar gordel vastklikte.

Lol. Debs hier. Lang niet gezien sinds Cornton!! Hoorde in Glenochil dat Dylan McGill een mooie nwe cel voor zich alleen heeft. Iedereen stikjaloers. Toen ik ze over The Maz hoorde praten, dacht ik ff hi te zeggen. Ben op zoek naar werk. Als je wat weet? La maar weten. Is sws beter dan de straat toch? Tot kijk schat. En vraag of ze werk voor me hebben, ok?

Sugar zou absoluut niet willen dat iemand die ze nog uit de gevangenis kende in The Maz kwam werken, dus Ava hoefde niet bang te zijn dat ze daarop in zou gaan. Sugar had Cornton Vale al zo vaak vanbinnen gezien dat ze daar ongetwijfeld weleens een Debs was tegengekomen. En waarschijnlijk handelde ze toen niet alleen in drugs, maar gebruikte ze in die tijd zelf ook. Ze was de namen van al die vrouwen allang vergeten, dacht Ava.

Toen Ava bij het kantoor van Cordelia Muir aankwam, stond Callanach in de deuropening links en rechts de weg af te kijken.

'Sta je op mij te wachten?' vroeg ze.

'Ik check of er ergens beveiligingscamera's staan die op dit deel van de weg zijn gericht,' zei hij.

'Wat is er aan de hand? En kunnen we binnen verder praten? Het is buiten min twee.' Ava liep langs hem heen en ging in het kantoor op een radiator zitten, maar stond meteen weer op toen ze voelde dat hij het niet deed.

'Tripp is met het personeel van Crystal gaan praten,' zei Callanach op zachte toon, zich bewust van Liam Hood die achter in het kantoor bij een waterkoker stond. Tripp was aan de telefoon en maakte aantekeningen. 'Cordelia Muir heeft een van haar mensen een doktersafspraak laten maken, alleen hebben we geen gegevens van die figuur. Het blijkt om een vrijwilliger te gaan die ze kortgeleden had aangenomen, dus hij staat niet op de loonlijst en er is ook geen personeelsdossier van hem aangelegd.'

'En?' vroeg Ava.

'Cordelia is pas ziek geworden nadat die vrijwilliger hier is komen werken. Ze had gevraagd of hij een afspraak bij de huisarts voor haar wilde maken, maar hij heeft het aanbod om eerder langs te komen afgewimpeld en een afspraak voor een paar dagen later gemaakt.'

'Denk je dat hij de afspraak opzettelijk heeft uitgesteld om te voorkomen dat de huisarts de juiste diagnose zou stellen?'

'Ik kan er geen andere verklaring voor bedenken,' zei Callanach.

'Dat is dan wel een wilde gok geweest,' zei Ava. 'Want stel nou dat Cordelia gewoon zelf de telefoon had gepakt om de dokter te bellen?'

'Daar heeft Tripp het met Cordelia's dochter over gehad. Cordelia stond erom bekend dat ze stoïcijns was, op het koppige af. Ze ging bijna nooit naar de dokter en ging altijd naar kantoor, of ze zich nou goed voelde of niet. Ze had een hekel aan kouwe drukte. Je hoefde niet eens zo heel diep te graven om te ontdekken dat ze niet snel naar de dokter zou lopen, tenzij ze er bijna bij neerviel. Hij nam een risico, maar wel een gecalculeerd risico. Meneer Hood, die je daar achter in het kantoor ziet staan, heeft de dossierkast doorzocht en een aanmeldingsformulier gevonden van de vrijwilliger die die afspraak bij de dokter heeft gemaakt.' Hij overhandigde haar het formulier.

'Jeremy Dolour. Wat weten we van hem?' vroeg Ava.

'Hij heeft een verkeerd of vals burgerservicenummer opgegeven. Er zijn geen gegevens bekend van iemand met die naam en die geboortedatum. Geen rijbewijs. Geen polisnummer van de National Health Service. Tripp is nu aan de lijn met een agent die het door hem opgegeven adres voor ons checkt.'

'Had Jeremy toegang tot Cordelia's bureau?' vroeg Ava zacht.

'Tot haar bureau en de koelkast waarin ze haar eten in plastic bakjes bewaarde. Hij maakte ook regelmatig iets te drinken voor haar,' zei Callanach.

'En hij was een achterbakse kontkruiper, heb je haar dat ook al verteld?' riep Liam Hood van de andere kant van het vertrek.

'Mag ik je voorstellen aan meneer Hood,' zei Callanach met licht opgetrokken wenkbrauwen tegen Ava. 'Hij werkt al drie jaar met Cordelia samen. Het schijnt dat Jeremy hier onverwacht binnen is komen vallen en zich als vrijwilliger aanbood. Cordelia had met hem te doen en stelde voor dat hij een dag per week zou komen om de administratie bij te houden en andere algemene werkzaamheden te verrichten. En algauw zat hij hier twee dagen per week.'

'Hij was te gretig. Altijd bereid om te helpen, liep als een hondje achter Cordelia aan. Als hij er was bleven de anderen bij haar uit de buurt. Ik heb haar gezegd dat er iets niet klopte aan die gast en ik was niet de enige die dat gevoel had. Maar zo zat Cordelia niet in elkaar. Hoe meer je haar ervan probeerde te overtuigen dat iemand niet deugde, hoe meer ze die persoon verdedigde,' zei Hood.

'Zou u met een politietekenaar willen samenwerken, meneer Hood? Wij hebben geen foto van Jeremy, en misschien kunt u ons een signalement geven,' zei Ava.

'Daar ben ik wel een paar uur mee zoet, denk ik. Niet dat ik iets beters heb te doen op de zaterdag. Elke dag is een weekenddag tot we te horen krijgen hoe het verdergaat met dit kantoor,' mopperde Hood.

'We laten u naar het bureau brengen en kunnen een warme maaltijd voor u regelen om u op de been te houden,' zei Ava.

'Sorry, mevrouw,' onderbrak Tripp haar.

'Dat is voor mij zeker het sein om op te hoepelen,' zei Hood en hij liep weer terug naar het keukenhoekje.

'Het adres dat Jeremy Dolour had opgegeven bestaat inderdaad, maar toen de agenten aanbelden werd er opengedaan door een jonge vrouw en haar man. Ze zijn op huwelijksreis in Edinburgh en hebben het appartement via Airbnb gehuurd.'

'Airbnb?' vroeg Callanach.

'Huizen en appartementen die je kunt huren als je geen zin hebt in een hotel. Je kunt je aanmelden en je woning via die site verhuren. We blijven nog verder zoeken, maar het ziet ernaar uit dat die Jeremy alleen maar valse informatie heeft gegeven,' zei Tripp.

'Het is duidelijk dat Cordelia Muir hem niet kende en geen verdenking koesterde. Maar hoe zit het met het motief?' Het bleef stil. 'Goed. Haal er wat mensen bij om de andere personeelsleden te vragen wat zij over Jeremy weten. Misschien heeft hij zich iets laten ontvallen waardoor we hem kunnen opsporen. Een vriendin, hobby's, een auto. Hebben we zijn vingerafdrukken?'

'Dat kunnen we niet met zekerheid zeggen. We kunnen het huidige personeel uitsluiten, maar er zitten ook vingerafdrukken bij van vroegere werknemers, en de schoonmakers werden via een uitzendbureau ingehuurd, dus er kwamen elke week weer andere mensen over de vloer, en verder kwamen er bezorgers en bezoekers. Daarom is het bijna onmogelijk om vast te stellen welke vingerafdrukken van hem zijn,' zei Tripp. 'Meneer Hood zei dat Jeremy opvallend stottert op woorden die beginnen met een w. Hij is tussen de vijfentwintig en de dertig, droeg altijd een bril en praatte eigenlijk met niemand, behalve met Cordelia.'

'Ik ga met de familie Muir praten,' zei Ava. 'Als bekend wordt dat we naar een specifieke verdachte zoeken, zullen ze diep geschokt zijn. Hou dit nog even onder de pet, oké?'

'Ik denk dat ze het op dit moment te druk hebben om met u te praten, mevrouw,' zei Tripp. 'Een paar dagen geleden is Cordelia's zoon, Randall, op het nippertje gered na een zelfmoordpoging. Hij was niet ernstig gewond omdat ze hem snel hebben gevonden, maar hij moest wel worden opgenomen. En nog iets, maar misschien betekent het niets: Cordelia's vulpen die ze altijd in een doosje op haar bureau bewaarde, is verdwenen. Naar het schijnt wist iedereen op kantoor dat ze die pen nooit mochten aanraken, want die had ze van haar overleden man cadeau gekregen. Ik heb het gecheckt en voor zover ik in de bewijsstukkenlijst kan zien is de pen nergens anders opgeborgen.'

'Volg de gebruikelijke procedures,' zei Ava. 'Ga op zoek naar camerabeelden waarop te zien is dat hij aankomt of naar buiten gaat. Vraag Cordelia's dochter of zij hem op de politietekening herkent zodra die af is. Luc, jij schrijft voor morgenochtend een briefing uit voor het hele team en je verzorgt de documentatie. De rest van het weekendverlof is hierbij officieel ingetrokken. Ik rij nu terug naar kantoor om de commissaris te bellen. Ik zie jullie daar wel.'

In haar auto leunde Ava achterover en sloot haar ogen. Cordelia Muir had Liam Hoods intuïtieve bedenkingen over Jeremy terzijde geschoven. Zo ging het maar al te vaak. Sommige mensen oordeelden snel, gingen louter op hun intuïtie af en wisten zich daardoor effectief te beschermen. De Cordelia Muirs van deze wereld verzetten zich tegen die impuls om snel te oordelen. Zij stelden zich juist vriendelijker op tegenover mensen die onsympathiek overkwamen. Zij openden hun armen juist voor diegenen die door de maatschappij werden afgewezen, en werden zo het slachtoffer van hun eigen grootmoedigheid. Er bestond geen remedie, geen lakmoesproef voor gevaar, maar Jeremy Dolour had haar organisatie benaderd en zijn hulp aangeboden, en Cordelia had het niet over haar hart kunnen verkrijgen hem weg te sturen. Als hij verantwoordelijk was voor haar dood, dan was het een harteloze daad die hij des te makkelijker had kunnen uitvoeren omdat zij zo'n goed mens was. De telefoon in haar zak trilde.

Je hebt hier een hoop heisa veroorzaakt Debs!

las ze.

Mijn baas heeft een cipier in Glenochil gebeld, en die zegt dat er een politievrouw bij McGill langs is geweest. Weet jouw Jimmy daar iets van?

Heb amper beltegoed. Ga ff naar winkel. Bel zo terug

typte Ava, waarna ze de telefoon uitzette en het portier opendeed. Ze haalde de simkaart eruit, stampte hem kapot, propte de restanten samen met de telefoon helemaal onder in een met regenwater gevulde afvalbak en dekte de boel af met vuilnis. Een paar seconden lang voelde ze haar geweten opspelen. De directeur van Glenochil was zo vriendelijk geweest om gehoor te geven aan haar verzoek om Dylan McGill naar een eigen cel over te brengen en hem al zijn voorrechten terug te geven. Ramon Trescoe had natuurlijk contactpersonen onder de cipiers. Dat kon haast niet anders na al die jaren in de gevangenis. Maar nu had Ava een grens overschreden: ze had

McGills leven in gevaar gebracht. Als Ramon Trescoe dacht dat zijn partner met de politie had gepraat, stond er nu al een prijs op zijn hoofd. Ava had zich onder haar eigen naam ingeschreven omdat ze wist dat bewakers toegang hadden tot het bezoekersregister. Zodra ze haar naam wisten en op internet een foto van haar hadden gevonden, zouden Knuckles en Perry meteen weten dat zij het was geweest in het huis van Glynis Begbie. Als Ramon Trescoe niet bij Begbies dood betrokken was, zou hij natuurlijk geen verband leggen tussen beide gebeurtenissen. Maar als hij nu achter McGill aan ging stond dat in feite gelijk aan een ondertekende schuldbekentenis. Ava rekende op het tweede scenario.

Toen ze weer achter haar bureau zat, rillend van de kou ondanks de verwarming die op volle toeren draaide, belde ze meteen met de directeur van Glenochil en vroeg om extra bewaking van Dylan McGill. De directeur had niet veel vragen gesteld en Ava vermoedde dat de toon van haar stem hem al genoeg had gezegd. Dat nam niet weg dat ze met haar actie iemands leven op het spel had gezet, en ook al probeerde ze het te negeren, ze had het gevoel dat ze hiermee een dieptepunt had bereikt dat op gespannen voet stond met haar motieven om bij de politie te willen werken. Heel even vervloekte ze George Begbie omdat ze door zijn toedoen in deze puinhoop verzeild was geraakt. Hij had geprofiteerd van wat hij had uitgevreten en nu zaten anderen met de ellende. Toch bleef ze loyaal aan haar vroegere baas en kon ze het niet loslaten. Als ze deze zaak niet oploste, zou die haar altijd blijven achtervolgen.

Ze vermande zich, sloeg het dossier van Louis Jones open en dwong zichzelf bezig te blijven. Boven op de stapel papieren lag het briefje met het telefoonnummer van die arme agente in Dimitri's team die tot zondebok was bestempeld omdat ze het forensisch verslag niet had doorgestuurd. Ava had haar nummer al ingetoetst voordat ze had bedacht hoe ze het gesprek zou aanpakken. Alles om haar gedachten af te leiden van het gevaar dat ze over Dylan McGill had afgeroepen.

'Janet Monroe,' zei een vermoeide stem.

'Agent Monroe, u spreekt met hoofdinspecteur Turner van het team Zware Misdrijven. Bel ik gelegen?' vroeg Ava.

'Ik zit thuis duimen te draaien, mevrouw. Ik ben eerder met zwangerschapsverlof gestuurd, zogezegd voor mijn eigen bestwil. Waarmee kan ik u helpen?' Janet klonk zoals Ava zich voelde.

'Ik bel vanwege het forensisch rapport over het ongeluk van Louis Jones. Inspecteur Dimitri zei dat u...'

'Mijn excuses, mevrouw. Hoofdinspecteur Dimitri zei dat hij me had gevraagd dat voor u op te sporen. Ik moet het zijn vergeten. Daarom heeft hij me eerder naar huis gestuurd, met volledig behoud van salaris, hoor. Dus ik mag niet klagen.'

'Ik heb je niet gebeld om een excuus van je te krijgen, Janet. Ik bel je omdat ik denk dat ik het probleem met hoofdinspecteur Dimitri misschien heb verergerd. Ik zou je graag willen helpen,' zei Ava.

Het bleef lang stil.

'Hoofdinspecteur Dimitri heeft duidelijk gemaakt dat ik tijdens mijn verlof met niemand over het lopende onderzoek mag praten. Ik mag eigenlijk niet met u praten,' zei Janet.

Ava beet op haar onderlip. Ze had in haar begintijd bij de politie vaak genoeg met seksisme te maken gehad en het stak als ze merkte dat jongere vrouwelijke agenten daar nog steeds mee te maken hadden.

'Hoelang moest je nog voordat je officieel met zwangerschapsverlof zou gaan?' vroeg Ava.

'Acht weken,' zei Janet.

'En je kunt gewoon werken? Geen bedenkingen van de dokter of de vroedvrouw?' wilde Ava weten.

'Nee. Mijn huisarts zei dat ik er maar lekker van moest genieten. Ik geloof dat hij zelfs iets van "bofkont" mompelde toen ik zei dat ik eerder met verlof moest. Het was maar goed dat hij niet wist hoe ik er zelf over dacht toen hij dat zei, want anders had-ie het consult snel beëindigd,' zei Janet.

Ava schoot in de lach. 'We hebben het hier nogal druk. We zitten met de moord op Louis Jones, de zaak-Lily Eustis is nog niet opgelost, en het ziet ernaar uit dat een overlijden door een verboden medicijn toch een moordzaak is. Ik kom mensen tekort. En, nou ja, ik bied je aan om bureaudiensten te draaien en ons te helpen bij het onderzoek. Je hoeft dus niet de straat op.'

'Sorry, mevrouw, ik begrijp het niet,' zei Janet.

'Ik vraag je hierbij of je het team Zware Misdrijven wilt bijstaan, ons wilt helpen tot je zwangerschapsverlof officieel ingaat. Ik regel het wel met de commissaris. Je kunt morgen al beginnen,' zei Ava, die voorzag dat ze bij commissaris Overbeck door het stof zou moeten kruipen. Toch nam ze die vernedering voor lief, omdat ze het gevoel had dat ze daarmee iets rechtzette.

'Goh, ik had niet gedacht... ja. Natuurlijk. Ik wil dolgraag bij het team Zware Misdrijven komen werken, ook al is het maar tijdelijk. En hoofdinspecteur Dimitri dan?'

'Formeel gezien heeft hij je vrijgegeven, en ik weet zeker dat hij er begrip voor zal hebben. Moet je horen, ik weet dat het morgen zondag is, maar om halfnegen komen we bij elkaar voor een briefing over de dood van Cordelia Muir. Geen uniform. Ik zie je daar. Neem je eigen mok mee.'

Ava beëindigde het gesprek en voelde zich al een stuk beter. Ze had er een gewoonte van gemaakt om andere vrouwen met hun carrière te helpen, net zoals Begbie haar had geholpen. Het was een kleine moeite om iemand de helpende hand te reiken. Bovendien kon het team Zware Misdrijven iedere hulp gebruiken, want Ava had het gevoel dat ze voor geen meter opschoten met het onderzoek naar de dood van Lily Eustis, Cordelia Muir en Louis Jones.

41

Mina Eustis zat met haar telefoon op schoot. Ze was de tel kwijtgeraakt van het aantal berichtjes dat ze had verstuurd. Christian had een paar keer geantwoord, maar hij had het nog steeds druk. Het was niet duidelijk of hij de stad uit was of niet, maar er was een crisissituatie, wat betekende dat hij wel aan haar dacht, maar niet bij haar kon zijn.

In allerlei opzichten viel het leven haar nu zwaarder dan toen Lily net was overleden. De verdoving van geschoktheid en ongeloof bood geen ontsnapping meer. Geen bezoekjes meer van de politie, geen bloemen van mensen die hun sterkte wensten. Zelfs de media bleven nu weg. De buitenwereld bood een sombere, schrale uitweg naar een leven dat nooit meer zou worden als vroeger. Het verdriet van haar ouders had plaatsgemaakt voor een kille depressie. Als je mensen zou moeten typeren aan de hand van de seizoenen, paste de winter nu het best bij hen. In haar verbittering was Mina eerst kwaad op hen geweest, maar daarna was alle emotie uit haar weggevloeid en kon ze het rationeel benaderen. Haar ouders hadden nooit een kind mogen verliezen. Geen enkele ouder zou dat lot moeten dragen. Het verlies had hen in een soort zombies veranderd. Ze hadden tijd nodig.

Ondertussen was het leven gewoon doorgegaan. Mina had zoveel colleges en werkgroepopdrachten gemist dat de universiteit haar in een formeel schrijven had laten weten dat ze het jaar helaas niet kon afmaken. Ze hadden haar in ieder geval wel aangeraden om volgend studiejaar opnieuw te beginnen. Ze had de brief in de prullenbak gegooid zonder hem aan haar ouders te laten zien. Mina wist dat het het beste was om zich rustig terug te trekken uit haar oude leventje. Haar vrienden moesten verdergaan met hun leven. Ze moesten lol kunnen maken, studeren, films kijken, dronken worden. Ze hadden zich buitengewoon meelevend opgesteld, maar ze kon niet van ze verwachten dat ze begrepen hoe zij zich voelde. Ze kon hen daar niet mee blijven opzadelen. Het universum kon niet instorten vanwege het verdriet van een enkel gezin. Dat begreep Mina wel. Ze stond er alleen voor.

Ze had ook moeten weten dat Christian genoeg van haar zou krijgen. Wie hield ze nou eigenlijk voor de gek? Lily was het mooie, extraverte zusje geweest. Lily, die elke man kon krijgen die ze maar wilde, maar alleen maar vriendelijk had geglimlacht naar die knulletjes die haar probeerden te versieren. Haar zus had altijd gezegd dat ze wachtte op een heel speciaal iemand. Mina was niet voorbestemd om mannen als Christian om zich heen te hebben, en als dat wel zo was, ging het nooit verder dan vriendschap.

Lily was met een man op de avond dat ze stierf. En het moest een date zijn geweest, anders had Lily het niet verborgen gehouden. Als ze gewoon met een vriend had afgesproken, was er geen reden om het geheim te houden. Mina kon daar begrip voor opbrengen. Ze kende het gevoel dat het misschien ongeluk bracht als je over dingen praatte, en het was gewoon ook leuk om geheimen te hebben. Maar Mina wou dat Lily haar deelgenoot had gemaakt van dit ene geheim. Ze waren altijd heel close geweest. Natuurlijk hadden ze als kind ruziegemaakt, maar bij het ouder worden was er nooit iets van rivaliteit tussen hen geweest. Als Lily nu nog leefde, zou Mina in Lily's kamer op bed liggen en over Christian vertellen, hoe hij op een dag in de bibliotheek opdook en vroeg of ze kleingeld had voor de koffieautomaat, en dat hij die band zo goed vond die op het retro T-shirt stond dat ze die dag droeg. Vreemd genoeg kon ze zich niet meer herinneren welk T-shirt het was. En vanaf dat moment zaten ze in de bibliotheek vaak naast elkaar te studeren, en was hij er altijd. Tot nu.

Ze wilde dat Lily nu kwam binnenlopen, haar zou knuffelen en zeggen dat ze niet zo stom moest doen – dat ze Mina geruststelde en zei dat Christian haar heus niet in de steek zou laten. Van al haar vrienden was hij de enige die wist wat hij moest zeggen en hoe hij het moest zeggen, die nooit op eieren had gelopen zoals de anderen. Misschien kwam het doordat hij wat ouder was, maar Christian was niet bang om over de dood te praten. Hij zou haar toch zeker niet laten vallen omdat hij nu druk was met andere mensen. Hij wist hoe hard ze hem nodig had. Hij was de enige aan wie ze al haar pijn had durven tonen. Mina drukte op de oproeptoets hoewel ze zichzelf had voorgenomen om het niet te doen. Ze was gestopt met het sturen van voicemailberichten, vooral omdat ze niet meer tegen dat wanhopige toontje in haar stem kon als ze iets insprak. Maar dit keer kon ze niet eens een bericht inspreken. Christian had zijn voicemail uitgezet. Dat was het dan. Een helderder boodschap had hij niet kunnen sturen.

Mina liep naar het keukenkastje waar haar moeder de flessen drank bewaarde. De voorraad werd de laatste weken beter op peil gehouden dan vroeger. Ze pakte een fles wodka, overwoog even om sinaasappelsap uit de koelkast te pakken om een mixdrankje te maken, maar vond dat te veel moeite. In plaats daarvan slofte ze de trap op en liet haar telefoon uit haar vingers glijden toen ze Lily's slaapkamerdeur opendeed. Ze trok de – door Lily gekozen – gordijnen rustig dicht, schroefde de dop van de fles en deed het licht uit. Het bed lag lekker. Het kussen rook nog steeds naar Lily's lievelingsparfum. De lakens waren nog een beetje gekreukt op de plek waar Lily elke nacht met haar voeten had liggen schoppen. Als er ergens een plek was waar Mina vergetelheid kon vinden, was het hier wel.

Christian zette zijn telefoon uit. Mina had hem talloze keren gebeld en nu vroeg Randall of hij langs kon komen. De laatste keer dat Randall had gebeld, was er een onbekend nummer op het scherm verschenen, maar de reden daarvoor werd wel duidelijk uit de inhoud van het bericht. Randalls telefoon was natuurlijk afgepakt toen hij werd opgenomen in de gesloten inrichting, waar ze hem zo te horen zware medicatie hadden toegediend. Waarschijnlijk had hij toch ergens een vaste lijn gevonden om te kunnen bellen. Christian schudde zijn hoofd bij de onvermijdelijkheid van dit alles. Al vanaf het begin had Randall zwakte uitgewasemd. Zijn onvermogen om de dood van zijn moeder te verwerken was zo voorspelbaar dat het bijna saai was. Maar er was wel een scheermes aan te pas gekomen en dat was een verrassing. Christian had iets makkelijkers verwacht, een zachter heengaan – iets met slaaptabletten of zo. Randall was waarschijnlijk zo compleet overweldigd geweest door verdriet dat hij voor een onmiddellijke en onplezierige ontsnapping had gekozen. Christian stond zich een paar seconden lang de luxe toe zich een beeld te vormen van het tafereel.

Maar op dit moment was Bradley degene die hem het hardst nodig had. Die lieve Bradley met zijn zachte handen en smekende ogen die er langzaam maar zeker achter begon te komen dat Sean niet de ware voor hem was.

Christian was op zoek geweest naar iemand als Bradley. Iemand die zichzelf graag hoorde praten, maar ook goed kon luisteren. Want Chris had zijn eigen verhaal te vertellen. Ook hij ging gebukt onder een last en ook hij worstelde met van alles. Bij Bradley kon hij dat een beetje kwijt. Natuurlijk was Sean er nog, die tussen hen in stond als een onzichtbare herinnering dat alle nieuwe vriendschappen zich schuldig maken aan tijd stelen van bestaande vriendschappen, maar dat zou binnenkort veranderen.

Over Sean gesproken, zijn carrière leek een hoge vlucht te nemen. Het theatergezelschap waar hij nu bij zat, had een plaatselijke toneelschrijver opdracht gegeven een zwarte komedie te schrijven, en de repetities kregen een hoop media-aandacht, vertelde Bradley.

'Klinkt fantastisch,' mompelde Christian boven zijn kop koffie. 'Daar zou ik graag heen gaan.'

'Ja, natuurlijk,' zei Bradley, maar de glimlach verdween van zijn gezicht. 'Dat zou ik natuurlijk heel leuk vinden, alleen... ik heb Sean nog steeds niet echt over jou verteld. En omdat ik het al die tijd niet over jou heb gehad, vind ik het lastig als ik nu moet uitleggen hoe het komt dat we elkaar zo goed kennen. Niet echt goed, natuurlijk. Maar ik denk dat ik hem eigenlijk eerder over jou had moeten vertellen, dat is alles.'

'Maak je niet druk. Ik snap het helemaal,' zei Christian en hij legde zijn hand op Bradleys knie. 'We proberen de mensen van wie we houden te beschermen, en voordat we het weten zijn onze pogingen om het simpel te houden uitgegroeid tot een nieuw gevaar.'

'Hoe komt het toch dat jij altijd precies weet wat je moet zeggen?' vroeg Bradley grinnikend. 'Zo is het precies gegaan, al zou ik het zelf niet zo onder woorden hebben kunnen brengen. Maar hoe zit het met jou? Wat is er afgelopen week in jouw leven gebeurd?'

'De jongen over wie ik je vertelde, die zijn moeder heeft verloren, heeft een zelfmoordpoging gedaan,' zei Christian.

'O nee toch. Je had me moeten bellen. Hoe voel je je? Dat moet verschrikkelijk nieuws zijn geweest. Wat heeft hij gedaan?' Bradley leunde voorover en nam Christians hand, die op zijn knie lag, in zijn beide handen.

'Hij ligt nu in het ziekenhuis. Ergens voel ik me verantwoordelijk. Ik weet dat het stom klinkt, maar misschien was ik er niet toen hij me het hardst nodig had of heb ik hem slechte raad gegeven. Ik weet het niet,' zei Christian.

'Dat geloof ik geen moment. Je hebt hem alleen maar een troostende schouder geboden. Ik durf te wedden dat hij jou een echte vriend zou noemen.' Bradley zuchtte. 'Je hebt een pittige tijd achter de rug, en dan is ook je relatie nog eens uitgegaan. Weet je, je kan me altijd bellen als je wilt praten. Maak je geen zorgen over Sean. Ik heb sowieso besloten dat het tijd wordt dat ik hem over jou vertel. Ik wil niet langer net doen of je niet bestaat.'

'Wacht nog maar even,' zei Christian. 'Het klinkt gek, maar deze momenten die we samen hebben, waarvan behalve wij tweeën niemand op de hele wereld weet heeft, die hebben mij al die tijd op de been gehouden. Er zijn zoveel mensen die op mijn steun rekenen... dus als ik dan met jou op deze volmaakte plek zit, dan ben ik er nog niet aan toe om die zeepbel door te prikken.'

'Alles wat je wilt,' zei Bradley en hij bloosde een beetje toen die woorden hem ontglipten. Christian boog voorover, legde zijn ene hand om Bradleys nek en liet zijn voorhoofd tegen Brads schouder rusten. Zo bleef hij even zitten, met zijn ogen dicht, luisterend naar Brads bonkende hart. Na een paar seconden ging hij tevredengesteld weer rechtop zitten.

'Binnenkort leer ik Sean kennen. Dan komt het allemaal goed. Er zal geen sprake zijn van ongemakkelijkheid of rivaliteit. Je kunt me vertrouwen,' fluisterde Christian. 'Ik zou nooit iets doen waardoor jij gekwetst wordt.'

42

De briefingruimte was stampvol. Nieuwe foto's en bewijsstukken waren op het whiteboard geprikt, naast de gegevens over Cordelia Muirs dood, en in het midden van dat alles hing de compositietekening van Jeremy Dolour.

'Volgens de medewerkers van Crystal heeft hij lichtbruin tot donkerblond haar,' zei brigadier Lively tegen de aanwezigen. 'Ze schatten Jeremy op eind twintig, wat overeenkomt met de geboortedatum op zijn aanmeldingsformulier. Voorlopig is er geen aantoonbaar verband tussen hem en de dood van Cordelia Muir, dus officieel willen we hem alleen maar als getuige horen. Niettemin blijkt de informatie die hij mevrouw Muir heeft gegeven niet te kloppen en we kunnen nergens gegevens vinden over iemand met die naam en van die leeftijd. We kunnen er dus van uitgaan dat hij zijn ware identiteit wilde verbergen. Zijn motieven daarvoor, voor zover die onschuldig zijn, zijn niet bekend.'

'Maar waar moeten we naar hem op zoek gaan, sir? Zo te horen hebben we weinig aanknopingspunten,' riep een agent achter in de zaal.

'Voor het geval je het nog niet wist, jongen, wij zijn van de politie. Het is onze taak om mensen op te sporen. Soms willen die mensen niet gevonden worden en dat maakt het dan lastiger, maar als je had verwacht dat de boeven met een vlaggetje staan te zwaaien dan zou ik maar van baan veranderen,' antwoordde Lively.

Ava kwam tussenbeide.

'Het is heel lastig om camerabeelden te vinden waarop we Jeremy duidelijk kunnen identificeren. Te veel capuchons en paraplu's rond deze tijd van het jaar, en het weinige daglicht helpt ook niet echt. We willen dat jullie met voormalige werknemers gaan praten en met donateurs, dat jullie de agenda's doorspitten om te zien wie er het afgelopen halfjaar op kantoor is geweest, en dat jullie vingerafdrukken nemen van die mensen zodat we ze kunnen uitsluiten. Jeremy moet ergens in dat kantoor zijn DNA en zijn vingerafdrukken hebben achtergelaten. Heeft iemand nog ideeën?'

'De binnenkant van de koelkast, mevrouw,' zei een stem uit de hoek. Iedereen draaide zich om. Stoelpoten schraapten over de vloer en een jonge vrouw stond op. Ze leek van Latijns-Amerikaanse afkomst, klein, en tenger gebouwd, op haar buik na, die ze onder het spreken beschermend vasthield. 'Ik heb de foto's van het kantoor bekeken. Een van de getuigen, meneer Hood geloof ik, zei dat Jeremy regelmatig iets uit de koelkast pakte. Je kunt ervan uitgaan dat bezoekers daar niet zijn geweest. De buitenkant zal van tijd tot tijd door de schoonmakers zijn afgenomen. Maar de binnenkant wordt minder vaak schoongemaakt. Dat betekent dat we minder vingerafdrukken hoeven te nemen om mensen uit te sluiten.'

'Agent Monroe?' vroeg Ava.

De vrouw knikte.

'Mag ik jullie Janet Monroe voorstellen? Zij komt onze gelederen de komende weken versterken en zal vanuit het bureau ondersteuning verlenen. Dank u wel, agent. Dat is een goed begin.'

Callanachs gedachten dwaalden af terwijl iedereen een taak kreeg toebedeeld en er een rooster werd opgesteld. Ava en hij hadden die details voorafgaand aan de briefing al samen doorgenomen. Zijn blik viel op Tripp, die zich in tegenstelling tot de rest van het team had omgedraaid en met zijn rug naar hem toe stond. Sinds Callanach bij de Schotse politie was komen werken had hij

Max Tripp tijdens een briefing niet anders meegemaakt dan honderd procent gefocust, met een pen in de aanslag om aantekeningen te maken, altijd klaar om zijn hand op te steken om vragen te stellen. Maar vandaag leek hij er niet bij te zijn met zijn gedachten. Hij staarde naar het whiteboard waarop de velletjes papier met details over de dood van Lily Eustis aan de randen al lichtjes begonnen te krullen. Er zat bedroevend weinig schot in die zaak en het zou niet lang meer duren voordat commissaris Overbeck opdracht zou geven om het onderzoeksteam in te krimpen.

De briefing was achter de rug. Iedereen verspreidde zich, verzamelde spullen die ze nodig hadden, ging aan een bureau achter een pc zitten of stond in kleine groepjes de dag door te spreken. Maar Tripp bleef staan waar hij was en staarde naar Lily Eustis' foto.

'Tripp,' zei Callanach. Geen reactie. Hij liep naar hem toe en legde een hand op zijn schouder. 'Max, alles goed met je?'

Tripp keek hem aan.

'Te veel toevalligheden, sir. Het is dezelfde moordenaar.'

'In mijn kamer, Tripp,' zei Callanach. 'Maar eerst koffie.' Ze liepen samen naar het minikeukentje, waar de hygiëne ver te zoeken was. In plaats van te gokken welke mokken bacterievrij waren, kozen Callanach en Tripp voor wegwerpbekertjes. Tripp volgde Callanach op de voet op weg naar diens kamer.

'Ga zitten,' zei Callanach. 'Vertel me eens wat je dwarszit.'

'Een mysterieuze man dringt het leven van vrouwen binnen. Niemand weet met wie Lily Eustis die avond was. Er zijn geen camerabeelden en er is geen DNA gevonden. En veel belangrijker, Lily zag het gevaar niet aankomen, anders was ze nooit in december meegegaan naar Arthur's Seat. Ze is gedrogeerd met een makkelijk te verkrijgen drug. Hij heeft eerst een vertrouwensrelatie met haar opgebouwd en daarna keek hij op zijn gemak toe terwijl ze stierf. Hetzelfde geldt voor Cordelia Muir. Dit keer kon hij zijn gezicht niet verbergen, maar gaf hij valse informatie. Jeremy valt in de leeftijdsgroep die aantrekkelijk zou kunnen zijn geweest voor Lily. De werknemers van Cordelia Muir beschreven hem als een knappe man. Niet opvallend mooi of knap, maar een goed uitziende man. Slank, ongeveer een meter tachtig, blond.'

'En dat stotteren dan?' vroeg Callanach. 'Waarom zou een moordenaar met zo'n specifieke en herkenbare eigenschap zich in het openbaar vertonen voordat hij een moord begaat, terwijl hij bij Lily zoveel moeite heeft gedaan om juist onzichtbaar te blijven?'

'Omdat wij ervan uitgaan dat hij echt stottert,' zei Tripp. 'Ik heb eens een vriendje gehad dat stotterde. Als hij op feestjes een gesprekje probeerde aan te knopen, keken mensen weg en zochten ze iemand anders om mee te praten. Ze durfden hem letterlijk niet in de ogen te kijken, omdat ze het pijnlijk vonden om met hem te communiceren. Als je jezelf zorgvuldig presenteert wordt de meest uitzinnige outfit je allerbeste vermomming. Ik zou weleens willen weten hoe vaak Jeremy's collega's werkelijk met hem hebben gepraat. Ik denk dat ze het makkelijker vonden om hem te mijden.'

'Dus je wilt zeggen dat het stotteren een façade was?' vroeg Callanach.

'Ik zeg alleen dat het hem geholpen kan hebben om mensen te ontwijken, en dat wilde hij juist. Het kan ook de reden zijn dat Cordelia nog meer geneigd was hem onder haar hoede te nemen. Ga maar na, hij komt het kantoor binnenlopen, doet alle moeite om uit zijn woorden te komen tegen de eerste de beste die hij daar ziet, en dus komt Cordelia tussenbeide. Hij hoeft niet eens zijn hart bij haar uit te storten of een zielig verhaal op te hangen. Mevrouw Muir heeft al met hem te doen en wil hem beschermen. Zo was zij nu eenmaal. Als hij haar al op het oog had, dan moet hij dat hebben geweten.'

'Tripp, je geeft niet alleen een beschrijving van een uiterst efficiënte moordenaar, maar ook van iemand met een hoge intelligentie, die zijn impulsen perfect onder controle weet te houden en alles zorgvuldig plant. Om nog maar te zwijgen van zijn acteertalent. Het valt moeilijk voor te stellen dat niemand achterdocht koesterde,' zei Callanach.

'Liam Hood wel. Hij wist niet waarom, maar hij had een instinctieve hekel aan Jeremy en vertrouwde hem niet. De andere collega's voelden zich ook niet op hun gemak als hij op kantoor was,' zei Tripp.

'Als dat zo was, waarom hebben ze dat niet met Cordelia besproken?' vroeg Callanach zich hardop af.

'Zou u de eerste willen zijn om met de vinger te wijzen naar een man die zijn vrije tijd opoffert om als vrijwilliger voor een liefdadigheidsinstelling te werken? Een man met een spraakgebrek, van wie Cordelia al besloten had dat ze hem een kans wilde geven. Denkt u dat ze geluisterd zou hebben? Je moet wel heel sterk in je schoenen staan om een klacht over iemand te uiten die uitsluitend gebaseerd is op je instinctieve afkeer.'

Callanach leunde achterover in zijn stoel. 'Het vergt heel wat medische kennis om op die manier twee vrouwen te vermoorden. Lily en Cordelia moeten hem door en door vertrouwd hebben, dat hij zo dicht bij ze kon komen dat hij ze kon vermoorden, dus we kunnen rustig aannemen dat we te maken hebben met een uitstekend functionerende psychopaat, want hij beschikt ook nog eens over de juiste sociale vaardigheden. De signalementen komen min of meer overeen, hoewel dat in Lily's geval behoorlijk vaag is. Maar dan zitten we nog met het motief voor beide moorden. Er is geen in het oog springend verband tussen Cordelia en Lily. Dus wat is het dan? Het pure genoegen om een eind aan iemands leven te kunnen maken? Als dat zo was, zou hij ze dan niet ontvoeren en ze voor zijn ogen willen zien sterven, wetende dat hij ze volledig in zijn macht heeft? We weten niet zeker of hij lang genoeg bij Lily is gebleven om haar haar laatste adem te zien uitblazen, maar hij moet hebben geweten dat hij er niet bij kon zijn als Cordelia stierf. Dat is met geen enkel daderprofiel of bekend patroon te rijmen. En dat biedt niet de bevrediging waar psychopaten naar op zoek zijn.'

Tripp vouwde zijn handen in zijn schoot. 'Lily's ring is kwijt, een voorwerp dat veel betekent voor haar familie. We hebben die kwestie met Cordelia's verdwenen vulpen nog niet helemaal uitgezocht, maar die pen is ook een voorwerp waar veel emoties aan verbonden zijn. De lijst van toevalligheden wordt steeds langer. Ik weet niet wat deze moordenaar drijft,' zei Tripp, 'maar als ik gelijk heb, is hij bij de tweede moord veel roekelozer te werk gegaan dan bij de eerste. Tot nu toe is hij ermee weggekomen, wat betekent dat hij het weer gaat doen. Hij is al bezig met de voorbereidingen.'

'Ik zal dit met hoofdinspecteur Turner opnemen,' zei Callanach. 'Voorlopig moet je je theorie maar voor je houden.'

'Begrijp ik,' zei Tripp. Hij stond op en liep rustig de kamer uit.

Er was iets vreemds aan de manier waarop Tripp het gesprek afsloot. Het duurde even voordat Callanach zich realiseerde wat dat was. Het was de eerste keer dat Tripp zijn kantoor uit liep zonder zijn zin te eindigen met 'sir'.

Callanach liep zonder kloppen bij Ava binnen, wat hem een strakke blik van Ava opleverde en opgetrokken wenkbrauwen van Janet Monroe.

'Ik neem aan dat u me dringend wilt spreken, inspecteur Callanach?' zei Ava.

'Ik ga wel,' mompelde Monroe.

'Agent Monroe, dit is inspecteur Luc Callanach. Janet is van het team van hoofdinspecteur Dimitri en komt ons helpen.'

'Prima,' zei Callanach. 'Jullie team heeft het auto-ongeluk van Louis Jones afgehandeld. Misschien kunt u het dossier opnieuw bekijken. Ik heb nog steeds niet alle forensische gegevens binnen. Die heb ik nodig om ze te vergelijken met het bewijs op de plaats delict van de moord. Wilt u het opnemen met brigadier Lively? U kunt hem niet missen. Hij zit altijd koekjes te eten en hij praat het hardst van allemaal.' Callanach glimlachte. Monroe excuseerde zichzelf om aan het werk te gaan en Callanach ging zitten.

'Heb je een agent van een ander team geleend? Hoe komt dat zo?'

'Toen ik achter het rapport van het ongeluk van Louis Jones

aan zat, heeft Dimitri Monroe op haar kop gegeven omdat ze het me niet had toegestuurd. Vervolgens heeft hij haar vervroegd met zwangerschapsverlof gestuurd; een nauwelijks verhulde berisping. Daar voelde ik me schuldig over en we konden haar goed gebruiken. Maar goed, jullie zijn nog niet verder gekomen met de zaak-Louis Jones?'

'Ik laat iemand inlichtingen inwinnen,' zei Callanach, 'en het is beter als je daar niets van weet. "Plausibele ontkenning" noemen ze dat toch?'

'Ik denk dat we de fase van ontkenning allebei achter ons hebben liggen,' zei Ava. 'Weet je al wat meer over de man die Jeremy wordt genoemd?'

'Nee, maar Max Tripp heeft een theorie,' zei Callanach. 'Hij is ervan overtuigd dat Lily Eustis en Cordelia Muir door dezelfde man zijn vermoord. En voor wat het waard is, ik begin te geloven dat hij gelijk heeft.'

'Fuck!' Ava liet het woord op haar adem naar buiten zweven. 'Geef me een samenvatting.'

'Twee doden, allebei onverklaarbaar en onverwacht. Allebei overleden na het innemen van een farmaceutisch product. Vlak na elkaar. Geen getuigen. De mannelijke verdachten in beide zaken zijn van dezelfde leeftijd, hetzelfde ras, en het signalement komt min of meer overeen. Allebei in de omgeving van Edinburgh. Van tevoren gepland en elk forensisch spoor is zorgvuldig uitgewist. Beide slachtoffers missen persoonlijke voorwerpen die mogelijk als trofee zijn weggenomen. Het kan om twee verschillende moordenaars gaan, maar hoe waarschijnlijk is dat?'

'Wat je er niet bij zegt is dat je hier bent omdat ik mijn baas hiervan op de hoogte moet stellen. Geweldig. Die bom kan ik laten vallen tijdens het telefoongesprek als ik moet uitleggen dat er geen schot zit in de zaak-Louis Jones,' zei Ava.

'*Qui court deux lièvres à la fois, n'en prend aucun*,' zei Callanach. Ava hield haar hoofd schuin en keek alsof ze niet onder de indruk was.

'Een oud Frans gezegde. Je zou het kunnen vertalen als: wie op twee hazen tegelijk jaagt vangt er geen enkele. Laat Louis Jones en die sores in Glasgow aan mij over. Hou jij je maar bezig met de moorden op Muir en Eustis. Als beide vrouwen door dezelfde man zijn vermoord...'

'Dan slaat hij binnenkort weer toe,' zei Ava. 'Precies wat ik ook al dacht.'

43

Ava's gesprek met commissaris Overbeck was kort en grimmig. Overbeck had meer dan één dreigement geuit en vloekwoorden gebruikt die Ava nog nooit had gehoord. Ze had het niet voor mogelijk gehouden na jarenlang Schotlands meest volleerde zatlappen en lastpakken kost en inwoning te hebben verschaft in de politiecellen, maar Overbeck was beslist de koningin van de godslasterlijke taal.

'En dat is alles wat je hebt?' had Overbeck haar halverwege haar verhaal onderbroken.

'Er zijn te veel toevallige overeenkomsten tussen beide zaken om de mogelijkheid te negeren dat het om een seriemoordenaar gaat, mevrouw,' had Ava geantwoord.

Overbeck lachte, een geluid dat Ava deed denken aan dat van nagels over een schoolbord.

'Je vraagt de Schotse politie om geld vrij te maken voor een zaak, omdat je bij gebrek aan overtuigend bewijs op een heleboel toevalligheden bent gestuit. Godsamme, we zitten zeker om werk verlegen. Weet je wat? Waarom ga je niet op zoek naar een paar andere lijken, dan gooien we die allemaal op een hoop.'

'Neem me niet kwalijk, mevrouw, maar er is wel meer aan de hand,' had Ava rustig geantwoord.

'Ik neem het je godverdomme wel degelijk kwalijk. De slachtoffers zijn niet van hetzelfde ras of dezelfde leeftijd, kregen verschillende middelen toegediend en kwamen niet uit hetzelfde deel van de stad. Je lijkt wel gek, en je moet je hersens eens wat vaker aan het werk zetten!' had Overbeck gesnauwd.

'Als het om dezelfde moordenaar gaat, en hij slaat nog een keer toe, kan de Schotse politie op grond van de overeenkomsten met de twee andere zaken worden aangeklaagd. En als het zover komt, ben ik genoodzaakt uit te leggen dat ik u had gemeld dat het volgens mij om een seriemoordenaar gaat,' zei Ava, en ze zette zich al schrap voor Overbecks reactie op haar dreigement, omdat haar relatie met haar baas, die toch al slecht was, hiermee een absoluut dieptepunt had bereikt.

'Jij smerig klein...' Overbeck was nog een hele tijd door blijven tieren en Ava had de hoorn een eindje van zich af gehouden tot ze was uitgeraasd. 'Beperk de schade, Turner. Hou het buiten de fucking pers tot je spijkerhard bewijs hebt. Als je niet weet wat dat is, koop dan verdomme een goed woordenboek. En als deze shitzooi naar buiten komt, hoofdinspecteur Turner, dan geef ik je persoonlijk een schop onder je kont. Begrepen?'

'Begrepen, mevrouw. En veel dank voor uw hulp.' Ava had de telefoon neergelegd voor de commissaris op dat laatste zinnetje kon reageren.

Ava stond voor het huis van de familie Eustis om Lily's ouders nog meer afschuwelijk nieuws te melden. De dag was al slecht begonnen, beloofde alleen nog maar beroerder te worden, en zou eindigen met een preek van Ailsa Lambert, zij het onder het mom van een dinertje.

Ava haalde een map uit haar tas en liep het tuinpad op. Meneer Eustis deed al open voordat ze kon aanbellen. Hij gebaarde dat ze kon doorlopen naar de zitkamer, waar mevrouw Eustis al zat te wachten. Ze gingen zitten.

'Fijn dat ik even langs mag komen en excuses dat ik u op zondag stoor. Ik ben hier om u te vragen of u deze man herkent.' Ava haalde de schets van Jeremy uit de map. Meneer Eustis bekeek hem als eerste en gaf hem toen aan zijn vrouw. Haar handen trilden zo erg dat hij het papier voor haar vasthield.

'Wie is hij?' vroeg Lily's vader.

'Een vrijwilliger die voor Crystal heeft gewerkt, een liefdadigheidsinstelling in Edinburgh. De oprichter van die instelling, Cordelia Muir, is ook onlangs overleden,' zei Ava.

'Sorry, ik snap niet wat wij hiermee te maken hebben,' zei meneer Eustis. 'Ik heb deze jongeman nog nooit gezien en hij lijkt me ook een paar jaar ouder dan Lily. En jij, schat?'

Mevrouw Eustis schudde haar hoofd en wendde haar blik af.

'We hebben Lily's socialmedia-accounts en haar telefoon gecontroleerd, maar daar geen foto's of video's op aangetroffen waaruit blijkt dat ze deze man kende. Had Lily iets te maken met Crystal of was ze soms actief bij een andere instelling?' vroeg Ava.

'Daar had ze het te druk voor,' zei haar vader. 'U zou het aan haar vrienden kunnen vragen. Misschien heeft een van hen haar aan deze man voorgesteld. Heeft hij... denkt u dat hij iets te maken heeft met haar dood?'

'Op dit moment zijn we bezig hem te identificeren om hem van een ander onderzoek te kunnen uitsluiten. Maar het blijkt heel lastig om hem op te sporen. Ik moet u wel zeggen, omdat u daar de komende dagen waarschijnlijk meer over zult horen, dat de dood van Cordelia Muir niet als een ongeluk wordt beschouwd.'

'Was er bij de dood van mevrouw Muir ook cannabisolie in het spel? Maar dan snap ik nog steeds niet wat dat met onze dochter heeft te maken,' zei meneer Muir.

'In haar geval ging het om een ander middel,' zei Ava, 'Ik weet dat ik u niet hoef te vragen om niet met de pers te spreken, maar er is nog een andere familie bij betrokken, dus ik hoop dat ik op uw discretie mag rekenen tot we het naar buiten kunnen brengen. Misschien heeft deze man niets met Lily te maken. We proberen gewoon alles uit te sluiten.'

Boven sloeg een deur dicht, en voeten renden door de gang gevolgd door het onmiskenbare geluid van kokhalzen, dat zelfs door de dichte badkamerdeur heen te horen was. Ava keek meneer en mevrouw Eustis aan, maar geen van beiden maakte aanstalten om naar boven te gaan. Blijkbaar gebeurde dit aan de lopende band.

'Is dat Lily's zus boven?' vroeg Ava.

Meneer Eustis knikte.

'Vindt u het goed als ik naar boven loop om Lily's kamer nog eens te doorzoeken? Ik wil er graag zeker van zijn dat er niets is wat haar in verband kan brengen met deze man. Een foto, een naam op een stukje papier, dat soort dingen.'

'Ik ga theezetten,' antwoordde meneer Eustis, wat Ava als een ja opvatte. Ze liep naar boven en liet Lily's slaapkamerdeur wijd openstaan, terwijl ze vanaf het voeteneinde van het bed de badkamerdeur in de gaten hield en in een boek zat te bladeren. Ava bleef naar de bladzijden staren tot de badkamerdeur openging en een meisje op haar tenen voorbijliep. 'Alles goed met je?' vroeg Ava zachtjes. Het bleef even stil. Het meisje overwoog hoe ze zou reageren. Ze kon net doen of ze het niet gehoord had en doorlopen, of toch terugkomen. Uiteindelijk wonnen de goede manieren het, of haar nieuwsgierigheid.

'Ja hoor, ik voel me prima,' zei ze. Haar stem was schor en ze was veel te mager voor haar leeftijd, ze had sluik haar dat tegen haar voorhoofd zat geplakt en een vale huid.

'Ik ben hoofdinspecteur Turner. We hebben elkaar even gezien aan het begin van het onderzoek, maar ik denk niet dat je je dat nog herinnert.' Ava bleef op het bed zitten met Lily's boek op haar schoot. Ze stak haar hand uit om die van het meisje te schudden. Naast haar op het bed lag de tekening van Jeremy. Het meisje liep op haar af.

'Ik ben Mina,' zei ze, en ze stak haar hand ook uit. Ze leek heel even te aarzelen, een fractie van een seconde haar pas te vertragen, en schudde Ava toen de hand. Haar handdruk was slap en terughoudend. Dat begreep Ava wel. Wie wilde nou fysiek contact maken met de vrouw die de dood van haar zus onderzocht? Dat zou voor iedereen te heftig zijn. 'Wie is dat?' vroeg Mina, en ze gebaarde met haar vrije hand naar de tekening.

Ava liet Mina's hand los en pakte de tekening. 'Iemand naar wie we op zoek zijn in verband met een ander onderzoek. Herken je hem?'

Mina schudde snel met haar hoofd. 'Waarom hij?' vroeg ze.

'Hij is nogal plotseling verdwenen en heeft misschien valse gegevens verstrekt. Hij beantwoordt enigszins aan het signalement van de man die met Lily in de pub is gezien. En hij stottert. Heeft Lily het ooit gehad over iemand die aan dit signalement voldoet? Of heeft ze jou misschien een foto laten zien van iemand die op hem lijkt?'

'Nee,' zei Mina. 'Ik voel me weer misselijk worden. Sorry. Ik moet gaan.' Ze deed een stap achteruit en Ava stond op.

'Mina, kan ik een dokter voor je bellen of een therapeut voor je regelen? Je ouders zitten gevangen in hun eigen verdriet, en dat is heel begrijpelijk, maar jij hebt ook hulp nodig om dit allemaal te verwerken. Ik zie aan je dat het niet goed met je gaat.'

'Ik heb te veel gezopen,' zei Mina met een te brede glimlach.

'Dat zal niemand je kwalijk nemen. Maar denk er eens over na. Ik kan contact opnemen met mensen die je kunnen helpen. Laat het me weten als je eraan toe bent.' Ava haalde een visitekaartje uit haar zak en legde het op Lily's bed. 'En deze tekening laat ik ook achter, voor het geval een van Lily's vriendinnen langskomt. Ik zou er enorm mee geholpen zijn als je hun die tekening laat zien en vraagt of ze hem herkennen.'

Ava liep terug naar de zitkamer en trok haar jas aan. Meneer Eustis reikte zijn vrouw net een glas water aan en maakte een potje pijnstillers open.

'Ik ga er weer vandoor. Bedankt voor uw tijd. Ik bel u als we iets te melden hebben,' zei Ava.

'U heeft ons nog niet gezegd hoe hij heet,' riep mevrouw Eustis haar achterna terwijl Ava naar de deur liep. Het was voor het eerst dat ze iets zei, realiseerde Ava zich. Haar stem klonk als een kras op een plaat en Ava vroeg zich af hoeveel dagen het geleden was sinds mevrouw Eustis iets had gezegd.

'Jeremy Dolour,' zei Ava, en ze deed weer een stap terug de kamer in.

Mevrouw Eustis begon hard te lachen. Het water in het glas dat ze vasthield klotste over de rand toen ze dubbelsloeg van de lach. Haar man deed een stap naar achteren, zijn gezicht vertrokken van afschuw.

'Ophouden! Hou daarmee op,' zei hij. 'Stop met lachen. Er is niets grappigs aan. Sorry hoor,' zei hij tegen Ava. 'Ze is zichzelf niet. De dokter zei dat ze tijd nodig heeft om het allemaal te verwerken.' Hij boog zich voorover en pakte het glas uit haar hand.

'Dolour,' zei mevrouw Eustis. 'Jullie snappen het niet, hè? Wat leren ze jullie tegenwoordig eigenlijk nog op school?'

'Mevrouw Eustis,' zei Ava, en ze pakte haar trillende handen vast. 'Wat snap ik niet?'

'Dolour is afgeleid van het Frans en betekent "verdriet". Hij lacht zich rot om jullie, ben ik bang. En om ons ook, aan je gezicht te zien.' Ze stopte abrupt met lachen en staarde haar echtgenoot aan, met haar ogen wijd opengesperd, alsof ze wakker werd uit een nachtmerrie. 'Ik geloof dat ik nu even wil gaan liggen,' zei ze.

44

Lance Proudfoot, de bevriende journalist op wie Callanach altijd een beroep kon doen, was op weg naar Bridgeton, een wijk in het oostelijk deel van Glasgow, en manoeuvreerde met zijn motorfiets door het verkeer in de richting van James Street. Het was geen slechte buurt, maar aan het soort winkels zag je dat het een achterstandswijk was. Begrafenisondernemingen, kringloopwinkels, rechtswinkels, goktenten. Zaken die openbleven als andere failliet gingen. The Jupiter was een prima tent als je op een leeftijd was gekomen dat de muziek best wat zachter mocht staan en je een leven zonder wifi ook nog de moeite waard vond. De pub bestond al meer dan dertig jaar en was daardoor eerder een instituut dan een buurtkroeg. Het uithangbord was in al die jaren niet veranderd en Lance vermoedde dat dat ook voor het menu gold, maar de man die tegen de kersenhouten bar leunde zag eruit alsof hij meer dan een leven lang kommer en kwel achter de rug had.

'Wat kan ik voor je inschenken?' vroeg hij toen Lance binnenkwam.

'Word ik ook bediend als ik alleen maar om een koffie vraag?' vroeg Lance. De man draaide zich mopperend om en zette met een klap een kop op een schotel. 'Nou zeg, zo begroet je een ouwe maat toch niet, Grogs?'

De barman draaide zich weer om, haalde een verbogen bril uit zijn zak en hield die voor zijn ogen.

'Krijg nou tieten! Sir Lancelot, ben jij het? We dachten allemaal dat je over de kling was gejaagd door die chique lui daar in Edinburgh omdat je je klinkers niet correct uitspreekt.' Hij stak zijn hand uit en greep die van Lance stevig vast. 'Hoelang is het geleden? Ik hoop dat ik niet zo'n ouwe kop heb gekregen als jij, sorry hoor.'

'Je ziet er nog patent uit, Grogsy. Het duurt nog wel even voordat je net zoveel rimpels hebt als ik. Zeg, krijg ik die koffie nou nog of is dat verboden in deze tent?'

'Al goed, mietje, je krijgt een kop koffie van me. Maar verwacht niet van me dat ik met je meedoe. Sommigen van ons hebben een traditie hoog te houden,' zei hij, en hij schonk zich een dubbele whisky in die hij met een klap op de bar zette. Lance zag de trillende handen van zijn oude vriend en besefte dat het niets met traditie had te maken dat hij om elf uur 's ochtends al een borrel inschonk.

Ze proostten, haalden herinneringen aan oude vrienden op, en gingen de lijst langs, een gewoonte die sinds zijn vijftigste haar intrede had gedaan in Lance' leven – wie er dood was, wie gescheiden was, wie ziek was geworden, de goede nieuwtjes bewaarden ze voor het laatst omdat ze daar meestal snel over waren uitgepraat.

'Oké, voor de draad ermee. Mij belazer je niet. Je komt hier niet zomaar binnenvallen. Wat hebbie nodig?' vroeg Grogs.

'Wat een kroegbaas nou eenmaal van oudsher te bieden heeft. Informatie. Een kennis van me is iemand geld schuldig. Ik ga niet in details treden, maar het schijnt dat zijn schuld is doorverkocht aan een stel mensen die je maar beter kunt mijden. Ik heb hem beloofd dat ik zou proberen uit te zoeken hoe het zat,' zei Lance.

'Een gewaarschuwd mens telt voor twee, bedoel je?' vroeg Grogs.

Lance knikte.

'Aan wie is hij geld schuldig?'

'Ik weet niet wie er aan de touwtjes trekt, maar de marionetten worden Knuckles en Perry genoemd. Ik denk dat ze in Govanhill zitten.'

Grogsy stopte met het heen en weer schuiven van flessen en leunde over de bar. 'Zeg, die kennis van je? Dat ben je toch niet zelf toevallig, hè? Want die gasten staan niet bekend om hun zachtaardigheid.'

'Nee, nee, het gaat niet om mij. Het enige waardoor ík tegenwoordig in de problemen kom is als ik een naam verkeerd heb gespeld. Het gaat om een vriend van een vriend, ik ken hem niet persoonlijk, maar het gaf me een excuus om er een dagje met de motor op uit te gaan.' Lance glimlachte.

'Oké, maar ik heb geen goed nieuws te melden. Die Knuckles heb ik nooit ontmoet, maar hij is een gangster. Hij schijnt al een paar keer in de lik gezeten te hebben, met name voor dood door schuld wegens roekeloos rijgedrag. In die zaak werd hij aanvankelijk aangeklaagd voor moord, hè, maar tijdens de rechtszaak waren er opeens geen getuigen meer die een verklaring wilden afleggen over de woordenwisseling tussen Knuckles en de man die hij heeft doodgereden. Het gerucht gaat dat het om afpersing ging waarbij de geldstroom was opgedroogd. Knuckles' voornaam is Ed, zijn achternaam weet ik niet. Brian Perry heb ik een paar keer ontmoet, die woont aan de westkant in de wijk Pollok. Ik kwam hem weleens tegen bij de hondenrennen in Rutherglen. Geen slechte kerel, tot-ie met de verkeerde mensen in aanraking kwam. Dit zijn zware jongens, Lance. Ik weet niet wat voor problemen die kennis van je heeft, maar hij zal die schuld moeten betalen. Ik woon al zesenvijftig jaar in deze stad en dan hoor je een hoop. Hoe heet die vriend van je? Misschien kan ik erachter komen hoe diep hij in de shit zit.'

'Doe geen moeite, ik wil je daar niet mee opzadelen. Zeg, en waar hangen die gasten meestal uit? Ik kan die kennis dan in ieder geval laten weten uit welke straten hij moet wegblijven,' zei Lance.

'Er is een club, The Maz. Vrouwen hoeven geen toegang te betalen, mannen wel, zo'n soort tent is het. Maar je moet niet met die lui gaan praten, Lance. Zelfs jij hebt niet genoeg charme om die vriend van je hieruit te redden. Hou je erbuiten is mijn advies.'

'Oké. Heel erg bedankt. Ik ga maar weer eens op huis aan. Hou je taai, Grogsy. Je hebt het goed voor mekaar hier,' zei Lance, terwijl hij zijn motorhelm onder zijn arm klemde en een briefje van twintig pond uit zijn zak haalde.

'Ga toch weg, man. Ga je me nou echt betalen voor een kop koffie?'

Lance liet het geld op de bar liggen. 'Ik betaal zodat je de volgende keer als ik terugkom betere koffie hebt gekocht.'

'Bijdehante etterbak,' zei Grogsy. Hij pakte het briefje van de bar, liet het in zijn zak glijden en stak zijn hand op.

Lance reed in tien minuten naar The Maz, en had er nog eens tien minuten voor nodig om een veilige plek te vinden waar hij de motor kon parkeren. Het ding was niet duur, maar hij was eraan gehecht, niet in de laatste plaats omdat het zonder motor lastig zou worden om thuis te komen. Nadat hij hem stevig had vastgezet, liep hij door de achterafstraatjes van Govanhill terug om de buurt te verkennen. Aangekomen bij de achteruitgang van The Maz liet hij zijn camera in zijn rugzak en nam de boel van een veilige afstand in ogenschouw. Het was typisch zo'n club waar Lance nooit een voet binnen zou willen zetten. Op internet had hij binnen een minuut genoeg informatie gevonden om te weten dat het een club was waar jonge vrouwen hun lichaam etaleerden voor mannen die daarvoor wilden betalen, en dat die mannen geen beschaafde, romantische types waren. Hij snapte dat de tijden veranderd waren, maar welke zichzelf respecterende vent wilde zich nou samen met een paar honderd anderen vergapen aan de blote borsten van een vrouw? Lance' huwelijk was op een scheiding uitgelopen, maar dat kwam niet doordat hij zich ooit respectloos had gedragen. Toen ze de veertig naderde begon zijn ex-vrouw te roepen dat ze zich gevangen voelde zitten, dat ze niet genoeg van de wereld had gezien. Uiteindelijk ging ze aan de andere kant van Edinburgh wonen en maakte ze elk jaar een tripje naar de Costa del Sol met een groepje vriendinnen die erin slaagden het hele jaar een bruine teint te behouden. Op hun laatste dag samen had Lance haar gevraagd waarom ze bij hem weg wilde. Om meer van de wereld te zien? Daar kon hij zich iets bij voorstellen, maar waarom konden ze dat niet samen doen? Haar antwoord draaide om de woorden 'saai' en 'eentonig'. Daarna was Lance afgehaakt. Sommige gesprekken kon je je maar beter niet woordelijk herinneren. Hoewel hij niet voor zichzelf wilde toegeven dat hij Callanach vooral hielp omdat hij die afscheidswoorden van zijn vrouw van zich af wilde schudden, was hij zich er terdege van bewust dat hij sinds haar vertrek risico's nam die hij vroeger nooit zou hebben genomen. Het was niet zo dat hij Grogsy's waarschuwing zonder meer van zich af liet glijden, maar het was midden op de dag. Knuckles en Perry zouden nu echt niet met een vuurwapen rondlopen.

Hij wist de auto waarnaar hij op zoek was moeiteloos te vinden bij de achteruitgang van The Maz. De eigenaar had geen enkele moeite gedaan om het ding te verbergen en hij stond gewoon in een parkeervak. De reparatie van de bumper aan de passagierskant was goed uitgevoerd, maar het feit dat het er allemaal zo gloednieuw uitzag sprak boekdelen. De linkerkoplamp was duidelijk nieuw vergeleken bij de roestige koplamp aan de bestuurderskant, en was er zeer recent in gezet. Het spuitwerk zag er perfect uit, hoewel het niet de patina had van een oudere auto. Maar het piepkleine stukje tape dat was achtergebleven op de plek waar ze met de spuitbus hadden gesprayd, verklapte alles. Het venijn zat 'm altijd in de details. Lance checkte of niemand vanuit een raam toekeek of op een straathoek rondhing waar ze hem konden zien, pakte toen de camera en maakte een reeks foto's waarbij hij ervoor zorgde dat hij het kenteken erop had staan en beide koplampen ter vergelijking. Meer kon hij niet doen, behalve aankloppen en vragen of hij de eigenaar kon spreken. Hij stopte zijn camera terug in de rugzak, controleerde nog eens of niemand hem had gezien en liep terug naar zijn motor. Vanaf de bovenkant van het gebouw, verborgen in de schaduw van de dakgoot, draaide een zwarte cameralens tegen een zwarte achtergrond met Lance mee terwijl hij van de parkeerplaats wegliep. Nog geen minuut later glipte er een lange, elegante gestalte door de achterdeur van de club naar buiten.

Lance was net bezig zijn camera in de zijtas van zijn motor op te bergen toen er een man naast hem opdook met een vel papier in zijn hand.

'Sorry, meneer. Volgens mij hebt u dit laten vallen,' zei de man, en hij pakte Lance' schouder vast toen hij zijn helm op wilde zetten. Lance schrok, deed instinctief een stap achteruit, van de man vandaan. 'Alles goed met u?' vroeg de man.

'Ja, jazeker, sorry,' zei Lance toen de man vriendelijk tegen hem glimlachte en hem het papier gaf. Hij was een knappe man, ongeveer net zo oud als Lance, en zijn huidskleur en haarkleur duidden op een Midden-Oosterse afkomst, ondanks zijn Glasgowse accent. 'Ik had niet door dat ik iets had laten vallen.'

'Dan heb ik me vergist,' zei de man. 'Nog een fijne dag.' Hij liep weg en liet Lance achter met het papier in zijn hand, nog steeds zwaar ademend. Toen hij die hand op zijn schouder voelde was hij ervan overtuigd dat het Knuckles of zijn hulpje Perry was. Tot op dat moment had het een onschuldig avontuur geleken, maar nu was Lance daar niet meer zo zeker van.

Hij vouwde het stuk papier open om te kijken of het iets was dat uit zijn rugzak was gevallen.

Happy Hour – Maandag tot en met donderdag, 19.00 tot 22.00 uur.
Lidmaatschapstarieven op aanvraag

stond erop.

The Mazophilia Club heet u welkom.

45

Ava rende met twee treden tegelijk de trap van het politiebureau op. 'Tripp!' riep ze. 'Waar is Tripp verdomme?' riep ze naar de mensen in de briefingruimte.

'Hij is naar het huis van Cordelia Muir om met haar dochter te praten, mevrouw,' antwoordde iemand.

'Godverdegodver,' zei Ava, ze stormde haar kamer binnen en zette haar laptop aan. Ze beet op haar lip tot er een zoekvenster verscheen waarin ze typte 'betekenis dolour', en wachtte tot het irritant ronddraaiende cirkeltje verdween.

Toestand van diepe droefheid of smart

las ze.

Oorsprong – Middelengels via Oudfrans afgeleid van het Latijn: pijn, verdriet.

'Arrogante klootzak,' zei Ava.

'Bedoelt u inspecteur Callanach, mevrouw?' zei een stem in de deuropening.

'Dit is een slecht moment om grappen te maken, brigadier Lively,' zei Ava. 'Die zogenaamde Jeremy Dolour heeft zijn intenties glashelder gemaakt toen hij het aanmeldingsformulier invulde in het kantoor van Cordelia Muir. Tripp is ervan overtuigd dat het dezelfde man is die Lily Eustis de dood in heeft gejaagd. Wat zegt jouw onderbuikgevoel?'

'Tripp is een irritant mannetje, mevrouw. Hij is het jongetje dat in de klas altijd overal het antwoord op weet. Hij is de leerling die altijd vooraan staat om de verfbakjes schoon te maken en daarbij zijn trui schoonhoudt. Om eerlijk te zijn is hij een buitenbeentje, en hij zal het moeilijk krijgen om de leiding te nemen omdat de rest van het team hem zwak vindt overkomen. Maar één ding is zeker: als Tripp ervan overtuigd is dat het om dezelfde moordenaar gaat, dan is dat waarschijnlijk ook zo. Die jongen heeft een goeie intuïtie. Ziet niets over het hoofd. De muziek die hij in zijn auto draait is van het ergste soort waar ik ooit aan ben blootgesteld, maar verder is hij een van de beste agenten met wie ik ooit heb gewerkt.'

'Zo denk ik er ook over,' zei Ava. 'En dat betekent dat de moordenaar sinds de dood van Lily, waarbij hij handschoenen droeg, geen DNA achterliet en zijn relatie met haar geheim wist te houden, zich in één vloeiende beweging in een werksituatie met Cordelia Muir heeft gewurmd. Dat duidt niet op een normaal patroon van escalatie, zelfs niet voor een psychopaat.'

'Hij heeft een overwinning behaald. De moord op Lily Eustis was vrijwel volmaakt, omdat er geen enkel forensisch bewijs was. Als hij die afdruk van een ritssluiting niet op haar huid had achtergelaten zouden we nooit iets hebben vermoed. Hij is goed, en toen hij dat eenmaal wist, kon hij overstappen op een veel riskanter project,' zei Lively.

'Zou kunnen,' zei Ava. 'Of misschien ging het hem om de kick. Misschien had hij behoefte aan contact met de buitenwereld, aan meer spanning. En dat betekent dat zijn volgende moord...'

'Erger wordt,' vulde Lively aan. 'Maar we hebben nog steeds niets wat de twee moorden met elkaar in verband brengt. Dat hebben we nodig als we hem willen vinden.'

'Ik heb er niet meer aan gedacht omdat ik afgeleid raakte toen ik wegging bij de familie Eustis,' zei Ava. 'Dat kwam doordat mevrouw Eustis zei wat Jeremy's achternaam betekende, maar Lily's zus Mina was ook thuis, en ik ben even naar boven gelopen om met haar te praten. Ik heb haar die schets van Jeremy laten zien en toen zei ze iets vreemds. Ik kan me niet meer woordelijk herinneren hoe ze het precies zei.'

'Wat vroeg u haar precies?' zei Lively.

'Ik vroeg of ze hem herkende,' zei Ava. 'Dát was het. Ze antwoordde: "Waarom hij?" Op dat moment stond ik er niet bij stil. Ik ging ervan uit dat ze bedoelde waarom wij die specifieke persoon verdachten, maar dat bedoelde ze niet. Het leek er eerder op dat ze die vraag aan zichzelf stelde. Toen ik haar wat verder probeerde uit te horen, zei ze dat ze zich niet lekker voelde. Ze vertelde zelfs ongevraagd dat ze te veel gedronken had.'

'Wilt u dat ik er weer naartoe ga? We kunnen haar ophalen en hierheen brengen. Misschien dat ze zich dan beter kan focussen. Het kan zijn dat ze liever niet praat waar haar ouders bij zijn,' zei Lively.

'Nee, doe maar niet. Ze zit er helemaal doorheen. Ze heeft verschrikkelijk veel verdriet en is nog steeds in shock, denk ik. Ik heb iemand nodig bij wie ze haar hart durft uit te storten.'

'Wat dacht u van dat vrouwtje dat u van Dimitri's team hebt geleend? Ze is een onderdeurtje en misschien werkt het feit dat ze zwanger is in ons voordeel,' opperde Lively.

'Dat is geen slecht idee. Agent Monroe assisteert inspecteur Callanach op dit moment, maar ik leg wel uit dat we haar nodig hebben. Kun jij haar bijpraten en haar erheen rijden? Dan hou jij de ouders aan de praat en kan Monroe met Mina aan de slag.' Lively stond op. 'En brigadier Lively, het wordt over het algemeen als seksistisch beschouwd om een vrouwelijke agent "dat vrouwtje" te noemen. Dat kun je maar beter niet herhalen.'

'Ja, mevrouw,' zei Lively.

'En noem hoofdagent Tripp geen irritant kereltje meer waar ik bij ben, of ik geef hem promotie en jij wordt overgeslagen, begrepen?' zei Ava.

'Maar mag ik dan tenminste onbehouwen blijven doen tegen inspecteur Callanach, mevrouw? Want als dat ook al niet meer mag, dan weet ik niet of ik nog bij Zware Misdrijven wil blijven werken.'

'Wegwezen, Lively,' antwoordde Ava en ze richtte haar aandacht weer op haar laptop. Op het moment dat hij de deur achter zich dichttrok, ging haar telefoon. 'Turner,' zei Ava.

'Hoofdinspecteur Turner, u spreekt met de directeur van Glenochil. Ik moet u ervan op de hoogte stellen dat er eerder op de dag een moordaanslag op Dylan McGill is gepleegd.'

Ava zette de kop koffie neer die ze al halverwege naar haar mond had gebracht. De melk smaakte opeens zuur.

'Hoe is hij eraan toe?' vroeg ze.

'Hij leeft nog en wordt op dit moment op onze ziekenafdeling verzorgd, maar ik heb al een overplaatsing naar een andere gevangenis aangevraagd. Het is hier sinds het incident behoorlijk onrustig. Ik vond dat ik het u moest laten weten.'

'Dank u wel,' zei Ava. 'Hoe ernstig zijn de verwondingen?'

'Hij heeft vierenveertig hechtingen in zijn gezicht gekregen. Hij is flink te grazen genomen. De artsen zeggen dat zijn gezichtszenuwen ernstig beschadigd zijn. Bepaalde spieren zal hij nooit meer kunnen bewegen. En hij zal logopedie nodig hebben.'

'Ik begrijp het,' zei Ava bedaard. 'Is de dader gepakt?'

'De vermoedelijke dader is tien minuten later dood aangetroffen in het doucheblok. Het lijkt erop dat iemand opdracht heeft gegeven McGill te liquideren en daarna heeft besloten de aanvaller het zwijgen op te leggen voor het geval hij zou praten. Aangezien u als laatste bij McGill op bezoek bent geweest en blijkbaar dacht dat zijn leven in gevaar was, vroeg ik me af of u enig idee hebt waarom McGill opeens uit de weg geruimd moest worden.'

'Dat zijn leven op het spel stond was maar een ingeving van me.

Jammer genoeg kan ik u geen namen geven. Geloof me, als ik het kon zou ik het doen. Ik wilde hem spreken over de recente moord op een man genaamd Louis Jones. Hij en McGill waren compagnons voordat McGill werd veroordeeld. Er zijn rechtbankverslagen van als u die zou willen inkijken,' zei Ava.

'Juist,' antwoordde de directeur. 'Misschien kan Dylan McGill ons meer vertellen als hij ooit weer behoorlijk leert spreken.'

'Laten we het hopen,' mompelde Ava. Ze legde de telefoon neer, boog zich diep voorover en probeerde uit alle macht de aandrang te onderdrukken om in haar prullenbak te braken, zich afvragend hoe ze in godsnaam moest leven met wat ze had gedaan.

46

Janet Monroe was slim. Daar kwam Callanach al na vijf minuten achter toen hij de zaak-Louis Jones met haar doornam. De vorige keer dat hij verantwoordelijk was voor een zwangere agente in zijn team, had ze haar baby verloren en was ze zelf bijna om het leven gekomen. Hij nam zich nog steeds kwalijk dat hij niet beter voor haar had gezorgd.

'Er is dus geen twijfel mogelijk dat de auto van Louis Jones in botsing is gekomen met een ander voertuig,' zei Monroe. 'Er was recente schade aan de achterkant van Jones' auto en de technische recherche heeft de verfschilfers eraf gehaald toen ik ter plekke was, en die zijn naar het lab gestuurd.'

'Die resultaten heb ik nog steeds niet binnen,' zei Callanach. 'Ze zullen toch op z'n minst een kleur kunnen noemen en misschien zelfs het merk van de auto die erbij betrokken was.'

'Als het de oorspronkelijke kleur was, kan dat. De verf van sommige autofabrikanten heeft een heel specifieke chemische samenstelling, zodat we die kunnen opsporen,' zei Monroe. 'Ik wacht op een telefoontje van het lab om te horen hoever ze zijn.'

Callanach keek op zijn telefoon. Lance had informatie over Knuckles en Perry gestuurd, en een foto van het kenteken van een Audi waarvan de koplamp recent was vernieuwd. Het kenteken bleek op naam van Joseph Trescoe te staan, met als adres The Maz.

Het enige wat hij nu nog nodig had was een link tussen de Audi en de auto van Jones, dan had hij een overtuigend motief om alle auto's van dat merk in die wijk te controleren. Het was niet veel, maar genoeg om een onderzoek te rechtvaardigen.

Ava klopte op zijn deur terwijl hij bezig was Lance te antwoorden. Monroe was aan de telefoon, zodat Callanach de gang op liep om met Ava te praten.

'Er is een moordaanslag gepleegd op McGill in de Glenochil-gevangenis,' zei Ava. 'Door de timing is het aannemelijk dat Trescoe de opdracht heeft gegeven. Het is gebeurd vlak nadat ik bij McGill op bezoek was geweest.'

'Denk je dat Trescoe daar z'n conclusies uit heeft getrokken?' vroeg Callanach.

'Daar heb ik wel voor gezorgd,' zei Ava. 'Knuckles en Perry realiseerden zich al snel dat ik niet zomaar iemand was die op het huis paste die keer dat we slaags met elkaar raakten, en daarna kreeg McGill in de gevangenis een politievrouw op bezoek. Ze hebben ongetwijfeld gedacht dat McGill me informatie heeft gegeven in ruil voor een voorkeursbehandeling, en ze hebben mijn naam in het bezoekersregister zien staan. Ik ben er zeker van dat Ramon Trescoe zowel de dood van Begbie als die van Jones op zijn geweten heeft. Je zult snel met iets moeten komen.'

'Als ik de auto van Joe Trescoe in verband kan brengen met het ongeluk van Louis Jones, kunnen we die auto volgen tot Knuckles of Perry een keer achter het stuur zit, en ze dan oppakken en ondervragen,' zei Callanach. 'Hopelijk kunnen we ze dan tegen elkaar uitspelen.'

'Ze zullen nooit zeggen wie hun de opdracht heeft gegeven,' zei Ava.

'Bij het klemrijden van Jones hebben ze Joe Trescoe's auto gebruikt, dus we kunnen het in ieder geval op samenzwering gooien,' antwoordde Callanach.

Janet Monroe deed de deur open. 'Sir, ik heb net nieuws gekregen van het lab. Er is iets fout gegaan met de verfmonsters die de verkeersongevallenonderzoeker had opgestuurd. In het logboek staat dat de verfsporen zijn geïdentificeerd en in een bewijszak zijn gedaan, maar ergens tussen de plaats delict en het laboratorium zijn ze zoekgeraakt of verwisseld. Ze zijn nergens meer te vinden.'

'Dat kan niet kloppen,' zei Ava. 'Heb je contact opgenomen met de verkeersongevallenexpert?'

'Jazeker,' antwoordde Monroe. 'Ik heb al een paar keer eerder met hem samengewerkt en hij is altijd heel nauwgezet. Hij kan zich nog herinneren dat hij die verfsporen van de auto heeft geschraapt. Hij heeft de juiste procedures gevolgd om contaminatie met ander bewijsmateriaal te voorkomen. Het staat allemaal in zijn verklaring.'

'Dus nu kunnen we letterlijk op geen enkele manier bewijzen welk type auto bij dat ongeluk was betrokken. Wanneer zit het ons nou eens mee?' Lively kwam door de gang op hen af lopen. 'Ja, wel pech, Luc,' fluisterde Ava. 'Moet je horen, ik heb agent Monroe een paar uurtjes nodig om met Lively mee te gaan en met de zus van Lily Eustis te gaan praten. Ik besef dat de timing niet gelukkig is.'

'Dat is goed,' zei Callanach. 'Het ziet ernaar uit dat ik de zaak-Louis Jones helemaal overnieuw moet doen. Als je me nodig hebt, dan kun je me op de sloperij van Jones vinden.'

Louis Jones' autobedrijf annex huis/kantoor moest nog worden uitgeruimd of opgeëist door een familielid, niet dat iemand het zou willen overnemen omdat het zo'n goedlopende zaak was. Callanach wrong zich naar binnen en liet de deur openstaan. Het licht deed het niet, vermoedelijk omdat de elektriciteitsrekening niet was betaald. Het kantoor was een grote puinzooi. Callanach speelde het scenario nog eens voor zichzelf af. Jones wist dat hij in geleende tijd leefde, en had waarschijnlijk alleen wat kleren en zijn portefeuille meegegrist. Vlak nadat hij gevlucht was, waren Knuckles en Perry opgedoken en hadden het kantoor helemaal overhoopgehaald, op zoek naar het verdwenen geld van hun baas. Vervolgens was Ava gearriveerd, en niet lang gebleven, maar ook zij had over de puinzooi heen gelopen. Daarna was het team van hoofdinspecteur Dimitri er geweest om te kijken of Jones na het ongeluk misschien nog terug was geweest. En na de ontdekking van Jones' lichaam had Callanach de technische recherche naar de sloperij gestuurd. Op dit moment had het kantoor meer weg van een oorlogsgebied dan een bedrijf waar zaken werden gedaan, en nog steeds had niemand ook maar iets gevonden wat de zaak dichter bij een oplossing bracht. De situatie was nu in zoverre anders dat Callanach wist wie hiervoor verantwoordelijk was. Wat hem nu te doen stond was een lijn van A naar B trekken die in een rechtszaal overeind zou blijven.

Hij raapte de stoel op die op zijn kant lag en ging achter het bureau zitten, met zijn gezicht naar de deur. Eén gebarricadeerd raam keek uit op de sloperij en via het andere, kleinere raam kon hij op straat kijken. Callanach dacht terug aan zijn eerste ontmoeting met Jones. Hij was gewend om zaken te doen met de rafelrand van de samenleving. In zijn jonge jaren was hij lid geweest van een beruchte bende die zich bezighield met georganiseerde misdaad. Jones was iemand die zich absoluut met hand en tand zou verzetten als dat nodig was. Callanach trok de laden open, maar die waren al grondig doorzocht, en het was sowieso een te voor de hand liggende plek om iets te verstoppen. Hij voelde met zijn handen onder het bureaublad, op zoek naar resten van tape of iets dergelijks. Niks. De vloer was van beton en in het plafond zaten geen panelen waar achter Jones iets had kunnen verbergen.

Hij duwde de stoel naar achteren, stond op en draaide zich langzaam om. De plint achter de stoel was beschadigd en de verf was afgebladderd. Callanach hurkte neer om te kijken. Op de muur vlak boven de plint waren afdrukken van een schoen te zien. Hij ging weer staan, leunde met zijn rug tegen de muur en ramde met zijn hiel hard tegen de plint. Er viel een heel stuk plint weg, en daarachter werd een donkere ruimte zichtbaar. Callanach stak zijn hand erin, voelde een stuk stof en trok het bundeltje uit het gat. Hij trok handschoenen aan en vouwde het bundeltje open op Jones' bureau, zoals Jones zelf al vaak genoeg moest hebben gedaan. Er zat een Glock-pistool in, een modern model maar zeker al eens gebruikt. Het wapen was geladen en er zat nog extra munitie bij. Verder trof hij een stapeltje bankbiljetten aan van tien en twintig pond, in totaal ongeveer duizend pond.

Jones was halsoverkop vertrokken. Zo gehaast dat hij zelfs geen tijd had om zijn pistool en het stapeltje geld voor noodgevallen mee te nemen. Waarom had hij wel de moeite genomen om wat kleren bij elkaar te grissen terwijl een wapen in zijn situatie veel beter van pas was gekomen? En hij had zelfs nog tijd gehad om zijn vogels te voeren, al was hij daarbij wat slordig te werk gegaan. Callanach stopte het pistool, de munitie en het geld in een bewijszak, maakte een foto van de losse plint en liep terug naar zijn auto. Er zat totaal geen logica in Jones' handelingen. Hij was gewend zich te verdedigen. Hij zou geen seconde hebben geaarzeld om de trekker over te halen als hij in het nauw zat, vooral omdat hij heel goed wist wat voor types het waren die achter hem aan zaten. Onschuldige verklaringen voor de gang van zaken waren er niet, besefte Callanach. Dit was een uiterst smerige zaak en Ava Turner had zichzelf recht in de vuurlinie geplaatst.

47

Mina was alleen thuis. Meneer Eustis was met zijn vrouw naar een 24 uursapotheek gereden om een herhaalrecept op te halen. Aan de hoeveelheid lege drankflessen in de keuken te zien zouden ze onderweg ook nog even een ander soort kalmeringsmiddel inslaan, dacht Lively bij zichzelf. Hij nam het ze niet kwalijk. Door de jaren heen had Lively al heel wat collega's en vrienden verloren, en de gedachte je kind te verliezen leek hem een gruwel die zijn bevattingsvermogen te boven ging. Hij had Janet Monroe naar boven laten gaan om met Mina op haar slaapkamer te praten, waar ze zich naar eigen zeggen het meest op haar gemak voelde, maar pas nadat hij de kamer had doorzocht. Mina was beneden in de keuken plichtmatig een kop thee voor ze gaan zetten, terwijl Lively zijn hand onder haar kussen en dekbed had laten glijden en in haar laden en onder het bed had gekeken of ze nergens een wapen had verstopt. In moeilijke tijden deden mensen soms gekke dingen, wist hij. Nog maar een halfjaar geleden had hij rechercheur Salter bloedend in zijn armen gehouden terwijl de baby die ze droeg al was overleden. Hij was niet van plan een andere politievrouw hetzelfde lot te laten ondergaan. Janet Monroe was een interessant geval. Ze had tijdens de autorit geen enkele moeite gedaan om het gesprek gaande te houden en alleen de informatie aangehoord die ze nodig had voor het gesprek met Mina. Dat beviel Lively wel. Nadat hij Mina en Monroe een paar minuten de tijd had gegund om elkaar te leren kennen, sloop hij naar boven en ging op de trap zitten om het gesprek af te luisteren.

'Luister, Mina, we moeten deze man echt dringend spreken. Dat heeft te maken met een dame die Cordelia Muir heet en die kort na Lily is overleden. Je zult er niets over gehoord hebben op het nieuws, omdat haar dood een ongeluk leek na het innemen van dieetpillen met een giftig bestanddeel. Maar nu lijkt er toch meer aan de hand te zijn en deze man is daar mogelijk bij betrokken.' Monroe hield de tekening van Jeremy omhoog zodat Mina hem goed kon zien.

'Dat vroeg die andere politievrouw me ook al. En ik heb gezegd dat ik hem niet ken,' zei Mina.

'Ik geloof dat hoofdinspecteur Turner een exemplaar van die tekening bij je heeft achtergelaten. Heb je die nog?' vroeg Monroe.

'Ja,' zei Mina.

'Mag ik hem even zien?' vroeg Monroe.

'Waarom? U hebt hem in uw handen. Die zijn toch hetzelfde?' Mina kwam niet in beweging. Janet Monroe keek de kamer rond.

'We hebben een paar verschillende versies gemaakt,' loog Monroe. 'Ik wil er zeker van zijn dat je de recentste tekening hebt. Voor het geval je die aan Lily's vriendinnen wilt laten zien, snap je?'

'Ik weet niet zo goed wat ik ermee heb gedaan,' zei Mina, haar stem klonk nu zachter en haar blik schoot opzij.

'Ik kan je helpen zoeken. Mijn slaapkamer is altijd een puinhoop. Ik heb geen idee hoe ik dat moet doen als de baby er is.' Monroe stond op en doorzocht de stapel papieren en boeken op Mina's bureau, waarbij ze met haar rug naar het meisje stond maar haar via de spiegel in de gaten hield. Mina deed net of ze in haar nachtkastje keek, maar de snelle zijwaartse beweging van haar heup gaf duidelijk aan dat ze iets wegduwde. Geen twijfel mogelijk. Monroe liep naar haar toe en tilde de beddensprei op om de vloer te inspecteren. 'O, kijk, daar ligt-ie. Ik wist wel dat hij niet ver kon zijn.' Ze trok het

A4'tje onder het bed vandaan. 'Zullen we even gaan zitten?'

'Nou, eigenlijk voel ik me niet zo lekker,' zei Mina zwakjes.

'Ja, dat zei je ook al tegen hoofdinspecteur Turner. Je moet echt proberen om regelmatiger te eten, hoewel dat natuurlijk het laatste is waar je op dit moment zin in hebt. Je lijf heeft brandstof nodig. Je mag je lichaam niet kapot laten maken door verdriet.'

'Wilt u nu alstublieft weggaan?' vroeg Mina.

'Zo direct,' zei Monroe. 'Ik wil nog even checken of dit de goede tekening is.' Ze hield hem omhoog en bekeek de randen. Hier en daar was het papier al groezelig, en op sommige plekken was de inkt doorgelopen. Die sporen vertelden een verhaal dat Mina nooit uit zichzelf zou hebben verteld. 'Deze tekening is al talloze keren vastgepakt, en hoofdinspecteur Turner is hier nog maar een paar uur geleden weggegaan. Gesteld dat je die man niet kent, heb je wel erg veel belangstelling voor die tekening.'

'Ik ken hem niet,' hield Mina vol.

'En als je zus hem nou kende?' vroeg Monroe.

'Ze kende hem niet. Dat kan niet,' zei Mina, en met de rug van haar hand veegde ze tranen uit haar ogen.

'Waarom kan ze hem niet gekend hebben, Mina? Hoe kun je daar zo zeker van zijn, tenzij jíj contact met hem hebt gehad?' Monroe liet die woorden even op haar inwerken.

Mina begon te snikken, en het gesnik ging over in gierende uithalen.

'Toen hoofdinspecteur Turner je naar die man vroeg, zei je: "Waarom hij?" Is hij belangrijk voor je, Mina? Iemand die speciaal voor je is?'

'Hij draagt geen bril, dus is hij het niet. Die andere politievrouw zei dat hij stotterde of lispelde, weet ik veel. Ik weet dat hij het niet is. Waarom zet u me zo onder druk? Ik wil dit niet. Ik wil dat u weggaat. Zo direct komen mijn ouders thuis en als ze me zo overstuur aantreffen, dienen ze een klacht in, dus u moet nu meteen weg!' Tegen de tijd dat Mina was uitgesproken, was ze aan het schreeuwen.

Lively verscheen in de deuropening.

''t Is goed,' zei Monroe tegen hem. 'Mina heeft even tijd nodig, ja toch?'

Mina keek naar Lively, die tegen de deurpost leunde, en knikte. 'Ja,' zei ze.

Lively liep terug en ging weer op de trap zitten.

'Oké, dus dit is niet jouw vriend? Er zijn duidelijke verschillen tussen de man naar wie we op zoek zijn en degene om wie jij je zorgen maakt. Dat begrijp ik. Het goede nieuws is dat we vingerafdrukken hebben van de man naar wie we op zoek zijn. Die zijn afkomstig van de binnenkant van de koelkast op het kantoor van Cordelia Muir, waar hij een tijdje als vrijwilliger heeft gewerkt. Dat betekent dat jouw vriend niet vals beschuldigd kan worden. We zullen hem dus snel kunnen elimineren. Hij krijgt daar absoluut geen moeilijkheden mee en ik denk dat hij zelfs blij zal zijn dat hij de politie kan helpen. We hebben er geen enkel belang bij om een verkeerde verdachte te arresteren, Mina. Hoe sneller we je vriend te spreken krijgen, hoe sneller we zijn naam van de lijst kunnen schrappen en verder kunnen gaan met het opsporen van de werkelijke moordenaar.'

'Mijn vriend is geen moordenaar,' fluisterde Mina.

'Dat bedoel ik,' zei Monroe. 'Dus als jij ons geen informatie over hem geeft doe je meer kwaad dan goed. Je zei dat hij geen bril draagt?'

'Nee,' antwoordde Mina.

'En waar heb je hem voor het eerst ontmoet?' vroeg Monroe.

'Op de universiteit. Hij doet een master in Amerikaanse literatuur, dus hij kan onmogelijk tegelijkertijd als vrijwilliger voor een liefdadigheidsinstelling hebben gewerkt. Ik zag hem heel vaak in de bibliotheek,' zei ze.

'Dat is geweldig, Mina. Daar hebben we echt iets aan. Kun je me zeggen hoe hij heet?'

Mina aarzelde. 'Moet ik dat zeggen?' vroeg ze.

'Ik denk dat je het antwoord daarop al weet,' zei Monroe.

Lively stond beneden de informatie al door te geven aan de briefingruimte terwijl Janet Monroe boven bij Mina bleef en zachtjes op het snikkende meisje inpraatte. 'De man heet Christian Cadogan,' zei Lively. 'Hij voldoet aan de beschrijving van Jeremy, alleen zegt Mina dat hij geen bril draagt en niet stottert. Hij schijnt een masterstudent aan de universiteit van Edinburgh te zijn. Volgens haar is hij zevenentwintig jaar en ze heeft ons zijn tijdelijke adres gegeven. Laat dat onmiddellijk door de uniformdienst natrekken. En vraag of Tripp me even wil bellen.'

Een halfuur later, na met meneer en mevrouw Eustis gesproken te hebben, stapten ze weer in hun auto. 'Rijden we meteen door naar Cadogans adres?' vroeg Monroe. 'Ik weet dat je staat te popelen.'

'Je hebt bureaudienst,' zei Lively. 'Ik neem je nergens mee naartoe waar we moeilijkheden kunnen verwachten.'

'Ik heb net ook veldwerk gedaan en met een getuige gesproken, dus ik denk dat de regels niet in steen zijn gehouwen,' antwoordde Monroe.

'Je kunt kletsen wat je wilt. Ik ben je meerdere en ik blijf bij mijn besluit,' zei Lively.

'Ik blijf wel in de auto. We zitten vlakbij. Het is zonde als je niet zelf gaat kijken. Je kent de zaak. De uniformdienst weet veel minder goed wat er speelt,' zei Monroe.

'Ben je altijd zo?' vroeg Lively.

'Je bedoelt logisch en eerlijk?' antwoordde Monroe.

Tegen de tijd dat ze in Annandale Street arriveerden, hadden geuniformeerde agenten al aangebeld en geen gehoor gekregen.

'Dat ziet er niet goedkoop uit,' zei Lively.

'Niet wat je noemt een studentenhuis,' antwoordde Monroe. 'Mina vertelde dat Christian tijdelijk op het huis van een vriend past. Ze is hier een tijdje geleden met hem geweest, dus hij moet de sleutels hebben.'

'Wat is er bekend over dit appartement?' vroeg Lively aan een agent die bezig was inlichtingen in te winnen.

'We hebben een buurman gesproken,' antwoordde de agent. 'Niet al deze appartementen worden al bewoond. Ze zijn net opgeleverd. De buurman denkt dat deze flat steeds voor korte perioden wordt verhuurd aan toeristen of zakenmensen die een weekje in Edinburgh moeten zijn.'

Lively zette zijn handen in de zij. 'Daar is een website voor, hè? Waar je dit soort appartementen kunt boeken. Ik vergeet die naam steeds.'

'Airbnb,' zei Monroe.

'Had de buurman het daarover?' vroeg Lively. De agent keek in zijn notitieboekje en knikte. 'Die rotzak is slim,' zei hij. 'Op het aanmeldingsformulier van Cordelia Muirs kantoor had hij een ander adres opgegeven, maar dat appartement had hij ook via dezelfde website gehuurd.'

'Dan moeten ze zijn creditcardgegevens hebben,' zei Monroe. 'Als hij de sleutels van dit appartement had, dan heeft hij op een of andere manier betaald. Kom op, we pakken hem.'

48

De briefingruimte zat stampvol. Callanach keek naar Ava, die met Monroe en Lively in gesprek was. Ze had haar armen om haar middel geslagen en haar schouders hoog opgetrokken, alsof ze zonder jas buiten in de kou stond. Aan de andere kant van de ruimte negeerde Tripp doelbewust het geroezemoes om hem heen, en zat met half dichtgeknepen ogen ingespannen te typen op zijn computer. Een piepje op Callanachs telefoon herinnerde hem eraan dat Lance eerder op de ochtend zijn voicemail had ingesproken en dat hij het bericht nog niet had afgeluisterd. Hij liep de gang op om wat privacy te hebben.

'Luc, Lance hier. Ik heb je foto's gestuurd van de beschadiging aan de auto die Louis Jones heeft aangereden, en van het kenteken. Mijn bron heeft bevestigd dat die gasten – Knuckles en Perry – inderdaad iets met The Maz te maken hebben. Ze zijn berucht in bepaalde delen van Glasgow en het zijn geen lui met wie je in aanvaring wilt komen. Ik vertel je de rest wel als ik weer terug ben in Edinburgh. Er was nog een akkefietje, maar dat heeft er niets mee te maken, denk ik. Toen ik...'

Op dat moment hoorde hij Ava de vergadering openen. Hij drukte de boodschap weg, liep naar binnen en ging zitten. Lively gaf de aftrap met een samenvatting van de informatie die Mina over haar vriend Christian Cadogan had gegeven en besloot zijn verhaal met een beschrijving van het Airbnb-appartement. Daarna stond Tripp op.

'We hebben de landelijke politiedatabase doorzocht en negen mannen geïdentificeerd die Christian Cadogan heten, ouder zijn dan achttien en in Schotland wonen. Geen van hen heeft een eerdere veroordeling op zijn naam staan, tenzij voor te hard rijden, een diefstalletje, uitkeringsfraude of verstoring van de openbare orde, dus we moeten gerichter zoeken. Bovendien hebben we nog steeds geen overtuigend bewijs dat Cadogan in verband brengt met de dood van Lily Eustis. We weten alleen dat Mina Eustis de man op de politietekening, die op het kantoor van Cordelia Muir heeft gewerkt, heeft geïdentificeerd als dezelfde man die kort voor de dood van haar zus vriendschap met haar heeft gesloten. Er is dus een verband, een sterk verband, en hij is onze voornaamste verdachte, maar daarmee hebben we nog geen zaak die we voor de rechtbank kunnen brengen. Zelfs als we die Christian Cadogan kunnen opsporen, zal hij zich door een advocaat laten bijstaan en die gooit het meteen op een samenloop van omstandigheden. Cordelia's dochter heeft de man op de politietekening niet herkend. Op dit moment is ze onderweg om haar broer Randall op te halen uit het ziekenhuis waar hij was opgenomen vanwege een zelfmoordpoging. Hoofdinspecteur Turner en ik rijden na afloop van deze bijeenkomst meteen naar het huis van de familie Muir om te horen of Randall misschien contact heeft gehad met Cadogan. We zijn nog steeds bezig de puzzelstukjes van deze zaak in elkaar te schuiven. Als jullie hem hebben gelokaliseerd, bedenk dan wel dat Cadogan gevaarlijk kan zijn.'

Ava stond op. 'We willen het grote publiek niet verontrusten door bekend te maken dat er een seriemoordenaar rondloopt tot we de feiten op een rij hebben. Maar we moeten wel bedacht zijn op wat Cadogan hierna zou kunnen doen. Met de moord op Cordelia Muir ging hij veel brutaler te werk dan bij die op Lily Eustis, dus Cadogan krijgt nu pas de smaak te pakken, of die eerste keer was de kick te snel uitgewerkt. Dat betekent dat hij de volgende keer mogelijk nog roekelozer zal worden, misschien nog gewelddadiger of extremer. We moeten alles op alles zetten om hem te pakken te krijgen voor dat gebeurt. Tot we Cadogan in hechtenis hebben genomen, haal ik iedereen van de zaak-Louis Jones af, behalve agent Monroe en inspecteur Callanach. Ik wil dat iemand de camerabeelden van de universiteitsbibliotheek bekijkt om te zien of we Cadogan daarop kunnen identificeren op de tijdstippen dat hij daar met Mina Eustis had afgesproken. Wat weten we over de beveiliging van de bibliotheek?'

'Studenten en docenten hebben een pasje,' las een agent voor uit een notitieboekje. 'Maar je kunt er ook naar binnen als bezoeker. Dan krijg je een dagpas, maar je moet wel een ID laten zien.'

'We weten al dat Cadogan geen masterstudent is zoals hij Mina Eustis wijsmaakte. Hij volgt geen colleges over Amerikaanse literatuur of wat dan ook, in elk geval niet onder de naam Christian Cadogan,' zei Monroe. 'Er staan camera's op de campus en een paar in de bibliotheek zelf, maar het gaat veel tijd kosten om dat allemaal uit te zoeken. Op dit moment zijn er al agenten op weg naar de universiteit om daar met de beveiliging te spreken.'

Callanach haalde de sterkste koffie die zijn maag kon verdragen en liep terug naar zijn kamer, waar Janet Monroe al op hem zat te wachten.

'Goed werk, dat gesprek met Mina Eustis,' zei Callanach. 'In de zaak-Louis Jones valt er jammer genoeg niet veel te doen. Ik heb een pistool en een stapeltje bankbiljetten gevonden in een geheime bergplaats in zijn kantoor. Ik begin me af te vragen of hij wel op de vlucht was. Misschien zitten we er helemaal naast.'

'Jones had tijd om het wapen te pakken, maar heeft dat niet gedaan? Misschien onderschatte hij het gevaar,' zei Monroe, 'hoewel hij nog wel de tijd nam om voor een maand voer in de kooi van zijn papegaaien te kwakken.'

'Hoe wist hij dat hij ervandoor moest?' vroeg Callanach. 'Iemand heeft hem gewaarschuwd of bang gemaakt, hetzij persoonlijk of via de telefoon.'

'Ik zal die telefoongegevens nog eens doornemen,' zei Monroe. 'Ik neem aan dat iemand al naar het laatste inkomende gesprek heeft gekeken?'

'Daar schiet je niks mee op. Het laatste geregistreerde inkomende gesprek was afkomstig van politiebureau St Leonard's, dat de eigenaar van de auto probeerde te achterhalen, nadat dat ongeluk was gerapporteerd,' zei Callanach.

'Dan het gesprek daarvoor,' zei Monroe. Ze opende de map en liet haar vinger langs de kolommen glijden. 'Nee, een uur lang helemaal niets voordat het telefoontje van St Leonard's binnenkwam, wat betekent dat Jones meer dan genoeg tijd had om weg te komen en de buitenwijken van Edinburgh allang achter zich had kunnen laten toen die botsing plaatsvond. Ik snap het niet. Iemand moet hem persoonlijk hebben gewaarschuwd.' Monroe pakte een pen en begon notities te maken. 'Er klopt iets niet aan de timing.' Ze hield haar hoofd schuin.

'Hoe weet je dat?' vroeg Callanach.

'De tijdstippen kloppen niet. Het tijdstip waarop de botsing plaatsvond klopt niet met het tijdstip waarop het telefoongesprek van St Leonard's binnenkwam. Misschien een fout in de software.'

'Dat lijkt me stug. Dat wordt allemaal centraal opgeslagen door de telecomaanbieder. Het tijdstip wordt nooit met de hand ingevoerd. Wat is het probleem?' vroeg Callanach.

Ze gaf geen antwoord.

'Monroe?'

'Zevenentwintig minuten vóórdat het ongeval werd gemeld is er vanuit St Leonard's gebeld naar het nummer van Louis Jones. Ik weet zeker dat het tijdstip van de botsing correct is geregistreerd want ik was als een van de eersten ter plaatse. Dus die telefoongegevens kunnen niet kloppen.'

Callanach keek mee over haar schouder. 'Hoe kan Ava dat over het hoofd hebben gezien?' vroeg hij.

'Hoofdinspecteur Turner had op dat moment het verkeersongevallendossier nog niet, dus had zij die tijdlijn nooit kunnen opstellen,' zei Monroe. 'Ik ga de provider bellen om te zeggen dat er een fout in hun systeem zit voordat er nog meer onderzoeken in gevaar komen.'

'Monroe,' zei Callanach zacht, 'stel nou dat het geen fout is en dat die telefoongegevens wel kloppen?'

'Dat zou ik me hebben gerealiseerd. Ik ben altijd heel zorgvuldig met het noteren van de juiste tijdlijn in een zaak. Ik was verantwoordelijk voor het samenstellen van het dossier voor de officier van justitie,' zei Monroe.

'Je zou waarschijnlijk alleen hebben gekeken of de tijdlijn rond het ongeluk klopte, zonder een verband te leggen met de melding van mogelijke inbraak in Jones' kantoor.'

'Maar Jones' adres zou sowieso worden gecheckt om te kijken of hij er was. Uiteindelijk zou bekend worden dat hij was verdwenen, en vroeg of laat zou die inbraak ook wel op mijn radar zijn gekomen.' Monroe fronste haar voorhoofd en zat wat heen en weer te bladeren in de dossiers. 'Hebt u een minuutje, sir?' mompelde ze, en ze pakte de telefoon. Ze werd een paar keer doorverbonden en het duurde een paar minuten voor ze weer iemand aan de lijn kreeg. 'Jock,' zei ze, 'met Monroe. Luister, ik heb een nummer in een lijst met telefoongegevens gecontroleerd en dat blijkt jouw toestel te zijn. Herinner je je die avond nog dat we die oproep kregen over dat auto-ongeluk van Louis Jones? Zat jij achter je bureau toen we die melding binnenkregen?' Ze zweeg even en luisterde. 'Dus als jij in die periode geen telefoontjes hebt gepleegd, heb je dan enig idee wie wel?' Monroe's gelaatsuitdrukking verstrakte even en verslapte toen haar collega antwoordde. Ze sloeg haar vrije hand voor haar ogen. 'Bedankt, Jock. Nee, niks aan de hand. Gewoon wat losse eindjes afhechten voor mijn verslag. Ik wil al het papierwerk af hebben voordat de baby komt. Je kent het wel. Doe je vrouw de groeten van me.'

Ze legde de telefoon neer en wierp nog een laatste blik op de lijst met telefoongegevens voor ze Callanach aankeek.

'Wat?' vroeg hij.

'Nou snap ik er helemaal niets meer van,' zei Monroe. 'Vlak vóór die oproep over dat ongeluk van Louis Jones binnenkwam, was mijn collega even van zijn plaats. En toen hij terugkwam zat hoofdinspecteur Dimitri achter zijn bureau en legde net de telefoon neer. Dimitri gaf als verklaring dat zijn eigen vaste telefoon kuren had.'

Callanach stopte zijn handen in zijn zakken en staarde door het raam naar buiten.

'Sir, als u denkt dat de hoofdinspecteur hier iets mee te maken heeft, dan was ik er vroeg of laat geheid achter gekomen dat er iets fout zat.'

'Niet als hij je vervroegd met zwangerschapsverlof zou sturen,' zei Callanach. 'Dan kon hij het dossier zelf afhandelen.'

Monroe sloeg haar notitieboekje dicht en staarde naar de vloer. Ze bleef meer dan een minuut onbeweeglijk zitten. 'De verdwenen verfmonsters,' zei ze. 'U vermoedt dat iemand ervoor gezorgd heeft dat die nergens meer te vinden waren.'

'Niet alleen dat. Ook het feit dat Jones' auto wel erg snel is gesloopt. Een auto onmiddellijk laten vernietigen, alleen maar omdat hij niet verzekerd was en er geen wegenbelasting was betaald, duidt op haast, vooral omdat diezelfde auto betrokken was bij een tot nu toe onopgelost ongeluk,' vulde Callanach aan.

'Dit is belachelijk,' zei Monroe. 'Als we deze verdenkingen naar buiten brengen word ik neergezet als een wrokkige agente die kwaad was omdat ze met verlof was gestuurd. Hoofdinspecteur Dimitri heeft er geen belang bij om uw onderzoek te dwarsbomen. Het slaat allemaal nergens op.'

'Louis Jones heeft zijn pistool niet meegenomen,' zei Callanach. 'Als hij vlak voor hij zijn kantoor uit vluchtte inderdaad met Dimitri heeft gesproken, dacht hij misschien dat het veiliger was om ongewapend te zijn. Iemand die gewapend is loopt het risico dat de politie zwaar, mogelijk dodelijk geweld tegen hem gebruikt zonder dat iemand daar vragen over stelt. Jones wist dat maar al te goed.'

'Wat gaat u nu doen?' vroeg Monroe.

'Niets, tot ik een motief heb gevonden,' zei Callanach. 'Bel hoofdinspecteur Turner en zeg dat ik onmiddellijk toegang moet hebben tot de dossiers van Ramon Trescoe, Dylan McGill en Louis Jones. Alles wat er nu speelt lijkt daarmee verband te houden. Als er bewijs is, moet dat in die dossiers te vinden zijn. Ik loop alvast naar het archief en wacht daar tot ze die dossiers heeft vrijgegeven. Maak haar vooral duidelijk dat er haast bij is.'

49

Ava gaf telefonisch opdracht om het dossier over Trescoe aan Callanach vrij te geven, al kon ze zich niet voorstellen wat voor nut dat had. Tripp en zij zaten in de zitkamer van de familie Muir te wachten tot Randall thuiskwam. Zijn zus had de voogdij over hem gekregen en ze hadden met Randalls psychiater overlegd of hij voldoende hersteld was om hem te vragen of hij de man op de politietekening kende. Toch hadden ze het gevoel dat ze inbreuk maakten op het leven van die arme jongen, die nu ook zijn moeder had verloren. Het leven was wreed en die wreedheid werd zelden met kleine beetjes tegelijk uitgedeeld. Ava wist dat een deel van Randall voor altijd zeventien jaar oud zou blijven, voor altijd zou blijven steken in dat ene moment waarop zijn moeder van hem was weggerukt. Gebeurtenissen in die belangrijke, vormende jaren bleven een constante val waar je telkens weer in trapte als het wat minder ging in je leven. Ava hoopte dat zijn zus het aankon om Randall op te vangen en tegelijkertijd haar eigen verdriet te verwerken.

Randall kwam binnenlopen en maakte een veel zelfverzekerder indruk dan Ava had verwacht. Toen hij een eind aan zijn leven probeerde te maken was hij in shock, maar de jonge man die nu met opgeheven hoofd de kamer binnenkwam, kwam kalm en beheerst over.

'Ik ben hoofdinspecteur Turner,' zei Ava en ze stak haar hand uit.

Randall gaf haar een stevige handdruk.

'Sorry dat we elkaar onder deze omstandigheden ontmoeten, vooral omdat je waarschijnlijk het liefst met rust gelaten wilt worden.'

'Nee, het is goed,' zei Randall. 'Ik heb gehoord dat u me wat vragen wilde stellen.'

'Inderdaad,' zei Ava en ze sloeg het dossier open. 'Zou je even willen gaan zitten? Ik hou het kort.'

Randall reikte met een trillende hand naar de leuning voordat hij zich in de stoel liet zakken. Die beheerste houding was dus deels toneelspel, dacht Ava, die besefte dat ze hem niet te lang moest ophouden.

'Ik ga theezetten,' zei Randalls zus om de façade van beleefdheid op te houden, en ze liet Ava en Tripp achter. Het licht van de kleine kroonluchter in het midden van de kamer werd weerkaatst in Randalls ogen, en Ava zag de glazige blik. Zijn pupillen waren verwijd en over zijn huid lag een vettig laagje dat eerder te wijten was aan zijn medicatie dan aan zijn tienerleeftijd. Ze had vijf minuten, niet langer.

'Randall,' zei Ava. 'Er was een man die voor je moeder werkte. Een vrijwilliger. Hij noemde zich Jeremy. Heeft je moeder het ooit over hem gehad?'

'Nee,' zei Randall. 'Ik vroeg eigenlijk nooit naar de mensen op haar werk. Was dat verkeerd van me?'

'Helemaal niet, ik kan me goed voorstellen dat een tiener niet aan zijn ouders vraagt hoe het vandaag op kantoor was. Dat was niet de reden van mijn vraag. Ik vroeg me alleen af of je misschien informatie over hem had. Waar hij vandaan kwam, waarom hij daar als vrijwilliger werkte, ook al lijkt het onbelangrijk.'

'Ze heeft het nooit over hem gehad. Ik geloof... ik denk dat we het vooral over mij hadden en hoe mijn dag was geweest,' zei Randall emotieloos. 'Ik kan me niet herinneren dat ik haar daar ooit naar gevraagd heb.'

'We hebben een politietekenaar een schets van hem laten maken en die laten we aan iedereen zien. Zou jij er eens naar willen kijken? Het kan zijn dat hij zich anders noemt,' zei Ava. Ze draaide de tekening op haar schoot om en bestudeerde Randalls gezicht terwijl hij naar de afbeelding staarde. Zijn mondhoeken gingen lichtjes omhoog en hij raakte de tekening heel even aan.

'Het is de verkeerde tekening,' zei Randall.

'Hoe bedoel je?' vroeg Tripp.

'Dat is Jeremy niet. Jullie hebben de verkeerde tekening,' zei Randall nog eens.

'Sorry daarvoor,' zei Tripp. 'Misschien hebben ze op het politiebureau een vergissing gemaakt. Soms bergen ze dingen verkeerd op.'

'Ja, dat zal het wel zijn,' mompelde Randall.

'Wie is dit dan wel?' vroeg Tripp.

'Dat is mijn vriend.' Randall glimlachte. 'Ik heb hem in The Fret ontmoet, waar ik speel.'

'Speel?' vroeg Tripp.

'Gitaar. Dat wil ik gaan doen. Ik wil daar verder in komen. Iedereen lacht me uit, maar ik weet zeker dat ik het kan.'

'Hoe heet je vriend?' vroeg Tripp.

'Hoezo?' zei Randall, en hij keek plotseling op van de tekening.

'We moeten hem toch spreken. Het lijkt erop dat hij met iemand anders wordt verward,' zei Ava.

'Waar zijn jullie nou op uit?' vroeg Randall, en zijn stem klonk opeens veel hoger.

'Randall,' zei Ava zacht. 'De man op deze tekening was ook bevriend met een meisje dat Mina Eustis heet. Haar zus, Lily, is onder tragische omstandigheden overleden op Arthur's Seat. Misschien heb je er iets over gehoord of gelezen. Er was haar een hoge dosis cannabisolie toegediend waarna ze het bewustzijn verloor en in de kou is achtergelaten om te sterven. Jouw vriend is de link tussen die twee zaken.'

'Het is gewoon een vergissing,' fluisterde Randall.

'Misschien, maar het is alleen maar eerlijk als we jouw vriend de kans bieden om het op te helderen, denk je ook niet?' zei Tripp.

'Hij is het niet,' herhaalde Randall weer, en hij sloeg nu een jammerende toon aan die Ava's hart brak. Het was alsof de jongen het tegen zichzelf had, alsof hij het net zomin kon geloven als Mina toen zij de tekening zag van de man die vriendschap met haar had gesloten. Cadogan was een meester in het manipuleren van mensen, iemand die verschillende persoonlijkheden kon aannemen, om diegene te worden aan wie zijn slachtoffers het meest behoefte hadden.

'Mina's vriend heet Christian Cadogan. Dat is de man op de tekening. De mensen op het kantoor van je moeder hebben ons een beschrijving van hem gegeven. We moeten hem zien te vinden, Randall. Andere mensen verkeren mogelijk in gevaar. Ik weet dat je je vriend wilt beschermen en dat vind ik ook bewonderenswaardig, maar je kunt ons beter vertellen wat je weet,' zei Ava.

'U denkt dat hij mijn moeder heeft vermoord, hè?' vroeg Randall.

'Ik denk dat hij ons moet uitleggen waarom hij als vrijwilliger bij je moeder heeft gewerkt en waarom hij een valse naam en adres heeft opgegeven. Het is belangrijk dat we vaststellen wat voor relatie hij met Lily Eustis had. Kun jij ons helpen, Randall? Misschien ben jij wel de enige die dat kan,' zei Ava.

'Ik wil helpen. Natuurlijk. Wat u maar wilt,' zei Randall. 'Wilt u me even excuseren? Ik moet naar het toilet. En daarna vertel ik u alles wat ik weet.'

'Dank je wel,' zei Ava. Ze boog voorover en pakte zijn handen vast. 'Ik weet dat dit je heel zwaar valt. Het is verschrikkelijk om een ouder kwijt te raken. Het moet verschrikkelijk zijn wat je allemaal moet doormaken, maar ik kan je alleen zeggen dat jij hier niet voor verantwoordelijk bent. Wie de dood van je moeder ook op zijn geweten heeft, jij kon dat niet voorzien en je had het ook niet kunnen tegenhouden.'

'Dank u, dat hebt u mooi geformuleerd, hoofdinspecteur Turner,' antwoordde Randall in de woorden die hij zijn moeder zo vaak had horen gebruiken.

Ava kromp even in elkaar. De jongen sprak zacht en vriendelijk, maar de ondertoon was ijzig, wat ze niet had verwacht. Zijn zus kwam binnen met een dienblad en begon kopjes en schoteltjes neer te zetten terwijl Randall zachtjes onder het neuriën van een slaapliedje naar boven liep.

Lance Proudfoot kreeg de auto naast zijn garage pas in de smiezen toen hij de roldeur omhoogduwde om zijn dierbare, stokoude motor naar binnen te rijden. Hij had de hele middag op zijn kantoor zijn nieuwssite zitten bijwerken, al had zijn goede contact met een inspecteur van de Schotse politie hem geen enkele primeur opgeleverd. Hij kon niet meer doen dan doorgeven wat de Schotse politie aan de pers kwijt wilde, als en wanneer dat haar uitkwam. Maar de trip naar Glasgow had hem goedgedaan. Hij zou eens wat vaker oude maten moeten opzoeken van voor de tijd dat zijn knieën te versleten raakten om nog rugby te spelen en zijn banksaldo te laag werd om het elk weekend op een zuipen te zetten. Hij had nog steeds geen reactie gekregen op het voicemailbericht aan Luc Callanach, maar dat verbaasde hem niet. Dat was al een hopeloos probleem sinds de dag dat ze kennis hadden gemaakt.

Toen hij de garagedeur dichtdeed, zag hij dat er twee mannen in de auto zaten. Door het openstaande raampje dreef sigarettenrook naar buiten en de autoradio produceerde het soort muziek waar je beter op een koptelefoon naar kon luisteren zodat niemand er last van had. Lance prentte het kenteken in zijn geheugen – je kon niet voorzichtig genoeg zijn, in deze buurt werd vaak ingebroken – toen het portier aan de bestuurderskant opeens openging.

'Bent u meneer Proudfoot?' vroeg de bestuurder.

'Wat wil je van hem?' antwoordde Lance. De man die de vraag stelde kwam fysiek niet echt bedreigend over, maar hij had een tronie waaraan je kon zien dat hij een griezelig talent had om problemen te veroorzaken en ervoor te zorgen dat het effect ervan maximaal was.

Het portier aan de andere kant ging ook open. De man die daar uitstapte was een reus. Dat was Lance' eerste gedachte. Zijn tweede gedachte was dat ze zijn adres wisten. Ze zaten niet toevallig bij de juiste rij garages. En als ze zijn adres wisten, was het maar een korte wandeling naar zijn voordeur en naar zijn zoon, die binnen waarschijnlijk opging in een computerspelletje en niets in de gaten had.

'Mooie motor heb je daar,' zei de reus. Hij sprak met een Glasgows accent, geen twijfel mogelijk. 'Nog leuke tripjes gemaakt de laatste tijd?'

'Ik wil geen problemen,' zei Lance.

'Aan wat voor problemen zit je dan te denken?' vroeg de bestuurder.

Lance klemde zijn vuist om zijn sleutelbos, en liet één sleutel tussen zijn vingers uitsteken, klaar om uit te halen zodat hij genoeg tijd had om weg te rennen en om hulp te schreeuwen. Hij was sterk en hij was niet van gisteren, maar dit was een stil steegje. Aan de ene kant blokkeerde de rij garages het zicht, en links en rechts van de steeg liepen muren langs de achterkant van de flatgebouwen, zodat niemand in de steeg kon kijken. Tenzij er net iemand aan kwam rijden, zou niemand weten wat hem was overkomen. Hij was bereid om het gevecht aan te gaan, maar twee mannen tegelijk kon hij niet aan. Misschien wel toen hij nog twintig was, en heel misschien ook nog toen hij al dertig was. Maar op deze leeftijd zouden die gasten hem alleen maar uitlachen.

'Het probleem is dat ik zenuwachtig word van de manier waarop jij je sleutels vasthoudt,' zei de reus, die achter Lance ging staan, terwijl de bestuurder voor hem kwam staan. 'En als ik zenuwachtig word, dan word ik pislink.'

'Als je me nou gewoon zegt wat je wilt weten, dan kunnen we dit vast oplossen,' zei Lance, terwijl hij zich probeerde te herinneren in welke zak van zijn motorjack hij zijn telefoon had gestopt.

'Oké, prima dan. Wij willen graag weten waarom je achter The Maz liep rond te neuzen en foto's maakte. En onze baas wil graag weten wat je het liefst eet.'

Knuckles en Perry, besefte Lance. Nou ben ik zwaar de lul.

'Wat ik het liefst eet? Waarom zou je baas dat willen weten?' antwoordde Lance, en hij vroeg zich af hoe snel hij zou kunnen wegrennen dankzij een fikse adrenalinestoot, en of zijn hart er wel of niet mee zou stoppen voor ze hem hadden ingehaald.

De gummiknuppel kwam op Lance' achterhoofd neer, nog voordat hij tijd had gehad om die afweging te maken. 'Omdat je bij ons komt dineren,' zei Knuckles lachend, en hij stopte de knuppel onder zijn arm. Perry en hij pakten Lance bij zijn armen vast en sleepten hem naar de achterbank van de auto waar een rol ducttape lag te wachten.

50

Randall plakte een glimlach op zijn gezicht en begon aan de beklimming van de trap, die hem voorkwam als een berg. Hij herinnerde zich eraan de leuning stevig vast te pakken en zijn beenspieren bij elke stap eerst te spannen en daarna te ontspannen. Hij knikte naar de foto van zijn vader en moeder die zijn vorderingen vanaf de muur gadesloegen.

'Welterusten, mam. Welterusten, pap,' zei hij zachtjes terwijl hij langs hen liep.

Vanuit de zitkamer beneden klonk het gerinkel van kopjes en schoteltjes, het getinkel van theelepeltjes in kopjes. Het was vreemd. Nooit eerder was hij zich zo scherp bewust geweest van geluid. Of van de messcherpe schaduwen vlak onder de rand van iedere trede. Terwijl hij zijn hand over de trapleuning liet glijden rook hij de lucht van meubelwas, wat te danken was aan zijn zus die aan het schoonmaken was geslagen om het verdriet van haar huid te schuren. Hij nam het allemaal in zich op. Alles was doordesemd van verlies.

In de tijd die hij nodig had om de trap op te lopen had hij zich Christians gezicht voor de geest gehaald, diens echte gezicht, niet het eendimensionale, liefdeloze monster dat de politie ervan had gemaakt. Waarom ze hem op de tekening een bril hadden gegeven was hem een raadsel, tenzij Christian die nodig had om te lezen. Dat zou kunnen verklaren waarom Randall hem nooit met een bril had gezien. En de politie had ook het twee centimeter lange, bleke litteken bij zijn linkermondhoek over het hoofd gezien, zo flauw zichtbaar dat hij wel snapte waarom het aan hun aandacht was ontsnapt. Dat litteken had hem menselijker gemaakt, had het voor Randall makkelijker gemaakt om hem aardig te vinden. Daardoor had hij ook minder moeite gehad met het blonde haar en de krachtige kaaklijn. Christians ogen lagen in werkelijkheid dieper in hun kassen dan op de tekening. Hoe kon het dat de werknemers van zijn moeder zoveel tijd met hem hadden doorgebracht en zo weinig hadden opgemerkt, terwijl Randall van al die uren verstoken was gebleven, slechts een vluchtige blik op Christians wereld had mogen werpen, en toch zoveel had gezien?

Zijn moeders badkamer zag er smetteloos uit. De laden die hij overhoop had gehaald waren weer ordelijk ingedeeld. In een vaas stonden verse bloemen. De kranen glommen alsof hun oppervlak nooit door vingers was bezoedeld. Zijn zus moest in therapie, dacht Randall, voor als er niets meer viel schoon te maken en ze alleen nog maar kon rouwen.

De spiegel wenkte, want lang kon je niet in een badkamer staan zonder naar jezelf te kijken. Randall was magerder geworden. Zijn jukbeenderen liepen als een gemene snee over zijn gezicht. Zijn haar was langer geworden en dat stond hem goed. Misschien zou Nikki van The Fret deze wildere, avontuurlijkere versie van Randall wel leuk hebben gevonden. Gek genoeg, dacht hij, leek deze uitgave meer op Christian. Hoelang had hij hem gekend? Een paar maanden, misschien. Langer dan zijn vriend, zogezegd – nee, dat was stom van hem, waarom zou hij zichzelf nog langer voorliegen? – langer dan zijn vriend als vrijwilliger voor de liefdadigheidsinstelling van zijn moeder had gewerkt.

Daarin zat hem het probleem. Randall kon zich laten meevoeren op het vliegende tapijt van kalmerende middelen en proberen te ontkennen dat Christian vrijwel zeker een rol had gespeeld in de dood van zijn moeder. Hij kon de tranen afvegen die hij had vergoten toen zijn vriend niets meer van zich had laten horen na zijn opname in het ziekenhuis. Maar hij kon niet om de feiten heen. Randall trok een la open en rommelde wat tussen de spulletjes. Christian had hem gevonden, had vriendschap met hem gesloten. Christian had hem zelfs een luisterend oor geboden toen hij zat te zeuren over zijn thuissituatie, zijn leven, over de strenge regels die zijn moeder hem oplegde.

Randall vond waar hij naar gezocht had. Hij maakte zijn broek los, liet hem op zijn enkels vallen en ging op de toiletbril zitten, en maakte het zich gemakkelijk.

Christian en hij hadden een bromance gehad, zo zouden ze dat op social media noemen. Christian had Randall het gevoel gegeven dat hij hem begreep, dat ze dikke vrienden waren, dat hij cool was. Hij had Randall precies datgene gegeven waaraan hij op dat moment het meest behoefte had gehad. Hij lachte. Dat deed hem denken aan een liedje van een generatie geleden.

De waarheid was tot Randall doorgedrongen zodra hij Christians gezicht op de knieën van die politievrouw had zien liggen – en dat deed zoveel pijn dat zelfs alle pillen van de wereld die niet konden wegnemen. Het kwam er bijna op neer dat Randall Christian op zijn moeder af had gestuurd. Zijn zwakheid en behoeftigheid, de gevoelens waarvan hij in zijn dwaasheid had gedacht dat Christian op een of andere manier was gezonden om die te verzachten, waren precies de zwakheden waar Christian naar op zoek was geweest. Door zijn hart bij hem uit te storten had Randall zijn moeder net zo goed zelf vergiftigd kunnen hebben.

Er bestonden verschillende soorten pijn. Vroeger besefte hij dat niet, maar nu zou hij een essay over dat onderwerp kunnen schrijven. Er was de pijn van verlies. De pijn van geschoktheid, waarin elk woord aankwam als een dreun. Er was de langzame, doffe pijn van de realiteit die zich telkens weer aandiende wanneer je de vergissing maakte om wakker te worden, gevolgd door dat dreinende, kinderlijke zelfmedelijden. En dan was er nog de golf van pijn. Randall dacht dat hij die al een keer over zich heen had gekregen, maar zelfs die bleek hem een vals gevoel van geborgenheid te hebben gegeven. Hij bevond zich nu eindelijk op de bodem van de put, en die was niet zo donker als hij had gehoopt. Helaas kon hij de gezichten van zijn ouders nog zien die van bovenaf op hem neerkeken met een teleurgesteld glimlachje. Tot nu toe was hij misschien onnozel geweest, maar nu zag hij alles glashelder. Dit gevoel, deze zelfhaat zou hem nooit meer verlaten. Geen seconde. Maar wat de boventoon voerde was een gevoel van schuld.

Hij pakte het scheermesje. Zijn zus had de scheermesjes goed verstopt, maar niet echt goed.

Het ergste van alles, de kogelwond in zijn ziel, was dat hij Christian nog steeds miste. In plaats van haat, verbittering, razernij, was er slechts het verdrietige besef dat zijn vriend nooit meer bij hem zou komen zitten, hem nooit meer een klap op de schouder zou geven. Zijn lage, verachtelijke ik hunkerde nog steeds naar Christians aandacht. Hij was het niet waard om ook maar één enkele keer adem te mogen halen.

Randall keek omlaag om er zeker van te zijn dat hij met de binnenkant van zijn dij recht boven de toiletpot zat. Het leek hem niet kies tegenover zijn neurotische zus om rotzooi achter te laten in de ordelijkheid die zij had gecreëerd. Hij hield het mesje tussen zijn vingers en kerfde in één keer een diepe snee aan de binnenkant van zijn dij, waarbij hij ervoor zorgde dat hij door de huid en het spierweefsel heen sneed om de slagader bloot te leggen. Vreemd genoeg deed het helemaal geen pijn. Het leven vloeide zonder drama uit hem weg. Niemand zou het een hulpkreet kunnen noemen. Niemand zou zich in de toekomst zorgen over hem hoeven maken. Christian zou wel of niet om hem rouwen. Het maakte niets meer uit. Randall had gehoord dat het na een minuut of wat voorbij zou zijn als je het meteen goed deed. Dat was het absurde voordeel als je je gevoelens deelde met jonge geestverwanten. Voor diegenen die sterk genoeg in hun schoenen stonden waren er genoeg tips te vinden.

Randall hoopte dat zijn zus hem zou kunnen vergeven. Hij was er niet in geslaagd in het leven te staan zoals zijn familie dat wilde. Hij was er niet in geslaagd de moeder te beschermen van wie hij pas had beseft dat ze het middelpunt van zijn bestaan vormde toen ze hem was ontvallen. Hij was er zelfs niet in geslaagd om vriendschap te sluiten.

De snik die aan zijn keel dreigde te ontsnappen bleek uiteindelijk slechts een schor gekras. Randall sloot zijn ogen en dacht terug aan de laatste keer dat zijn moeder hem geknuffeld had. Ze had een kus op zijn voorhoofd gedrukt en haar liefde voor hem in heldere, schone, mooie woorden gegoten.

Het water onder hem kleurde rood. Hij zakte in elkaar.

51

Ava sprong als eerste overeind, alsof ze erop had zitten wachten, maar dat kon ze pas achteraf zeggen. Ze rende de trap op en beukte met haar schouder tegen de afgesloten badkamerdeur. Beneden in de zitkamer was een vrouw aan het gillen. Ze wisten het allemaal meteen, zodra ze de bons hoorden van Randalls lichaam dat op de grond viel. Van sommige geluiden wist je meteen wat het was, ook al had je ze daarvoor nog nooit gehoord en zou je ze daarna ook nooit meer horen.

Ze gaf een harde trap tegen het slot, waardoor het houtwerk versplinterde en er een felle pijnscheut van haar voet naar haar knie trok. De pijn verdween meteen toen ze Randall zag. Het was niet vaak voorgekomen dat ze iemand die net dood was niet had proberen te reanimeren, maar de methode die Randall gebruikt had om zich van het leven te beroven was absoluut onomkeerbaar. De toiletpot leverde een beeld op waarvan ze had gehoopt het nooit in haar politieloopbaan te hoeven zien. Hij was sterk en dapper geweest en had zich rechtop weten te houden tot vrijwel al het bloed uit hem was weggestroomd. Er lag wel een plas op de tegelvloer, maar die plek kon opnieuw gevoegd worden. Al met al was er opvallend weinig te zien voor een tafereel dat verder zo gruwelijk was.

Ze stak een hand op naar Tripp die achter haar aan kwam gerend.

'Hou iedereen beneden,' zei ze. 'En bel Ailsa.'

'Geen ambulance?' probeerde Tripp nog. In zijn stem klonk duidelijk wanhoop door.

'Te laat,' zei Ava terwijl ze naast Randall knielde en voor de vorm zijn pols voelde, om maar iets te doen te hebben. 'Christian Cadogan, jij godvergeten smeerlap,' mompelde ze in zichzelf.

Tripp zweeg op de terugweg. Ava hield zich bezig door naar de radio te luisteren, maar het lawaai in haar hoofd overstemde alles. Randall Muirs dood was hun schuld. De psychiater had wel gezegd dat Randall voldoende hersteld was om ondervraagd te worden, maar Ava wist wel beter toen ze de doffe blik in zijn ogen had gezien. In haar haast om de zaak op te lossen, had ze de dood van iemand anders veroorzaakt. Een jongen van zeventien was te veel onder druk gezet. Zo zou de onvermijdelijke conclusie van het onderzoek luiden. En terecht.

'Tripp, jij staat hierbuiten,' zei ze, terwijl ze de auto parkeerde.

'Mevrouw, u mag de verantwoordelijkheid niet op u nemen,' antwoordde hij.

'Dat is precies wat ik zal doen, Tripp,' zei Ava. 'Ik wil dat je de aantekeningen van ons gesprek met Randall uittypt. En daarna wil ik dat je een verklaring aflegt, want er gaat een onderzoek komen naar de manier waarop ik dit heb aangepakt. Ik wil niet dat je dingen verbloemt of bagatelliseert of anders voorstelt. Begrepen?'

'Mevrouw, ik...' probeerde Tripp nog eens.

'Dat vat ik op als een ja,' zei Ava, en ze stapte uit de auto en liep weg.

Ava wist nog net op tijd haar kamer te bereiken voor ze haar woede de vrije loop liet. Een koffiemok die ze jaren geleden van een studiegenoot had gekregen, waarop stond dat ze de beste vriendin van de wereld was, zeilde door de kamer en spatte uit elkaar, waarbij de scherven in het rond vlogen en haar bureau onder de koffiespetters kwam te zitten. De bezoekersstoel veranderde in een wapen en bracht de genadeslag toe aan de al kwijnende yucca, brak de pot in stukken en liet een hoop aarde en rotzooi achter. De foto van Ava, genomen op de dag dat ze tot hoofdinspecteur werd bevorderd, bleek het ideale object om haar woede op te koelen met haar vuist. Callanach kwam binnenstormen, schopte de deur dicht en greep haar vast. Hij sloeg zijn armen om haar heen en tilde haar voeten van de grond terwijl ze zich uit alle macht verzette.

'Ava,' zei hij zacht. 'Ava, ik heb het net van Tripp gehoord. Ik wil je helpen.'

Hij zette haar weer op de grond, kwam naast haar zitten en trok haar dicht tegen zich aan tot ze ophield met trillen.

'Wat je ook zegt, het maakt geen enkel verschil,' zei Ava. 'Die jongen is boven mijn hoofd leeggebloed terwijl ik thee zat te drinken en over koekjes keuvelde. Als ik scherper had opgelet zou ik geweten hebben dat hij niet in orde was. Dan zou Randall Muir nu nog leven.'

'Je probeert twee moorden op te lossen,' zei Callanach, 'en te voorkomen dat er een derde en misschien wel een vierde moord wordt gepleegd. Je weet genoeg van moordenaars met dit profiel om te weten dat Cadogan pas stopt als hij gepakt wordt. Wat had je dan moeten doen? Nog een week wachten, of zelfs een dag wachten om Randall Muir te vragen wat hij wist? Dan had je de ene dode voor de andere verruild.'

Ava maakte zich van hem los. 'Ik kan dit niet, Luc. Ik heb er geen zin meer in. Het is te zwaar. Nu begrijp ik pas waarom Begbie er altijd zo moe uitzag, waarom hij te veel ongezonde troep at en een fles whisky in zijn bureaula had liggen. Als je onder druk staat heb je het gevoel alsof je in drijfzand bent beland. Ik dacht dat ik het verschil kon maken, maar het enige wat ik sinds mijn promotie heb bereikt is dat ik de mensen ben kwijtgeraakt die ik hoorde te beschermen.'

Callanach ging languit op de grond liggen en staarde naar het plafond. 'Het gaat niet alleen om jou, Ava. Je draagt niet als enige schuld. Alle mensen van de afdeling Zware Misdrijven, de agenten die ondersteuning verlenen, de mensen van de technische recherche, de mensen van de administratie, vormen samen een team en we werken allemaal voor dezelfde zaak. Denk jij dat je verantwoordelijk bent omdat je emotioneel betrokken bent bij deze zaken? Als je dat niet was, dan zou er iets grondig mis met je zijn.'

'Mis zoals met Overbeck?' vroeg Ava, terwijl ze haar tranen wegveegde en haar haar naar achteren streek.

'Precies, zoals er iets mis is met onze geliefde commissaris,' zei Callanach. 'Maar jij bent niet zoals zij. Dus niet stoppen. Er staat te veel op het spel.'

Ava liet zich achterover op de grond zakken en ging naast Callanach liggen, en legde haar ene hand onder haar hoofd. 'Ik voel me shit,' zei ze. 'Zeg me wat ik moet doen.'

'*Respirez juste une minute*,' zei hij, en hij draaide zich op zijn zij om haar aan te kijken. 'Een minuut lang alleen maar ademhalen. Over zestig seconden zijn die problemen er nog steeds, maar dan ben je klaar om ze aan te pakken.'

Ava sloot haar ogen, probeerde te ontspannen en haar hoofd leeg te maken. Ze was van de ene plaats delict naar de andere gehold en van de ene crisis in de andere beland zonder zich ook maar een moment de tijd te gunnen om de leiding in handen te nemen. Politiewerk bestond voor een groot deel uit reageren. In dit stadium moest ze proactief handelen, moest ze Christian Cadogan vóór zijn, slimmer zijn dan hij. Toen ze haar ogen weer opendeed zat Callanach op de grond met zijn rug tegen haar bureau. Ze stond op.

'Het gaat al beter,' zei ze. 'Dank je wel.'

'Ik zie het,' antwoordde hij, 'maar zo nu en dan mag je best even instorten, Ava. Het feit dat wij emoties hebben onderscheidt ons van psychopaten.' Hij liep naar de deur.

'O ja, je vroeg me of je het oorspronkelijke dossier van Louis Jones mocht inzien. Heb je nog iets gevonden?' vroeg ze.

Callanach schudde zijn hoofd. 'Ik wilde nog wat details doornemen,' zei hij. 'Niets om je zorgen over te maken.'

Het zat goed weggestopt, absoluut. Iemand die het dossier oppervlakkig doorlas zou het nooit gevonden hebben. Maar Callanach wist waarnaar hij op zoek was, en inderdaad, diep weggestopt in de notities van de agenten, in de lijst met informatie die niet noodzakelijk werd geacht voor het bewijs in de zaak, vond hij wat hij zocht. In de eerdere onderzoeken naar Ramon Trescoe was een zekere agent Dimitri als eerste ter plaatse geweest. Agent Dimitri, toen pas eenentwintig jaar oud, had het pand van Trescoe doorzocht en geen relevant bewijsmateriaal aangetroffen. En toen hij Dylan McGill verhoorde was hij – in zijn naïviteit of daar leek het tenminste op – vergeten hem op zijn zwijgrecht te wijzen, met als gevolg dat tijdens de rechtszaak werd vastgesteld dat het verkregen bewijsmateriaal onrechtmatig was verkregen. Pas toen Begbie met Louis Jones begon samen te werken had de politie met succes een zaak op weten te bouwen. Het leed geen twijfel dat hoofdinspecteur Dimitri al decennialang op de loonlijst van de bende stond. Gedurende de jaren dat zij vastzaten, was hij steeds verder opgeklommen, en nu was Dimitri uitgegroeid tot de natte droom van Trescoe en McGill.

Dat hoefde Ava niet te weten. Ze verkeerde al in gevaar. Ze had Trescoe's jongens een poot dwars gezet, Begbies dood op eigen houtje onderzocht, zijn weduwe beschermd tegen vergelding en haar behoed voor financiële ondergang. Daarmee was ze al te ver gegaan. Callanach wilde deze zaak oplossen zonder haar erbij te betrekken. Hij stak zijn hoofd om de hoek van de briefingruimte.

'Lively,' zei hij. 'Ik zet agent Monroe weer op de zaak-Eustis en Muir. Maar ik heb wel hulp nodig bij de zaak-Jones. Loop even mee.'

'Zet Monroe de koffie niet zoals u hem graag hebt, sir?' vroeg Lively, waarop iedereen in lachen uitbarstte.

'Ik heb voor dit onderzoek niet iemand nodig met zo'n hoog IQ als zij,' antwoordde Callanach. 'Ik kan het ook prima af met jou. Mijn kamer, over twee minuten.'

Tien minuten later maakte Lively zijn opwachting.

'Ik kan in die andere zaak veel nuttiger werk doen. Die schoft gaat binnenkort weer toeslaan. Monroe heeft sowieso bureaudienst en met de zaak-Jones zitten we op een dood spoor...'

'Zitten en zachtjes praten,' zei Callanach. Voor de verandering deed Lively wat Callanach hem opdroeg zonder vragen te stellen of commentaar te leveren. 'We hebben te maken met een corrupte politieman die probeert de moord op Jones toe te dekken. Hoeveel gelazer krijgen we binnen het team Zware Misdrijven als we zijn naam bekendmaken?'

'Tja, dat wordt een rel vanjewelste; ga maar vast dekking zoeken. Wie weten ervan?' vroeg Lively.

'Jij, ik en Monroe.'

'En u bent hier heel zeker van, hè?' wilde Lively weten.

'Ik heb geen bandopname waarop hij met zijn dronken kop een bekentenis aflegt tegen een prostituee, als je zoiets in gedachten had. Of ik twijfel aan mijn oordeel? Nee. Ik denk dat het al jaren aan de gang is,' zei Callanach.

'Dus wat weerhoudt u ervan om het te melden?' vroeg Lively.

'Ik wil eerst de moordenaars van Louis Jones achter de tralies hebben. Als zij erachter komen dat wij weten wie hun handlanger is, verdwijnen ze. Bovendien heeft de betreffende politieman een hogere rang dan ik. We zullen met meer en beter bewijs moeten komen dan een paar blunders met bewijsmateriaal en een telefoontje dat op een eerder tijdstip plaatsvond dan had gemoeten.'

Lively leunde voorover in zijn stoel. 'U gaat me goddomme toch niet vertellen dat u op het punt staat een hoofdinspecteur te ontmaskeren? Daarmee helpt u niet alleen uw carrière om zeep, maar ook die van alle andere betrokkenen. Ik meen me te herinneren dat u daar bij Interpol al enige ervaring mee hebt opgedaan, dus misschien kunt u beter even nadenken voordat u een tweede poging waagt.'

'Dit gaat om georganiseerde misdaad. De belangrijkste spelers zijn lange tijd uit beeld geweest, maar ze zijn weer helemaal terug en ze staan klaar om in te stappen. Er zullen nog meer doden vallen, brigadier. We moeten ze tegenhouden, en Dimitri ook. Wat weet je van hem?'

Er verscheen een grimmig glimlachje om Lively's mond. Callanach kreeg de indruk dat het de brigadier niet echt verbaasde om Dimitri's naam te horen. 'Hij is populair bij een klein groepje oudgedienden en een paar jongere gasten die bereid zijn om alles te doen om iemand veroordeeld te krijgen,' zei Lively. 'Bij de politietop ligt hij goed omdat hij dingen gedaan krijgt. Persoonlijk vertrouw ik hem voor geen cent, maar daar hebt u niets aan. U moet hem op heterdaad zien te betrappen. In één keer stevig doorpakken en geen half werk leveren, anders moeten we ons serieus zorgen maken over ons pensioen.'

'Ik wil je de kans geven je afzijdig te houden. Als je hier je carrière niet voor op het spel wilt zetten, dan begrijp ik dat. De keus is aan jou,' zei Callanach.

'Ik kan het toch niet aan een voormalig aftershavemodel overlaten om dit in zijn eentje af te handelen? U zou zomaar een nagel kunnen scheuren. Bovendien bent u bijna niet te verstaan met dat accent van u. Voor hetzelfde geld zou u Dimitri van de moord op JFK kunnen beschuldigen en niemand zou er ook maar een woord van snappen. Los van hoe ik persoonlijk over u denk, sir, een team is een team en dan werk je samen. U bent nu in Schotland. En zo doen we de dingen hier.'

52

Tripp, Monroe en nog drie andere agenten kwamen Ava's kamer binnen met in totaal negen dossiers onder hun arm. Ze gingen zitten.

'Wat weten we?' vroeg Ava.

'Van alle Christian Cadogans die we hebben kunnen vinden, hebben er twee een militaire achtergrond,' zei Tripp. 'Een van die twee heeft actieve dienst gedaan in oorlogsgebieden in het buitenland en de ander was vlieginstructeur. Geen van beiden heeft een strafblad en we hebben uitgebreide achtergrondinformatie over ze.'

'Kan het zijn dat degene die aan het front heeft gevochten aan PTSS lijdt waardoor hij mogelijk gevaarlijk is en waanideeën heeft?' vroeg Ava.

'Als dat zo is, staat dat in elk geval niet in zijn medische dossier. Hij is eervol ontslagen uit het leger en werkt nu voor een beveiligingsbedrijf,' zei Tripp. 'Van de negen mannen met dezelfde naam kunnen we er drie uitsluiten omdat ze te oud zijn en twee omdat ze niet wit zijn. Dan blijven er vier over.'

'We hebben de gegevens van het Bureau Kentekenregistratie vergeleken met die van de Basisregistratie Personen, en we beschikken over pasfoto's van de mogelijke kandidaten. Maar geen enkele foto lijkt op de compositietekening,' zei Monroe.

'Mensen kunnen hun haar verven, contactlenzen dragen of iets aan hun gebit laten doen. Die foto's geven misschien niet weer hoe hij er in werkelijkheid uitziet, en wie weet heeft hij zich nu onherkenbaar gemaakt. En misschien klopt die naam ook niet, maar het is het enige wat we hebben. Ik wil dat de overige vier ondervraagd worden, en dan bedoel ik vandaag. Jullie nemen contact op met de politiebureaus ter plaatse. Ik ga met de commissaris praten over toestemming om het onderzoek uit te breiden. Wat weten we nog meer?' vroeg Ava.

'Randall had het over gitaarspelen. Zijn zus vertelde me dat hij de laatste tijd vaak naar een club ging. Zijn familie was er blijkbaar van op de hoogte, maar zijn moeder deed of ze van niks wist omdat ze Randall de kans wilde geven om zijn grenzen te verkennen,' zei Tripp. 'Die club heet The Fret. Ik ben zojuist gebeld door de agenten die daar de compositietekening van Christian Cadogan hebben laten rondgaan. Het personeel herkende hem en zei dat ze hem verschillende keren met Randall hebben gezien. De manager zei ook dat het gerucht ging dat een van de barmeisjes een onenightstand met hem heeft gehad. Ik krijg zo haar adres door en dan rijden we naar haar toe. Wat het interessant maakt is de tijdlijn. Randall en Cadogan gingen al maandenlang naar die club. Dat betekent dat Cadogan al contact had gelegd met Randall voor hij als vrijwilliger bij Cordelia Muir begon.'

'Denk je dat hij Cordelia uitkoos vanwege Randall? Hoe valt dat dan te rijmen met Lily en Mina?' vroeg Ava.

'Dat weet ik niet precies. Iedereen zei dat de zussen heel close met elkaar waren. Afgaand op hun posts op social media en op wat hun ouders, Mina zelf en hun vrienden zeiden, waren ze dol op elkaar,' zei Tripp.

'Jeremy, alias Christian, gebruikte Dolour als achternaam,' kwam Monroe tussenbeide. 'Verdriet. Daar ging het hem om. Het lijkt wel of de moorden van secundair belang waren. Hij sloot vriendschap met twee jonge mensen, wist te achterhalen van wie ze het meest hielden, en pakte die persoon vervolgens van hen af.'

'Dat zou verklaren waarom hij het niet belangrijk vond om erbij te zijn op het moment dat ze stierven,' zei Ava. 'Het ging hem niet om het moorden zelf. Hij wilde het verdriet van Mina en Randall persoonlijk ervaren, van dichtbij meemaken.'

'Wat een ziek stuk vreten,' mompelde een van de agenten.

'Ziek en gevaarlijk,' zei Ava. 'Tripp, zorg jij ervoor dat die compositietekening onder het publiek wordt verspreid. Hou zijn naam nog maar even stil. Iedereen die denkt hem te hebben gezien, moet contact met ons opnemen. Als we hem op de vlucht jagen zonder hem te pakken, steekt hij de grens over en gaat daar gewoon door met moorden onder een nieuwe naam. Zorg dat je dat barmeisje te spreken krijgt om te kijken wat ze weet. Zodra jullie alle Christian Cadogans persoonlijk hebben gesproken, wil ik dat jullie verslag aan me uitbrengen. De klok tikt door. Niemand mag naar huis tot we vooruitgang hebben geboekt.'

'Hé, hallo. Hoe is het? Sorry, je weet waarschijnlijk niet meer wie ik ben. We zijn elkaar tegengekomen toen we auditie deden voor die theatergroep. Ik heet Jackson, en jij bent toch Sean?' De man stak zijn hand uit.

Sean schudde hem de hand. 'Zo zeg, goed geheugen heb jij. Dat was een krankzinnige dag, het staat me allemaal niet meer zo scherp voor de geest. Ga jij hier ook lunchen? Dit is een fantastische tent, maar hij ligt eigenlijk iets te dicht bij het theater. Meestal dwing ik mezelf om hier voorbij te lopen en ergens anders maar een broodje te halen. Maar vandaag kon ik daar de wilskracht niet voor opbrengen!'

'Ja, ik heb hier afgesproken met een vriendin, maar ze zit vast in het verkeer. Nou je het zegt, dit café is inderdaad vlak bij het theater. Met welk stuk ben je nu bezig?' Jackson ging op het puntje van een stoel zitten, en Sean nam eerst een hap van zijn broodje voor hij antwoord gaf.

'De Raad voor de Kunst heeft ons subsidie toegekend om een geweldig nieuw toneelstuk op te voeren. Het gaat erover dat de dood van de ene generatie de geboorte van de volgende mogelijk maakt, gezien vanuit het perspectief van de geesten van de voorvaderen. Het gaat over verlies, spijt, hoop en verandering. Prachtig geschreven. Je moet maar eens komen kijken,' zei Sean. 'En jij? Heb jij op dit moment werk?'

'Ik val soms in, rolletje hier, rolletje daar. Het leven van een acteur, je kent het wel.'

Sean lachte. 'Jazeker ken ik dat. Kom er anders bij zitten. Ik lunch hier even snel voor ik weer terug moet, maar ik zit op niemand te wachten.'

'Heel even dan,' zei Jackson. 'Ik moet nog wat winkels af, niet dat ik daar op dit moment geld voor heb, maar ik heb een gratis kaartje gekregen voor een club waar ik morgenavond heen ga. The Lost Boys, ken je die?'

'Of ik die ken! Daar ga ik zelf regelmatig naartoe op de vrijdagavond. Met wie ga je?' vroeg Sean.

'Het is een singlesavond. Ik ken de scene hier nog niet zo goed. Misschien kom ik er wel een paar nieuwe mensen tegen,' zei Jackson. 'Ik weet nooit wat ik moet aantrekken voor zo'n eerste keer. Op een of andere manier val ik altijd uit de toon.'

'In die tent dragen de meesten een spijkerbroek,' zei Sean. 'Gewoon iets simpels aantrekken, niet te opzichtig. Zeg, zal ik er anders ook heen komen? Ik ken er een hoop lui en ik kan je wel aan wat mensen voorstellen. Ik weet hoe het is om in een nieuwe stad te komen wonen. Als ik mijn partner Brad niet had leren kennen, dan had ik het waarschijnlijk allang opgegeven en was ik weer teruggegaan naar Belfast.'

'Ik wil je niet tot last zijn,' zei Jackson.

'Doe niet zo raar. We zouden er sowieso heen zijn gegaan na een paar glazen wijn. Dat doen we altijd. Tien uur, oké? Ik wacht buiten op je,' zei Sean.

'Daar zeg ik geen nee tegen,' zei Jackson, 'maar dan betaal ik de drankjes. Het ziet ernaar uit dat ik een nieuwe spijkerbroek moet kopen. Tot morgen dan.'

Christian sloeg eerst een hoek om voordat hij Bradley appte.

Kan niet langer wachten. Ik weet dat ik er goed aan heb gedaan om mijn relatie te verbreken. Ik denk constant aan je. Kunnen we morgenavond praten? Eerder op de avond heb ik dingen te doen, maar rond 22.30 afspreken?

Hij verstuurde het bericht.

Bradley antwoordde na vijf minuten.

Sean gaat morgenavond uit. Heb een smoes verzonnen. Als je zin hebt om bij mij langs te komen, dan hebben we de flat voor ons alleen.

Alleen als je het echt wilt. Wat privacy zou fijn zijn. Stuur me het adres. Kan niet wachten

schreef Christian terug. Hij moest inderdaad een paar winkels langs, maar in de hoofdstraat kon hij niet terecht voor wat hij wilde kopen. Hij had een afspraak met het soort man dat alleen maar een bijnaam had. Hij kon zich niet meer herinneren wat het was. De wolf? De coyote? Iets hondachtigs, compleet belachelijk, waardoor het voor de autoriteiten overduidelijk was dat hij geen belasting betaalde en altijd foutparkeerde. Daarna wilde Christian even rusten. Hij functioneerde prima als hij moe was, maar zijn geheugen werkte dan minder goed en hij kon minder intens genieten van het moment. Bradley verlangde naar hem, maar hield nog steeds van zijn dierbare, onbeduidende Sean. Het zou een merkwaardige combinatie van verlies en schuldgevoel opleveren, zo'n beetje hetzelfde als Randall had ervaren. Kennelijk had het joch zelfmoord gepleegd. Die uitkomst was onvermijdelijk geweest. Dat had Christian al geweten vanaf het moment dat hij hem zag. Randall was een zielenpoot die ervan overtuigd was dat hij zijn moeder haatte terwijl uit alles wat hij zei duidelijk bleek hoe afhankelijk hij van haar was en hoe intens veel hij van haar hield. De enige andere vrouw naar wie Randall ooit had verlangd was die sletterige barmeid – Nikki – maar hij had ervoor gezorgd dat ze hem geen blik waardig zou keuren. Een paar biertjes, een luisterend oor, een nachtje in haar bed, en het was geregeld. Hij wilde niet dat de diepbedroefde jongen troost zou zoeken bij een ander dan hijzelf. Dan zou hij zijn doel voorbijschieten. Hetzelfde gold voor Bradley. Christian zou er zijn als hij hem nodig had.

53

Nikki Breakwater, het populaire barmeisje van The Fret, droeg een binnenstebuiten gekeerd T-shirt en een pyjamabroek toen ze de deur van haar eenkamerflat aan Craighouse Terrace opendeed. 'Wat?' zei ze, terwijl ze Tripp van top tot teen opnam. 'Jij bent van de politie. Ik heb die boete allang betaald.'

'Maakt u zich geen zorgen, mevrouw Breakwater. Mag ik even binnenkomen om met u te praten?' vroeg Tripp.

'Waarover?' vroeg ze.

'Deze man,' antwoordde Tripp, en hij hield de schets van Christian Cadogan omhoog. 'De manager van The Fret dacht dat u ons mogelijk iets over hem kon vertellen.'

'Vijf minuten,' zei Nikki met een zucht. Ze stapte achteruit de spaarzaam ingerichte zitkamer in, terwijl Tripp volgde, plofte op haar bed neer en stak een sigaret op.

'Mag ik misschien even een raam openzetten?' vroeg Tripp.

'Als je eerst het seizoen van winter in zomer verandert of mijn energierekening betaalt,' antwoordde Nikki. Tripp ging zo ver mogelijk uit de buurt van de rookwolken staan. 'Wat willen jullie weten?'

'Hoe noemde hij zich in The Fret?' vroeg Tripp.

'Ik heb hem altijd Chris genoemd, maar ik geloof dat hij een iets chiquere naam had,' zei Nikki. 'Wat heeft hij gedaan?'

'Het gaat om een ernstige zaak en we moeten hem van ons onderzoek kunnen uitsluiten, dus elk brokje informatie waarmee we hem kunnen opsporen is heel belangrijk. We zullen alles wat u ons vertelt vertrouwelijk behandelen als u zich daardoor meer gerustgesteld voelt,' zei Tripp.

'Oké, als politieman moet je natuurlijk eerst je standaardpraatje afdraaien. Hoeveel weten jullie?' vroeg ze.

'We hebben begrepen dat u en Chris mogelijk intiem met elkaar zijn geweest. Sorry dat ik u zo'n persoonlijke vraag moet stellen, maar het is belangrijk,' zei Tripp.

'We hebben een week of drie geleden een keer geneukt, als je dat soms wilt weten,' zei ze. Tripp kromp even in elkaar. 'Die klootviool heeft nooit meer gebeld, is daarna nooit meer in The Fret geweest en heeft mij met de vuile lakens laten zitten. Ik weet niet wat hij gedaan heeft, maar ik hoef hem nooit meer te zien.'

Tripp keek naar het bed waarop ze achterovergeleund lag. De lakens hingen onder een groezelige deken uit en zagen grauw aan de randen. Haar vergeelde hoofdkussen glom van het vet.

'Eh, Nikki, ik moet je een heel persoonlijke vraag stellen. Ik hoop dat je je niet beledigd voelt. Maar ik vroeg me af of je sinds die avond met Chris je lakens hebt gewassen?'

'Sta je alweer met je oordeel klaar?' vroeg Nikki. 'Ik heb hier geen wasmachine, vriend. Ik verdien niet eens het minimumloon. Ik moet tot drie uur 's nachts werken. Denk je soms dat ik dan zin heb om overdag in de wasserette rond te hangen? Hoe vaak was jij je lakens trouwens?'

'Ik oordeel absoluut niet. Ik kan me voorstellen dat je het zwaar hebt. Je mag er trots op zijn dat je een baan hebt. Veel mensen zouden die moeite niet eens nemen. Maar als je je lakens niet gewassen hebt, dan kan zijn DNA er nog op zitten. Als we hem snel kunnen vinden, help jij ons daarmee levens te redden. Ik moet die lakens en dat kussen in een zak doen en meenemen. Je zult ze niet terugkrijgen, want ze dienen als bewijsmateriaal. Ik kan je twintig pond geven om nieuw beddengoed te kopen. Je zult wel een verklaring moeten afleggen over Chris en ons vertellen wiens DNA er verder nog op die lakens zit, zodat we die persoon kunnen uitsluiten.'

'Alleen dat van mij, brutale klootzak. Denk je soms dat ik met iedereen de koffer in duik omdat ik in een bar werk?'

'Helemaal niet, maar ik moest het vragen. Wil je misschien even opstaan zodat ik de lakens van het bed kan halen?' Tripp haalde twintig pond tevoorschijn en gaf die aan haar, en trok een bewijszak uit zijn zak. Tien minuten later reed hij met zwaailichten en gillende sirenes naar het laboratorium voor forensisch onderzoek, en meldde het nieuws via de radio.

'Geef als de sodemieter die verrekte persconferentie,' zei commissaris Overbeck tegen Ava. 'Want ík ga het niet voor je doen. Ik leen mijn gezicht niet voor dat idiote verhaal over een seriemoordenaar terwijl daar geen enkel bewijs voor is. En ik wil ook niet dat je het een van je ondergeschikten laat doen. Zelf de verantwoordelijkheid nemen, Turner. Dat hoort bij je salarisschaal.'

'Dat begrijp ik, mevrouw, maar iemand van persvoorlichting kan een geschreven verklaring voorlezen en de compositietekening laten zien. Ik hoef er niet persoonlijk bij aanwezig te zijn,' zei Ava.

'Tenzij ik het je opdraag. Voor het geval het je interesseert, ik sta op het punt om het bestuur een verklaring te geven voor de dood van een zeventienjarige jongen, nota bene de zoon van een moordslachtoffer, terwijl jij en Tripp ter plaatse waren en net met hem gesproken hadden. Dus ik raad je aan om mijn orders op te volgen en de lijst van verschrikkelijke blunders die het team Zware Misdrijven heeft begaan, niet nog langer te maken. Wat vind je daarvan?' zei Overbeck.

'Het lijkt me duidelijk,' zei Ava. 'Ik zorg ervoor dat mijn verslag over de dood van Randall Muir morgenochtend op uw bureau ligt.'

'Ik wil voor vanavond twaalf uur een e-mail met je verslag hebben. Morgenochtend sta ik voor het bestuur en moet ik je hachje proberen te redden en een geloofwaardig antwoord verzinnen op de vraag waarom ik jou geschikt achtte voor de positie van hoofdinspecteur. En heel misschien kun je je baantje dan houden als je ervoor zorgt dat de inwoners van Edinburgh niet meer in hun bed hoeven te bibberen bij de gedachte dat er een gifmenger rondloopt die met hun dierbare kindertjes aanpapt.' Overbeck verbrak de verbinding.

Ava staarde naar de hoorn. Hoe hardvochtig ze ook klonk, Overbeck gaf Ava alleen maar wat ze verdiende. Er was maar één reden waarom Ava de persconferentie had proberen te vermijden, al wist ze dat ze kansloos was. Als Knuckles en Perry nog niet wisten wie ze was, dan zouden ze haar zeker herkennen als haar gezicht overal in de media verscheen. Daar was nu niets meer aan te doen. En Overbeck had gelijk. Ava moest boete doen voor de dood van Randall Muir.

Ze pakte de telefoon en belde met persvoorlichting. 'Persconferentie over een uur. Probeer zo veel mogelijk mensen te bereiken. Maak duidelijk dat het om een belangrijke zaak gaat. We willen maximale zendtijd en zo veel mogelijk berichtgeving in de kranten. Inclusief de onlinemedia.'

De afdeling persvoorlichting ging meteen aan de slag. De krappe deadline was geen probleem. Dit soort zaken trok gegarandeerd kijkers en deed de verkoop van kranten omhoogschieten. De media zouden erbovenop zitten. Over een uur zouden de telefoons gaan rinkelen en dat zou de hele nacht zo doorgaan. Ze belden eerst de televisiezenders en daarna de belangrijkste kranten. Tot slot namen ze contact op met de redactie van een aantal nieuwssites, en in plaats van te e-mailen belden ze hen direct op hun mobiele nummer om er zeker van te zijn dat ze zouden komen.

Toen ze bijna onder aan de lijst waren gekomen, belde een van hen het nummer van Lance Proudfoot en werd doorgeschakeld naar zijn voicemail. Hij sprak geen bericht in en probeerde het een tweede keer. Ditmaal werd de verbinding na een keer rinkelen al verbroken zonder dat hij een voicemail te horen kreeg. Hij gaf het op en belde de volgende naam op de lijst, en op datzelfde moment werd Lance' telefoon voorgoed onklaar gemaakt.

54

Pollok was niet de prettigste buurt van Glasgow – zo had Lively de wijk aan Callanach beschreven – en die beschrijving leek de lading aardig te dekken toen ze erdoorheen reden op zoek naar Brian Perry, de ingehuurde spierbundel van The Maz. De huizen en de omgeving straalden iets doods uit. Je zou het aan de maand december kunnen wijten, maar de meeste mensen hadden een capuchon of muts diep over de ogen getrokken, meden elk oogcontact en de gemeenschapszin leek hier ver te zoeken. Lively had zich tegenover een paar politievriendjes van Dimitri laten ontvallen dat het team Zware Misdrijven solide bewijs had tegen een van de moordenaars van Louis Jones en dat ze van plan waren Perry om drie uur 's nachts van zijn bed te lichten als de verdachte hopelijk lag te slapen. In plaats daarvan stonden ze nu om drie uur 's middags al voor zijn deur. Ze hadden bij de gemeente nagevraagd of Perry alleen woonde, en om die reden besloten ze bij hem langs te gaan in plaats van bij Knuckles, die drie kinderen had. Het beloofde een lange dag te worden, maar Callanach voelde aan zijn water dat al die uren dat hij zich de zuigende opmerkingen van Lively moest laten welgevallen, dubbel en dwars de moeite waard zouden zijn.

Hij liet Lively aankloppen en bleef zelf om de hoek staan wachten. Dat was Lively's idee geweest. De brigadier had letterlijk gezegd dat Perry nooit van zijn leven de deur open zou doen voor een man die eruitzag als een verkoper van dameslingerie. Callanach moest toegeven dat Lively daarmee wel een punt had, ook al had hij zich wat minder bot kunnen uitdrukken.

Lively bonkte een paar keer op de deur. Een paar minuten later werd een reusachtige gestalte vaag zichtbaar achter het glazen ruitje.

'Ja, wat moet je?' brulde Perry.

'Ik heb info die mijn baas aan jouw baas wil doorgeven. Te link om nu rechtstreeks naar The Maz te gaan. We denken dat ze de tent in de gaten houden,' zei Lively.

'Hoe heb je me gevonden? Knuckles regelt dit soort dingen altijd,' riep Perry.

'We zijn van de politie, zakkenwasser. Mensen opsporen is ons beroep. Dimitri zei dat je zou meewerken. Doe die deur nou maar snel open voordat de hele buurt weet dat je een wout op de stoep hebt staan met wie je gezellig staat te kletsen.'

'Wat een gezeik,' mompelde Perry terwijl hij de deur opendeed. 'Ik ben niet eens aan het werk. Ik zou nu in m'n bed moeten liggen. Ben tot twee uur vannacht in de club bezig geweest. Slapen jullie nooit es? Nou, kom maar binnen dan.'

Lively liep de keuken in, haalde zijn taser tevoorschijn en richtte die op Perry's blote bovenlijf. 'Ik zal je een goeie raad geven, niks proberen en niet wegrennen. Dit doet godvergeten zeer op je blote huid.' Callanach ging na Lively naar binnen en deed de deur dicht en op slot.

Perry's ogen puilden uit hun kassen en hij begon paniekerig te kijken. 'Ho, ho, doe dat ding weg, man, ik heb al eens kennisgemaakt met zo'n fucking taser, en één keer is genoeg. Dit kan Dimitri niet maken, man. Wil hij soms ruzie met Ramon? Ben je niet goed bij je hoofd of zo?'

'Rustig aan, meneer Perry,' zei Callanach. 'U hoeft zich nergens zorgen over te maken. Zolang u doet wat wij vragen, overkomt u niets. Hebt u toevallig koffie voor ons?'

'Wie ben jij?' riep Perry. 'Wie is dat?' zei hij tegen Lively, wijzend naar Callanach. 'Ik heb Dimitri's maten al es gezien, maar hem nog nooit. En hem zou ik me wel herinneren.'

'Wij van de politie laten de mooie jongens alleen opdraven voor speciale klanten,' zei Lively. 'Goed, wil je liever hier in de keuken blijven zitten of zullen we naar de woonkamer gaan? Als je het vriendelijk vraagt mag je misschien een trui aantrekken, want je oksels komen ter hoogte van mijn neus, en die geven me niet echt het gevoel dat ik welkom ben.'

'Jullie werken niet voor Dimitri,' prevelde Perry met een snelle blik over zijn schouder terwijl hij naar de woonkamer sjokte.

Lively glimlachte. 'Ik zit al dertig jaar bij de politie, jongen. Denk je nou echt dat ik niet doorheb wanneer iemand ervandoor probeert te gaan? Ik had het liever wat beschaafder aangepakt, maar je kan het krijgen zoals je het hebben wilt. Op de grond, vriend.'

'Ik werk toch mee,' zei Perry.

'Een genot om te horen. Ga op je buik liggen en vouw je handen op je achterhoofd.' Lively hield de taser een paar centimeter van Perry's nek. 'Je zou eens moeten zien wat voor brandplekken die dingen achterlaten. En als je een slechte conditie hebt kan je ook nog eens een hartaanval krijgen. Sorry dat ik het zeg, maar volgens mij moet je wat meer vitamine D nemen en wat minder friet eten.'

Perry sloeg de taser opzij en sprintte naar de gang. Callanach kwam achter hem aan en gaf hem een harde trap in zijn knieholte waardoor de reus tegen de grond smakte. Het gekraak van Perry's knieschijven toen die de tegelvloer raakten, deed Lively ineenkrimpen.

'Jezus, ik zei nog zo dat je dat niet moest doen. Het zou me verbazen als je je knie niet gebroken hebt.' Lively schopte Perry in zijn zij. De man rolde zich om en trok zijn knieën op tegen zijn borst. 'Nou moet ik je wel vastbinden, en kan ik je niet eens een lekker kopje thee aanreiken.'

Callanach pakte een stoel, greep Perry onder zijn armen vast, hees hem omhoog en deed hem handboeien om.

'Niet aan mijn benen komen,' krijste Perry. 'Mijn rechterknie is gebroken. Ik zweer het je. Ik moet naar het ziekenhuis. Vuile klootzakken! Eerst tasert dat kutwijf van de politie me in m'n ballen en nou hebben jullie m'n been gebroken. Au, godver, dat doet zeer!'

'Over welke politievrouw zou hij het hebben?' vroeg Lively aan Callanach.

'Misschien beter om maar niet te veel vragen te stellen,' zei Callanach. 'Zit-ie goed vast?'

'Hij gaat nergens heen,' antwoordde Lively. 'Zeg, als u thee gaat zetten wil ik u dringend adviseren om die koppen eerst met kokend water om te spoelen. Ik denk zomaar dat meneer Perry het niet zo nauw neemt met de hygiëne.'

Callanach glimlachte. 'Suiker?' vroeg hij.

'Twee schepjes graag. Heel vriendelijk van u, sir,' zei Lively. Hij had er een gewoonte van gemaakt om uitgebreid te genieten van elke kop thee. Je wist maar nooit wanneer het je laatste was.

55

Ava las de dossiers door van de mannen in het Verenigd Koninkrijk die als Christian Cadogan door het leven gingen. Dat leverde niets op. Stuk voor stuk konden ze worden uitgesloten. Er begonnen nu ook reacties binnen te stromen naar aanleiding van de persconferentie, maar dat betekende wel dat ze die een voor een moesten natrekken. Cadogan was ook herkend door een paar vaste klanten van The Fret en door de verkoper in de krantenkiosk vlak bij het kantoor van Cordelia Muir, maar daarmee kwamen ze geen stap verder.

Tripp zat in het laboratorium nog te wachten tot het DNA op het laken was geanalyseerd. Sommige dingen hadden nu eenmaal tijd nodig, maar Ava had hem opgedragen om daar te wachten tot de resultaten bekend waren.

'Als we ervan uitgaan dat Christian Cadogan niet zijn echte naam is, dan heeft hij die willekeurig gekozen om ons op een dwaalspoor te zetten, of de naam heeft een speciale betekenis voor hem,' zei Monroe.

'Zoals?' vroeg Ava, terwijl ze de dossiers op haar bureau dichtsloeg.

'Ik weet het niet, misschien heeft hij die naam uit een boek, of gaat het om een cultfiguur, of om iemand uit de muziekwereld aangezien hij regelmatig in The Fret kwam. Het kan van alles zijn,' zei Monroe.

'Goed. Verder valt er niet veel meer uit te zoeken, dus kijk maar wat je nog kunt vinden. Heb je nog iets van Lively gehoord? Hij neemt zijn telefoon niet op,' zei Ava.

'Hij is samen met inspecteur Callanach de deur uit gegaan nadat ze me weer op de zaak-Cadogan hadden gezet. Sindsdien heb ik hem niet meer gezien. Ik kan aan de meldkamer vragen of ze daar iets weten,' bood Monroe aan.

'Laat maar. Ik bel inspecteur Callanach zelf wel,' zei Ava, terwijl Monroe wegliep.

Callanach nam ook niet op en niemand wist waar ze waren. Ze waren kennelijk met een eigen auto, in plaats van met een dienstauto. Ava duwde haar ongerustheid weg en hield zich voor dat Callanach heel goed voor zichzelf kon zorgen. Ze hadden afgesproken om de twee zaken gescheiden te houden en zij moest zich nu op haar eigen onderzoek richten.

Haar vaste telefoon rinkelde, en ze griste de hoorn van de haak.

'Turner,' zei ze.

'Met Tripp, mevrouw. De uitslag van het DNA-onderzoek is binnen. Die wordt op dit moment door de database gehaald om te zien of er een match is.'

Monroe kwam zonder kloppen binnen.

'Ogenblikje, Tripp,' zei Ava. 'Wat is er?' vroeg ze aan Monroe.

'We hebben een interessante alternatieve Christian Cadogan gevonden,' zei Monroe.

'Ik zet je even op de speaker, Tripp,' zei Ava. 'Hebben we een adres van die persoon?'

'Niet echt,' antwoordde Monroe. 'Tenzij je begraafplaats Seafield een adres zou willen noemen.'

'Is die Christian Cadogan overleden?' vroeg Tripp. 'Dan snap ik niet wat we daaraan hebben.'

'Laat me mijn verhaal heel even afmaken,' antwoordde Monroe. 'Ik heb een dossier gevonden. Ik zal de samenvatting aan jullie voorlezen. Er zitten ook foto's bij en ik heb een sterke maag, maar die foto's heb ik opzij moeten schuiven. Deze Christian Cadogan is overleden toen hij in hechtenis zat. Hij werd gearresteerd naar aanleiding van een onderzoek, nadat een basisschool aan de sociale dienst had gemeld dat een van hun leerlingen al wekenlang niet op school was geweest en ze de moeder niet te pakken konden krijgen. Het jongetje waar het om ging was toen pas vijf; hij zat net op school en de leerkrachten kenden hem nog niet zo goed. Dat rapport van de sociale dienst hebben we kunnen inzien. De verklaringen die de agenten aflegden klinken luguber. Ik zal het verslag voorlezen van de agent die als eerste ter plekke was: "Ik arriveerde 's middags om 12.30 bij de flat na een telefoontje van de sociale dienst waarin om hulp werd verzocht. Ik hoorde binnen een kind huilen, dus belde ik aan en klopte een paar keer op de deur. Er werd niet opengedaan. Ik deed de klep van de brievenbus open en kon door de opening naar binnen kijken. Er kwam een penetrante stank uit de flat. Er was duidelijk iets mis. Maar ik zag geen beweging of tekenen van bewoning. De flat lag op de begane grond en ik ben omgelopen om te kijken of er ergens een raam openstond. Op dat moment hoorde ik het kind nog harder huilen en klopte ik op de ramen om contact te maken met eventuele andere aanwezigen. Ik heb toen ook om versterking gevraagd en kreeg te horen dat andere collega's onderweg waren." Er zit een plattegrond van de flat bij,' zei Monroe en ze gaf Ava een document. 'Op deze foto's is te zien hoe de flat er vanbuiten uitzag.'

Ava bladerde er snel doorheen. De ramen waren onvoorstelbaar smerig, zodat je niet naar binnen kon kijken. Alles aan de flat straalde verval en isolement uit. Een kapotte ruit die niet was vervangen maar waar een stuk triplex tegenaan was gespijkerd, afbladderende verf op kozijnen die de vrieskou nooit buiten konden houden, vuile strepen over de buitenmuren van dakgoten die al jaren niet meer waren schoongemaakt.

Monroe ging verder. 'De agent vervolgt zijn verhaal nadat er versterking is gekomen. "Na overleg besloten we ons op basis van de informatie van de school en de sociale dienst met geweld toegang te verschaffen tot het pand om het kind in veiligheid te brengen. Met een wapenstok sloegen we het raam van de achterdeur in, maar de sleutel bleek niet aan de binnenkant in het slot te zitten. Toen trapten we de deur in en gingen naar binnen. In het begin hadden we geen andere keus dan buiten te blijven en onze hand voor onze neus te houden. De stank van verrotting in de flat was zo doordringend dat mijn ogen traanden. Ik riep dat de politie er was en sommeerde iedereen onmiddellijk naar buiten te komen. Op dat moment hoorden we het kind niet meer huilen.

'Ik ging als eerste naar binnen, gevolgd door agenten Hutchins en Delaware. We liepen door de keuken, waar de tafel en de stoelen op hun kant lagen. In de gootsteen lagen een heleboel handdoeken die bedekt waren met iets wat eruitzag als menselijke uitwerpselen. We hoorden geluiden vanuit de woonkamer en maakten onze aanwezigheid en onze bedoeling om het pand te betreden opnieuw kenbaar. Ik trok mijn wapenstok en stond klaar om me te verdedigen of een aanvaller uit te schakelen. Er volgde geen hoorbaar antwoord op onze aankondiging." Dit zijn de foto's van de keuken, mevrouw,' zei Monroe en ze overhandigde Ava een stapeltje vergeelde foto's. Ava bekeek ze even en liet ze bijna meteen op haar bureau vallen.

'Ga verder,' zei ze zachtjes.

'De agent vervolgt zijn verhaal,' Monroe kuchte even, fronste haar voorhoofd en ging verder: '"In de woonkamer troffen we een man aan die een jongen van naar schatting vier of vijf jaar oud vasthield. De man zat in elkaar gedoken in de hoek van een bank en klemde het kind tegen zijn borst. De jongen huilde zachtjes, maar klampte zich stevig aan de man vast en trilde over zijn hele lijf. Het kind was naakt en onvoorstelbaar smerig. Op dat moment werd ons ook duidelijk waar de stank vandaan kwam. In een leunstoel troffen we het in ontbinding verkerende lichaam van een vrouw aan, eveneens naakt. Mijn collega's kwamen achter mij aan de kamer binnen. De stank was zo hevig dat agent Hutchins naar buiten moest omdat hij niet op de plaats delict wilde overgeven." Wilt u dat ik verderga?' vroeg Monroe.

'O, god,' zei Tripp.

'Maak je verhaal maar af,' zei Ava.

'Goed. "Ik vroeg de man om het kind aan mij over te dragen, maar hij gaf daar niet meteen gevolg aan. Ik probeerde een gesprek met hem aan te gaan, maar hij sprak onverstaanbaar en ik kreeg de indruk dat hij onder invloed van alcohol, drugs of allebei verkeerde. Ik legde mijn wapenstok neer en stapte naar voren met mijn handen omhoog. Op dat moment stak hij zijn hand tussen twee bankkussens en haalde een pistool tevoorschijn. Hij richtte het wapen eerst op mij, toen op zijn eigen hoofd en daarna op het hoofd van de jongen. Ik deed onmiddellijk een stap naar achteren. De jongen barstte weer in snikken uit en de man begon te tieren en te schreeuwen. Hij beefde over zijn hele lichaam en begon steeds meer wartaal uit te slaan. Wij hadden ons ondertussen teruggetrokken in de keuken om de situatie te laten bedaren en escalatie te voorkomen. Het kind begon steeds harder te huilen en wanhopig te gillen. De man schreeuwde keer op keer dat het kind stil moest zijn. Ik probeerde weer een gesprek met hem aan te gaan, maar dat mislukte. Hij drukte het pistool hard tegen het voorhoofd van het kind en haalde de trekker over. Maar het pistool ging niet af. Agent Delaware en ik hebben de man toen meteen op de grond gesmeten. Hij liet de jongen los en verzette zich, maar uiteindelijk wisten we hem toch in bedwang te houden. Hij kreeg handboeien om en werd naar buiten gebracht." Ik zal nu het forensische bewijs oplezen omdat daar relevantere informatie in staat,' zei Monroe.

'In het verslag van de patholoog staat: "Het slachtoffer was een vrouw van tussen de twintig en de vijfentwintig. Ze was al ongeveer twee weken dood. De ontbinding had al enige tijd geleden ingezet. De stof van de stoel onder en rond het lichaam was doortrokken van gelekte lichaamsvloeistoffen, maar het is ook mogelijk dat de blaas en de darmen zich hebben geleegd toen het slachtoffer nog leefde. De doodsoorzaak was een ademhalingsstilstand als gevolg van het gebruik van opiaten. In bloed- en weefselmonsters werden extreem hoge hoeveelheden opiaten aangetroffen. Haar armen zaten vol naaldsporen, wat wijst op langdurig drugsgebruik voorafgaand aan de overdosis waardoor ze bewusteloos raakte en haar ademhaling stopte. Kort daarna trad de hersendood in. Aan de buitenkant van de linkerdij zat een opvallende wond als gevolg van een onhandig geïnjecteerde naald, wat onbeantwoorde vragen oproept. Het is niet waarschijnlijk dat het slachtoffer dit zelf heeft gedaan. Uit het bewijs blijkt dat het slachtoffer rechtshandig was, waardoor het zeer onwaarschijnlijk is dat ze zichzelf aan de buitenkant van de linkerdij heeft geïnjecteerd. Het oppervlak van de naaldwond was vrij groot, een aanwijzing dat er bij het injecteren veel kracht is uitgeoefend en dat het slachtoffer heftig bewoog op het moment dat de naald in de huid werd gezet. Dit past niet in het beeld van normale naaldsporen bij drugsgebruikers. Een vier centimeter lange kras onder de naaldwond duidt erop dat de naald slordig of ruw uit de huid is getrokken. De blauwe plekken rond de naaldwond zijn een bewijs van de uitzonderlijke kracht waarmee de naald in de huid is gezet. Bovendien is de naald onder een hoek van negentig graden in het bovenbeen gezet, anders dan de gebruikelijke hoek waaronder iemand zich injecteert. Dit is de enige naaldwond op haar benen en er zijn verder geen littekens zichtbaar op deze lichaamsdelen. Ze had ook schrammen en blauwe plekken in haar gezicht, wat doet vermoeden dat ze enige tijd voor haar dood heeft gevochten. Ze had een paar oude botbreuken die nooit zijn gezet, en een nieuwe breuk in haar jukbeen die nog niet was geheeld." Dat zijn de voornaamste feiten,' zei Monroe.

'Maar Cadogan is in een politiecel overleden,' zei Ava. 'Wat was de doodsoorzaak?'

'Hij blijkt zich aan een laken te hebben opgehangen. We spreken over twintig jaar geleden. Toen hingen er nog geen beveiligingscamera's in de cellen. Niemand heeft het gezien en niemand is ervoor aangeklaagd,' zei Monroe.

'Wat weten we van Cadogan?' vroeg Tripp.

'Een lang strafblad, aanvankelijk kleine overtredingen als tiener, gevolgd door drugsdelicten als twintiger, wapenbezit, en verder de gebruikelijke geweldpleging en arrestaties die samengaan met drugshandel. Hij is nooit voor iets ernstigs veroordeeld, maar bij de politie stond hij bekend als dealer. Hij was achtendertig toen hij stierf. De staat heeft zijn crematie betaald en de verspreiding van zijn as op het kerkhof. Ze hebben geen familie kunnen vinden. Uit de autopsie bleek dat ook hij lange tijd drugs had gebruikt. Ten tijde van het incident was hij dakloos.'

'En wat is de link met onze Cadogan?' vroeg Tripp. 'Gaat het om een familielid dat zich alsnog wil wreken voor zijn dood in een politiecel?'

'Dat denk ik niet,' zei Monroe. 'Die kleine jongen is interessant. In de verslagen staat dat hij wekenlang geen woord heeft gezegd, en in een poging hem gerust te stellen vertelden de maatschappelijk werkers hem dat Cadogan dood was. Maar toen hij dat hoorde, stortte hij compleet in. Dat hadden de hulpverleners niet verwacht. Ze gingen ervan uit dat hij opgelucht zou zijn, maar hij reageerde juist agressief en was intens verdrietig. Nadat hij twee dagen lang had zitten schommelen en zichzelf had gebeten, vertelde hij beetje bij beetje wat er was gebeurd. Daar is een transcript van. Hij zei: "De man kwam om mama iets te geven zodat ze kon slapen. Ze zei dat ik in de keuken moest blijven, maar dat wilde ik niet. Ik wilde die man zien voor ik naar school ging. Mama riep dat ik terug moest naar de keuken, maar die man lachte en zei dat hij me wilde knuffelen. Mama zei dat dat niet mocht en gaf hem een klap. Ze schreeuwde tegen hem. Toen moest hij nog harder lachen. Mama sloeg hem weer en toen werd hij kwaad. Hij wilde niet weggaan en toen begon mama tegen hem te gillen. Ze begonnen te vechten en toen sloeg hij mama en viel ze in slaap. Ik probeerde haar wakker te maken. Maar ze wilde niet wakker worden en die man ging niet weg. Hij zei dat ik niet naar school hoefde. Hij zei dat hij geen huis had en nu bij mij kwam wonen. Elke dag probeerde ik mama wakker te maken. Hij zei dat hij mijn vader wel wilde zijn omdat ik geen mama meer had." Meer kregen ze niet uit hem. Hij is in pleeggezinnen geplaatst en heeft de gebruikelijke medische en psychiatrische hulp gekregen, maar meer weten we niet over hem.'

'Het kind heeft zijn moeder voor zijn ogen vermoord zien worden, heeft de weken daarna doorgebracht met de man die haar heeft vermoord, die voor hem zorgde en zich papa noemde. Hoe is het mogelijk dat dit soort zaken onder de radar blijven?' vroeg Tripp.

'Dat gaat makkelijker dan je denkt,' zei Ava.

'Waar is die jongen nu?' vroeg Tripp.

'Dat weten we niet. Hij heette Jason Elms. Buren vertelden dat zijn moeder hem altijd J noemde. Hij was toen vijf jaar, maar de dienstdoende agenten schatten hem jonger omdat hij zo mager en klein was voor zijn leeftijd, waarschijnlijk omdat hij niet goed te eten kreeg. Als tiener is hij een paar keer in aanraking geweest met de politie, meestal ging het om een vechtpartij, en daarna is hij uit beeld verdwenen. Hij heeft geen uitkering, geen bekend adres, niets,' zei Monroe.

'J,' zei Ava, terwijl ze het dossier over Lily Eustis opensloeg en door de lijst met telefoongesprekken bladerde. 'Lily had een contactpersoon genaamd Joe in haar telefoon staan, maar dat nummer leverde niets op. Verder geen details en de berichten die ze eventueel aan elkaar verstuurd hebben, zijn gedeletet.'

'Dat kan iedereen zijn geweest,' zei Monroe.

'Klopt, maar we hebben ook nog Jeremy, een ander pseudoniem. We weten dat dat een valse naam was,' zei Ava. 'Hebben we DNA van Jason Elms?' vroeg Ava aan Monroe.

'Ja, en een foto, maar die is wel tien jaar oud, en ik vermoed dat hij flink wat aan zijn uiterlijk heeft veranderd. Er is DNA van hem afgenomen naar aanleiding van een aanklacht wegens het toebrengen van zwaar lichamelijk letsel. Vanwege zijn jonge leeftijd heeft hij destijds alleen een taakstraf gekregen,' zei Monroe.

'Tripp, kijk of het DNA dat jij hebt overeenkomt met het DNA in het dossier van Jason Elms. Monroe, ga jij met de tekenaar aan de slag om die politiefoto van Jason te verouderen, om te zien of het gezicht lijkt op de recente tekening van Christian Cadogan,' zei Ava.

'Verder nog iets, mevrouw?' vroeg Monroe.

'Ja, breng de pers op de hoogte. Ik wil bekendmaken dat de voornaam van de man op de politietekening die we hebben verspreid mogelijk met een J begint. We moeten Jason Elms vinden, want ik weet niet in wat voor bizarre binnenwereld hij leeft, maar ik kan je op een briefje geven dat hij nog niet klaar is.'

56

Brigadier Lively kon niet veel sympathie opbrengen voor Brian Perry. Eerst had de man de oudbakken smoes van stal gehaald dat hij naar het toilet moest, waar hij probeerde te ontsnappen door een veel te klein raampje, zodat ze hem eruit hadden moeten trekken. Daarna deed hij of hij flauwviel, waarop Lively hem hard in het velletje aan de binnenkant van zijn dij kneep, en vervolgens had hij luidkeels om hulp geschreeuwd. Twee uur later zat hij vastgebonden, met een prop in zijn mond, en dreigde Lively hem te vermoorden. Daarmee hanteerde de brigadier net wat andere methoden dan Callanach bij Interpol gewend was, maar Lively was nu eenmaal geen doorsneepolitieman. En al die tijd ging Perry's telefoon vrijwel onophoudelijk. Ze namen niet op, oproepen en berichten bleven onbeantwoord. Als iemand Perry vandaag te spreken wilde krijgen, zou hij persoonlijk langs moeten komen.

Het liep al tegen vijven toen er werd aangebeld. Callanach had de meubels wat verschoven zodat de zitkamer er precies uitzag als hij wilde, en hij had Perry de nodige instructies gegeven en met de dood bedreigd als hij niet zou meewerken. Hun ongelukkige gevangene was losgemaakt en naar een comfortabeler leunstoel overgebracht. Eenmaal bevrijd van de mondprop, had hij non-stop zitten jammeren en vloeken tot Lively de punt van de taser in zijn mond duwde. Vanaf dat moment had Perry geen praatjes meer en gedroeg hij zich opvallend rustig en meegaand. Lively had zich van zijn meest inventieve kant laten zien door een gat in de rugleuning van de leunstoel te maken waar hij zijn taser doorheen stak, zodat die in contact bleef met Perry's rug terwijl de brigadier zich achter de stoel verborg. Callanach kwam bijna in de verleiding om de brigadier vergiffenis te schenken voor diens maandenlange beledigingen en pesterijen. Callanach zelf had zich opgesteld achter de openstaande deur tussen de zitkamer en de gang.

'Zeg het,' siste Lively tegen Perry. Callanach zag de man ineenkrimpen toen de taser hard in zijn rug werd geduwd.

'Deur is open,' riep Perry, zonder moeite te doen om zijn gebrek aan enthousiasme te verhullen.

De keukendeur knarste in zijn scharnieren en werd daarna dichtgeslagen. Voetstappen kwamen dichterbij, enigszins gedempt door de plakkerige linoleumvloer in de keuken.

'Je neemt al de hele dag je telefoon niet op en de politie is onderweg om hier een inval te doen in verband met... wat zit je nou raar te doen met je ogen?' vroeg Dimitri.

Perry kuchte.

'Opstaan, schoenen aantrekken en verdwijnen. En niet naar de club gaan. Die inval vindt pas vannacht plaats, maar voor ze binnenvallen houden ze de boel scherp in de gaten. Ramon wil dat je je nergens laat zien tot we iets bedacht hebben om dit op te lossen,' zei Dimitri.

'Ik kan niet,' mompelde Perry.

'Wat kan je niet, idioot?' vroeg Dimitri.

'Ik kan niet opstaan,' zei Perry.

'En of je op kan staan. Trek je schoenen aan, zei ik.' Dimitri liep op Perry af, pakte hem bij de schouder en rukte hem overeind. Lively stond op en richtte de taser op Dimitri.

'Wat is dat godverdomme?' schreeuwde Dimitri. 'Weet jij wel wie ik ben? Doe die taser weg, randdebiel.'

'Kijk, daarom heb ik nou zo'n hekel aan hoge omes. Ze kennen geen bescheidenheid. Ze begrijpen niet hoe je ondergeschikten hoort aan te spreken,' zei Lively.

Perry probeerde zich klein te maken tegen de muur. Callanach stapte achter de deur vandaan en duwde hem terug naar zijn stoel.

'Zitten,' zei Callanach. 'Allebei.'

Dimitri draaide zich in een flits om. 'Ik ken jou,' zei hij.

'Dan zal ik geen tijd verspillen met mezelf voor te stellen,' antwoordde Callanach. 'Ik wil de verfschilfers die van Louis Jones' auto zijn gehaald. De verfschilfers die onderweg naar het lab op mysterieuze wijze zoek zijn geraakt. Waar zijn die?'

'Allang verdwenen, idioot,' zei Dimitri. 'En voordat je nog meer eisen stelt, moet je even realistisch blijven. Ik ben hoger in rang dan jij, en omdat ik bovendien al jarenlang bij de Schotse politie werk is alles wat je over mij te zeggen hebt volstrekt irrelevant. Dus het stopt hier. Ik ga nu weg. Het is duidelijk dat er nooit een inval zou plaatsvinden, wat betekent dat je geen bewijs hebt, dus ook geen reden om iemand te arresteren. Ik raad je aan om deze onschuldige burger die blijkbaar ten onrechte in hechtenis is genomen, niet langer lastig te vallen, anders dient hij een officiële klacht in of eist hij zelfs schadevergoeding. Ga er maar van uit dat hiermee een eind is gekomen aan je carrière bij de Schotse politie, inspecteur Callanach. En jij,' hij richtte zich tot Lively, 'jij ziet eruit alsof je de pensioengerechtigde leeftijd al hebt bereikt. Pak die centen en pak je biezen voor het te laat is, anders zorg ik er persoonlijk voor dat geen van jullie beiden ooit nog een salarisstrook ziet.'

'Ach jee, vertelt u het hem, sir? Hij zet zichzelf compleet voor joker. Echt treurig om aan te zien,' zei Lively.

'Ik wil het wapen waarmee Louis Jones vermoord is,' zei Callanach. 'En doe maar niet net of die verfschilfers vernietigd zijn. Als ik in jouw schoenen stond, zou ik al het bewijsmateriaal tegen de gasten die mij in hun zak hadden, zorgvuldig bewaren. Waar heb je het opgeborgen? In een kluis, denk ik. Niet op je kantoor. Als jou iets overkomt, zullen je collega's het snel genoeg vinden.'

'Ik ben hier klaar,' zei Dimitri. 'Maar ik moet nog even met meneer Perry babbelen, voordat ik wegga. Dus heren, jullie kunnen inrukken.'

'Nou, ik kan er echt niet meer tegen hoor. U staat op film, hoofdinspecteur Dimitri. Die telefoon daar tegen die plantenpot, die met dat bruine ding dat al eeuwen geen water meer heeft gezien, heeft dit gesprek opgenomen,' zei Lively, terwijl hij de telefoon pakte en aan Callanach gaf.

'Daar heb je niks aan,' zei Dimitri. 'Jullie hebben al zoveel overtredingen begaan, alleen al door hier binnen te komen en een man te mishandelen tegen wie geen enkele aanklacht is ingediend, dat jullie allebei net zoveel problemen krijgen als ik. En waar wil je mij van beschuldigen? Van het verkeerd afhandelen van bewijsmateriaal?'

'We beginnen met obstructie van de rechtsgang, en als ik je in verband kan brengen met de moord op Louis Jones, word je gepakt wegens medeplichtigheid. Ik zou denken dat dat volstaat om je ervan te overtuigen om mee te werken,' zei Callanach.

Dimitri trok een pistool uit zijn zak. 'Goh, voor iemand die zogezegd een van Interpols meest geprezen agenten was voordat hij in ongenade viel, heb je je opvallend slecht voorbereid. Dacht je nou echt dat ik hier ongewapend binnen zou lopen? Ik wil dat je die simkaart nu uit die telefoon haalt. Je zult zien dat als je die simkaart en die telefoon een paar minuten lang kookt, ze niets meer waard zijn. Perry, zet even water op, wil je?'

'Bij Interpol heb ik onder andere mijn kennis en toepassing van de nieuwste technologie op peil gehouden. Die camera streamt livebeelden naar een socialmediasite waar ik me heb geregistreerd. Op dit moment is die site nog beveiligd met een wachtwoord en volledig afgeschermd. Het enige wat ik hoef te doen is de instellingen veranderen, dan kan iedereen ons gesprek volgen.'

'En dat vertel je me allemaal omdat je wilt dat ik je ter plekke om zeep help. Is dat het?' vroeg Dimitri.

'Daar schiet je niet veel mee op. Ik heb een bericht achtergelaten op mijn bureau, ter attentie van hoofdinspecteur Turner. Als ik niet terugkom om die envelop te verscheuren, vindt ze daarin een briefje met de benodigde wachtwoorden om deze video te kunnen bekijken. Dus steek dat pistool nou maar weg,' zei Callanach.

'O man, deze lui hebben je volledig in de tang,' fluisterde Perry.

'Wegwezen,' zei Dimitri.

'Maar waar moet ik dan...' zei Perry.

'Slaapkamer. Nu. Met harde muziek. En doe hem handboeien om,' zei Dimitri tegen Lively.

Callanach ging pas zitten toen Perry in de andere kamer vastzat en niets van hun gesprek kon opvangen. 'Als ik niet al het bewijsmateriaal krijg om een veroordeling in de zaak-Louis Jones rond te krijgen, dragen we ons bewijs tegen jou over,' zei hij. 'Ik wil het materiaal in de zaak-Jones vandaag hebben. Zonder uitstel.'

'Je hebt geen idee van de slangenkuil waar je je in begeeft,' zei Dimitri. 'Dit is niet zomaar een onderzoek. Er zijn mensen bij betrokken die je niet tegen je wilt hebben.'

'Op de lijst met inkomende gesprekken van Jones' telefoon stond een doorkiesnummer van het bureau St Leonard's. Jij hebt hem daar vanaf een vaste telefoon gebeld vlak voor de melding binnenkwam dat de auto van Jones bij een ongeluk was betrokken. Heb je hem bedreigd? Heb je hem verteld dat hij zou worden gearresteerd? Of moest je in opdracht van Trescoe zeggen dat hij moest betalen?' vroeg Lively.

'Ik heb hem gewaarschuwd dat hij moest vluchten, stelletje randdebielen. Denk je nou echt dat ik bloed aan mijn handen wil hebben? Ik dacht dat ik dit allemaal achter me had gelaten toen die gasten waren veroordeeld, maar Ramon bleek daar anders over te denken toen hij weer vrijkwam,' zei Dimitri.

'Waarom heb je dat bewijsmateriaal dan zoekgemaakt? Het beste wat je kunt doen is helpen om ze weer achter de tralies te krijgen,' zei Lively.

'Denk je nou echt dat het zo simpel is? De dingen die we doen als we nog jong zijn laten schandvlekken achter. En sommige vervagen nooit. Ik heb indertijd dingen gedaan waar ik niet trots op ben, en die kan ik niet meer terugdraaien, anders moet mijn gezin daar de prijs voor betalen. Zo gaat Trescoe te werk. Jullie moeten dit laten rusten.'

'Dat gaat niet gebeuren,' zei Callanach.

'Jezus man, Louis Jones was een van hen. Hij zat er tot zijn nek in. Waarom maak je je zo druk om die man? Hij heeft de auto geleverd waarin hoofdinspecteur Turner is ontvoerd, en jij bent bereid om tot het uiterste te gaan om zijn dood te wreken? Wat mankeert je?' raasde Dimitri.

'Het gaat me niet om Jones,' zei Callanach rustig.

'Wat?' vroeg Dimitri.

'Lively, wil je de hoofdinspecteur en mij even alleen laten, alsjeblieft?' vroeg Callanach.

'Niet zolang hij nog een pistool op zak heeft, en dat zeg ik met alle respect, sir,' zei Lively.

'Geef dat pistool af,' zei Callanach tegen Dimitri. Die stak Lively het wapen toe zonder de brigadier een blik waardig te keuren. Lively grijnsde breed en stak het in zijn zak voor hij de kamer uit ging. 'Ik ga dit één keer zeggen en jij gaat luisteren. Je hebt gelijk. Ik geef geen moer om Jones, maar ik gaf wel om Begbie. Ook al zo'n puinzooi waar jij als eerste ter plaatse was. Geef me wat ik wil, en vandaag nog, want jij bent betrokken bij de dood van een collega, en als dat voor de rechter wordt gebracht is daarbij vergeleken alles wat je daarvoor hebt geflikt kinderspel. Ik kan je uit eigen ervaring vertellen dat je het als politieman heel zwaar krijgt in de gevangenis.'

57

'We hebben een match voor het DNA,' zei Tripp, toen hij Ava's kamer binnenliep. 'In het rapport staat dat er een kans van een op twaalf miljoen is dat het van iemand anders is dan Jason Elms.'

'Oké, breng jij de update maar naar buiten.' Ze keek op haar horloge. 'Het is nu zeven uur, dus we zijn al te laat voor de ochtendeditie van de kranten en het ochtendjournaal. Dan blijven alleen nog het late nieuws en de onlinemedia over. Ik laat de communicatieafdeling een verklaring opstellen waarin we zeggen dat Elms zich Christian noemt of een andere naam gebruikt die met een J begint. Het is een gok, maar het is het enige wat we hebben. En we moeten het bericht "wordt gezocht in verband met een incident" opschalen naar "potentieel gevaarlijk en dient niet benaderd te worden". Mee eens?'

'Mee eens,' zei Tripp. 'We kunnen nu alle hulp gebruiken. Ik neem aan dat u nog niets hebt gehoord van inspecteur Callanach en brigadier Lively?'

'Niets,' zei Ava. 'Maar daar gaan we ons nu niet druk om maken. Ik zal weer een bericht inspreken op Callanachs voicemail en zeggen dat hij als de donder terug moet komen. Verder wil ik meer agenten op straat. De politie moet duidelijk zichtbaar aanwezig zijn. Alle eenheden moeten worden opgeroepen.'

'Ben er al mee bezig. Waar bent u, mevrouw, voor het geval ik contact moet opnemen?'

'Ik ga straks met jou in een auto surveilleren, zodat ik meteen in actie kan komen als er een melding binnenkomt. Ik kan dit bureau niet meer zíén,' zei Ava. 'Monroe blijft in de meldkamer.'

'Prima. Ik regel een auto en ik laat u wel weten wanneer we vertrekken.'

Ava pakte haar telefoon en belde Callanach weer. Hij was al veel te lang uit beeld en ze had geen idee waar hij kon zitten.

'Luc,' zei ze zacht toen ze zijn voicemail insprak. 'Je hebt je al uren niet gemeld. De mensen hier vragen waar Lively en jij uithangen. Als je me niet te pakken kan krijgen, laat een van jullie dan contact opnemen met de meldkamer zodat ik weet waar je zit. Laat me even weten of je dit bericht hebt ontvangen. We hebben een positieve identificatie voor de moordenaar van Lily en Cordelia. De details vertel ik je later wel. De rest van de avond ga ik met Tripp op patrouille. We hebben de media volledige opening van zaken gegeven. Hoop dat alles goed is met je. Maar bel alsjeblieft of stuur een berichtje.'

Sean O'Cahill, net terug van een werkelijk fantastisch verlopen repetitie, was bezig zijn laarzen dicht te rijgen en controleerde of hij genoeg geld in zijn portemonnee had.

'Weet je zeker dat je niet mee wilt? Ik ga eerst iets drinken met Mattie en Rex, en daarna gaan we met z'n allen naar The Lost Boys waar ik met Jackson heb afgesproken. Een acteur die ik laatst bij mijn auditie ben tegengekomen,' riep hij tegen Bradley.

'Jackson wie?' riep Bradley vanuit de badkamer.

'Ik weet alleen zijn voornaam. Hij was erbij toen ik die rol kreeg bij het theatergezelschap, dus hij is een acteur, net als ik. Ik weet dat je nu denkt: daar gaan we weer,' zei hij. 'Maar niet alle acteurs zijn saaie egotrippers.'

Bradley verscheen met een handdoek om zijn middel in de deuropening van de badkamer. 'Klopt, maar de meesten wel,' zei hij. 'En nee, eerlijk gezegd heb ik vanavond geen zin. Ga jij maar op stap met je vriendjes. Ik zou de hele avond toch alleen maar op mijn horloge zitten kijken en je vervelen.'

'Oké dan, maar dan niet zeggen dat ik je niet mee heb gevraagd als je om een uur 's nachts zielig in je uppie zit. Het wordt trouwens een latertje, en morgen zal ik wel een kater hebben. Dus zorg maar dat er eieren met spek in de pan liggen als ik wakker word, anders ben ik de hele dag chagrijnig.'

'Ga nou maar,' zei Bradley. 'Laat je sleutels anders thuis. Bel maar aan, dan doe ik je wel open.'

'Ja, vind je dat niet vervelend? Dan hoef ik ze niet de hele avond bij me te dragen.'

'En dan kun je ze ook niet voor de zoveelste keer kwijtraken,' zei Bradley. 'Bel me maar als je naar huis komt, dan heb ik even tijd om wakker te worden.'

Sean gaf hem een kus. 'Je bent een schat. Je gaat me toch niet al te veel missen hè? Hou van je.'

Bradley glimlachte, voelde een blos opkomen, en zwaaide hem na.

Christian nam een douche, droogde zijn haar en kleedde zich aan. Het waren de gewone handelingen van een gewone man, en toch voelde hij zich veel meer dan gewoon. Hij vroeg zich af of hij een monster was en kwam tot de conclusie dat hij er te diep over nadacht, niet omdat het onbelangrijk was, maar omdat het hem eigenlijk niet kon schelen. Etiketten waren bedoeld voor op de schappen van de supermarkt. Het liefst wilde hij de radio aanzetten, maar hij wist dat dat hem zou afleiden. Eerder op de dag hadden ze in een nieuwsuitzending zijn naam genoemd. Zijn echte naam. Ook al zo'n etiket, een dat hij al jaren niet meer had gebruikt. Ze kwamen dus dichterbij. Maar dat zou zijn avond niet verpesten. Hij zou nu kunnen vluchten, hij had genoeg voorsprong om een veerboot te nemen en ergens anders opnieuw te beginnen, maar dan zou alle moeite om met Sean en Bradley bevriend te raken voor niets zijn geweest. Een onverdraaglijke gedachte. Eén avond had hij nog maar nodig. Morgen zou hij zijn spullen pakken en vertrekken. Dan kon Schotland tijdens zijn afwezigheid wat afkoelen. En over een jaar of wat kon hij misschien weer ongemerkt terugkeren. Als de politie had geweten waar hij woonde, hadden ze het huis allang bestormd. Er was ook een tekening van hem gemaakt. Met de morbide nieuwsgierigheid van een kind dat op een spin stampt en zich dan bukt om in het beestje te porren, was hij van de radio overgestapt op internet en had hij zichzelf door de ogen van zijn achtervolgers gezien.

Het was geen flatteus beeld. Hij had een doodse blik in zijn ogen. Zijn blonde haar zag er haveloos en shabby uit, en leek niet meer op het kapsel van een Californische beachboy, zoals een kapper ooit complimenteus had opgemerkt. Weinig kans dat hij Californië ooit in het echt te zien zou krijgen. Maar dat was sowieso nooit het geval geweest, dacht hij grinnikend. Niet als je alleen maar wat contant geld had en baantjes waarmee je het minimumloon verdiende, niet als je zo'n start in het leven had gehad als hij. De enige van wie hij ooit had gehouden was van hem afgepakt. Van kindertehuis naar pleeggezin, vandaar naar een jeugdinrichting en weer terug naar een pleeggezin. Het was of hij al die jaren non-stop vastgesnoerd had gezeten in een voortrazende achtbaan. Christian dacht terug aan de woorden van een kamergenoot in een van de tehuizen, vlak voor die een bewaker neerstak en werd overgebracht naar een nog onaangenamer oord.

'Er zijn drie dingen die je moet weten als je hier zit,' had hij gezegd. 'Ten eerste ziet iedereen je alleen maar als een probleem. Ten tweede vinden ze altijd dat je wel wat dankbaarder zou mogen zijn. Ten derde: je hebt geen moment rust.' Christian kon zich nog herinneren dat zijn kamergenoot naar hem had opgekeken met een vinger tegen zijn lippen, terwijl ze naar de vertrouwde instellingsgeluiden luisterden. Gehuil, geschreeuw, bestraffende woorden, muziek van anderen, pijn van anderen, gekletter van potten en pannen in de keuken, geruzie van meiden over het gebruik van de badkamer, amok van jongens zonder uitlaatklep voor de testosteron waardoor ze agressief werden en wild om zich heen sloegen. Geen. Moment. Rust.

Daarom had hij geleerd om een rustig plekje voor zichzelf te creëren. Eerst in zijn verbeelding, daarna in het echt, met kleine dingen, met kleine mensen. Hij had het voor het eerst geprobeerd in een pleeggezin, in een afgelegen dorp aan de overkant van een *loch* waarvan hij de naam niet meer wist. Hij had het zevenjarige dochtertje van de familie haar dode cavia laten zien. Hij had hem dood in zijn kooitje gevonden, vertelde hij, terwijl hij de zijdezachte rug van het beestje streelde en zag hoe haar ogen zich met tranen vulden. Ondanks zijn gebroken ruggengraat had de cavia nog heel even in zijn handen gesparteld, maar dat had ze niet gemerkt. Het meisje had op zijn schouder uitgehuild en keer op keer de naam van het dode beestje gefluisterd, wat Christian vervulde van haar verdriet en verlies, tot hij iets in zich tot leven voelde komen. Nog niet volledig, maar wel beter, een half voldaan gevoel. Haar ouders hadden het beestje van hem overgenomen, het meisje uit zijn omhelzing losgemaakt en elkaar veelbetekenend aangekeken, maar ze waakten ervoor hardop te zeggen wat ze elkaar duidelijk wilden maken. Een dag later was hij weer ergens anders geplaatst. Hij werd nooit rechtstreeks ergens van beschuldigd, maar naarmate hij overmoediger werd, was hij het ook slimmer gaan aanpakken.

Vóór Lily waren er nog anderen geweest, maar haar dood was het eerste leven waarvan het heengaan zo'n diepgeworteld, hartverscheurend verdriet had veroorzaakt. Daar laafde hij zich aan. Hij snakte ernaar zoals een doelloos op zee ronddobberende man naar zoet water. Het probleem was dat zijn dorst onverzadigbaar was. Hij zou een heel dorp kunnen uitmoorden en zich wentelen in de rouw die zo'n massamoord zou oproepen, en de volgende dag toch weer diezelfde behoefte voelen.

Heel even voelde hij een licht schuldgevoel aan zich knagen omdat hij Mina zo abrupt had gedumpt, maar ze had hem niets meer te bieden gehad nadat ze het eerste intense verdriet en verlies eenmaal had geaccepteerd. Hij had behoefte aan rauwe, heftige smart. Zoals vanavond. Sean en Bradley. Nog één kleine dood. Dat was niet te veel gevraagd.

58

In de woonkamer van Brian Perry begon Callanach een strategie uit te werken. Ze hadden nog maar weinig tijd om de aanwezigheid van hoofdinspecteur Dimitri uit te buiten. Lively bracht Perry terug naar de woonkamer om hem te ondervragen.

'Wiens wapen is gebruikt om Jones te vermoorden?' vroeg Callanach.

'Dat pistool was van Knuckles,' zei Perry. 'Ik wist niet eens dat hij het bij zich had, en ik heb het ook nooit aangeraakt, niet één keer. Ik wist absoluut niet dat ze van plan waren om Louis te vermoorden. Ik ging alleen alleen maar mee om wat gewicht in de schaal te leggen. Een beetje m'n spieren laten zien, dat is alles.'

Lively liet het pistool zakken dat hij tegen Perry's knieschijf had gedrukt. 'Waar is dat pistool nu?' vroeg hij.

'Dat ligt in de kluis in The Maz. Knuckles wilde het niet thuis bewaren voor het geval zijn kinderen het zouden vinden,' mompelde Perry.

'En hoe zit het met het nietpistool?' vroeg Callanach. 'Ligt dat ook in The Maz?'

Perry zweeg, maar zijn ogen vertelden het verhaal. Hij wierp een schichtige blik op een kast en daarna op Dimitri's pistool. 'Dat weet ik niet zeker,' zei hij.

'Gelul, jongen. Hoezo weet je dat niet zeker,' zei Lively, terwijl hij naar de kast liep en hem opentrok. Hij zat propvol. Gereedschap, overalls, kabels en oude onderdelen van elektrische apparaten tuimelden op de vloer. 'Ik kan en zal alles er een voor een uit trekken, maar het bespaart tijd als je me vertelt waar het ligt. Bovendien kun je morgen dan nog lopen.'

'Fuck, man. 't Is al goed, doe me asjeblieft geen pijn meer. Het ligt op de bovenste plank links, in een lap stof,' jammerde Perry. 'Maar ik heb er niks mee gedaan. Ze zeiden dat ik iets moest meenemen om hem bang te maken. Ze wilden weten waar het geld lag. Knuckles heeft het gedaan.'

Lively vouwde de doek open, nam een foto van het nietpistool en stopte het toen in een bewijszak en schreef daarop wat het was.

'Dus nu doen jullie het opeens volgens het boekje?' vroeg Dimitri. 'Hoe ga je dan uitleggen hoe je bij Perry bent uitgekomen?'

'Omdat hij nu het bureau gaat bellen en mij te spreken vraagt. Als ik er niet ben, laat hij zijn naam en telefoonnummer achter zodat ik hem kan terugbellen,' zei Callanach.

'Je bent compleet geschift, man. Weet jij wel wat er met mij gaat gebeuren als ik dat doe?' zei Perry met een ongelovig lachje.

Lively zuchtte en zette het pistool weer tegen Perry's knie. 'Pak je telefoon,' zei hij.

'Zit je me nou te fucken, of zo? Als dit bekend raakt, ben ik dood,' zei Perry.

'Wat dat betreft zit je tussen hamer en aambeeld, want op onze barmhartigheid hoef je ook niet te rekenen,' zei Lively. 'Pak je telefoon.'

Perry gehoorzaamde.

Callanach haalde de onaangestoken Gauloise uit zijn mond en vertrapte hem onder zijn schoen. Zijn telefoon ging net over toen ze bij The Maz aankwamen. Hij nam op terwijl Lively Perry liet uitstappen, en hem weer handboeien omdeed.

Callanach luisterde naar Ava's bericht en kreeg daarna Lance' stem te horen, en realiseerde zich dat hij de dag daarvoor diens bericht niet helemaal had afgeluisterd.

'... weg wilde rijden, kwam er een man aanlopen die me een flyer van The Maz in handen duwde. Ik herkende hem niet, maar ik vroeg me toch af of hij me daar had zien rondlopen. Ik zeg het maar voor het geval dat.'

Callanach zuchtte en zette zijn telefoon uit. Hij had een duidelijk verband gelegd tussen Perry en het nietpistool. Hij had nu even geen behoefte aan complicaties vanwege Lance.

'We moeten dit snel afhandelen,' zei hij. 'Weet je zeker dat Trescoe er nu niet is?'

'Ik kreeg te horen dat ze er niet waren,' zei Dimitri. 'Doorgaans verschijnen ze pas 's avonds laat in de club. Er is geen enkele reden waarom ze er nu al zouden zijn. Oké, we gaan naar binnen.' Hij trok zijn pistool uit zijn zak en richtte het op Perry's rug terwijl Lively aanbelde. 'Geen woord, hè. Normaal doen. Vergeet niet wat we hebben afgesproken, Perry.'

'Aye, 't zal wel. Alsof ik verdomme wat aan getuigenbescherming heb zolang die gasten nog rondlopen,' zei Perry. 'Je kunt me net zo goed meteen omleggen.'

'Niet zo somber,' mompelde Lively.

De schuif voor het kijkgaatje in de deur werd opzijgeschoven. 'Ik ben het,' zei Perry. De deur ging open.

Tot nu toe liep alles op rolletjes, dacht Callanach. Perry gedroeg zich netjes, niet dat hij veel keus had met een pistool in zijn rug. En Dimitri was omgekeerd als een blad aan een boom sinds Callanach Begbies naam had genoemd. Wie weet voelde hij iets van wroeging, hoewel het waarschijnlijker was dat hij zich realiseerde dat hij alleen vrij man kon blijven als hij hen hielp Trescoe op te pakken. Het plan verdiende geen schoonheidsprijs, maar ze moesten het ermee doen. Als ze dat pistool uit Trescoe's kluis eenmaal in handen hadden, beschikten ze over solide bewijs dat hem in verband bracht met de moord op Louis Jones, en gecombineerd met Perry's getuigenis konden ze dan een zaak opbouwen. Ze hadden Dimitri nodig, wat Callanach moeilijk te verteren vond, maar zolang de hoofdinspecteur geloofde dat de filmbeelden waren geüpload en op het politiebureau bekeken konden worden, zou hij blijven meewerken.

Dimitri duwde Perry voor zich uit, met zijn pistool tegen diens nek terwijl ze naar binnen stommelden. Callanach volgde met zijn taser in de hand, en Lively sloot de rij en deed de deur achter zich op slot.

De man die had opengedaan, ging opzij en stak zijn handen omhoog. 'Hoofdinspecteur Dimitri, we zien u hier niet vaak. En dit keer nog wel met uw vrienden,' zei hij. Callanach herkende hem als de manager die zoveel belangstelling voor Ava had getoond. Hij moest zich enorm inhouden om hem niet meteen tegen de grond te slaan.

'We lopen regelrecht door naar de kluis, Domo,' zei Dimitri. 'Niet schreeuwen. Als we ons bedreigd voelen, zijn we genoodzaakt passend geweld te gebruiken en vandaag zijn dat kogels.'

'Ik hou je niet tegen. Ga je gang. Je weet de weg,' zei Domo.

'Ik denk dat jij ons beter voor kunt gaan. Wie zijn er verder nog?' vroeg Dimitri.

'Knuckles is in de kelder bezig met de biervaten. In de kleedkamers zijn een paar meiden zich alvast aan het omkleden voor vanavond,' zei Domo.

'Vijf minuten erin en eruit,' zei Dimitri. 'Meer tijd hebben we niet. Ik blijf hier wachten voor het geval Knuckles opduikt. En Domo blijft bij mij.'

Lively en Callanach liepen met Perry door de vipruimte naar de achterkant van de club, waar het kantoor was.

'Openmaken,' zei Lively tegen Perry. Perry liep op de kluis af en draaide de schijf een paar keer links- en rechtsom, maar de deur ging niet open. 'Nou geen fouten maken, maat,' zei Lively. 'Als je met ons gaat fucken, laten we je stikken en ben je overgeleverd aan de genade van je baas en de rechtbank. Je moet nu kiezen aan welke kant je staat. Opschieten.'

'Hij doet het niet,' jammerde Perry.

'Wanneer heb je hem voor het laatst opengemaakt?' vroeg Callanach.

'Een paar dagen geleden toen ik er wat cash in stopte. Meneer Trescoe brengt het aan het eind van de avond over naar zijn privékluis boven.'

Ze hoorden voetstappen vanuit de club naar de vipruimte komen. Callanach greep Perry bij zijn nek en zette de taser tegen zijn slaap.

Dimitri verscheen als eerste in de deuropening, zijn pistool was nergens meer te zien en achter hem stonden Domo en Knuckles. Ze gingen alle drie opzij om een vierde persoon langs te laten. Een slanke man met een getinte huid en donkere ogen, wiens glimlach hun duidelijk maakte dat het hem totaal niet verraste of verontrustte dat hij Callanach en de anderen hier op zijn terrein aantrof.

'Ik had moeten weten dat je een corrupte smeris nooit kunt vertrouwen,' zei Lively. 'Was het hebzucht of angst?'

'Kop dicht,' antwoordde Dimitri.

'Krijg de pest,' antwoordde Lively. 'We komen hier toch niet weg, tenzij in plastic gewikkeld. Dus dan kan ik net zo goed zeggen hoe ik over je denk.'

'Hou op, Lively,' zei Callanach, terwijl hij Perry dichter tegen zich aan trok en Ramon Trescoe recht aankeek. 'We hebben al bewijs tegen jou en je mensen, en daar reken ik hoofdinspecteur Dimitri ook toe. Ook als Lively en ik het niet overleven, is dat geldig bewijs in een rechtbank. Je kunt dit niet winnen.'

'Je kunt me beter niet bedreigen, Callanach. Er zijn nog andere mensen bij deze zaak betrokken, mensen om wie je geeft. En je wilt hun bloed vast niet aan je handen hebben,' zei Trescoe.

'Hoofdinspecteur Turner heeft al kennisgemaakt met je mannen en ze schijnt het er beter afgebracht te hebben dan zij, heb ik begrepen. Ik denk niet dat ze zou willen dat ik me nu terugtrek,' zei Callanach.

'O, maar ik had het niet over onze lieftallige hoofdinspecteur Turner, hoewel ik daar voor de goede orde aan toe wil voegen dat ik haar adres heb, een donkergroene voordeur, toch?' zei Trescoe. 'Nee, ik doelde op je vriend die ik hier gisteravond heb uitgenodigd. Het was een tijdje gezellig met hem, maar op een gegeven moment werd het hem jammer genoeg allemaal wat te veel. Excuses als hij er beroerd uitziet. Het kostte enige overtuigingskracht om hem zover te krijgen dat hij vertelde wie hem hierheen had gestuurd om foto's te nemen van mijn auto. We beschikken over verborgen cameratoezicht. Een heel simpel systeem. Het was eigenlijk pijnlijk eenvoudig om zijn kenteken te laten natrekken. Helemaal niet moeilijk als je zulke goede vrienden bij de politie hebt. Knuckles, haal Lance Proudfoot even uit de kelder, wil je?'

59

Van een afstandje zag Sean zijn nieuwe kennis Jackson buiten tegen de muur van The Lost Boys geleund staan en zijn hand door zijn haar halen, zich totaal niet bewust van de blikken die voorbijgangers hem toewierpen. Hij maakte zijn vrienden op hem attent.

'Nee. Dat meen je niet! Vindt Bradley het goed dat jij een avond met hem uitgaat? Hij is waanzinnig aantrekkelijk!' zei Rex.

'Dat jij hem niet in je broek kunt houden als je een lange blonde man ziet, wil nog niet zeggen dat we ons allemaal zo gedragen,' zei Mattie. 'Sean en Bradley houden van elkaar. Moet jij ook eens proberen.'

'Als houden van betekent dat ik zulke mannen niet meer leuk mag vinden, dan laat ik die beker graag aan me voorbijgaan, dank je wel,' antwoordde Rex.

'Kop houden, straks hoort hij jullie. Hij wil alleen maar nieuwe mensen leren kennen en daar wil ik hem bij helpen. Doe gewoon aardig tegen hem.' Ze liepen op Jackson af en Sean stelde iedereen aan elkaar voor. 'Zullen we naar binnen gaan?' vroeg Sean.

'Ik moet even geld trekken. Ik wist niet waar de dichtstbijzijnde geldautomaat was, dus ik heb eerst op jullie gewacht,' zei Jackson.

'Een paar straten verderop is er een,' zei Rex. 'We lopen er samen heen. Het is niet ver.'

'Geen sprake van, het is stervenskoud. Zeg maar hoe ik moet

lopen, dan vind ik het wel,' zei Jackson.

'Gaan jullie maar vast naar binnen. Dan zie ik jullie daar wel. Ik weet wel een geldautomaat vlakbij. Dan kan ik Jackson onderweg gelijk vertellen wie hij moet mijden in de bar,' zei Sean.

'Barnaby de Stinkerd,' zeiden Mattie en Rex in koor.

'Jullie zijn slecht,' antwoordde Sean. 'Ga maar naar binnen. Ik zie jullie zo.'

'Echt heel aardig van je,' zei Jackson terwijl ze de heuvel af liepen naar de kruising. 'Sorry dat ik zoveel last bezorg.'

'Nee, helemaal niet. Het is hier vlak om de hoek,' zei Sean. 'Maar het is wel steenkoud. Die jas zal je niet echt warm kunnen houden.'

'Ik heb iets veel beters,' zei Jackson, en hij haalde een fles uit zijn jaszak.

'Nou ja zeg, Flaming Pig Spiced Irish,' riep Sean uit, en hij floot goedkeurend toen hij de fles van Jackson aanpakte. 'Ik kan me echt niet herinneren wanneer ik dat voor het laatst heb gedronken. Ik denk toen een vriend van me in zijn eerste speelfilm debuteerde. Hij was maar vier seconden in beeld en hij had geen tekst, maar hij was de eerste van ons wiens naam op de aftiteling stond, en dat hebben we gevierd!' Hij draaide de dop los en rook aan de fles. 'Ruik je de kruidnagel?' Hij glimlachte naar Jackson. 'Mag ik een slokje nemen?'

'Absoluut, zoveel als je wilt, ik heb genoeg,' zei Jackson, terwijl hij zijn pasje in de geldautomaat stopte.

'Proef je de kaneel?' vroeg Sean. 'Dit is geweldig spul. Het doet me denken aan al die keren dat ik als tiener met mijn vrienden op stap ging. Een van ons pikte altijd een fles mee uit de kast van zijn ouders. En tegen de tijd dat we in de pub aankwamen waren we al stomdronken. Hadden we een goedkoop avondje uit.' Hij nam nog een slok en reikte Jackson de fles aan.

'Wacht even,' zei Jackson met opgestoken hand. 'Er is iets met mijn pasje. Ik moet mijn saldo even checken. Drink jij maar. Ik heb al meer dan genoeg gehad!'

'Daar zeg ik geen nee tegen. Het is zo zoet, ik heb waarschijnlijk al genoeg calorieën voor de hele week verbruikt. Maar je krijgt er wel lekkere warme ballen van, hè?' Sean nam nog een flinke slok. 'Er gaat niks boven Flaming Pig als je 't koud hebt.' Hij ademde zwaar uit.

'Alles goed met je?' vroeg Jackson.

'Ja, prima. Maar misschien valt het niet goed na de rode wijn die ik eerder op de avond heb gedronken.' Hij zocht houvast tegen de muur.

'Het zal de kou zijn die naar je hoofd is gestegen. Ik ben bijna klaar. Neem nog een slok. Daar gaat je bloed van stromen,' zei Jackson.

'Beloof dat je me vanavond niet de dansvloer op trekt,' zei Sean lachend. 'Ik heb mezelf al vaak genoeg voor gek gezet in The Lost Boys.' Hij nam nog een laatste ferme slok en hield Jackson de fles voor. 'Pak hem van me af, duivelsjong.'

Jackson pakte de fles aan, en op dat moment ging Sean onderuit en kwam hard op de natte stoep terecht. 'Je had het niet met de rode wijn moeten mixen,' zei Jackson. 'Kom, ik help je overeind.' Hij sloeg zijn arm om Seans middel en trok hem omhoog.

'Sorry hoor, normaal gesproken word ik nooit zo snel dronken. Ik snap niet goed wat er met me aan de hand is,' brabbelde Sean, en hij sperde zijn ogen even wijd open voordat ze weer half dichtvielen. 'Ik moet even gaan zitten.'

'Hou vol,' zei Jackson. 'Mijn auto staat hier.' Hij drukte op de afstandsbediening om de portieren te ontgrendelen.

'Wat een geluk,' mompelde Sean. 'Wat een goed idee. Ik moet even zitten.'

'Kom maar,' zei Jackson. Hij legde een hand op Seans hoofd en liet hem op de passagiersplaats zakken. 'Ik breng je naar huis.'

'Je staat recht voor de geldautomaat geparkeerd, da's grappig. Zag ik niet,' zei Sean. 'Ik moet je m'n adres nog zeggen,' mompelde hij terwijl zijn hoofd naar voren zakte en op zijn borst bleef hangen.

Jackson zette zijn veiligheidsriem voor hem vast.

'Geen zorgen,' zei Jackson zacht. 'Ik weet al waar je woont.'

60

De meldkamer schakelde het gesprek door naar Ava's mobiel.

'Ja, hallo, ik bel over die tekening van die man, Christian Cadogan. Ik zag het online en dat ik een nummer kon bellen,' zei een man.

'Ja, dank u wel,' antwoordde Ava, terwijl ze Tripp onder het rijden even aanstootte en een pen en papier tevoorschijn haalde. 'Kunt u mij uw naam geven?'

'Ben Miller. Ik werk in een café in Broughton Street dat Nom de Plume heet. Ik werk daar van maandag tot en met donderdag van acht tot vier.'

'Maar het gaat dus over Christian Cadogan?' spoorde Ava hem aan.

'Ik hcb hcm daar gezien,' zei Ben Miller. 'Ik bedoel, ik denk dat hij het is. Op de tekening draagt hij een bril, maar daar heb ik hem nooit mee gezien. Soms had hij zijn capuchon op als hij binnenkwam, dus kon ik zijn gezicht niet goed zien. Maar een paar weken geleden stond hij in de wc toen ik ging plassen. Met zijn capuchon af, en ik stond vlak naast hem. Ik durf te zweren dat het dezelfde man was.'

'Hebt u hem weleens een naam horen gebruiken?' vroeg Ava.

'Nee, het is altijd te druk om gesprekken te kunnen volgen, en bovendien respecteren we de privacy van onze klanten. Dat is belangrijk in een café als het onze,' zei hij.

'Hoezo?' vroeg Ava.

'Ik dacht dat iedereen dat wel wist. De Nom de Plume is een café waar de LHBTI-gemeenschap van Edinburgh graag komt, dus we vragen nooit naar namen. Het vergt tijd om vertrouwen op te bouwen. Sommige mensen zijn erg schuw.'

'En kreeg u de indruk dat Cadogan deel uitmaakt van die gemeenschap?' vroeg Ava.

'Dat weet ik niet, hij zat daar altijd met dezelfde man als hij er was. Ze hebben vaak met elkaar geluncht. Cadogans vriend hoort in ieder geval wel in de scene thuis, want hij is hier al eerder met andere mensen geweest.'

'Weet u de naam van de man met wie Cadogan had afgesproken, zodat we met hem contact kunnen opnemen?' vroeg Ava.

'Nee, ik ben bang van niet. Ik kan het aan mijn baas vragen, maar het ligt gevoelig, wat ik al zei,' antwoordde de man.

'Ik snap het,' zei Ava, 'maar u hebt de berichtgeving gezien. Deze man is potentieel gevaarlijk. Hij wordt gezocht in verband met een paar ernstige misdrijven. Andere mensen verkeren mogelijk in gevaar, dus hoe sneller we hem opsporen, hoe beter. Ik zou u willen vragen of u dat zo snel mogelijk kunt navragen en of u me dan terug wilt bellen. Wilt u dat doen?'

'Is er geen andere manier?'

'U bent ons enige aanknopingspunt. Met andere woorden, u bent de enige die ons kan helpen om te voorkomen dat hij nog meer misdrijven pleegt. Begrijpt u dat?' vroeg Ava.

'Glashelder. Ik ga rondbellen,' antwoordde Ben Miller.

'Ik hoop dat ik hem niet de stuipen op het lijf heb gejaagd,' zei Ava.

'Dat hoop ik juist wel,' reageerde Tripp.

Tien minuten later kregen ze een telefoontje van Monroe. 'Mevrouw, Ben Miller van het café heeft teruggebeld. De eigenaar van de Nom de Plume vermoedt dat de man met wie Cadogan regelmatig heeft geluncht een vriend heeft of heeft gehad die Sean heet, Iers accent, geen achternaam bekend. Geen informatie over de man zelf, want die is nogal op zichzelf. Een van de barmensen heeft een selfie waarop Sean op de achtergrond is te zien, en ik stuur de foto nu door.'

'Bedankt, Monroe,' zei Ava. 'Dat is een begin.'

'Het is meer dan een begin,' merkte Tripp op. 'Het is weekend en dat betekent dat The Lost Boys afgeladen is. Als Sean gay is, dan is er grote kans dat iemand in die club hem kent of in ieder geval weet wie hij is.'

'Vind je het niet vervelend om daar naar binnen te gaan?' vroeg Ava. 'Ik weet dat het lastig kan zijn als je professionele leven en je privéleven in elkaar overlopen als je bij de politie werkt.'

'Nee, helemaal niet. Sinds het uit is met mijn vriend ben ik niet veel uit geweest, maar dat komt puur doordat het op het werk zo druk is. Misschien kom ik vanavond wel iemand tegen, je weet maar nooit.' Tripp glimlachte. Hij maakte met gierende banden een U-bocht en reed terug naar het stadscentrum en de club, en zette onderweg de zwaailichten en de sirenes aan zodat ze vrij baan hadden. Ava vroeg via de radio om versterking ter plaatse en gaf de meldkamer opdracht om Seans foto aan alle straatagenten door te sturen. Toen ze tien minuten later in The Lost Boys aankwamen, namen ze elk een verdieping om efficiënter te kunnen zoeken.

Tripp ging naar boven, Ava deed de benedenverdieping en worstelde zich door de dansende menigte heen waarbij er onderweg drank op haar broek en rug werd gemorst. Ze hield Seans foto omhoog en duwde die iedereen onder de neus. Maar de mensen schudden hun hoofd en probeerden haar juist de dansvloer op te trekken, allemaal goedbedoeld, maar pure tijdverspilling. Ze slaakte dan ook een zucht van verlichting toen Tripp vanaf het balkon verwoed naar haar zwaaide en gebaarde dat ze naar boven moest komen. Ze rende de trap op, tegen iedereen schreeuwend dat ze opzij moesten gaan. Tripp was apart gaan staan met twee stomverbaasd kijkende mannen.

'Mevrouw, dit is Rex' – Tripp gebaarde naar de langste van de twee – 'en dit is Mattie. Ze hebben Sean absoluut herkend van de foto,' schreeuwde hij boven de dreunende muziek uit. 'Sean komt hier blijkbaar vaak. De barman wees Rex en Mattie aan als vrienden met wie hij Sean had gezien, dus het lijkt erop dat we de juiste man hebben gevonden.'

'Sean kan hier elk moment binnenkomen, dus ik denk niet dat hij in onmiddellijk gevaar verkeert.' Rex glimlachte. 'Mattie en ik zijn hier samen met hem naartoe gegaan. Hij is even naar de geldautomaat gelopen met z'n maat.'

'En wat is Seans achternaam?' vroeg Ava.

'O'Cahill. Ierse naam,' zei Mattie. 'Waarom zoekt u hem? Ik kan u garanderen dat hij niets verkeerd heeft gedaan. Sean is bijna te aardig.'

'We willen weten of zijn partner ons iets kan vertellen over deze man,' zei Tripp en hij hield de tekening van Cadogan omhoog. 'Kennen jullie Seans partner?'

'Bradley? Alleen van hallo zeggen,' zei Mattie. 'Is dat niet...?' Hij tuurde naar de tekening en keek Rex aan.

'Zou kunnen. Zelfde haar. Maar geen bril. Lijkt absoluut op hem,' zei Rex.

'Sorry, maar over wie hebt u het?' vroeg Ava.

'Over de man op deze tekening.' Rex wees naar de politieschets van Cadogan. 'We hebben hem vanavond gezien. Dat is de man met wie Sean naar de geldautomaat liep. Ze hadden al terug moeten zijn.' Hij keek op zijn horloge. 'Allang eigenlijk.'

'Waar hebben jullie ze voor het laatst gezien?' vroeg Tripp.

'Buiten voor de club, een dik halfuur geleden. Is alles goed met Sean? Dit klinkt ernstig,' zei Rex.

'We moeten ze zo snel mogelijk zien te vinden,' zei Ava. 'Naar welke geldautomaat gingen ze?'

'Je gaat hier de heuvel af en dan is het de automaat aan de rechterkant van de straat, voor de bank,' zei Rex.

Ava en Tripp renden naar de uitgang.

61

Christian parkeerde de auto voor het appartement van Bradley en Sean en boog zich over de slapende man heen om een injectienaald te pakken uit de tas die aan Seans voeten stond. Hij schoof Seans mouw omhoog, liet de naald voorzichtig onder zijn huid glijden en spoot nog meer heroïne in zijn lichaam. De oplossing die hij met de Flaming Pig had gemixt was net genoeg geweest om Sean in slaap te brengen, maar niet sterk genoeg om te doen wat er gedaan moest worden.

Hij liep om de auto heen naar de passagierskant en liet Sean uitstappen, die nog net voldoende bij bewustzijn was om de ene voet voor de andere te kunnen zetten.

‘Kom op,’ zei hij. ‘Bradley is binnen. Hij kan ervoor zorgen dat je straks lekkerder ligt.’

Christian sleepte hem de paar treden op naar de voordeur en drukte op de bel.

‘Hallo?’ zei Bradley.

‘Ik ben het, Chris.’

‘Leuk, ik laat je binnen. Eerste deur links.’ De buitendeur ging open.

Christian hielp Sean de drempel over en de gang in. Bradley deed de deur al open voordat hij er was, met twee glazen in de ene hand en een fles wijn in de andere.

'Sean! Jezus, wat is er gebeurd? Hoe ben je...'

'Waar staat de bank?' vroeg Christian.

'Daar in die kamer,' zei Bradley. 'Ik haal een deken. Wat denk je, moeten we een dokter bellen?'

'Een deken is goed, en een kussen misschien. Ik zorg wel voor hem,' zei Christian. Terwijl Bradley wegliep om een deken te pakken, keek Christian waar de vaste telefoon stond en trok de stekker eruit. Seans mobiel lag nog in de auto, dus dat was geen probleem. Het enige wat hem nu nog te doen stond was die van Bradley uitschakelen.

Bradley kwam weer binnenlopen, legde de deken over Sean heen en stopte het kussen onder zijn hoofd zodat hij lekker lag, en streelde hem over zijn voorhoofd. 'Niet te geloven, wat is hij er slecht aan toe! Sorry hoor. Ik dacht dat hij met een paar vrienden naar een club zou gaan. Ik verwachtte hem pas veel later terug. Ik heb hem nog nooit zo dronken gezien. Waar ben je hem tegen het lijf gelopen?'

'Hij strompelde over straat. Ik stopte even om te vragen of het wel goed met hem ging. En toen ik dat Ierse accent hoorde, begreep ik meteen dat het Sean was,' zei Christian.

'Godzijdank kwam jij net aanrijden,' zei Bradley. 'Anders was hij vannacht misschien ergens in een greppel geëindigd. Hij haalt nauwelijks adem. Ik vraag me af of het toch niet beter is om hem naar het ziekenhuis te brengen.'

'We zullen samen op hem letten,' zei Christian. 'Doe de gordijnen maar dicht en de deur op slot. Misschien hebben we een lange nacht voor de boeg. Dan moeten we het onszelf maar gemakkelijk maken. Kan ik jouw telefoon even lenen? Ik moet een appje sturen en die van mij is leeg.'

'Tuurlijk,' zei Bradley en hij gaf hem zijn telefoon. 'Ik zet vast water op. Ik weet dat de avond niet helemaal loopt zoals de bedoeling was, maar ik ben toch blij dat je er bent.'

Christian wachtte tot Bradley in de keuken was, haalde toen de simkaart uit diens telefoon en legde het toestel op een boekenplank. Die had Bradley niet meer nodig. Hij keek naar Sean, die nu nog oppervlakkiger ademhaalde dan eerst. Christian duwde een ooglid omhoog, gaf Sean een zacht tikje in zijn gezicht en riep zijn naam. Hij reageerde heel even, maakte een schokkerige beweging met zijn hoofd en wilde iets zeggen, maar daarna viel het oog weer dicht en zakte Sean weg in zijn droom. Het zou niet lang meer duren.

Bradley kwam weer binnen. Ze gingen op de sofa tegenover Sean zitten en dronken hun koffie.

'Je wilde praten. Het is wel een beetje raar met Sean hier op de bank, maar ik moet me nu even afsluiten voor zijn toestand. Sinds hij bij dat nieuwe theatergezelschap werkt, lijken we uit elkaar te zijn gegroeid. Hij heeft ondertussen heel veel nieuwe vrienden gemaakt. Toen hij hier net kwam wonen was ik zijn enige echte vriend. We waren samen een leven aan het opbouwen, met z'n tweeën. Ik dacht dat het zo zou blijven, maar nu weet ik het niet meer. Ik hou van hem, echt, maar ik zie de toekomst niet meer zo duidelijk voor me.'

'Ik hoop niet dat dat iets met mij te maken heeft,' fluisterde Christian.

'Nee,' zei Bradley. 'Nou ja, een beetje misschien. Maar het is niet jouw schuld. Ik wil niet dat je dat denkt. Jij hebt me alleen de ogen geopend voor andere mogelijkheden, dat is alles.' Bradley liet zijn hand over die van Christian glijden en pakte hem stevig vast.

'Alle vormen van liefde zijn vergankelijk. Je moet je niet schuldig voelen omdat je gevoelens voor Sean zijn veranderd. Soms hebben we allemaal behoefte aan verlossing.'

'Ik geloof niet dat ik de behoefte heb om verlost te worden,' zei Brad glimlachend. 'Het valt me alleen soms zwaar om Sean bij te houden. Hij is zo extravert en grappig dat mensen zich tot hem aangetrokken voelen. Hij werpt een lange schaduw, snap je wat ik bedoel?'

'Het is belangrijk om in te zien dat mensen je niet altijd geven waar je behoefte aan hebt,' zei Christian. 'En dat je beseft dat je ze moet laten gaan. Dat je om ze rouwt en weer verdergaat. Het is een natuurlijke cyclus.'

'Weet je,' zei Bradley, terwijl hij Christians hand losliet en bij Sean ging zitten. 'Ik vind dat hij niet goed ademhaalt. Hij ziet bleek. Ik ga 112 bellen. Ik vind het toch prettiger om met iemand te overleggen.'

'Je maakt het groter dan het is,' zei Christian. 'Ik heb dit al vaak genoeg meegemaakt. Gun hem een paar uur om de alcohol in zijn lichaam af te breken, dan maken we hem wakker en gieten er koffie in.'

'Ik denk toch dat ik even bel om zeker te zijn,' zei Brad.

'Ik zeg het je, dat moet je niet doen,' zei Christian terwijl Bradley de vaste telefoon pakte.

'De lijn is dood,' zei Bradley en hij keek verbijsterd naar het toestel. 'Heb jij mijn mobiel nog?'

'Die heb je niet nodig,' antwoordde Christian.

'Luister, ik snap dat het anders gaat dan we gedacht hadden, maar ik moet nu voor Sean zorgen. Als je weg wilt gaan, begrijp ik het. Misschien is dat sowieso het beste. Hij zal wel in de war zijn als hij wakker wordt.'

'Bradley,' zei Christian, 'Sean wordt niet meer wakker.'

'Wat is dat voor stomme praat.' Bradley keek hem fronsend en hoofdschuddend aan en begon luider en op hogere toon te praten. 'Natuurlijk wordt hij straks wakker. Hij haalt nog adem, hij is gewoon stomdronken. Misschien dat ze zijn maag leegpompen in het ziekenhuis, maar het komt zeker in orde met hem.' Hij beet op zijn nagel en legde zijn andere hand op Seans voorhoofd. 'Weet je, ik denk dat ik liever heb dat je nu weggaat. Ik wil op mijn eigen manier voor hem zorgen. O, daar ligt mijn telefoon,' zei Brad, en hij pakte hem van de boekenplank en toetste een nummer in. Er gebeurde niets. 'Wat is hier nou weer mee aan de hand?' mompelde hij. 'Goed, ik loop nu naar boven naar de buurman en vraag of ik zijn telefoon mag gebruiken. Doe me een lol en let even op Sean...'

Hij keek omhoog naar Christian, zijn blik gleed over het matte zilverkleurige pistool in Christians hand, en hij zweeg.

'Je kunt niet weg,' zei Christian rustig. 'Dit moet een volmaakte avond worden. Ik kan niet toestaan dat jij alles verpest.'

62

'Laat Lance gaan,' zei Callanach tegen Ramon Trescoe.

'Ik dacht het niet,' zei Trescoe. 'De Schotse politie zal de kunst van het compromissen sluiten moeten leren. Ik had gehoopt dat hoofdinspecteur Dimitri die ondertussen onder de knie had, maar zo te zien is hij na al die jaren nog even incompetent.'

Callanach keek naar Dimitri, die zijn blik afwendde.

'Lance weet nergens van. Laat hem gaan. Dimitri regelt wel een alibi voor je, maar Lance is natuurlijk niet zo stom dat hij je aangeeft wegens ontvoering,' zei Callanach.

Lance lag op de grond in de hoek. Hij hield zijn handen tegen de linkerkant van zijn ribbenkast gedrukt en had een fiks blauw oog waardoor de hele rechterkant van zijn gezicht was verkleurd.

'Wat wil je?' vroeg Callanach aan Trescoe.

'Ik wil dat je je kantoor belt. Dimitri zegt dat daar een vrouwtje uit zijn team is gestationeerd dat doet wat haar gezegd wordt. Ik wil dat ze de envelop die jij voor hoofdinspecteur Turner hebt achtergelaten, verbrandt zonder hem te openen, en ik wil dat via een live videolink kunnen zien. Ze kunnen bij de politie toch wel met videoverbindingen overweg?' vroeg Trescoe.

'Dat gaat niet gebeuren. Ten eerste omdat Monroe dan onmiddellijk doorheeft dat er iets niet klopt, en ten tweede omdat die envelop mijn verzekeringspolis is,' antwoordde Callanach.

Trescoe maakte een snel handgebaar, waarop Knuckles een stap naar voren deed en voor Lively ging staan, terwijl hij een koevoet tevoorschijn trok die hij tussen zijn riem en jeans had gestoken. Hij grijnsde naar Callanach. 'Je hebt drie kansen,' zei Knuckles en hij hief de koevoet boven zijn hoofd. 'En de eerste heb je al verspeeld.' Met een zwiep liet hij het breekijzer op Lively's linkerschouder neerkomen. De lucht leek te exploderen, er klonk een luid gekraak van versplinterend bot en Lively uitte een reeks krachttermen die Callanach nog nooit had gehoord. De brigadier hield zich kranig en onderdrukte een kreet van pijn, maar hij viel wel tegen de muur en gleed naar beneden, knipperend met zijn ogen en snel ademhalend om bij bewustzijn te blijven.

'Weten je vrienden hier eigenlijk wel waarvoor je ze opoffert? Je hebt ze vast verteld dat het om een hoger doel gaat. Dat je wilt voorkomen dat een criminele bende zijn gang kan gaan, dat je de gemeenschap wilt beschermen, altijd hetzelfde liedje. Maar de waarheid is net wat smeriger, hè? Mee eens?' vroeg Trescoe.

'De waarheid is dat jij Louis Jones hebt laten executeren om een duidelijke boodschap af te geven aan iedereen die zou weigeren protectiegeld te betalen, die zich niet laat afpersen of zich niet leent voor de andere zwendelpraktijken waar jij je mee bezighoudt,' zei Callanach. Ondertussen probeerde hij in te schatten of Lively nog kon vechten of vluchten.

'Sorry, dus ik mag het niet over hoofdinspecteur Begbie hebben?' vroeg Trescoe. Lively richtte zijn hoofd op. 'Kijk es aan, ik had gelijk. Je hebt de brigadier niet alles verteld. Wat ik hypocriet vind is dat je Dimitri een corrupte agent noemt en tegelijkertijd opkomt voor een politieman die mijn geld heeft gejat en jarenlang goed heeft geleefd van de opbrengsten van prostitutie en drugsdeals. Hanteer je voor je eigen vrienden andere maatstaven dan voor de mijne?'

'Je hebt Begbie gedwongen zelfmoord te plegen,' zei Callanach.

'Ben je niet nieuwsgierig? Zou je niet willen weten wat hij heeft gedaan?' vervolgde Trescoe. 'Ik kan me nauwelijks voorstellen dat je je leven wilt opofferen zonder te weten waarom. Want weet je, George Begbie kreeg een heleboel nuttige informatie toegespeeld via zijn informant Louis Jones. Jones was slim. Een goeie chauffeur, iemand die zich de kunst had eigen gemaakt goed te luisteren en zelf niet veel te zeggen. Iemand die zich zo op de achtergrond hield dat we vaak vergaten dat hij er was. Jones zal ongetwijfeld zogenaamd met tegenzin tegen ons hebben getuigd, maar in werkelijkheid heeft hij juist op die kans zitten wachten. Door mij en McGill de bak in te laten draaien kon hij een hoop geld verdienen terwijl wij uit de running waren. Jones deed de wekelijkse ronde voor ons – hij haalde protectiegeld op bij de winkels. Daar is hij zes maanden lang mee doorgegaan terwijl wij in voorarrest zaten in afwachting van de uitspraak in onze strafzaak. Begbie wist dat en deed niets om het tegen te houden. Want ze verdeelden de opbrengst fifty-fifty. Daar kwam een einde aan toen we veroordeeld werden en moesten brommen. De mensen realiseerden zich dat ze niets meer hoefden te betalen toen eenmaal duidelijk werd dat we de komende jaren niet terug zouden komen. Jones en Begbie haalden meer geld binnen dan ze ooit hadden durven dromen – het was gewoon te veel om op een bankrekening te zetten. Ik weet niet waarom Begbie het deed, maar ik kan er wel naar raden. Je weet vast wel dat rechercheurs maar een beperkte tijd bij de zedenpolitie worden gestationeerd om te voorkomen dat ze geestelijk doordraaien vanwege de smerigheid en verdorvenheid waarmee ze worden geconfronteerd. Met geld werkt het net als met seks: in het begin gruw je van wat je ziet, daarna raak je geïntrigeerd. En algauw moet je voor jezelf toegeven dat je dat zelf ook wilt. Begbie heeft te lang toegekeken hoe andere mensen steenrijk werden. Daardoor werd hij jaloers en hebzuchtig. Dat leidde tot zijn dood, en hij heeft zijn tegenslag aan jou doorgegeven. Eerlijk gezegd vind ik dat de vroegere hoofdinspecteur zijn verdiende loon heeft gekregen,' zei Trescoe.

'Ook al heeft hij verkeerde dingen gedaan, hij heeft wel mannen als jij opgeborgen om het weer goed te maken. Hoe hebben je huurlingen dat geflikt? Hebben ze een pistool tegen het raam gehouden terwijl de koolmonoxide de auto in stroomde?'

Knuckles grinnikte.

'Wat een hoop drama, Callanach. Wie met het zwaard leeft zal door het zwaard sterven. En George Begbie is er trouwens nog genadig afgekomen. Hij is uitkijkend over zee aan zijn eind gekomen, omdat hij om zijn lieve vrouw te beschermen dapper volhield dat al het geld op was. Toen stak Ava Turner haar mooie neusje in de zaak en werd het allemaal wat ingewikkelder. Ik hoop dat je het niet erg vindt dat je zult sterven omdat Turner zo nodig gelijk moet hebben,' zei Trescoe.

'Ook al vermoord je ons alle drie, dan zit er in die envelop op mijn bureau genoeg bewijs om meneer Perry hier wegens moord te veroordelen, en om aan te tonen dat Dimitri in het complot zit. En dat onderzoek leidt rechtstreeks naar jou.'

Trescoe bracht het pistool omhoog, richtte de loop op Perry en schoot hem recht in zijn borst. Perry viel met zijn gezicht voorover op de betonnen vloer, nog een paar seconden lang krampachtig bewegend met zijn benen voordat de schade aan zijn hart en longen hem fataal werd.

'Ik denk niet dat hij nu nog een deal zal kunnen sluiten om tegen mij te getuigen, en jij krijgt hiermee een zekere vorm van gerechtigheid. Oog om oog, tand om tand. Geeft je dat een beter gevoel?'

Knuckles rolde het lijk van zijn maat om, voelde of hij nog een hartslag had en wierp een snelle blik op zijn baas, zonder iets te zeggen.

'Je gaat nu bellen, Callanach,' zei Trescoe. 'Ik wil dat die envelop wordt vernietigd.' Hij gaf hem een mobieltje aan.

'Niet doen, man,' zei Lance. 'We weten hoe dit gaat aflopen. Daar zal dat telefoontje niks aan veranderen.'

Trescoe knikte. Knuckles kwam overeind en hief de koevoet weer op. Lively richtte zijn hoofd op en glimlachte. 'Krijg de tering,' mompelde hij.

Het breekijzer zoefde door de lucht en maakte dit keer krakend contact met Lively's elleboog, waarmee de verwoesting van de al eerder geraakte arm compleet was. Callanach zag hoe Lively's gezicht van pijn vertrok en probeerde in te schatten hoeveel schade de klap had aangericht.

'Laatste kans,' zei Knuckles. Callanach staarde naar het mobieltje in zijn hand. Lively en hij wisten maar al te goed dat hij had gebluft om Dimitri tot meewerken te dwingen, en dat er helemaal geen envelop met wachtwoorden op zijn bureau klaarlag. Er konden helemaal geen beelden van een brandende envelop worden getoond om Trescoe tevreden te stellen. Ze hadden helemaal niets om hem onder druk te zetten. 'Wil je zien hoe zijn schedel eruitziet met een koevoet erin?' vroeg Knuckles.

'Ik heb onze positie doorgegeven,' blufte Lively met opeengeklemde tanden. 'Ik weet dat u daarop tegen was, sir, maar ik heb het toch gedaan. Ik zag het niet zitten om hier zonder back-up binnen te gaan.' Hij keek omhoog naar Knuckles. 'Als die envelop wordt verbrand gaat je marionet Dimitri vrijuit, maar het spoor leidt de politie alsnog rechtstreeks hiernaartoe.'

Knuckles bracht de koevoet voor de laatste keer omhoog.

63

'Mevrouw, ik stuur u nu het adres door,' zei Janet Monroe. 'We hebben een vast telefoonnummer gevonden dat op naam staat van Sean O'Cahill en dat overeenkomt met de gegevens van het Bureau Kentekenregistratie. Ik heb geprobeerd te bellen maar kreeg geen gehoor.'

'We zitten er maar vijf minuten vandaan,' zei Tripp na een snelle blik op het adres op het scherm. Hij zette de sirene aan en trok het stuur hard naar links.

'Een van de vrienden van Sean in The Lost Boys heeft geprobeerd hem op zijn mobiel te bellen, maar werd meteen doorgeschakeld naar voicemail. Ik ga uit van een potentieel gevaarlijke situatie, tenzij en tot we direct contact met hem kunnen maken. Als jij hem eerder weet te bereiken dan wij, Monroe, vraag dan of hij een veilige plek wil opzoeken tot we hem persoonlijk kunnen spreken. We gaan nu eerst bij zijn huisadres langs.'

Er was niemand op straat. Ava stond bij de buitendeur van het appartementsgebouw om zich heen te kijken.

'Het licht is aan, daar binnen,' zei Tripp. 'Maar ik hoor niets.' Hij had zijn oor tegen het raam van het appartement links van de voordeur gedrukt.

'We moeten binnen zien te komen zonder Sean en Bradley nog

meer in gevaar te brengen. Ik probeer eerst de andere appartementen om te zien of ze ons binnenlaten.' Ava drukte op de bel van de flat op de eerste verdieping. 'Goedenavond, ik ben inspecteur Ava Turner van de Schotse politie. Zou u de deur misschien...' Er werd opgehangen. Ava rolde met haar ogen en trok een gezicht voordat ze de flat daartegenover probeerde. 'Goedenavond, ik ben...', en de deur ging al open. 'Godallemachtig, zo beland je van het ene uiterste in het andere,' mompelde ze terwijl ze de buitendeur openduwde en op Tripp wachtte.

Hij liep langs de rij auto's die voor het gebouw stonden geparkeerd en gleed met zijn hand over de motorkappen. Bij één auto bleef hij staan, legde zijn hand op een andere plek en pakte toen een zaklamp en scheen door de raampjes naar binnen. Hij haalde zijn mobiel uit zijn zak en toetste een nummer in. Ava hoorde niets, maar door het raampje aan de passagierskant zag ze iets oplichten.

'Seans mobiel ligt op de passagiersplaats van deze auto,' zei hij. 'Maar dit is niet de auto die op zijn naam staat.'

'Bel het kenteken door,' antwoordde Ava, terwijl ze de deurmat onder de deur klemde om hem open te houden. 'En regel dan een ambulance, maar zonder sirene en zwaailichten. Ik ga naar binnen om navraag te doen bij de buren.'

Ze rende de trap met twee treden tegelijk op, klopte zacht op de eerste de beste deur die ze zag en hield haar politiepas omhoog toen er werd opengedaan.

'Politie,' zei ze. 'Zachtjes praten alstublieft. Hebt u vanavond iemand het appartement hieronder in of uit zien gaan?'

'Ik zit al de hele avond tv te kijken. Maar ik heb ze wel gehoord, en eerder op de avond hoorde ik ze met die godvergeten deur slaan. Wat hebben ze gedaan?' vroeg de vrouw.

'Op dit moment stellen we alleen nog maar een onderzoek in,' zei Ava. 'Mag ik u vragen om binnen te blijven met de deur op slot tot u te horen krijgt dat de situatie is opgelost?'

'Kunt u die lui van beneden vragen of ze wat stiller willen doen?

Ik hoor rond dit tijdstip altijd letterlijk wat ze zeggen. Zodra ik m'n tv uit heb gezet, houdt hun gekwek me uren uit de slaap,' zei ze.

'Is dat nu ook het geval?' vroeg Ava.

'Luister zelf maar,' zei ze, en ze deed een stap achteruit om Ava binnen te laten.

De stemmen waren niet verstaanbaar maar wel duidelijk hoorbaar, twee mannenstemmen, waarbij één stem het hardst praatte. 'Hebt u een glas voor me?' vroeg Ava. Ze legde het glas omgekeerd op de houten vloer, ging op haar knieën zitten en legde haar oor ertegen.

'Waarom doe je dit?' vroeg Brad.

'Omdat je me nodig hebt,' zei Christian. 'Ik ben hier om je te troosten. Sean was hoe dan ook niet de goede man voor je, dat heb je me zelf op honderd verschillende manieren duidelijk gemaakt.'

'Ik snap niet waarom je een pistool bij je hebt,' zei Brad. 'Hij heeft een dokter nodig. Laat me nou gaan.'

'Zitten,' zei Christian. Hij haalde de injectiespuit uit zijn zak en richtte die op Sean. 'Als je nu niet bij me komt zitten, steek ik die naald in hem en is hij binnen een paar seconden dood. Ik had eigenlijk een veel menswaardiger afscheid in gedachten. Hij zal voor eeuwig in slaap vallen en onze stemmen op de achtergrond horen terwijl hij zachtjes wegglijdt. Heb je dat niet veel liever?'

Bradley probeerde te gaan zitten, maar zijn trillende benen lieten hem op het laatste moment in de steek en hij plofte op de bank neer. 'Wat heb je gedaan?' vroeg hij.

'Je hoeft niet zo'n beschuldigende toon aan te slaan,' zei Christian terwijl hij op de leuning van de sofa ging zitten, vlak bij Seans voeten. 'Jij wilde dat ik hiernaartoe kwam. Als je met Sean naar The Lost Boys was gegaan, was dit allemaal niet gebeurd. Dan had ik geweten dat het niet de bedoeling was dat hij van je afgenomen zou worden. Sean zorgde gewoon niet goed voor je, hij ging met zijn vrienden uit en liet jou alleen thuis. Ik ben er voor je, Bradley. Ik weet hoe het is om iemand te verliezen. Ik laat je niet in je eentje lijden.'

'Ik wil helemaal niet lijden,' zei Bradley. 'Dit ben jij niet, jij bent aardig en zachtmoedig. Ik weet niet wat je hebt meegemaakt, maar we kunnen het erover hebben nadat ik een ambulance heb gebeld.'

'Nee, zo werkt het niet,' zei Christian. 'Het moet net zo gaan als toen. Sean zal niet lijden. Mijn moeder heeft ook niet geleden. Ik heb toegekeken. Ze is gewoon zachtjes weggegleden. Het heeft uren geduurd. Ik denk tenminste dat het uren heeft geduurd, maar ik was toen nog heel jong. Misschien had ik geen idee van de tijd.'

'Wat is er met haar gebeurd?' fluisterde Bradley.

'Overdosis heroïne,' zei Christian. 'En toen hoefde ik niet meer naar school.'

'Dat moet een ongeluk zijn geweest,' zei Brad. 'Je wilt toch niet dat Sean hetzelfde overkomt? Ik vind het heel erg voor je, maar Sean kunnen we nog op tijd redden.'

'Ik ben bang dat hij al een veel zwaardere dosis heeft gekregen dan de meeste mensen aankunnen,' zei Christian. 'Ik kan je vasthouden als je dat fijn vindt.' Hij legde de injectiespuit naast zich op de bank en stak zijn vrije hand uit. Het pistool hield hij in de andere hand.

'Me vasthouden? Je bent compleet gestoord,' zei Brad. 'Ik wil niet dat je me vasthoudt of me aanraakt of bij me in de buurt komt. Ik weet niet hoe je met Sean in contact bent gekomen, maar je bent stapelgek en gevaarlijk. Dit is niet zomaar een rollenspel waarin jij je zieke fantasie uitleeft op de man van wie ik hou.' Bradley stond op. 'Ik wil dat je opzijgaat, want ik loop nu door die deur naar buiten en ik ga hulp halen.'

'Je moet blijven toekijken,' schreeuwde Christian. 'Zo moet het gaan!'

'Ik ga hier niet zitten wachten en nietsdoen.' Bradley probeerde langs Christian te komen en dook onder zijn arm door. Het pistool landde keihard op zijn achterhoofd, waardoor de huid openbarstte en hij hevig begon te bloeden. Bradley staarde naar het bloed dat op de grond drupte terwijl Christian hem weer op de bank duwde.

'Politie,' riep Ava bij de deur. 'Doe onmiddellijk open!'

'Help!' schreeuwde Bradley. Christian hield het pistool tegen Brads gezicht.

'Wegblijven van de deuren en ramen,' zei Christian. 'Niemand komt binnen of gaat naar buiten. Ik heb een pistool.'

'Ik wil Sean en Bradley zien,' riep Ava. 'Als ik weet dat ze allebei nog in leven zijn, dan trekken we ons terug.'

'Als je probeert binnen te komen, schiet ik ze allebei dood,' zei Christian.

'Doe dan alleen de gordijnen open,' zei Ava, 'zodat we kunnen zien dat ze ongedeerd zijn. Dan kan ik je meer ruimte geven en kunnen we hierover praten.'

'Als ik de gordijnen opendoe, schieten jullie. Denk je nou echt dat ik zo stom ben? Ik wil hier helemaal niet over praten,' schreeuwde Christian. 'Dit zou mijn avond worden. Jullie hadden hier helemaal niet mogen zijn.'

'Je hoeft niemand pijn te doen,' zei Ava. 'Laat mij dan alleen naar binnen komen. Je kunt de deur achter me op slot doen. Geen spelletjes, dat beloof ik. Als je daarmee akkoord gaat, zorg ik ervoor dat de anderen je vanavond verder met rust laten.' Ze keek achter zich, waar twintig politiemensen in kogelwerende vesten om het gebouw heen stonden. Ze gebaarde dat ze achteruit moesten.

'Jas uit,' schreeuwde Christian. 'Alleen een T-shirt, schoenen ook uit. Ik doe de deur van het slot en zet hem open, maar alleen jij komt binnen. Als je iets flikt krijg je een kogel door je kop. Als je binnenkomt, draai je je om met je gezicht naar de deur, en ga je op je knieën zitten met je handen op je hoofd.'

'Mevrouw, zo geeft u hem alleen maar een extra gijzelaar. Dat is tegen het protocol,' zei Tripp.

'We hebben daar binnen iemand nodig om te zien hoe die mannen eraan toe zijn, en ik kan niet met hem onderhandelen door een dichte deur. Ik heb geen andere keus. Ik geef jou de leiding. Hou iedereen weg bij het raam voor het geval er schoten vallen. Sluit de straat af. Geen pers. Niemand mag erin of eruit. En niet de held willen spelen, oké?'

'Met alle respect, mevrouw, maar dit is de speech die ik juist tegen u zou moeten afsteken. Hebt u een wapen op uw lichaam verborgen?' vroeg Tripp.

'Nee. Als hij dat ontdekt, draait hij door,' zei Ava.

De deur van het appartement ging open en Ava zag een bleke man staan met zijn handen omhoog. Zijn ogen schoten van haar naar een onzichtbare persoon die blijkbaar achter de deur stond.

'Loop naar voren,' zei een stem. Ava deed wat haar werd opgedragen. 'En nu op je knieën,' zei hij. Ze knielde. De deur werd achter haar dichtgeslagen en op slot gedaan. Ze probeerde de man die daar nog steeds met zijn handen in de lucht stond een geruststellende glimlach toe te werpen, en zag dat hij tranen in zijn ogen had. 'Trek je kleren uit.'

'Jason, ik ben hoofdinspecteur Ava Turner. Met alle respect...' begon Ava.

'Je hebt geen respect voor me,' zei Christian. 'Ik wil even één ding duidelijk maken. Ik heet geen Jason. Die huid heb ik lang geleden afgeschud. Mensen gaan verder met hun leven, inspecteur Turner. Ze maken een ontwikkeling door. Je denkt toch zeker niet dat je hier binnen kunt wandelen, zwaaiend met details over mijn verleden, waardoor ik opeens breek en m'n hart bij je uitstort? Dit is geen B-film. Dit is echt. De dingen waar ik behoefte aan heb zijn echt. Ik moet weten wat je onder je kleren hebt zitten, dus ik wil dat je je tot op je ondergoed uitkleedt. Je mag je weer aankleden zodra ik weet dat je niets op je lichaam hebt verstopt.'

'Oké, dat is redelijk,' zei Ava. 'Als ik in jouw schoenen stond zou ik hetzelfde vragen. Maar mag ik eerst even naar Sean kijken om te zien of hij nog ademhaalt?'

'Kleren uit, en dan mag je kijken.'

Ava trok haar shirt en broek uit, waarna ze zich langzaam omdraaide en een blik wierp op de man die met vaste hand een pistool op haar gericht hield. Hij maakte een opvallend kalme indruk. Zijn handen trilden niet en hij wendde zijn blik niet af toen ze hem aankeek. Zijn voorhoofd was niet bezweet. Ava overwoog hoe ze het zou aanpakken terwijl ze zich weer aankleedde.

'Is dat Sean daar op de sofa?' vroeg ze. 'Mag ik even bij hem kijken?'

'Ga je gang,' zei Christian. 'Hij heeft een zwakke polsslag. Oppervlakkig, zoals dat heet. Je hoeft niet te verwachten dat hij in dit stadium nog reageert. Hij is comateus.'

'Je lijkt wel een expert,' zei Ava terwijl ze haar vingers op de binnenkant van Seans pols legde. 'Zijn polsslag is amper voelbaar. Hoeveel tijd heeft hij nog, denk je?'

'Minder dan een uur,' zei Christian. 'Ik was natuurlijk van plan om die tijd samen met Bradley door te brengen, maar nu moeten we het anders doen.'

'Let maar niet op mij,' zei Ava. 'Wat heb je Sean gegeven?'

'Heroïne,' antwoordde hij. 'Ik wil dat je op de grond gaat zitten met je gezicht naar de muur. Handen op je hoofd gevouwen.'

'Jason, je hebt een pistool in je hand. Je wint er niets mee om me met mijn gezicht naar de muur te laten zitten. Ik denk dat Brad rustiger blijft als ik oogcontact met hem kan blijven maken. Maar ik wil best op de grond gaan zitten, als jij dat wilt.' Ze ging naast Sean zitten en legde haar handen op haar hoofd.

'Hij heet geen Jason,' zei Brad huilerig. 'Waar heb je het over?'

'Rustig maar, Bradley. Voor jou ben ik nog steeds Christian,' zei hij. 'Dat is degene die jij nu nodig hebt.'

'Je hoeft vanavond niet Christian te zijn. Je kunt Brad laten gaan en Sean laten leven. Ik snap hoe je je voelt. We zitten allemaal gevangen in de momenten die ons leven voorgoed veranderden, en je hebt een buitengewoon traumatische ervaring gehad, die geen enkel kind zou mogen meemaken. Je was nog zo jong, Jason, die nacht toen je je moeder verloor. Je hoeft die verschrikkelijke gebeurtenis niet keer op keer opnieuw te beleven,' zei Ava.

'Ik heb mijn moeder niet verloren,' snauwde Christian. 'Ik ben van haar verlost. Is dat de reden waarom je hier zo graag binnen wilde komen? Wilde je het uitgebreid over mijn pijn hebben, me laten weten dat je met me meevoelt, dat je het zo erg vindt dat mijn moeder een tragische dood is gestorven? Wat voor beeld heb je eigenlijk van haar? Van iemand die me 's avonds lekker knuffelde, die taarten voor me bakte en een pleister op mijn geschaafde knie deed? Jij en ik zijn niet in dezelfde buurt opgegroeid, inspecteur Turner. Ik betwijfel zelfs of we op dezelfde planeet zijn opgegroeid.'

'Geen enkele ouder is perfect, maar het moet verschrikkelijk zijn geweest om haar te zien sterven. Ik begrijp dat er niemand was om je tegen Christian Cadogan te beschermen. Ik heb in het politieverslag gelezen hoe het er daar binnen uitzag. Elk kind heeft recht op een beter leven. De mensen van de school, de sociale dienst en het maatschappelijk werk hadden in een veel eerder stadium al moeten zien dat er iets niet goed zat...'

'Zal ik je eens wat vertellen, stomme teef? Je weet niet waar je het over hebt, je praat veel, maar je luistert niet.' Christian liep op haar af en ging voor haar staan. 'Mijn moeder heeft me dagenlang niet te eten gegeven omdat iedere cent in huis aan drank en drugs opging. Als ze krap zat speelde ze de hoer waar ik bij was. Denk je dat ik te jong was om me dat te herinneren? De dag waarop Cadogan haar doodde was de beste dag van mijn leven. Hij hield me vast terwijl zij lag te sterven. Hij praatte tegen me. Die avond ging hij de deur uit en kocht fish-and-chips voor me. Hij sloeg me niet als ik vroeg of ik naar de wc mocht.' Hij greep Ava bij haar haar, sleurde haar overeind en zette het pistool tegen haar hals. 'En toen hebben jullie schoften hem opgehangen. Hij is in een politiecel opgesloten en er nooit meer uit gekomen. Jullie hebben de enige persoon van me afgenomen die ooit aardig voor me was.'

Achter hem begon Bradley te snikken. 'Hij haalt steeds langzamer adem. Ik hoor hem niet meer. Wil je alsjeblieft, alsjeblieft iets doen? Er moet een ambulance komen voor Sean. Hij gaat dood.'

'Hij moet ook dood!' tierde Christian. 'Hij was niet goed voor je. Hij waardeerde je niet, koesterde je niet. Snap je dat nog steeds niet, zelfs nu niet? Ik was er toen je iemand nodig had om mee te praten. Ik ben hiernaartoe gekomen terwijl hij uit was met zijn vrienden. Wat mankeert jou, godverdomme?' Hij sleepte Ava mee naar de sofa waar Sean op lag en pakte de injectiespuit die hij op het kussen had laten liggen, terwijl hij het pistool tegen haar aan bleef duwen.

'Christian, doe het alsjeblieft niet,' zei Ava rustig.

Hij zwaaide met zijn pistool in het rond en richtte het op Bradley, en duwde Ava ruw van zich af. 'Inspecteur Turner, als je ook maar één beweging maakt, sterven ze allebei. Als je stil blijft staan, dan overleeft een van hen het misschien.'

Ava ging nog een stap van hem vandaan en stak haar handen omhoog. Er verscheen een zachtere uitdrukking op haar gezicht. 'Er hoeft niemand te sterven. Luister naar me. Je hebt nog een kans om dit terug te draaien. Voor Lily en Cordelia is het al te laat, maar voor Sean kun je nog doen wat juist is.'

'Hij wordt blauw,' gilde Bradley.

'Ik heb ze juist geholpen!' brulde Christian. 'Je weet niet half hoe ongelukkig Randall Muir was toen ik hem tegenkwam. Hij kreeg niet wat hij nodig had van zijn familie. Ze moedigden hem niet aan, ze zagen zijn potentieel niet. En Lily? Volmaakte Lily die het prima vond dat haar zus in haar schaduw wegkwijnde? Ik heb Mina en Randall helpen ontsnappen, en hun verdriet was prachtig om te zien. Ze huilden in mijn armen en klampten zich aan me vast. Ze hadden me nodig. Jij zult nooit kunnen begrijpen hoe dat voelt, om er precies op dat moment voor ze te zijn.'

'In de meeste gezinnen is wel wat mis, Christian. Lily en Cordelia hadden niet hoeven sterven. Het verdriet waar jij getuige van was had er nooit hoeven zijn. Doe dat Bradley nu niet aan. Er hoeven niet nog meer slachtoffers te vallen,' zei Ava.

'Luisteren jullie eigenlijk wel?' schreeuwde Bradley. 'Sean ligt dood te gaan!'

'Laatste kans, Christian,' zei Ava. 'Laat de ambulancebroeders binnen. Je kunt mij hier binnenhouden, als je dat nodig vindt.'

'Dat wil ik niet,' antwoordde Christian. 'Voor mij is het sowieso afgelopen, toch?'

Bradley begon te gillen en wierp zich naar voren om bij Sean te kunnen komen. Christian spreidde zijn armen en deed een stap opzij om Bradley de pas af te snijden. Op dat moment kwam Ava in actie, ze dook in elkaar met haar schouders omlaag en probeerde Christian met haar volle gewicht zo hard mogelijk in zijn buik te beuken. Maar ze verstapte zich, bleef met haar enkel achter de salontafel haken, en viel boven op de kronkelende, worstelende lichamen. Bradley lag boven op Christian, en allebei lagen ze boven op Sean, één kluwen graaiende, klauwende handen, zwaaiend met een pistool en een injectiespuit vol heroïne.

Ava's hoofd snokte naar achteren toen het pistool dicht bij hen oorverdovend hard afging. Het bleef even stil, gevolgd door een zachte bons en een luchtverplaatsing. Bradley zakte naast Christian in elkaar, maar wist nog net de injectiespuit te grijpen terwijl hij omrolde. Het bloed stroomde over hun gezicht en handen. Ava duwde zich omhoog op een knie, gaf Christian een vuistslag in de onderbuik en ramde haar elleboog in de zijkant van zijn ribbenkast. Bradley plantte met een merkwaardige, half gesmoorde overwinningskreet zijn vuist in Christians hals, waarna zijn hand krachteloos op de grond gleed.

Het volgende moment werd de deur ingebeukt en werden er van alle kanten bevelen geschreeuwd. Als eerste kwamen er gewapende agenten binnen, die zich over het pistool ontfermden en de situatie beoordeelden. Vlak daarna kwamen de ambulancebroeders die zich in teams van twee over de slachtoffers bogen. Tripp baande zich een weg door hen heen om bij Ava te komen.

'We hebben hier een schotwond,' riep een van hen.

'Overdosis heroïne,' hijgde Ava, wijzend op Sean.

'Stil blijven liggen, mevrouw,' zei Tripp, terwijl hij een paar handdoeken uit een tas pakte en het bloed van haar gezicht veegde. Ava voelde een steek van pijn en realiseerde zich dat het haar eigen bloed was.

'Het komt toch wel goed met Sean?' vroeg ze aan Tripp. 'We hebben hem toch gered, hè?'

Toen knipperde ze een paar keer met haar ogen, terwijl haar gezichtsveld van beide kanten smaller werd, als een Hitchcockiaans filmeffect, en verloor het bewustzijn.

64

Callanach werd als eerste naar de kelder gebracht, met Lance vlak achter hem, en daarna volgde Lively, ondersteund door Knuckles vanwege de verwondingen aan zijn arm en schouder. Domo ruimde boven de boel verder op, pakte Perry's lijk in en veegde de bloedspetters van de tegelvloer. Te oordelen naar de snelheid waarmee hij de handdoeken, de schoonmaakspullen en het plastic verpakkingsmateriaal tevoorschijn had getoverd, had hij daar veel ervaring mee.

De kelder was groot, vochtig en rook naar verschaald bier en rottend fruit. Door twee kleine tralievensters hoog in de muur viel een door spinnenwebben versluierd licht naar binnen, als aanvulling op de zwak brandende peertjes aan het plafond. De vloer liep vanuit alle vier de hoeken lichtjes af naar een punt in het midden, waar een put met een rooster erover lag te wachten tot hij dienst kon doen.

Callanach maakte oogcontact met Lively, die hem toeknikte.

'Het spijt me,' zei Callanach zacht.

'Niet nodig,' zei Lively.

'Laatste kans,' zei Ramon Trescoe. 'Je belt het bureau om die envelop te laten vernietigen, of ik maak iemand van kant. Neem je daar de verantwoordelijkheid voor, Callanach? Uiteindelijk zal de politie hier wel opduiken, maar tegen die tijd ben jij verdwenen en is er geen spoor meer van je te vinden.'

'We zijn nu toch al zo goed als dood. Het minste wat we kunnen doen is ervoor zorgen dat jij daarvoor wordt veroordeeld,' mompelde Lance.

'Nou nee, dat is niet helemaal waar. Ik kan elk van jullie zo vermoorden. Wat jullie niet weten is dat we behalve hoofdinspecteur Dimitri nog andere mensen bij de Schotse politie op de loonlijst hebben. Als je agent Monroe geen opdracht geeft om die envelop te vernietigen, wordt ze vanavond bij haar huis door iemand opgewacht. Het is makkelijk genoeg om haar adres te vinden voor iemand die toegang heeft tot de politiesystemen. Misschien overleeft ze het, zou kunnen, maar haar baby niet. Dat garandeer ik je.'

'Jij vuile rat,' zei Lively. 'Monroe heeft niets gedaan.'

Knuckles was sneller dan Callanach had gedacht, en bracht zijn elleboog al omhoog terwijl hij zich pijlsnel omdraaide en Lively een ram gaf tegen zijn onderkaak. Een harde klik weerkaatste tegen de stenen muren toen Lively's tanden op elkaar klapten. Zijn hoofd schoot naar achteren en bonkte tegen de muur, en Lively gleed onderuit op de smerige vloer. Een geluk bij een ongeluk, dacht Callanach. Een bewusteloze Lively zou in ieder geval de kogel niet zien aankomen. Lance staarde zwijgend naar de vloer. Knuckles wreef grinnikend over zijn elleboog. Domo kwam net de keldertrap af lopen, zijn handen afvegend aan een vod dat hij in zijn zak stopte.

'Is een andere agente haar baby ook niet kwijtgeraakt tijdens een incident waar jij bij betrokken was, Callanach? Ik meen me te herinneren dat ik zoiets van Dimitri heb gehoord. Bloederige toestand zal dat zijn geweest. Daar zul je wel een ellendig gevoel aan hebben overgehouden. Ik kan je nog even in leven laten zodat je de foto's van Monroe kunt zien en het hele verhaal kunt horen, terwijl je weet dat je dat onschuldige leven had kunnen redden maar ervoor koos om het niet te doen, en waarom? Om mij veroordeeld te krijgen? Ik ben benieuwd wat agent Monroe daarvan zou vinden als ze wist voor welke keus je werd gesteld. Bel het bureau.'

Callanach werd met het onvermijdelijke geconfronteerd. Zodra hij belde, ook al zou hij Monroe opdracht geven de niet-bestaande envelop te vernietigen, zou hij onmiddellijk daarna verantwoordelijk zijn voor de dood van Lance en Lively.

'Dat kan ik niet,' zei hij.

Trescoe haalde een andere telefoon uit zijn zak en belde via een snelkiestoets terwijl hij het pistool omhoogbracht en tegen Lance' hoofd zette. Hij luisterde even naar de blikkerige stem aan de andere kant van de lijn. 'Met Ramon,' zei Trescoe. 'Ik heb een probleempje. Ken jij een agente die Monroe heet? Ze zat eerst in Dimitri's team, maar werkt nu tijdelijk bij Zware Misdrijven.'

Trescoe keek Callanach met een schuin hoofd aan en wierp hem een brede, zelfingenomen glimlach toe, zichtbaar genietend van het moment. Callanach hield zijn adem in en hoopte tegen beter weten in dat Monroe niets zou overkomen. De gedachte dat hij opnieuw verantwoordelijk zou zijn voor de dood van een onschuldig leven was onverdraaglijk.

'Ken je haar? Mooi. Kun je haar adres achterhalen?' vroeg Trescoe.

Plotseling haalde Dimitri zijn hand uit zijn zak, nam een schiethouding aan en vuurde op Trescoe. Op datzelfde moment wierp Callanach zich boven op Lance en duwde de journalist tegen de grond, al was de kelder zo klein dat niemand veilig was voor afketsende kogels.

De kogels sloegen een reusachtig gat in Trescoe's borstkas en hij strompelde achteruit. Zijn pistool gleed uit zijn vingers, en hij bracht zijn andere hand omhoog om op de plek te voelen waar zijn borstbeen eerst zat. Hij had nog net tijd om Dimitri te vervloeken voor hij naar voren wankelde en met een zware dreun op de smerige vloer klapte. Terwijl Trescoe's benen voor de allerlaatste keer krampachtige fietsbewegingen maakten, pakte Knuckles een ijzeren ketting van de muur en zwaaide die naast zich hard in het rond.

Lance probeerde zijn hoofd op te richten. 'Blijf liggen,' siste Callanach hem toe, terwijl hij de ketting door de lucht hoorde suizen. De ketting kwam hard neer op de hand waarmee Dimitri het pistool vasthield, waardoor het wapen uit zijn hand vloog en in een donkere hoek terechtkwam. Callanach stortte zich op de stomverbaasde Domo en gaf hem zo'n harde kopstoot dat ze allebei een andere kant op vielen. Uit een doorboord vat sproeide bier alle kanten op. Nog voor hij de pijn bij zijn haargrens voelde, gutste het bloed al over Callanachs gezicht. Door het rode waas heen zag hij dat Knuckles Dimitri nogmaals raakte, dit keer vol in zijn gezicht, waardoor een brede reep huid werd losgetrokken. Dimitri bracht zijn hand naar zijn gezicht en toen hij hem weer liet zakken, dreef er een witte, geleiachtige klodder in een plas bloed in zijn handpalm.

Callanach probeerde Dimitri op te vangen, maar door het gewicht van de oudere man wankelde hij naar achteren. Op datzelfde moment haalde Lively uit met een fles en sloeg die kapot op Knuckles' schedel. Het glas brak en veroorzaakte een waaier van bloed. Knuckles ging tegen de grond, kwam met zijn knieën keihard op de betonnen vloer terecht en trok een mes waarmee hij in het wilde weg om zich heen begon te steken.

'Sorry,' mompelde Dimitri, terwijl hij uit Callanachs armen gleed en op de grond rolde. In zijn overgebleven waterige oog stond spijt te lezen. Lance lag kreunend op de grond en Callanach strompelde naar hem toe. Zijn gezichtsveld was een onscherpe caleidoscoop vol sterren, en zijn voorhoofd leek steeds verder op te zwellen. Callanach pakte Lance' hoofd vast, voelde de glibberige warmte van stromend bloed en schreeuwde tegen hem dat hij wakker moest worden. Hij liet zijn hand over Lance' schedel glijden en voelde niet meteen waardoor hij gewond was geraakt – met al die wapens en kogels en stukken glas die in de krappe kelderruimte hadden rondgevlogen – maar de journalist haalde nog wel adem. Lively dook op uit een hoek van de kelder met een pistool in zijn hand, waarmee hij Knuckles een klap op zijn achterhoofd gaf om verder verzet in de kiem te smoren, voordat hij op Domo af stormde.

'Op je knieën,' riep Lively. Domo, die al in een hoekje zat weggedoken, deed onmiddellijk wat hem werd gezegd. De angstige uitdrukking op zijn gezicht sprak boekdelen.

'Loop jij naar boven om de hulpdiensten te bellen,' prevelde Callanach. 'Ik weet niet wie er nog in leven is.' Hij trok zijn jas uit en legde die over de trillende Lance heen, en stak zijn hand uit om Dimitri's pols te voelen, maar zijn eigen hart bonkte zo hard dat hij wist dat hij de polsslag van een ander nooit zou kunnen voelen. De tijd rekte zich. Lance kwam zo nu en dan even bij bewustzijn en viel dan weer weg. De kelder leek wel een tafereel uit een tienerhorrorfilm waarin de makers wat al te uitbundig met de special effects hadden uitgepakt. Callanach hield een oog op Domo gericht en een op Knuckles, en zag een glasscherf uit het hoofd van de crimineel omhoogsteken, als een markeringspunt. Hij sloot zijn ogen even toen de pijn in zijn hoofd bijna ondraaglijk werd. Minuten verstreken.

En toen werd Callanach eindelijk door zachte handen omhooggetrokken, en een stem gaf instructies die amper tot hem doordrongen. Boven zijn hoofd klonk het geluid van zware schoenen, er werden bevelen geroepen, en daarna kwamen agenten en ambulancebroeders de kelder in. Lance' roerloze lichaam werd op een brancard gelegd en Callanach werd de trap op geholpen, terug naar een wereld die hij nooit meer had gedacht te zullen zien.

65

Ava zat op de treeplank achter op de ambulance terwijl Tripp het team van de technische recherche instructies gaf. Ailsa Lambert was er ook al, nors kijkend als altijd, en had Ava even snel onderzocht voor ze haar een fikse uitbrander gaf omdat ze zo stom was geweest zich in een gijzelingssituatie te begeven. Als eerste werd er een lijkzak naar buiten gedragen. In het appartement zelf waren de ambulancemedewerkers nog bezig wonderen te verrichten.

Janet Monroe stapte uit een politieauto met haar rechterarm beschermend om haar buik geslagen en liep tussen de auto's, ambulances en voertuigen van de technische recherche door op Ava af.

'Mevrouw,' zei ze, 'alles goed met u?'

'Alleen een schrammetje,' antwoordde Ava. 'Ze zijn binnen bezig met Sean O'Cahill om te zien of ze de effecten van de overdosis heroïne ongedaan kunnen maken.'

'Wie is dat in de lijkzak?' vroeg Monroe.

'Jason Elms, alias Christian Cadogan. Bradley en hij hebben boven op Seans lichaam met elkaar liggen worstelen. Bradley wist de injectiespuit te bemachtigen en heeft die in Elms' hals gestoken. Hij was vrijwel onmiddellijk dood.'

'Misschien is het maar beter zo,' zei Monroe. 'Ik vraag me altijd af of de familieleden van de slachtoffers liever willen dat de moordenaar sterft, of dat hij wordt veroordeeld en in de gevangenis komt. Schoon schip, lijkt me.'

'Deze keer niet,' zei Ava. 'Seans partner Bradley probeerde te voorkomen dat Cadogan Sean de dodelijke dosis heroïne toediende. Hij heeft zich tussen Cadogan en Sean in geworpen en daarbij ging het pistool af. Ze hebben hem niet kunnen redden. Als Sean het haalt, wordt hij wakker in een wereld waarin zijn vriend wreed vermoord is door een man die hij alleen maar probeerde te helpen.'

'Ik wil liever een baan waar alles altijd een happy ending krijgt,' zei Monroe met een klopje op haar buik. 'Sorry, voor ik het vergeet, ik moet u nog zeggen dat er een enorme politiemacht is uitgerukt naar een club in Glasgow, The Maz. Een vroegere collega van me waarschuwde me omdat hoofdinspecteur Dimitri erbij betrokken zou zijn. Inspecteur Callanach en ik waren op iets gestuit wat hem mogelijk in verband bracht met de dood van Louis Jones...' Haar stem stierf weg.

'Waar is Callanach?' vroeg Ava.

'Nog steeds niets van hem gehoord,' zei Monroe. 'Hij neemt de telefoon niet op. Brigadier Lively ook niet.'

Ava legde even haar hoofd in haar handen en stond toen op. 'Dit is allemaal mijn schuld,' zei ze. 'Monroe, kun jij je collega bellen? Nu meteen?'

'Een momentje,' zei Monroe.

Ava liep naar de ambulance waar de paramedici die Sean O'Cahill hadden behandeld op het punt stonden om weg te rijden. 'Hoe is hij eraan toe?' vroeg ze aan een van hen.

'We hebben hem kunnen stabiliseren,' antwoordde hij. 'We moeten maar afwachten of er op de lange termijn schade zal ontstaan, maar als je het mij vraagt denk ik dat hij het gaat redden.'

'Zijn familie woont in Ierland,' zei Ava. 'Er moet iemand bij hem zijn als hij wakker wordt. Het zal hem goeddoen als hij weet dat zijn partner hem manmoedig verdedigd heeft. Zou je de artsen willen vragen me te bellen wanneer hij bij bewustzijn komt?'

De man knikte en deed het achterportier dicht, waarna de ambulance met blauwe zwaailichten wegreed.

'Ik weet eigenlijk nooit zo goed wat nou meer papierwerk met zich meebrengt: wanneer een verdachte tijdens een politie-inval om het leven komt of wanneer je hem voor de rechter brengt,' mompelde Ailsa achter haar.

'Het is ongeveer evenveel werk,' zei Ava. 'Maar nu hoeven we ons tenminste geen zorgen te maken dat hij niet schuldig wordt bevonden en straks weer over straat loopt, op zoek naar nieuwe slachtoffers.'

'Ben je erachter gekomen waarom hij dit heeft gedaan?' vroeg Ailsa, terwijl ze haar handschoenen uittrok en die zorgvuldig opborg in een zak voor medisch afval.

Ava zuchtte diep. 'Hij heeft het gedaan omdat de samenleving hem in zijn vroegste kinderjaren niet heeft kunnen beschermen. En net op het moment dat we dachten dat we het enige juiste hadden gedaan, hebben we hem nog iets meer beschadigd. Hoeveel andere monsters creëren we, Ailsa? Onschuldige kinderen die onzichtbaar blijven voor het systeem, die lijden zonder dat iemand het ziet of hoort, tot het te laat is.'

'Als we dat wisten, zouden we nooit meer rustig kunnen slapen, denk ik,' zei Ailsa. 'We kunnen alleen maar elk uur en elke dag ons best doen om degenen bij te staan van wie we het wel weten. Kom, ik moet deze verloren zielen maar eens naar mijn tafel begeleiden. Kom volgende week een keer eten, lieverd. Je ziet eruit of je behoefte hebt aan een fatsoenlijke maaltijd.' Ailsa liep weg, een tas met zich meezeulend die te zwaar leek voor haar tengere gestalte, en met haar schouders enigszins gekromd, wat Ava eraan herinnerde dat Ailsa ondanks haar onstuitbare energie wat ouder begon te worden.

'Mevrouw, brigadier Collins voor u, ter plekke in Glasgow,' zei Monroe, en ze stak Ava haar telefoon toe.

'Collins,' zei Ava. 'Er zijn twee rechercheurs van mijn team verdwenen. Hebt u misschien nieuws over inspecteur Callanach of brigadier Lively?'

'Sorry, mevrouw, ik hoor u niet goed, de ambulances rijden net weg,' antwoordde Collins.

'Callanach en Lively,' brulde Ava.

'Ik kan bij de patholoog-anatoom informeren wie hij tot nu toe heeft gezien,' zei Collins. 'Er zijn drie lijkzakken naar buiten gebracht.'

Ava wankelde en moest steun zoeken tegen een motorkap. 'Drie doden?' vroeg ze. 'Wat is daar in godsnaam gebeurd?'

'Wacht even, er wordt net een man naar een ambulance gebracht. Is een van uw mensen in de vijftig, behoorlijk gezet, met een kort lontje, zo te zien?'

'Lively,' fluisterde Ava. 'Vraag of hij het is en geef hem dan aan de telefoon, brigadier.'

'Lively hier, mevrouw,' tetterde hij een paar seconden later in de telefoon.

'Godzijdank zit je niet in een lijkzak,' zei Ava. 'Ben je erg gewond?'

'Letsel aan mijn schouder en elleboog, een klap op mijn hoofd, maar dat stelt niets voor vergeleken bij hoe beroerd ik me ga voelen als ik de komende dagen ziekenhuisvoer moet eten. Mevrouw, ik moet u wel melden dat er een collega om het leven is gekomen. De politie van Glasgow is ermee bezig en de pers loopt hier ook al rond. Ik vrees dat er een luchtje aan deze zaak zit.'

'Lively, vertel het nou maar. Wat is er met Callanach gebeurd?' schreeuwde Ava.

'Vanwaar ik sta, zou ik zeggen dat hij volop geniet van alle aandacht. Er verdringen zich minstens vier ambulancemedewerkers om hem heen, van wie er drie tot het vrouwelijk geslacht behoren. Hij trekt net zijn overhemd uit om zijn, wat ik een schrammetje zou noemen te laten zien waar hij ongetwijfeld een hoop heisa over zal maken omdat het een schrammetje van een kogel is. Kortom, hij is niet ernstig gewond en iedereen behandelt hem als een vorst. Jammer genoeg is zijn gezicht nog helemaal intact, mevrouw.'

'Oké, Lively, zo is het wel weer genoeg,' zei Ava met een glimlach. 'Wie zijn de slachtoffers?'

Toen Lively weer sprak, dempte hij zijn stem. In gedachten zag Ava hem daar staan met zijn hand voor zijn mond. 'Hoofdinspecteur Dimitri, mevrouw. Er zullen een paar lastige vragen beantwoord moeten worden. Inspecteur Callanach heeft ontdekt dat hij al die tijd voor Trescoe heeft gewerkt. Hij heeft ons in de val gelokt toen we bij The Maz naar binnen gingen, maar toen Trescoe dreigde Janet Monroe iets aan te doen, heeft hij alsnog onze kant gekozen. Hij was een idioot, vind ik, maar uiteindelijk toch niet door en door slecht.'

'Lively, ik moet je wat vragen. Heeft Callanach iets tegen jou gezegd over...'

'De chef?' maakte Lively de zin voor haar af. 'Het is inderdaad ter sprake gekomen. We doen allemaal weleens dingen waar we niet trots op zijn, mevrouw, en hoofdinspecteur Begbie was wat dat betreft niet anders. Hij was een stomme idioot en hij heeft daar een prijs voor betaald. Niemand hoeft hier verder iets van te weten. Ramon Trescoe ligt in een lijkzak. Dimitri heeft hem doodgeschoten. Daarna heeft Trescoe's handlanger Knuckles een mes getrokken en Dimitri in zijn hals gestoken. Ik heb Knuckles tot bedaren kunnen brengen dankzij de juiste politietraining en met behulp van een fles.'

'En het derde lijk?' vroeg Ava.

'Brian Perry, Knuckles' ondermaatse vriend met wie u geloof ik al kennis hebt gemaakt,' zei Lively.

'Die herinner me,' zei Ava. 'En nog andere gewonden?'

'Een van Trescoe's gabbers, Domo, heeft nu koppijn, met dank aan inspecteur Callanach die een verrekt goeie versie van een Glasgowse kopstoot heeft neergezet. Ik moet het hem nageven, ik had nooit kunnen denken dat die jongen zo slordig met zijn gezicht zou omgaan. Die journalistenvriend van de inspecteur is er overigens niet zo best aan toe nadat hij in Trescoe's gastenverblijf een paar uur lang op ons heeft zitten wachten, maar goed...'

'Wat?' vroeg Ava.

'Dimitri heeft het kenteken van zijn motor laten natrekken en die gasten rechtstreeks naar zijn huisadres geleid,' zei Lively.

'Een journalist? Is er al die tijd een journalist bij geweest?' siste Ava.

'Aye, ik dacht al dat u daar blij mee zou zijn,' zei Lively. 'En er loopt hier ook een meisje rond dat Sugar heet en wil weten of ze nou nog steeds een baan heeft bij The Maz. Had u inspecteur Callanach nog willen spreken, mevrouw, want zijn ambulance staat op het punt van vertrekken.'

'Nee, brigadier, geen zorgen. Zolang jullie maar niet meer in gevaar verkeren. Inspecteur Callanach en ik zullen nog genoeg tijd hebben om dit allemaal te bespreken. Waarschijnlijk wanneer we de komende weken allebei worden geschorst.'

'Mevrouw, u weet dat ik het nooit goed heb kunnen vinden met inspecteur Callanach, en dat ik liever om het even wie als baas had gehad bij het team Zware Misdrijven dan hem.'

'Daar was ik me van bewust, ja,' zei Ava.

'Dan zou ik daar nu aan toe willen voegen dat hij toch niet zo'n eikel is als ik dacht. Voor de goede orde wil ik dat even gezegd hebben. Én voor het geval dit problemen geeft met commissaris Boze Opperheks.'

'Dank u wel, brigadier,' zei Ava. 'Dat zal ongetwijfeld in uw verslag zijn terug te lezen. Bij voorkeur in wat beleefdere bewoordingen.'

'Daar is toch geen lol aan?' zei Lively.

Ava hing op.

Drie doden, dacht Ava. Als ze de 'zelfmoord' van Begbie met rust had gelaten, zouden die drie mannen nu nog ademhalen, en dan had ze dat akkefietje in de gevangenis nog niet eens meegeteld. Ze moest ook nog langs bij Glynis Begbie, en daar zag ze enorm tegen op. Ze kon het op duizend verschillende manieren verwoorden, maar het kwam erop neer dat de chef een tijdlang zodanig de weg kwijt was dat hij geen haar beter was dan de mannen die hij achter tralies had gezet. Het geld dat Begbie had gestolen was afkomstig van talloze slachtoffers: opbrengsten van drugshandel, prostitutie en afpersing – en wie weet wat nog meer. Het was bezoedeld geld, en Ava wist dat Glynis daar altijd een schuldgevoel aan zou overhouden. Ava voelde met haar mee. Nu ze zelf zo ongeveer alle regels had overtreden voor een man die verraad had gepleegd aan alles waar Ava voor stond, ervoer ze het als een pyrrusoverwinning dat de straten van Glasgow nu iets veiliger waren zonder de kwaadaardige aanwezigheid van Ramon Trescoe. Dimitri was ook dood. Begbie en Dimitri waren jaren later allebei door standrecht omgekomen voor dezelfde misdrijven. Lively had gelijk. Begbie was een stomme idioot geweest, maar gedane zaken namen geen keer. Spreken was zilver, zwijgen was goud, luidde het gezegde. En zo was het.

Ava stond op, rekte zich uit en maakte haar schouders los. De wereld om haar heen zag er iets minder rooskleurig uit. Politiewerk was meestal geen lolletje, maar toch kon je 's nachts rustig slapen omdat je geloofde dat de mensen in je team stuk voor stuk deugden. Begbie had die rotsvaste overtuiging onderuitgehaald. Het zou even duren, maar uiteindelijk zou het weer goed komen.

Ze zuchtte. Je leerde mensen eigenlijk nooit echt goed kennen, dacht ze.

66

Een paar dagen later slenterde Ava door Albany Street, met in haar ene hand een paar kaartjes en in de andere een gezinsverpakking popcorn. Het was al donker hoewel de dagen binnenkort weer zouden lengen. Het was stil op straat, ondanks de drukte op York Place dat een paar honderd meter daarvandaan lag. Terwijl ze langs de boetiekhotels en woonhuizen liep, vroeg Ava zich af of Callanach niet liever terug wilde naar zijn geliefde Frankrijk om daar zijn leven weer op te pakken. Dan hoefde hij ook niet meer te jeremiëren over de regen hier. Alleen zou ze hem dan verschrikkelijk missen. Ava kon de mensen die haar door dik en dun steunden op de vingers van een hand tellen, en dan hield ze nog een paar vingers over ook.

Ze stopte de kaartjes in haar zak en verborg de popcorn onder haar jas terwijl ze de trap op liep naar zijn appartement en zachtjes aanklopte.

'*J'arrive!*' riep hij. 'Ik kom eraan.' Hij trok de deur open en zette grote ogen op toen hij haar zag staan.

'Ik weet het,' zei ze. 'Ik had moeten bellen. En ik zie er niet uit. Ik snap het. Ik had geen zin om iets fatsoenlijks aan te trekken. Mag ik binnenkomen?' vroeg ze, terwijl ze de zitkamer in liep en op de sofa neerplofte.

'Ik wilde je nog bellen. Maar door die hersenschudding heeft het een paar dagen geduurd voor ik weer normaal kon horen en zien. Ik gebruik mijn voorhoofd nooit meer als wapen. Sorry, als het zonder mij op het werk wat hectischer was,' zei Callanach. 'Ik heb gehoord hoe het met Cadogan is afgelopen. Dapper van je om daar naar binnen te gaan.'

'Ailsa praat waarschijnlijk nooit meer tegen me. Ze zegt dat ik een doodsverlangen heb,' zei Ava. 'Brigadier Lively is weer thuis. In het ziekenhuis zeiden ze dat hij zichzelf ontslagen heeft na een ruzie over hoeveel porties pudding hij mocht hebben. Maar bij jou waren de verpleegkundigen niet weg te slaan, heb ik begrepen.'

'Hou op,' zei Callanach. 'Ik wil het nog even over Lance hebben. Sorry dat ik er een burger bij betrokken heb.'

'Een burger?' lachte Ava. 'Je hebt er een journalist bij betrokken, die gegijzeld is, in de loop van een pistool heeft gekeken en met de dood is bedreigd. Hoe is het met hem?'

'Goed. Nou ja, niet echt goed. Hij heeft overal blauwe plekken, snijwonden, een paar gebroken ribben en een hersenschudding. Maar hij is niet dood.' Callanach keek op zijn horloge. 'Gek genoeg heb ik het idee dat hij het diep in zijn hart allemaal prachtig vond. Niet dat hij het fijn vond om vastgebonden en mishandeld te worden, natuurlijk. Maar hij zei dat hij toen het allemaal achter de rug was het gevoel had dat hij weer tot leven was gekomen. Ik weet niet of ik het daarmee eens ben, maar dat moet Lance zelf weten.'

'Hij zal voorzichtig moeten zijn,' zei Ava. 'Trescoe's broer heeft nog veel invloed in het criminele circuit van Glasgow.'

'Ik denk dat mensen eerder bezig zijn met hun eigen leven dan dat ze een oude rekening voor iemand anders willen vereffenen. Nu Ramon Trescoe dood is, heeft de bende lang niet meer zoveel macht. Hoe is het met mevrouw Begbie?' vroeg Callanach.

Ava haalde diep adem. 'Opgelucht dat het allemaal achter de rug is, maar ze maakt zich enorm veel zorgen om de verwondingen die jij, Lively en Lance hebben opgelopen. Ze verwijt zichzelf dat ze niet wist wat er speelde, omdat ze het anders misschien had kunnen tegenhouden. Ik voel me net zo schuldig.'

'Hoe ben je er eigenlijk achter gekomen dat de chef bij duistere zaken was betrokken? Ik weet wat er in het dossier van Louis Jones stond, maar er moet meer zijn geweest,' zei Callanach.

'Tussen ons gezegd en gezwegen? Er lag een absurde hoeveelheid contant geld in gebruikte, niet doorgenummerde biljetten verborgen achter de schotten bij de chef op zolder. Nog veel meer dan Glynis en ik vermoedden toen ze dat voor het eerst ontdekte. En toen Louis Jones ook verdween, heb ik wat huiswerk gedaan en zag ik dat alles in de richting van de kort daarvoor vrijgelaten Ramon Trescoe wees.'

'Denk je dat het goed komt met Glynis Begbie?' vroeg Callanach. 'Ze heeft een hoop te verstouwen.'

'Nou, het gaat eigenlijk stukken beter dan ik had verwacht. Aanvankelijk weigerde de levensverzekering haar uit te betalen vanwege die zelfmoord, en toen heeft Glynis haar advocaten ingeschakeld om die beslissing aan te vechten. Ailsa Lambert heeft bewijzen geleverd van plotselinge zelfmoordgevallen onder politiemensen als gevolg van een niet-gediagnosticeerd PTSS-syndroom. De verzekeringsmaatschappij heeft alsnog uitgekeerd omdat ze niet beticht wilde worden van het oneerlijk behandelen van politieambtenaren. De advocaten zeiden dat er over dergelijke gevallen wat recente jurisprudentie bestond waar ze veel aan hadden.'

'Dus financiccl zal ze het wel redden?' vroeg Callanach.

'In ieder geval zo goed dat ze niets nodig heeft van het geld dat de chef had verstopt. Ze heeft het aan Ailsa gegeven en die zorgt ervoor dat het naar een goed doel gaat. Eigenlijk maar goed ook, want ik had gezegd dat het daarnaartoe was gegaan. Dus dat scheelt in elk geval één leugen op alle onwaarheden die ik de afgelopen weken heb verteld,' zei Ava.

'En jij, hoe gaat het met jou?'

'Ik haat de chef, maar ik mis hem ook, en ik vraag me af hoeveel nachten hij wakker heeft gelegen van wroeging over zijn daden. Het ergste is nog dat ik ergens blij ben dat hij dood is in plaats van oneervol ontslag te krijgen en de rest van zijn leven in de gevangenis te moeten doorbrengen. Is dat slecht van me?'

'Nee, helemaal niet. Ik denk dat Begbie die optie ook had gekozen als hij de keus had gehad. Hoe dan ook, hij krijgt nu eeuwige rust. Lance zal hier ook over zwijgen. Hij is nog van de oude stempel, ook al is hij journalist. En je moet ook niet vergeten hoeveel goeds Begbie heeft gedaan, Ava. Hij heeft levens gered en zichzelf daarbij in gevaar gebracht – dat doet de balans weer naar de andere kant doorslaan. Als je over hem wilt oordelen, moet je alles meewegen, en hem niet afrekenen op die ene misstap.'

'Je hebt gelijk,' zei ze met een flauw glimlachje. 'En hetzelfde geldt voor je moeder, denk ik. Maar ik had me er niet mee mogen bemoeien. Hebben jullie elkaar nog...?' De vraag bleef tussen hen in hangen.

'We hebben sindsdien een paar keer met elkaar gepraat. Het gaat niet echt makkelijk, maar het is wel beter zo. Er waren veel dingen die ik niet wist. Als jij de zaak niet had geforceerd zou het nooit beter tussen ons zijn gegaan. Ik heb je daar geloof ik nog nooit behoorlijk voor bedankt,' zei hij.

'Helemaal niet zelfs,' zei Ava grinnikend. 'Maar goed, genoeg gepraat. Ik ben hierheen gekomen om je van een saaie avond te redden. Er draait een nachtfilm hier verderop, ze vertonen daar een seizoen lang klassieke films. Ik zag het staan en dacht meteen aan jou.'

'Ava, ik kan echt niet...' mompelde Callanach.

'Kom op. Ze draaien *The Liquidator.* Naar het boek van John Gardner, met Rod Taylor die Boysie Oakes speelt? De alternatieve Bond? En ze hebben een te gekke poster. "Vurige lippen, ogen vol spot, altijd loyaal tot op het bot, en alle vrouwen zijn op hem verzot." Echt, als die film jou niet op het lijf geschreven is, dan weet ik het ook niet meer,' zei Ava lachend.

'Het is niet zo dat ik het geen leuk idee vind, maar de timing is ongelukkig,' zei Callanach.

'Luister, we hebben allebei een berg papierwerk te doen. Ik heb Overbeck nog steeds niet persoonlijk gesproken. Ik heb nog geen flauw idee hoe ik mijn rapport over de zaak-Trescoe moet aanpakken, en ik weet dat Lively en jij je baan én je leven op het spel hebben gezet. Maar dat probleem kan tot morgen wachten. Ik wil gewoon een avond met je doorbrengen zoals we vroeger deden, voor deze ellende begon. Jij weigert popcorn in de bioscoop te eten en ik wil dat je je mond houdt tot na de aftiteling. Verder zit er niemand in de zaal, want er is niemand in de hele stad die met mij naar de nachtvoorstelling van een film uit de jaren zestig wil. Behalve jij dan. En ik mag dan promotie hebben gemaakt, maar ik wil gewoon een avondje uit met een goede vriend. Geen gepraat over het werk. Geen formeel gedoe. En trouwens, je moet wel mee, want ik heb al...'

Het klopje op de deur was kort en zelfverzekerd. Callanach schoot onmiddellijk overeind.

'Hi, ben je zover?' riep een vrouwenstem terwijl ze zonder te wachten naar binnen liep. 'O, sorry, ik wist niet dat je bezoek had.'

'Geen probleem,' zei Callanach. 'Selina, mag ik je voorstellen aan Ava Turner. Ava, dit is Selina Vega.'

Ava stond op, liet de kaartjes in haar zak glijden en schudde Selina de hand.

'Selina was de dienstdoende specialist die de dood van Cordelia Muir heeft onderzocht,' verduidelijkte Callanach.

'En jij bent Lucs baas, begrijp ik,' zei Selina. 'Sorry als ik jullie gestoord heb tijdens een briefing.'

'Nee hoor, helemaal niet. Ik wilde even weten of mijn collega ongedeerd was na de gebeurtenissen van afgelopen week. Geniet van jullie avond. Leuk om je te leren kennen, Selina,' zei Ava. 'En zorg ervoor dat je weer helemaal de oude bent voor je aan het werk gaat, hè?' zei ze glimlachend tegen Callanach. 'Er is geen haast bij. Die verklaringen kunnen wel even wachten, en je hebt nog recht op vrije dagen voor al die extra uren die je hebt gemaakt.'

'Dat hoeft niet,' zei Callanach. 'Maandagochtend ben ik er weer.'

Ava knikte en liep naar de voordeur. Hij kwam achter haar aan.

'Ava, als ik had geweten dat je zou komen...'

'Fijne avond nog,' zei Ava. 'Maandag hebben we een debriefing met het hele team. Iedereen is blij dat je het er heelhuids hebt afgebracht.' Ze liep weg.

'Zullen we hier iets drinken of meteen naar het restaurant gaan?' vroeg Selina met in haar ene hand een fles wijn.

'Laten we maar naar het restaurant gaan,' zei Callanach, die zich bewust was van de deuk die Ava in de kussens op zijn sofa had achtergelaten, de stof nog steeds warm van haar lichaam. 'Het lijkt me leuk om iets nieuws te proberen.'

'Dat klinkt goed,' zei Selina. Ze liep op hem af en drukte zich tegen hem aan. 'Maar zullen we dan eerst dit even afhandelen?' Ze ging op haar tenen staan om hem te kussen, en Callanach deed zijn ogen dicht. Hij was weer terug in The Maz terwijl hij Ava vasthield en ze elkaar bijna kusten in de foyer. Hij dwong zich zijn ogen te openen en terug te keren naar het hier en nu, naar Selina.

Terwijl hij zijn jas aantrok gingen zijn gedachten weer naar The Maz. Het was niet de eerste keer dat hij de dood in de ogen had gekeken. Maar al die andere keren was hij bang geweest voor de dood. Tegenwoordig was hij banger voor het leven. Callanach sloeg een sjaal om zijn hals en haalde zijn hand door zijn haar. Het was genoeg geweest, besloot hij. Hij wilde zich niet langer laten leiden door het verleden. Het werd eindelijk tijd om te onderzoeken wat Schotland hem allemaal te bieden had.

Dankwoord

Mijn oprechte dank gaat uit naar iedereen die heeft meegeholpen *Perfecte dood* van idee tot eindproduct te ontwikkelen en die me bij dat proces heeft gesteund en aangemoedigd. De volgorde van de mensen is willekeurig, en vergeef me als ik iemand ben vergeten. Ken je die melige grap van iemand die z'n hoofd zou vergeten als het niet vastzat? Dat ben ik ten voeten uit.

Helen Huthwaite, mijn redacteur, heeft zoveel werk aan dit boek gehad dat haar naam op de cover had moeten staan in plaats van die van mij. Je bent geweldig, vanwege al je hulp, geduld en begeleiding (en omdat je altijd wist wat ik wilde zeggen – ook al wist ik dat zelf niet eens). Dank je, Sabah Khan, publiciteitsagent bij Avon, dat je nooit genoeg van me had (of dat je dat heel goed verborgen hield). En het hele team van Avon en HarperCollins – ontwerpers, marketing, sales (jullie zijn te gek), en iedereen die de machine draaiende houdt – ik sta bij jullie in het krijt.

Mijn agent Caroline Hardman en de schatten bij Hardman & Swainson wil ik bedanken voor hun steun en goede adviezen. Het team van The Wailing Banshee heeft gifjes, websites, promotiefilmpjes geproduceerd en heeft alle technische aspecten rond het boek voor zijn rekening genomen. Ik ben jullie eeuwig dankbaar, en sorry voor alle stomme vragen.

Een speciale vermelding voor mijn vriend Simon Gardner, zoon van de bijzondere schrijver John Gardner. Dank je voor de toestemming voor het vermelden van *The Liquidator* en Boysie Oakes. Je vader was een uitzonderlijk talent.

Dank aan Andrea Gibson en Amanda Patchett, de eerste lezers van *Perfecte dood*. Zonder jullie was ik in die eerste versies gestrand. En dank jullie voor de thee, de cocktails, de maaltijden, de lol en de liefde.

Dank aan alle boekverkopers, vooral degenen die zich sterk hebben gemaakt voor deze serie en ervoor gezorgd hebben dat lezers van vlees en bloed die in handen hebben gekregen.

Christine, Margaret, Ruth, Gabriel, Solomon en Evangeline, dank je wel dat je me hebt aangehoord en dank voor alle omhelzingen. En dan is er nog David (die is er altijd), die me er dit jaar toe heeft aangezet een risico te nemen. Je had gelijk. Je hebt alleen spijt van de dingen die je niet hebt geprobeerd. Bovendien is hij kok, schoonmaker, taxichauffeur en hoofd technische ondersteuning geweest. Hij hield alles draaiende en ving de kinderen op zodat ik kon schrijven. Mijn beste vriend.

Helen x

Lees ook de andere thrillers van Helen Fields, met Ava Turner en Luc Callanach in de hoofdrollen: